SCIENCE FICTION

Herausgegeben
von Wolfgang Jeschke

Von **SHADOWRUN™** erschienen in der Reihe
HEYNE SCIENCE FICTION & FANTASY:

1. Jordan K. Weisman (Hrsg.): *Der Weg in die Schatten* · 06/4844

TRILOGIE GEHEIMNISSE DER MACHT

2. Robert N. Charrette: *Laß ab von Drachen* · 06/4845
3. Robert N. Charrette: *Wähl deine Feinde mit Bedacht* · 06/4846
4. Robert N. Charrette: *Such deine eigene Wahrheit* · 06/4847

5. Nigel Findley: *2 X S* · 06/4983
6. Chris Kubasik: *Der Wechselbalg* · 06/4984
7. Robert N. Charrette: *Trau keinem Elf* · 06/4985
8. Nigel Findley: *Schattenspiele* · 06/5068
9. Carl Sargent: *Blutige Straßen* · 06/5087

TRILOGIE DEUTSCHLAND IN DEN SCHATTEN

10. Hans Joachim Alpers: *Das zerrissene Land* · 06/5104
11. Hans Joachim Alpers: *Die Augen des Riggers* · 06/5105
12. Hans Joachim Alpers: *Die graue Eminenz* · 06/5106

13. Tom Dowd: *Spielball der Nacht* · 06/5186
14. Nyx Smith: *Die Attentäterin* · 06/5294
15. Nigel Findley: *Der Einzelgänger* · 06/5305
16. Nyx Smith: *In die Dunkelheit* · 06/5324
17. Carl Sargent/Marc Gascoigne: *Nosferatu 2055* · 06/5343
18. Tom Dowd: *Nuke City* · 06/5354
19. Nyx Smith: *Jäger und Gejagte* · 06/5384
20. Nigel Findley: *Haus der Sonne* · 06/5411
21. Caroline Spector: *Die endlosen Welten* · 06/5482
22. Robert N. Charrette: *Gerade noch ein Patt* · 06/5483
23. Carl Sargent/Marc Gascoigne: *Schwarze Madonna* · 06/5539
24. Mel Odom: *Auf Beutezug* · 06/5659
25. Jak Koke: *Funkstille* · 06/5667
26. Lisa Smedman: *Das Luzifer Deck* · 06/5889
27. Nyx Smith: *Stahlregen* · 06/6127
28. Nick Polotta: *Schattenboxer* · 06/6128
29. Jak Koke: *Fremde Seelen* · 06/6129
30. Mel Odom: *Kopfjäger* · 06/6130

MEL ODOM

KOPFJÄGER

Dreißigster Band
des
SHADOWRUN™-ZYKLUS

Deutsche Erstausgabe

WILHELM HEYNE VERLAG
MÜNCHEN

HEYNE SCIENCE FICTION & FANTASY
Band 06/6130

Titel der Originalausgabe
HEADHUNTERS
Aus dem amerikanischen Englisch übersetzt von
CHRISTIAN JENTZSCH

Umwelthinweis:
Dieses Buch wurde auf chlor- und
säurefreiem Papier gedruckt

Redaktion: Ralf Oliver Dürr

Printed in Germany 1998
Umschlagbild: FASA Corporation
Umschlaggestaltung: Atelier Ingrid Schütz, München
Technische Betreuung: M. Spinola
Satz: Schaber Satz- und Datentechnik, Wels
Druck und Bindung: Elsnerdruck, Berlin

ISBN 3-453-13996-8

1

Elvis hat das Gebäude verlassen.«

Jack Skater hockte in den Schatten auf dem Deck eines vierstöckigen Lagerhauses neben dem Ziel des Teams und lauschte, während Quint Duran über Commlink jede Beobachtung meldete. Der Ork war unten auf der Straße stationiert, nur ein paar Blocks von dem Gebäude entfernt, das Elvis soeben verlassen hatte. Es handelte sich um das Mariah Building an der Ecke der Einundzwanzigsten Straße Süd und Ainsworth, nicht weit vom Alaska Street Reservoir in Tacoma entfernt. Das Ziel war eine der Leichen in Schastakowitschs Beerdigungsinstitut im achten Stock des Mariah.

Der Neumond hellte die Dunkelheit kaum auf, die Tacoma verschlang, wenn man von den wenigen Inseln der Neonreklamen an den Wänden mehrerer Wolkenkratzer und der in den Vierundzwanzig-Stunden-Docks nötigen Beleuchtung absah. Nasse, salzige Luft hüllte ihn ein, die der Ostwind vom nicht weit entfernten Puget-Sund hereinwehte. Der Meeresgeruch war beinahe stark genug, um den Gestank des frisch geteerten Dachs unter seinen Füßen zu vertreiben.

Er aktivierte den in seinem Schädel verdrahteten Commlink IV. »Unser Paket, Duran?« fragte er. Der Crypto Circuit HD in der Hardware zerhackte das Signal, so daß es kein Außenstehender empfangen konnte. Er hoffte, daß dies ganz besonders für die Cops galt, die sich alle Mühe gaben, die Straße vom Verbrechen zu säubern. Oder besser gesagt, dachte Skater, die Straße von all jenen Verbrechen zu säubern, an denen sie nicht prozentual beteiligt waren. Aber vielleicht war er auch nur zynisch. Man wurde schnell zynisch, wenn man in den Schatten arbeitete.

»An Ort und Stelle«, antwortete Duran. »Ich habe gerade den Monitor für die Faserkupplung angeworfen. Wir haben Grün.« Die Stimme des Orks klang tief und entspannt, und in ihr schwang das Selbstvertrauen mit, das er sich in den vielen Jahren als Söldner erworben hatte, bevor er sich dem Team anschloß. Er überprüfte die Funktionstüchtigkeit der Glasfaser-Beobachtungskupplung, die Elvis mit den Sicherheitssystemen gekoppelt hatte. Sie würde ihnen Zugang zu den Video- und Audio-Subsystemen des Mariah verschaffen, die sie brauchen würden, um in das Beerdigungsinstitut einzubrechen.

Die Faserkupplung an sich war systemfreundlich, ein altes militärisches Modell, immer noch in der Lage, sich mit allem zu arrangieren, was das Mariah dagegen aufbieten konnte. Duran leitete das Signal außerdem zu dem Lieferwagen weiter, der ein paar Blocks weiter auf der Ainsworth Street parkte, wo Erzengel die Matrix-Unterstützung für den Run des Teams lieferte. Die elfische Deckerin gehörte zu den Besten im Geschäft, was das Einbrechen in Computersysteme und das Überwinden computergesteuerter Sicherheitssysteme betraf.

»Ist er gesehen worden?« Skater veränderte behutsam seine Stellung in dem Versuch, einen anderen Blickwinkel zu finden. Als Scout für den Run brauchte er die Höhe, um sich ein besseres Bild von der Umgebung machen zu können, um das Startsignal für die einzelnen Phasen zu geben und um für Rückendeckung zu sorgen, falls irgendwas schiefging.

Der Ork lachte gutgelaunt. »Niemand verfolgt ihn, Junge. Da Knight Errant für die Sicherheit verantwortlich ist, wäre ihm mittlerweile längst jemand auf den Fersen, um ihn zu fragen, was, zum Teufel, er in dem Gebäude sucht, wenn ihn jemand gesehen hätte.«

»Seine Identität müßte standhalten«, überlegte Skater.

»Jetzt, wo er die Faserkupplung angebracht hat, ist es möglich. Aber er hat zu massive Bodyware, um mehr als einer oberflächlichen Inspektion standzuhalten.«

Skater wußte, daß das stimmte. Aber Elvis war der richtige Mann für den Job. Der Troll-Samurai war zwar allein und die sich in Bereitschaft haltende Rückendeckung ein paar hundert Meter entfernt, wenn der Run plötzlich den Bach hinunterging und damit das ganze Team in Gefahr geriet, aber er war mit genügend erstklassiger Cyberware verchromt, um auch Knight Errants bestem Sicherheitspersonal entkommen zu können.

»Ich bin okay, Chummers«, erklärte Elvis mit seiner Baßstimme, »und vor dem Stiefelgeschäft einen halben Block vom Haupteingang des Mariah entfernt auf der Einundzwanzigsten in Stellung. Habt ihr Kontakt mit den Sicherheitssystemen?«

»Wir fahren gerade hoch.« Wheeler Stahlnervs Stimme ertönte über Commlink. Der Zwerg war bei Erzengel im Lieferwagen. Als Rigger des Teams war er für die Hardware und die Fahrzeuge verantwortlich. »Okay, sieht gut aus. Jetzt ist Erzengel an der Reihe.«

»Ich bin hier«, sagte Erzengel gelassen. »Ich lasse euch wissen, was ich finde.«

Skater holte tief Luft und versuchte das Gefühl drohenden Unheils abzuschütteln, das ihn nicht mehr losließ, seitdem das Team vor vier Tagen Mr. Johnsons Nuyen genommen und sich zu dem Run bereit erklärt hatte. Zu viele Einzelheiten waren vage geblieben, zu viele Gefahren möglich. Er betrachtete die Straße und konnte kaum die rotweiß gestreiften Sägeböcke erkennen, die er und Elvis aufgestellt hatten, um ihre Fluchtroute für den Notfall abzusperren. Wenn alles nach Plan verlief, würden sie sich die Leiche schnappen und einfach mit dem Lastenaufzug nach unten fahren und das Gebäude verlassen, während Erzengel die Gebäudesicherheit blockierte, so daß sie den Teams von Knight Errant im Hause keine Hilfe sein würde.

Trotz aller Vorsichtsmaßnahmen und der umfangreichen Planung, die sie in die vergangenen Tage gequetscht hatten, war Skater nervös, was diesen Run betraf. Doch entscheidend war, daß sie alle das Geld brauchten. In den Schatten zu leben, in den Nischen am Rande der Gesellschaft, ohne sich an die Mafia, die Yakuza oder die Konzerne zu verkaufen, war selbst dann kostspielig, wenn man alleine lebte und nur für sich selbst verantwortlich war. Jetzt mußte Skater auch noch Emma in seine persönliche Überlebensgleichung einfügen. Das machte die Dinge in einiger Hinsicht schwieriger und in anderer leichter.

Der Lärm aus der Gegend der Docks hallte durch die leeren Straßen von Tacomas Geschäftsviertel, und die wirbelnden Scheinwerferlichter der Arbeitsmannschaften wetteiferten mit den Positionslichtern der Frachter. Jahrzehntelang war Tacoma die arme Stiefschwester des glitzernden und dekadenten Seattle gewesen. Doch mittlerweile schrieb man das Jahr 2057, und aus den tiefen Taschen der Megakonzerne war Geld in die Stadt geflossen, da sie den Schiffsverkehr ausgeweitet hatten. Die Yakuza, die Mafia und die Seoulpa-Ringe durchkämmten die Gassen und Schwarzmärkte nach den Brosamen.

Das Team hatte einen Haufen Nuyen für die Glasfaserkupplung bezahlt, als sie es in Basil's Faulty Bar abgeholt hatte. Abe Heep führte die halbwegs passable Kneipe und das gut sortierte Hinterhoflager für illegale Hardware, die er von Spionageorganisationen auf der ganzen Welt kaufte. Duran hatte den Kauf arrangiert, und Skater war von dem Unternehmen beeindruckt. Er hatte Ausrüstung aus Seattle, den Vereinigten Kanadischen und Amerikanischen Staaten, dem Salish-Shidhe Council, dem Freistaat Kalifornien und sogar Tir Tairngire mit seiner extrem umfassenden Sicherheit gesehen.

Wenn der Run irgendwie in die Binsen ging, verließ Skater sich darauf, daß die umfangreiche Sicherheit in den Docks die Einsatzmannschaften Lone Stars aufhalten würden, wenn diese auf der Bildfläche erschienen. Sein Team konnte sich in Windeseile zu den Docks absetzen und sich dort unter die private Sicherheit mischen, die dort die Schiffe aus aller Herren Länder bewachte. Ein zuvor angelegtes und bereits bezahltes Versteck erwartete sie, falls sie es brauchten.

Er beugte sich ein wenig vor und lugte über den Rand des Dachs, wobei er darauf achtete, im Schatten zu bleiben. Es hatte keinen Sinn, von unten gesehen zu werden. Drei Mitglieder irgendeiner Thrill-Gang gingen unter ihm am Lagerhaus vorbei, wobei sie sich lautstark unterhielten. Einer von ihnen nahm einen tiefen Zug von seiner Zigarette und schaute dabei nach oben, während er für einen Augenblick innehielt.

Skater zog sich vom Rand zurück in der Hoffnung, nicht gesehen worden zu sein. In seinem schwarzen Kampfanzug über der Kevlar-Panzerung hätte er unmöglich unbemerkt über die Straße gehen können. Er trug einen Ares Predator II im Schulterhalfter, und an einer Whipit-Schlinge hing eine Mossberg CMDT über einer Schulter. Ein Cougar Fine Blade steckte in seinem rechten Stiefel. Sein Salish-Blut zeigte sich in seiner dunklen Haut, den hohen Wangenknochen und den kurzgeschnittenen dunklen Haaren.

Skater nahm das Ares-Nachtsichtgerät aus seinem Brustbeutel und betrachtete ihr Ziel. Die Lichtverstärker-Schaltkreise verbannten einen Großteil der Dunkelheit.

Das Mariah Building stand da wie ein imposanter Finger aus Stein und war vierzehn Stockwerke hoch. Die Aufzugkontrollen wiesen fünfzehn Etagen auf, aber das lag daran, daß die dreizehnte ausgelassen worden war. Die Außenhaut bestand aus bläulichem Chrom von der Farbe einer fabrikneuen Kanone oder dem gebrochenen Herzen einer Messerklaue und wurde von Rechtecken aus kugelsicherer schwarzer Kunststoffverglasung unterbrochen. Verglichen mit dem Shiawase Complex und anderen Wolkenkratzern von Megakonzernen in der Innenstadt war es klein.

In den letzten drei Tagen hatten Skater und sein Team alles über das Gebäude und die verschiedenen möglichen Fluchtwege herausgefunden, was in Erfahrung zu bringen war. Erzengels Datenbanken enthielten jetzt auch die Namen aller darin ansässigen Geschäfte, die Namen fast aller Mieter und Ladenbesitzer sowie ihres Personals und dazu diejenigen einer ganzen Reihe von Wohnungsinhabern in den oberen vier Etagen, welche nicht Unsummen dafür bezahlten, daß ihre Identität geheimgehalten wurde.

Die unteren Etagen enthielten Büroräume und Ladenlokale. Dieser Umstand hatte ihnen ermöglicht, die Verbindung für die Glasfaserkupplung herzustellen. Cullen Trey, der verbindliche und liebenswürdige Gefechtsmagier des Teams, der auf teure Sachen und einen aristokratischen Lebensstil stand, hatte ein kleines Büro unter dem Namen eines toten Straßenmagiers gemietet.

Trey wußte, daß der Mann tot war, weil er ihn vor knapp drei Wochen getötet hatte. Quint Duran hatte ihm bei der Verfolgung des Magiers geholfen, der die Tochter eines Juweliers beraubt hatte, mit dem Trey geschäftlich und freundschaftlich verkehrte.

Als Trey und Duran ihre Beute aufspürten, hatte sich der Straßenmagier bereits eine falsche Identität einschließlich SIN zugelegt. Während Trey den Magier ausschaltete, hatte sich Duran um seine Komplizen gekümmert. Als Gefechtsmagier war Cullen Trey tödlich. Die falschen Papiere waren eine Zugabe gewesen.

Sobald die Faserkupplung entdeckt – und Skater war sich sicher, daß dies geschehen würde – und das Kabel verfolgt wurde, das sich durch den gemieteten Büroraum zu dem Verbindungskasten wand, den Elvis erst vor wenigen Augenblicken angebracht hatte, führte die Spur nur zu einem Toten.

Skaters Ziel befand sich im achten Stock – noch ein Toter, in diesem Fall mit dem Namen Coleman January. Schastakowitschs Beerdigungsinstitut war zusammen mit dem Geld der Megakonzerne nach Tacoma gekommen, die Filiale einer riesigen Kette, die sich um verstorbene Konzernexecs und jene kümmerte, die sich einen einigermaßen kostspieligen Abgang leisten konnten. Für die Sicherheit sorgte Ares, und sie beinhaltete die meisten physikalischen Systeme sowie einen Lohnmagier für wichtigere Klienten.

»Ich bin drin«, sagte Erzengel über den Commlink IV. »Ich bin an den äußeren und inneren Sicherheitssystemen des Gebäudes vorbei. Knight Errant wird blind und taub für alles sein.«

Skater holte tief Luft. »Das ganze System?«

»Ja. Es hat eine Weile gedauert, bis ich aus den Prismenschaltern schlau geworden bin und den gefunden habe, den wir brauchen. Unterwegs hatte ich eine Begegnung mit einer weißen Barrieren-IC, um die ich mich kümmern mußte, aber ich hatte ein paar Schleicher-Utilities, die sie noch nicht kannte.«

Skater stieß einen Seufzer der Erleichterung aus. Der Plan hing vollkommen von der Fähigkeit der Deckerin ab, die Hi-Tech-Sicherheit zu überwinden und die Faserkupplung zu bedienen, ohne bemerkt zu werden. Rohe Gewalt brachte sie hier nicht weiter. »Was ist mit dem Ziel?«

»Ich habe mir Zugang zur Datenbank verschafft, aber ein Coleman January ist nicht aufgeführt.«

Skater warf einen Blick auf seine Uhr. Es war 01:43:22 Uhr. »Sind irgendwelche Lieferungen eingegangen?«

»Nein. Diese Unterlagen habe ich ebenfalls durchgesehen. Ich habe alle Einlieferungen von heute abend und auch diejenigen von heute morgen überprüft.«

»Verdammt!« fluchte Skater, ohne den Commlink einzuschalten. Er wischte sich mit seiner behandschuhten Hand den Schweiß vom Gesicht. Im August war es noch viel zu heiß für die Kleidung, die er trug. Die Luftfeuchtigkeit machte keinen Unterschied zwischen Mann, Frau oder Meta. Doch er konnte das Risiko, identifiziert zu werden, nicht eingehen. Das ReGEN-Fiasko vor ein paar Monaten hatte ihn ein Auge, eine Ex-Freundin und praktisch seine gesamten Ersparnisse gekostet.

Er hatte Angst. Es war ihm bewußt, und er haßte es, aber er war immerhin so klug, es sich einzugestehen. Er war fünfundzwanzig und schon lange Shadowrunner, und er war verdammt gut in seinem Job – sonst wäre er nicht so alt geworden. Aber jetzt schaute er auf seine zitternde Hand und sah dabei Emmas Gesicht vor seinem geistigen Auge, das Lachen seiner kleinen Tochter, wenn er sie kitzelte.

»Junge«, knurrte Duran, »wir können unmöglich das falsche Beerdigungsinstitut erwischt haben.«

»Ich weiß.« Skater zwang seine abschweifenden Gedanken, sich wieder dem Problem zuzuwenden, mit dem das Team konfrontiert wurde. Er warf einen Blick auf das Gebäude. »Der Johnson sagte, Coleman January würde hier nicht später als zwei Uhr heute früh eingeliefert. Das kann er nur aus einem einzigen Grund gewußt haben.«

»Sicher«, erwiderte der Ork. »Man könnte auf den Gedanken kommen, daß er vorhatte, sich den guten alten Coleman selbst vorzunehmen. Er geekt den Burschen und läßt uns dann die Leiche holen, während Mr. Johnson dafür sorgt, daß er sauber aus der Sache rauskommt. Wir werden von Lone Star erwischt, und ich glaube, sie würden uns nicht abkaufen, daß wir nichts damit zu tun haben. Wahrscheinlich würden sie sich nicht die Mühe machen, woanders zu suchen, nachdem sie uns geschnappt hätten.«

»Uns bleibt nicht viel Zeit, nach dem Grund zu fragen«, mischte sich Cullen Trey über Commlink ein. Er war einen Block weiter nördlich auf der Ainsworth Street postiert, von wo er das Gebäude ebenfalls beobachtete und falls nötig für Rückendeckung sorgen konnte. »Nicht, wenn wir uns diese Leiche schnappen und vor Knight Errants nächstem Schichtwechsel um zwei Uhr dreißig verschwinden wollen. Wenn die Faserkupplung beim Start des nächsten Analyseprogramms noch aktiv ist, schnellen unsere Chancen, entdeckt zu werden, in astronomische Höhen.« Anders als bei den anderen war Treys Commlink-System ein externes. Cyberware und Magie harmonierten nicht miteinander.

Skater wußte, daß der Magier recht hatte. Das Sicherheitspersonal von Knight Errant arbeitete in Zwölf-Stunden-Schichten, und zwar von drei bis fünfzehn und von fünfzehn bis drei Uhr. Das war eine der ersten Informationen ihres Johnsons gewesen, die sie überprüft und bestätigt bekommen hatten.

»Vorausgesetzt, Mr. Johnsons Zeitplan ist präzise«, fuhr Trey fort, »müßte die Leiche in spätestens einer Viertelstunde hier eintreffen. In diesem Fall bleiben uns für das Unternehmen die geplanten dreißig Minuten. Wir können dann immer noch entscheiden, ob wir weitermachen oder den Run begraben. Ich für meinen Teil würde gern die andere Seite jenes netten kleinen Honorars sehen.«

Skater war nicht überrascht. Trey stand auf Nuyen und das gute Leben, obwohl er nicht damit geboren worden war. »Wie siehst du die Sache, Elvis?«

»Tja, Chummer, mit der Faserverbindung sind wir im Sicherheitssystem des Beerdigungsinstituts. Ich würde sagen, damit haben wir einen wesentlichen Vorteil, den wir ausnutzen können. Und wir sind nun einmal hier.«

»Das könnte im Einklang mit Johnsons Plan sein«, knurrte Wheeler. »Willkommen in meiner guten Stube, sagte die Spinne zur Fliege. Drek, wir sind auch früher schon von Johnsons abgezogen worden. Ich bin dafür, das vordere Ende des Honorars zu nehmen und den Run sausen zu lassen.«

»Erzengel?« fragte Skater. Er hob das Nachtsichtgerät erneut und versuchte durch die schwarze Kunststoffverglasung der Fenster im achten Stock des Mariah zu starren. Er wünschte, er hätte sie abschälen und einen ausgiebigen Blick ins innere werfen können. Zudem wünschte er, der dicke Knoten, der plötzlich in seiner Magengrube aufgetaucht war, wäre nicht dagewesen.

»Ich bin Wheelers Ansicht«, sagte sie. »Vorsicht ist an dieser Stelle das klügste. Wir sind für unsere aufgewendete Zeit bezahlt worden. Wenn der Johnson nicht damit einverstanden ist, wie wir die Dinge handhaben, muß er eine Möglichkeit finden, uns das Geld wieder aus der Nase zu ziehen.«

Das Problem war, dessen war Skater sich bewußt, daß Johnsons das manchmal konnten. Wenn ein Shadowrunner einen Deal mit einem Mr. Johnson abschloß, ließ sich gewöhnlich nicht sagen, wer tatsächlich in dem Armanté-Anzug steckte. Und von einem Deal zurückzutreten, war manchmal schlimmer als ein Scheitern des Runs. Das Opfer eines Runs wußte nicht immer, wer gegen ihn vorgegangen war. Mr. Johnson wußte dagegen ganz genau, mit wem er einen Deal gemacht hatte.

»Duran?«.

»Ich will den Run durchziehen«, erwiderte der Ork. »Damit steht es drei zu zwei. Schließt du dich der Mehrheit an, oder haben wir einen Gleichstand?«

Bevor Skater antworten konnte, hörte er hinter sich auf dem Kies das leise Scharren eines Schritts. Er fuhr herum und duckte sich hinter den Kasten einer Klimaanlage.

»Ich sagte doch, ich hätte hier oben jemanden gesehen, Fontaine.«

Die drei Thriller, die Skater zuvor auf der Straße gesehen hatte, standen mitten auf dem Dach und trugen die schwarz-roten Farben der Milton Dark Angels. Ein junger Elf hielt zwei lange Messer in seinen nackten vernarbten Händen, während die anderen beiden, ein Mensch und ein Troll, mit einem Betäubungsstab, dessen Ende bläulich knisterte, und einer leuchtenden Monopeitsche bewaffnet waren.

»Ich schätze, du hattest recht, Hector«, sagte der Elf.

»Das muß ich dir lassen. Behalt ihn im Auge, Wynn. Wenn der Wichser abhauen will, sense ihm mit der Peitsche die Beine ab.«

Skater zog den Predator aus dem Schulterhalfter. Ein Tänzchen mit Angehörigen einer Thrill-Gang paßte ihm ganz und gar nicht ins Konzept, denn wenn er schoß, machte er jeden Cop in der Gegend auf sich und das Team aufmerksam.

»Junge«, meldete sich Duran. »Wir haben nicht die ganze Nacht Zeit.«

»Bin gerade beschäftigt«, sagte Skater. »Unerwartete Gesellschaft. Ein Begrüßungskomitee von Dark Angels, die offenbar auf eine Schlägerei auf dem Dach aus sind.« Allerdings gab es nicht viel Dach. Auf diesem Gebäude gab es nur einen kleinen Bereich zwischen den Massen von Geräten zum Kühlen und Aufheizen der Büros und Wohnungen darunter, wo man sich relativ frei bewegen konnte. Und da er am Rand des Dachs stand, waren seine Möglichkeiten äußerst begrenzt.

»Halte aus«, meldete sich Duran. »Ich bin in einer Minute da.«

»Bleib, wo du bist«, sagte Skater. Der Ork stand unten auf der Straße und war damit zu weit entfernt, um ihm rechtzeitig helfen zu können, und die Feuerleiter an der Außenseite des Gebäudes war der einzige Weg hinauf. »Ich regle das. Bis du hier oben bist, ist alles längst vorbei. So oder so.«

Fontaine gab seinen Begleitern einen Wink, und sie schwärmten aus.

Skater wußte, daß sie die Pistole noch nicht gesehen hatten, aber wegen des Lärms, den ein Schuß verursachen würde, war er gründlich erledigt, wenn er sie benutzte.

»Jack«, rief Erzengel über Commlink. »Ich habe gerade ein Gespräch mitgehört, das über das Telekom des Beerdigungsinstituts hereinkam. Coleman January ist bei einem Unfall mit Fahrerflucht auf der Interstate 5 schwer verletzt worden und auf dem Weg ins Krankenhaus gestorben. DocWagon bringt ihn hierher.«

Skaters Gedanken überschlugen sich angesichts dieser Neuigkeit. Der Johnson hatte nichts davon gesagt, daß Coleman January als *frische* Leiche von einem DocWagon-Rettungswagen in das Institut eingeliefert würde. Das ließ den Run in einem ganz neuen Licht erscheinen und vergrößerte das Risiko beträchtlich. Er fragte sich, wer January umgelegt hatte und wie tief sein Team dadurch in den Drek geraten konnte. Während ihm diese Gedanken durch den Kopf gingen, setzte der Troll-Thriller mit der Monopeitsche zu einem Hieb gegen den Kasten der Klimaanlage an. In geübten Händen konnte die molekül-dünne Peitsche einen Menschen in Stücke zerlegen.

Funken sprühten in alle Richtungen, als die Peitsche das Metallgehäuse durchschnitt und ihr Ende Skaters Gesicht entgegenzuckte.

2

Skater sprang zurück, wobei er das Potential seiner aufgepeppten Reflexe ausschöpfte. Die Monopeitsche zischte so dicht an seinem Gesicht vorbei, daß eine dünne rote Linie auf seiner linken Wange zurückblieb. Warmes Blut rann über sein Gesicht, während ihm ein kalter Schauer über den Rücken lief, der ihn instinktiv zurückzucken ließ.

Bei der Geschichte mit Conrad MacKenzie vor ein paar Monaten hatte er sein rechtes Auge verloren. Das Cyberauge von Yamatetsu, das er ein paar Wochen danach bekommen hatte, war erstklassig, aber es war kein Teil von ihm. Skater war von seinem Großvater im Salish-Shidhe Council rings um Seattle aufgezogen worden und hatte sich auch als Shadowrunner einen Groß-

teil der Traditionen seiner amerindianischen
bewahrt. Und diese Traditionen besagten, daß
per heilig war und nicht durch Techno-Müll ver
werden durfte.

»Du springst wie ein verdammter Grash
grunzte Wynn, »aber das wird deinen Arsch auc
retten.« Er schwang die leuchtende Monopeitsch
ließ sie Skater erneut entgegensausen.

Als Skater wieder zurücksprang und dabei sah,
die beiden anderen Dark Angels jetzt ebenfalls auf
losgingen, wurde ihm klar, daß das Dach zu klein
derartige Manöver war. Er landete geschmeidig auf d
Füßen, während die Peitsche einen Meter entfernt vo
beipfiff. Die Dachkante war kaum mehr als einen halbe
Meter entfernt, so daß ihm langsam, aber sicher der Bewegungsspielraum ausging.

Die Peitsche traf in einem Funkenregen einen gemauerten Schornstein, wodurch eine Wolke von Ziegelstaub aufgewirbelt wurde. Der Einschnitt, den die Peitsche hinterlassen hatte, war sogar im schwachen Licht des Neumonds deutlich zu sehen.

»Er hat eine Kanone«, rief Hector, der menschliche Thriller, als er sich hinter einen Dachwartungs-Autodroid duckte, welcher darauf wartete, seinen Arbeitszyklus zu beginnen.

»Ja«, sagte Wynn, indem er die Peitsche zu einem neuerlichen Angriff einholte, »aber ich sehe nicht, daß er sie benutzt.« Er trat einen Schritt vor, täuschte einen Hieb an und grinste. »Vielleicht ist ihm die Munition ausgegangen. Oder er hat einfach nicht den Schneid, sie zu benutzen.«

»Vielleicht«, sagte Skater mit rauher Stimme. »Aber vielleicht ist das jetzt eure letzte Gelegenheit, euch zu verpissen, bevor ihr eine Freifahrkarte fürs Leichenschauhaus löst.«

»Cooler Spruch«, sagte der Troll immer noch grinsend. »Besonders für einen Burschen, der mit dem

…cken zum Abgrund steht.« Er hob eine giftgrün ge-…rbte Augenbraue, die so dick und haarig war wie eine …aupe. »Fontaine?«

»Ja«, antwortete der elfische Thriller. Er kam ebenfalls …äher, hielt sich aber schräg hinter dem massigen Troll.

»In wie viele Teile soll ich den Burschen zerlegen?«

»In kleine Stücke«, sagte Fontaine mit einem kalten, freudlosen Lächeln.

Skater halfterte den Predator. Er würde ihn benutzen, wenn es keine andere Möglichkeit mehr gab. Jemanden zu töten, selbst in Notwehr, fiel ihm nicht leicht. Er holte tief Luft und konzentrierte sich auf den zweieinhalb Meter großen Troll vor sich, wobei er versuchte, sich nicht von der Stimme in seinem Hinterkopf ablenken zu lassen, die sich Gedanken wegen Coleman Januarys Ankunft machte – daß der Johnson die ganze Zeit vorgehabt haben mußte, die Leiche, die sie stehlen sollten, erst noch zu einer zu machen. Und welche Rolle ihnen bei dieser Geschichte tatsächlich zugedacht war. Rätsel und logistische Probleme hatten ihn schon immer fasziniert – solange sein Leben nicht auf dem Spiel stand.

Außerdem war zu berücksichtigen, daß die Dienste DocWagons nicht billig waren. DocWagon bot die Gewähr für eine bessere medizinische Versorgung vor Ort als alle anderen existierenden Nofalldienste, unter anderem auch deshalb, weil die Rettungsteams DocWagons auch nicht davor zurückscheuten, sich bewaffnet auf ein Schlachtfeld oder in einen Straßenkampf zu stürzen, wenn es einen Klient zufällig oder absichtlich erwischt hatte.

Dann schlug Wynn wieder zu. Skater ließ sich von seinen aufgepeppten Reflexen und der jahrelangen Erfahrung in den Schatten leiten und sprang nach rechts auf den Entlüftungsschacht am Rande des Dachs. Einen Moment lang umgab ihn der Wirbel der Luft, die aus dem Gebäude geblasen wurde, und dämpfte den Verkehrslärm, der von unten heraufdrang.

Eine Sirene jaulte in der Einundzwanzigsten Straße Süd unter ihm auf und erregte Fontaines Aufmerksamkeit. »Da unten ist ein DocWagon, der total zerschossen aussieht.» Das rote Blinklicht blitzte in der Dunkelheit stroboskopartig auf und warf hinter Fontaine einen blaßroten Schein.

Die Peitsche knallte gegen den Entlüftungsschacht, und das molekül-dünne Ende durchschnitt das schwere Metall.

Ohne Vorwarnung machte Skater einen Schritt auf den Troll zu und sprang hoch in die Luft. Die Peitsche durchschnitt die Luft an der Stelle, wo er sich eben noch befunden hatte. Bevor Wynn reagieren konnte, landete Skater neben ihm und setzte übergangslos zu einem explosiven Sprungtritt an. Skaters Stiefelabsatz traf den Troll seitlich am Knie und zerschmetterte mit einem lauten Knacken die Knochen. Selbst das Gelenk eines Trolls war nicht für derartige Belastungen geschaffen.

»Ach, verdammter Drek!« stöhnte Wynn. Seine Bewegungen wirkten nun, da sein Knie gebrochen war, unbeholfen, als er versuchte, die Monopeitsche herumzureißen.

Skater drehte sich weg und parierte den Angriff des Trolls, als dessen Arm auf ihn niedersauste. Er versuchte ihn nicht aufzuhalten, sondern lenkte ihn nur ab, so daß er an ihm vorbei sauste. Kräftemäßig war er dem Meta nicht gewachsen, und das wußte er ganz genau.

Das Ende der Peitsche zuckte wie eine Schlange an ihm vorbei, für Wynn ebenso eine Gefahr wie für Skater. Monopeitschen waren berüchtigt dafür, denjenigen, der sie schwang, häufig ebenso schwer zu verletzen wie das anvisierte Ziel, wenn der Betreffende kein Experte war. Wynn war keiner.

Die Hand des Shadowrunners schoß vor und packte das Handgelenk, das die Peitsche hielt, glitt an der riesigen Hand entlang und umschloß den Daumen des

Trolls. Mit einer raschen Bewegung brach er den Daumen, indem er seinen Körper und seine Kraft einsetzte.

»Du verdammter Hurensohn!« schrie Wynn laut auf.

»Hector!« rief Fontaine, während er sich Skater näherte.

Der Mensch reagierte nur langsam, und der Elf schien nicht sonderlich versessen darauf zu sein, allein gegen Skater anzutreten.

Wynn streckte seine freie Hand aus und versuchte Finger und stumpfe Nägel in Skaters Gesicht zu vergraben. Die breiten, häßlichen Züge des Trolls waren schmerzverzerrt. Blutrot beschlagene Silberohrringe baumelten von den vernarbten, dreieckigen Knorpellappen der Ohren an dem massigen, zotteligen Kopf. In seine Hörner waren verschlungene Muster eingraviert, und die Rillen waren mit künstlichem Bernstein gefüllt, der in einem inneren Feuer leuchtete.

Skater riß noch einmal an dem gebrochenen Daumen und spürte, wie die beiden Enden des gebrochenen Knochens knirschten. Es fühlte sich nicht so an, als sei es ein glatter Bruch, was gleichbedeutend mit einer Menge Schmerzen für den Thriller war.

Der Schmerzensschrei des Trolls hallte über das Dach, als dieser seine großen gelben Zähne und die dicken unteren Eckzähne bleckte, die wie Hauer aufragten. Unter den Warzen, Leberflecken und Narben erbleichte Wynns Gesicht zu einer Totenmaske. »Fontaine, komm her!«

Fontaine stieß eine Reihe übelster Flüche aus, als er sich vorsichtig von links näherte. Die beiden Messer bewegten sich synchron, während auf ihren scharfen Klingen das Mondlicht blitzte.

Skater duckte sich unter Wynns freiem Arm hinweg, ließ den gebrochenen Daumen los und setzte zu einem neuerlichen Angriff auf den Troll an. Wenn er einen Gegner endgültig ausschaltete, hatte er mehr Zeit für die anderen – wenn er sie brauchte.

Wynn schwankte, da er versuchte, auf seinem verletzten Bein zurückzuweichen, und fiel beinahe. Skater krümmte die Finger seiner rechten Hand, so daß sich die obersten Fingerglieder gegen die untersten preßten, dann rammte er dem Troll mit all seinem Gewicht hinter dem Schlag den Handballen gegen die breite Nase.

Blut spritzte, als das Nasenbein brach. Die Schmerzen und die Kraft des Stoßes ließen Wynn so schwer auf die Knie fallen, daß das Dach erbebte.

Bevor der Troll zu Boden ging, bewegte Skater sich bereits auf Fontaine zu.

Der Anführer der Thriller wirkte unsicher trotz der Art, wie er mit seinen beiden Messern einen hektischen Tanz vor Skater aufführte. »Was bist du – Rothaut?« wollte er wissen. »Machst du in Wetwork? Erfüllst du gerade irgendeinen Kontrakt, oder was?«

»Ich bin ein Profi, Spatzenhirn, und ich könnte in Schwierigkeiten geraten, weil ihr den Wink noch nicht begriffen habt und abgeschwirrt seid.« Skater kopierte die Bewegungen des Elfs, um ihn auf diese Weise wissen zu lassen, daß ihm die Arbeit mit den Klingen nicht fremd war. »Ich mache keinen großen Wirbel um Anfänger wie euch. Ich werfe euch wieder in den Drekhaufen, aus dem ihr gekrochen seid.«

Fontaine war ein gutaussehender Elf, der über alle Qualitäten seines Metatyps verfügte, den schlanken und leichten Körperbau, die hohen Wangenknochen und die mandelförmigen Augen. Sein mit Henna gefärbtes Haar bildete einen krassen Gegensatz zu seiner fast knochenweißen Haut und wurde von einem gelben Stirnband gehalten, das mit elfischen Runen bestickt war. Sein Pferdeschwanz, der mit teuren Perlmuttkämmen geschmückt war, wirbelte um seinen Kopf. Obwohl der Elf etwas größer als Skater war, brachte er mindestens fünf Kilo weniger auf die Waage.

»Du machst mir keine Angst«, erwiderte Fontaine. »Nicht hier in meinem Revier. Für die Dark Angels ist das heiliger Boden, und du hast hier nichts zu suchen.«

»Hector«, rief Wynn, »hilf mir, Chummer. Ich habe starke Schmerzen.« Die Peitsche lag neben ihm. Er hielt eine Hand vor seine gebrochene Nase und benutzte die andere, um das Gleichgewicht zu halten.

Hector kam zu dem Schluß, daß er Besseres zu tun hatte. Er schaltete seinen Betäubungsstab aus und zeigte einen Augenblick später seine leeren Hände.

Ohne Warnung sprang Fontaine vor in der Absicht, Skater den Bauch aufzuschlitzen.

Doch Skater war nicht mehr da, als der Elf zustieß. Er tat einen kleinen Schritt zur Seite, gerade groß genug, um der Klinge auszuweichen, dann rammte Skater dem Elf seinen Ellbogen ins Gesicht, wobei er sein ganzes Gewicht hinter den Stoß legte.

Fontaine flog rückwärts und landete benommen auf dem Hintern. Eines seiner Messer fiel auf das Teerdach.

Skater trat vor und stellte einen Fuß auf die Hand des Elfs, die das andere Messer hielt. Er ging in die Hocke und zog das Cougar Fine Blade aus seinem Stiefelschaft. Die Angst regte sich immer noch in ihm, nicht so sehr wegen der Thriller, sondern wegen der anderen Ereignisse auf diesem Run. Thriller waren eine alltägliche Bedrohung in der Welt, und ein Chummer konnte Ärger mit ihnen bekommen, auch wenn er nicht auf der Straße arbeitete. Die Ankunft von Coleman Januarys Leiche in Schastakowitschs Beerdigungsinstitut gegenüber beunruhigte Skater weit mehr, weil er nicht sicher war, was das bedeutete. Wenn January schon seit einiger Zeit tot gewesen wäre und eine Weile nur im Leichenschauhaus gelegen hätte, würde Skater sich nicht so bedroht gefühlt haben wie jetzt. Doch der Mann war in einem Rettungswagen von DocWagon aufgetaucht, der so aussah, als hätte er ziemlich massiven Drek hinter sich. Und January war erst seit ein paar Minuten tot und hatte wer weiß wen auf den Fersen.

»Bitte«, winselte Fontaine, in dessen Mandelaugen jetzt Tränen glitzerten.

In dem Wissen, in den anderen beiden Dark Angels ein Publikum zu haben, sprach Skater so laut, daß sie ihn ebenfalls hören konnten. Er packte eine Strähne von Fontaines weichem Haar und beugte sich vor, so daß sein Gesicht dicht vor dem des Elfs war. Der Atem des Thrillers roch wie saurer Wein, der kurz davor war, in Essig umzuschlagen. Das Cougar Fine Blade war nur Zentimeter von Fontaines Adlernase entfernt.

»Wenn du mir noch mal in die Quere kommst«, sagte Skater, »schneide ich dir eines deiner kleinen spitzen Ohren als Trophäe ab.« Er zupfte bedeutungsvoll an einem Ohr des Elfs. »Ich kenne eine alte Frau vom Stamm der Nootka in der Nähe von Spokane, die mir ein Vermögen für ein Elfenohr zahlen würde, mit dem sie einen Zauber wirken kann.«

»Nicht mein Ohr!« Fontaine legte seine freie Hand auf den bedrohten Teil seiner Anatomie.

»Dann verpiß dich«, knurrte Skater. »Und sieh dich nicht um. Begriffen?«

Fontaine nickte.

Skater stieg von seiner Hand und wich ein paar Schritte zurück. Er zog den Predator, als Fontaine sich aufrappelte, und lud einmal durch, um die ausgeworfene Patrone mit der freien Hand aufzufangen. Das reichte, um die Thriller wissen zu lassen, daß die Waffe schußbereit war. Der harte Blick, mit dem er sie bedachte, gab ihnen zu verstehen, daß er gewillt war, sie auch zu benutzen.

Alle drei Thriller zuckten zusammen, als der Schieber des Magazins wieder zurückschnappte.

Hector stützte Wynn, und der Troll sah mit seiner gewaltigen Körperfülle aus, als zerquetsche er den viel kleineren Menschen. Fontaine hielt inne, bückte sich und hob sein zweites Messer auf, um es in die verborgene Scheide im Inneren seiner schwarzen Kunstlederjacke zu stecken. Er blickte mehrfach zurück, um sich zu vergewissern, daß Skater auch mitbekam, daß er nicht Hals über Kopf floh, ging aber dennoch raschen Schrittes zur Dachtür.

Nachdem sie verschwunden waren, trabte Skater über das Dach und ging über der Ainsworth Street in Stellung. Er zückte erneut das Nachtsichtglas und aktivierte den Commlink. »Duran.«

»Schon wieder zurück?« bemerkte der Ork sarkastisch in seiner Stellung unten auf der Straße.

Skater ließ den Tonfall einfach von sich abtropfen. Wenn sie auf einem Run waren, auf Adrenalin, und über potentielle Minenfelder schritten, hatten alle ihre Makken. Aber sie hatten in den letzten drei Jahren eine verschworene Gemeinschaft gebildet und waren nach der ReGEN-Geschichte noch enger zusammengerückt. »Bring mich auf den neuesten Stand.«

Der DocWagon vor dem Mariah Building war eines der leicht gepanzerten Fahrzeuge, mit dem normalerweise Standard-Rettungsmannschaften unterwegs waren. Ihre Verantwortlichkeit umfaßte kleinere Unfälle auf den Autobahnen und Umgehungsstraßen des ihnen zugewiesenen Sektors und Hilferufe von Klienten in unkritischen Interventionssituationen. DocWagon verfügte außerdem über Spezial-Rettungsmannschaften, die sich in gepanzerten Lastern, welche sich auch als Panzer hätten einsetzen lassen, in Scharmützel stürzten. Doch der Klient mußte die entsprechenden Nuyen für diese Dienste bezahlen. January hatte offenbar in einer privilegierten Umgebung gelebt.

Der DocWagon in Skaters Blickfeld sah so aus, als sei er nur knapp der Hölle entronnen. Das kugelsichere Glas im rechten hinteren Fenster hatte einen schweren Treffer abbekommen. Zwar hatte das Geschoß das Glas nicht durchschlagen, aber das Fenster war verbogen und halb aus dem Rahmen gerissen, und das Netz von Sprüngen war so dicht, daß die Sicht durch das Fenster gleich Null war. Das ganze Fahrzeug war mit schwarzen Brandflecken übersät, die einige der Risse in der Karosserie verdeckten. Gebrochene Streben zeigten an, wo früher einmal die hintere Stoßstange befestigt gewesen war, gaben jedoch keinerlei Hinweis darauf, wo sie sich jetzt befinden mochte.

»DocWagon hat Coleman Januarys Leiche gebracht«, erwiderte Duran. »Als Pizza von der Interstate 5.«

Die Interstate 5 verlief etwas über einen Kilometer weiter südlich. »Und weiter?«

»Elvis benutzt ein Richtmikrofon, um aufzuschnappen, was die Rettungsmannschaft erzählt, und leitet das Signal an Erzengel weiter, aber das meiste ist nichts wert. Bis jetzt haben wir nur gehört, daß January das Opfer eines Unfalls mit anschließender Fahrerflucht geworden ist. Keine Zeugen. Irgendein Bursche, der zufällig am Unfallort war, hat Januarys DocWagon-Armband gesehen, der Vermittlung die PIN genannt und dann gesagt, der Bursche sei wahrscheinlich gegeekt worden.«

Das Armband war oft ein Lebensretter, wie Skater wußte. Ein Kunde von DocWagon oder jemand in seiner Nähe konnte das Notsignal auslösen, das dann von der DocWagon-Vermittlung aufgefangen wurde und Aufschluß über den aktuellen Zustand und Aufenthaltsort des Kunden gab.

»Als das Rettungsteam eintraf«, fuhr Duran fort, »fand es dort ein halbes Dutzend Spike Wheels vor, die damit beschäftigt waren, January die Taschen zu leeren und seinen Wagen auszuschlachten.«

Die Spike Wheels waren eine Troll-Motorrad-Gang, die entlang der Interstate 5 agierte. Sie waren schwer zu kontrollieren, da sie aufgemotzte Hobel fuhren und immer mit schwerer Artillerie bestückt waren. Ein paar von ihnen hatten Verbindungen zur Yakuza und zur Mafia und beförderten gelegentlich Personen und Material.

»War January ein Mensch oder ein Meta?« fragte Skater.

»Ein Mensch. Die Spike Wheels sind über die Einmischung der Burschen von DocWagon ziemlich ausgerastet und haben versucht, sie zu vertreiben. Sie sind sogar soweit gegangen, eine leichte Panzerabwehrkanone, eine M79B1, schußbereit zu machen.«

»Das ist eine Menge Wumm, nur um ein Unfallopfer auszuplündern«, warf Wheeler ein.

»Ich würde sagen, es wäre mit Sicherheit interessant herauszufinden, wer am Steuer des anderen Wagens saß«, ertönte Cullen Treys körperlose Stimme über Commlink. »Oder bin ich der einzige hier, der paranoid ist?«

Skater erhöhte den Vergrößerungsfaktor an seinem Nachtsichtglas. Der Fahrer des Rettungsteams war ein Ork-Rigger mit einer deutlich sichtbaren Datenbuchse in der Schläfe, über die er mittels eines Glasfaserkabels mit der Konsole des Fahrzeugs verbunden war. Er umrundete langsam seinen Wagen und begutachtete den entstandenen Schaden, wobei er zweifellos bereits an den Bericht dachte, den er bei DocWagon würde abliefern müssen.

Als er das Glas auf das Heck des Rettungswagens richtete, entdeckte Skater, daß die hinteren Türen offenstanden und der Laderaum bis auf einen weiteren Ork leer war, der einen Haufen blutiger Laken zusammenknüllte und in einen chirurgischen Müll-Wiederverwertungssack stopfte, auf dem ein Aufkleber mit dem internationalen Zeichen für Biogefahren prangte. »Wo ist Januarys Leiche?« fragte Skater.

»Sie haben sie vor ein paar Minuten ins Gebäude gebracht.«

»Wer?«

»Angestellte des Instituts.«

»Bist du sicher?«

»Sie trugen Schastakowitsch-Uniformen, Junge«, sagte Duran. »Es stand in großen sauberen Buchstaben auf dem Rücken.«

»Natürlich«, warf Trey kühl ein, »ist es möglich, daß

diese Uniformen nur geliehen waren und die Leute gar nicht für das Institut arbeiten. Diese Leiche könnte in ein paar Minuten spurlos verschwunden sein.«

Wheeler lachte. »Machst du dir Sorgen um den Rest deines Honorars, Chummer?«

»Erzengel hat sie überprüft«, sagte Duran. »Sie hat sich in die Personalakten des Instituts geschlichen. Die beiden, die vorhin die Leiche abgeholt haben, sind als Angestellte des Instituts registriert.«

Trey klang beleidigt. »Wenn jemand bereit ist, uns Geld für diese Leiche zu zahlen, und zwar ein hübsches Sümmchen für einen derart geringen Zeitaufwand unsererseits, muß man die Möglichkeit in Betracht ziehen, daß eine andere Partei vielleicht ebenso gewillt ist, jemand anderen zu bezahlen.«

Der Ork-Rigger zog das Kabel aus seiner Datenbuchse und ließ es zur Konsole des Rettungswagens zurückschnappen. Dann kroch er unter das Fahrzeug und machte sich daran, einen Ersatzreifen vom Unterboden zu lösen.

»Ich will wissen, wie es kommt, daß January bequemerweise so kurz vor zwei Uhr zu Pizza verarbeitet worden ist«, sagte Skater. Es war jetzt 01:49:07 Uhr. Seine Hauptsorge galt im Augenblick der Möglichkeit, daß sein Team mit dem Mord in Verbindung gebracht werden konnte. Ein gerade erst gegeekter Coleman January hatte bei diesem Run nie zur Debatte gestanden, und die bloße Nähe zu ihm konnte sie bereits zu Verdächtigen machen. Trotzdem mochte der Rest ihrer Nuyen noch auf sie warten, wenn sie ihren Teil des Deals erfüllten. Und Skater mochte es nicht, vor Runs zu kneifen, zu denen er sich mit seinem Wort verpflichtet hatte. Das war schlecht fürs Geschäft. Seine Reputation war so gut wie Geld auf der Bank. »Erzengel?«

»Sie durchstöbert die Matrix, Junge«, sagte Duran, »und sucht bereits den DocWagon-Bericht, der am Unfallort verfaßt und abgeschickt wurde. Gleichzeitig hat sie ein Auge auf die Leiche. Und wo wir gerade von Zeit reden, die wird langsam knapp. January hat sich gerade erst in eine Leiche verwandelt. Auch wenn es tatsächlich nur ein Unfall mit Fahrerflucht ist, wird jemand kommen, um Nachforschungen anzustellen, damit der Fall zu den Akten gelegt werden kann. Wenn wir noch länger warten, kommt uns der Schichtwechsel von Knight Errant in die Quere. Du hast die entscheidende Stimme. Machen wir weiter oder brechen wir den Run ab?«

Skater beobachtete die beiden Angestellten von DocWagon. Wenn sie den Reifen gewechselt hatten, würden sie wahrscheinlich losfahren, wieder in ihrem Sektor patrouillieren und ihre Begegnung mit den Spike Wheels als eine weitere schlimme Nacht in ihrem Job abhaken. Er richtete das Glas auf die Eingangstür des Mariah Building. Die massiven Magschlösser sahen unüberwindlich aus.

»Wie sind die Burschen vom Rettungsteam ins Gebäude gekommen?« fragte Skater.

»Mit einer verchippten Zugangskarte«, antwortete Duran. »Sie haben die Tür geöffnet und sind gleich reingegangen. Die Leute von Schastakowitsch sind ihnen auf dem Flur entgegengekommen.«

»Sie könnten uns reinbringen«, sagte Skater.

»Ja, aber in diesem Gebäude sonstwohin zu kommen, wird verdammt schwer. Für die Aufzüge benötigt man eine andere Paßkarte, und du weißt, mit was für coolen Systemen Ares das Beerdigungsinstitut ausgerüstet hat, wenn man versucht, mit Gewalt einzudringen.«

»Es gibt eine Möglichkeit.« Skater verstaute das Nachtsichtglas wieder in seinem Brustbeutel und verließ seinen Standort. Die Angst pochte in ihm, brandete gegen die Schranken, die sie in Schach hielten, um das Kommando zu übernehmen. Er bezähmte sie, indem er sie mit seinem Überlebensinstinkt koppelte. Der Run konnte gelingen, wenn sie ein paar Veränderungen an ihrem ursprünglichen Plan vornahmen.

»Willst du mich einweihen?«

»Später. Im Augenblick brauche ich etwas Zeit für ein kleines Schwätzchen mit den Burschen von der Rettungsmannschaft.« Auf der Seite des Gebäudes, die zur Gasse hinausging, welche ihn von dem DocWagon-Fahrzeug in der Einundzwanzigsten Straße trennte, packte Skater die oberste Sprosse der Feuerleiter, die an der Außenseite des Gebäudes entlanglief.

»Angestellte von DocWagon sind normalerweise unbestechlich«, stellte Duran fest.

»Ja«, stimmte Skater ihm zu.

»Also setzen wir sie unter Druck, nehme ich an.«

Skater schlang seine Füße um die äußeren Streben der Feuerleiter und benutzte seine Hände als Bremsen. Er übte gerade so viel Druck aus, um rasch nach unten auf die Straße zu gleiten. »Wir beugen sie, aber wir zerbrechen sie nicht.«

»Manchmal haben wir diese Wahl nicht.«

»Also hoffen wir das Beste.«

»Ich nehme an, wir versuchen es mit der Extraktion?« fragte Trey.

»Ja«, erwiderte Skater, indem er zur Ecke der Gasse schlich und seinen Predator zog. Vorsichtig lugte er über die Straße. »Mr. Johnson wußte, daß dies eine ziemlich heiße Sache wird, und hat uns nicht mal die Hälfte darüber erzählt. So, wie ich das sehe, wird er alle Hebel in Bewegung setzen, um diese Leiche zu bekommen. Wenn wir sie uns holen, glaube ich, daß wir über unser Honorar neu verhandeln können.«

»Wahrhaftig«, sagte Cullen Trey, »du bist ein Mann nach meinem Herzen.«

»Vielleicht«, erwiderte Skater, »aber laßt uns hoffen, daß ich clever genug bin, um zu verhindern, daß wir uns die Finger verbrennen. Wheeler, bleib bei Erzengel und gib auf sie acht, solange sie in der Matrix ist. Trey, du übernimmst die Straße. Elvis, Duran, ihr beide kommt mit mir. Es geht los.« Er trat aus dem Schatten auf die Straße, wobei er den Predator locker an seinem Bein herunterhängen ließ. Die Rettungsmannschaft zu töten, stand nicht zur Debatte, aber dagegen, die Männer so zu verwunden, daß sie aus dem Spiel ausschieden, war nichts einzuwenden.

Natürlich war die Rettungsmannschaft ihrerseits nicht an diese Regeln gebunden. Er spürte, wie er sich innerlich anspannte, als er die Einundzwanzigste Straße Süd überquerte. Die Entfernung zwischen ihm und den Mitgliedern der Rettungsmannschaft schmolz dahin.

3

Kylar Luppas starrte durch die insektenverschmierte Windschutzscheibe seines Saab Dynamit 776TI auf die verstopfte Interstate 5 und drückte auf die Hupe, um den GMC Bulldog mit dem Signal eines Paketbeförderungsdienstes vor sich von seiner Spur zu scheuchen. Der Fahrer des Bulldog trat hart auf die Bremse, so daß die rubinroten Bremslichter so hell aufleuchteten wie die Markierungslampen, die Luppas' Söldnerteam vor ein paar Jahren in den Wüstenkriegen bei schnellen Aufräumaktionen eingesetzt hatten. Er zuckte instinktiv zusammen. Seine Männer waren im Licht dieser Lampen gestorben, da sie auf dieselbe Weise gegen sie eingesetzt worden waren: als Zielmarkierung für Scharfschützen.

Er raste innerlich, da er wußte, daß er ganz dicht an dem abtrünnigen Exec war, den aufzuspüren und heimzubringen ihm sein Arbeitgeber aufgetragen hatte. Nach tagelanger Suche war Norris Caber fast in seiner Reichweite. Luppas war sich immer noch nicht sicher, wie lange Caber schon vermißt wurde, bevor man ihn damit beauftragt hatte, ihn ausfindig zu machen. Die Megakonzerne waren immer sehr zurückhaltend, was Informationen betraf. Die Telekom-Meldung von der Zentrale, daß Caber auf der Interstate 5 gesichtet worden sei, hatte ihn vor kaum fünf Minuten erreicht. Es war jetzt 01:54:12 Uhr. Wenn er den Mann nicht heimbringen konnte, lauteten Luppas' Befehle, Caber zu terminieren. Fuchi Industrial Electronics konnte sehr nachtragend sein, insbesondere dann, wenn jemand den Konzern betrogen hatte.

Mit einem federleichten Druck auf das Gaspedal des turbo-aufgeladenen Sportwagens schnitt Luppas den Wagen des Kurierdiensts, als dieser versuchte, um einen Ford Americar herumzukurven, dessen Fahrer vermutlich bei der Auseinandersetzung zwischen den Spike Wheels und der DocWagon-Rettungsmannschaft verletzt worden war. Der Troll in dem Bulldog drückte seinerseits auf die Hupe und hob dann einen massigen Arm, um Luppas einen Vogel zu zeigen.

»Speedball Eins«, meldete eine weibliche Stimme aus seiner Konsole, »Ihre Satellitenverbindung ist umgeleitet und hergestellt worden. Phillips Tacticom betriebsbereit.« Ramona Fishbein saß in den Büros der Seattler Niederlassung Fuchis und überwachte die ganze Situation über eine Reihe niedrig fliegender Satelliten. Als Zentrale für diese Operation kam ihr einiges Gewicht zu, doch Luppas traf die Entscheidungen im Feld.

Luppas verließ die Fahrbahn und fuhr vorsichtig durch das schmale Band der Bäume und Büsche auf dem grasbewachsenen Mittelstreifen der Interstate. Limousinen und Kleinlaster, deren Rückfahrleuchten phosphorweiß aufblitzten, rasten an ihm vorbei. Das Phillips Tacticom war ein militärisches Kommunikationssystem, mit dem er noch aus der Zeit der Wüstenkriege vertraut war, das Sendungen so zerhacken und verschlüsseln konnte, daß sie fast unmöglich zu knakken waren.

Ein Mensch kam aus der Dunkelheit vor Luppas gerannt. Er wedelte mit den Armen und rief etwas.

Luppas betätigte den elektrischen Fensterheber und

ließ das Fenster herunter. Außerdem zog er die Pistole aus dem Kunstlederhalfter unter der Konsole, eine Hammerli Modell 610S, hielt sie jedoch so, daß sie von draußen nicht zu sehen war.

»Die verdammten Trolle legen alles in Schutt und Asche!« rief der Mann. »Sie wenden besser!« Er war ein blaßgesichtiger Mensch mit grellroten Haaren, die zu einer brutalen Sichelfrisur gestutzt waren, und trug einen fleckigen grau-grünen Overall mit den Worten ›McPhearson's Garage‹, die mit scharlachrotem Faden auf die linke Brust gestickt waren. Offenbar gehörte er zu der Mannschaft, die mit den Aufräumarbeiten betraut war.

Luppas schaute nach vorn auf die Autobahn und sah den Spike Wheels zu, wie sie die Autowracks ausschlachteten. Ein feuerroter Honda-GM 3220 Turbo lag mitten auf der Fahrbahn auf dem Dach. Die Front des Wagens war infolge einer mächtigen Kollision wie ein Akkordeon zusammengestaucht worden, und die Fahrerseite war mit Kratzern übersät. Sein geübtes Auge verriet ihm, daß der Wagen von einem größeren und schwereren Fahrzeug getroffen worden war. Viele der anderen Fahrzeuge wiesen Schäden von den automatischen Waffen der Trolle auf, was auch die Tatsache erklärte, daß einige der Wagen brannten. In diesem Augenblick gab einer der Trolle einen weiteren Schuß mit seiner Panzerabwehrkanone ab und traf einen Laster, der zu wenden und zu entkommen versuchte.

Da wußte Luppas, daß der Unfall gar kein Unfall gewesen war. Außerdem mußte er sich fragen, was die Motorrad-Gang wußte und wer sie auf den Mann in dem Honda-GM angesetzt hatte. Luppas suchte den Mann bereits seit zwei Tagen und war ihm noch nicht näher gekommen.

Kylar Luppas war so groß und schlank wie die meisten Elfen, und seine Haut hatte einen Bronzeton, der so dunkel war, daß er in der Nacht fast schwarz aussah, ein starker Kontrast zum Weißblond seiner Haare, die zu einem Pferdeschwanz zusammengebunden waren. Eine Tätowierung in Gestalt eines stilisierten östlichen Drachens begann an seiner rechten Augenbraue, zog sich über die Wange und hatte den Schwanz um seinen Hals geschlungen. Dieses Kunstwerk wurde lediglich von einem Quartett langer dünner Schrapnell-Narben unterbrochen, deren Weiß auf der bronzefarbenen Haut deutlich hervortrat.

Obwohl es dunkel war, trug er eine speziell für ihn angefertigte Rundumsonnenbrille von Whitelaw Electric, weil seine Augen äußerst empfindlich auf das Neonlicht in einem Sprawl reagierten. Außerdem trug er einen pflaumenfarbenen Mantel über einem dreiteiligen Zweireiher von Vashon Island. Der Saphir an der Silberkette um seinen Hals war sein primärer Zauberfokus.

»Hier spricht Speedball Eins.« Luppas schloß das Fenster wieder und sprach in das Tacticom. Der Fahrer des Abschleppwagens stand immer noch draußen vor seinem Wagen und bedeutete ihm hektisch umzukehren. »Speedball Zwo, hören Sie mich?«

»Speedball Zwo hört Sie, Eins. Wir sind im Hubschrauber und nähern uns Ihrer Position.«

Luppas' fast lippenloser Mund verzog sich zu einem dünnen Lächeln. Speedball Zwo war heute nacht Gunther Octavius, ein Angehöriger seiner alten Gruppe. Ein Mann, der wußte, daß man Befehle ausführte, ohne Fragen zu stellen. »Zwo, bestätigen Sie und nennen Sie geschätzte Ankunftszeit.«

»Wir haben uns beeilt, in die Luft zu kommen, Eins. Geschätzte Ankunftszeit beträgt … vier Minuten und siebenundzwanzig Sekunden.«

»Ich erwarte Sie, Zwo.«

Luppas stieg geschmeidig aus seinem Wagen, wobei er den Abschleppwagen nur ganz knapp mit seiner Tür verfehlte. »Sie wurden zum Unfallort gerufen. Was haben Sie gesehen?«

Der Mann zögerte, da er wußte, daß man manchmal ebenso schnell starb, wenn man zu viel wußte, wie wenn man zu wenig wußte.

Luppas schlug dem Mann mit dem Handrücken ins Gesicht, so daß dessen Kopf herumgerissen wurde. Als der Mann daraufhin feindselig reagierte, zeigte er ihm die Hammerli. »Ich habe nicht die ganze Nacht Zeit.«

»Okay, okay«, sagte der Mann. »Immer mit der Ruhe. Als ich hier ankam, lag das Rettungsteam von DocWagon gerade mit den Spike Wheels im Clinch. Offensichtlich wußten sie nichts von der Motorrad-Gang, weil es ein Standard-Team war. Die Spikes kamen aus dem Nichts angebrettert und ballerten los, sobald sie in Reichweite waren. Der Rettungswagen wurde von einem Raketenwerfer oder irgendwas getroffen, konnte aber trotzdem die Reihen der verdammten Metas – *Trolle* – durchbrechen, die ihm folgten. Ich fuhr näher und wartete auf die Freigabe Lone Stars, den Schrott abzutransportieren, als die Wheels zurückkamen. Sie stellten keine Fragen, sondern eröffneten sofort das Feuer und fingen an, Leute umzulegen.«

»Wo ist die DocWagon-Mannschaft?« wollte Luppas wissen.

»Sie haben den verunglückten Burschen eingesammelt und sich aus dem Staub gemacht.«

»Beschreiben Sie die Person, die das DocWagon-Team eingeladen hat.« Der Mann schien kurz davor zu stehen, aufsässig zu werden, und Luppas beugte sich drohend vor.

Der Fahrer schützte sein Gesicht mit den Armen. »Schon gut, schon gut. Es war ein Mann. Vielleicht Ende Zwanzig. Dunkle Haare, übergewichtig. Er sah aus wie jeder andere Konzern-Heini auch.«

Ohne ein weiteres Wort stieg Luppas wieder in seinen Wagen und fuhr den Spike Wheels entgegen. Er war nur Minuten von seiner Beute und dem mit ihr verbundenen fetten Bonus entfernt.

4

Der Ork aus der Rettungsmannschaft, der neben der Beifahrertür des Rettungswagens vor dem Mariah Building stand, wurde zappelig, als Jack Skater noch sechs Meter von ihm entfernt war. Die Schußwaffe des Orks war in Kunstleder eingewickelt und an seiner Hüfte befestigt, was sehr unpraktisch war. In dem Bemühen, sich beiläufig zu geben, ließ der Ork die Hand sinken, so daß sie an der Hüfte zur Ruhe kam.

Skater, der immer noch vier Meter entfernt war, winkte mit dem Predator. »Aus dieser Nähe bist du ein furchtbar großes Ziel, Chummer.« Er warf einen Blick auf die Uhrzeit, die auf seiner Netzhaut eingeblendet wurde: 01:51:34 Uhr. Der Johnson hatte den Zeitpunkt genau getroffen. Auf dem aufgenähten Schild auf der Brust des Orks stand FHARON.

»Von den anderen sind *beide* noch am Leben.« Elvis trat hinter dem Rettungswagen hervor. Der Troll war wie Skater schwarz gekleidet und ehrfurchtgebietende knappe drei Meter groß, ein Bündel aus bioverstärkten Muskeln. Die Narben, sein verdrehtes linkes Horn und ein mit Silber überkronter Hauer, der bei seinem beiläufigen Lächeln aufblitzte, zeugten von seiner beständigen Zwiesprache mit dem Tod.

»Leg den Waffengurt ab«, befahl Skater. »Langsam.«

Zwei Messer, ein Satz Schlagringe aus Makroplast und ein Fichetti Tiffani Self-Defender landeten auf dem Waffengurt. Elvis hob alles auf und verstaute die Sammlung im Rettungswagen.

»Fahr den Wagen von hier weg«, sagte Skater zu Elvis.

Der Troll öffnete die Tür und klemmte sich mühsam hinter das Steuer. Der Anlasser drehte träge, bevor der Motor ansprang.

Der Ork wirkte nervös, folgte aber Skaters unausgesprochener Aufforderung und ging die Straße vor dem

Mariah entlang. Skater blieb einen ganzen Schritt hinter ihm und hielt den Predator so, daß er nicht zu sehen war.

»Bieg an der Ecke ab.« Skater war nervös und kam sich exponiert vor. Das Wissen, daß Duran weniger als einen Block entfernt war und sie durch das Visier eines Präzisionsgewehrs beobachtete, war nicht so beruhigend, wie es hätte sein sollen. Der Schweiß lief ihm den Rücken herunter, so daß die Kleidung an seinem Körper klebte.

In der Gasse, wo Elvis den Rettungswagen parkte, hatten sich nächtliche Räuber versammelt. Von der zur Auswahl stehenden zweibeinigen und vierbeinigen Art fühlte Skater sich in Gegenwart der Nager und Katzen sicherer.

»Erzähl mir von dem Kunden, den du gerade abgeliefert hast, Fharon«, sagte Skater.

»Was wollen Sie wissen? Wir empfingen eine Meldung über einen Unfall mit Fahrerflucht auf der Interstate 5. Als wir dort ankamen, tauchten die verdammten Spike Wheels auf und starteten ein ziemliches Feuerwerk. Bevor ich einen klaren Gedanken fassen konnte ...«

Skater fiel dem Ork ins Wort. »Erzähl mir von dem Kunden, den ihr gerade abgeliefert habt.«

»Das Armband des Burschen wies ihn als Norris Caber aus. Als wir am Unfallort eintrafen, las einer meiner Partner seinen Kredstab ein, um Name, Adresse und Krankengeschichte zu überprüfen. Heraus kam Coleman January. Wir dachten, vielleicht hat er Caber das Armband abgenommen oder vielleicht hat Caber es ihm geliehen. Ich nahm eine Gewebeprobe, um sie mit denjenigen zu vergleichen, die DocWagon gespeichert hat.«

»War January in DocWagons Dateien?« fragte Skater.

»Nein.«

»Was hattet ihr über Caber?«

»Die übliche Krankengeschichte. Nichts, was ins Auge

fällt. Der Bursche war bei dem Unfall gegeekt worden, also hätte uns die Krankengeschichte ohnehin nicht weitergeholfen. Die Geister hätten ihn nicht retten können, es sei denn, sie wären bereit gewesen, ihn von den Toten auferstehen zu lassen.«

»Was machte Caber beruflich?« fragte Skater.

Der Ork schüttelte den Kopf. »Um an diese Informationen zu gelangen, brauche ich eine höhere Sicherheitsfreigabe, als ich sie im Augenblick habe.«

»Paßten Cabers Daten zu dem Opfer?«

»Der Mann hatte ein anderes Gesicht.« Fharon strich sich über das Kinn. »Aber bei genauerem Hinsehen konnte man erkennen, daß er unter dem Messer war. Erst kürzlich. Vielleicht erst vor einer Woche oder so. Sah nach erstklassiger Arbeit aus.«

»Danke«, sagte Skater.

Elvis reagierte auf sein Stichwort, bevor Skater das Wort ausgesprochen hatte. Er packte den Ork und nahm ihn in einen Betäubungsgriff. Sekunden später erschlaffte Fharon bewußtlos in den Armen des Trolls. »Der schläft für eine Weile.«

»Jack«, rief Erzengel über Commlink.

»Ja?«

»Während ich versucht habe, in das DocWagon-System einzudringen und ein paar Zerhacker-ICs zu entschlüsseln, mit denen ihre Kundendateien gesichert sind, habe ich eine Mitteilung von Lone Star abgefangen. Lone Star verlangt, daß man ihnen die Leiche übergibt. Im Augenblick sind sie gerade dabei, diesen Rettungswagen ausfindig zu machen.«

Hinter Skater ertönte ein metallisches Kreischen. Als er sich umdrehte, sah er, daß Elvis das Spatzenhirn und die CPU des Rettungswagens mit roher Gewalt aus der Konsole gerissen hatte. Funken sprühten in dem frei gewordenen Spalt. Eine Kopie aller empfangenen und versandten Dateien würde sich auf der Festplatte befinden. Wenn Erzengel die Zeit fand, konnte sie die Daten möglicherweise herunterladen, was ihnen vielleicht ein paar neue Aspekte lieferte.

»Warum interessiert Lone Star sich für die Leiche?« fragte Skater.

»Die Spike Wheels sind immer noch am Unfallort, und ein Dutzend oder noch mehr Leute sind getötet worden«, antwortete sie. »Lone Stars Ermittler wollen die Leiche haben. Sie glauben, daß January ermordet wurde und nicht das zufällige Opfer eines unglücklichen Unfalls war.«

Skaters Gedanken überschlugen sich, als sie alle Variablen durchgingen, während ihn frisches Adrenalin durchpulste.

»Okay, Junge«, meldete sich Duran, »ich würde sagen, es kann nur noch Minuten dauern, bis hier die Hölle los ist. Wenn so viel Drek am Dampfen ist, muß diese Leiche einen Haufen Nuyen wert sein. Wie soll's weitergehen?«

Einen Moment lang regte sich die Angst in Skater und hielt ihm das Bild seiner Tochter vor Augen. Sie befanden sich jetzt im Blindflug, und wenn ein Runner sein Geld auf einen Run setzte, der extrem in die Hose ging, konnte das fatale Folgen haben. Andererseits reichte der Vorschuß, den der Johnson ihnen für die Beschaffung der Leiche gezahlt hatte, nur für einen oder zwei Monate, wenn er seine Ausgaben nicht einschränkte. Und es war nicht billig, sich im Sprawl unsichtbar zu machen. Letzten Endes lief alles darauf hinaus, daß er das Geld brauchte.

Skater holte tief Luft. »Okay. Wir tun es. Wir treffen uns am Lieferwagen. Es geht los!« Er hielt lange genug inne, um Fharon die DocWagon-Jacke auszuziehen und noch eine aus dem Rettungswagen zu nehmen, die der Ork-Rigger offenbar dort abgelegt hatte. Im nächsten Augenblick hatte er seinen Platz in den Schatten wieder eingenommen und gab sich alle Mühe, seinem jähen Ableben einen Schritt voraus zu bleiben.

5

Luppas lenkte den Sportwagen mit einer Hand in Richtung der Spike Wheels, die sich in der Nähe der Unfallstelle versammelt hatten. Die Trolle waren bereit, wie der Blitz von der Bildfläche zu verschwinden. Wenn Norris Caber irgend etwas in dem Wrack zurückgelassen hatte, würde Luppas nicht zulassen, daß dieses Etwas gestohlen wurde. Sein Gesicht verzog sich zu einem raubtierhaften Grinsen, als die Gang das Feuer auf ihn eröffnete, während er sich ihnen näherte. Die Kugeln prasselten wie Hagelkörner gegen den Saab und schlugen Funken an den Aufschlagstellen.

Die letzten beiden Trolle sprangen auf ihre Vikings und legten eine Spur heißen Gummis auf den Asphalt, als sie ihren Spielkameraden hinterherjagten.

Luppas zögerte nicht und scheuchte den Saab mit quietschenden Reifen über die blockierte Interstate. Er vollführte hektische Lenkbewegungen und verließ sich ganz auf die Spurtreue des europäischen Sportfahrwerks. Er verfehlte den umgestürzten Honda 3220 nur um Zentimeter, und einen Moment lang verengten sich seine Augen, als das Fahrzeugwrack plötzlich in Flammen aufging, bis die Polarisierung seiner Brille auf die veränderten Lichtverhältnisse reagierte. Die Spike Wheels waren plötzlich vor ihm, fächerförmig ausgebreitet und in der falschen Richtung unterwegs, auf dem Weg zu dem Fahrzeugstau ein paar hundert Meter weiter zurück. Wenn sie es bis zu den Wagen schafften, würden sie kaum noch zu fassen sein, weil sie eine beliebige Ausfahrt nehmen und dann irgendwo in Tacoma untertauchen konnten.

Der Elf trat das Gaspedal durch und lauschte dem Aufbrüllen des frisierten Motors. Einen Augenblick später war er mitten unter ihnen. Als er auf gleicher Höhe mit dem letzten Troll war, riß er das Steuer nach rechts und rammte das Hinterrad der Viking. Metall knirschte, und der Aufprall ließ einen Funkenregen entstehen.

Der Troll verlor die Kontrolle über das Motorrad. Seine anschließende Rutschpartie über den Asphalt endete jäh an einer Begrenzungsmauer. Der Benzintank der Viking explodierte wie eine Brandbombe, und einen Augenblick später stand der massige Troll in Flammen.

Luppas fing den schlingernden Saab ab, beschleunigte erneut und riß das Steuer dann nach links. Der Saab rammte ein Motorrad, das er gerade überholt hatte. Der Troll wurde von seiner Maschine geschleudert und prallte mit derartiger Wucht gegen die Windschutzscheibe des Saab, daß das kugelsichere Glas aus den Halterungen gerissen wurde. Rote Blutfäden liefen dem Troll aus Mund und Nase und verschmierten das gesprungene Glas. Dann war er verschwunden, da er über das Dach des Wagens rollte und auf den Asphalt fiel.

Mit lautem Kreischen raste der Saab in eine Gruppe von Trollen und mähte sie nieder wie Kegel. Nur einem von ihnen gelang es, dem Angriff auszuweichen.

Luppas war nicht entgangen, daß dieser Troll auf dem besten Weg war, ihm zu entkommen. Der Saab holperte über Metas und Motorräder und vollführte eine Kehrtwendung, bevor er mit quietschenden Reifen zum Stillstand kam. Er mußte die verklemmte Tür mit der Schulter aufstoßen, wobei ihm bewußt war, daß sich einige der Trolle ringsumher benommen aufrappelten.

Er konzentrierte sich auf den Asphalt vor dem davonjagenden Motorrad und stellte sich vor, wie er sich in einer Mauer aus der Fahrbahndecke erhob. Dann wirkte Luppas seinen Zauber.

Schimmernde Kraftlinien schossen aus seiner Hand.

Im nächsten Augenblick wurde der Asphalt plötzlich lebendig und schoß auf einer Breite von zwei Metern direkt vor dem heranrasenden Troll in die Höhe. Der Troll versuchte zu bremsen und der Barriere auszuweichen, aber ihm blieb zu wenig Zeit für dieses Manöver. Das Motorrad prallte gegen die Mauer. Der Fahrer flog über den Lenker und prallte mit dem Kopf voran gegen den

Kühlergrill eines GMC 4201-Lasters. Die schwarzen und orangefarbenen diagonalen Linien auf der gewaltigen vorderen Stoßstange verfärbten sich blutrot. Der Troll rührte sich nicht mehr, nachdem er zu Boden geglitten war.

Luppas entließ den Asphalt aus seiner geistigen Kontrolle und richtete seine Aufmerksamkeit wieder auf die anderen Gang-Mitglieder. Einer der Trolle hob soeben eine Colt Cobra MP.

Luppas riß die Hammerli hoch und verschoß die letzten beiden Kugeln des Magazins. Sie trafen den Troll im Gesicht, traten jedoch nicht aus dem Hinterkopf des massigen Schädels aus. Sein kugelsicherer Helm ließ die Kugeln abprallen und sorgte dafür, daß sie seinen Schädel noch ein paarmal durchbohrten.

Luppas duckte sich hinter das verbeulte Chassis des Saab, warf das leere Magazin aus und ersetzte es durch eines mit Explosivgeschossen, die unter dem Sitz lagen. Er schob sich zwei weitere in die Taschen seines Mantels.

Das Dröhnen starker Rotoren ertönte über ihm. Als er aufschaute, sah Luppas die Umrisse des mattschwarzen Hughes Airstar 2050, der sich von oben herabsenkte. Auf den Flanken waren keine Kennzeichen auszumachen. Der Hubschrauber war so unauffällig, wie er nur sein konnte. Die Frachtluke war geöffnet, und eine Gestalt in einem tarnschwarzen Kampfanzug stand darin.

»Hey, *Omae*!« rief Gunther Octavius über Tacticom. »Können wir bei der Party mitmachen?«

»Ich will zwei von ihnen lebendig«, sagte Luppas zu seinem Stellvertreter.

»Bestätigt.«

Kugeln aus den Waffen der Trolle prallten gegen die gepanzerte Außenhaut des Airstar, als der Hubschrauber zur Landung ansetzte. Luppas lugte über die Karosserie des Saab hinweg, die Hammerli in beiden Händen und bereit, sein Team zu verteidigen.

6

Erzengel befand sich dort, wo sie sich mit ihrer Computerausrüstung bereits den größten Teil der Nacht aufhielt – zwei Blocks vom Mariah Building entfernt auf dem Kontursessel, der fest auf dem Boden im Laderaum des Leyland-Rover Transport angebracht war. Ein Kabel verband die Datenbuchse in ihrer Schläfe mit dem Deck auf dem kleinen eingebauten Arbeitstisch und ermöglichte ihr die Steuerung der Faserkupplung, mit der sie das Sicherheitssystem des Mariah an der Nase herumführte. Sie war damit beschäftigt, Teile der laufenden Video- und Audio-Aufzeichnungen herunterzuladen, um sie den Systemen später, falls nötig, wieder vorzuspielen, so daß das Eindringen des Teams verschleiert würde.

Skater wußte, was nötig war, um in der Spitzenklasse zu bleiben, und sorgte dafür, daß sein Team ständig Zugang zu jeder Hardware hatte, die es brauchte. Man benötigte einen Haufen Nuyen, um einen Haufen Nuyen zu verdienen. Skaters Ruf besagte, daß er ein Mann war, der Orte aufsuchen konnte, die er noch nie zuvor gesehen hatte, und Dinge schaffte, die viele für unmöglich hielten. Skater hatte sich seine Reputation bereits erarbeitet, bevor einige der anderen sich seinem Team angeschlossen hatten.

Einiges war das Ergebnis seiner Fähigkeiten und guten Nerven. Anderes war eine Frage der richtigen Ausrüstung, und Skater sorgte dafür, daß das Team auch als Team investierte und sich die richtige Ausrüstung aneignete, wenn es sie brauchte. Alles andere war reines Glück.

Sie hatten den Lieferwagen gestern nachmittag aus dem Parkhaus einer kleinen Einkaufsgalerie in Renton gestohlen und dabei bewußt einen ausgewählt, der als mobiler Arbeitsplatz für eine Installationsfirma eingerichtet war. Wheeler hatte binnen weniger Stunden mit etwas Hilfe von Skater und Elvis für die nötigen Veränderungen gesorgt – er hatte zusätzliche Stromgeneratoren für das Deck eingebaut, die Wandregale herausgerissen, die sie nicht benötigten, Gestelle und Halterungen für die Ausrüstung an den Wänden befestigt, die sie statt dessen benötigten, und den Lieferwagen in jenem verblaßten grau-weißen Farbton gespritzt, den er jetzt hatte.

Das Kennzeichen des Lieferwagens war gefälscht. Sie hatten sich vergewissert, daß es dieses Kennzeichen kein zweitesmal im Großraum Seattle gab. Skater sah keinen Grund dafür, das Risiko einzugehen, eine Spur zu hinterlassen, auch wenn sie nur zu einem Wagen führen konnte, den sie irgendwo abstellen würden, nachdem sie ihn wieder jeglicher Kennzeichen beraubt hatten.

Er war der erste, der zum Lieferwagen zurückkehrte. »Hat Lone Star schon eine Spur von dem Rettungswagen?« fragte er, während er sich eine geliehene DocWagon-Jacke überstreifte. Elvis hatte außerdem die Baseballkappe mit dem Logo der Gesellschaft mitgehen lassen, die am Rückspiegel des Rettungswagens gehangen hatte.

»Nein«, sagte Erzengel, deren Blick beständig auf den neun Monitoren ruhte, die vor ihr im Viereck aufgebaut waren.

Die Bilder auf den Schirmen waren in Farbe, Schwarz-Weiß und Infrarot. Sie wechselten in einem gleichmäßigen Takt, und in der unteren rechten Ecke jedes Bildschirms leuchtete bei jedem Bildwechsel zusätzlich zu Datum und Uhrzeit ein kleines Kennzeichen auf, um anzuzeigen, woher das Bild stammte. Es war jetzt 01:58:23 Uhr. Die Faserkupplung erlaubte ihr die Überwachung des gesamten Gebäudes. Ein Notizblock, der an einem Magnethaken neben den Bildschirmen hing, war mit Erzengels kleinen präzisen Buchstaben übersät. Skater wußte, daß es eine Liste der verschiedenen Kamerapositionen war.

Er lehnte sich ein paar Sekunden lang gegen den Lieferwagen und starrte sie an. Erzengel war wunderschön, ihre Hautfarbe milchweiß. Ihr herzförmiges Gesicht war ein perfekter Rahmen für ihre bronzefarbenen Elfenaugen, in denen goldene Sprenkel wirbelten. Ein glänzender Wasserfall platinblonder Haare fiel über ihre Schultern und auf den Rücken und war auf einer Seite hinter das spitze Ohr zurückgekämmt. Die glänzende Datenbuchse in ihrer rechten Schläfe reflektierte das Flackern der Monitorbilder. Die weite Hose und das ebenso weite Hemd versuchten vergeblich, die schlanken, muskulösen Kurven darunter zu verbergen. Wer sie war und woher sie kam, war jedoch eine ganz andere Frage. Skater wußte über diese Frau lediglich, daß ihr Name nicht Erzengel und sie ein brandheißer Decker war. Als sie sich seinem Team angeschlossen hatte, war er der Ansicht gewesen, daß jeder ein Recht auf seine Geheimnisse hatte. Er hatte schließlich seine eigenen.

In Skater kam wieder Bewegung. »Niemand kommt also mit heulenden Sirenen zu Schastakowitschs Beerdigungsinstitut gerast?« Er streifte ein paar Handschuhe über, aus denen die Handflächen herausgeschnitten waren, um eine bessere Kühlung zu gewährleisten. Bis jetzt hatte noch niemand einen Weg gefunden, Handabdrücke zurückzuverfolgen. Gewebe war ein ganz anderes Problem, aber er hatte beschlossen, das Risiko einzugehen, um einen sichereren Griff zu haben. Hände waren in seinem Beruf enorm wichtig. Makroplasteinsätze an den Knöcheln und auf dem Handrücken dienten sowohl als Panzerung als auch als Waffe.

Skater nahm den randvoll gepackten Rucksack, der neben der Laderaumtür des Lieferwagens stand. Wheeler schnappte sich den anderen Rucksack und streifte sich dann die hellgrüne DocWagon-Jacke über, die Skater ihm hinhielt. Der Zwergen-Rigger war kaum größer als einen Meter, und seine extrem muskulösen Schultern waren fast ebenso breit. Seine Füße sahen unverhältnismäßig groß aus, steckten aber in Nagelstiefeln, mit denen er jedem in den Hintern getreten hätte, der so unhöflich gewesen wäre, diese Tatsache zu erwähnen. Er trug seine kastanienbraunen Haare lang, aber zu einem einzelnen Zopf geflochten, der ihm auf den Rücken fiel. Der Vollbart unter seiner immensen Nase war ein wenig dunkler. Die Datenbuchse in seiner Schläfe glänzte wie eine frisch geprägte Münze. Er war der Transportspezialist des Teams und hatte reichlich Erfahrung. Wenn er nicht mit einem Run beschäftigt war, arbeitete Wheeler oft für DocWagon, und zwar als Spezialist für besonders gefährliche Rettungsunternehmen.

»Noch nicht«, sagte Erzengel mit jener eisigen Kühle, die ihr Markenzeichen im Geschäft war. »Für ein bescheidenes Honorar, dessen Rückerstattung ich bei unserer abschließenden Bezahlung erwarte, habe ich für eine Ablenkung im DocWagon-System gesorgt. Ich habe einer Gruppe von Deckern, die heute in der Matrix spielen wollten, ein paar weniger sicherheitsintensive Paßcodes gegeben, so daß sie sich in den Dateien austoben können. Für uns wäre es nur Wechselgeld, aber einige dieser Dateien lassen sich mit einigen Stunden Arbeit in anständige Nuyen umwandeln. Die Decker bei DocWagon werden noch eine ganze Weile zu viel Betrieb in ihren Systemen haben, um diesen Rettungswagen ausfindig zu machen.« Sie hob eine Augenbraue. »Das heißt, sofern die Mitglieder des Rettungsteams nicht in der Lage sind, sie herbeizurufen.«

Elvis umrundete das Heck des Lieferwagens und legte das Spatzenhirn des Rettungswagens auf den Boden des Laderaums. »Sie rufen erst dann jemanden, wenn jemand sie losgebunden hat.«

»Also haben wir ein Fenster«, knurrte Quint Duran, der so lautlos aus den Schatten trat, wie ein Leshy sich im Wald bewegte. Der Ork hatte als Söldner harte Zeiten erlebt, und das war nicht zu übersehen. Sein dunkles, buschiges Haar war mit silbernen Strähnen durchsetzt.

Goldene Kreolen hingen an den Läppchen seiner länglichen Ohren. Sein Gesicht war runzlig und vernarbt, und in seinen dunklen, umwölkten Augen brannte fast beständig ein böswilliges Licht. Seine mit Kunstleder verkleidete Panzerung ließ ihn aussehen wie einen Ritter aus der Geisterwelt, der gekommen war, Verwüstung anzurichten. Seine Schrotflinte vom Typ Franchi SPAS-22 trug nicht dazu bei, diesen Eindruck abzumildern.

Cullen Trey näherte sich dem Leyland-Rover von vorn mit einem Lächeln auf den Lippen. Er trug schwarze Kleidung und Panzerung, die ebenso funktional war, wie sie seiner schlanken Gestalt schmeichelte, und dazu einen knöchellangen Kevlar-Umhang mit kurzem Kragen. Ein dunkler, zu einem Kreuz von fast acht Zentimetern Länge und annähernd vier Zentimetern Breite geschliffener Amethyst hielt den Umhang vorn zusammen. Außerdem trug er einen Gehstock aus poliertem Holz mit einem silbernen Eulenkopf als Knauf.

»Guten Abend zusammen«, sagte Trey fröhlich. »Nette Nacht für Schatten.« Bevor er sich dem Team angeschlossen hatte, war er ein freischaffender Magier gewesen, der über Schieber gearbeitet und eine Vielzahl von Runs abgewickelt hatte. Er war einer der besten Magier, die Skater je gesehen hatte.

»Jack«, rief Erzengel.

Skater sah in ihre Richtung und folgte dann ihrem ausgestreckten Finger zu dem Minitrideo hinter dem Fahrersitz, in dem gerade eine Sendung lief. Auf dem kleinen Bildschirm sprang ein Team aus einem Hubschrauber, das aussah, als befände es sich mitten in einem Feuergefecht. Skater nahm an, daß die Troll-Gang etwas damit zu tun hatte. »Spike Wheels?«

Erzengel nickte. »Sie sind zur Unfallstelle zurückgekehrt.«

»Wer sind die Burschen in dem Vogel?« fragte Wheeler.

»Das ist in der Sendung bisher noch nicht erwähnt

worden. Die Burschen sind aus dem Nichts aufgetaucht und ohne Warnung über die Spike Wheels hergefallen.«

»Sie waren nicht bei unserer Zielperson«, bemerkte Skater.

Duran nickte zustimmend. »Wären sie es gewesen, hätten sie die Zielperson extrahiert und nicht Doc-Wagon.«

»Was automatisch bedeutet«, sagte Cullen Trey, dessen Stimme nicht mehr ganz so fröhlich klang, als er auf den Trideoschirm starrte, »daß sie hinter derselben offenbar sehr gefragten Leiche her sein müssen wie wir.«

»Sieht so aus, als wäre die Auswahl an Leichen ziemlich groß«, knurrte Elvis. Im Trid waren die Toten rings um den brennenden Wagen zu sehen, während weitere Gestalten unter dem Beschuß des soeben eintreffenden Teams zu Boden gingen. »Und diese Burschen vergrößern die Auswahl noch.«

»Sie sind gut«, räumte Duran ein. »Vielleicht gehören sie zu Lone Stars Elitetruppen?«

»Nein.« Erzengel machte sich eine Notiz auf dem Block neben der Monitorreihe. »Nach allem, was ich auf Lone Stars Frequenzen höre, zu denen ich Zugang habe, ist ein Team von Lone Star dorthin unterwegs, aber sie haben im Augenblick niemanden am Schauplatz.«

»Ihre Magier könnten den Unfallort auf astralem Weg erkunden«, stellte Trey fest. »Vielleicht sollte ich selbst einen Blick darauf werfen.«

»Nein«, sagte Skater. »Wir haben hier einen Aktionsplan. Wenn du dort auftauchst und bemerkt wirst, könntest du andere Leute zu uns führen. Entweder Lone Star oder diese Gruppe. Im Augenblick muß uns reichen, was wir wissen.«

»Der Junge hat recht«, knurrte Duran. »Vielleicht haben wir einen Feuerdrachen am Schwanz, aber noch können wir uns den nächsten Schritt aussuchen. Wir brauchen uns nur diesen Haufen Pizza zu schnappen, an dem alle Welt so interessiert ist, und abzuschwirren.

Nicht ganz einfach, aber als wir heute abend begonnen haben, glaubten wir, daß es zu schaffen ist. Ich glaube das immer noch.«

Skater fragte noch einmal die anderen. Elvis und Trey blieben bei ihrer Meinung und stimmten für den Run.

»Ich bin auch dabei«, sagte Wheeler. »Wir kriegen Druck von allen Seiten, wenn diese Geschichte in die Hose geht, aber im Moment habe ich zu viel Spaß, um einfach aufzuhören.« Er zeigte auf das Trideo. »Dieses massive Interesse bedeutet nur, daß wir aus unserem Johnson mehr Nuyen herausholen können.«

»Erzengel?« fragte Skater.

Sie sah ihn an, aber er wurde aus ihrer Miene nicht schlau. »Okay, laß es uns tun«, sagte sie nach einem Augenblick.

Einen Moment lang dachte Skater an Emma. In diesem Moment war sie Grund genug, den Run nicht fortzusetzen, aber sie war auch Grund genug, ihn durchzuziehen. Er hatte den anderen noch nichts von den Forderungen einer Frau namens Deja in bezug auf Emma erzählt, die er über einen seiner Briefkästen erhalten hatte, welche Kestrel für ihn verwaltete. Daß die Frau überhaupt in der Lage war, ihn zu finden, ohne selbst im Geschäft zu sein, war schon erschreckend genug, und daß er absolut nichts über sie wußte, war noch erschreckender. Ihre Geldforderungen waren noch beunruhigender. Kestrel war ein Schieber, einer der besten im Geschäft, und ein Chummer, der Skater eine Menge schuldete. Doch selbst Kestrel hatte mit dem Namen bisher noch nichts anfangen können.

»Ich will nicht, daß im Mariah irgend jemand gegeekt wird«, sagte Skater mit einem vielsagenden Blick in Durans Richtung. Der Ork war das gewalttätigste Teammitglied.

»Dann sorg dafür, daß du und die halbe Portion« – der Ork nickte in Wheelers Richtung – »nicht in Gefahr geratet, umgelegt zu werden. Meine Aufgabe ist es, euch

Rückendeckung zu geben, und ich nehme meine Pflichten ernst.«

»Du übernimmst die Flure«, sagte Skater. »Ich verlasse mich darauf, daß du etwaige Verfolger nicht ablenkst. Laß alles seinen Lauf nehmen. Andernfalls schwärmen sie aus, und dann sind sie nicht mehr berechenbar.«

Duran nickte kurz.

»Trey«, sagte Skater. »Du übernimmst die Straße und greifst nur ein, wenn der Wagen angegriffen wird. Wir sind auf Verfolger vorbereitet, und wenn wir gut genug vorbereitet sind, können wir sie abschütteln, wo wir sie abschütteln wollen. Du bist nur ein Sicherheitsventil.«

»Wie du meinst«, sagte Trey mit einem Nicken.

»Elvis, du bleibst beim Wagen. Schütze Erzengel und verschwinde wie der Teufel, wenn Wheeler und ich das Dach des Mariah erreicht haben.«

»Verstanden, Chummer.« Der Troll legte seine gewaltige Faust in einer Geste auf Skaters Schulter, mit der er ihm Glück wünschte.

»Wheeler.« Skater schulterte seinen Rucksack.

»Ich stehe in deinem Schatten, *Omae*«, sagte der Rigger. »Du wirst keinen Schritt ohne mich machen.«

Skater warf einen letzten Blick auf das Mariah, holte noch einmal tief Luft und nahm sich noch einen Augenblick Zeit, um ein Gebet an alle Geister zu schicken, an die sein Großvater geglaubt hatte. Dann war der Run in vollem Gang, und der Sturm, in dessen Auge sie sich befanden, wartete nur auf einen falschen Schritt.

7

Luppas eilte vorwärts, ganz auf das brennende Wrack des Honda-GM 3220 im Zentrum der Unfallstelle auf der Interstate 5 fixiert. Die Flammen loderten jetzt haushoch, nährten sich von dem Benzin, das aus den geplatzten Leitungen sickerte. Das mochte ein Teil seines Finderlohns sein, der dort verbrannte.

Er wußte, er würde dafür büßen müssen, zu schnell zu viel Magie angewandt zu haben, bevor die Nacht vorbei war. Er konzentrierte sich auf die brennende Hülle des Honda und testete die Kraft seines Geistes. Als sie sich der Aufgabe gewachsen fühlte, schoß eine seiner Hände vor. Schimmernde Kraftlinien rasten über das Schlachtfeld.

Der Zauber traf den brennenden Wagen. Sofort reagierten die Flammen so, als seien sie von einer physikalischen Kraft erfaßt worden, da sie sich in einem blendenden Blitz ausbreiteten. Dann erloschen sie von einem Augenblick zum anderen.

Luppas lehnte sich mit schwachen, zitternden Knien schwer gegen den Saab. Schweiß lief ihm über das Gesicht und sickerte in seinen teuren Anzug. Er umschloß den Kolben der Hammerli fester, konnte aber einfach nicht die Kraft in sich finden, sich wirklich wohl dabei zu fühlen. Er sah sich um und musterte die Schatten. Die Whitelaws-Brille hatte sich bereits an die veränderten Lichtverhältnisse angepaßt.

Der mattschwarze Hubschrauber schwebte weiterhin über ihnen. Eine drehbare Vigilant-Autokanone in einer unter der Kabine des Hubschraubers angebrachten Geschützvorrichtung drehte sich infolge der Sensor-Verbindung mit dem Pilot synchron mit dessen Kopfbewegungen. Der zur Abschreckung der Zivilisten am Rand des Schlachtfelds sichtbare Faden der Laserzielvorrichtung wanderte wie ein langer roter Finger durch die Nacht. Der Laser glitt über Fahrzeuge und Leichen und kam nie auch nur in die Nähe der eigenen Teammitglieder.

»Speedball Team, hier ist Eins«, sagte Luppas. »Wir arbeiten hier unter großem Zeitdruck. Unser Einsatzziel hier lautet, einkassieren und verschwinden. Ich will so schnell wie möglich jeden Spike Wheel, ob lebendig oder tot, in Gewahrsam sehen.«

Die Bestätigungen erfolgten umgehend.

Luppas nahm sich einen Augenblick, um sich zu sammeln, wobei er ein paar speziell ausgewählte Mantras in Alt-Farsi rezitierte. Bei seinem dritten Atemzug hatte das Mantra ihn wiederaufgeladen und ihm den Kopf freigemacht.

»Zentrale«, rief er über Tacticom, »hier spricht Speedball Eins.«

»Speedball Eins, Zentrale hört«, antwortete Fishbein.

Luppas ging langsam auf das Schlachtfeld, da er wußte, daß der Hubschrauberpilot seine Position in den globalen Positionsanzeiger des Teams einspeisen würde, der sich an dem Sony Nav-Dat orientierte, den er bei sich trug. Da die Zentrale eine Satellitenverbindung bereitstellte, würde sein Team jederzeit wissen, wo er war. »Wissen wir, wo unser Primärziel ist?«

»Negativ, Eins.« Ramona Fishbein klang angemessen zerknirscht ob der Situation. »Nach allem, was ich weiß, hängen DocWagons Computer im Augenblick etwas daneben.«

»Wie lange dauert es, bis die Situation bereinigt ist?«

Ein leichtes Zögern. »Das ist unbekannt.«

Luppas grinste in sich hinein. Fishbein haßte es zuzugeben, daß ihre kleinen Schmuse-Computer nicht zu jeder beliebigen Zeit alles schafften. »Vielleicht finde ich an diesem Ende etwas heraus.«

»Was Sie auch herausfinden«, sagte Fishbein, »ich stehe Gewehr bei Fuß, um es zu überprüfen.«

Luppas erreichte den rauchenden Honda-GM. Er zog ein Paar Handschuhe aus der Tasche, um seine Hände zu schützen, während er die Trümmer durchsuchte.

Mehrere Schüsse unterbrachen seine Untersuchung des beschädigten Wagens. Er ging hinter dem Wrack in Deckung und suchte weiter.

»Speedball Eins, hier ist Zwo.«

»Eins hört, Zwo.« Luppas kniete sich in den Wagen.

Um das Wrack richtig durchsuchen zu können, würden sie Techs rufen müssen.

»Das letzte Ziel ist ausgeschaltet, Eins. Definitiv handlungsunfähig.«

»Bestätigt, Zwo. Haben Sie Gefangene?« Luppas betrachtete die aufgeschlitzten Sitze und das Handschuhfach, dessen Klappe fehlte. Das Feuer hatte sämtliches Papier verbrannt. Nur ein paar verkohlte Blätter waren noch intakt. Er rührte sie nicht an. Sie waren das Problem von Fishbeins forensischem Team.

»Ich habe zwei, Eins. Dumm und Dümmer.«

Luppas zog einen Handschuh aus und berührte vorsichtig das verkohlte Lenkrad. Es war noch sehr heiß, besonders die Plastikteile, deren Überreste langsam vom Metallrahmen tropften. Er stellte sich neben den Honda und wartete, wobei er sich fragte, wohin Caber gegangen war, während er sich außerhalb der Überwachungsschleife befunden hatte, die Fuchi in Seattle eingerichtet hatte, bevor der Konzern Luppas und sein Team anwarb.

Er beobachtete die Bergungsaktion durch die rußverschmierte Windschutzscheibe. Je drei Mann seines Teams kümmerten sich um eine Leiche, die im Laderaum des Airstar gestapelt wurden, dessen Kufen nur Zentimeter über dem Asphalt schwebten.

»Speedball Eins, hier Zentrale. Lone Star erreicht in spätestens zwei Minuten Ihren Standort.«

Luppas spähte zu der Reihe von Fahrzeugen auf der Fahrbahn und entdeckte die blau-roten Blinklichter der Streifenwagen. »Wurden irgendwelche Fortschritte mit ihnen erzielt?«

»Eine Abmachung liegt auf dem Tisch«, erwiderte Fishbein.

»Halten Sie mich auf dem laufenden.« Luppas packte das Lenkrad und glitt in den Astralraum.

In den letzten zwei Tagen hatten die Watcher, die er beschworen hatte, in einer Art Schichtdienst ganz Seattle nach Caber abgesucht und nichts gefunden. All das war mit unglaublichen Kosten für Fuchi verbunden gewesen. Der Konzern konnte ihn und sein Team mit Leichtigkeit bezahlen, aber die damit für Luppas verbundene Anstrengung war gewaltig. Ein weniger befähigter Magier wäre an der Aufgabe gescheitert. Fishbeins Quellen zufolge mußte Caber sich in Seattle befinden. Nun, da Luppas wußte, daß Caber sich in Tacoma aufhielt, rief er einige der Watcher, die er in Bereitschaft gehalten hatte.

Sie kamen im Astralraum zu ihm, so geistlos wie Hundewelpen, die ihrem Herrn gefallen wollten, körperlose Wesen, die kaum eine astrale Signatur in ihrem Kielwasser zurückließen. Sie hatten Cabers Bild bereits, also brauchte er nur den Suchbereich neu festzulegen. Er schickte sie mit einem Wort los und wechselte dann wieder in die physikalische Welt.

Gunther Octavius war zu ihm gekommen, während er sich mit den Watchern befaßt hatte. Sein Stellvertreter war ganz in Schwarz gekleidet und trug ein dunkelviolettes Band um den linken Oberarm, um optisch für den Rest des Teams erkennbar zu sein. Der Globale Positionsanzeiger folgte ihm ebenfalls, aber oft wurden Abzüge schon dann betätigt, wenn man ein Ziel optisch im Visier hatte.

»Paß auf mich auf, *Omae*«, sagte Luppas zu Octavius. »Ich bin gleich wieder da.« Sein Körper war natürlich im höchsten Maße verwundbar, während er sich im Astralraum befand. Mit dieser Geste unausgesprochenen Vertrauens verschränkte Luppas die Arme um seine hochgezogenen Knie.

»Ich bin da«, versprach Octavius. Sein Gesicht hatte die Form eines Spatens und war hart und wie gemeißelt. Für einen Menschen war er breit und untersetzt und hatte eisengraue Haare, die um den Helmrand gesträubt waren.

Mit einer kurzen geübten Anstrengung glitt Luppas in den Astralraum.

Luppas war sich seines astralen Selbst bewußt, als es sich von seinem Körper löste. Hoch über dem Kampfgebiet schwebend, sah er einen Watcher auf sich zueilen.

»Meister«, krächzte dieser. »Ich habe denjenigen gefunden, den du suchst.«

Da er andere Astralwesen spürte, die ringsumher weit weg in der Ferne der weit offenen Astralebene beschäftigt waren, vergewisserte er sich, daß niemand daran interessiert war, ihn herauszufordern, oder seinem Tun zu viel Aufmerksamkeit entgegenbrachte. Er folgte dem Watcher so geschmeidig, wie die Monobahn in der Seattler Innenstadt fuhr.

Gebäude flogen unter ihm vorbei, während sich seine Geschwindigkeit erhöhte. Die Straßenzüge kamen ihm vertraut vor, aber er war nicht in der Lage, Straßenschilder oder auch nur die Neonreklamen an den Häusern zu lesen. Die Astralebene interpretierte die Welt neu, und die Fähigkeit des Lesens und Schreibens war in ihr vollkommen überflüssig. Nur die Gefühle sickerten durch, die alle zusammen eine künstliche, schreiende Attraktion bildeten.

Der Watcher brachte Luppas in den achten Stock eines Gebäudes. Er prägte sich sein Äußeres ein, so daß er es wiedererkennen würde, wenn er es, wie er es vorhatte, aus dem Kopilotensitz des Hubschraubers sah.

Als er sich sicher war, daß er es wiedererkennen würde, glitt er durch eines der Fenster mühelos in das Gebäude hinein. Immer noch schwebend, folgte er dem Watcher an einer Reihe von Bürotüren vorbei, bis er vor einer dicken Holztür mit einem massiven Makroplastkern innehielt.

Enttäuschung überkam ihn, als er das unleserliche Gekritzel sah, das auf der Tür tanzte. Hätte er sich in seinem Körper befunden, hätte er nur den Namen der Firma zu lesen brauchen.

In dem Bewußtsein, daß die Sekunden verstrichen, wie schnell ihn die astrale Projektion auch machte, folgte Luppas dem Watcher durch die Tür. Die Anordnung der Räume und die sorgfältig aufgestellten Särge, die von Trauernden auf Stühlen oder in kleinen Gruppen umringt waren, verrieten ihm sofort, daß er sich in einem Beerdigungsinstitut befand.

Auf der Astralebene war das Gefühl der Trauer und des Verlusts so scharf und durchdringend wie ein elektrischer Schlag. Er fand Norris Caber in einem Nebenraum, dessen eine Wand mit Geräten aus rostfreiem Stahl vollgestellt war. Caber lag auf einer Metallbahre neben einem Automatentisch, der sich in die Leiche einer alten Orkfrau zischte, saugte und summte, durch deren linkes Auge sich ein Laser gebrannt hatte. Die Glieder der Frau zuckten unter der von einem Spatzenhirn bedienten Ausrüstung, die wie eine Cyberspinne von der Decke hing. Ein schlanker Mensch in einer weißen Jacke stand neben dem Tisch und rauchte unbekümmert eine Zigarette.

Caber war tot. Daran bestand kein Zweifel. Sein Kopf war ihm dicht unter dem Kinn fast abgetrennt worden.

Es war 02:01:14 Uhr gewesen, als er in den Astralraum gewechselt war. Luppas verließ das Gebäude rasch wieder, da er wußte, daß er die Gesundheit seines Körpers aufs Spiel setzte, wenn er noch länger blieb. Doch auf seinem Weg durch das Dach des Gebäudes sah er zwei Männer auf der Feuertreppe, die gerade den sechsten Stock erreichten. Ihre Anwesenheit löste einen instinktiven Alarm in ihm aus.

Einer von ihnen war ein Mensch, zweifellos von amerindianischem Blut, und der andere ein Zwerg. Unter den DocWagon-Jacken waren beide schwarz gekleidet. Außerdem trugen sie Waffen und Rucksäcke, die mit einer umfangreichen Sammlung verschiedenster Gerätschaften und Vorrichtungen gefüllt waren.

Keiner der beiden war auf irgendeiner Ebene astral aktiv oder ließ mehr erkennen als seine untätige Astralform. Doch Luppas konnte ihre Anspannung spüren und die Entschlossenheit, jedes Ziel zu erreichen, das sie sich gesetzt haben mochten.

Wäre er nicht schon so lange von seinem Körper getrennt und darüber hinaus auch noch geschwächt gewesen, wäre Luppas noch geblieben, um herauszufinden, was sie im Schilde führten. Er hatte das Gefühl, daß er es noch erfahren würde.

Er kehrte so rasch wie möglich in seinen Körper zurück und bannte die Watcher, um die wenigen Kräfte zu schonen, die ihm noch geblieben waren.

In der physikalischen Welt gab Luppas seinem Team ein Zeichen und bestieg den Airstar. Als der letzte Mann an Bord des Hubschraubers war, schloß Octavius die Luke.

Luppas kämpfte sich mit Mühe durch seine Männer und über die toten Trolle nach vorn. Ursprünglich war der Airstar mit neun Sitzen ausgerüstet gewesen, die einen bescheidenen Komfort boten. Er hatte angeordnet, die Sitze auszubauen und statt dessen Faltbänke einzubauen, um mehr Leute unterbringen zu können. Von außen sah der Hubschrauber klein aus, aber die fünf toten Trolle, einer davon stark verbrannt, die zwei lebendigen Trolle und sein Acht-Mann-Team fanden nach dem Umbau mehr als genug Platz darin.

Luppas sank auf den Kopilotensitz und schaltete das Tacticom ein. »Zentrale, hier ist Speedball Eins. Ich habe unsere Zielperson gefunden, aber ich brauche Hilfe, um sie zu bergen.«

»Wo ist sie?«

»In einem Beerdigungsinstitut in einem vierzehnstöckigen Gebäude, nicht weiter als ein paar Blocks entfernt. Sie müßten es leicht identifizieren können. So viele kann es nicht geben.«

»Bestätigt, Eins. Ich will, daß die Leiche geborgen wird.«

Nach diesen Worten wußte Luppas, daß hinter dieser Operation noch mehr steckte, was man ihm nicht gesagt hatte. »Warum, Zentrale? Ich habe die Zielperson gefunden. Sie ist tot.« Normalerweise reichte sein Wort, daß eine Zielperson terminiert war. Das letzte, was Fuchi wollte, war eine Leiche, die man mit dem Konzern in Verbindung bringen konnte. Caber war von jemand anderem erledigt worden, so daß im Augenblick keine Spur zu Fuchi führte.

»Verstanden, Eins. Aber Sie haben Ihre Befehle.«

»Bestätigt, Zentrale. Wir brauchen Hilfe, um das Gebäude rasch ausfindig zu machen. Können Sie es identifizieren und uns hinführen?«

»Bleiben Sie auf Empfang, Eins.«

Luppas schnallte sich an, sah den Pilot an und zeigte mit dem Daumen nach oben.

Der Airstar schoß mit dröhnenden Rotoren in den Himmel. Sekunden später lag das Schlachtfeld auf der Interstate 5 tief unter ihnen.

8

Jack!« rief Erzengel über Commlink.

»Ich höre.« Skater packte das Geländer im Treppenhaus des Mariah Building und zog sich auf den Absatz des siebenten Stocks hoch. Seine Beine zitterten von der Anstrengung, alle sieben Etagen erklommen zu haben, und seine aufgepeppten Reflexe bebten vor Erwartung und Bereitschaft, durch den Adrenalinstoß noch zusätzlich aufgeputscht. Die Zeiteinblendung auf seiner Netzhaut verriet ihm, daß es 02:03:57 Uhr war. Ihr Fenster blieb noch sechsundzwanzig Minuten geöffnet, bevor es sich durch den Schichtwechsel bei Knight Errant schloß.

Die DocWagon-Jacken hatten sie ins Gebäude gebracht und für eine simple Tarnung gesorgt, was die Sicherheit Knight Errants betraf, welche die Ein- und Ausgangsbereiche vermittels eines geschlossenen Monitor-Systems überwachte. Erzengel hatte sich an den ICs für die Feuertreppe vorbeigeschlichen und sich an den dort installierten Kameras zu schaffen gemacht, so daß sie immer nur dasselbe leere Treppenhaus auf die Monitore Knight Errants übertrugen. Skater und Wheeler waren lediglich auf Erzengels Bildschirmen zu sehen.

»Der Hubschrauber am Unfallort ist soeben gestartet und scheint auf dem Weg zum Mariah zu sein«, meldete Erzengel.

»Bist du sicher?« Skater erreichte den Absatz zwischen dem siebenten und achten Stock. Seine Kleidung war schweißnaß.

»Ich kann ihn mit Hilfe einer Videoaufnahme verfolgen, die direkt zu einer KSTS-Nachrichtensendung übertragen wird. Sie stammt von einer Reporterin mit einer tragbaren Sony HB500. Die Reporterin versucht dem Hubschrauber mit dem Wagen zu folgen.«

Als er die gelben Zahlen sah, die die achte Etage anzeigten, hielt Skater inne. Die Lichtverstärkerschaltkreise in seinen Augen hatten die Nacht auf der Feuertreppe bereits in einen trüben Tag verwandelt.

Er warf einen Blick durch das Drahtgeflecht im Sicherheitsglas der Tür. Mitten auf dem Flur kam ein halbes Dutzend Personen, überwiegend Orks, durch die Eingangstür von Schastakowitschs Beerdigungsinstitut. Alle schüttelten einem von Schastakowitschs Angestellten die Hand, der einen dunklen Anzug trug und eine feierliche Miene aufgesetzt hatte.

Skater hob die Hand, und Wheeler erstarrte hinter ihm. »Wie weit ist der Hubschrauber noch entfernt?«

»Nur ein paar Minuten«, antwortete Erzengel.

Skater wechselte einen Blick mit Wheeler, während der Zwerg eine batteriebetriebene Plastibeton-Kreissäge aus seinem Rucksack holte. Er überprüfte die Batterieanzeige, die dunkelgrün leuchtete. Sie waren auf dem zweiten Treppenabsatz, der zur zehnten Etage führte.

»Wir brauchen die Audio-Systeme im Treppenhaus«, sagte Skater.

Die Feuertreppe war mit einem Vibrationsdetektor gesichert, den Erzengel entdeckt hatte, als sie sich die Unterlagen von Knight Errant angesehen hatte, in die sie vor dem Run eingebrochen war. In jeder Etage waren zwei Mikrofone installiert, die alle so eingestellt waren, daß sie normale Stimmengeräusche, aus den Fluren in das Treppenhaus dringenden Lärm sowie das Donnern von startenden und landenden Flugzeugen und Gewittern aussonderten. Sie würden Hilferufe aufnehmen, Schreie, Schüsse und das Jaulen von Wheelers Plastibeton-Säge.

Mit Maßband und Bleistift kennzeichnete Wheeler den Abschnitt, den er auszusägen gedachte, während Erzengel sich wieder in die Matrix einstöpselte. Dann legte er das Werkzeug weg, zog sich eine Papiermaske über Nase und Mund und setzte das Sägeblatt an. Hinter der Wandverkleidung befanden sich die Belüftungs- und Heizungsrohre, die sie ausfindig gemacht hatten und benutzen wollten, um in das Institut zu gelangen.

Skater setzte ebenfalls eine Maske auf, wobei er instinktiv dagegen rebellierte, weil sie seine Sauerstoffaufnahme reduzierte, während er sich auf einem Adrenalinhoch befand. Doch es war immer noch besser, als den Plastibetonstaub einzuatmen, der in wenigen Sekunden durch das Treppenhaus wallen würde. Er aktivierte den Commlink. »Duran.«

»Hier, Junge.«

»Knight Errant?«

Der Ork war in er Nähe der Hauptsicherheitsstation Knight Errants im dritten Stock postiert und bereit, für Verwirrung zu sorgen, falls das nötig werden sollte. »Ist kurz vor dem Ende einer ganz normalen Schicht. Wenn die Wachen nicht auf die Monitore sehen, ziehen sie sich *Arise Humanity!* auf einem tragbaren Trid rein.«

»›Unser heutiges Thema‹«, knurrte Elvis sarkastisch, »›fünfzig Möglichkeiten, unerwünschte Meta-Nachbarn zu geeken, und wie man damit durchkommt‹.«

»Ich habe den Vibrationsdetektor abgeschaltet«, meldete Erzengel. »Ihr solltet vorsichtig sein, wenn ihr durch diese Wand brecht.«

»Warum?« fragte Skater.

»Der Vibrationsdetektor war mit weißer IC gesichert, wie ich vermutet habe, aber jemand hat eine zweite Schutzzone in die Schaltkreise programmiert, die an eine graue IC, an ein Teerbaby, gekoppelt war.« Die Deckerin klang aufgeregt. »Wenn ich nicht auf der Hut gewesen wäre, hätte die Teerbaby-IC die Täuschungsutility zum Absturz gebracht, die ich gegen die Zugangs-IC eingesetzt habe, und einen Alarm ausgelöst.«

»Einen Alarm bei Knight Errant oder bei jemand anders?« fragte Skater.

»Bei jemand anders.«

»Kannst du zurückverfolgen, bei wem?«

»Nicht, ohne das System abstürzen zu lassen.«

»Wahrscheinlich ist es nur irgendein Chummer, der sich nicht ausschließlich auf die Gebäudesicherheit verlassen will«, meinte Wheeler, der immer noch die Plastibetonsäge bereithielt.

Skater nickte, da er es genauso sah. Sie würden es ohnehin sehr bald herausfinden. Doch dadurch vergrößerten sich die Chancen, daß irgend etwas Unangenehmes auf der anderen Seite wartete. »Beide Systeme sind inaktiv?«

»Ja«, erwiderte Erzengel.

»Fang an«, sagte Skater zu Wheeler.

Wheeler schaltete die Plastibetonsäge ein, und das Sägeblatt schnitt in einem Funkenschauer und einer Wolke aus weißgrauem Staub in die Wand. Der Lärm war unglaublich. Feines Pulver fiel auf die großen Füße des Zwergs.

Skater ging zurück zu der Tür, die in den Flur des

achten Stocks führte, und sah hindurch. Offensichtlich war die Schallisolierung im Mariah Building so, wie sie sein sollte, weil niemand mit der Waffe in der Hand zur Tür gerannt kam, um nachzusehen, was der plötzliche Lärm zu bedeuten hatte.

Weitere zwanzig Sekunden später war Wheeler durch. Unter Benutzung zweier dünner Stahlhaken, die er am ausgesägten Block befestigte, zog er diesen aus der Wand. Skater zog die DocWagon-Jacke aus und ließ damit den Quader aus Plastibeton so vorsichtig auf den Boden sinken, daß sich keine Vibrationen auf die angrenzenden Büros übertragen konnten, wie sie bei einem harten Aufprall entstanden wären. Der Quader war dort, wo die Säge entlanggeschnitten hatte, noch so heiß, daß er den Jackenstoff versengte.

Der Raum hinter der entstandenen Öffnung war dunkel. Nur ein paar Lichtpunkte warfen leuchtende Pilzformen auf die Akustikplatten auf dem Boden. Da der Raum von der Wolke aus Plastibetonstaub ausgefüllt wurde, waren sowohl normale Taschenlampen als auch Lichtverstärker praktisch unnütz.

Skater streifte seinen Rucksack ab und schnallte ihn sich vor die Brust. Die Zwischendecke bot kaum Platz genug, um hindurchzukriechen. Er schob sich durch die Öffnung, nahm sich einen Augenblick Zeit, um sich zu orientieren, und kroch dann auf Händen und Knien vorwärts.

Wheeler folgte ihm sofort.

Das Vorankommen in der Zwischendecke war nicht ganz leicht. Da ihr Zweck darin bestand, für eine schmucke Atmosphäre im Gebäude zu sorgen und die verschiedenen Strom-, Wasser- und Entsorgungsleitungen zu verdecken, war sie nicht dafür ausgelegt, das Gewicht von zwei Personen zu tragen.

Schastakowitschs Beerdigungsinstitut konnte mit neuen Modellen von Kältekammern aufwarten, in denen die Toten aufbewahrt wurden, bis alle Einzelheiten einer Beerdigung geregelt waren, mit einer umfangreichen Auswahl an Särgen und Zeremonien und mit einem Krematorium im Hause. Als Skater den Kamin des Krematoriums mit dem Schornstein auf dem Dach und einem Durchmesser von fast zwei Metern zum erstenmal in den Blaupausen gesehen hatte, war ihm klar gewesen, wie er den Run schaffen konnte.

Der Kamin verlief von der achten Etage bis zum Dach. In ihm waren zwei Filtersysteme angebracht, um alle Schmutzpartikel aus dem bei den Verbrennungen entstehenden Rauch zu entfernen. Der Schornstein auf dem Dach war mit einem schweren Schutzschirm abgedeckt, befand sich aber nicht in der Nähe der beiden Dachzugänge.

Als sie den Kaminschacht des Krematoriums erreichten, legte Skater eine Hand darauf. Er war noch warm von kürzlicher Nutzung, aber nicht zu heiß für ihr Vorhaben. Selbst wenn er heiß gewesen wäre, hätte es eine Lösung für dieses Problem gegeben.

Wheeler holte ein Monofasermesser aus seinem Rucksack, packte es mit beiden Händen und machte sich an die Arbeit. Er war so klein, daß er auf den Knien arbeiten konnte.

Skater aktivierte den Commlink. »Wir sind in Stellung und dringen jetzt ein.«

»Beeilt euch«, drängte Cullen Trey. »Ich kann den verdammten Hubschrauber bereits sehen. An seiner Unterseite ist mindestens eine Kanone angebracht.«

»Lone Star hat ebenfalls Bodentruppen hierher in Bewegung gesetzt«, fügte Erzengel hinzu.

»Wo ist der Hubschrauber?« fragte Skater.

»Schwebt über dem Dach«, erwiderte Erzengel.

»Das Team informiert sich über das Gebäude«, sagte Duran. »Sie laden alles herunter, was sie über seine Sicherheit finden. Das würde ich auch tun, bevor ich Soldaten auf ein Schlachtfeld schicke. Das Gelände kann ein guter Freund, aber auch dein schlimmster Feind sein. Deine beste Investition besteht darin, es kennenzulernen.«

Der Gedanke an den Hubschrauber, der dort oben am Nachthimmel schwebte und darauf wartete, Truppen auf das Dach des Gebäudes abzusetzen, beschleunigte Skaters Herzschlag. Er hatte von Anfang an gewußt, daß das Gelingen des Runs vom Timing abhing: schnell rein, schnell raus. Jetzt konnten sie sich keine überflüssige Bewegung mehr erlauben.

»Jack«, rief Wheeler.

Der Zwerg entfernte gerade das herausgeschnittene Stück Kaminwandung.

»Wir sind durch«, sagte der Rigger.

»Hast du die Hauptstromleitung in das Beerdigungsinstitut gefunden?« Skater griff in seinen Rucksack, schob dünne Rollen Kletterseil, Kletterhaken und einen pneumatisch betriebenen Stielhammer beiseite und zog die klobigen elektromagnetischen Handschuhe heraus. Sie hatten Polster in der Handfläche und an den Fingern, deren Plattenbesatz an allem haftete, was genügend Eisen enthielt. Er schnallte sich zuerst die Kniepolster um, dann streifte er die Handschuhe über. Er schob die Stromkabel durch die Schlitze im Rucksack, die eigens dafür angebracht worden waren, um einen Zugang zu dem im Boden eingenähten Mikro-Batteriesystem zu schaffen.

»Die Stromleitung ist gleich hier.« Wheeler zeigte auf ein Metallrohr neben dem Kamin. »Gib das Zeichen, und sie ist Geschichte.« Ein mit Gel versiegelter Ring aus weißem Phosphorsprengstoff war um das fünfzehn Zentimeter dicke Rohr gewickelt.

Skater schob den Kopf in den Kamin. Die Filtersysteme über und unter ihm waren versiegelt. Der süßliche Geruch nach verbranntem Fleisch durchdrang die im Kamin eingeschlossene Luft. Wenn sein Plan nicht funktionierte, bestand die Möglichkeit, daß sie wie Ratten in der Decke zwischen dem achten und neunten Stock in der Falle sitzen würden.

Er zog den Kopf wieder zurück und zeigte Wheeler den nach oben weisenden Daumen. »Weg damit.«

Wheeler drückte auf einen elektronischen Zünder, der an seinem Hemd befestigt war. Skater verbarg sein Gesicht in der Armbeuge, als sich das weiße Phosphor entzündete, und im nächsten Augenblick eine unglaubliche Menge an Licht und Hitze erzeugte. Die Würfel rollten, und jetzt blieb nur noch abzuwarten, ob ihnen das Schicksal eine Sieben oder eine Zwei bescheren würde.

9

Zentrale ist Identifizierung mittels Datenbank-Suche der Gegend im Umkreis Ihres gegenwärtigen Aufenthaltsorts gelungen«, meldete Fishbein über Tacticom. »Bereithalten zum Empfang der Zielkoordinaten.«

An Bord des Airstar überprüfte Luppas den Navigationscomputer und sah das Beerdigungsinstitut in den Datenbanken als leuchtenden blauen Punkt auf dem Monitor auftauchen. Die Vergrößerung wurde automatisch hochgefahren, bis die Straßen und Querstraßen zu erkennen waren.

»Eins bestätigt, Zentrale.« Luppas sah den Tacoma-Sprawl unter dem Bauch des Hubschraubers hinweggleiten. Sein Blick huschte zu einer anderen Anzeige: 02:11:41 Uhr. »Es ist möglich, daß wir Konkurrenz haben, was die Leiche betrifft. Wie schnell können Sie Satellitenbilder von dem Gebäude bekommen?«

»In einigen Minuten«, antwortete Fishbein.

»Außerdem brauche ich Fakten über dieses Gebäude. Etagenpläne. Eine Liste aller Mieter. Sicherheitssysteme. Alles, was bei unserem Eindringen von Bedeutung ist.«

»Wurde bereits zusammengestellt. Wir laden diese Informationen jetzt in das tragbare Deck Ihres Hubschraubers.«

Luppas warf einen Blick auf das Deck unter der Konsole des Airstar. Lichter flackerten über das schnittige Gehäuse und ließen ihn wissen, daß die Laufwerke den über die Satellitenverbindung hereinkommenden Datenstrom kopierten. Eine Handbewegung, und das Deck würde beim Decker seines Teams landen. Da die Dateien in den Speicher des Decks eingeladen wurden, brauchte sich der Decker nicht in die Matrix einzustöpseln, um sie zu empfangen. Die Informationen würden ihnen noch im Laufe des Flugs zur Verfügung stehen.

»Sie könnten einmal darüber nachdenken, mich davon in Kenntnis zu setzen, wonach wir hier draußen eigentlich suchen sollen«, sagte Luppas. Die Bergung der Leiche machte ihm immer noch zu schaffen. Jede Minute, die das Unternehmen noch länger dauerte, führte zu einer möglichen Auseinandersetzung mit dem Star, wenn sie sich gegenseitig in die Quere kamen.

»Negativ, Eins. Bei dieser Operation ist der Informationsfluß streng auf das Notwendigste beschränkt.«

Luppas unterdrückte die Empörung, die in ihm brodelte. Es war durchaus möglich, daß Fishbein selbst nicht wußte, was auf dem Spiel stand, und absichtlich stichelte. Ihre Arbeitsbeziehung war noch nie leicht gewesen. Angenehm stand völlig außer Frage.

Als er sich dazu entschlossen hatte, die regelmäßigen Konzernschecks anzunehmen, hatte er gewußt, daß er nicht immer zum Kreis der Auserwählten gehören würde. Daher sehnte er sich manchmal zu den Zeiten zurück, als er selbständig gearbeitet hatte und in der Lage gewesen war, sich die Kämpfe auszusuchen, auf die er sich einließ. Auch in den Schatten, sogar in den großen, die von den Megakonzernen geworfen wurden, befand man sich noch in Feindesland, weil man die verdammten Demarkationslinien nicht sehen konnte.

Luppas ging zurück in den Laderaum, wobei er sich an den Wänden abstützte, da der Airstar unter der gewaltigen Kraft des Rotors bockte und vibrierte.

Zwei Mitglieder des Teams schoben die beiden Troll-Gefangenen gegen das Bullauge neben der Tür. Vor ihnen lagen die Toten auf dem Boden. Beide Trolle funkelten Luppas wütend an.

»Das wird ziemlich übel für euch, wenn der Rest der Spike Wheels herausfindet, wer ihr seid«, drohte einer von ihnen.

»Für euch ist es bereits jetzt übel«, erwiderte Luppas mit einem kalten Lächeln.

Der Troll funkelte ihn an, sagte aber nichts mehr.

»Tür öffnen«, befahl Luppas.

Der Sicherheitsmann neben der Tür öffnete sie wegen des Luftwiderstands mit einiger Mühe. Wind rauschte herein und fuhr mit raschen, gewandten Fingern durch ihre Kleidung.

Luppas richtete den Zeigefinger auf den Troll, der der Tür am nächsten stand. »Stellt ihn vor die Tür.«

»Zum Teufel mit dir!« explodierte der Troll. »Du ziehst diesen Drek doch sowieso nicht durch! Das ist doch nur Müslifresser-Geschwätz!« Er wehrte sich und kämpfte gegen die beiden Sicherheitsmänner an, die ihn gepackt hatten, hielt aber rasch inne, als ihm einer von ihnen ein langes gezacktes Kampfmesser unter das massige Kinn hielt. Danach fügte er sich zögernd, aber stumm.

»Das Mariah Building ist noch zwei Minuten entfernt«, rief der Pilot über Tacticom.

»Bestätigt«, erwiderte Luppas. »Beziehen Sie eine Position vierhundert Meter vom Gebäude entfernt, bis ich Ihnen andere Anweisungen erteile.« Er hielt sich an den Haltestangen fest, die unter der Decke des Frachtraums montiert waren, und baute sich vor dem Troll auf. »Wer hat euch angeworben, um diesen Wagen auszuschlachten?«

»Verpiß dich!« bellte der Troll.

Luppas verpaßte dem Troll ansatzlos einen Tritt ins Gesicht.

Blut lief über die verzerrten Züge des Trolls, während er um sein Gleichgewicht rang. Der Kampf gegen die Schwerkraft dauerte nicht lange. Da seine Hände mit Handschellen auf dem Rücken gefesselt waren, hatte er keine Möglichkeit, sich zu fangen. Ein rauher, langgezogener Schrei entrang sich seiner Kehle, als er hintenüber kippte und durch die offene Tür fiel. Einen Augenblick später war er verschwunden.

Luppas trat vor, lehnte sich gegen den Türrahmen und sah zu, wie der Troll unter ihnen aufschlug.

Immer noch schreiend, obwohl das Geräusch nicht durch den Rotorlärm drang, fiel der Troll auf einen Lastwagen, der auf der Achtunddreißigsten Straße Ost parkte.

Luppas zweifelte nicht daran, daß der Troll den Sturz nicht überlebt hatte. Er trat zurück und bedeutete seinen Leuten, den zweiten Troll vor die Tür zu stellen.

Der Troll wehrte sich und schrie und hätte die beiden Menschen fast mit sich durch die Tür gezogen, als sie ihn in Position zerrten. Endlich vor der Tür, warf er sich zur Seite und versuchte auf dem Boden zurückzukriechen, wobei er sogar sein Kinn einsetzte.

Luppas zog ein Cougar Fine Blade aus Octavius' Kampfgeschirr und kniete sich vor den Troll. Er packte mit einer Hand seine Haarsichel und zog den Kopf in den Nacken, so daß die Kehle entblößt wurde. Dann legte er die Klinge unter den Adamsapfel des Trolls und drückte so stark zu, daß er auf der scharfen Schneide lag. Der Troll konnte jetzt nicht einmal mehr schlucken ohne sich die Kehle aufzuschneiden.

»Glaub mir, Trog«, knirschte Luppas, »wenn ich will, daß du durch diese Tür gehst, gehst du. Hast du begriffen?«

Unfähig, zu nicken oder mit lauter Stimme zu antworten, flüsterte der Troll heiser: »Ja.«

Luppas lehnte sich zurück und nahm das Messer weg. Er weigerte sich, dem pochenden Kopfschmerz nachzugeben, der ihn alles doppelt sehen lassen wollte. »Gut. Eine Lüge, eine verweigerte Antwort, und du bist tot. Warum wart ihr an der Unfallstelle?«

»Wir wurden dafür angeworben, da zu sein. Ein Bergungs-Job. War nicht unser erster.«

Luppas nickte ermutigend. »Wer hat euch angeworben?«

»Eine Frau. Aber ich kenne ihren Namen nicht. Ich schwöre.«

Luppas warf einen Blick auf Octavius, wobei er sich Zeit ließ, um die Anspannung und Unsicherheit zu verstärken, die ihren Gefangenen erfüllten. Er wußte, daß sein Stellvertreter mühelos in die ihm zugedachte Rolle schlüpfen würde. Sie hatten dieses Spiel schon öfter gespielt. »Nun?«

Octavius zuckte die Achseln. »Ich glaube ihm.«

»Du glaubst, er würde für jemanden, den er nicht mal kannte, einen Zusammenstoß mit den Cops riskieren?«

»Wir hatten Vorschuß bekommen«, sagte der Troll, bevor Octavius antworten konnte. Er klang so, als sei ihm viel daran gelegen, daß man ihm glaubte. »Sie hat uns noch mehr versprochen, sobald wir liefern würden.«

Luppas wirkte einen Zauber, der ihm gestattete, die Wahrheit der Aussagen des Trolls zu überprüfen. Er entdeckte keine Lüge. »Was liefern würden?«

»Der Bursche sollte angeblich ein Deck bei sich haben. Wir brauchten es uns nur zu holen. Sie wollte sich wieder mit uns in Verbindung setzen. Sie wollte eine Kleinanzeige aufgeben, sobald wir sie davon in Kenntnis gesetzt haben würden, daß wir das Deck hätten.«

Das klang logisch. Sobald eine Anzeige per Telekom aufgegeben wurde, konnte sie auch gelesen werden. Der Handel hätte in weniger als einer Stunde über die Bühne gehen können. »In welcher Rubrik der Kleinanzeigen?«

»Antiquitäten.«

Der Elf zeigte auf die toten Trolle. »Ich sehe kein Deck.«

»Das liegt daran, daß keines da war.«

»Wenn ihr es bekommen hättet, welche Anzeige solltet ihr dann unter Antiquitäten aufgeben?«

Der Troll versuchte die Achseln zu zucken, aber das war aufgrund der ihm angelegten Handschellen ein vergebliches Unterfangen. »Irgendeine Nachricht an Trojan von Soylent Grün.«

»Hat sie das buchstabiert?«

Der Troll buchstabierte nach kurzem Zögern und einigem Stirnrunzeln. »Ich habe es aufgeschrieben. Die anderen auch.«

»Sir«, warf der Pilot ein, »wir sind jetzt in Position über dem angegebenen Ziel.«

Luppas schaute an dem Troll vorbei durch die offene Laderaumtür. Von den Umrissen her sah das Mariah Building genauso aus wie das Gebäude, das er im Astralraum gesehen hatte. »Zielkoordinaten bestätigt?«

»Zielkoordinaten bestätigt«, erwiderte der Pilot.

»Halten Sie die Position und bleiben sie tief.«

»Jawohl, Sir.«

»Zentrale«, sagte Luppas, »hier ist Speedball Eins. Haben Sie die Unterhaltung mitverfolgt?«

»Positiv, Eins.«

»Können Sie eine entsprechende Nachricht unter den Kleinanzeigen des Telekomtexts aufgeben?«

»Ich muß mir erst die Zustimmung dafür einholen.«

Luppas ließ seine Stimme hart klingen. »Dann holen Sie sich Ihre verdammte Zustimmung und beeilen Sie sich, Zentrale, bevor diese Spur kalt wird. Informieren Sie mich, wenn Sie alles geregelt haben.«

Fishbein antwortete nicht.

»Haben wir schon Satellitenbilder vom Zielbereich?« fragte Luppas.

»Positiv.« Fishbein blieb kurz angebunden.

Das war Luppas nur recht. Er brauchte nur ihre nachrichtendienstliche Unterstützung und keine Persönlichkeit. »Können Sie über den vorrangigen Matrixzugang für Notfälle in das Sicherheitssystem des Gebäudes eindringen?« Bei den meisten öffentlichen Gebäuden, wo Publikumsverkehr herrschte, hatten die Feuerwehr und Lone Star direkten Satellitenzugang zu öffentlich betriebenen Sicherheitssystemen, so daß sie das Gebäude im Notfall Raum für Raum nach Überlebenden durchsuchen und sich ein Bild davon machen konnten, wie schlimm die Situation war, während sie unterwegs waren. Konzerngebäude hatten diesen öffentlichen Matrixzugang nicht, den die Rettungsdienste benutzen konnten, aber sie hatten sie für ihre eigenen Leute.

»Ich habe es versucht, sobald wir das Gebäude identifiziert hatten. Diese Systeme scheinen nicht in Betrieb zu sein.«

»Lassen Sie es mich wissen, falls Sie hineinkommen.«

»Bestätigt, Eins.«

Luppas richtete seine Aufmerksamkeit wieder auf den Troll. »Woher wußtet ihr, wo eure Zielperson sein würde?«

»Die Frau hat es uns gesagt.«

»Sie hat euch gesagt, daß der Mann in einen Unfall mit Fahrerflucht verwickelt sein würde?«

»Nein. Sie hat uns nur gesagt, wir sollten nach seinem Wagen Ausschau halten. Wir wußten, wie er aussah, und wir wußten, wo er sein würde. Wir dachten uns, daß wir ihn wohl von der Straße würden abdrängen müssen. Nichts Besonderes für uns. Wir warteten ab und konnten es kaum glauben, als wir direkt vor unseren Augen den Unfall sahen. Der Bursche blieb die ganze Zeit auf dem Gas und war schneller weg, als er gekommen war.«

»Er?«

Der Troll wirkte unsicher. »Ich glaube schon.«

»Dann seid ihr zum Wagen gefahren?«

»Nachdem wir uns vergewissert hatten, daß das verdammte Ding nicht hochgehen würde, klar.«

»Und dann konntet ihr das Deck nicht finden?«

Der Troll schüttelte den Kopf.

Der Elf sah den nächsten Sicherheitsmann an. »Betäuben Sie ihn.«

Der Troll zog die Schultern hoch und versuchte dem Pflaster auszuweichen, das der Sicherheitsmann ihm auf den Nacken drücken wollte.

»Halt still, du Muskelprotz«, sagte der Sicherheitsmann. »Wenn der Boß deinen Tod wollte, hätten wir dich längst aus dem Hubschrauber gestoßen.«

Unter äußerster Anspannung ließ der Troll zu, daß ihm das Pflaster aufgedrückt wurde. Er holte noch einmal tief Luft, sank dann auf dem Boden des Laderaums zusammen und verdrehte die Augen, bis nur noch das Weiße zu sehen war.

»Paßt gut auf ihn auf«, wies Luppas seine Männer an. »Ich brauche ihn später noch.«

»Jawohl, Sir.«

»Pilot«, rief Luppas über Tacticom.

»Sir?«

»Bringen Sie uns aufs Dach. Nachdem wir ausgestiegen sind, bleiben Sie in der Nähe und seien Sie auf eine schnelle Evakuierung vorbereitet.«

»Jawohl, Sir.« Der Airstar begann augenblicklich mit dem Annäherungsflug an das Mariah Building.

Luppas trat zurück und ließ die von Octavius ausgewählten Führungsmänner den Platz an der Tür übernehmen. Er nahm das Colt M-23-Sturmgewehr, das ihm sein Stellvertreter reichte, und machte die Waffe dann mit mechanischen Bewegungen bereit. Die aus der übertriebenen Anwendung seiner Magie resultierende Erschöpfung drohte ihn zu überwältigen, und sein Körper war schweißnaß. Die vielen Zauber verlangten ihren Tribut, und er war am Ende seiner Kräfte.

Die Führungsmänner sprangen durch die Tür, bevor die Kufen das Dach berührten. Nach einem tiefen Atemzug war Luppas ihnen dicht auf den Fersen. Wer die Leute auch sein mochten, die hinter Norris Cabers

Leiche her waren, es gab nur zwei Möglichkeiten, das Gebäude zu verlassen: über das Dach oder durch den Ausgang im Erdgeschoß. Vom Dach aus, das wußte Luppas, konnten seine Männer beide Möglichkeiten abdecken.

Aber der Elf gab sich nicht damit zufrieden, die Leute zu sich kommen zu lassen. Falls Cabers Geheimnis mit Software zusammenhing, die übermittelt werden konnte, gab es reichlich Decks in dem Gebäude, die sie heraufladen konnten. Der Elf wußte, daß es immer noch ein Wettlauf gegen die Zeit war.

Der Dachzugang ins Gebäude war mit einem massiven Ares-Magschloß vom Typ II gesichert.

Luppas gab Octavius ein Handzeichen, der wiederum einem anderen Sicherheitsmann ein Zeichen gab.

Der Sicherheitsmann, der sich dem Magschloß näherte, erwies sich als äußerst weiblich, als sie ihren Helm abnahm. Ein Wasserfall bronzefarbener Haare war zu einem Pferdeschwanz zusammengebunden. Ohne ein Wort entfernte sie das Gehäuse des Magschlosses und schaltete mit Hilfe zweier Krokodilklemmen einen Sequencer zwischen die Verdrahtung des Schlosses. Ein Dutzend Sekunden verstrichen, die Luppas mitzählte, dann leuchteten ein paar grüne Lampen auf dem Sequencer auf und zeigten an, daß das Schloß umgangen worden war.

Das metallische *klick* hallte schwach in Luppas' scharfen Ohren. Als er die Tür anstieß, öffnete sie sich ohne Schwierigkeiten.

Der Führungsmann ging hindurch und die Metalltreppe hinunter, wobei seine Stiefel auf jeder dritten oder vierten Stufe hallten. Luppas folgte ihm in die Eingeweide des Gebäudes in dem Wissen, daß der Feind noch irgendwo dort drinnen und die Beute noch nicht erlegt war.

10

Skater hielt die Luft an und wedelte sich den beißenden Rauch vor der Nase weg. Dann vibrierte der Kamin im achten Stock des Mariah Building in seinem Rücken. Er blinzelte rußige Tränen weg, die ihm über die Wangen liefen, und begutachtete die Stromleitung.

Das Phosphor hatte die Kabel durchtrennt und ein Wirrwarr funkensprühender Drähte in dem jetzt scharfkantigen Rohr aus einer Metall-Keramik-Legierung hinterlassen. Der Abschnitt der Leitung, der zu Schastakowitschs Beerdigungsinstitut führte, war jetzt tot.

»Jack«, rief Erzengel über Commlink. »Das Team aus dem Hubschrauber hat die nördliche Zugangstür zum Dach aufgebrochen und ist jetzt im Treppenhaus.«

Skater kletterte in den zwei Meter durchmessenden Kaminschacht. Seine elektromagnetischen Handschuhe und Kniepolster hafteten an der metallischen Wand, obwohl sie mit einer dicken Rußschicht bedeckt war. Er kletterte vom neunten in den achten Stock, wo sich das Beerdigungsinstitut befand. Wheeler folgte ihm dichtauf. Die Filtersysteme über und unter ihnen hatten sich in die Hohlräume zurückgezogen, in denen sie auch während der halbjährlichen Reinigung steckten. Der Kamin war bis zum Dach frei.

Noch einmal stellte er sich das Mariah Building vor seinem geistigen Auge vor. Die Dachtüren befanden sich am Nord- und Südende des Gebäudes und führten zu den Treppenhäusern, von denen es an jedem Ende eines gab. Das Nordende war am weitesten von ihrer gegenwärtigen Position entfernt. Offenbar kannte das Team aus dem Hubschrauber ihre genaue Position nicht. Dadurch hatten sie ein paar kostbare Sekunden gewonnen. »Löse eine der Alarmsirenen im zehnten Stock aus und sorge dafür, daß er auf den Sicherheitstafeln im Treppenhaus angezeigt wird.«

»Gemacht.«

Über sich hörte Skater das durchdringende Jaulen einer Sirene durch den Kaminschacht hallen. »Duran, was ist mit Knight Errant?«

»Ich habe ein paar Blitzgranaten auf sie abgeworfen«, antwortete der Ork. »Sie gehen exakt so vor, wie du es dir gedacht hast, und riegeln das Erdgeschoß ab.«

KA-WUMM!

Der solide Knall von Metall auf Metall verriet Skater, daß Wheeler bereits im Kamin und hart bei der Arbeit war. Er schaltete den Elektromagnet in seinem rechten Handschuh aus, indem er mit dem Kinn auf die Unterarmkontrolle drückte. Sobald er die Hand frei hatte, holte er den Pneumo-Hammer aus dem Rucksack, setzte ein mit Kletterhaken gefülltes Magazin ein und preßte das Ende so fest gegen die Kaminwand, wie es ihm möglich war, bevor er abdrückte. Trotzdem riß ihn die Gewalt des Kletterhakens, der sich in die Kaminwand bohrte, fast aus seiner Stellung.

»Erzengel, löse einen Alarm im Treppenhaus auf der Südseite aus«, wies Skater sie an, während er weiter nach unten kletterte. »Knight Errant wird sich um das unbekannte Team kümmern.«

»Gemacht.«

Skater hoffte, daß ihnen das noch etwas mehr Zeit verschaffte. Sie brauchten nur ein paar Minuten und etwas Glück. Glück konnte nie schaden.

Vom Boden des Kamins fiel Licht von den Notfallsystemen in den Schacht.

»Knight Errant hat soeben das andere Team im Treppenhaus auf der Nordseite gestellt«, meldete Erzengel.

Skater jagte den letzten Kletterhaken in die Schachtwand und verstaute den Hammer wieder in seinem Rucksack. Es hatte keinen Sinn, ein Risiko einzugehen und es darauf ankommen zu lassen, daß Knight Errants Magier vielleicht etwas mit eventuellen Rückständen anfangen konnten, die er möglicherweise auf dem Hammer hinterlassen hatte, und ihn dadurch aufspürten. »Wie kommt das andere Team voran?«

»Knight Errant hat es im zehnten Stock festgenagelt.«

»Der Hubschrauber schwebt immer noch über dem Dach«, meldete Elvis.

»Trey«, sagte Skater. »So früh hatte ich nicht mit einem bewaffneten Hubschrauber gerechnet.«

»Kein Grund zur Sorge, Chummer«, sagte Trey. »Wenn es soweit ist, werde ich zusehen, daß ich ihn ablenken kann.«

Skaters Nacken schmerzte, als er den Kopf hob, um nach Wheeler zu sehen.

Der Zwerg klebte über ihm am Kamin. Hinter ihm war eine saubere Reihe von Kletterhaken zu sehen. Er benutzte den Pneumo-Hammer, um die Haltebolzen für den Mikroflaschenzug einzurasten.

Skater schaltete den Strom für den anderen elektromagnetischen Handschuh und die Kniepolster aus und sprang in die Krematoriumskammer. Der Schutzschaltkreis, der für das Öffnen der Filter verantwortlich war, hatte auch die Krematoriumstüren entriegelt und die gasbetriebenen Brenneinheiten gelöscht.

Obwohl der Lichtverstärkerschaltkreis auf Hochtouren lief, konnte Skater in der Kammer kaum etwas erkennen. Er erhielt einen flüchtigen Eindruck von den mit Asche bedeckten Wänden aus einer Keramiklegierung in dem drei mal drei Meter messenden Kubus, dann konzentrierte er sich auf die dünnen Lichtfäden, welche die Tür einrahmten, und trat vor.

Der Raum hinter der Krematoriumstür enthielt drei mit Laken bedeckte Leichen auf fahrbaren Metallbahren. Auf der rechten Seite war eine in die Decke eingelassene Metallkugel mit Greifarmen damit beschäftigt, eine der Leichen vorzubereiten. Die Ausrüstung gab gurgelnde, schlürfende Geräusche von sich, die trotz der warnenden Summtöne der Notbeleuchtungskästen hoch oben an zweien der Wände deutlich zu hören waren. Die Beleuchtungskästen hatten sich automatisch eingeschaltet, als der Strom ausgefallen war.

Die Orkfrau auf dem Einbalsamierungstisch war ganz offensichtlich weder Coleman January noch Norris Caber. Skater richtete seine Aufmerksamkeit auf die drei Metallbahren.

»Keine Bewegung, du drekkiger Hurensohn!« warnte ihn eine Männerstimme.

»Wer ist in dem verdammten Treppenhaus?« wollte Kylar Luppas wissen, während er seinen Colt M-23 in der Deckung der Tür des zehnten Stocks nachlud. Das Plastiglasfenster am Ende des Flurs ging auf die Ainsworth Street hinaus. Er konnte die rot-weiß gestreiften Sägeböcke sehen, welche die Straße absperrten, und das Gleißen der Neonreklamen der Innenstadt.

»Knight Errant«, erwiderte Octavius, indem er sich vorbeugte, und einen kurzen Feuerstoß abgab, der jemand vor Schmerzen aufschreien ließ.

»Zentrale«, rief Luppas über Tacticom, »hier spricht Speedball Eins. Die Burschen von Knight Errant versuchen uns aufzuhalten. Wenn Sie keinen Weg finden, sie uns vom Hals zu schaffen, werden wir eine Menge Leichen zurücklassen.«

»Verstanden, Eins.«

Luppas fluchte aus tiefstem Herzen auf Sperethiel. »Sechs, was ist mit diesem Alarm, der ausgelöst wurde?«

»Matrixgesteuert. Wir sind durch die Büros gerast wie der Teufel und haben nichts gefunden.«

»Ein Ablenkungsmanöver«, bemerkte Octavius. »Offenbar haben diese Leute bis zu einem gewissen Ausmaß die Kontrolle über die Elektronik dieses Gebäudes übernommen.«

»Wenn Knight Errant nicht an ihnen vorbeigekommen ist und wir ihnen nicht begegnet sind«, sagte Luppas, »können sie nur im Beerdigungsinstitut sein.« Er riß eine AFR-7-Blitzgranate vom Kampfgeschirr seines

Stellvertreters los, machte sie scharf und warf sie ins Treppenhaus.

Zwei Sekunden später explodierte die Granate mit donnerndem Knall und einem grellen Lichtblitz.

Luppas fuhr in der Tür herum und stürzte sich ins Treppenhaus. Einige Sicherheitsleute Knight Errants rangen mit den Nachwirkungen der Blitzgranaten und taumelten über zwei von ihren Gefallenen über die Stufen.

Das Colt M-23 in Luppas' Händen spie Tod, als er die Stufen heruntersprang. Er zielte auf den Hals unterhalb der kugelsicheren Gesichtsvisiere, die sie trugen, und auf ihre Beine, wo der Körperpanzer endete. Seine Kugeln trafen die Männer von Knight Errant und rissen sie herum.

Luppas landete auf dem Absatz der achten Etage, ohne auch nur für einen Augenblick innezuhalten. Als er die Tür aufstieß und in den Flur stürmte, begegnete er Besuchern des Beerdigungsinstituts. Es waren zu viele Leute, um an ihnen vorbeizukommen.

»Runter auf den Boden!« schrie er. Er gab einen Feuerstoß in die Akustikfliesen der Decke ab, um seinen Worten Nachdruck zu verleihen. »Sofort!«

Die Anwesenden ließen sich augenblicklich fallen. Luppas schoß einem Ork eine Kugel durch den Kopf, der eine Pistole auf ihn zu richten versuchte, und tötete damit auch die Frau hinter dem Ork.

Octavius tötete noch vier weitere Personen, von denen nur zwei bewaffnet waren.

Als die leblosen Körper zu Boden fielen, war Luppas schon zu der großen Doppeltür unterwegs, die zum Einbalsamierungsraum im rückwärtigen Teil des Instituts führte. Er war sich ganz sicher, daß die Leiche noch da war. Wenn die Shadowrunner in diesen Bereich eingedrungen wären, hätte es Anzeichen für eine bewaffnete Auseinandersetzung gegeben.

Luppas war kurz vor dem Ziel. Die Vorstellung ließ ihn voller Vorfreude lächeln.

11

Ein breiter Mann im Schwarz eines Leichenbestatters stand vor Skater, eine MP vom Typ Ingram Warrior 10 fest in beiden Händen. Er war jung und überraschend sonnengebräunt. »Keine Ahnung, was du hier abziehen willst, du Wichser, aber damit ist jetzt Schluß.«

Skater beherrschte sich, indem er daran dachte, daß Wheeler da war, indem er dachte, wie sehr Emma ihn brauchte, indem er dachte, wie sehr er sich wünschte, es gäbe einen anderen Weg, das Geld zu verdienen, das sie brauchten.

Aus weiter Ferne hallten Schüsse in den Einbalsamierungsraum. Der Leichenbestatter warf einen Blick über die Schulter. Als er den Kopf wieder herumdrehte, rutschte Wheeler an einem Kletterseil in die Krematoriumskammer und verpaßte ihm eine Kugel mit DMSO-Gel. Das mit Gamma-Skopolamin versetzte Dimethyl-Schwefeloxid wirkte so schnell, daß es einen Mann zwischen zwei Herzschlägen ausschalten konnte. Der Leichenbestatter sank bewußtlos zu Boden.

Der Zwerg schritt in den Raum. Schweiß quoll unter seiner Schutzbrille hervor und tropfte in seinen schmutzverkrusteten Bart. Er hielt die Squirt in der Hand, als er auf den Einbalsamierungstisch sprang. »Hast du Coleman January schon gefunden?«

Skater riß das Laken von der ersten Bahre und war erleichtert, als er die Leiche dort fand. Er brauchte sich die anderen nicht anzusehen. »Ja.«

»Wir haben für diese Sache nicht die ganze Nacht Zeit.« Wheeler achtete darauf, nicht auf die tote Frau auf dem Tisch zu treten, als er das Drahtseil an der unter der Decke angebrachten Metallkugel mit den Greifarmen befestigte. Das Seil verschwand in der Krematoriumskammer.

Skater zerrte die Leiche von der Bahre, holte ein Duraflex-Klettergeschirr aus seinem Rucksack und legte es dem Toten rasch an. Dann schleifte er die Leiche in die Kammer.

Das andere Ende des Kabels, das Wheeler am Einbalsamierungsrobot angebracht hatte, fiel aus dem Kaminschacht herab und lief dicht unterhalb des Dachs durch den an der Kaminwand angebrachten Flaschenzug.

Skater zog einen Metallhaken durch das Klettergeschirr der Leiche und befestigte ihn wieder am Seil. Ein rascher Ruck überzeugte ihn davon, daß es halten würde. »Fertig.«

Wheeler sprang vom Einbalsamierungstisch und lief zu einem Notstromaggregat. Mit einem kleinen Brecheisen stemmte er die Abdeckung auf. »Es kann losgehen, sobald ich aus dieser Einheit etwas mehr Saft herausgeholt und sie wieder angeschlossen habe.«

»Jack«, rief Erzengel über Commlink, »das andere Team ist gerade in das Beerdigungsinstitut eingedrungen!«

Draußen dröhnte eine Schrotflinte, deren Baß-Donner unverkennbar war. Fast gleichzeitig folgte das Knattern zweier Sturmgewehre.

Die Doppeltür war der einzige Zugang zum Einbalsamierungsraum. Die geschwungenen Griffe sahen nett aus, hatten aber keine Schlösser.

Skater nahm sein Stemmeisen und schob es durch die beiden Griffe. Einen Augenblick später drangen gedämpfte Stimmen – beherrscht und verkniffen – durch die Tür.

»Nichts wie weg hier«, sagte Wheeler. »Ich bin soweit.« Er winkte mit einer Fernbedienung, während er in die Krematoriumskammer lief.

Skater folgte dem Zwerg, seinen Predator in der Hand.

Wheeler zeigte mit der Fernbedienung auf den Einbalsamierungsrobot. Die Kugel fing an, sich zu drehen, erst langsam, dann immer schneller, und wickelte das Seil auf.

Der leblose Körper von Coleman January alias Norris Caber ruckte neben Skater und verschwand dann rasch im Kaminschacht. Metall kreischte durch Metall.

Wheeler hielt sich am Geschirr des Toten fest und stieg mit ihm nach oben. »Los Jack, komm mit. Wenn du die vier Etagen kletterst, bist du tot, bevor du das Dach erreichst.« Er befestigte ein Seil am Geschirr und ließ das andere Ende zu Skater herunterfallen.

Gerade als Skater nach dem Seil griff, wurde die Doppeltür zum Einbalsamierungsraum von mehreren Feuerstößen durchlöchert. Holzsplitter regneten wie Konfetti in den Raum, und Kugeln prallten von den unzähligen Metalloberflächen ab. Er griff an dem Seil vorbei, und es stieg außerhalb seiner Reichweite, während er in Deckung ging.

»Jack!« rief Wheeler.

Skater sah zu, wie der Zwerg und die Leiche sich stetig von ihm entfernten, während der Beschuß fortgesetzt wurde und ein paar Querschläger in die Krematoriumskammer jaulten. Einer davon traf ihn in den linken Oberschenkel und jagte eine Schockwelle der Schmerzen durch seinen Körper.

Luppas ließ das leere Magazin seines Sturmgewehrs auf den Teppichboden fallen und starrte auf die von Kugeln durchlöcherte Doppeltür vor sich, während er ein frisches Magazin einlegte. »Das Feuer wird nicht erwidert«, sagte er.

»Ich habe Stimmen gehört«, sagte Octavius.

Luppas nickte. Er hatte sie auch gehört. Und das Kreischen von Metall drang noch immer durch die Tür. Seine Kopfschmerzen waren nicht besser geworden, aber jetzt befand er sich zudem noch auf einem Adrenalinhoch. Das hielt ihn trotz der durch das Wirken von Magie hervorgerufenen Erschöpfung auf den Beinen. »Sie haben die Tür verrammelt.«

Octavius bleckte die Zähne zu einem raubtierhaften

Grinsen und hielt eine Granate hoch. »Nicht mehr lange.« Er machte sie mit den Zähnen scharf und rollte sie zur Tür.

Luppas ging ebenso hinter den aufgereihten Sitzbänken in Deckung wie Octavius. Er lag kaum unter der Bank, als zwei Männer von Knight Errant in den Raum stürmten und in Angriffsposition gingen.

»Kommen Sie mit erhobenen Händen raus«, befahl einer von ihnen, »dann wird Ihnen ...«

Der Rest seiner Worte ging im plötzlichen Donner der explodierenden Granate unter. Die Erschütterung reichte, um die Türen aus den Angeln zu reißen und die beiden Sicherheitsleute von den Beinen zu holen.

Luppas warf einen Blick auf die Türen. Beide waren zerfetzt und fast völlig aus den Angeln gerissen. Er ging nach links, da er nach all den Jahren, die sie zusammen verbracht hatten, wußte, daß sein Stellvertreter automatisch nach rechts gehen würde.

Die Granate hatte fast alles in dem Einbalsamierungsraum zerstört. So, wie die vier Leichen in blutige Fetzen zerrissen worden waren, ließ sich auf den ersten Blick nicht sagen, ob die Leute, hinter denen sie her waren, durch die Explosion ums Leben gekommen waren.

Aus dem Augenwinkel registrierte er eine Bewegung. Sein Kopf fuhr herum, während er Octavius ein Warnzeichen gab und selbst Deckung suchte. Beide schossen in die Richtung.

Dann war keine Bewegung mehr zu sehen und die Kammer leer.

»Da war jemand«, sagte sein Stellvertreter.

Luppas ging durch den Raum und betrachtete die Gesichter der Leichen. »Speedball Acht, hier spricht Eins.«

»Acht hört, Eins.«

»Ich bin im Einbalsamierungsraum und habe eine große Kammer vor mir.« Die ersten beiden Gesichter gehörten weder Norris Caber noch dem Mensch und dem Zwerg, die er im Treppenhaus gesehen hatte.

»Das Krematorium«, erwiderte Acht. Er hatte das Deck mit den Plänen des Beerdigungsinstituts bei sich.

»Es gibt einen Schacht«, sagte Luppas, während er durch die zerstörten Akustikfliesen starrte und einen Metallkamin sah, der bis in die Etage über ihnen reichte. »Wohin führt der?«

»Zum Dach, Sir.«

»Verdammt«, fauchte Luppas und lief sofort in die Krematoriumskammer. »Schicken Sie jemand zurück aufs Dach. Die Luftunterstützung soll ihre Waffen auf das Dach richten. Wenn wir diese Leute nicht zur Aufgabe überreden können, macht sie kalt!«

Als der Beschuß für einen Augenblick aussetzte, sprang Skater hoch und griff nach den Kletterhaken in der Schachtwand. Seine aufgepeppten Reflexe gaben ihm die Behendigkeit, die er brauchte, solange er kühlen Kopf bewahrte. Die Wunde in seinem Bein pochte schmerzhaft, behinderte ihn aber bis jetzt noch nicht in seinen Bewegungen. Warmes Blut lief in seinen Stiefel.

Wheeler, der die improvisierte Winde nicht aufhalten konnte, sah zu ihm herunter. »Häng dich rein, Jack!«

Skater packte den nächsten Haken, während er sich mit dem Fuß abstieß. Er schaffte es zum nächsten, dann sah er das Seilende quälend nah vor sich. Er stieß sich mit aller Kraft ab und sprang, packte das Seil mit einer Hand und hatte für einen Augenblick das Gefühl, als sei ihm der Arm aus der Schulter gerissen worden.

Dann gab es eine Explosion, die den Kaminschacht mit donnerndem Lärm erfüllte.

Vorübergehend taub von dem Knall und von der Detonation durchgeschüttelt, verlor Skater beinahe den Halt. Sie waren zwei Etagen über dem Institut, und er wußte nicht, ob er den Absturz überlebt hätte. Er hielt fest, aber einer der elektromagnetischen Handschuhe löste sich aus seinem Rucksack und fiel nach unten. Bevor er auf dem Boden angelangt war, flogen Kugeln in die Krematoriumskammer und zerfetzten den Handschuh.

Skater aktivierte den Commlink. »Elvis, Abmarsch.«

»Ihr seid noch nicht durch«, knurrte der Troll. Dem Hall seiner Stimme entnahm Skater, daß sich der Straßensamurai in der Kanalisation ein paar Blocks weiter die Ainsworth Street entlang befand.

»Wenn du nicht am Treffpunkt bist, wenn wir dich brauchen«, erwiderte Skater, »sind wir tot.«

»Verstanden, Chummer. Null Problemo. Ich werde da sein. Sorg nur dafür, daß ihr es auch schafft.«

»Vielleicht erwarten sie uns auf dem Dach«, führte Wheeler die Befürchtungen des Trolls weiter aus.

»Ich weiß.« Skater sagte nichts mehr. Es war 02:19:29 Uhr. Ihrer Schätzung zufolge blieben ihnen noch zehn Minuten, bevor alles zum Teufel ging. Ihr Geister, als er Emma am Abend verlassen hatte, um den Run durchzuziehen, hatte ein Teil von ihm eingestanden, daß er sie vielleicht zum letztenmal sah. Aber er hatte nicht erwartet, daß es sich so anfühlen würde.

Zehn Meter unter dem Dach zündete Wheeler den Plastiksprengstoff, den er an der Schachtabdeckung angebracht hatte. Ein blendender Blitz zuckte durch den Schacht, und im nächsten Augenblick war die Abdeckung verschwunden.

Als die Leiche das Ende des Flaschenzugs erreichte, spannte sich das Seil und zog den Flaschenzug langsam aus der Wand. Das Duraflex-Geschirr straffte sich und zog die Arme des Toten zurück, so daß es so aussah, als hole er tief Luft. Ein Kreischen ertönte, da die Bolzen aus der Schachtwand gezogen wurden, dann löste sich der Flaschenzug und fiel nach unten. Das Kabel ruckte und zuckte wie eine sterbende Naga.

Skater griff nach dem nächsten Kletterhaken und hielt sich mit einer Hand fest, während seine andere Hand nach der Kleidung der Leiche griff. Er hoffte, das Material würde nicht reißen, dann hoffte er, der halb abgetrennte Kopf würde durch die Belastung nicht ganz abgetrennt, während er den Schnellverschluß des Geschirrs öffnete und die Leiche von ihm befreite, bevor sie ihm das Kabel aus den Händen reißen konnte.

Wheeler kletterte auf das Dach und verzog das Gesicht, als er die erhitzte Metallwandung streifte. Er griff hinunter und hielt die Leiche fest, so daß augenblicklich ein Teil der Last von ihm abfiel.

Skater schwang sich auf das Dach. »Hol den Rest der Ausrüstung und mach alles fertig.« Er stemmte die Füße gegen die Schachtwand und zog, so fest er konnte, während seine Rücken-, Arm- und Schultermuskeln protestierten.

Kugeln zuckten an ihm vorbei, als er die Leiche über den Kaminrand zog. Er spürte die Vibrationen, als einige Kugeln die Leiche trafen. »Wir sind entdeckt worden!« rief er Wheeler zu.

Der Zwerg entfernte ein Gehäuse von der Antriebseinheit einer Klimaanlage, indem er einmal heftig daran riß, um es von den Schweißpunkten zu lösen, mit denen er es vor zwei Tagen angebracht hatte, nachdem Skater den Plan für die Bergung der Leiche entworfen hatte. Er holte die Connor heraus, die ein Seil mit Enterhaken verschoß, dann den zusammengelegten Rahmen des faltbaren Flugdrachens von Artemis Industries. Anders als der Nightglider von Artemis war die Faltversion nicht zu dauerhaftem Flug fähig, hatte aber denselben anthrazitschwarzen radarabsorbierenden Überzug.

In geduckter Haltung zerrte Skater die Leiche zur Dachkante, wo er sich Wheeler anschloß, der gerade die Connor bereitmachte.

Das bedrohliche Schrappen von Hubschrauberrotoren peitschte eine mächtige Windbö über das Dach.

Skater packte den Predator und zielte auf den sich nähernden Hubschrauber. Er gab die Schüsse ab, so schnell er konnte, obwohl er wußte, daß die Kugeln die Wandung des Hubschraubers nicht durchschlagen konnten, aber vielleicht erkauften sie ihnen ein paar Sekunden. Er aktivierte den Commlink. »Trey.«

»Noch einen Augenblick, Chummer.« Trey klang entrückt und zugleich gespannt wie ein Drahtseil.

Die Kugeln schlugen Funken, als sie die Kabine des Hubschraubers trafen. Skater schoß den Predator leer, dann entnahm er seinem Rucksack eine Rauchgranate.

Der Hubschrauberpilot schien durch Skaters Sperrfeuer nicht allzu beunruhigt zu sein. Er zog den Hubschrauber ein wenig hoch und richtete die Kanone aus.

Ein Zischen komprimierter Luft ertönte von der Connor in Wheelers Hand, dem einen Augenblick später das Knarren der Trommel folgte, als sich das Seil spannte.

»Auf geht's«, sagte Wheeler.

Skater machte die Rauchgranate scharf und warf sie nur ein paar Meter weit weg. Er wußte, daß der Hubschrauber wahrscheinlich über Infrarot-Sichtgeräte verfügte, aber die heißen Partikel der Granate würden auch diese Anzeige verschwimmen lassen. Als sie mit lautem Knall explodierte, spie sie eine indigofarbene Wolke aus, durch die sich die Sicht derart verschlechterte, daß Skater kaum noch die Hand vor Augen sehen konnte.

Der Hubschrauber kam näher und versuchte mit dem von seinen Rotoren erzeugten Luftstrom die Wolke zu zerstreuen. Männer, die einander Befehle zuriefen, ließen Skater wissen, daß die Jäger zum Fangschuß ansetzten.

Skater drehte sich um und half Wheeler dabei, die Leiche am Lastschleppseil des Flugdrachens zu befestigen. Dann ergriffen Wheeler und er das Gestell und traten an die Dachkante. Skater schaute nach oben und sah, daß der Drachen zwar am Kabel des von der Connor abgeschossenen Enterhakens befestigt war, die Flügel aber noch nicht draußen waren.

Ein Blick auf die Ainsworth Street vor ihnen zeigte Skater, daß sich der Enterhaken wie geplant etwa hundertfünfzig Meter entfernt nur ein paar Schritte neben dem Kanalisationsdeckel, den Duran und Elvis vor weniger als einer Stunde mit den Absperrungen gesichert hatten, in die Straße gebohrt hatte. Das Kabel fühlte sich straff an, aber der Neigungswinkel und die Geschwindigkeit, die sie durch den Sprung von dem vierzehnstöckigen Gebäude erreichen würden, mochten reichen, um sie beide zu geeken, wenn sie am anderen Ende ankamen und die Flügel sie nicht bremsten.

»Die Flügel haben sich noch nicht entfaltet!« rief Skater.

»Die entfalten sich schon!« rief Wheeler zurück. »Vertrau mir! Wenn wir zu langsam runtersausen, sind wir nur eine verdammt große Tontaube! Laß uns abschwirren!«

Kugeln schlugen nicht weit von ihnen in das Gehäuse der Klimaanlage, das sie als Deckung benutzt hatten. Eine von ihnen traf mit brutaler Gewalt Skaters kugelsichere Panzerung über seiner linken Niere. Er taumelte, während er sich im Gleichschritt mit Wheeler in Bewegung setzte.

Gemeinsam traten sie über die Dachkante – und fielen dann so schnell wie ein G-String in einem drittklassigen Striptease-Schuppen.

12

Luppas drängte sich auf das Dach des Mariah Building, wirbelte herum und schaltete sich aus dem Funkverkehr seines Teams aus. Er sah die Rauchwolke sofort. Schwer atmend rannte er darauf zu, wobei er jede Deckung ausnutzte, die sich ihm unterwegs bot.

»Pilot, hier Speedball Eins«, sagte Luppas. »Wo sind sie?« Er arbeitete sich weitere zwei Meter vor, das Sturmgewehr auf die Rauchwolke gerichtet.

Ein kurzes Zögern. »Ich habe sie noch nicht entdeckt.«

»Feuer einstellen!« befahl Luppas. Er warf einen Blick auf seinen Armbandchronometer. 02:20:52 Uhr. Er war ihm direkt auf den Fersen. Sie konnten nicht weit gekommen sein.

Die Schüsse verstummten augenblicklich, so daß nur noch der Straßenlärm und das Dröhnen der Hubschrauberrotoren zu hören war.

»Speedball Eins, hier Zentrale. Ich habe die Zielpersonen an der Südseite des Gebäudes ausgemacht.«

Luppas war bereits in Bewegung und lief zwanzig Meter von der sich langsam auflösenden Rauchwolke entfernt zur Dachkante, falls Fishbeins Satellitenverbindung nicht jeden ausgemacht hatte, der auf das Dach gekommen war. Einen Augenblick später sah er das Kabel des Enterhakens, das in gefährlich steilem Winkel hinunter zur Ainsworth Street in die Nähe der Absperrungen führte.

Drei Gestalten hingen fast vierzig Meter unter ihm an dem Kabel, das sich unter ihrem Gewicht gefährlich durchbog.

Dann schossen plötzlich Flügel aus dem Kasten, an dem sie hingen, und rasteten mit deutlich hörbarem Klicken ein. Die schwarze Membrane spannte sich über dem Rahmen des Drachen und füllte sich mit Luft, so daß sich ihre rasende Abwärtsfahrt etwas verlangsamte.

»Pilot«, schrie Luppas, »hinterher! Erledigen Sie sie!«

»Hurensöhne«, fluchte Octavius, indem er sein Sturmgewehr anlegte und auf den Drachen schoß.

Der Hubschrauber flog über die Dachkante des Gebäudes, kippte nach unten weg und jagte wie ein Hai zwischen den Gebäuden hindurch und hinter dem Drachen her. Der Verkehr auf der Straße stockte, Hupen plärrten.

»Zentrale«, sagte Luppas, der sein Gewehr anlegte und auf das Kabel zielte, das über die Dachkante lief. »Kann der Satellit diesen Leuten folgen?«

»Kein Problem. Solange sie auf der Straße bleiben, habe ich sie.«

Luppas legte den Finger um den Abzug und konzentrierte sich trotz der pochenden Schmerzen in seinen Schläfen auf den Schuß. Die erste Kugel ließ das Kabel leicht erbeben, durchtrennte es jedoch nicht. Er zielte noch einmal, atmete aus und drückte ab.

Die Flügel des Drachens entfalteten sich mit dem knisternden Rascheln von Stoff und verlangsamten ihren Fall augenblicklich. Skater stieß den angehaltenen Atem aus und krampfte die Hände fester um die Haltestange. Da Wheeler und er daran hingen, hatten sie im Grunde keine Möglichkeit, den Auftrieb zu kontrollieren, aber der Drache verhielt sich wie ein Fallschirm und bremste sie auf eine Geschwindigkeit ab, die ihnen das Überleben ermöglichen würde, wenn sie auf die Straße aufschlugen.

Und die Straße kam ihnen verdammt schnell entgegen. Die Leiche drehte sich unter ihren Füßen am Ende des Schleppseils.

Leuchtspurgeschosse brannten orangefarbene und violette Streifen ringsumher in die Luft. Ein paar trafen, durchschlugen die Flügelmembrane des Drachens und hinterließen glühende Funken rings um das durchlöcherte Material.

Es war schwierig, unter dem Drachen zu dem Dach zurückzuschauen, doch Skater schaffte es. Er sah den Airstar hinter ihnen in dem Augenblick, als die unter seiner Kabine montierte Kanone den ersten Schuß abgab.

Das Geschoß zischte weniger als zwei Meter an ihnen vorbei. Als es die Straße traf, schlug es einen mindestens einen Meter durchmessenden und ebenso tiefen Krater, aus dem Flammen schlugen.

Drei weitere Schüsse verfehlten sie noch knapper. Der vierte traf einen geparkten Wagen neben dem Haus, auf dessen Dach Skater zuvor seine Begegnung mit den Dark Angels hatte, schleuderte ihn hoch in die Luft und erzeugte einen Regen brennender Trümmer, der auf die beiden Shadowrunner niederging.

Etwas Heißes und Scharfes zuckte über Skaters Gesicht und war ebenso schnell wieder verschwunden, wie es gekommen war.

»Der Penner hat sich gleich eingeschossen!« schrie Wheeler über das Surren des Kabels, das durch die Spezialösen des Drachens glitt, und das Donnern der Autokanone hinweg.

»Trey«, rief Skater über Commlink.

»Ich bin da, *Omae*«, antwortete Trey aus seiner Stellung in den Schatten der Einundzwanzigsten Straße Süd.

Obwohl er mit Magie vertraut war und den Zauber erwartete, sah Skater nur ein vages Schimmern in der Luft. Im Lauf der Jahre hatte er spärliche Gerüchte aus verschiedenen Quellen gehört, daß Cullen Trey von einem Drachen in der Kunst der Magie ausgebildet worden war, aber es hatte nie einen Beweis für diese Gerüchte gegeben. Mit Sicherheit wußte Skater, daß Trey jeder beliebigen Anzahl von Magiern haushoch überlegen war.

Einen Augenblick später ließ eine Explosion das Innere des Hubschraubers erbeben, der eine Reihe weiterer Explosionen folgte, die den Hubschrauber in Fetzen rissen. Der wirbelnde Feuerball prallte gegen das Gebäude zur Linken von Skater. Ein Regen brennender Trümmer ging neben dem Gebäude auf dem von Bäumen gesäumten Gehsteig nieder. Einzelne Trümmerstücke zerschmetterten Fenster in Büros und Geschäften. Ein paar Dutzend Alarmsirenen wurden gelöst, die zu der Kakophonie der Zerstörung beitrugen.

»Ein Höllenfeuer-Zauber«, sagte Cullen Trey mit einer Stimme, die von der Anstrengung geschwächt war. »Geh niemals ohne aus dem Haus, *Omae*.«

Ohne Vorwarnung erschlaffte das Kabel, und der Drache geriet außer Kontrolle.

»Ach, Drek, das wird weh tun«, sagte Wheeler.

Skaters rechte Hand schoß hinter ihm nach oben, während er sich nur noch mit der linken festhielt. Der Flugdrachen hatte jetzt so viel Schräglage, daß er die Metallstrebe des Rahmens packen konnte. Er tastete sich mit der Hand daran entlang und riß dann so fest daran, wie er konnte.

Die Flügelmembrane drehte sich voll in den Wind, was den Drachen ruckartig verlangsamte, aber sie fielen immer noch sehr schnell.

Kaum dreißig Meter vor ihnen endete das Kabel auf der Straße.

»Spring!« sagte Skater. »Wir wollen uns nicht im Drachen verheddern!«

Der Zwerg ließ die Haltestange los, als sie noch neun oder zehn Meter von der Straße entfernt waren. Skater folgte seinem Beispiel und ruderte mit den Armen, um seinen Sturz zu kontrollieren. Die Landung war hart; er prallte gegen einen der Sägeböcke, während ihm der Aufprall den Atem raubte. Der Sägebock ging zu Bruch, doch sein Körperpanzer bewahrte ihn vor ernsthaften Verletzungen. Seine Brust schmerzte, als er sich mühsam aufrappelte. Der Hubschrauber war verschwunden, aber dafür waren die Schützen auf dem Dach aktiv. Kugeln tanzten auf der Suche nach ihnen über die Straße.

Ein Wagen hatte fast auf gleicher Höhe mit ihnen angehalten. Eine unregelmäßige Reihe Einschußlöcher stanzte sich in die Motorhaube und überzeugte den Fahrer davon, daß es besser war, den Rückwärtsgang einzulegen und so schnell wie möglich zu verschwinden. Gummi kreischte und rauchte.

Wheeler rannte zum Kanalisationsdeckel und riß ihn aus seiner Halterung.

»Runter!« rief Skater. Er verhakte die Finger in die blutverschmierte Kleidung der Leiche und schleifte sie zur Öffnung. Zwei großkalibrige Kugeln prallten gegen die Schultern seines Kevlar-Panzers und holten ihn fast von den Beinen.

Wheeler verschwand in dem Kanalisationsschacht.

Skater folgte ihm mit einigen Schwierigkeiten, da er sich um die Leiche kümmern mußte, aber der neuerliche Adrenalinschub, der seinen Körper bis an die äußerste Grenze seiner Leistungsfähigkeit trieb, half ihm. Er hielt sich lange genug am Rand des Lochs fest, bis seine Füße die Sprossen der Leiter an der Schachtwand fanden.

Er zog die Leiche hinter sich her, die wie ein Felsblock von oben durch das Loch fiel. Er konnte sie nicht halten und hatte keine andere Wahl, als sie in die stinkende Brühe der Kanalisation fallen zu lassen.

»Ach, Drek«, stöhnte Wheeler. »Wir müssen vielleicht noch Stunden mit dem Ding verbringen, Jack.«

Skater kletterte die Leiter hinab und ignorierte die Beschwerde. »Wir haben schon Schlimmeres erlebt.«

»Vielleicht, aber das ist schon lange her.« Wheeler stellte sich hinter die Wartungsdrohne, die sie Stunden zuvor hier in Stellung gebracht hatten. Erzengel hatte sich in die Systeme der städtischen Versorgungsbetriebe geschlichen und die Anwesenheit der gekaperten Drohne verschleiert.

Die Drohne war wie ein kleiner Panzer geformt, und eine Kuppel schützte das Spatzenhirn und die Software an Bord. Sie bestand aus Keramik und Metall und war so gebaut, daß sie buchstäblich durch den dicksten Drek pflügen konnte, den der Sprawl zu bieten hatte. Die Drohne bewegte sich auf Ketten, und der nach vorn ragende Greifarm war mit einer ganzen Reihe verschiedener Aufsätze zum Graben, Hacken und so weiter bestückt.

Elvis hatte die Drohne auf die Seite gelegt, nachdem der Rigger sie in Stellung gefahren hatte. Skater und Wheeler mußten sich gewaltig anstrengen, um sie wieder aufzurichten. Die schwere Drohne kippte krachend auf die Ketten, die genau auf die Ränder zu beiden Seiten des langsam fließenden Kanals paßten.

»Drek«, fluchte Wheeler, »einen Moment lang habe ich doch tatsächlich geglaubt, wir würden die Hilfe des Trogs brauchen.« Er kletterte an Bord und stöpselte das Kabel der Drohne in seine Schläfenbuchse. Sie hatten die Drohne schon vor Tagen gekapert, und Wheeler hatte eine Datenbuchse eingebaut, so daß er die Kontrolle über das Spatzenhirn übernehmen konnte. Die Drohne erwachte zitternd zu ihrem von Batteriezellen gespeisten Leben.

In der Zeit, die sie brauchten, um die Drohne aufzurichten, hatten die Abwässer die Leiche von Coleman January alias Norris Caber ein Stück weit davongetrieben. Skater holte sie zurück und zerrte sie auf die Drohne, wobei er so flach wie möglich atmete, um dem Gestank der Brühe zu entgehen, die aus der Kleidung der Leiche sickerte.

Während Wheeler die Drohne in Gang setzte, machte Skater sich am Duraflex-Geschirr der Leiche zu schaffen, um sie für eine letzte Aktion vorzubereiten. Angesichts des Gestanks ringsumher fiel es ihm schwer, seine Atmung zu beruhigen und seinen Körper mit ausreichend Sauerstoff zu versorgen, aber er zwang sich, die Techniken zu benutzen, die ihn sein Schamanen-Großvater gelehrt hatte.

Jetzt blieb nur noch ein möglicher Knackpunkt in dem Run.

13

Elvis?« rief Skater über Commlink, als er und Wheeler sich an die Drohne klammerten, die durch die Kanalisation fuhr.

»Ich höre, Chummer.«

Skater lugte in die Dunkelheit vor ihnen und sah den

Abwasserstrom eine Biegung beschreiben. Unter ihm vibrierte die Drohne wie eine große Meeresschildkröte in einem Anfall von Schüttelfrost. »Bist du in Stellung?«

»Ich bin bereit und warte.«

Duran mischte sich ein. »Vom Mariah Building ist bereits ein Bodenteam in Marsch gesetzt worden. Offenbar verfolgen sie die Drohne durch die Kanalisation.«

Das überraschte Skater nicht. Sie hatten sich darauf verlassen, daß sich jemand in die Datenbanken der städtischen Versorgungsbetriebe einloggen würde. »Bist du sicher?«

»Nach allem, was ich im Trid sehe, ja. Die Ereignisse im Mariah Building beschäftigen KONG, KSAF, KSTS und KKRU. Alle Sender bringen Live-Berichte vom Schauplatz. Außerdem glaube ich, daß ich einen von den Burschen erkannt habe, die uns verfolgt haben, bevor der Schnüffler mit der tragbaren Kamera eins aufs Maul bekommen hat, weil er zu naseweis war.«

»Wen?«

»Einen Söldner namens Gunther Octavius.«

Skater drehte sich auf der unter ihm vibrierenden Drohne um. Die durchnäßte Leiche neben ihm zappelte, als stünde sie unter Strom.

»Du bist nur noch zweihundert Meter von Elvis entfernt«, sagte Duran. »Bei eurer gegenwärtigen Geschwindigkeit entspricht das weniger als einer Minute.«

»Bei Gunther Octavius klingelt bei mir nichts.«

»Nein, bei dir nicht. Ich kenne ihn aus den Wüstenkriegen. Er war die Nummer zwei hinter einem Elf namens Kylar Luppas. Hat immer besonders häßliche Sonderaufträge ausgeführt, in denen es um Wetwork ging, nie normale Jobs.«

»Den anderen kenne ich auch nicht«, sagte Skater.

»Dafür habe ich den Namen Luppas schon gehört«, warf Cullen Trey ein. »Ab und zu streift er durch die Magiezirkel. Sehr exotisch in der Natur der Dinge, an denen er Interesse zeigt.«

»Luppas mag vielleicht ein Magier sein«, knurrte Duran, »aber er ist ein verdammter Söldner durch und durch.«

»Sein Interesse an Magie könnte in der Beschäftigung begründet liegen, die er für sich ausgewählt hat«, fuhr Trey fort. »Sich in den Künsten zu bilden, ist stets mit enormen Kosten verbunden, sowohl finanzieller als auch persönlicher Art.«

»Noch dreiundvierzig Sekunden, Junge«, sagte Duran. »Und, Cullen, versuch nicht, uns was vorzumachen: Für dich ist finanziell und persönlich ein und dasselbe.«

»Ich bin vor dir beim Wagen«, sagte Trey, »um an dieser Verleumdung Anstoß zu nehmen, Duran. Also halte nach mir Ausschau.«

»Nur zu«, erwiderte der Ork. »Wovon ich dir erzählen wollte, Junge, ist der Ärger, den wir uns eingehandelt haben. Nach allem, was ich zuletzt von Luppas gehört habe, ist er freier Mitarbeiter von IntSec, von denen er ein beträchtliches *Beratungshonorar* bezieht. Folglich ist er für alle härteren Wetwork-Jobs verantwortlich. Und IntSec auf der Bildfläche ist gleichbedeutend mit einer anderen Sache.«

»Fuchi Industrial Electronics«, sagte Skater.

»Oder zumindest Richard Villiers«, korrigierte Duran. »Die Interne Sicherheit ist sein Baby.«

Beides bedeutete den Tod. Der Megakonzern hatte drei verschiedene Abteilungen, von denen Villiers eine unterstand. Alle drei machten kurzen Prozeß mit Shadowrunnern.

Skater betrachtete die Leiche neben sich und erwog für einen Moment, sie auf der Drohne zu lassen. Wenn Luppas die Drohne verfolgte, würde er die Leiche finden. Vielleicht würde er es dabei belassen.

Das Problem war, er glaubte nicht daran.

»Noch zwanzig Sekunden, Junge«, meldete Duran.

Skater schaute hoch und holte alles aus dem Lichtverstärker- und Infrarot-Schaltkreis heraus, was er konnte. Er richtete sich auf, als er die T-förmige Stange in dem offenen Einstiegloch sah. Sie wurde durch infrarotempfindliche Streifen erhellt. »Elvis, wir sind da.«

»Fertig, Chummers. Haltet euch einfach fest und laßt mich die Schwerarbeit leisten.«

Dann war keine Zeit mehr, sich zu überlegen, was er mit der Leiche anstellen sollte. Skater griff mit beiden Händen nach der Stange. Seine rechte Hand packte fest zu, während die linke das Duraflex-Geschirr einhakte und die Leiche sicherte. Wheeler hielt sich an der anderen Seite fest.

Die Schmerzen waren nicht so schlimm, wie Skater erwartet hatte, als er sich von der Drohne löste und abrupt abgebremst wurde. Er lugte durch das Einstiegloch und sah Elvis zehn Blocks vom Mariah Building entfernt an der Kreuzung Sechste Straße Süd und Ainsworth mitten auf der Straße stehen, das andere Ende des T-Trägers in beiden riesigen Händen und eine Stützhalterung um den Hals. Die Muskeln des Trolls traten hervor wie gemeißelt, die Adern vor Anstrengung kurz davor zu platzen. Sein Hemd hatte den Widerstand aufgegeben und war an den Armen aufgerissen. Sogar die Reißverschlüsse seines Körperpanzers waren aufgeplatzt. Seine natürliche Kraft hätte wahrscheinlich gereicht, um ihr Gewicht hochzuziehen, aber die Cyber-Verstärkung brachte einen zusätzlichen Schub.

Die Drohne fuhr ohne sie weiter. Sie war bereits auf Höhe des nächsten Blocks, wo sich die Straßen teilten, und fuhr die Sechste Straße Nord entlang, um dann an der großen Gabelung der Elften Straße Nord zu folgen.

»Drek«, ächzte Elvis, »das ist nur ein zeitlich begrenzter Job, okay? Ich habe nicht die Absicht, hier so lange rumzuhängen, bis mich die verdammten Cops finden. Bewegt euch.«

Ein Mitsubishi Runabout kam dem Troll gefährlich nahe und hupte.

Wheeler stieg zuerst aus dem Schacht, gefolgt von Skater. Die Leiche herauszuhieven, war kein Problem.

Elvis warf sich die stinkende Leiche mit einer Grimasse des Abscheus über die Schulter. Skater zog den schweren Deckel wieder über den Schacht und lief auf die dunkle Gasse zu, in der ihr Lieferwagen wartete.

Erzengel öffnete die Seitentür, als Elvis sich näherte. Der Troll ließ die Leiche mitten auf den Boden fallen und stieg dann ein. Wheeler glitt hinter das Steuer, während Skater auf den Beifahrersitz sprang. Er lud den Predator II nach und starrte schwer atmend durch die Windschutzscheibe. Kalter Angstschweiß stand ihm auf der Stirn.

Wheeler fuhr sie zum anderen Ende der Gasse, während eine Phalanx dunkler Limousinen die Straße entlangraste, die sie soeben verlassen hatten.

Erzengel, deren eisiges Gehabe trotz der Anspannung der letzten Stunden nicht beeinträchtigt war, hob eine Augenbraue. »Tja, das war interessant.«

Skater zwang sich, tief Luft zu holen und dann stoßweise auszuatmen. Die Schmerzen in Bein, Wange und verschiedenen Muskeln brannten sich langsam in sein Bewußtsein. Er verdrängte den Gedanken an die Schmerzen und aktivierte den Commlink. »Duran?«

»Hier, Chummer.«

»Wir sind unterwegs. Was ist mit Trey?«

»Hier«, sagte der Magier.

Wheeler schaltete die Scheinwerfer ein, als er nach Süden auf die Siebenundzwanzigste Straße Nord einbog. Die anderen Fahrzeuge schenkten ihnen keine besondere Beachtung.

»Fahrt ganz gemütlich, wenn ihr den Sprawl verlaßt«, sagte Skater, der wußte, daß er das nicht zu sagen brauchte, aber dennoch das Bedürfnis dazu empfand. »Wir sehen uns in zwei Stunden am vereinbarten Treffpunkt.«

»Bis dann, Junge. Du hast dich gut geschlagen.«

Skater deaktivierte den Commlink und war dankbar,

das ständige Summen der Kommunikation aus seinem pochenden Schädel zu bekommen.

Elvis packte die Leiche in eine große tarnfarbene Segeltuchtasche und zog den Reißverschluß zu. Die Tasche war luftdicht versiegelt, aber der Teppich im Laderaum des Lieferwagens hatte bereits Schaden genommen. »Kannst du die Fenster einen Spalt öffnen, damit etwas frische Luft reinkommt? Dieser Kadaver stinkt wie die Pest.« Er hielt sich die Nase zu.

Skater ließ das Fenster herunter, da der Abwassergestank die Luft verpestete. Das war einer der Gründe, warum sie den Lieferwagen eines Klempners gestohlen hatten. Der Gestank würde niemandem merkwürdig vorkommen.

»Ich weiß«, erwiderte Skater in dem Gefühl, eine Last auf den Schultern zu haben. »Johnsons belügen einen. Das ist eine Tatsache im Geschäft, mit der ein Shadowrunner leben muß. Aber dieser spezielle Johnson wird einiges zu erklären haben, und ich habe die Absicht, dafür zu sorgen, daß er es auch tut.« Das Problem war, sobald jemand anfing, sich durch den Wust von Lügen zu bahnen und nach der Wahrheit zu forschen, bekam er nur noch mehr Lügen aufgetischt. Für den Anfang war eine solide Basis erforderlich. Bis jetzt wußte er nur mit Sicherheit, daß der Mann in Elvis' Segeltuchtasche – wie er auch tatsächlich heißen mochte – tot war. Und daß es jemand so geplant hatte.

Vier Minuten später nahm Luppas einem der Männer, die rings um das Einstiegloch an der Kreuzung der Elften Straße Nord und der Orchard Street standen, eine Taschenlampe ab und stieg in den Schacht. Er brauchte nicht weit zu gehen. Auf der Leiter stehend ließ er den Strahl der Taschenlampe über die Drohne wandern, während ihn der Gestank benebelte, doch nach all dem Tod, den er gesehen hatte, kam er ihm doch nicht so schlimm vor.

Fishbein hatte den Standort der Drohne gemeldet, und sie hatten ihn Sekunden später erreicht.

Die Drohne stand inaktiv in der Kanalisation. Nichts befand sich darauf, und es war kein Zeichen von den beiden Männern oder der Leiche zu sehen, die sie aus dem Mariah Building gestohlen hatten.

Er aktivierte einen Kanal des Tacticoms. »Zentrale, hier Speedball Eins. Ich habe die Drohne gefunden. Sind Sie sicher, daß diese Leute sie nicht verlassen haben und zu Fuß durch den Drek marschiert sind?«

»Die Sensoren hätten es angezeigt«, sagte Fishbein.

»Gehen Sie da hinein«, befahl Luppas einem seiner Männer, die neben der Wartungsdrohne standen.

Der Bursche zögerte nicht, aber es gefiel ihm nicht besonders.

»Jetzt habe ich eine Anzeige«, sagte Fishbein.

Luppas winkte den Mann aus der Brühe. »Einer meiner Männer. Nur ein Test der Zuverlässigkeit Ihres Systems.« Er ließ den Strahl der Taschenlampe wieder über die Drohne wandern.

»Sie haben sie nicht verlassen«, beharrte Fishbein.

»Jedenfalls sind sie jetzt nicht hier.« Luppas kletterte wieder nach oben. Die Bodenteams hatten die Straße abgeriegelt, die zwischen den hohen Gebäuden der Innenstadt nur ein paar Blocks von der Commencement Bay entfernt verlief, und hielten sogar Lone Star zurück. Er wußte nicht, was Fishbein mit dem Star vereinbart hatte, aber es funktionierte.

»Sie haben sie verloren«, klagte Fishbein ihn an.

Trotz der Wut, die in ihm tobte, mußte Luppas kichern. »Fishbein, ohne mich wären Sie nicht mal in ihre Nähe gekommen. Ich habe Schastakowitsch gefunden und zwei von ihnen gesehen. Wäre ich heute nacht nicht hier gewesen, hätten Sie nur Schatten gejagt.«

Sie schaltete sich ohne ein weiteres Wort aus dem Tacticom aus und ließ das jäh einsetzende statische Rauschen für sich sprechen.

Luppas ging zu einer der Limousinen und winkte Octavius zu sich. »Pack hier alles zusammen«, sagte er zu seinem Stellvertreter. »Ich will, daß sich Magier und Spurensicherungsleute das Gebäude, das Institut und diese verdammte Drohne vornehmen. Melde dich wieder, sobald du irgendwas hast.«

Octavius nickte und kratzte sich am Kinn. »Eins muß man zugeben. Wer diesen Run auch durchgezogen hat, kennt sich in dem Geschäft aus. Das sollte es interessanter machen, sie fertigzumachen.«

»Vielleicht wird es interessanter«, knirschte Luppas, »und vielleicht leben sie ein wenig länger. Aber wenn wir mit ihnen fertig sind, werden sie trotzdem tot sein. Sie wissen es nur noch nicht.«

14

Skater wendete den Soyspeck in der Pfanne auf dem Herd. Sie befanden sich in der Bude in Auburn, in der sie abwarten wollten, bis sich die Aufregung um den Run ein wenig gelegt haben würde. Die in den Herd eingebaute Uhr stand auf 08:48:10 Uhr. Kaum sechs Stunden waren seit dem Ende des Runs auf das Beerdigungsinstitut vergangen. Auf der anderen Seite der staubigen Jalousien vor dem Fenster kam die Sonne heraus und färbte den Himmel im Osten rosa und lavendelfarben.

»Ich bin fertig da drinnen, Jack«, sagte Cullen Trey, der zu ihm in die kleine Küche kam.

»Was hast du entdeckt?« fragte Skater, der den ersten Streifen Speck mit einer Plastikzange aus der Pfanne nahm und ihn auf das wartende Küchentuch legte; dann packte er Soywürstchen in die Pfanne.

Der Magier beugte sich über Skaters Schulter, um den Inhalt der Pfanne zu begutachten. »Ihr Geister, das willst du doch nicht essen, oder? Weißt du, wieviel Cholesterin darin enthalten ist?«

»Mich interessiert mehr, was du an dieser Leiche entdeckt hast.« Skater schlug ein Dutzend Eier in eine andere Pfanne und fügte ein wenig Soymilch, Salz und Pfeffer hinzu. Er rührte die Masse mit einem Pfannenmesser um.

Trey öffnete die Klappe des Herds und lugte hinein. »Aha, Weizenmuffins.«

»Und Brötchen.« Nachdem Skater klargeworden war, daß das Team länger als geplant in dieser Bude festsitzen würde, hatte er sich in einem Stuffer Shack mit Lebensmitteln eingedeckt. Hunger war eine der Unannehmlichkeiten, mit denen sie sich nicht herumschlagen mußten, während sie versuchten, aus der Leiche und der Verbindung zu Fuchi schlau zu werden. Als Gruppe zu einem Nuke-and-Serve oder einem McHugh's zu gehen, war nicht machbar, und sie konnten auch nicht eine Person schicken, die für alle bestellte. Lone Star beschäftigte Spitzel, die öffentliche Orte abklapperten, besonders Schnellrestaurants wie McHugh's und Bee Burger.

»Eine Verschwendung von Wasser und Mehl«, verkündete Trey. »Ein paar Watcher waren zu der Leiche unterwegs, aber ich habe sie verscheucht. Sonst war nichts da.«

»Hast du herausgefunden, wer die Watcher geschickt hat?«

»Um das zu tun, hätte ich eine deutliche astrale Spur zu uns zurücklassen müssen. Falls es überhaupt möglich gewesen wäre.«

»Was ist mit den persönlichen Sachen?« Skater nahm die Pfanne mit dem Rührei vom Herd und füllte es in eine mit Papier ausgeschlagene Schüssel. Dann schlug er ein weiteres Dutzend Eier in die Pfanne und begann von vorn. Es war ein merkwürdiges Gefühl, für sie alle zu kochen. Er hatte immer für sich gelebt, und normalerweise war es ihm auch lieber so. Aber an diesem Morgen war das Kochen ein Segen, weil er etwas zu tun hatte, während sich seine Gedanken überschlugen.

»Die Sachen, die wir haben«, sagte Trey, »sind ohne Bedeutung. Größtenteils Amulette mit nur einem Hauch von Magie. Kann ich helfen?«

»Im Kühlschrank ist eine Warzenmelone und eine Honigmelone«, sagte Skater. »Du kannst sie in Stücke schneiden und in eine Schüssel legen. Dann packst du die Schüssel wieder in den Kühlschrank, bis wir sie brauchen.«

Trey deutete einen militärischen Gruß an, sah sich vergeblich nach einem scharfen Messer um und zog dann mit einer verschnörkelten Bewegung eines irgendwo aus den Tiefen seines Kevlar-gefütterten Umhangs. Er spülte es mit der Flüssigseife, die Skater zusammen mit den Lebensmitteln eingekauft hatte. Seife und Babys, hatte Skater gelernt, hingen zusammen wie ein Yabo und eine Ader fürs Gemeine.

Skater nahm weitere Streifen Soyspeck aus der Pfanne, bevor er kurz nach den Würstchen sah. Sie waren noch nicht durch, also drehte er sie einmal um, so daß sie von allen Seiten brieten. Nun, da alles beinahe fertig war, holte er einen Karton mit haltbar gemachten Soybuletten aus dem Kühlschrank und legte sie in die Mikrowelle. Als die Mikrowelle summte, waren auch die Soywürstchen gar.

»Gibt's Soykaf?« fragte Duran, der mit einer leeren Tasse in seiner großen vernarbten Hand in die Küche kam.

»Da drüben.« Skater zeigte auf die Kafmaschine neben dem tragbaren Trideo. Er legte die Soywürstchen auf einen Teller, dann spülte er die Pfanne aus und legte sie ins Spülbecken. »Hast du gefunden, was du über Kylar Luppas herausbekommen wolltest?«

»Ein Bursche, den ich noch von früher kenne, unterhält eine lose Verbindung zu Luppas«, erklärte der Ork.

»Bevor Luppas den Job bei Fuchi und Villiers bekommen hat, war er ab und zu auch für meinen Kontakt tätig.«

»In welcher Richtung?« Skater schaltete den Herd aus, nahm die Muffins und die Brötchen heraus und legte sie in einen mit Papiertüchern ausgeschlagenen Korb.

Trey fügte zwei Gläser Fruchtgelee mit künstlichen Aromastoffen und ein Glas mit echter Pfirsichkonfitüre hinzu, die Jack für teures Geld in einem Feinschmeckerladen gekauft hatte. »Du bist ein guter Mann, Jack«, sagte der Magier strahlend.

»Er hat hohe Tiere mit reichlich Nuyen beschützt, die eine Menge von Leuten tot sehen wollten«, antwortete Duran.

»Wenn es hart auf hart kommt«, fragte Skater, »wieviel Ärger wird Luppas uns machen?«

»Da er für Fuchi arbeitet«, sagte Duran, »wird Luppas am Ball bleiben, solange der Konzern ein Interesse daran hat. Sobald sie bei Fuchi den Geldhahn zudrehen, ist der Fall für ihn erledigt. Ein Job ist bei ihm nie etwas Persönliches. Eine direkte Konfrontation mit ihm wäre die allerletzte Zuflucht.«

»Finesse«, sagte Skater.

»Wie es der Zufall will«, bemerkte Trey, »ist sie deine Stärke im Geschäft.«

Skater richtete seine Aufmerksamkeit wieder auf den Herd, da er spürte, daß sich die Last des Runs wieder auf seine Schultern legte. Er war der Planer für das Team, der das Unmögliche zumindest in den Bereich des Machbaren rückte. Doch er hatte Fehler gemacht, zunächst kleine nur. Bis er es völlig verpfuscht hatte und Shiva gegeekt worden war. Ihr Gesicht verfolgte ihn zusammen mit dem von Larisa Hartsinger immer noch in seinen Träumen. Beide waren bei der ReGEN-Geschichte ums Leben gekommen.

»Ich bin total ausgehungert«, sagte Erzengel, die frisch aus der Dusche in die Küche kam. Sie fuhr sich mit den Fingern durch die Haare und betrachtete das üppige Frühstück, das vorbereitet worden war.

»Dein Kontakt hat nicht zufällig erwähnt, in welcher Eigenschaft Luppas für Fuchi arbeitet, oder?« fragte Skater.

»Der allgemeine Eindruck, den ich habe, ist der, daß Luppas der Anführer irgendeiner ganz speziellen Truppe fürs Grobe von Villiers ist.«

»Hat sich bis an die Spitze hochgearbeitet, nicht wahr?« fragte Trey, der sich Pfirsichkonfitüre auf einen Muffin strich. »Shadowruns auf Konzernebene. Keine echten Probleme mit Lone Star, Knight Errant und all den anderen Polizeieinheiten. Nicht wie wir unabhängigen Freiberufler. Manche Chummer haben eben das Glück für sich gepachtet.«

»Ja«, entgegnete Duran, »aber wenn du auf Konzernebene einen Run verpfuschst, geht es nicht mehr darum, ein paar Jährchen in irgendeiner Kiste abzureißen, wo du nur deinen Arsch in der Dusche vor einigen rücksichtslosen Wichsern schützen mußt. Wenn du's versaust, schalten sie dich aus, wenn das nicht schon die Konkurrenz erledigt hat.«

Skater ließ sich Durans Worte durch den Kopf gehen, während er sich einen Streifen Soyspeck nahm und ihn langsam aß. Er kaute geduldig und holte so viel Geschmack wie möglich aus jedem Bissen heraus. Der Geschmack erinnerte ihn an die Zeit, als sein Großvater ihn mit auf Stammesland zum Zelten genommen hatte, als sie Hasen und Eidechsen gefangen und sie auf einem Spieß langsam geröstet hatten, so daß nicht der ganze Saft verbrannte.

»Wenn Luppas einen verdeckten Run für Fuchi durchzieht«, sagte Skater, »besteht vielleicht keine Verbindung zwischen Norris Caber und Fuchi. Caber könnte für jeden beliebigen Konzern gearbeitet haben.«

»Caber ist unter dem Namen Coleman January als freischaffender Effektivitäts-Experte aufgelistet«, sagte

Erzengel. »Danach hat er nie für Fuchi gearbeitet.« Sie reichte über den Tisch und zog die Jalousie ein wenig hoch, so daß mehr Sonnenlicht in den Raum fiel.

»Irgendwelche Fakten, die diese Identität stützen?« fragte Skater.

»Steuererklärungen für sieben Jahre«, sagte Erzengel. »Aber davor verliert sich die Spur. Mietwohnungen, Ratenzahlungen für den Wagen, kleine Käufe. Die Tarnung ist ganz anständig. Jemand, der nicht weiß, daß da noch mehr sein muß, würde die Suche lange vor mir beendet haben.«

»Dieser Bursche sieht wie Anfang Dreißig aus«, meinte Skater. »Seine Geschichte müßte umfangreicher sein.«

»Ist sie aber nicht«, erwiderte Erzengel.

»Vielleicht wohnt er bei seiner Mutter«, sagte Wheeler, der soeben in die Küche kam und sich eine Tasse Soykaf holte.

»Nur ein kleiner Scherz, Wheeler?« neckte Trey.

Der Zwerg ignorierte die Bemerkung und nahm sich von allen Bestandteilen des Frühstücks.

»Wo ist Elvis?« fragte Skater in dem Wissen, daß der Troll das Frühstück gerochen und die anderen gehört haben mußte.

»Bei Emma«, sagte Erzengel.

»Sie ist aufgewacht?« fragte Skater. »Ich habe sie gar nicht gehört.« Normalerweise bekam er jede ihrer Regungen mit, wenn sie zusammen in dem kleinen Haus waren, das er für sie auf einer Insel von Vancouver, British Columbia, gekauft hatte. Die Verbindung war fast übersinnlicher Art.

»Sie ist nicht aufgewacht«, sagte Erzengel. »Elvis hat sie geweckt. Angeblich, weil er sie davon abhalten wollte, zu lange zu schlafen, damit sie noch mal einschläft, wenn du dich ablegst. Ich persönlich glaube, er hat es getan, weil er es nicht ertragen kann, sie schlafen zu sehen, wenn er in der Nähe ist. Er will lieber mit ihr spielen.«

Der Troll war einer der ältesten in einer Familie mit vielen Kindern gewesen. Er hatte den großen Bruder und den Onkel für Brüder und Schwestern, Nichten und Neffen und Dutzenden von Kindern von Freunden gespielt.

Skater ging zur Küchentür und steckte den Kopf lange genug hindurch, um den Troll zu rufen.

»Komme schon«, grollte Elvis mit seiner Baßstimme. »Sobald ich mit dieser Windel fertig bin.« Eine kleine Wolke weißen Talkumpuders wallte durch die Schlafzimmertür.

Einen Moment lang erfaßte Skater das neue Schuldgefühl, an das er nicht gewöhnt war, und riß mit scharfen Krallen an ihm. Widerstrebend verdrängte er es und schob die Schuld für dieses neue Aufwallen der Angst auf Deja und ihre Forderungen.

Das änderte jedoch nichts an der Tatsache, daß er seine Tochter inmitten der Gefahren seines Lebens als Shadowrunner aufzog. Wie freundlich Elvis auch zu ihr sein mochte, der Troll hatte mit bloßen Händen Leute umgebracht und war vercybert.

Sie alle hatten getötet. Der Gedanke lag ihm im Magen wie die fettigen Überreste halbgarer Krill-Füller.

Das Mobiltelekom in seiner Tasche summte. Als er den Knopf drückte und die Verbindung herstellte, hörte er Dejas rauhe Stimme in seinem Ohr. »Ich habe dich gefunden, Skater, wie ich es dir prophezeit habe. Und wage es nicht aufzulegen, bevor du dir angehört hast, was ich zu sagen habe!«

15

Rede«, sagte Skater. Er entfernte sich so weit wie möglich von der Küche und dem hinteren Schlafzimmer, da er Abstand von seinem Team gewinnen wollte. Deja war sein Problem, und er würde einen Weg finden, es zu lösen.

»Haben Sie meine Nachrichten erhalten, Jack?« spottete die Frau.

»Ja.« Skater starrte durch die Mini-Jalousien, die waagerecht vor dem Fenster hingen, das auf die Boeing-Montagehalle im Osten an der Auburn Enumclaw Road und der 408. Straße Südost hinausging. Die Halle fuhr drei Schichten pro Tag, in denen sie Flugzeugteile und Versorgungsgüter ausspie und dabei die Luft mit einem schwarzgrauen Drek verpestete, der ein sichtbarer Beweis dafür war, daß jemand im Umweltschutzbüro des Bürgermeisters Bestechungsgelder entgegennahm.

In den letzten zehn Tagen hatte er drei Nachrichten von der Frau bekommen. Die erste hatte ihn ein paar Tage vor dem Attentat auf Dunkelzahn in Washington erreicht. Die zweite war am Tag nach dem Attentat eingetroffen, und die dritte war erst gestern gekommen, am dreizehnten August. Skater hatte nie mit ihr geredet, sondern bis jetzt nur ihre Botschaften gehört. Er hatte versucht, ihre Nummer und ihren Aufenthaltsort über das Telekom herauszubekommen, aber es war ihm nicht gelungen.

»Wenn Sie meine Nachrichten erhalten haben, Jack«, sagte die Frau, »dann wissen Sie bereits, was ich will.«

Skater spürte, wie sich ihm der Magen umdrehte. Mit den Fingern vergrößerte er den Spalt zwischen den Jalousien um ein paar Zentimeter in dem Bemühen, etwas zu finden, das es ihm ermöglichen würde, ruhig und gefaßt zu bleiben. Der frühmorgendliche Verkehr, der all die Arbeiter in die unzähligen Fabriken brachte, war in vollem, stetem Fluß, und die Straßen füllten sich wie Flüsse aus Stahl und Keramik, die kurz davor standen, über die Ufer zu treten.

»Wollen Sie wissen, woher ich diese Telekomnummer habe, Jack? Von einem Freund von Ihnen mit lockerer Zunge.«

Skater wußte, daß das nicht stimmte. Die Leute in dieser Bude waren die einzigen, denen er sie anvertraut hatte. Abgesehen von Kestrel, der sein ältester Chummer war. Die Telekomnummer, über die ihn die Frau erreicht hatte, war nach seinen Maßstäben alt. Fast sieben Monate waren vergangen, seit er sie für ein Geschäft eingerichtet hatte, das sich verflüchtigt hatte.

Die Nummer wurde durch zwei Huckepack-Ämter umgeleitet, die offiziell nicht existierten. Eines der Ämter befand sich im Innenstadtbüro eines halb im Ruhestand lebenden Magiers, der sich auf Heilzauber spezialisiert hatte. Das andere Amt war eine von einem Troll betriebene Stehpizzeria, der nebenbei ein Sportwettbüro betrieb, wo eine zusätzliche Telekomverbindung nicht auffiel. Einmal alle acht Stunden wählte ein Programm die Nummern aller Briefkästen an, die Skater eingerichtet hatte, und hinterlegte die eingegangenen Nachrichten im Rahmen einer Warteschleife, die sie weitere acht Stunden speicherte, bevor sie sie zu einer Wohnung in Tacoma weiterleitete, die er über einen Burschen gemietet hatte, den er zwar bezahlt, aber nie getroffen hatte. Nachdem der Schlüssel über einen anderen Briefkasten überbracht worden war, hatte Skater sich das System von Kestrel einrichten lassen. Der Straßenschieber war einer der Besten in dem Geschäft.

Elvis kam aus dem hinteren Schlafzimmer. Er hielt Emma hoch über dem Kopf und streckte ihr die Zunge heraus. So, wie sie dabei von seinen Hauern eingerahmt war, glaubte Skater nicht, daß viele Leute das Komische an seiner Miene erkannt hätten.

Emma gurrte hingegen anerkennend und sabberte milchigen Babyspeichel. Mit Hilfe seiner aufgepeppten Reflexe gelang es dem Straßensamurai, sie mit einer gewaltigen Hand zu halten, während die andere den Speichel behutsam mit einem *Ich-liebe-Trolle*-Latz auffing und ihr die Lippen abtupfte, bevor er ihm ins Gesicht tropfte. Emma trug einen mit Rüschen besetzten turmalinfarbenen Strampler und weiße gestrickte Babyschuhe, die Erzengel ihr gekauft hatte. Emmas Elfenohren liefen in zierlichen Spitzen aus, die ihr feines dunkles Haar teilten.

»Was wollen Sie?« fragte Skater die Frau, die sich Deja nannte.

»Genau das, was ich schon die ganze Zeit sage: Ich will Emma.«

»Warum?« fragte er.

»Ich muß wissen, daß Emma in guten Händen ist. Das ist mehr, als Larisa je hatte. Sie haben meine Schwester umgebracht.«

Die Anklage traf Skater wie ein Faustschlag. Larisa Hartsinger war Emmas Mutter und Skaters Geliebte gewesen. Während ihrer Beziehung hatte Larisa niemals von einer Schwester namens Deja gesprochen. Sie hatte auch keine anderen Familienangehörigen erwähnt, und Skater hatte nicht danach gefragt. Am Ende, bevor Larisa im Verlauf des ReGEN-Runs vor ein paar Monaten getötet worden war, hatte sie auch Emmas Geburt geheimgehalten.

»Emma soll nicht bei Ihnen sein, Jack«, stellte Deja fest. »Sie sind gefährlich. Sie werden dafür sorgen, daß man ihr weh tun wird.«

In dem Gefühl, daß sich das Gespräch im Kreis drehte, unterbrach Skater die Telekomverbindung und programmierte einen Stopp für alle Anrufe über die Nummer ein, die Deja gewählt hatte.

Er wählte eine andere Nummer und hörte einen Anrufbeantworter ohne identifizierende Botschaft anlaufen. »Jack«, sagte er nur. Kestrel würde seine Stimme erkennen. Als er den Summton hörte, fing er an zu reden. »Ich habe Software-Probleme, die du für mich regeln mußt. Nichts Weltbewegendes und auch nichts Dringendes. Ich rufe dich um zehn Uhr wieder an.« Er legte auf und verstaute das Telekom wieder in seiner Tasche.

Er spürte, wie sich der Druck des Runs und seines Privatlebens vereinigte. Eine Sorge allein wäre schwer genug zu ertragen gewesen. Für beide zusammen sah er im Augenblick keine Lösung. Sein Team war in Gefahr, und dasselbe galt für die Verbindung zu seiner Tochter. Geteilte Loyalitäten teilten die Kraft und Entschlossenheit eines Mannes durch mehr als zwei. Doch wenn er eines von beiden aufgab, glaubte er nicht, daß das, was dann noch von ihm übrig war, einen Wert haben würde.

16

Skater kehrte in die Küche zurück. Trotz der Probleme, mit denen er sich konfrontiert sah, fühlte er sich nach dem Frühstück und ein wenig Ruhe besser. Es war kaum zu glauben, daß erst fünf Stunden vergangen waren, seit sie die Straße verlassen hatten. Die anderen führten eine lebhafte Unterhaltung, als sei keiner von ihnen neugierig darauf zu erfahren, was los war. Cullen Trey hatte sie mit einer seiner unglaublichen Geschichten in seinen Bann gezogen, die er oft und gern erzählte. Normalerweise handelte es sich um Dinge, die er tatsächlich erlebt hatte, aber um der dramatischen Wirkung willen ein wenig zurechtgebogen waren.

Emma lag in Elvis' geräumiger Armbeuge und streckte die Hände nach dem Schnuller aus, mit dem der Troll sie neckte, indem er ihn im Mund hielt. Sie erreichte ihn und schloß die Finger darum. Elvis öffnete den Mund und ließ ihn sich abnehmen. Sie lachte ihn an, dann steckte sie sich den Schnuller selbst in den Mund.

Niemand fragte, was Skater auf dem Herzen hatte. Das Adrenalin wütete fast so heftig in ihm wie vor ein paar Stunden, als Wheeler und er von Luppas' Team verfolgt über die Dachkante des Mariah Building gesprungen waren.

Quint Duran betrachtete Skater mit einem Blick aus seinen dunklen Augen. In ihnen lag keine Frage, aber Skater hatte das Gefühl, als werde er prüfend gemustert. Es reichte fast, um ihn wütend auf Duran zu machen.

Dann wurde Skater tatsächlich wütend – auf sich selbst. Weil der Ork ein Recht darauf hatte zu erfahren, wie Skater mit sich zurechtkam und wieviel totes Gewicht bei diesem Run mitgeschleppt wurde.

»Sieh mal«, sagte Wheeler, indem er auf das Trid zeigte. »Wir haben es in die Nachrichten geschafft.«

Skater nahm sich ein Brötchen, das noch übriggeblieben war, und strich sich synthetisches Traubengelee darauf, während er sich die Bilder im Trid ansah.

»Niemand weiß, was die Thriller, die hinter dem Überfall stecken, eigentlich wollten«, zitierte Trey, nachdem der Sprecher seinen Sermon heruntergeleiert hatte.

»Als wäre der Laden nicht schon früher einmal überfallen und ein paar Leichen als Geiseln genommen worden, um Lösegeld zu erpressen«, sagte Elvis. »Deshalb war die verdammte Sicherheit auch so umfangreich.«

»Was viel interessanter ist«, stellte Skater fest, »ist die Tatsache, daß keine fehlende Leiche erwähnt wurde.«

»Fuchi hat es vertuscht«, meldete Duran sich zu Wort.

»Vielleicht«, erwiderte Skater. »Bis wir der Wahrheit ein Stück näher gekommen sind, halten wir uns bedeckt.«

»Was unternehmen wir in bezug auf den Johnson?« Duran stand auf und goß sich Soykaf nach. »Der Bursche wird darauf warten, daß wir uns melden.«

»Wir nehmen Verbindung auf und verhandeln über einen Treffpunkt«, sagte Skater.

»Was ist mit der Leiche?«

Die Leiche befand sich in einem der anderen Schlafzimmer der Bude. Wheeler hatte in einem Laden für überschüssige Militärartikel, der die ganze Nacht geöffnet hatte und in dem keine Fragen gestellt wurden, ein gebrauchtes aufblasbares Gummifloß erstanden. Das

Floß war groß genug für eine Person, vielleicht sogar für zwei in enger Umarmung, und mit einer Regenplane verkauft worden, die so eng darüber gespannt werden konnte, daß das Innere trocken blieb. Nachdem sie die Leiche darin verstaut und in Plastikfolie eingewickelt hatten, deckten sie alles mit ein paar Säcken Eis zu, um die Leiche so gut wie möglich zu konservieren.

»Sie bleibt hier. Wir werden nicht riskieren, sie zu verlieren.« Skater richtete seine Aufmerksamkeit auf Erzengel. »Du sagtest, du brauchst Ausrüstung, um all die Cyberware zu untersuchen, mit der Norris ausgestattet ist.«

Erzengel nickte. »Ein Yamatetsu-Diagnoseinterface für Cyberware-Subsysteme. Ich kann eins beschaffen. Ich brauche nur ein Transportmittel.«

Wheeler nickte. »Okay. Elvis, hast du Lust auf eine morgendliche Spazierfahrt?«

»Klar«, grollte der Troll. Emma, die in seinen Armen lag, schob sich die Flasche aus dem Mund und gab zufriedene Gurr-Laute von sich.

»Bereite alles vor«, sagte Wheeler zu Erzengel, »dann holen wir das Ding ab.«

Skater fühlte sich schuldig, als er Elvis und seine Tochter beobachtete, da er wußte, daß sich in einem der angrenzenden Räume eine Leiche befand, die ihnen allen das Leben kosten konnte. Er vermochte sich des Gedankens nicht zu erwehren, daß Deja möglicherweise recht hatte, wenn sie sagte, daß Emma ihm nicht zustand. Aber im Augenblick mußte er sich um andere Dinge Gedanken machen. »Was wird uns diese Diagnose-Ausrüstung nützen?«

»Wenn man es mit Cyberware zu tun hat«, sagte Erzengel, »arbeitet man mit vier separaten Systemen.« Sie zählte sie an den Fingern ab. »Bodyware. Headware. Matrixware. Senseware. All diese Subsysteme werden durch ihre eigenen Interfacemodule angesteuert. Dadurch, daß ich mir mit dem Cyberware-Diagnoseinterface Zugang zu den Subsystem-Interfacemodulen verschaffe, erfahre ich vielleicht mehr darüber, worin Caber verwickelt war – und mit wem er sich eingelassen hat. Da Fuchis private Yabos hinter der Leiche her waren, besteht außerdem die Möglichkeit, daß das, was sie gesucht haben, nicht am Unfallort gefunden wurde.«

»Womit nur die Leiche bliebe«, sagte Duran.

»Caber war mit einem C^2-Deck ausgerüstet. Bevor ich anfange, an den Speichermodulen und Erweiterungen herumzupfuschen, will ich eine bessere Vorstellung davon haben, was sich tatsächlich in den Matrixware-Subsystemen befindet. Wenn die Leiche darin etwas als Software verborgen hat, will ich diese nicht ruinieren, bevor wir die Möglichkeit hatten, sie herauszuholen.«

»Ein C^2-Deck ist Spitzentech«, bemerkte Skater. »Er könnte ein Runner gewesen sein.«

Trey beugte sich vor. »Ich fürchte, ich weiß nicht, was ein C^2-Deck ist. Meine Bildung, was die technologische Seite des Lebens betrifft, ist zugegebenermaßen etwas begrenzt.«

»Das ist ein im Kopf eingebautes Cyberdeck«, erwiderte Erzengel. »Es befindet sich voll und ganz im Schädel einer Person.«

Trey lehnte sich auf seinem Stuhl zurück, während er blaß im Gesicht wurde. Mit einem Finger lockerte er den Kragen seines Umhangs. »Für mich ist das nichts, fürchte ich.« Als Magier wußte er ganz genau, was ein derart aggressives Implantat seinen magischen Fähigkeiten antun würde.

»Wärst du ein Decker, würdest du das Geniale darin erkennen«, erklärte Erzengel. »Du hast die Hände frei. Wenn du auf einem Run bist, brauchst du kein Deck mit dir herumzuschleppen oder dir Sorgen zu machen, daß es beschädigt werden könnte, wenn es irgendwo anstößt. Ich habe gehört, daß manche Konzerne die C^2-Decks sogar als Vorsichtsmaßnahme mit den Lebenszeichen eines Deckers koppeln. Wenn das Herz eines

Deckers stehenbleibt, aktiviert das C^2-Deck als letztes noch ein Aufspüren-und-Melden- und ein Aufspüren-und-Rösten-Programm. Das Aufspüren-und-Melden-Programm leistet genau das: Es lädt sich ins Sicherheitssystem des Konzerns und meldet den augenblicklichen Standort einem Rettungskommando, so daß sie den Datensklaven bergen können. Während das vor sich geht, läßt das Aufspüren-und-Rösten-Programm das MPCP des Decks schmelzen.« Sie warf einen Blick auf Trey. »Das Master-Persona-Kontrollprogramm. Das ist das Nervensystem des C^2-Deck.«

»Wenn du also Cabers C^2-Deck und den Speicher öffnest ...«, sagte Skater.

»... ist vielleicht nichts mehr drin«, setzte Erzengel fort. »Aber das weiß ich erst, wenn ich eine Diagnose seiner Cyberware gefahren habe. Wenn der Speicher intakt ist, muß ich mich immer noch in die Dateien schleichen.«

17

Skater musterte die Angehörigen seines Teams, die jetzt alle am Tisch saßen. »An dieser Stelle haben wir etwas Zeit. Luppas und Fuchi mögen nach uns suchen, aber wenn sie uns gefunden hätten, wüßten wir es mittlerweile. Sie haben alle Kontakte auf der Straße, die ihr Wissen längst über Briefkästen weitergegeben hätten.«

Die Runde nickte zustimmend.

»Es gibt ein paar Aspekte, denen wir nachgehen können. Der erste ist Cabers Identität – wenn das sein wirklicher Name ist. Erzengel hat die Matrix bereits nach ihm abgesucht. Dort kennt ihn niemand. Die einzigen Daten, die existieren, stammen von Coleman January, der eine Erfindung ist. Aber es ist möglich, daß Caber ein paar Jahre unter diesem Namen gelebt hat. Seine DocWagon-Prämien sind bezahlt worden. Jemand aus der Konzernwelt wußte, daß er unter diesem Namen lebte, sonst wären die Zahlungen eingestellt worden.«

»Du sagst, jemand aus der Konzernwelt«, sagte Erzengel. »Wegen der Cyberware?«

»Ich rede von der Sicherheit, mit der DocWagon seine Dateien in bezug auf Cabers Anstellung belegt hat. Außerdem bedeutet ein DocWagon-Vertrag mit Platin-Service, daß man einen ziemlich hohen Lebensstandard haben muß. DocWagon hat zweifellos jemanden über den Unfall informiert, der mit Fuchi in Verbindung steht, andernfalls hätte Luppas nichts davon gewußt.« Skater war jetzt ganz bei der Sache und hatte alle Sorgen hinsichtlich Deja zeitweilig verdrängt. »Die January-Identität mag ihn als Effektivitäts-Experten ausweisen, aber über was für ein Jahresgehalt reden wir hier?«

»Über keines, das groß genug ist«, bemerkte Cullen Trey, der nachdenklich sein Glas in den Händen drehte. »Sich verstecken bedeutet, sich von allem zu verabschieden. Von den Ärzten angefangen bis hin zu den Steuerberatern. Das wissen wir alle. Und die Leute, die in den Schatten arbeiten, haben die Angewohnheit, mehr für ihre Dienste zu berechnen, und sie erwarten, daß sie ihr Honorar in Form des guten alten Kredstabs im voraus bekommen – keine Ratenzahlungen.«

Skater nickte. »Caber muß von irgendeiner Quelle Nuyen bezogen haben, die in seinen Einkommensteuererklärungen unter den Tisch gefallen sind. Dort könnte es ebenso Spuren zu entdecken geben wie in der Tätigkeit, die er angeblich freiberuflich geleistet hat. Die Handelskammer – die Verträge müssen irgendwo niedergelegt sein.«

»Büro-Drek«, knurrte Duran.

»Ihre Datenbanken sind umfassend genug, um über alles und jeden etwas zu finden«, sagte Erzengel. »Vorausgesetzt, man hat die Geduld und das Talent, ihre Subsysteme auseinanderzunehmen, allen Querverweisen nachzugehen und den redundanten Datenströmen aus dem Weg zu gehen.«

»Die Datenanalyse ist eines der Hilfsmittel, mit denen wir arbeiten müssen, um diesen Schwindel aufzudecken«, sagte Skater.

»Ich würde lieber ein Ziel durch die Schatten jagen«, stellte der Ork fest. »Wenn sich die Dinge zuspitzen, will ich die Action.«

»Du wirst sie bekommen«, versprach Skater. »Nächster Punkt auf der Tagesordnung ist Kylar Luppas. Der Bursche ist scharf darauf, uns auseinanderzunehmen. Wir werden selbst das eine oder andere auseinandernehmen.«

Duran setzte ein breites Grinsen auf; seine fast schwarzen Augen, die von heruntergezogenen Augenbrauen überschattet wurden, blickten boshaft.

»Wie schnell wird dein Chummer die Infos über Luppas zusammengetragen haben?« fragte Skater. Duran hatte ihm versichert, daß ein Ork namens Vankler, den er kannte, mit einigem Wissenswerten aufwarten konnte.

»In ein paar Stunden«, sagte Duran.

Skater sah auf die Uhr. »Damit wären wir dann bei ungefähr zwölf Uhr. Ich will Luppas Feuer unter dem Hintern machen.«

»Wenn du jemanden auf ihn ansetzt«, sagte Duran in ernstem Tonfall, »hat dieser Jemand alle Chancen, gegeekt zu werden.«

»Nicht, wenn es sich dabei um Lone Star und Medienschnüffler handelt«, erwiderte Skater. »Erzengel, hast du immer noch das Video von der Ankunft Luppas' und seines Teams?«

»Ja.«

»Wir könnten Kopien an den Star und einen Nachrichtensender weiterleiten«, sagte Wheeler nachdenklich. »Das hieße, Luppas bekäme öffentlichen Druck.«

»Ich bezweifle, daß ihm das lange zu schaffen machen

wird«, sagte Skater. »Aber vielleicht bekommt seine Organisation dadurch an der einen oder anderen Stelle Risse.«

»Fuchis IntSec-Programm war immer Miles Laniers Baby«, warf Elvis ein. »Man muß sich fragen, warum diese Sache überhaupt nicht seine Handschrift trägt.«

»Ich habe das eine oder andere auf der Straße gehört«, sagte Trey, »das vermuten läßt, Laniers vorübergehende Abwesenheit in Villiers' Fuchi-Büros sei teilweise auf das Dunkelzahn-Attentat zurückzuführen.«

»Jemand deutet an, daß Lanier und Villiers etwas mit dem Tod des Drachen zu tun haben?« fragte Duran. »Das ist mir neu.« Er rieb sich das Gesicht. »Bei all dem Drek, den ich mir in den Tagen nach dem Attentat angehört habe, ist das vielleicht das einzige, was mir entgangen ist.«

»Das muß ich den Kunden von Reno erzählen«, sagte Elvis. »Reno Pyatt nimmt Wetten darauf an, wer Dunkelzahn wirklich umgelegt hat. Diese Möglichkeit wird dort noch gar nicht angeboten.«

»Wenn man bedenkt, wie viele Parteien ein Interesse daran hatten, unseren Präsidenten umzulegen«, meinte Trey, »dürfte dem Gewinner eine ziemlich gute Quote sicher sein. Es sei denn, der Favorit geht tatsächlich als Sieger durchs Ziel.«

Skater lenkte das Gespräch wieder auf den Run. »Wenn wir Luppas' Anwesenheit bei dem Run auf das Beerdigungsinstitut belegen und dann eine Verbindung zwischen Luppas und Fuchi herstellen können, halten wir Fuchi damit eine Fackel unter den Hintern.«

»Sie könnten damit anfangen, ihre Spuren sorgfältiger zu verwischen«, sagte Erzengel. »Echte Spuren und solche, die sie sich nur einbilden.«

»Genau. Und wenn sie das tun, schwimmt vielleicht etwas an die Oberfläche, das wir benutzen können.«

»Wann nehmen wir Verbindung mit dem Johnson auf?« fragte Duran.

»Sobald wir die Informationen über Luppas haben. Vielleicht gibt uns das eine Möglichkeit, Druck auf den Johnson auszuüben.«

»Der Johnson hat sich vielleicht schon aus dem Staub gemacht«, sagte Wheeler. »Er könnte sich, nachdem er von dem Überfall erfahren hat, eine neue Identität samt neuer SIN zugelegt haben.«

»Ja«, stimmte Skater zu. »Und dieser Run könnte bereits zu ihm zurückverfolgt worden sein, und Lone Star oder Luppas könnten schon darauf warten, daß wir in die Falle tappen, die sie uns gestellt haben.«

Der Gedanke ernüchterte sie alle.

»Wir haben unseren Spielplan«, beendete Skater die Debatte. »Laßt uns dabei bleiben und sehen, wohin er uns führt. Wenn die Dinge schlecht laufen, werden wir es bald wissen, und dann können wir unsere Pläne immer noch ändern.«

Skater veränderte vorsichtig seine Stellung auf dem Sofa. Emma lag auf seiner Brust und schlief unruhig, eine Faust unter das Kinn geklemmt. Stimmen drangen von den umliegenden Wohnungen durch Wände, Decke und Boden, manche gleichmütig, andere aufgebracht oder zornig.

Er fühlte sich nach der körperlichen Aktivität der Nacht und des frühen Morgens steif. Das massige Sofa machte es noch schlimmer. In den letzten Monaten mit seiner Tochter, die er damit verbracht hatte, sich von dem Verlust seines Auges zu erholen und zu lernen, für Emma zu sorgen, während sich die Schatten ein wenig abkühlten, war ihm klargeworden, daß er unbewußt auf sie achtete, wenn sie irgendwo auf dem Bett bei ihm schlief. Er bewegte sich nicht, rührte sich nicht, wälzte sich nicht von einer Seite des Bettes auf die andere, wie er es normalerweise tat.

Alte Knorpel von lange zurückliegenden Verletzungen knackten, als er Emma auf den Arm nahm und aufstand. Sie rührte sich nur kurz, wobei sie leise Seufzer ausstieß, dann atmete sie tief aus und versank wieder in ihren Schlummer. Vorsichtig legte er sie in das Reisebett, das wie ein übergroßer Picknick-Korb aussah.

Er kniete sich neben sie und deckte sie sorgfältig zu. Sie roch nach Babypuder, und ihre Gesichtsfarbe war wie Milch. Er fühlte sich elend, als er daran dachte, daß er nicht bei ihr sein würde, wenn sie aufwachte.

»Jack.«

Skater drehte sich um und sah Erzengel in der Tür zu dem Schlafzimmer stehen, in dem sie Cabers Leiche aufbewahrten.

Sie trug ein Paar Chirurgen-Handschuhe, die ihr bis zu den Ellbogen reichten. An einigen Stellen waren sie blutverschmiert, obwohl die dunkle Flüssigkeit bereits getrocknet und verkrustet war. »Es wird ihr an nichts fehlen. Ich werde für sie dasein, wenn sie aufwacht.«

»Ich weiß das zu schätzen.« Skater rieb sich den Nacken und versuchte die Anspannung darin wegzumassieren.

»Willst du darüber reden?«

»Worüber?« Er wußte in dem Augenblick, als er es sagte, wie unangemessen es klang.

Erzengel streifte die blutigen Handschuhe ab und warf sie in einen Müllsack, den sie später zur Müllverbrennungsanlage des Gebäudes bringen würden. Jeglicher Hinweis auf ihre Anwesenheit wurde regelmäßig und stillschweigend beseitigt.

»Über das Wetter«, sagte Erzengel ruhig. Sie lehnte sich gegen den Türrahmen, und die Erschöpfung ließ ihre sonst so aufrechte Haltung gebeugt erscheinen.

Skater richtete seine Aufmerksamkeit wieder auf Emma und rückte das Hemd von sich zurecht, das er bei ihr ließ, wenn sie allein schlief. Die Sache mit dem Hemd war ein Tip von Elvis. Normalerweise war es ein ziemlich sauberes Hemd, das er am Tag zuvor getragen und noch seinen Geruch an sich hatte. Der Troll hatte ihm erklärt, daß Kleinkinder sich mehr auf den Geruchssinn verließen als auf ihr Gehör oder Sehvermögen, um ihre Eltern zu identifizieren. Die anderen Sinne entwickelten sich erst später. Das Hemd tröstete Emma, wenn sie schlief, und gab ihr die Illusion, daß Skater bei ihr war.

»Laß mir etwas Zeit.« Skater stand auf und erwiderte Erzengels freimütigen Blick. »Ich muß eine Weile darüber nachdenken und mir über meine Gefühle Klarheit verschaffen. Ich weiß das Angebot zu schätzen.«

»Es stört dich, daß sie hier ist«, stellte Erzengel fest.

»Ich habe sie letzte Nacht bei Freunden von Elvis gelassen. Vielleicht hätte ich sie darum bitten sollen, daß sie noch etwas länger dort bleibt.«

»Ich rede nicht von Emmas Sicherheit.« Erzengel musterte ihn kühl mit ihren goldgesprenkelten bronzefarbenen Augen. »Ich beziehe mich auf deinen inneren Frieden und deine Fähigkeit, dich darauf zu konzentrieren, diesen Run zu retten.«

»Willst du irgend etwas über die Art und Weise sagen, wie ich die Dinge erledige?«

»Nein.« Ihr Rückgrat straffte sich, und auf ihren blassen Wangen erschienen kleine rote Flecke. »Ich glaube, du tust, was du kannst. Ich wüßte nicht, wen ich bei diesem Run lieber am Steuer sähe.«

»Entschuldige.« Skater sah aus dem Fenster. Die Sonne schien kräftiger, heller, und Punkte aus grellem Licht wurden von den Fenstern der Häuser auf der anderen Straßenseite zurückgeworfen. »Ich mache mir Sorgen, weil Emma hier ist, mitten in diesem Chaos. Ich wache ständig auf und überlege, was ich mit ihr anstellen soll.«

»Für diesen Run?« fragte Erzengel. »Oder für länger?«

»Das ist nicht so einfach. Ich bin ein professioneller Shadowrunner. Ich kann mir nicht eine SIN und eine Lebensgeschichte unter einem anderen Namen ausdenken und dann ein ganz normales Leben führen. Aber ich bin ihr Vater und für sie verantwortlich.«

»Also bist du hin- und hergerissen.«

»Ja. Ich bin nicht gern gebunden.« Kaum hatte er es gesagt, gefiel ihm der Unterton seiner Worte nicht.

»Gebunden? Oder angekettet, weil du dich um Emma kümmern mußt?«

»Manchmal fühle ich mich angekettet«, gab Skater zu. »Wenn ich irgendwohin will, muß ich an so viele Dinge denken. Flaschen. Windeln. Kleidung zum Wechseln. Routine.«

Erzengel lachte und hielt sich dann schnell die Hand vor den Mund. »Entschuldige. Das kommt nicht wieder vor. Es ist nur komisch, sich vorzustellen, daß du so etwas vergißt, wenn ich bedenke, an was du alles denkst, wenn du einen Run planst.«

Skater spürte, wie er wütend wurde, aber das Gefühl legte sich gleich wieder, als er die Deckerin ansah. »Hast du je Kinder gehabt?« Angesichts der ungewöhnlichen Lebenserwartung von Elfen hatte er keine Ahnung, wie alt Erzengel tatsächlich war. Es war möglich, daß sie schon ganze Familien gehabt hatte, die erwachsen geworden waren und ihr eigenes Leben führten.

Sie zögerte einen Moment lang, und die alte Abwehrhaltung, die sie immer umgab, leuchtete wieder in ihren Augen. Während ihrer gemeinsamen Zeit hatte sie nie irgend etwas von ihrem Privatleben preisgegeben. »Nein«, sagte sie schließlich.

»Hast du je daran gedacht?«

»Nein.« Ihre Antwort kam rasch und hart, so endgültig wie eine zugeschlagene Tür.

Skater verstand den Wink und ließ das Thema fallen. Er betrachtete seine Tochter. »In diesen letzten Monaten habe ich mich niemals so lebendig gefühlt, wie das der Fall ist, wenn ich bei ihr bin. Sonst hatten die Runs diese belebende Wirkung auf mich. Und haben sie immer noch in mancherlei Hinsicht, nehme ich an.«

»Der Adrenalin-Kick.«

Er nickte. »Der gehört dazu. Außerdem will ich herausfinden, ob ich so clever und so schnell bin, wie ich glaube.« Er hielt inne. »Aber bei Emma ist das anders. Bei ihr bin ich die meiste Zeit entspannt. Sie ist jetzt noch ein Baby und fängt gerade erst an, sich mit anderen und der Welt ringsumher auseinanderzusetzen. In den meisten Nächten bin ich zufrieden, wenn sie neben mir schläft, einfach weil ich weiß, daß sie da ist.«

»Ich sehe nicht, was daran falsch sein soll.«

»Ich manchmal schon.«

Erzengel runzelte die Stirn. »Warum?«

Skater holte tief Luft, um einige der Gefühle zu verdrängen, die sich in ihm im Widerstreit befanden, dann ließ er es heraus. »So zu empfinden, bringt mich zu der Überzeugung, daß ich egoistisch bin. Machen wir uns nichts vor. Was weiß ich schon davon, ein Vater zu sein?«

»Emma ist sauber, gut genährt und glücklich.«

»Und befindet sich mitten in einer Todeszone, wenn diese Sache schiefgeht.«

»Wovor hast du Angst?« fragte Erzengel leise.

»Ich habe Angst davor, einen Fehler bei ihr zu machen, so daß ihr etwas zustößt oder sie kein normales Leben führen kann. Das hier« – seine Handbewegung bezog die Wohnung mit ein – »ist kein normales Leben.«

»Glaubst du, die Kinder der Familien, die hier in den Buden leben, führen ein normales Leben?«

Die streitenden Stimmen ringsumher waren immer noch zu hören, immer wieder durchsetzt vom klagenden Jammern und Weinen kleiner Kinder. Irgend etwas prallte gegen die Wand der Wohnung hinter der Küche und zerbrach. Der Aufprall ließ die Schranktüren klirren.

»Glaubst du, Emma wäre mit solchen Eltern besser dran?« fragte Erzengel.

»Nicht alle sind so.«

»Ist ihr Leben mit dir so?«

»Nicht, wenn wir allein sind.«

»Vielleicht solltest du darüber nachdenken.«

Skater schüttelte den Kopf. »So einfach ist das nicht.«

»Dann mußt du dafür sorgen, daß es so einfach ist. Bevor du überhaupt eine Entscheidung triffst.«

»Ich lasse es mir durch den Kopf gehen.« Skater steuerte das Schlafzimmer an, in dem Duran sich auf dem Boden aufs Ohr gelegt hatte.

Der Ork lag auf dem Rücken, eine Hand als Kissen unter dem Kopf, die andere um die Ceska Black Scorpion MP gelegt, die seine Zweitwaffe neben der Franchi-Schrotflinte war.

»Zeit zum Abmarsch«, sagte Skater.

Trey hatte sich das Doppelbett gesichert und schlief mit einer Maske über den Augen.

Duran erwachte augenblicklich. »Ich bin gleich da, Junge.«

»Sahne. Ich habe den ersten Anspruch auf die Dusche.« Skater ging wieder ins Wohnzimmer und dann ins Badezimmer, nachdem er sich frische Kleidung aus der Tasche geholt hatte, die seine und Emmas Sachen enthielt.

Erzengel war in das Schlafzimmer zurückgekehrt, in der sie die Leiche aufbewahrten. Obwohl die Tür offen war, spürte Skater die Wand zwischen ihnen.

18

Das Büro von Richard Villiers«, verkündete Kylar Luppas der mit rostfreiem Polystahl verkleideten Sicherheitsaudiobox in der Kabine des Aufzugs. Er warf einen Blick auf die Uhr. Es war 11:59:19 Uhr.

Die Türen schlossen sich mit gedämpfter Kraft, geräuschlos, aber mit ausreichend Vibration, um die Insassen wissen zu lassen, daß sie sich nicht so leicht wieder öffnen würden, wenn die Sicherheitscodes verletzt wurden. Die Kabine setzte sich von Magnetkraft angetrieben geschmeidig in Bewegung. Die Wände aus künstlichem Mahagoni glänzten frisch poliert und rochen nach echtem Holz. Fuchis Büros in Bellevue knauserten nicht bei der Einrichtung.

»Der Zugang zu weiteren Etagen ist ohne entsprechende Autorisierung untersagt«, belehrte eine weibliche Stimme, als der Aufzug Sekunden später anhielt. »Bitte halten Sie sich zur Identifizierung bereit.«

Ein flexibler Schlauch, der fast so dick wie der kleine Finger des Elfs war, fiel durch ein speziell konstruiertes Loch in der Kabinendecke. Ein Drahtgitter verdeckte die Düse in dem Schlauch, so daß sie nicht so leicht verstopft werden konnte.

»Bitte treten Sie zurück, bis Sie andere Anweisungen erhalten«, instruierte ihn die weibliche Stimme. »Der Schlauch, den Sie an der Decke sehen, ist mit einem Gamma-Skopolamin-Tank verbunden. Sollten Sie sich nicht ordnungsgemäß identifizieren können, werden Sie betäubt und Lone Star übergeben. Alle damit verbundenen Kosten werden Ihnen in Rechnung gestellt und gegebenenfalls auf gerichtlichem Weg eingefordert.«

Das Gamma-Skopolamin war noch die angenehmste Sicherheitseinrichtung innerhalb des Aufzugs. Die Wände enthielten außerdem BacteriTechs bakterielle Sperrgitter, die an Aerosol-Kanister mit FB-1- und FB-UV-Bakterien angeschlossen waren, welche bei Temperaturen unterhalb des Gefrierpunkts gelagert wurden. Sobald ein unbefugter astraler Eindringling von einem Sicherheitsmagier des Konzerns entdeckt und ein Alarm ausgelöst wurde, gaben die Behälter mit den Bakterien ihren Inhalt in allen Hochsicherheitsbereichen des Wolkenkratzers frei. Magier und andere Wesen, die sich durch die Astralebenen bewegen konnten, wurden von der organischen Materie aufgehalten.

Ein Magier, der seinen Körper verlassen hatte, um eine rasche astrale Rundreise durch das Gebäude anzutreten, und zufällig außerhalb seines Körpers festgesetzt wurde, wenn die bakteriellen Sperrgitter aktiviert wurden, konnte nicht mehr in seinen Körper zurückkehren und lief Gefahr zu sterben, wenn dieser Zustand zu lange anhielt. Zumindest konnte sich der betreffende Magier nicht gegen die Sicherheitseinheiten wehren, die in so einem Fall über kurz oder lang auftauchten.

Für jene, die so raffiniert waren, ihren eigenen Sauerstoffvorrat mitzubringen, wenn sie von dem Gamma-Skopolamin wußten, war die Kabine so verdrahtet, daß sie schwere Elektroschocks versetzen konnte, die stark genug waren, um einen amoklaufenden Koloß außer Gefecht zu setzen. Von da ab wurden die Dinge entschieden tödlich. Ein Teil der Sicherheitsvorkehrungen war Luppas' Werk.

»Zuerst eine Stimmenidentifikation. Nennen Sie Ihren Namen und Ihre Stellung innerhalb der Fuchi Industrial Electronics Corporation.«

»Kylar Luppas.« Seine Stellung wurde *niemals* erwähnt.

»Bestätigt. Bitte treten Sie vor das Okular, das aus der Wand vor Ihnen ausfahren wird.«

Ein kleiner Teil des künstlichen Mahagonis schillerte in allen Farben, und dann fuhr das Okular summend heraus. Luppas trat vor und preßte das rechte Auge gegen das Okular.

»Netzhautscan bestätigt. Biodaten bestätigt. Erwarten Sie den Astralscan.«

In der anschließenden Pause erkannte Luppas den kühlen Kuß der Berührung einer Astralprojektion von einem Sicherheitsmagier, der hier irgendwo in dem Gebäude arbeitete. Er zügelte den unmittelbaren Reflex, sich gegen das damit verbundene unangenehme Gefühl zu wehren.

»Astralscan bestätigt«, stellte die weibliche Stimme fest. »Willkommen in den oberen Etagen, Mr. Luppas. Genießen Sie Ihren Aufenthalt.«

Die Öffnung in dem künstlichen Mahagoni schloß sich wieder, und Augenblicke später war nichts mehr von ihr zu sehen. Der Aufzug setzte sich wieder in Bewegung. Neonblaue Ziffern rasten durch die Digitalanzeige.

Villiers' Privatbüros in der Bellevue-Forschungsanlage an der Ecke Sechste Straße Südost und 112. Avenue Südost füllten die gesamte Etage zwei Stockwerke unter dem Dach des Wolkenkratzers aus. In die Etagen darüber war reaktive Panzerung in die Mauern und Böden eingebaut. Angesichts der relativen Nähe des Sea-Tac-Flughafens blieb die Möglichkeit eines überraschenden Abschusses einer Luft-Boden-Rakete vom Typ Mitsubishi-GM Bandit eine potentielle Gefahr.

Fuchi Industrial Electronics war ein Konsortium dreier mächtiger Männer: Richard Villiers, Shikei Nakatomi und Korin Yamana. Jeder hatte seinen eigenen Herrschaftsbereich, aber Luppas wußte, daß jeder beständig nach Druckmitteln gegen die anderen suchte, insbesondere für die im All stationierte Abteilung Fuchi Orbital. Gegenwärtig verfügte Villiers über deren Kontrolle, aber das konnte sich jederzeit ändern. Jenes dünne Gleichgewicht der Macht zwischen den drei Familien machte die ausgedehnte Sicherheit rund um den Wolkenkratzer erforderlich.

Einen Herzschlag nach dem *Ping*, das die Ankunft verkündete, öffneten sich die Magnettüren in einen von Plastiglas eingerahmten Sicherheitskontrollpunkt. Ein Sicherheitsteam in Fuchi-Uniformen stand dicht gedrängt um den Kontrollpunkt.

»Mr. Luppas«, sagte ein glattrasierter junger Mann. »Ihre Paßkarte, bitte.«

Als Luppas auf den mit Plastiglas bedeckten Boden schaute, sah er die dünne Linie des Versiegelungsgels, die sich mit dem Teppich verband. Er zweifelte nicht daran, daß er FB-1 enthielt. Kanister mit dieser Substanz klebten von außen an der Plastiglashülle wie abgeflachte Tintenfische.

Luppas schob die Paßkarte durch den dünnen Schlitz der verschlossenen Plastiglastür. Einer der Sicherheitsleute nahm sie entgegen.

Der Sicherheitsmann mit Luppas' Paßkarte warf sie in ein tragbares Einäscherungsgerät, das an der Wand befestigt war. »Kein Grund zur Beunruhigung, Sir«, sagte der Hauptfeldwebel. »Wir geben heute neue Paßkarten aus.« Er gab der Frau an der Tür ein Zeichen, die daraufhin das Schloß öffnete.

Luppas ging hindurch und nahm die neue Paßkarte von dem Hauptfeldwebel entgegen. »Was ist los?«

»Neue Karten, Sir«, erwiderte der Sicherheitskommandant. »Alle anderen Informationen werden nur an diejenigen weitergegeben, die sie benötigen. Das ist nicht mein Gebiet.«

»Wo ist Miles Lanier?« fragte Luppas. Lanier war der Leiter von Fuchis Interner Sicherheit – IntSec.

»Das weiß ich nicht, Sir.«

Luppas steckte die Karte ein und ging den Flur entlang. Irgend etwas war im Busch, und das störte ihn. Wenn drastische Veränderungen in Fuchis Büros nötig waren, würde Lanier an Ort und Stelle gewesen sein und sie überwacht haben.

Der Flur endete vor einer schlichten Chromtür. Luppas sah, wie sich sein Spiegelbild änderte, als er sich dem Eingang näherte und es über die Metallplatten huschte. Die Tür glitt auf.

Eine Empfangsdame saß hinter einem nierenförmigen Schreibtisch. Sie sah kühl und kompetent aus, und ihr Haar war so kurz geschnitten, daß es einige Mühe kosten würde, sie daran festzuhalten. Sie sah Luppas ausdruckslos an. Silberne Cyberaugen glitzerten kalt.

»Mr. Luppas, Ihnen wurde die Freigabe zum Eintreten erteilt«, sagte sie präzise und mit einer Stimme, die das Beste war, was man für Nuyen kaufen konnte. Wie das übrige Empfangspersonal, das auch einige Männer einschloß, wie Luppas bei früheren Besuchen gesehen hatte, trug sie die beste und massivste Cyberware, die es gab, und so viel davon, daß die Grenze zwischen Mensch und Maschine verschwamm.

Die Türen zum Allerheiligsten glitten auseinander, als er auf sie zuging. Zwei Schreibtische, die parallel zueinander angeordnet waren, so daß die Person in der Mitte beide benutzen konnte, beanspruchten die Mitte des großen fensterlosen Raums. An den Wänden hingen verschiedene Fuchi-Logos, die im Lauf der Jahre verwendet worden waren, sowie Digibilder von Hardware, die der Konzern seit seiner Gründung entwickelt hatte.

Ramona Fishbein trug ein schickes Zoé-Kostüm. Der Meerschaum-grüne Rock endete fast dreißig Zentimeter über den sonnengebräunten Knien, und der Anstand blieb nur dank der permanenten elektrostatischen Aufladung in der Gewebefaser gewahrt, als sie durch den Bereich mit den zwei Schreibtischen ging. Die royalblaue Jacke, die nur von einem einzigen Knopf zusammengehalten wurde, enthüllte ein beeindruckendes Dekolleté. Von der kristallisierten Kunstfaser des Gewebes ging ein sublimer Schimmer aus, der in der gedämpften Beleuchtung des Raums betörend war.

Skalpelle und Tech hatten die Jahre aus Fishbeins Gesicht entfernt. Mit ihrer durchtrainierten, athletischen Figur und ihrem an ein Raubtier erinnernden Selbstvertrauen konnte sie jedes beliebige Alter zwischen zwanzig und achtzig haben. Klammern aus Türkis und Silber in Vogelgestalt, die antik und nach amerindianischer Machart aussahen, hielten ihre schwarzen Haare hoch und zurück.

Während sie sich den Nacken massierte, sprach Fishbein in ein Kopfset mit einem Bleistiftmikro und gab verschiedenen Untergebenen rasche Anweisungen. In der Hand hielt sie eine kleine Fernbedienung, mit der sie sowohl die Kommunikation als auch den Trideoempfang kontrollierte. Sie winkte Luppas zu einem bequemen Polstersessel in der Nähe des linken Schreibtischs.

Er ignorierte die Geste und ging durch den Raum zu der Bar in der Ecke. Er nahm einen rot gesprenkelten Cognacschwenker, der von zwergischen Glasbläsern aus Deutschland mundgeblasen worden war, füllte ihn mit zerstoßenem Eis und goß den Inhalt einer gekühlten Flasche Cuige Chonnacht Mineralwasser aus Tir na nOg darüber. Dann fügte er zwei Zitronenscheiben und ein Stück Limone hinzu und schwenkte den Inhalt vorsichtig, während er sich auf den von Fishbein angebotenen Sessel setzte.

Fishbein setzte ihre Gespräche fort. Ihre Stimme hob sich nicht, wurde aber so scharf wie Monodraht.

Luppas nippte an seinem Getränk und wartete. Er warf einen Blick auf die Trideokanäle, die Fishbein eingeschaltet hatte, und fragte sich, woran die Frau gerade arbeitete. Präsident Kyle Haeffner, der müde, aber vertrauenswürdig aussah, stand im ovalen Blauen Zimmer des Weißen Hauses vor den großen Fenstern mit Blick auf die blühenden Gärten. Über der mit einem schwarzen Trauerflor geschmückten rechten Schulter des Präsidenten der UCAS schwebte ein PRC-44b Yellowjacket mit militärischen Kennzeichen am blauen Himmel. Die Botschaft war nicht unbedingt erhaben.

Auf einem anderen Bildschirm lief eine Aufzeichnung der Zusammenkunft der Drachen, die erst vor ein paar Tagen nach dem Tod Dunkelzahns stattgefunden hatte. Die Drachen spien Feuer, während sie das prismatische Managewitter umkreisten, das die Stelle von Dunkelzahns Ableben markierte.

»Zeit«, erklärte Fishbein.

Sofort erloschen die Trideoschirme. Fishbein streifte sich das Kopfset ab und warf es auf einen ihrer Schreibtische. Dann ging sie ebenfalls zur Bar und mixte sich einen Drink.

»Villiers?« fragte Luppas.

»Siebenundzwanzig Sekunden von jetzt an. Er schließt sich uns über Cyberlink an.« Fishbein hielt ein haarnetzförmiges Trampnetz hoch. Sie grinste. »Also los, Schildkrötenbubi.«

Widerwillig legte Luppas die Cyberausrüstung an. Er stand nicht sonderlich auf die Erfahrung, zusammen mit einem Decker durch die Matrix zu rasen. Er wartete, daß Fishbein ihn durch das Fuchi Cyber-IVx online brachte, in das sie sich einstöpselte. Er selbst würde über das Dir-X-SimSinn-Rig, das sie in ihrem Deck gebootet hatte, in die Matrix eintreten.

Ein Farbblitz füllte sein virtuelles Blickfeld aus. Abrupt wirbelten die Farben davon. Als er blinzelte, sah er, daß er immer noch mit Fishbein zusammen in ihrem Büro saß. Jetzt war jedoch auch Richard Villiers bei ihnen. Fishbein saß hinter dem Schreibtisch, und das Glasfaserkabel zwischen der Datenbuchse in ihrem Hinterkopf und dem C^2-Deck in ihrem Schädel war nicht mehr zu sehen.

Dunkel, gutaussehend und majestätisch stand Villiers in der Mitte des Raums vor den Schreibtischen und dem Sessel, auf dem Luppas Platz genommen hatte. Das SimSinn-Rig imitierte die Bilder und Empfindungen perfekt.

»Sie haben das Ziel ihres Auftrags verloren, Mr. Luppas«, sagte Villiers kalt, »und ich will wissen, wann Sie es wieder zurückbekommen!«

19

Die Türen der Seattler Monobahn öffneten sich, während eine männliche Automatenstimme verkündete: »Bahnhof Jefferson Street mit Zugang zum Harborview-Krankenhaus. Bitte Vorsicht beim Aussteigen. Vielen Dank und einen schönen Tag.«

Skater folgte dem Wogen der Menge auf den Bahnsteig, wo die mehr als zahlreich vertretenen Bahnpolizisten ihre Defiance Industries AZ-150 Betäubungsschlagstöcke in der Hand hielten, um den Frieden zu wahren.

Es war fast Mittag, obwohl die Sonne noch nicht durch die Wolkendecke gedrungen war, die sich kurz nach der Morgendämmerung über die Stadt gelegt hatte. Skater wußte, daß das Ergattern von Essensgeld noch das geringste der Ziele war, das die Gossenpunks verfolgten, die danach trachteten, einen weiteren Tag im Plex auf Kosten anderer zu überstehen.

Er trug den Predator im Schulterhalfter unter einer leichten schwarzen Jacke, deren Aufdruck für Ice Blue Ice warb, einer beliebten Elfenband, die sich auf Blues-Musik spezialisiert hatte. Eine dunkelgrüne Baseballkappe mit abgerundetem Schirm tauchte seine Züge in dunklen Schatten.

Als er die Sperre passierte, warf er einen Blick auf die reflektierende Oberfläche der Stahltür zu der breiten, vier Etagen abwärts führenden Treppe nach unten. Quint Duran stieg zwei Wagen hinter Skater aus der Monobahn aus und hängte sich unauffällig an ihn. Der Ork trug Straßenkleidung und tauchte völlig im Gedränge der Metamenschheit unter.

Das Murmeln unzähliger Gespräche erfüllte das Treppenhaus, als Skater den Stufen bis zur Straße folgte. Die meisten Metas und Menschen im Treppenhaus trugen Krankenhauskleidung. Zwei junge Burschen, der eine ein Troll, der andere ein ebenholzfarbener Mensch, waren vor Skater auf der Treppe und tauschten unterwegs Digibilder von Combatbikern.

»Ich hab's, Orren!« rief der Trolljunge, indem er ein Digibild hochhielt. »Jonathon Wingers Karte aus seinem Anfängerjahr, und sie ist ein voll animiertes Mikro-Video!«

»Drek, Kyle, das ist echt grell!« Orren nahm die Karte vorsichtig bei den Rändern und betrachtete sie. Auf der Digikarte kauerte Winger sich auf seinem Motorrad zusammen, während er über eine Bresche schoß, eine abgesägte Schrotflinte in der Hand.

Während Skater den Jungen folgte und ihnen beim Tausch ihrer Karten zusah, fragte er sich, ob er zuversichtlicher gewesen wäre, was seine Vaterrolle betraf, wenn Emma kein Mädchen, sondern ein Junge gewesen wäre. Sofort fühlte er sich schuldig und verdrängte die Frage. Er erspähte das öffentliche Telekom, das er suchte, und ging durch die Tür.

Er schob einen der beglaubigten Kredstäbe, die er bei sich hatte, in den Zahlschlitz des Telekoms. Das Freizeichen ertönte, und er gab die LTG-Nummer ein und dann die Zahlen, die er sich eingeprägt hatte.

Draußen auf der Straße, fast unsichtbar für Skater, kaufte Duran einen Sloppie von einem Straßenverkäufer. Der grüne Schirm über dem Karren mit seinem gelben Gänseblümchenmuster sah trotz der bleichenden Wirkung der Sonne zu grell und fröhlich aus.

»Lone Star«, antwortete eine schroffe Männerstimme am anderen Ende der Leitung.

Automatisch aktivierte Skater die Netzhautuhr in seinem Cyberauge. Die Zeit- und Datumsanzeige schob sich in sein Blickfeld und tickte geisterhaft blaue Ziffern herunter: 11:59:31/14-08-57, 11:59:32/14-08-57 …

»Die Kriminalabteilung, bitte«, erwiderte er.

»Einen Augenblick, bitte.« Das Telekom knisterte, als die Verbindung hergestellt wurde.

»Kriminalabteilung«, meldete sich eine glatte weibliche Stimme einen Augenblick später. »Carella am Apparat. Was kann ich für Sie tun?«

»Ich hätte gern Nina Barrett gesprochen.« Skater ließ die Videokamera auf seiner Seite der Leitung absichtlich ausgeschaltet. Auch wenn sein Gesicht bereits bekannt war, gab es doch keinen Grund, Reklame dafür zu machen. Er zweifelte nicht daran, daß der Sicherheitsstab des Star den Anruf bereits routinemäßig zurückverfolgte.

Er zählte die Sekunden auf der Uhr ab und gab Nina im Geiste neunzig Sekunden, um sich zu melden. Die blauen Ziffern in seinem Blickfeld veränderten sich rasch.

»Barrett«, meldete sich die Troll-Detektivin. Der Videoteil des Telekoms erwachte in einem explosiven Farbblitz zum Leben. Eine kurze platinblonde Haarsichel mit giftgrünen Spitzen, exakt mittig, krönte einen breiten Schädel, der von zwei gewundenen, schwarzen, auf Hochglanz polierten Hörnern eingerahmt wurde. Sie trug die blau-goldene Uniform von Lone Star.

Skater nahm zur Kenntnis, daß sich die verstrichene Zeit der Minutengrenze näherte. Er hatte Nina und ihren Partner Paulson vor ein paar Monaten kennengelernt. Sie hatten den Mord an Larisa Hartsinger untersucht, und Skater war ihr Hauptverdächtiger gewesen. Er drückte eine Taste am Telekom und schaltete die Videokamera ein, so daß sie ihn ebenfalls sehen konnte.

»Erinnern Sie sich noch an mich?« fragte Skater.

»Wie könnte ich Sie vergessen?« Aufrichtige Belustigung flackerte in ihren Augen. »Die Leute hier reden immer noch davon, wie sie hier mitten in der Nacht aus Ihrer Zelle verschwunden sind.«

»Ich rufe nicht deswegen an«, sagte Skater.

»Das dachte ich mir, Otto. Oder sollte ich Sie Jack nennen? Mir persönlich gefällt Jack eigentlich besser. Ist näher an der Wahrheit.«

Skater ignorierte diese Bemerkung. »Ich weiß, daß Sie den Anruf zurückverfolgen, also haben wir nicht viel Zeit. Haben Sie von dem Überfall auf Schastakowitschs Beerdigungsinstitut letzte Nacht gehört?«

»Klar. Ich sehe Trid. Sieht so aus, als sei das ganze Unternehmen gründlich danebengegangen.«

»Die Trideo-Schnüffler haben die fehlende Leiche nicht erwähnt«, sagte Skater.

Die Lone-Star-Detektivin machte sich auf dem Bildschirm an einer Tastatur zu schaffen. »Ich habe hier nichts über eine fehlende Leiche«, sagte sie, als sie wieder aufsah, nachdem sie ein paar Befehle eingegeben hatte.

Die Leichtigkeit, mit der sie die Information abrief, verriet Skater, daß Lone Star bereits eine eigene Datei über den Fall angelegt hatte. »Nehmen Sie sich DocWagon vor. Letzte Nacht gab es ein Todesopfer auf der Interstate 5 bei einem Unfall mit Fahrerflucht. Finden Sie heraus, wer der Tote ist – wenn Sie können.«

»Ich stecke bis über beide Ohren in Arbeit«, sagte Nina. »Warum sollte ich mir die Mühe machen?«

»Weil es eine große Sache sein könnte.«

»Nennen Sie mir einen Grund.«

Skater sah wieder auf seine Netzhaut-Uhr. Ihm blieben nur noch Sekunden, bis seine Sicherheitsgrenze erreicht war. »Zum Beispiel ist Fuchi in die Sache verwickelt. Fuchi hatte ein schwarzes Einsatzteam in dem Institut. Das Team hat die Sicherheitsleute gegeekt, als es in das Mariah Building eingedrungen ist. Es wurde von einem Burschen namens Kylar Luppas angeführt.« Er buchstabierte den Namen. »Luppas ist ein Elf. Söldner. Kam vor ein paar Jahren direkt aus den Wüstenkriegen. Er ist vielleicht unter falschem Namen in Seattle und erhält von Fuchi Rückendeckung.«

Ninas Finger huschten über ihre Tastatur. »Ich habe hier nichts über eine Person dieses Namens.«

»Das zeigt nur, wie weit seine Verbindungen reichen. Hier spielt keiner unter seinem richtigen Namen.«

Die große Troll-Detektivin sah Skater an und hob fragend eine Augenbraue.

»Die Leiche, die Sie suchen, war bei Schastakowitsch als Coleman January registriert. DocWagon hat auf einen Armband-Notruf von der Unfallstelle auf der Interstate 5 reagiert, und der Name des Kunden lautete Norris Caber. Cabers DocWagon-Prämien kamen direkt von Fuchis Kredstäben.«

»Und Sie haben diesen ganzen Drek einfach nur so aus Neugier ausgegraben?«

Die Uhr auf seiner Netzhaut zeigte Skater, daß ihm noch neun Sekunden blieben, um das Gespräch zu beenden, bevor Lone Star das Gespräch zurückverfolgt haben würde. »Die Videos, welche die Nachrichtensender am Institut bekommen haben, waren alle getürkt. Keines davon zeigt Luppas oder einen seiner Leute. Sehen Sie mal unter Ihrer persönlichen E-Mail beim Star nach. Dort werden Sie ein Video finden, das Luppas im Institut zeigt. Ich schicke es Ihnen. Und sparen Sie sich die Mühe, die Mail durch die Matrix zurückzuverfolgen. Das würde Lone Star nämlich einen Haufen Geld für Deck-Reparaturen und eine Menge Überstunden kosten, um die Systeme wieder flottzumachen.« Erzengel hatte eine weiße IC an die Mail gekoppelt, welche die Datei vernichten würde, wenn jemand an ihr herumpfuschte.

»Halten Sie sich für so gut?«

»Ich persönlich bin nicht so gut. Aber ich kenne jemanden, der es ist. Und jetzt muß ich auflegen. Ihre Decker dürften mir mittlerweile ziemlich nah gekommen sein.«

»Jack, was ist mit dem Baby, das Sie gesucht haben?« fragte Nina. »Mit Larisa Hartsingers Baby?«

Als Skater im Zug seines letzten Runs eingebuchtet worden war, hatte Nina Mitgefühl gezeigt. Er zögerte nur einen Augenblick. »Ich habe es gefunden.«

»Geht es ihm gut?«

»Ja, danke der Nachfrage.« Er unterbrach die Verbindung, und Nina Barretts Gesicht verschwand vom Bildschirm.

20

In der Matrix-Version der Fuchi-Büros verspürte Kylar Luppas ein vorübergehendes Aufflackern von Verärgerung über Villiers' Vorwurf, er habe den Job vermasselt, unterdrückte das Gefühl jedoch rasch. Gefühle waren nichts für Profis, besonders dann nicht, wenn sie es mit ihrem Arbeitgeber zu tun hatten.

»Es wäre präziser zu sagen, daß ich bisher noch nicht in der Lage war, das Eigentum zu bergen, dessen Wiederbeschaffung mein Auftrag ist«, sagte Luppas.

Villiers Bild löste sich plötzlich auf, als der Mann ein paar Schritte auf und ab ging, um sich dann einen oder zwei Schritte weiter neu aufzubauen. »Sie trifft nicht die ganze Schuld, und das ist mir durchaus bewußt. Haben Sie Hinweise, wer die Leiche gestohlen haben könnte?«

»Mein Team arbeitet daran. Bei dem Team, das die Leiche an sich gebracht hat, handelt es sich um Profis. Sie hatten die richtige Ausrüstung, sie hatten Blaupausen des Gebäudes, sie haben nicht einmal geblinzelt, als wir auftauchten.«

Villiers wirkte bestürzt. Dann streckte er den rechten Arm aus und öffnete plötzlich die Hand. Ein Schauer roter Funken entstand Zentimeter vor seinen Fingern und setzte sich in einem raschen Wirbel zu einem flachen Videoschirm zusammen, der zweidimensional in der Luft hing.

Luppas studierte die Zahlen, Buchstaben und Icons, die über den Bildschirm huschten, wurde jedoch nicht schlau daraus. Ein Blick auf Fishbein überzeugte ihn davon, daß sie ebenso im Regen stand wie er.

Ein Wink mit der Hand, und der Schirm war wieder verschwunden. Villiers starrte Luppas an. »Wieviel wissen diese Leute?«

Luppas antwortete in kategorischem Tonfall. »Wahrscheinlich mehr als ich.« Er legte die Hände zusammen. »Aber ich weiß, daß Caber nicht unser eigentliches Ziel war, sondern nur der Köder. Das Wissen, wer unser eigentliches Ziel ist, wäre eine Hilfe. Ich könnte mir überlegen, welche Schachzüge unserer Zielperson offenstehen und wie entschlossen sie ist, sie auch auszuführen.«

Villiers zögerte nur einen Augenblick, dann zeichnete er ein Rechteck von der Größe einer Spielkarte in die Luft. Als sich das Rechteck verfestigte und in Augenhöhe in der Luft hing, stieß der Fuchi-Exec es mit einem Fingernagel an, so daß es zu Luppas schwirrte.

Der Elf fing das Rechteck mühelos, nahm es in die Hand und drehte und wendete es, um es zu begutachten. Es handelte sich um ein Digibild, das ein und dieselbe Frau aus zwei verschiedenen Blickwinkeln zeigte, Vorder- und Profilansicht. Ihre klassischen mediterranen Züge wirkten adlerhaft und entschlossen mit den dunkelbraunen Augen, die sich fast in einer Andeutung von Abscheu verengt hatten. Ihr eckiges, spitzes Gesicht ließ nicht einmal einen Ansatz von Offenheit oder Intimität erkennen. Kurzgeschnittene platinblonde Haare mit dunkelgrauen Untertönen lagen fast wie Entendaunen auf ihrem Schädel. In ihren Zügen glitzerte Silber von der Datenbuchse in der linken Schläfe bis zu dem stilisierten Reißverschluß, mit dem ihre linke Augenbraue gepierct war, und den drei kleinen Silberringen in ihrem rechten Nasenflügel. Ihr langer schlanker Hals ließ auf eine schmächtige Gestalt und einen rasend schnellen Stoffwechsel schließen.

»Wer ist sie?« fragte Luppas.

»Ripley Falkenhayne. Es gibt keinen Grund, warum Sie sie kennen sollten«, erwiderte Villiers. »Aber ich erwarte von Ihnen, daß Sie sie kennenlernen. Ramona wird Ihnen eine Kopie ihrer Akte geben, die Ihr Büro hier nicht verlassen wird.«

»Verstanden.« Luppas warf das Digibild in die Luft und war nicht im geringsten überrascht, als es sich wieder in die Bits und Elektronen auflöste, die es hatten entstehen lassen. »Ist sie irgendwie mit Fuchi verbunden?«

»Nein.«

»Wie viele Personen wissen von Falkenhayne?« fragte der Elf.

»Wir drei«, sagte Villiers. »Und Sie und Ramona gehören erst seit eben dazu.«

Luppas konzentrierte sich auf sein Taktgefühl. Der Job bei Fuchi war lukrativ. Einen anderen zu finden, würde bestenfalls schwierig sein, aber aufgrund eines Informationsmangels im Einsatz getötet zu werden, war eine noch weniger attraktive Aussicht. »Was ist mit Miles Lanier?«

»Was soll mit ihm sein?« Villiers schien für einen Augenblick auf der Hut zu sein, dann verschwamm sein Matrix-Icon und sah dann wieder so entspannt aus wie zuvor.

»Bei einer so ernsten Angelegenheit würde ich davon ausgehen, daß Lanier eingeweiht ist.«

»Ist er aber nicht«, sagte Villiers entschieden.

Zusätzlich verwirrt durch die Machenschaften, die ringsumher Gestalt annahmen, beschloß Luppas, sich auf die eigentliche Aufgabe zu konzentrieren. »Gilt Falkenhayne an dieser Stelle bereits als das Primärziel des Unternehmens?«

»Nein. Ihr Hauptaugenmerk gilt immer noch Cabers Leiche. Die Frau wäre ein angenehmer Bonus. Falls sich das ändert, und das könnte durchaus der Fall sein, werde ich dafür sorgen, daß Sie davon in Kenntnis gesetzt werden.«

»Warum wollen Sie Cabers Leiche?«

»Es gab ein Deck«, stellte Villiers fest. »Ein hochmodernes paßwortgeschütztes C^2-Deck von Deltaware-Qualität.«

Luppas wußte von Schädeldecks. Erzwungene Wiederbeschaffungen endeten in einer Schweinerei. »Über welche Hilfsmittel verfügt Falkenhayne?«

»Finanziell existiert sie praktisch in einem Vakuum. Was enge Freunde betrifft, so gibt es keine. Sie war Software-Entwicklerin für Dulce Tech und ist von Dunkelzahn vor dessen Tod subventioniert worden.«

»Hat der Wurm sich in ihr Projekt eingekauft?« Luppas war sich durchaus der Tatsache bewußt, daß der Großdrache seine Beteiligungen an mehreren profitablen Firmen hatte.

»Bestenfalls mit einem Anteil«, antwortete Villiers.

»Das geht jedenfalls aus den Informationen hervor, die ich bisher zusammengetragen habe. Dunkelzahn hatte ein Faible für unabhängige Konzerne. Anstatt sie aufzukaufen, hat er sie nur unterstützt. Er sagte, er täte das, um ihren Erfolgshunger zu bewahren.«

Luppas verstand das. Erzwungene Übernahmen in der Konzernwelt liefen so ähnlich ab wie Militärputsche. Das Personal des übernommenen Konzerns setzte sich entweder ab oder wurde ganz davon in Anspruch genommen, die Gunst ihrer neuen Herren zu gewinnen, anstatt sich wie üblich ums Geschäft zu kümmern.

»Was ist mit Dulce Tech?« fragte er. »Gibt es dort jemanden, der ihr helfen würde?«

»Falkenhayne hat niemandem bei Dulce Tech nahegestanden.« Villiers hielt kurz inne und öffnete dann ein weiteres Fenster in der Matrix. Der Bildschirm zeigte lediglich grauen Rauch, der sich im Rhythmus einer geordneten Modulation bewegte. Er lauschte einen Augenblick und gab dann eine Antwort.

Keines der Worte drang an Luppas' Ohren, was bedeutete, daß Villiers den Audio-Teil des Matrix-Büros unterdrückte. Trotz seiner Kenntnis darüber, wie das vor sich ging, und seines Wissens, was die Magie alles ermöglichte, löste der Anblick eine gewisse Bestürzung in ihm aus.

Der Schirm verschwand, als Villiers seine Aufmerksamkeit wieder auf Fishbein und Luppas richtete. »Dulce Tech ist als Denkfabrik konzipiert. Nach unabhängigen Maßstäben ist es eine große Anlage, die sich auf Kommunikation spezialisiert hat. Die letzten Zahlen, die ich gesehen habe, lassen darauf schließen, daß sich gegenwärtig nicht weniger als zweiunddreißig Projekte in der Entwicklung befinden.«

»In einer Denkfabrik«, sagte Luppas, »werden die Bedürfnisse der Entwickler normalerweise von den Administratoren erfüllt. Das schließt Unterbringung und ein monatliches Budget ein, sowohl persönlicher als auch geschäftlicher Art. Oft haben die Administratoren sogar begrenzte juristische Vollmachten. Ist der entsprechende Verwalter bereits befragt worden?«

»Ja. Gründlich. Da gibt es nichts mehr für Sie zu holen.« Vielliers schaute für einen Augenblick weg, dann wieder in ihre Richtung. »Meine Zeit wird knapp. Finden Sie die Leiche, Kylar, und wahrscheinlich finden Sie damit auch die Frau. Ich will beide haben.« Das Bild des Konzern-Execs zersprang plötzlich in Millionen Pixel, die im Boden versickerten wie Sand, der durch eine Sanduhr rieselte.

Luppas' Magen verkrampfte sich augenblicklich, dann schwanden ihm die Sinne, als er sich ausstöpselte.

In der wirklichen Welt öffnete Luppas fast sofort wieder die Augen. Er streifte das Trampnetz ab und ließ es zu Boden fallen. Ein Kopfschmerz regte sich bedrohlich an seiner Schädelbasis, und er verspürte eine leichte Übelkeit.

»Und damit ist unsere Übertragung beendet«, sagte Fishbein. Luppas nahm sein Glas und trank einen Schluck. Das Wasser schmeckte kühl und zitronig. Außen am Glas hatte sich Kondenswasser gebildet, und es fühlte sich glitschig an.

»Erzählen Sie mir von Norris Caber«, sagte er.

Fishbein fixierte ihn, strich sich mit den Fingern durch die dunklen Haare und befestigte die Klammern neu. »Sie wissen alles, was Sie wissen müssen.«

»War er hier beschäftigt?« Luppas stand auf, schwenkte sein Glas und ließ die Zitronen- und Limonenscheiben durch die Eiswürfel tanzen.

Fishbein grinste kalt. »Nein.«

»Würden Sie mich belügen?«

»In einer Nanosekunde«, erwiderte sie. »Lassen Sie mich mal ein paar Dinge für Sie zurechtrücken. Erstens, Sie sind ein Söldner, Luppas. Übersetzung: Keiner von uns hier weiß, wie weit wir Ihnen trauen können. Zweitens, Sie sind entbehrlich. Übersetzung: Wenn man Sie schnappt, werden Sie uns nicht mit in den Abgrund reißen. Drittens, Sie haben ein Problem damit, Befehle zu befolgen, die Ihnen nicht passen. Übersetzung: Wenn Sie nicht so gut wären, würden Sie jetzt nicht hier stehen, geschweige denn diese Aktion leiten. Haben Sie mich verstanden?«

Luppas betrachtete sie. »Ich verabscheue Geheimnisse, wenn sie eine Aktion behindern.«

»Finden Sie die Leiche. Finden Sie die Frau. Sie bekommen eine fette Prämie, und alle hier werden einen Riesenseufzer der Erleichterung ausstoßen.« Fishbein wandte sich von ihm ab und ließ ihn damit wissen, daß die Unterredung beendet war.

Luppas trank sein Glas aus und stellte es in das leere Spülbecken hinter der Bar. Er verließ das Büro und ging an der Messerklaue vorbei, die hinter dem Empfangspult saß.

Im Aufzug starrte er das Sicherheitsteam auf der anderen Seite der Barriere an und gab den Code für das unterirdische Parkhaus ein. Dann aktivierte er sein Armbandkom und gab eine Nummer ein. »Mr. Kossuth.«

»Captain Luppas«, meldete sich eine vom Synthwhiskey heisere Stimme, während das Gesicht eines Mannes auf dem kleinen Schirm Gestalt annahm. Sein Schädel war kahlrasiert, und seine Züge wirkten unbeweglich und hatten einen slawischen Zug, der durch die aufgrund früherer Verletzungen erforderliche plastische Chirurgie abgemildert worden war. Die Datenbuchse in seiner rechten Schläfe hatte einen stählernen Glanz.

»Konnten Sie eindringen?« fragte Luppas, als der Aufzug sich in Bewegung setzte.

»Ja, Sir.«

»Und?«

»Ich habe Dateien kopiert, Sir. Ich darf hinzufügen, daß sie gerade gelöscht wurden, als ich sie herunterlud. Dabei könnte es zu Verstümmelungen gekommen sein.«

»Wir wollen hoffen, daß es nicht so ist, Mr. Kossuth. Ich hasse Enttäuschungen.« Luppas schaltete das Armbandkom aus. Er hatte vermutet, daß Villiers sich heute mit ihm persönlich unterhalten würde, und da der Konzern-Exec sich nicht in Bellevue befand, würde das Gespräch über eine gesicherte Satellitenverbindung nach Tokio stattfinden. Der größte Teil von Fuchis Matrixware würde darauf konzentriert gewesen sein, die Integrität dieser Verbindung zu gewährleisten.

Kossuth war tödlich, wenn es um Datendiebstahl ging. In den Wüstenkriegen waren die Fähigkeiten dieses Mannes unersetzlich gewesen.

Bevor der Aufzug unten angekommen war, ging Luppas in Gedanken bereits die Möglichkeiten durch und fragte sich, wie groß die Beute sein mochte, auf die man ihn angesetzt hatte.

In der Konzernszene hatte er gelernt, daß derjenige, welcher das Produkt oder den Zugang zu ihm kontrollierte, die Bedingungen diktieren konnte. Vielleicht war dies seine Chance, den ganz großen Wurf zu landen.

21

G*racie's For Ribs* befand sich an der Ecke Olive Street und Belmont Avenue in der Seattler Innenstadt. Das Restaurant war erfüllt vom Lärm Dutzender Stimmen, die den gehetzt wirkenden Kellnerinnen ihre Bestellungen zuriefen, während sich diese mit riesigen Tellern mit Rippchen, Huhn, Würstchen und Lachs durch die schmalen Durchgänge zwischen den Tischreihen quetschten.

Um 12:19:43 Uhr fädelte Skater sich in den Fluß der Hungrigen ein und arbeitete sich bis zu dem kleinen Durchgang vor, der zu den Toiletten und öffentlichen Telekomen führte.

Ein schwarzes Brett aus Styropor zwischen den beiden Telekomen war mit Visitenkarten übersät, die von Reißzwecken, verdrehten Büroklammern, Nadeln und elektrostatischen Ladungen an Ort und Stelle gehalten wurden. Frühere Telekombenutzer hatten überall LTG-Nummern notiert und damit ein numerisches Chaos auf der Wand geschaffen.

Nachdem er die LTG-Nummer eingetippt hatte, die er erreichen wollte, lehnte Skater sich an die Wand, um ein wachsames Auge auf jeden zu haben, der in seine Nähe kam.

»KSAF, Nachrichtenabteilung. Petyr Banacek am Apparat. Reden Sie, Heißsporn. Zeit ist Geld.«

KSAFs Ruf als Drekwühler war unübertroffen, sogar in Seattle. Sie gingen jedem Gerücht nach, das ihnen unterkam, und machten eine Nachricht daraus. Skater hatte die Absicht, die Ressourcen des Senders auszunutzen, um Luppas und Fuchi Feuer unter dem Hintern zu machen.

»Ist Joann Conolly zu sprechen?« fragte Skater.

»Hey, Heißsporn, ich will Ihnen mal was übers Geschäft verklickern, weil ich das Gefühl habe, daß heute mein sozialer Tag ist. Joann ist im Augenblick die Hauptattraktion dieses Senders. Sie können nicht einfach hier anrufen und verlangen, mit ihr verbunden zu werden. Begriffen?«

»Wenn Sie Joann Conolly sehen«, sagte Skater, »dann fragen Sie sie, ob sie gern die volle Wahrheit über den Überfall wüßte, den Fuchi letzte Nacht auf Schastakowitschs Beerdigungsinstitut in Auftrag gegeben hat.«

»Puh, Heißsporn, Sie können mir nicht einfach diese Atombombe in den Schoß legen und sich dann verkrümeln.«

Banacek klang jetzt entschieden interessierter.

Die Videoverbindung am anderen Ende des Telekoms wurde geöffnet. Auf dem Schirm starrte ihn ein jung aussehender Elf mit einem Schopf widerspenstiger blau gefärbter Haare an, die sich in dichten Locken in alle Richtungen wanden. Seine Mandelaugen waren blutunterlaufen.

Skater trat näher an das Telekom heran und zog eine Schulter hoch, um die Kamera zu verdecken.

»Kommen Sie, Muchacho«, flehte Banacek, »geben Sie mir ein Bild und lassen Sie uns darüber reden.« Er tippte mit dem Zeigefinger gegen seinen Bildschirm.

»Zeit ist Geld«, wiederholte Skater den Spruch des Nachrichtenmanns. »Und ich habe noch einiges zu tun.«

»Geben Sie mir irgendwas.«

»Ich habe eine LTG-Nummer«, sagte Skater. Erzengels Fähigkeiten machten den LTG-Zugang möglich. »Wenn ich auflege, rufen Sie dort an und laden das Trid herunter, das dort auf Sie wartet. Wenn Sie versuchen, die Nummer zurückzuverfolgen, lösen Sie damit ein paar häßliche weiße ICs aus und rösten damit die Datei. Sobald Sie die Datei heruntergeladen haben, wird sich die Kopie am anderen Ende selbst vernichten. Sie haben einen Versuch.« Er nannte die LTG-Nummer.

»Warten Sie«, sagte Banacek. »Sagen Sie mir, worum es bei dieser Geschichte geht.«

»Um Schattengeschäfte von Konzernen«, erklärte Skater. »Angesichts der vielen Leute, die Fuchi letzte Nacht umgebracht hat, war ich der Ansicht, Ihr Team wäre besser darin, ein Quiz zu lösen.« Er unterbrach die Verbindung und sah den Bildschirm erlöschen.

Skater ließ den beglaubigten Kredstab im Zahlschlitz und wählte eine weitere Nummer, die zu einem der zahllosen Briefkästen gehörte, welche Kestrel eingerichtet hatte. »Jack«, sagte er, nachdem die Verbindung hergestellt worden war.

»Wie geht's, *Omae*?« fragte Kestrel.

»Ich bin viel unterwegs und halte mich bedeckt.« Skater beobachtete, wie Duran ein beiläufiges Gespräch mit einem anderen Ork begann. »Was hast du für mich?«

»Es gab nicht viel, weder über Coleman January noch

über Norris Caber. Wenn ich eine Wette abschließen müßte, was ich nicht tue, würde ich glauben, daß January der falsche und Caber der richtige Name war. Mein Mann ist über legitime Quellen tief in die Matrix eingetaucht, wurde aber von ICs aufgehalten, von denen er glaubt, sie zu Fuchi zurückverfolgen zu können.«

Kestrel hatte eine Reihe von Leuten auf seiner Lohnliste, von denen einige ein ordentliches Leben führten und ihm im Austausch gegen angemessene Geldspenden *Gefälligkeiten* erwiesen. Normalerweise hingen diese Gefälligkeiten mit Hintergrundüberprüfungen, Baugenehmigungen und Blaupausen sowie Börsenanalysen zusammen.

»Er hat nicht herausgefunden, wie Caber möglicherweise mit Fuchi in Verbindung stand?«

»*Omae*, mehr war nicht drin. Und, Jack, mittlerweile sind hier in deinem Namen einige Schulden aufgelaufen.«

Skater grinste trotz der Spannung, die ihn erfüllte. Manche Dinge änderten sich nie. »Ich habe einen beglaubigten Kredstab bei Mama Kameyo hinterlegt. Sie bewahrt ihn für dich auf. Wenn er nicht reicht, laß es mich wissen. Danke, Chummer.« Mama Kameyo war ein kleines koreanisches Restaurant im Sprawl, über das sie Geschäfte abwickelten, die kein persönliches Zusammentreffen erforderten.

»Halt die Ohren steif, *Omae*.«

Neun Minuten später rief Skater den Johnson von einem öffentlichen Telekom an der Ecke Denny Way und Tenth Avenue an. Aztechnologys Nordwestkomplex hob sich von den anderen Gebäuden ringsumher ab. Den Kultbauten des alten Mexiko nachempfunden, sahen alle Einzelgebäude des Komplexes einzigartig, mysteriös und ein wenig beunruhigend aus. Die Pyramide des Hauptgebäudes zwischen den kleineren Bauwerken stellte sie jedoch alle in den Schatten. Gewaltige, aus halbmeterdicken künstlich gewachsenen Quarz-Kristallen gemeißelte Friese stellten alte Azteken- und Maya-Gottheiten dar. Bei Tag sahen die achtzig Quarzplatten grau aus, doch bei Nacht erweckten weiße und alabasterfarbene Lichter die Friese zu verblüffendem Leben.

Die Verbindung kam fast augenblicklich zustande. »Ja«, antwortete die tiefe maskuline Stimme des Johnson.

»Ich habe Ihr Paket«, sagte Skater.

»Warum, zum Teufel, haben Sie so verdammt lange gewartet, Verbindung mit mir aufzunehmen?« Der Bursche klang so erwartungsvoll, wie er die Hosen voll hatte.

»Wenn Sie das Trid eingeschaltet haben«, sagte Skater, »wissen Sie, daß die Bergung in der letzten Nacht ein verdammtes Erdbeben nach sich gezogen hat. Bei unserem Deal ging es um ein Unternehmen in der Art leicht rein, leicht raus. Nicht um das Höllengewitter, das wir letzte Nacht erlebt haben.«

»Die Sache tut mir leid«, sagte der Johnson. »Ich wußte nicht, daß es so ablaufen würde.«

»Was glaubten Sie denn, wie es ablaufen würde?« wollte Skater wissen.

»Ich dachte, es würde ein Kinderspiel. Sie und Ihr Team würden sich die Leiche schnappen, die Computer des Instituts manipulieren, so daß man dort keine Leiche vermissen würde, und Minuten später wieder draußen sein.«

»Darauf hatten wir uns geeinigt, als wir den Preis festgesetzt haben.« Skater starrte auf den leeren Videoschirm. Nach allem, was Erzengel über die LTG-Nummer ausgegraben hatte, handelte es sich um ein Mobiltelekom, was sie sowohl teuer als auch schwer zurückzuverfolgen machte.

»Und das heißt?«

»Der Preis hat sich erhöht«, antwortete Skater.

»Das ist Erpressung!«

Skater sprach mit harter Stimme. »Es ist eine faire Entschädigung dafür, Ihretwegen letzte Nacht beinahe gegeekt worden zu sein. Entweder das, oder wir wechseln die Pferde und machen einen Deal mit Fuchi.«

»Drek, Skater, nach allem, was ich gehört habe, sollen Sie ein ehrlicher Bursche sein, wenn es um einen Run geht. Ein Chummer kann doch wohl von Ihnen erwarten, daß Sie nach den Regeln spielen.«

»Sie hätten auch das Kleingedruckte lesen sollen: Ich bin ehrlich, wenn man mich fair behandelt. Bei diesem drekkigen kleinen Geschäft haben Sie mich und mein Team gnadenlos über den Tisch gezogen. Jetzt geht es mir nur noch um die Nuyen. Entweder um Ihre oder um Fuchis. Das interessiert mich mittlerweile einen Drek. Je länger ich auf dieser Leiche hocke, desto wahrscheinlicher ist es, daß die Sache total den Bach runter geht, ich die Nuyen verliere, die ich noch zu bekommen habe, und dabei vermutlich auch noch gegeekt werde. Also, wollen Sie mir noch mal erklären, wie ich meine Geschäfte zu führen habe?«

»Nein. Wir können uns heute abend vor dem Matchstick treffen. Wissen Sie, wo das ist?«

»Ja«, sagte Skater. »Ich weiß, wo das ist. Aber dort werden wir uns nicht treffen. Waren Sie mal in Everett?«

Der Johnson klang ein wenig zögerlich. »Ein paarmal. Das ist eine ziemlich freimütige Gegend.«

»Das stimmt«, pflichtete Skater ihm bei, und es war die Gegend, in der er sich am sichersten fühlte, wenn er einen Deal abwickelte. »Am Nordende der Interstate 5, wo sie über die Salish-Grenze führt, gibt es einen Nachtclub. Er nennt sich *Neon Sunsets*. Seien Sie um neun Uhr dort. Ich gebe Ihnen zehn Minuten, falls Sie sich verspäten, dann verschwinde ich, und Sie sind aus dem Geschäft.« Er unterbrach die Verbindung, bevor der Mann am anderen Ende noch ein Wort sagen konnte.

22

Nach dem Gespräch mit dem Johnson hatte Skater ein Taxi angehalten. Er und Duran fuhren zusammen und verließen die Gegend sofort, falls es dem Johnson gelungen sein sollte, den Anruf zurückzuverfolgen. Nun, da er sich um diesen Aspekt des Geschäfts gekümmert hatte, drang die Sorge um Emma wieder in sein Bewußtsein.

»Junge, du bist nicht bei der Sache«, sagte Duran.

Skater starrte aus den verschmutzten Fenstern des Taxis. Der elfische Fahrer befand sich auf der anderen Seite der schalldichten Plastiglas-Trennscheibe, aber das hieß nicht, daß die Rückbank nicht verwanzt war. Er und Duran achteten darauf, keine Namen oder Orte zu nennen.

»Dir gefällt nicht, wie ich die Sache angehe?« fragte Skater.

Duran hob beide Hände. »Junge, du machst deine Sache gut. Ich sage das nicht meinetwegen oder für sonst jemanden. Ich biete dir nur an, dir zuzuhören, wenn du dich aussprechen willst. Ich sage nur, daß wir die Zeit dazu haben.«

Skater schaute den Ork an. Er sah die ehrliche Absicht in seinen Augen, und das störte ihn. Er versuchte jetzt schon seit einiger Zeit, sein Leben allein zu leben und mit allem allein fertig zu werden. Doch es gab keine Möglichkeit, wie er die Nuyen, die er für sich und Emma zum Überleben brauchte, ganz auf sich allein gestellt verdienen konnte, und die Überlegung, sich mit einem anderen Team von Shadowrunnern zusammenzutun, wo derartige Grenzen wieder existieren würden, war total verdreht. Ihm gefiel die Vorstellung nicht, moralische Schulden anzuhäufen. Nuyen ließen sich viel leichter zurückzahlen, und ein Chummer wußte, wann die Rechnung fällig war.

»Ich weiß, wie es ist, wenn einem ständig irgendwas durch den Kopf geht«, stellte Duran fest.

»Ja«, sagte Skater. Es war eine schwere Entscheidung, Duran mit hineinzuziehen. Eine, die nicht leicht zu treffen war und die nicht wieder rückgängig gemacht werden konnte. Aber er mußte langsam mit der Aufarbeitung beginnen. Sein Verstand war seine schärfste Waffe und das, was er dem Team anzubieten hatte. Er wollte nicht, daß er aufgrund seiner Probleme ausbrannte. Er beugte sich vor, tippte gegen die Scheibe und nannte dem Fahrer die neue Adresse. Dann erzählte er Duran von Dejas Anrufen, ihrer Behauptung, Larisas Schwester zu sein, und ihrer Forderung, er solle Emma aufgeben.

Skater stieg aus dem Taxi und berührte den Predator unter seiner Jacke. Tukwila war eine extrem miese Wohngegend, wo die Armen und Gescheiterten lebten und einander belagerten. Alle Häuser machten einen heruntergekommenen Eindruck, verkommene kleine Ungetüme aus Plastibetonblöcken und Mörtel. Zweifelhafte Bauunternehmen hatten die Häuser ein paar Monate nach der Nacht des Zorns im Jahre 2039 fast in ein und derselben Woche hochgezogen, eingerichtet und vermietet. Die Gassen und schmalen Straßen ähnelten nicht mehr Wegen. Sie waren Narben, von Löchern im Asphalt durchsetzt, urbane Jagdgründe, die niemals Ruhe vor den Raubtieren fanden.

Skater ging voran, während Duran einen halben Schritt hinter ihm blieb und die Rückendeckung übernahm. Die Luftfeuchtigkeit trieb ihm den Schweiß auf die Haut und sorgte dafür, daß ihm die Kleidung am Leib klebte. Er umrundete Schlaglöcher im Asphalt der Gasse, wo eine Handvoll Kinder, sowohl Menschen als auch Metas, mit selbstgebastelten Booten in den Wasserpfützen spielten, die sich gebildet hatten.

Als Skater und Duran näher kamen, wurden die Kinder alle ruhig und drängten sich gegen das nächste Haus oder den nächsten Zaun. Einer der Jungen kletterte sogar auf eine niedrige Mauer. Seine Augen waren weiß und kündeten von seiner Bereitschaft, beim ersten Anzeichen von Ärger die Flucht zu ergreifen.

»Darauf wollte Erzengel hinaus, als sie heute morgen mit dir geredet hat«, sagte Duran mit leiser Stimme, die nicht weit trug. »Die meisten Leute, die Kinder haben, bereiten sich nicht darauf vor. Sie werden irgendwie hineingeworfen und lernen mit der Zeit. Sie will nicht, daß du dich schlechter machst, als du bist.«

Skater gab keine Antwort, sondern hielt seine Aufmerksamkeit auf die Umgebung gerichtet. Einige der Wohnungen im ersten und zweiten Stock hatten kleine Balkons, die auf die Gasse hinausgingen. Die meisten waren mit Abfallhaufen, verrotteten Balkonmöbeln und Kunststoffkisten vollgestellt. Von einem der Balkone hing ein entstellter Weihnachtsmann, den gestreckten Hals in einer improvisierten Schlinge, dessen rundes Gesicht und Bart ein regelmäßiges Muster von offenbar durch Zigaretten herbeigeführten Brandmalen aufwiesen.

»Vielleicht geht es mich nichts an«, fuhr Duran fort, »aber ich glaube, sie hat nicht ganz unrecht. Sieh dich um, Junge, und mach die Augen auf. Was glaubst du, wie viele von diesen Kindern tatsächlich eine Chance im Leben haben? Die Jungen werden sich zu Schlägern und Gossenpunks entwickeln und wahrscheinlich bei einem schwachsinnigen Bandenkrieg getötet. Die Mädchen werden irgendwann damit anfangen, ihren Hintern zu verkaufen, und dabei hoffen, daß irgendein verdammter Prinz in glänzender Rüstung kommt und sie aus dem Drek rausholt. Die Eltern, die hier wohnen, das sind alles Alkis, Chipheads und Penner, die es in der normalen Welt nicht geschafft haben und zuviel Angst vor den Schatten hatten oder zu verdammt dämlich waren, um von hier zu verschwinden.«

»Das heißt nicht, daß Emma nicht auch so enden könnte«, sagte Skater verbittert.

»Junge, du siehst zu weit in die Zukunft.«

Skater wußte, daß Duran recht hatte. Vor Emma hatte er nicht weiter als die nächsten paar Tage vorausschauen müssen.

»Du mußt dich auf das Hier und Jetzt konzentrieren«, sagte Duran. »Drek, das Ratespiel, was wohl als nächstes schiefgeht, kannst du immer spielen und dir den Kopf mit mehr vollstopfen, als du verpacken kannst. Das ist Angst, die aus dir spricht, nicht gesunder Menschenverstand.«

»Ich weiß«, sagte Skater. Hinter ihnen waren die Kinder bereits wieder auf ihre improvisierten Spielplätze zurückgekehrt. »Emma braucht Eltern.«

»Sie hat dich.«

Skater sah den Ork an. »Dann ist sie in der Beziehung zu kurz gekommen. Sie hat etwas Besseres verdient, *jemand* Besseren.«

»Drek! Jetzt hör mir mal gut zu, Junge.« Duran schlug ihm auf die Schulter, so fest, daß es schmerzte und er Skaters volle Aufmerksamkeit hatte. »Für mich hört sich das nach Rückzugsgequatsche an. Es überrascht mich, daß Erzengel dir heute morgen nicht gründlich die Ohren langgezogen hat. Für einen Burschen, der so clever ist wie du, kannst du ziemlich große Scheuklappen tragen.«

»Immerhin sehe ich meine Schwächen«, sagte Skater.

»Drek, jeder hat Schwächen. Derjenige, vor dem man sich auf dieser Welt am meisten vorsehen muß, ist jemand, der nicht weiß, daß er Schwächen hat. Du verläßt dich auf deine Stärken, Junge, das hast du schon immer getan. Dieses Fiasko vor ein paar Monaten, sieh dir doch nur an, wie du schließlich einen Weg gefunden hast, aus der Sache rauszukommen. Ich glaube nicht, daß das viele geschafft hätten. Du hast es mit einem Konzern aus Tir Tairngire, der Yakuza und Conrad McKenzies Mafia-Verein aufgenommen. Du hast dich sogar mit dem Drachen Lofwyr eingelassen. Ich *weiß*, daß die Vorstellung, sich um Emma zu kümmern, nicht beängstigender sein kann.«

»Larisa habe ich nicht gerettet.«

Duran legte Skater eine Hand auf die Schulter. »Das konntest du auch nicht, Junge. Wenn du das nicht irgendwann akzeptierst, wird es dich bei lebendigem Leib auffressen.«

Skater hielt einen Augenblick inne, bevor er antwortete. Das Gespräch bewegte sich ohnehin schon in Tabubereichen. »Habe ich dir je von meiner Mutter erzählt?«

»Nein.«

Der Unrat von Tukwila ringsumher brachte plötzlich mit den Erinnerungen an jene Zeit auch die damit verbundenen Gefühle zurück. Er holte tief Luft und zwang sich weiterzureden. »Sie war die Tochter von Daniel Ghost-Step und Imala Loves-Walking-In-Sunlight, das fünfte Kind der beiden, und wurde Kolenya Dances-In-Flowers genannt. Mit siebzehn hat sie das Stammesland verlassen und ist nach Seattle gezogen.«

»Dem Lockruf der Lichter der Großstadt gefolgt«, warf Duran ein.

Skater zuckte die Achseln. »Ich habe sie nie gefragt, was sie hergeführt hat, und sie hat es mir nie gesagt. Nachdem sie eine Weile hier war, wurde sie schwanger. Es heißt, daß sie mit einem Shadowrunner zusammen war, vielleicht sogar mit mehr als einem. Zu der Zeit betätigte sie sich als Schieberin und begnügte sich mit kleinen Gewinnen aus dem Verkauf sicherer Schwarzmarktware, was kaum zum Leben reichte. Kurz vor der Geburt ging sie nach Hause – weil sie sonst nirgendwohin konnte, nehme ich an.«

»Und dann hat sie sich gedacht, daß du im Sprawl fehl am Platz wärst.«

»Vielleicht.« Mit belegter Stimme fuhr Skater fort. »Nach meiner Geburt blieb sie ein paar Monate. Mein Großvater hat mir erzählt, sie hätte sogar versucht, mir eine gute Mutter zu sein, und er hätte erkennen können, daß da viel Liebe gewesen sei.«

»Aber am Ende hat sie die Kurve gekratzt.«

»Bevor ich sechs Monate alt war.« Skater bog in die nächste Gasse und sah das Haus, in dem Kalika Chilson wohnte, ein Stück weiter voraus. »Ich wurde von meinem Großvater aufgezogen. Meine Großmutter, meine Onkel, Tanten und Cousinen, keiner wollte etwas mit mir zu tun haben.«

»Unreines Blut.«

»So etwas in der Art. Daniel Ghost-Step war ein Anführer bei den Salish. Nichts Weltbewegendes, aber die Stammesangehörigen nannten seinen Namen mit Respekt. Als ich da war, änderte sich für ihn eine Menge. Daß sie ihn nicht ausgestoßen haben, war alles. Sogar seine anderen Kinder schnitten ihn.«

»Der Mann muß dich sehr geliebt haben.«

»Auf seine Weise sicher so sehr er konnte«, meinte Skater. »Ich glaube, das hat er getan. Aber ich frage mich immer wieder, ob es nicht mehr Pflichtgefühl als eine echte Empfindung für mich war.«

»Sieh auf das, was der Mann getan hat, *Omae*«, sagte Duran. »Nicht auf das, was ein verrücktes, verwirrtes Kind empfunden hat.«

»Meistens tue ich das auch«, sagte Skater. »Doch seitdem ich Emma habe, sehe ich diese Zeit mit anderen Augen. Kritischer. Manchmal gefällt mir nicht, was ich sehe.«

»Das gehört dazu, wenn man anfängt, über sich und seine Vergangenheit nachzudenken, Junge. Das gibt dir die Kraft, die du hast, und das zeigt dir deine Schwächen auf, an denen du arbeiten mußt. Außerdem ist das deine größte Begabung, wenn es um Shadowruns geht: Du siehst mehr Perspektiven als die meisten anderen.«

»Ich war fünfzehn, als mein Großvater starb«, fuhr Skater fort. »Nach seinem Tod stand ich im Regen. Niemand im Stamm war besonders versessen darauf, daß ich zu ihnen an den Tisch kam und das Brot mit ihnen brach. Eines Nachts packte ich ein paar Sachen zusammen, an denen mir etwas lag, und ging nach Seattle. Ich brauchte ein paar Wochen, bis ich meine Mutter gefunden hatte. Sie war Schieberin und nicht besonders glücklich, mich zu sehen, als ich an ihre Wohnungstür klopfte.«

»War sie wieder mit deinem Vater zusammen?«

Skater schüttelte den Kopf. »Ich habe nie erfahren, wer er war.«

»Hast du je versucht, es herauszufinden?«

»Es hat mir nie etwas bedeutet. Nicht wirklich. Ab und zu hatte ich mal so etwas wie einen Anfall von Neugier, aber auch damals ließ sich schon nicht mehr zurückverfolgen, was vor so langer Zeit abgelaufen war.«

»Und jetzt?«

»Meistens denke ich nicht daran.«

Duran nickte und ließ das Thema fallen.

Skater war im stillen dankbar dafür und zugleich überrascht, wie schwer es ihm fiel, über diese Dinge zu reden. »Ich habe fast drei Jahre bei meiner Mutter gewohnt. Wir sind uns nie richtig nahegekommen. Sie hatte immer Geschäfte zu erledigen und wollte sich dabei nicht ständig nach mir umschauen müssen. Also war ich ziemlich viel allein. Aber das war okay, weil es mir gefiel, für mich zu sein.«

»Da hast du deine Bekanntschaft mit den Schatten gemacht?« riet Duran.

Skater nickte. »In erster Linie Diebereien. Dann habe ich Verbindungen meiner Mutter benutzt, um die Ware weiterzugeben und so viele Nuyen wie möglich dafür zu bekommen. Eines Tages kam ich nach Hause und fand eine Gruppe Dissembler in der Wohnung vor. Sie hatten meine Mutter bereits gegeekt. Später fand ich heraus, daß es um Geld ging. Sie hatte sie mit einem Kredstab übers Ohr gehauen.« Er ließ den Teil aus, wie er Kestrel gerettet hatte, und bewahrte sich so einiges von der Distanz zwischen dem Damals und dem Heute. »Im Lauf des nächsten Jahres spürte ich die Gangmitglieder auf, die für den Tod meiner Mutter verantwortlich waren. Es war nicht leicht. Ich lernte, wie man jemanden schnell geekt, in der Hitze des Gefechts, und ich lernte, wie man jemanden kalt geekt, sobald ich wußte, daß es getan werden muß.«

»Das ist eine harte Schule«, sagte Duran, »direkt aus der Hölle.«

»Nicht alles ist so gelaufen, wie ich es wollte«, gab Skater zu. »Auf diese Weise habe ich mir die meiste Cyberware zugelegt, die ich habe.« Er tippte sich gegen die Schläfe. »Wie dieses Auge. Ich habe es mir nicht freiwillig implantieren lassen. Dafür steckt zu viel von der Einstellung meines Großvaters in mir.«

»Sicher«, entgegnete Duran leise, »aber was hat das alles mit Emma zu tun?«

Für Skater lag die Antwort auf der Hand. »Ich weiß nichts darüber, Vater zu sein, Quint. Ich bin nicht mal sicher, ob ich weiß, wie es ... wie es ist, wenn man sich aus jemandem etwas macht.«

»Du bist ziemlich verwirrt, und es wühlt dich auf«, bemerkte der Ork. »Ich würde sagen, mittlerweile müßtest du eine leise Ahnung haben.«

Skater schüttelte den Kopf. »Was ich empfinde, dürfte in dieser Gleichung keine Rolle spielen. Es zählt nur, was für Emma das beste ist.«

»Sieh dich um, *Omae*«, sagte der Ork mit leiser Stimme. »Siehst du irgendwen, der darauf wartet, dir die Last abzunehmen?«

»Ich bin nicht bereit, Vater zu sein«, flüsterte Skater.

»Das ist niemand. Nicht einmal, wenn man weiß, daß es auf einen zukommt.« Duran tippte Skater mit dem Zeigefinger vor die Brust, und Skater spürte das Tippen dumpf in seinem Körper. »Halt dich an das, was du da drinnen fühlst, Chummer. Und das ist die reine Wahrheit.«

»Ja, vielleicht.« Skater schüttelte den Kopf und richtete seine Aufmerksamkeit auf die Treppe, die zu Kalika Chilsons Bude führte. »Was ich ganz sicher weiß, ist, daß mir die Vorstellung nicht gefällt, nicht bei ihr zu sein, sie vielleicht nie wiederzusehen. Das tut weh.«

»Da ist noch etwas, worüber du nachdenken solltest«, sagte Duran. »Larisa hatte Zeit genug, andere Leute zu fragen, ob sie sich um ihr Baby kümmern. Sie hätte dich völlig ausschließen können. Aber das hat sie nicht getan, Junge. Sie hat dich als die Person *ausgewählt*, die sich um Emma kümmern soll.«

Das mochte stimmen. Aber Skater erinnerte sich auch noch an den Schlamassel, in den sich seine Ex-Geliebte am Ende hineingeritten hatte. Vielleicht war es auch nur ein Akt schierer Verzweiflung gewesen, Emma bei ihm zu lassen.

Er verdrängte den Gedanken, als er die Hand auf das Treppengeländer legte und die ersten Stufen erklomm. Kalika Chilson wohnte in Hausnummer 305. Bevor er ihre Tür erreichte, hörte er Geschrei aus der Wohnung auf den Flur dringen. Eine wütende Männerstimme stieß Beschimpfungen aus.

Skater klopfte an die zerkratzte Tür aus künstlichem Holz, währen die andere Hand unter seine Jacke glitt und den Predator zog. Die Klingel hing in Fetzen neben dem Türrahmen.

Der schreiende Mann in der Wohnung beruhigte sich.

Einen Augenblick später öffnete sich die Tür, und die Kette, mit der sie am Türrahmen gesichert war, wurde sichtbar. Kalika Chilson, der Blut aus einem Mundwinkel lief, starrte Skater mit einem feucht glänzenden Auge an.

23

Komm hierher zurück, du diebisches Miststück!« grunzte die Männerstimme. Eine große Hand packte Kalika Chilson an ihren grauen Haaren und riß sie zurück. Einen Augenblick später knallte die Tür ins Schloß.

Adrenalin beschleunigte ihn augenblicklich auf Höchstgeschwindigkeit, und seine Gedanken waren rasiermesserscharf und liefen in tausend Richtungen zugleich. Skater wich einen Schritt zurück und trat mit dem Fuß unterhalb des Schlosses gegen die Tür.

Plastistahl kreischte, als die Tür erbebte, und gab dann nach.

Skater legte beide Hände um den Kolben des Predator und betrat die Wohnung. Angst wallte in ihm auf. Die Situation war ganz eindeutig außerhalb des grünen Bereichs. Jeder in der Nachbarschaft konnte jeden Augenblick den Star alarmieren. Bei Einsätzen in schäbigen Wohngegenden verschwendeten die Cops keinen Gedanken an ein taktvolles Vorgehen. Für Skater und Duran wäre es am sichersten gewesen, sofort zu verschwinden.

Das Verlangen war da, aber Skater stellte fest, daß er unfähig war, danach zu handeln. Was Kalika Chilson auch sein mochte, sie war immer noch Larisa Hartsingers Mutter. Und damit Emmas Großmutter. So hatte er noch nie zuvor von ihr gedacht.

Ein Mann Ende Vierzig stand hinter Kalika Chilson, eine massige Hand in ihre Haare gekrallt, während ihr die andere eine kleine Holdout-Pistole unter das Kinn hielt. Wahnsinn funkelte in den violetten, eng zusammenstehenden Cyberaugen in einem Gesicht, das so aussah, als sei es aus einer Plastibetonpyramide gemeißelt worden. Der kahlrasierte Schädel war teilweise von zerkratztem Chrom bedeckt, das immer noch ein paar glänzende Stellen aufwies, und endete in einem schmalen Keil aus Knochen und Metall über der breiten Kieferlinie.

Kalika Chilson umklammerte mit beiden Händen die Faust in ihren Haaren und jammerte flehentlich. Sie war klein, dünn und zerbrechlich, und ihr Gesicht war vom Alter und jahrelangem Mißbrauch von Alkohol oder Drogen abgehärmt. Mit ihrem grauen Wust drahtiger Haare, die aus ihrer Kopfhaut sprossen, sah sie aus wie der ausgestopfte Affe eines Kindes, dem das Füllmaterial aus dem aufgeplatzten Schädel quoll. Sie trug nur ein verblichenes blaues T-Shirt, das beinahe lang genug war, um ihren hellgrünen Slip zu verbergen, nicht jedoch die Tatsache, daß sie schwere Hängebrüste hatte und keinen BH trug.

Skater aktivierte seine Reflexbooster und drückte ab. Die Kugel traf ihr Ziel und bohrte sich tief in die Schulter des Mannes. Schmerzen und Aufprallwucht bewirkten, daß der Mann seine Waffe fallen ließ, ohne zu schießen, während Chilson aufschrie.

Sie zog den Kopf ein und trat nach ihrem Peiniger. Strähnen grauer Haare blieben in seiner Faust zurück, als sie zu Boden fiel. Der Mann schrie auf, als ihm die volle Wucht der Schmerzen zu Bewußtsein kam.

Skater bückte sich, packte die Frau am Arm und beförderte sie zu Duran hinter ihm. Der Ork fing sie mühelos auf und schob sie hinter seinen gepanzerten Leib und aus der Schußlinie.

Die violetten Cyberaugen flackerten für einen Augenblick, dann verschwand die Grimasse des Schmerzes vom Gesicht des Mannes. »Du hältst dich wohl für 'nen echt gemeinen Drekskerl, was?« schimpfte er. »Ich werde dir eine Lektion erteilen, was passiert, wenn man sich mit dem alten Karg anlegt.« Ein Satz mattschwarzer, acht Zentimeter langer Wiremaster-Nagelmesser sprang aus den Fingerspitzen beider Hände.

Ein kalter Schauder überlief Skater, berührte ihn jedoch nur flüchtig, da sein Körper nach der Aktivierung der Reflexbooster mit Adrenalin überschwemmt wurde. Er steckte den Predator ins Schulterhalfter zurück. Vielleicht hatten viele Anwohner den Schuß gar nicht gehört, und von den anderen waren die meisten wahrscheinlich bereit, ihn nicht weiter zu beachten. Aber wenn sich eine Schießerei entwickelte, würde irgend jemand zweifellos den Star alarmieren. Er trat einen Schritt vor, wobei er die unheimliche Oberfläche der pupillenlosen violetten Cyberaugen betrachtete, bis er nahe genug war, um sein Spiegelbild in ihnen zu sehen.

»Soll ich ihm eine blaue Bohne zwischen die Glotzer setzen?« fragte Duran.

»Nein«, erwiderte Skater. »Wir erledigen das leise.«

Karg stieß ein bellendes Lachen aus und bewegte sich wachsam zur Seite. »Du mußt 'ne Todessehnsucht haben so groß wie ein Troll, du Schwachkopf. Drek, du siehst dem Tod ins Gesicht.«

Der Art, wie Karg sich bewegte, konnte Skater sofort entnehmen, daß der Mann kein Anfänger war. Skater trat einen Schritt vor, als wolle er sich auf ein Handgemenge einlassen.

Sofort schossen Kargs Hände vor, um ihn aufzuschlitzen.

Doch Skater war schon nicht mehr da, als Karg angriff. Er duckte sich unter den Nagelmessern hinweg, klappte in der Hüfte zusammen wie ein Taschenmesser und landete einen Tritt in den Unterleib des Mannes.

Ein schriller Schmerzensschrei hallte durch die Wohnung. Karg taumelte und wirkte benommen.

Skater hielt nicht inne, sondern stützte sich mit den Händen auf dem Boden ab und setzte einen Tritt gegen Kargs gewaltigen Kiefer. Die Zähne des Mannes klickten aufeinander. Weiße Splitter fielen ihm aus dem Mund, bevor sich rote Fäden über die runzlige Haut seiner Lippen zogen und Blut auf sein Kinn tropfte.

Skater vollführte einen Rückwärtssalto und wich mühelos den Nagelmessern aus, die nach ihm hieben. Er landete auf den Füßen und trat einen Schritt vor. Dann täuschte er einen Sprungtritt an und verzögerte ihn gerade so lange, daß Karg reagieren und abwehrend beide Hände hochreißen konnte. In diesem Augenblick wirbelte Skater herum und landete einen heftigen Scherentritt.

Die Wucht des Tritts schleuderte Karg rückwärts über ein durchhängendes Sofa. Ein überquellender rosafarbener Plastiglas-Aschenbecher, in dem die ausgedrückten Zigarettenkippen hochstanden wie Grabsteine, fiel mit dumpfem Knall von der Sofalehne auf den Boden. Ein Bilderrahmen mit der billigen Holo-Reproduktion einer Höllenhündin mit ihren Welpen in einer von Fackellicht erleuchteten Höhle zerbrach. Die Rückwand aus Kunststoff riß ein, und das Holo fiel in mehreren Einzelteilen zu Boden.

»Nicht schlecht, Junge«, knurrte Duran, nachdem er den bewußtlosen Karg begutachtet hatte. »Wäre trotzdem sicherer gewesen, ihm eine Kugel durch den Kopf zu jagen, wenn du mich fragst. Eines Abends, wenn du draußen auf der Straße bist, erkennt dich dieser Bursche, und dann hast du vielleicht keine Gelegenheit mehr, dich zu verteidigen.«

Skater packte Kargs Hemdkragen und schleifte ihn hinaus. »Nicht, wenn es nicht nötig ist.« Er wußte, daß er trotzdem mit seinen Erinnerungen und Alpträumen schlafen mußte, und er zog es vor, so viel Drek wie möglich aus ihnen herauszuhalten. »Hol die Frau und laß uns verschwinden.«

Am Fuß der Treppe warf Skater sich den bewußtlosen Mann über die Schulter. Wegen all der Cyberverstärkungen, die Karg sich hatte implantieren lassen, war der Bursche schwerer als ein normaler Mensch.

Fast zwei Dutzend Nachbarn lugten aus Verstecken und hinter Fenstervorhängen hervor, als Skater zur Straßenecke ging. Mütter riefen ihre Kinder zu sich und scheuchten sie ins Haus.

Ein paar Augenblicke später kam Duran mit Kalika Chilson die Treppe hinunter. Sie hatte die Haare mit einem roten Halstuch so zusammengebunden, daß ihre spitzen Elfenohren sichtbar waren, und schwarze Leggings und wadenhohe Stiefel angezogen. Im Gehen streifte sie sich einen handgearbeiteten Nootka-Sweater über, auf dem die Stammeslegende der Geburt der Drachen dargestellt war.

»Sie können mich nicht einfach so aus meiner Bude schleppen«, beschwerte sich die Frau.

Duran grinste dünn und bleckte die Hauer. »Okay, vielleicht bringen wir Sie einfach wieder zurück und lassen Sie mit Ihrem guten Freund allein.«

»Nein.« Kalika Chilson funkelte den Ork an.

Wenn Skater sie ansah, fiel es ihm immer noch schwer zu glauben, daß sie Larisas Mutter war. Larisas Bild in seinem Gedächtnis war immer noch so schön, daß es ihn manchmal schmerzte, wenn er an sie dachte. Ein einziger Besuch ihrer Grabstätte hatte ihn davon überzeugt, daß es nicht mehr möglich war, sich – wie auch immer – voneinander zu verabschieden.

»Dann würde ich vorschlagen, daß Sie mit uns kommen«, sagte Duran.

Skater trat an den Randstein, um einem vorbeifahrenden Taxi zu winken. Als das Taxi anhielt, scheuchte er Kalika Chilson hinein und setzte sich dann neben sie. Duran glitt neben den Fahrer, der sofort den Lufterneuerer einschaltete, um den Geruch nach Sex, Schweiß und Synthwhiskey einzudämmen, der an der Frau klebte.

Skater gab der Empfangsdame im *Purple Haze* ein großes Trinkgeld, bevor man ihnen gestattete, sich an einen Tisch zu setzen. Das Restaurant befand sich an der Ecke Bell Street und Elliot Avenue in der Seattler Innenstadt und war ein beliebtes Speiselokal. Man war dort an ein gewisses Niveau der Gäste gewöhnt und erhob Einwände dagegen, daß Kalika Chilson einer davon wurde.

Die Einwände wurden leise und außer Hörweite der Frau vorgetragen, so daß es keinen Streit geben konnte.

Duran behielt sie im Auge und schuf Distanz ringsumher, was allgemein zum Widerwillen beitrug, insbesondere bei denjenigen Gästen des Restaurants, die noch auf einen Platz für ein spätes Mittagessen warteten.

Skater nahm die Frau am Ellbogen und folgte dem elfischen Oberkellner, der sie zu ihrem Tisch führte. Kalika setzte sich Skater gegenüber und rutschte dann herum, als der Ork sich neben sie setzte.

Das *Purple Haze* bot ein Pueblo-Menü mit würzigem Fleisch und reichlich Gemüse an. Voodoo Chili war nach wie vor die Spezialität des Hauses. Die in Farbmustern des Südwestens gehaltenen Räume waren voller blühender Kakteen in Töpfen und gentechnisch behandelter Yucca-Bäume, die durch Löcher im Boden wuchsen und farblich alle paar Minuten von einem zarten Pastellton zum anderen wechselten. Der Farbwechsel wurde von einer Veränderung im Ultraviolett-Spektrum der Lampen an der Decke verursacht.

Kalika Chilson schlug mit ihren abgebrochenen Fingernägeln einen nervösen Trommelwirbel auf den Tisch. »Ich muß auf die Toilette.«

Duran sah sie an. »Sie können noch warten.«

Sie wollte widersprechen und zuckte dann unter seinem durchdringenden Blick zusammen. »Ich kann noch warten.«

»Die Toilettenfenster sind ohnehin vergittert«, erklärte Duran. »Um die Gäste daran zu hindern, die Zeche zu prellen.«

Eine schmächtige amerindianische Kellnerin kam zu ihrem Tisch und brachte Gläser und eine beschlagene Karaffe mit eiskaltem, aus den NAN importiertem Quellwasser. Sie setzte sie davon in Kenntnis, daß es aus Colorado kam und nicht nur von Kläranlagen, sondern auch von Schamanen gereinigt würde. Außerdem stellte sie einen Korb mit frischen, ofenwarmen Sauerteigbrötchen und drei kleine Töpfchen mit unterschiedlich angemachter Butter auf den Tisch.

Kalika Chilson nahm sich ein Brötchen und brach es auf. Sie leckte sich die Finger, nahm ein Messer und bestrich das Brötchen großzügig mit Knoblauchbutter. »Was wollen Sie von mir?«

»Ich will über Larisa reden«, sagte Skater.

»Was ist mit ihr?«

»War sie Ihr einziges Kind?«

Kalika Chilson nickte. »Ihr Dad und ich, wir sind ein paar Jahre zusammengeblieben. Wir haben uns aneinander geklammert, weil es sonst niemanden gab, an den wir uns klammern konnten. Schließlich wurde alles so eintönig, daß wir es nicht mehr ausgehalten haben.« Sie nahm einen Bissen von ihrem Brötchen. »Warum fragen Sie?«

Skater fühlte sich bereits viel besser. »Weil ich kürzlich mit jemandem gesprochen habe, der behauptete, Larisas Schwester zu sein.«

Die Frau nickte, wischte sich mit dem Zeigefinger Butter aus dem Mundwinkel und leckte sie dann ab. »Das muß Deja gewesen sein.«

Skater fühlte sich, als sei er von einem Betäubungsschlagstock getroffen worden.

24

Skater lehnte sich in der Nische zurück und ließ den Blick über die Gäste wandern, die sich im Purple Haze versammelt hatten. Irgendwo jenseits der Restaurantmauern nahm der Seattler Sprawl seinen gewohnten Gang, das wußte er. Doch hier drinnen hatte er das Gefühl, als habe sich die Achse seiner Welt soeben gedreht. Er warf einen Blick auf Duran, der ihm gegenübersaß, und atmete tief aus. Dann sah er die Frau wieder an. Die

Kellnerin stellte Teller mit dampfendem Chili auf den Tisch.

»Deja war Larisas Halbschwester«, erklärte Kalika Chilson, während sie den Löffel nahm und zu essen anfing. »Das Gör von Larisas Vater.«

»*War?*« Skater versuchte seine Gefühle zu verbergen und nahm an, daß es ihm ganz gut gelang, weil die Frau ihn kaum ansah.

Kalika Chilson zuckte ihre schmächtigen Achseln. »War. Ist. Wen kümmert das? Nichts von alledem hat mir je irgendwas bedeutet.«

Skater wehrte den fragenden Blick, den sie in seine Richtung abschoß, ohne große Mühe ab. »Wie gut hat Larisa sie gekannt?«

»Sie kannten doch Larisa, oder?« fragte die Frau.

»Ja.« Aus reiner Gewohnheit musterte Skater die Gäste im *Purple Haze*. Keiner von ihnen schien sich für ihren Tisch zu interessieren.

»Hat sie Deja je erwähnt?«

»Nein.«

»Haben Sie die beiden mal zusammen gesehen?«

»Nein.«

»Dann wissen Sie genauso viel über die beiden wie ich.« Kalika Chilson richtete ihre Aufmerksamkeit wieder auf den Teller mit Voodoo Chili. »Deja war ein oder zwei Jahre älter als Larisa und blieb meistens für sich.«

»Wissen Sie, wo Deja ist?«

»Müßte ich das aus irgendeinem Grund?«

Skater wurde zunehmend gereizt, je mehr seine Fragen in Orakelform beantwortet wurden. »Wann haben Sie Deja zuletzt gesehen?«

»Vor ein paar Tagen. Vielleicht einen Monat, nachdem ich Sie zuletzt gesehen habe. Ich erinnere mich nicht mehr genau.« Die Frau wischte sich den Mund mit dem Handrücken ab.

Skater widerstand dem Impuls, ihr eine Serviette zu reichen. »Wo haben Sie sie gesehen?«

»Sie ist bei mir vorbeigekommen.« Kalika Chilson bedachte ihn mit einem durchdringenden Blick. »Sie grasen 'ne ziemlich große Weide ab und kommen nirgendwohin. Normalerweise deutet das darauf hin, daß ein Bursche jemand anderen aushorchen will, ohne selbst irgendwas zu verraten.«

Bevor Skater antworten konnte, beugte Duran sich vor und schob sein breites Gesicht vor das der Elfe. »Haben Sie ein Problem damit?«

Sie zögerte für einen Moment, dann wandte sie den Blick von ihm ab und richtete ihn wieder auf Skater. »Nein. Ist mir vollkommen egal. Alles. Abgesehen von den Nuyen, die ich sehe, wenn Sie fertig sind. Ich wollte damit nur sagen, daß Sie vielleicht Ihre Zeit hier verschwenden. Zeit, die Sie besser anderswo verbringen sollten.« Sie tippte mit dem Löffel gegen den Rand ihres Tellers. »Und dieses Chili wird kalt. Es ist meine erste warme Mahlzeit seit langem, die nicht aus der Mikrowelle kommt. Ich hätte gern die Möglichkeit, sie zu genießen.«

»Was wollte Deja?« fragte Skater.

»Sie wollte wissen, was ich über Larisas Baby weiß.«

»Was haben Sie ihr gesagt?«

Die Frau hob ihre mageren Schultern und ließ sie wieder sinken, während sie einen weiteren Löffel Chili aß. »Die Wahrheit. Daß ich nichts von dem Baby weiß. Natürlich habe ich ihr erst noch hundert Nuyen aus der Nase gezogen, bevor ich damit herausgerückt bin.«

»Was hat sie gesagt?«

»Zuerst hat mir das undankbare Miststück nicht geglaubt. Ich konnte es nicht fassen. Als sie acht oder zehn war und kein Zuhause hatte, weil ihre Mutter im Knast saß, habe ich ihr ein Zuhause gegeben. Obwohl sie nicht mal mein Kind und obendrein noch ein Trog war. Bis ihr Dad und ich uns endgültig getrennt haben.«

»Deja ist ein Troll?« fragte Skater.

Kalika Chilson bestrich sich noch ein Brötchen, wobei

sie die überstehende Butter mit dem Zeigefinger beseitigte. »Klar. Ihr Vater auch, aber das war mir egal, weil er ein Einkommen hatte. Deja war nur ein weiteres Maul, das es zu stopfen galt. Ihre Mutter war ein Mensch. Eine Zeitlang dachte ich, sie würde auch einer. In der Pubertät ist sie goblinisiert – in der Zeit, als ich sie hatte. Es war häßlich, kann ich Ihnen sagen. Mit dem Leid, das dieser UGE-Drek mit sich bringt, will niemand was zu tun haben.« UGE war die Ungeklärte Genetische Expression, durch die Elfen, Trolle, Zwerge und Orks bei der Wiederkehr der Magie abermals auf die Welt gekommen waren. Normalerweise manifestierte sich die UGE zu Beginn der Pubertät.

Pubertät stimmte nicht mit Kalika Chilsons Einschätzung überein, Deja sei acht oder zehn Jahre alt gewesen. Skater korrigierte Dejas Alter im Geiste nach oben.

»Warum hat sie nach dem Baby gefragt?«

»Ich weiß es nicht.«

»Ich versuche Deja zu finden«, sagte Skater in dem Wissen, daß er kurz davor war, sein Blatt zu überreizen. »Ich bin nämlich hinter dem Geld her.«

Diese Feststellung erregte sofort die Aufmerksamkeit der Frau. »Geld?«

»Sie schuldet mir einiges«, log Skater. Es war eine der glaubhaftesten Lügen im Sprawl, aber es war zugleich auch fast immer die Wahrheit. Jeder schuldete irgendwem Geld, und die meisten Leute machten sich aus dem Staub, wenn sie es nicht zurückzahlen konnten, so daß sich Kopfgeldjäger und Schuldeneintreiber auf die Suche nach ihnen machten.

»Gibt es einen Finderlohn?« fragte die Frau.

Als Skater das verwitterte, zerfurchte Gesicht betrachtete, fragte er sich, wie Larisas Kindheit wohl gewesen sein mochte. »Wenn Sie mit der Information rüberkommen, gebe ich Ihnen den Finderlohn sofort. Wenn Sie mir Drek auftischen, würde ich sagen, daß Sie einen Teller Chili gratis bekommen haben.«

Kalika Chilsons Miene zeigte, wie wenig sie letzteres zu schätzen wußte. »Nach allem, was ich gehört habe, hatte sie zuletzt einen Job bei einem Megakonzern. Sie war Datensklavin für Renraku, glaube ich.«

Skater ließ das auf sich einwirken und schob die Fakten in seinem Verstand herum. Eine Verbindung zu Renraku mochte dem Team noch mehr zusetzen. Wenn Fuchi *und* Renraku sie suchten – wenn es dazu kam –, würde es nicht mehr viele Schatten im Sprawl geben, in denen sie sich verstecken konnten. »Hat sie je irgendwas über ihre Arbeit gesagt?«

»Wir reden nicht miteinander«, sagte die Frau. »Aber sie hat die Information von mir für nur hundert Nuyen bekommen. Was sagt Ihnen das?«

Skater zuckte die Achseln und überließ es der Frau, es ihm zu sagen.

»Es bedeutet, daß sie in letzter Zeit nicht so gut zurechtkommt.« Kalika Chilson schnaubte. »Sogar mich hat sie davon überzeugt.«

»Wie?«

»Sie kam zu mir«, sagte sie. »Wenn Deja wirklich einen guten Job hätte, dann hätte sie mich in ihre Wohnung oder in ihr Büro bestellt. Drek, Leute mit Nuyen protzen gerne damit herum, wenn sie die Gelegenheit dazu haben. Damit man sich eingeschüchtert vorkommt, wenn man vor ihnen steht.«

»Also bedeutet die Tatsache, daß sie zu Ihnen gekommen ist ...«, hakte Skater nach.

»Daß sie nicht wollte, daß ich zu ihr komme und vielleicht sehe, daß sie es nicht ganz so gut hat, wie sie andere glauben machen will.« Kalika Chilson warf einen sehnsüchtigen Blick auf Skaters unberührten Teller mit Chili.

Skater schob den Teller zu ihr hin.

Die Frau stellte den leeren beiseite und fing wieder an zu essen. »Nachdem sie gegangen war und über die hundert Nuyen gejammert hat, die sie an mich verschwendet hätte, rief ich Pauletta Coulter an, eines der größten Tratschweiber in der Nachbarschaft. Ihre Tochter kam ganz gut mit Deja zurecht, obwohl Larisa sich nie was aus ihr gemacht hat. Wie sich herausstellte, arbeitet ihre Tochter immer noch für den Megakonzern, für den Deja gearbeitet hat.«

»Gearbeitet hat?« hakte Skater nach.

Die Frau nickte und tunkte ein Brötchen in das Chili, bis es gründlich durchgeweicht war. »Vor drei Wochen ist Deja gefeuert worden. Keine Abfindung. Keine Lohnfortzahlung. Sie haben sie achtkantig rausgeschmissen.« Sie grinste schief, ohne echten Humor. »Wenn Sie also Geld von ihr wollen, sieht es so aus, als stünden Sie ziemlich im Regen.«

Die Kellnerin kam mit ihrer Rechnung.

Skater warf einen Blick darauf, als bedeute ihm die Summe irgend etwas, dann steckte er seinen Kredstab in das Überweisungsgerät und fügte noch ein Trinkgeld hinzu. Die Kellnerin dankte ihm mit einem freundlichen Lächeln und zog sich wieder zurück.

Unter dem Tisch zählte er Geldscheine ab. Er steckte fünfhundert Nuyen in einen leeren Umschlag und reichte ihn über dem Tisch Kalika Chilson. Vielleicht war er großzügig, und vielleicht lag es daran, daß sie Emmas Großmutter war. Er wußte es nicht.

Die Frau nahm den Umschlag an sich und zählte ebenfalls unter dem Tisch das Geld nach. Sie nahm die gefalteten Scheine in eine Hand und steckte sie unter ihrem T-Shirt in einen Beutel, der an einer Lederschnur um ihren Hals hing. »Lassen Sie mich wissen, wenn ich Ihnen wieder mal helfen kann.«

Skater nickte und erhob sich.

»Ihr zwei habt nicht zufällig Lust, euch ein Taxi mit mir zu teilen, nein?« fragte sie. »Und vielleicht ein paar Nuyen am Fahrpreis einzusparen?«

»Nein«, knurrte Duran, bevor Skater antworten konnte.

»Drek«, murmelte die Frau. »War ja nur 'ne Frage.«

25

Skater und Duran betraten Lordstrung's Department Store auf der Fifth Avenue Ecke Pine Street um 14:21:03 Uhr. Das bevorstehende Treffen mit Vankler, einem Söldnervermittler, der mit Luppas zusammengearbeitet hatte, sorgte für eine gewisse Anspannung bei Skater. Duran hatte das Treffen vereinbart, und nach allem, was er erzählt hatte, war Vankler niemand, dem man komisch kommen konnte.

Aber sie gingen nicht allein zu dem Treffen. Wheeler und Elvis waren bereits vor ihnen in den Ork-Untergrund gegangen und hatten sich *Maxine's* angesehen, die Bar, in der Vankler das Treffen angesetzt hatte. Erzengel und Trey waren nur ein paar Blocks hinter ihnen. Jeder von ihnen war bewaffnet.

In dem Kaufhaus befand sich eine ganze Reihe von Leuten, die Kleiderständer durchwühlten und durch die Abteilung mit den Möbeln gingen, sowohl in Menschen- als auch in Troll-Größe. Keiner von ihnen bedachte ihn oder Duran mit einem zweiten Blick. Der Ork-Untergrund zog Leute aller Art an.

Niemand hatte den Ork-Untergrund geplant, und im Seattler Sprawl gab es immer noch reichlich politischen Druck, ihn loszuwerden. Die Voraussetzungen waren im neunzehnten Jahrhundert geschaffen worden, nachdem ein Brand in Seattle gewütet hatte. Anstatt das alte Seattle wiederaufzubauen, hatten die Städteplaner einfach neue Gebäude auf den alten Fundamenten errichtet und damit Dutzende leerer Keller unter dem Sprawl belassen.

In den ersten Jahren, nachdem die UGE sich zu manifestieren begann, hatten Orks, Trolle und Zwerge sich in den Untergrund zurückgezogen und damit angefangen, ihre eigene unterirdische Stadt zu bauen, indem sie die unendlich vielen Kellergewölbe durch Tunnels miteinander verbanden. Schließlich hatten die Zwerge sich mit den Orks überworfen, ihre Sachen gepackt und den Untergrund geräumt. Aber sie hatten kunstvolle Steinmetzarbeiten hinterlassen, die selten und schön anzusehen waren.

Lone Star war es nicht gelungen, den Ork-Untergrund, wie das Gebiet schließlich genannt wurde, polizeilich zu kontrollieren, und so hatten sich dort auch Kriminelle breitgemacht. Wie die Dinge im Augenblick standen, war der Ork-Untergrund der größte Schwarzmarkt-Basar im Sprawl und noch dazu einer, dessen Geheimnisse von praktisch jedem Mann, jeder Frau und jedem Kind, die dort lebten, gehütet wurden.

Skater hätte sich keinen besseren Ort für das Treffen mit Vankler aussuchen können. Der Söldnervermittler würde mitten in seinem Netz sitzen.

Am Kundendienstschalter bog Skater nach links ab und ging auf eine der Kellertüren des Gebäudes zu. Von außen sahen die Türen schlicht aus, aber das unscheinbare Äußere verbarg einen massiven explosionssicheren Kern. Skater ging die Plastibetonstufen hinunter, die schwarz und gelb gestreift waren, so daß man sie besser sehen konnte.

Eine Etage tiefer weitete sich die Treppe zu einem großzügig bemessenen Korridor. Der Weg wurde von Leuchtröhren erhellt, die an den Wänden und von der fast vier Meter hohen Decke hingen. Zwischen den Lampen waren Werbeplakate für die verschiedenen Läden und Geschäfte im Untergrund angebracht. Ein Geruch nach gebratenem Essen lag in der Luft, der man ansonsten das Ausmaß anmerkte, in dem hier unten Klimaanlagen tätig waren, um den Untergrund zu kühlen. Das Murmeln von Stimmen, hauptsächlich orkischen, schuf ein konstantes Hintergrundrauschen, das innerhalb der Gewölbe gefangen war.

Skater war sich augenblicklich der Ablehnung bewußt, mit der ihm die meisten Orks im Untergrund begegneten. Voreingenommenheit war eine Eigenschaft, die die Menschen nicht für sich gepachtet hatten. Er hielt den Blick starr nach vorn gerichtet und begegnete niemandes Blick.

»Schon okay, Chummer«, knurrte Duran. »Ich bin ja bei dir.«

»Ich habe mich hier einmal sehr wohl gefühlt«, sagte Skater. »Larisa und ich waren oft hier unten und haben uns die Geschäfte angesehen. Die Schnitzereien gefielen ihr besonders gut.«

»Die Zeiten ändern sich«, erwiderte der Ork. »Menschliche Policlubs haben seit einiger Zeit wieder regen Zulauf. Die Sympathien der Orks für andere Rassen sind nach dem Attentat auf Dunkelzahn fast gänzlich erloschen. Wenn man herausfinden könnte, wer dafür verantwortlich ist, wären die Dinge vielleicht anders.«

»Die Policlubs hätten ohnehin Druck gemacht«, sagte Skater. Sein Sehvermögen war nicht so, wie es sein sollte. Die Tatsache, daß seinem Hirn zwei verschiedene Wahrnehmungen zugeführt wurden, eine durch sein eigenes Auge, die andere durch das Yamatetsu-Cyberauge, das sich bereits an die veränderten Lichtverhältnisse angepaßt hatte, beeinträchtigte sein räumliches Sehvermögen. Das hatte er auch schon bei anderen Gelegenheiten bemerkt, doch jetzt auf Adrenalin fiel es ihm stärker auf.

»Viele Orks haben sich ohnehin nicht viel aus Dunkelzahn gemacht«, bemerkte Duran. »Sie dachten sich, er würde die Metas langsam abservieren. Jetzt werden wir wohl nie erfahren, was er wirklich vorhatte.«

Der Ork übernahm die Führung. Skater folgte ihm durch die Gänge, und die Hautfarbe des Orks änderte sich im Licht der Neonröhren. Bei all dem Plastibeton, das sie umgab, erinnerte Skater das Flüstern der Schuhsohlen auf dem Pflaster an einen schnell fließenden Bach.

Fleischdüfte erfüllten die Gänge, die sich durch den Untergrund wanden, und vermischten sich mit der

Würze und den Gerüchen eines Dutzends verschiedener Hölzer, die verbrannt wurden. Sämtliche Restaurants des Untergrunds waren an ein Belüftungssystem angeschlossen, das den Rauch aus dem Sprawl absaugte und in den Sund blies.

Im Untergrund gab es zahlreiche kleine Straßen, die allmählich ins Zentrum führten.

»Warst du schon mal bei *Maxine*?« fragte Duran, als sie um die nächste Ecke bogen.

Skater schüttelte den Kopf.

Sie überquerten einen weiteren Weg und gingen unter einem der ersten Filigranbögen her, den Zwerge und Orks nach der Übernahme des Untergrunds gebaut hatten. Anstatt Plastibeton befand sich eine Kuppel aus Steinquadern über ihnen, und Skater fühlte sich plötzlich sehr klein und unbedeutend. Bevor der Untergrund kommerziell geworden war und die Orks die Zwerge vertrieben hatten, waren die frühen Bauten Kunstwerke gewesen.

Maxine's Bar and Grill belegte eine Ecke an der nächsten Kreuzung. Die Neonlichter stellten nackte Metafrauen dar, die vor der Bar tanzten. Die breite Doppeltür übernahm in dem Neonschild die Funktion einer spanischen Wand, hinter der die Neon-Nackten hervorgehüpft kamen.

Skater aktivierte die Verschlüsselung in seinem Commlink IV und flüsterte in sein Kehlkopfmikro. »Elvis.«

»Hier, *Omae*«, antwortete der Troll. »Ich kann euch sehen. Wheeler und ich sind bereits in der Bar.«

»Ziemlich massive Sicherheit hier«, meldete Wheeler. »'ne Menge Tech und ein Haufen Leute. Mehr, als ich bei einem einfachen Treffen erwartet hätte.«

»Andererseits«, warf Erzengel ein, »weiß Vankler, daß Luppas darin verwickelt ist. Davon ausgehend wäre es nur in seinem besten Interesse anzunehmen, daß Fuchi auch mit drin steckt.«

Skater pflichtete der Deckerin insgeheim bei. Sie gab an, mit Trey nur ein paar Meter hinter Skater und Duran zu sein und gegebenenfalls mühelos zu ihnen aufschließen zu können.

Skater folgte Duran durch die Passage. *Maxine's* profitierte ebenfalls von der Architektur. Die Wände der Kreuzung waren mit kunstvollen Friesen bedeckt, die Episoden aus der Geschichte des Untergrunds als auch tragische Szenen aus der Nacht des Zorns darstellten.

»Gesellschaft«, knurrte Duran.

Skater ließ den Blick über das Dutzend Männer wandern, die aus einem Biotech-Laden gegenüber der Bar kamen. Der Anführer war ein hochgewachsener Ork mit polierten Eckzähnen, der wie ein Plakatmodell für Zahnhygiene aussah. Er trug die Ledermontur eines Motorradfahrers, die ziemlich mitgenommen aussah, aber so gut wie möglich geflickt war.

Duran blieb mitten auf der Straße stehen und hielt die Hände ein wenig von den Seiten abgespreizt. Skater folgte seinem Beispiel. Die normalen Passanten, eindeutig Mitglieder der Untergrund-Gemeinde, erkannten, was vor sich ging, und beeilten sich, gebührenden Abstand zu den beiden Parteien zu gewinnen.

»Duran«, sagte der Anführer.

»Tyr«, bestätigte Duran.

Der Unterton des Wortwechsels verriet Skater, daß die beiden Männer eine gemeinsame Vergangenheit hatten, die sich nicht durch Freundschaft auszeichnete.

»Es ist lange her«, sagte Tyr. »Es überrascht mich, daß du noch lebst. In letzter Zeit ist es still um dich geworden.«

Duran erwiderte lediglich den Blick des Mannes.

»Nehmt ihre Waffen«, sagte Tyr zu seinen Leuten. »Alle.«

Während Skater seinen Predator ablieferte, sah er zwei Mitglieder der Polizei des Ork-Untergrunds, die sich in den Schatten am Ende der einen Häuserblock langen Passage aufhielten. Offenbar hatte Vankler bereits die offizielle Duldung erkauft, die er für das Treffen brauchte.

»Er ist sauber«, sagte einer von Tyrs Leuten.

Drei andere nahmen Duran dessen Waffen ab. Bisher hatte Skater neun Stück gezählt, drei Pistolen und eine Sammlung von Garrotten, Messern und Wurfgegenständen mit tödlichen Spitzen oder Schneiden. Zwei davon hatte Skater noch nie zuvor gesehen. Sie tasteten Duran dreimal mit einem tragbaren Cyberware-Scanner ab, aber das Gerät gab kein Signal.

Zufrieden befahl Tyr seinen Leuten, sie zu *Maxine's* zu bringen. Skater folgte Duran und schwieg, als sie die Bar betraten, aber sein Adrenalinspiegel ließ seine Sinne auf Hochtouren arbeiten und das Herz in seiner Brust heftig pochen.

26

Skater saß an dem großen runden Tisch aus künstlichem Mahagoni in einer hinteren Ecke von *Maxine's*. Ringsumher hämmerte aus Jamaica importierte Klashce-Musik gegen die dunklen Wände, die vom Rauch unzähliger Zigaretten und Pfeifen einen gelblich-braunen Überzug hatten. Der Geruch nach gegrilltem Fleisch dominierte, aber diejenigen nach Synthwhiskey und Bier machten sich in der Geruchsvielfalt ebenfalls stark bemerkbar.

Rechts von ihm traten auf drei Laufstegen Stripperinnen auf. Der mittlere Laufsteg befand sich auf einem Podest, so daß er von jedem Tisch in der Bar zu sehen war. Die anderen beiden teilten den Raum in Flügel und trennten die lärmende Menge. Die Tänzerinnen waren Elfen, Trolle, Menschen, Orks und Zwerge, und ihre Bewegungen entsprangen uralten sexuellen Impulsen. Spiegel erhellten die Wände hinter der Hauptbühne und verliehen dem überfüllten Raum mehr Tiefe. Pfiffe und schlüpfrige Zurufe folgten dem Rhythmus der Musik und dem Schwingen der Hüften.

»Ist lange her, Quint«, knurrte Vankler heiser. Da er saß, war es nicht leicht, seine Größe zu schätzen, aber Skater nahm an, daß der Ork einen halben Kopf kleiner als er selbst und einen ganzen kleiner als Duran war. Doch was er an Größe zu wenig haben mochte, glich er durch Breite wieder aus. Vanklers Schultern waren im Verhältnis zum Rest seines Körpers fast ebenso breit wie die eines Zwergs.

»Ist lange her«, pflichtete Duran ihm bei.

Vankler trug eine saloppe Vashon-Island-Cordhose und ein am Hals offenes olivfarbenes Oxfordhemd. Eine Krawatte lag auf der Schulter eines Blazers, der hinter ihm an einem Haken hing. Sein breites, großflächiges Gesicht war mit zahlreichen Narben übersät, die nicht durch kosmetische Operationen beseitigt worden waren. Der untere rechte Eckzahn und die zwei Schneidezähne und vier Backenzähne daneben waren alle zu perfekt und weiß, um etwas anderes als eine Prothese sein zu können. Er trug die Haare im Pompadour-Stil zurückgekämmt. Über seinen harten, kalten Augen wölbten sich buschige Augenbrauen auf massiven Knochenwülsten.

»Wir haben einiges zusammen durchgestanden, Quint«, sagte Vankler. »Haben viel erlebt, was viele Chummer nur aus Geschichten kennen. Wir haben der Bestie ins Auge gesehen und überlebt.«

»Damals dachten wir, wir müßten all das erleben. Eine Sache durchzustehen, vermittelt einem Chummer neue Perspektiven.«

Vankler rief eine der Oben-ohne-Kellnerinnen, die eilig neue Getränke brachte. »Kann ich euch irgendwas anbieten?« fragte Vankler.

Duran schien darüber nachzudenken. »Hähnchenflügel, wenn Chen noch hier arbeitet.«

Vankler lächelte, und diesmal sah Skater ehrliche Rührung in den Augen des Mannes. »Tut sie.« Er gab die Bestellung an die Kellnerin weiter und richtete seine Aufmerksamkeit dann auf Skater. »Hat Quint dir erzählt, daß wir eine gemeinsame Vergangenheit haben?«

»Wahrscheinlich hielt er es nicht für angebracht«, antwortete Skater.

»Wahrscheinlich nicht«, stimmte Vankler zu. »Er war schon immer ein verschwiegener Hurensohn. Andererseits hat eine ganze Reihe von Klienten genau aus dem Grund für ihn bezahlt. Eine Zeitlang haben wir zusammengearbeitet – unseren Arsch riskiert und das eine oder andere Mal auch ganz gut abkassiert. Natürlich haben wir das Geld damals genauso schnell ausgegeben, wie es reingekommen ist. Da haben wir die Arbeit noch selbst erledigt.« Er breitete die Hände aus und beschrieb eine Geste, die die ganze Bar einschloß. »Jetzt muß ich nicht mehr alle Risiken selbst eingehen.«

Die Kellnerin kam mit zwei großen Schüsseln zurück, die unterschiedlich panierte Hähnchenflügel enthielten. Außerdem verteilte sie kleine Teller.

»Wir waren ganz gut im Geschäft«, sagte Vankler. »Immer in den schwarzen Zahlen, wie viele Nuyen wir auch ausgaben. Unsere Kundenliste schloß die wirtschaftliche Elite von Seattle und dem Freistaat Kalifornien ein. Dann ist ein Unternehmen ziemlich danebengegangen. Ein paar von unseren Leuten wurden gegeekt. Es hätte nicht viel gefehlt, und Quint hätte sich selbst im Leichenschauhaus wiedergefunden. Ein paar von denen, die es erwischt hat, waren Chummer. Oder sagen wir lieber, sie standen ihm so nahe, wie er überhaupt jemanden an sich ranläßt. Dann hat er sich in den Kopf gesetzt, ich sei schuld, und ist ausgestiegen.«

»Alte Geschichten«, sagte Duran leise. »Jetzt geht es um aktuelle Geschäfte.« Er griff in die Schüsseln mit den Hähnchenflügeln, nahm sich ein halbes Dutzend und legte sie auf den Teller vor sich.

Skater spürte, wie sich die Spannung über die Anwesenden legte. Trotz der lärmenden Musik im Hintergrund und der nackten Tänzerinnen, die sich in allernächster Nähe ihren Verrenkungen hingaben, konzentrierten sich alle darauf, was zwischen Duran und Vankler ablief. Er vermißte das beruhigende Gefühl des Predator an seiner Seite.

»Jack«, rief Erzengel über Commlink.

»Ja«, erwiderte Skater, indem er sich die Hand vor den Mund hielt, um seine Lippen zu verbergen.

»Vanklers Leute schließen die Ausgänge.«

Skater reckte sich unmerklich auf seinem Stuhl und wandte den Kopf ein wenig, so daß er neben Duran auch die Spiegel hinter der Bühne sehen konnte. Der Ork sah seinen Blick und folgte ihm mit einem kurzen Kopfnicken. In den Spiegeln konnte Skater die Gestalten weiterer Sicherheitsleute ausmachen, die sich einen Weg durch die Menge bahnten und die beiden Ausgänge zu den Passagen im Ork-Untergrund ebenso absperrten wie die drei in den Stein gehauenen Treppen, die zu den oberen Räumen führten. Sein Magen krampfte sich zusammen. »Bleibt cool«, sagte er über Commlink. »Wir stecken zu tief in der Sache. Wir werden sehen, wie sie sich entwickelt.«

Das Gefühl der Übelkeit in seinem Magen verriet ihm jedoch, daß er es vermutlich bereits wußte.

»Kylar Luppas«, sagte Duran. Er knabberte Fleisch von einem Hähnchenflügel, dann zerbrach er den Knochen und sog das Mark heraus. Er aß weiter, aber sein Blick blieb beständig auf Vankler gerichtet.

»Hast du den Kredstab?«

Duran wischte sich mit einer Papierserviette das Fett von den Fingern und reichte Vankler einen beglaubigten Kredstab.

»Er arbeitet für Fuchi«, bestätigte Vankler. »Schwarze Unternehmungen. Wie du es dir gedacht hast.«

»Woran arbeitet er?«

Vankler zuckte die Achseln. »Keine Ahnung.«

»Welche Jobs erledigt Luppas gewöhnlich für Fuchi?«

»Wetwork. Personenschutz. Überwachung. Extraktion. Alles, was besonders heikel ist, Fuchi womöglich einen Haufen Geld kostet oder eine harte Hand mit viel Gefühl erfordert. Fuchi hat ihn exklusiv.«

»Aber Luppas nimmt Nebenbeschäftigungen an«, sagte Duran.

»Nicht persönlich. Vielmehr könnte man sagen, daß er sie an seine Leute weitervermittelt.«

»Wem untersteht Luppas bei Fuchi?« fragte Duran.

»Miles Lanier«, sagte Vankler, während er sich eine Zigarre anzündete. »Obwohl ich ein Gerücht gehört habe, daß sich das ändern könnte.«

Skater speicherte diese Information im Hinterkopf. Er kannte Miles Lanier. Der Mann war eine Legende unter Runnern, und zwar wegen der Sicherheitsvorkehrungen, die er getroffen hatte, um Fuchi vor Datendiebstahl zu schützen. Jede Veränderung innerhalb des Status quo von Fuchi war einen Haufen Geld wert.

»Wenn Lanier ausscheidet, wem untersteht Luppas dann?«

»Wem sollte er schon unterstehen? Richard Villiers persönlich.«

»Hast du dich je dafür interessiert, woran Luppas arbeitet?« fragte Duran.

Vankler lachte, ein stotterndes Geräusch wie das Blubbern einer Harley. »Das wäre verdammt paranoid, oder nicht? Ganz zu schweigen davon, daß es äußerst riskant wäre. Mit Luppas ist nicht zu spaßen.«

»Das werde ich mir merken«, sagte Duran. »Hast du die Information über Luppas, um die ich dich gebeten hatte?«

Vankler griff in die Jacke, die hinter ihm am Haken hing, und zog einen durchsichtigen Umschlag heraus. Pikanterweise wurde der Chip darin durch einen von Fuchi hergestellten Chip Protek geschützt. Er legte den

Umschlag auf den Tisch und versetzte ihm einen Stoß. Der glatte Umschlag glitt mühelos über den Tisch.

Als Duran keinen Versuch unternahm, nach dem Umschlag zu greifen, nahm Skater ihn und steckte ihn ein. Die stampfende Musik verstummte, und die kurze Stille gestattete es den erregten Männer- und Frauenstimmen, die jähe Leere auszufüllen, um dann vom nächsten Auftritt beiseite gefegt zu werden. Die neuen Mädchen, die ihren Platz auf der Bühne einnahmen, steigerten den Einsatz mit einem rhythmisch harten Vortrag, der einen Regen von Nuyennoten auf die Bühnen nach sich zog.

Duran hatte den Blick fest auf Vankler gerichtet. »Dann haben wir dieses Geschäft wohl erledigt, schätze ich.«

Und in diesem Sekundenbruchteil spürte Skater das volle Ausmaß der Gefahr, in der sie sich befanden, ringsumher Gestalt annehmen. Fast wie ein Gruppenorganismus, der durch nukleare magnetische Resonanzvorrichtungen gelenkt wurde, näherten sich Yanklers Yabos und schlossen den Kreis enger.

»Nicht ganz.« Vankler lehnte sich zurück und ließ eine Hand unter die Tischkante fallen.

Duran ließ seine Hände auf dem Tisch. »Was liegt an?«

Skater spürte, wie eiskalte Krallen über seinen Rücken krochen, sich dann für eine Nanosekunde tief in seine Haut gruben und dann weiterglitten.

»Jetzt wird's eklig«, sagte Elvis über Commlink. »Haltet aus, Chummers, ich bin unterwegs.«

»Wenn es zu gefährlich ist«, wies Skater sie an, »belaßt es dabei und schwirrt ab. Wir müssen nicht alle dabei draufgehen. Vielleicht können wir uns allein durchschlagen.«

»Auf keinen Fall, Jack«, sagte Erzengel. »Luppas ist nicht der Typ, der einen halb erledigten Job auf sich beruhen läßt.«

»Ein wahres Wort«, stimmte Trey zu.

»Wir schaffen es *alle* hier raus«, sagte Wheeler. »Unsere einzige Chance besteht darin, als Team zu agieren.«

Skater zwang sich, auszuatmen und den Sauerstofffluß in Gang zu halten.

»Du hast mich für Informationen über Luppas bezahlt«, fuhr Vankler fort, »und ich habe ein gesteigertes Interesse an dem Mann.«

»An deinem Anteil an seinen Geschäften«, sagte Duran.

Vankler schüttelte den Kopf und zündete sich noch einmal seine erloschene Zigarre an. »Den muß ich schützen, aber das ist längst nicht alles. Ich mache euch für die Geschichte verantwortlich, die letzte Nacht in Schastakowitschs Beerdigungsinstitut abgelaufen ist. Wenn Fuchi Luppas darauf angesetzt hat, reden wir hier über einen Haufen Geld. Den kann ich nicht einfach so an mir vorbeiziehen lassen.«

Immer noch entspannt und mit einem dünnen Lächeln auf den Lippen sagte Duran: »Mittlerweile müßte ich mich daran gewöhnt haben, daß du mich verkaufst.« Er hielt inne. »Aber du hast ein Problem.«

Vankler wirkte belustigt. »Wie kommst du darauf?«

»Ich dachte mir schon, daß die Sache so ablaufen würde, bevor ich heute hierher kam.«

Vankler, der immer noch belustigt wirkte, breitete die Hände aus. Dennoch registrierte Skater die jäh ansteigende Anspannung in dem Mann. Duran war vermutlich der gefährlichste Einzelkämpfer, den er kannte. Sogar Elvis war trotz seines Arsenals furchterregender Cyberware nicht so kalt und methodisch wie Quint Duran, wenn es kritisch wurde.

»Was willst du damit sagen?« fragte Vankler sarkastisch. »Daß du eine Schädelbombe mit genügend Wumm in deinem Hirnschmalz hast, um diesen Tisch zu pulverisieren? Daß du einen Judas-Schalter im kleinen Finger hast?«

»Nein«, stellte Duran gelassen fest. »Aber du kennst

mich. Du weißt, daß ich mich nie freiwillig in eine Situation bringe, von der ich nicht mit heiler Haut herauskommen kann. Willst du darauf wetten, daß ich mich diesmal irre?«

»Er spuckt große Töne«, bemerkte Tyr mit heiserer Stimme. »Ich glaube, es steckt nichts dahinter.« Er hielt seine Pistole in der Hand.

Duran grinste, und die Geste hatte nichts Freundliches an sich. »Deine Entscheidung, Vankler.«

Die Spannung erfüllte die unmittelbare Umgebung trotz der dröhnenden Musik, die die Bar durchtoste. Skater schwitzte unter seiner mit Kevlar gefütterten Jacke. Emma war in ihrem Versteck und wurde von zwei von Elvis' Freunden beschützt, die Anweisung hatten zu verschwinden, wenn sie sich nicht bis zu einer bestimmten Zeit bei ihnen meldeten. Er war zuversichtlich, daß seine Tochter in Sicherheit war, wie diese Geschichte auch ausgehen würde.

Skater versuchte sich zu entspannen und nachzudenken, aber dazu hatte er weder die Ruhe noch die Zeit.

Einen Herzschlag vor Skater explodierte Duran förmlich vor Aktivität, und alles ging zum Teufel, da wieder einmal die Hölle losbrach.

27

Skater warf sich in einer Flugrolle aus dem Stuhl. Bevor seine ausgestreckte Hand den Boden berührte, hustete eine schallgedämpfte MP einen Kugelhagel, der den Stuhl in Stücke riß. Er rollte sich ab, da sich seine aufgepeppten Reflexe mit seinem Überlebensinstinkt kurzschlossen.

Er hakte einen Fuß hinter die Ferse des Yabos, der ihm am nächsten war, und rammte ihm den anderen Fuß von der Seite gegen das Knie. Es waren nur sieben oder acht Kilogramm Druck erforderlich, um ein Knie aus Knochen und Fleisch zu brechen, beträchtlich mehr, wenn das Knie vercybert war. Die Wucht von Skaters Tritt überstieg die Toleranzgrenzen für beide Fälle.

Knochen brachen im Gelenk. Splitter aus Metall und Knochen schnitten in einer Explosion von Blut durch Haut und Kleidung. Der verwundete Mann schrie auf, als er zu Boden ging.

Durans Hände wirbelten. Sein Tempo und seine Geschicklichkeit verwandelten die zerbrochenen Hühnerknochen vor sich auf dem Teller in tödliche Waffen. Aus einem Auge des Mannes links neben Vankler ragte ein Knochensplitter, der bis ins Gehirn gedrungen war.

Der Yabo griff nach dem Knochen in seinem Auge, doch er war so tief hineingebohrt und mit Blut verschmiert, daß er ihn nicht mehr herausziehen konnte, bevor ihn der Tod ereilte. Er fiel gegen die Männer neben sich und brachte sie aus dem Gleichgewicht. Andere Männer schrien ebenfalls auf, als sie von anderen improvisierten Wurfgeschossen Durans in Gesicht, Hals oder Augen getroffen wurden.

Dennoch hatte der Ork längst nicht alle Gegner außer Gefecht setzen können. Aus nächster Nähe prallten Kugeln und Flechettes gegen seine kugelsichere Kleidung. Duran wurde von den Beinen gerissen und ging zu Boden.

Unverletzte, nach Blut schreiende Yabos sprangen hinter ihren verwundeten Kameraden hervor und rissen ihre Waffen heraus. Im *Maxine's* brach zur Untermalung der stampfenden Musik, die aus den Makroboxen dröhnte, die Hölle aus.

Skater hechtete sich auf den Mann, dessen Bein er gebrochen hatte. Der Mann krümmte sich, eine Hand an dem zerschmetterten Knie, während die andere seine MP umklammert hielt.

Eine Kugel traf Skater hoch an der linken Schulter und wurde von dem Kevlargewebe seiner Jacke abgewehrt. Er ignorierte den Schmerz, packte die MP und riß sie dem Verwundeten aus der Hand. Er krallte sich mit der freien Hand in die Kleidung des Mannes und wälzte sich herum, so daß der schreiende Mann auf ihm zu liegen kam, da immer mehr von Vanklers Leuten das Feuer eröffneten.

Als die Kugeln ihn schließlich erreichten, lag Skater unter dem Mann. Er spürte die Vibrationen der Kugeln, die den Yabo trafen. Der Straßensamurai griff mit einer Handvoll Nagelmesser, die an seinen Fingerspitzen funkelten, nach Skater, während dieser die MP hob und eine tödliche Salve auf den ihm am nächsten stehenden Yabo abgab.

Bevor der Mann Gelegenheit bekam, seine Nagelmesser in Skaters Augen zu versenken, traf eine Kugel seinen Hinterkopf und trat an der Stirn wieder aus. Blut spritzte über Skater, während der Mann erbebte und den Löffel abgab, da die mit seinem Nervensystem verbundenen Cyber-Schaltkreise kurzgeschlossen wurden, als ihn das Leben verließ.

Skater wälzte sich unter dem Toten hervor, wobei die MP in seiner Hand knatterte und ruckte wie ein ferngelenktes System, das plötzlich unter spastischen Zuckungen litt. Dann klickte die Waffe ohne Vorwarnung, da das Magazin leer war.

Vankler wich von dem Tisch zurück und versuchte seine Pistole zu ziehen.

»Quint!« rief Skater über Commlink.

»Hier, mein Junge.« Als der Ork zuckend wieder zum Leben erwachte, bewegte er sich nach normalen Maßstäben träge, aber gemessen an seinen Gegnern immer noch verdammt schnell. Seine leeren Hände schossen vor, packten die beiden Männer, die ihm am nächsten standen, und brachen mit hörbarem Knacken Körperteile, wodurch er die beiden in menschliche Schilde verwandelte, um ein wenig Abstand zu den anderen Yabos zu schaffen, die sich ihm näherten. »Mach dir nicht ins

Hemd.« Er klang ein wenig atemlos, schien aber nicht verletzt zu sein. Seine Miene bekam durch das überall verschmierte Blut einen noch unerbittlicheren Zug.

Elvis traf fast unbemerkt ein. Der massige Troll warf sich auf den Haufen Orks, der Duran entgegenwogte, und warf sie um. Dann teilte er Schwinger mit seinen riesigen Fäusten aus und reduzierte die Anzahl der Männer noch weiter, die Duran angriffen.

»Verdammter Trog!« bellte ein Yabo, indem er eine MP hochriß.

Elvis drehte sich instinktiv zur Seite, und ein Strom von Leuchtspurgeschossen raste an ihm vorbei. Der Troll schüttelte die rechte Hand aus und legte zwei Unterarm-Schnappmesser frei. Die Klingen zuckten vor, und der Kopf des Yabos rollte mit einem Ausdruck des Erstaunens auf dem Gesicht über den Boden.

Eine Gruppe von Männern von den Tischen in der Nähe sammelte sich und brachte Waffen zum Vorschein. Skater schob die Leiche von sich, tastete sie mit der Hand ab und fand Reservemagazine für die MP in den Taschen des Mannes. Er legte eines ein und rief Elvis und Duran eine Warnung wegen der Menge zu.

Bevor er die Worte ganz ausgesprochen hatte, wurde die Menschentraube zurückgeschleudert. Skater erwartete den Knall der Granate zu hören, die sie einen Augenblick später von den Beinen holte. Statt dessen erreichten ihn nur ihr Stöhnen und Schreien. Aus dem Augenwinkel sah er Cullen Trey auf sie zugehen, dessen Hände komplizierte kleine Gesten beschrieben.

»Ich fand eine kleine Atempause ganz angebracht«, sagte Trey über Commlink. »Für einen Moment sah es ziemlich übel aus.«

»Jack«, sagte Wheeler. »Wir müssen hier weg. Hier im Untergrund sitzen wir in der Falle. Wenn Vankler Verbindungen zum Star hat, sind wir erledigt. Sie könnten alle Ausgänge nach oben binnen Minuten besetzt haben.«

Skater rappelte sich auf, und eine Salve von drei Kugeln prallte gegen seine Brust. Hätte er sich nicht bewegt, hätten die Kugeln ihm den Kopf von den Schultern gerissen. Er drückte ab und mähte zwei Yabos nieder, die neben Vankler standen. Dann richtete er die Waffe auf Vankler selbst.

Vankler packte den Tisch und warf ihn nach Skater, um so eine vorübergehende Ablenkung zu schaffen.

Unter der Einwirkung des Adrenalins setzten augenblicklich seine aufgepeppten Reflexe ein, und Skater wappnete sich und wehrte den Tisch mit dem Unterarm ab. Ein stechender Schmerz zuckte durch seinen linken Ellbogen. Während ihn das Gewicht und die Wucht des Aufpralls zurücktaumeln ließen, versuchte er erneut, die MP auf Vankler zu richten.

Vankler rief seinen Männern Befehle zu, während er sich in den rückwärtigen Teil der Bar zurückzog. Yabos unter Tyrs Führung bildeten eine neue Schützenlinie, die die räumlichen Gegebenheiten der Bar ausnutzte. Bevor sie Gelegenheit hatten, Kapital daraus zu schlagen, deckte Wheeler sie mit einem Kugelhagel aus seiner MP ein, der die meisten in Deckung kriechen ließ.

Skater verdrängte den Schmerz in seinem Ellbogen und machte sich an die Verfolgung Vanklers. Er durchbrach die Linie der Yabos wie ein Combatbiker unterwegs zum Tor in den letzten Sekunden des Spiels.

Skater übersprang einen reglos daliegenden Yabo und dann zwei umgestürzte Stühle. Alles ging unglaublich schnell vor sich, da seine Sinne mit Höchstleistung arbeiteten. Er war sich grimmig der Tatsache bewußt, daß Elvis und Duran der Versammlung der Yabos Rücken an Rücken begegneten. Ein erbeutetes Messer mit einer Klinge, die so lang war, daß es auch als Kurzschwert durchgegangen wäre, glitzerte in Durans Hand. In der anderen hielt er eine Pistole.

Vanklers Vorsprung hatte ihm ermöglicht, die andere Seite der quadratischen Bar zu erreichen. Zwei Yabos hielten ihm eine mit einem Magschloß gesicherte Tür auf. Sie richteten ihre Waffen auf Skater und schossen an ihrem Arbeitgeber vorbei.

Skater wich aus, indem er auf das künstliche Pecanobaumholz der Bar hechtete und über die polierte Oberfläche rutschte. Die Kugeln zerschmetterten Flaschen und Plastigläser in den Regalen hinter der Bar. Einige Plastigläser auf der Bar zersprangen, als sie von Kugeln getroffen wurden. Den Rest fegte Skater bei seiner Rutschpartie über die Bar beiseite.

Er gab ein paar Schüsse ab, die die MP in seiner Faust erzittern ließen. Der Yabo links neben Vankler wurde von den Kugeln in einer Pirouette herumgerissen, als die Kugeln ihn trafen. Dann war die Bar zu Ende, und Skater segelte zu Boden. Er landete schmerzhaft auf einem umgestürzten Hocker, der sich in seine Rippen bohrte, doch er rappelte sich rasch wieder auf.

Vankler war nur ein paar Meter von der massiven Sicherheitstür entfernt, als Erzengel aus der Menge der Tänzerinnen trat, die den Ausgang hinter der Bühne zu erreichen versuchten. Sie hielt ihre Ares Light Fire 70 in beiden Händen. Zwar war sie ganz in Schwarz gekleidet, doch ihre alabasterfarbene Haut und die platinblonden Haare traten um so deutlicher hervor. Sie sah aus wie ein Racheengel, die Miene konzentriert und ausdruckslos, die Mandelaugen zusammengekniffen.

Der zweite Yabo an der Tür versuchte sich schnell zu drehen, um seinen Arbeitgeber zu verteidigen.

Erzengel jagte dem Yabo eine Kugel zwischen die Augen, als der Mann seine Waffe herumriß. Bevor der dünne Knall der Light Fire 70 verhallt war, lag der Yabo bereits am Boden.

Vankler hob seine Waffe und schoß auf Erzengel.

Furcht erfüllte Skater, als sie hinter der Körperfülle des Orks aus seinem Blickfeld verschwand. Er kam hoch und fluchte angesichts der Schmerzen, die durch seinen verletzten Arm zuckten.

Vanklers MP gab einen weiteren Feuerstoß ab. Skater war sich sicher, daß die Kugeln Erzengel getroffen hatten. Vankler war viel zu nahe gewesen, um sie zu verfehlen. Ein Knurren entrang sich seiner Kehle, während er die Entfernung zwischen sich und dem Ork verringerte. Er hielt die MP ausgestreckt, und das Laserzielrohr der Waffe küßte Vanklers Hinterkopf mit einem tödlichen rubinroten Punkt.

Dann ruckte Vanklers Kopf zur Seite, und Blut spritzte aus seinen gespaltenen Lippen. Die Beine des Orks sahen aus, als hätten sie sich plötzlich in Gummi verwandelt.

Noch ein Schritt, und Vankler brach zusammen, dann starrte Skater auf Erzengel. Das dröhnende Rauschen der Angst in seinen Ohren verringerte schlagartig seinen Druck.

Ohne jede Eile, wenngleich ihr wunderschönes Gesicht eine Maske der Anspannung war, kniete sie nieder und bohrte den Lauf ihrer Pistole in Vanklers dreieckiges Ohr. Angesichts ihrer gelassenen Beharrlichkeit entschloß er sich dazu, seine Waffe loszulassen. Erzengel wandte sich an Skater. »Hilf mir, ihn wieder auf die Beine zu bekommen«, sagte sie.

Skater nahm die MP in die andere Hand, so daß er seinen gesunden Arm einsetzen konnte, packte Vankler am Kragen und riß ihn hoch. Erzengels Pistole verließ dabei keinen Augenblick ihren Platz.

Als Skater sich ihr anschloß und Vankler ihn sehen konnte, verließ den Ork der Kampfgeist. »Sag deinen Männern, sie sollen aufhören. Sofort!«

Vankler bellte den Befehl, der die Männer in ihren Positionen in der Bar erstarren ließ. Tische und Stühle lagen zerschmettert am Boden. Hinter dem Bühnenbereich lagen die Scherben der Spiegel. Die Musik dröhnte weiter vom Band, ein harter Beat im stroboskopartig flackernden Licht der Deckenscheinwerfer.

Skater spürte ein dünnes Rinnsal Blut über seine

Wange laufen und registrierte erst jetzt den dumpfen Schmerz der Kopfwunde, konnte sich aber nicht erinnern, wann oder wo er sie sich zugezogen hatte. Er ließ seine Waffe bedeutungsvoll über die Yabos wandern, die ihre defensive Haltung beibehielten. Das Verlassen des Untergrunds war immer noch ein enormes Problem.

Langsam zogen Duran und Elvis sich aus dem Chaos zurück, das in ihrer unmittelbaren Umgebung herrschte. Sie mußten beide über reglose Tote und stöhnende Verwundete steigen. Ihre Kleidung war mit Blut bespritzt, zu viel Blut, um ihres zu sein und sich noch auf den Beinen zu halten.

»Ich nehme ihn«, knurrte Elvis, als er neben Erzengel auftauchte. Er umklammerte Vanklers Hals leicht mit einer Hand, und die funkelnden Schneiden der Schnappmesser waren nur Millimeter von Vanklers Haut entfernt.

Erzengel trat zur Seite, hielt ihre Pistole jedoch weiterhin in beiden Händen. Der Lauf wich nicht von Vanklers Gesicht. »Wenn irgendwas Unvorhergesehenes geschieht, bist du der erste, den es erwischt.«

Skater nahm seinen Predator, den Duran ihm brachte, und ging mit schußbereiter MP zur Vordertür der Bar. Ein rascher Blick nach draußen setzte ihn davon in Kenntnis, daß sich bereits eine Menge in der Passage gebildet hatte. Er fluchte mit aufrichtiger Inbrunst, da sich jetzt die Angst zu seinem Einfallsreichtum gesellte. »Wir müssen uns schleunigst absetzen«, sagte er über Commlink. Er hielt sich den Grundriß des Untergrunds vor Augen. »Wir sind nicht weit vom Ausgang im Big Rhino entfernt. Vielleicht können wir ihn erreichen.«

»Ich kenne eine Hintertür, *Omae*«, sagte Duran.

»Das wäre jetzt die Gelegenheit«, bemerkte Trey mit einem Anflug von Beklommenheit in seinem beiläufigen Tonfall, »es damit zu versuchen.«

Duran übernahm die Spitze, und Skater ordnete sich automatisch links hinter ihm ein. Erzengel übernahm die rechte Seite. Elvis nahm Vankler mit, während Wheeler und Cullen Trey ihren Rückzug deckten.

28

Die Shadowrunner eilten durch die Passagen des Ork-Untergrunds und hielten dabei ihre Waffen bereit und zugleich möglichst außer Sicht. In den Passagen war ziemlich viel Betrieb, und die Massen wogten von Geschäft zu Geschäft und begannen mit ihrer Runde durch die Kneipen.

»Hier«, knurrte Duran, indem er nach rechts zu einem kleinen Antiquitätenladen rannte. Die Tür flog auf und prallte mit lautem Knall gegen die Wand.

Skater folgte dem Ork durch die Tür. Es roch nach Räucherwerk, und von der süßlichen Schwere des Dufts wurde Skater fast übel. Die Regale an den Wänden waren mit Büchern, Vasen und allem möglichen Krimskrams gefüllt, den jemand als wertvoll eingestuft hatte.

Ein hartgesichtiger Ork in einem grellen Hawaii-Hemd, das mit jalapeño-grünen Papageien bedruckt war, und mit einem Panamahut auf dem Kopf kam von hinten in den Verkaufsraum. Er wischte sich an einem mit Lack- und Farbflecken übersäten Handtuch die Hände ab.

»Keine Bewegung!« befahl Duran, indem er seine Waffe auf ihn richtete.

Der Ork blieb augenblicklich stehen und warf die Hände in die Luft, so daß der fleckige Lumpen plötzlich seinen Bachnabel enthüllte. »Ich bin totenstarr«, sagte der Mann. »Ich werde nichts tun, was Sie mir nicht sagen.« Sein kurzer Bart war mit Farbspritzern gesprenkelt.

Nachdem sie das Antiquitätengeschäft betreten hatten, bezogen Wheeler und Trey Stellung beiderseits der Tür. Elvis stieß einen Korbstuhl um, der schon bessere Tage gesehen hatte, jedoch immer noch einen stabilen Rahmen besaß und einiges aushalten konnte. Wheeler fing den Stuhl auf, bevor er zur Ruhe kam, und rammte die Lehne unter die Tür, um sie festzuklemmen.

Vankler griff nach Elvis' Arm in dem Versuch, den Druck auf seinen Nacken zu mildern, doch der massige Troll schüttelte nur Vanklers Kopf, woraufhin der Ork seine Bemühungen einstellte.

Skater baute sich auf der einen Seite des kleinen Plastiglasfensters auf, das zur Passage hinausging, und machte sich zu einem möglichst kleinen Ziel. Erzengel flankierte ihn auf der anderen Seite und ging hinter einer Theke in Stellung, die im wesentlichen aus einer mit groben Werkzeugen behauenen Steinplatte bestand.

»Ich suche den Boß«, sagte Duran, der seine Waffe weiterhin auf den farbverschmierten Ork gerichtet hielt.

»Das bin ich«, sagte der Ork. »Aber ich kenne Sie nicht. Es gibt keinen Grund, warum Sie mir Ärger machen sollten.«

»Keinen Ärger«, knurrte Duran, »wenn du uns die Hintertür zeigst.«

»Sicher, sicher«, sagte der Ork. »Kein Grund, daß jemand zu Schaden kommt, oder?« Er ging in den rückwärtigen Teil des Ladens voran, vorbei an Tischen mit unzähligen Gegenständen in verschiedenen Stadien des Verfalls. In den Regalen standen eine Auswahl diverser Kitte, Kleber und Lacke sowie ein Brennofen. Offensichtlich wurden in diesem Laden keine Antiquitäten verkauft, ohne zuvor einen Haufen Arbeit in sie zu investieren.

»Die Tür ist da drüben«, sagte der Ladenbesitzer. Er schob einen bis zur Decke reichenden Aktenschrank zur Seite, und dahinter kam eine schmale Tür zum Vorschein. Er öffnete sie und gab den Weg auf eine in das Gestein gehauene Wendeltreppe frei.

»Wohin führt die?« Duran trat vor, zückte eine kleine Taschenlampe und leuchtete in die Öffnung.

»Zu einem Lagerhaus in der Nähe der Docks.«

»Zu wessen Lagerhaus?« fragte Erzengel.

Der Ladenbesitzer zuckte die Achseln. »Es ist ein Lagerhaus, in dem man bei Bedarf Raum mieten kann. Da taucht nur jemand auf, wenn es einen Warenüberschuß gibt. Ich habe gehört, es wäre für nächsten Monat an eine Firma aus Tir vermietet worden, aber bis jetzt haben sie das Lagerhaus noch nicht in Beschlag genommen.«

»Was ist mit der Sicherheit?« fragte Skater.

»Nach allem, was ich weiß, gibt es keine«, sagte der Ork. »Nur die Schläger, die von den dort ansässigen Läden eingesetzt werden, um ab und zu an den Türen zu rütteln.«

»Jack«, rief Wheeler, »die Drekheads draußen tummeln sich. Ich habe gerade gesehen, wie ein paar von ihnen nicht weit von uns in ein paar Läden gegangen sind.«

Skater ging die ganze Situation mit ihren verschiedenen Gesichtspunkten im Kopf durch. Das System der Belüftungsschächte in der Decke erregte seine Aufmerksamkeit. »Es gibt für sie einen Weg hinein«, sagte er, indem er nach oben zeigte. »Der ganze Untergrund ist von einem Netz von Belüftungsschächten durchzogen. Nur die ganz streng auf Sicherheit bedachten Orte werden sich davor geschützt haben.«

»Dann schlage ich vor, daß wir uns der Möglichkeit bedienen, die sich uns aufgetan hat«, sagte Cullen Trey. »Und zwar schleunigst.«

Duran nickte. »Sofort.« Er ging zu Elvis und schob seine Pistole unter Vanklers Kinn. »Ich will noch kurz mit diesem Hurensohn reden.«

»Wheeler«, sagte Skater, »sieh dich nach einem fahrbaren Untersatz um.«

Wheeler verschwand durch die Tür. Erzengel und Trey folgten ihm.

Skater bedeutete auch Elvis zu gehen. »Wir haben nicht viel Zeit, Duran.« Er betrachtete Durans hartes Gesicht und fragte sich, ob er Vankler gleich hier geeken würde. Er wußte, daß er keine Chance hatte, Duran daran zu hindern, falls es dessen Absicht war.

»Ist nichts Persönliches im Spiel, Junge«, sagte Duran. »Kein Grund zur Beunruhigung. Das ist rein geschäftlich.«

Skater entspannte sich ein wenig. Duran war zuallererst ein Profi.

»Rede mit mir, Vankler«, sagte der Ork. »Du hast uns ebensowenig alles gesagt wie Luppas. Du wolltest besonders schlau sein und uns fertigmachen, als wir zu dir gekommen sind. Was hattest du vor? Wolltest du uns an Luppas verschachern?«

»Verpiß dich«, fauchte Vankler.

Ohne die geringste Vorwarnung rammte ihn Duran einen Ellbogen ins Gesicht.

Vanklers Kopf ruckte nach hinten und prallte gegen die Steinwand. Er stieß einen Schmerzensschrei aus.

»Hier geht's ums Geschäft«, sagte Duran mit harter Stimme, indem er sich hinter Vankler stellte, so daß dieser kaum eine Möglichkeit zu einem Überraschungsangriff hatte. »Du weißt, wie ich Geschäfte erledige. Du kannst mich reinlegen und hast trotzdem gute Chancen, am Leben zu bleiben. Aber wenn ich etwas von dir will und du gibst es mir nicht, lege ich dich auf der Stelle um.«

Vankler gab würgende Geräusche von sich. »Schon gut, schon gut.« Er wischte sich mit der Hand übers Kinn. Als er die Hand wegzog, war sie blutverschmiert. Seine Stimme klang jetzt dünner und längst nicht mehr so stark und großspurig.

»Wonach sucht Luppas?« fragte Duran.

»Nach einem Kerl namens Norris Caber.«

»Warum?«

»Keine Ahnung.«

Duran verpaßte Vankler einen weiteren Schlag auf den Kopf. Das Klatschen war heftig, aber weder laut noch lang genug, um das Geräusch von jemandem zu übertönen, der durch den Belüftungsschacht kroch. Skater hörte außerdem das gedämpfte Flüstern angespannter Stimmen.

»Ich weiß nur«, ächzte Vankler, »daß es eine Verbindung zwischen einem Burschen namens Coleman January und diesem Norris Caber gibt. Könnte sein, daß die beiden ein und dieselbe Person sind. Du hast von diesem Überfall auf das Beerdigungsinstitut letzte Nacht gehört?«

»Nur weiter«, befahl Duran.

Skater starrte angestrengt auf den Luftschacht und zählte die Sekunden, wobei er sich bemühte, die Anspannung zu verdrängen, die ihn zu überwältigen drohte.

»In den letzten paar Tagen«, sagte Vankler, »war Luppas sehr an Norris Caber interessiert. Nur daran, eine Adresse herauszubekommen. Ich dachte mir, daß der Bursche SINlos sein muß und deshalb so schwer aufzuspüren ist. Dann bekam ich heraus, daß Caber für Fuchi gearbeitet hat. Zumindest irgendwann einmal, wie das eben so ist. Vor ein paar Monaten ist er offenbar von der Bildfläche verschwunden. Heute morgen hat mir einer meiner Kontakte bei DocWagon – eine Braut, die mir ab und zu etwas über ein Wetware-Ziel flüstert, wenn sie kann – alles über diese Geschichte bei Schastakowitsch erzählt.«

»Welche Geschichte?« fragte Skater.

»Über die verschwundene Leiche. Die Trideo-Schnüffler haben bis jetzt noch nichts darüber erwähnt, also nehme ich an, daß sie vielleicht noch nichts davon wissen. Aber mein Kontakt hat mir erzählt, dieser Tote, Coleman January, wäre auf ihren Computerschirmen als Caber aufgetaucht.«

»Warum interessierst du dich dafür?« fragte Skater.

»Dieser January«, sagte Vankler. »In letzter Zeit sind ein paar Gerüchte über einen Kerl im Sprawl aufgekommen, der einen Top-Exec von einem beliebigen Konzern nehmen und alle Schädelbomben entschärfen kann, mit denen der Typ verdrahtet ist, und ihn dann noch binnen weniger Tage wieder arbeitsfähig macht. Jeder, der sich durch solche verschlüsselte Deltaware decken kann, kann seinen Preis selbst festsetzen.«

»Und die Gerüchte identifizieren diesen Burschen als Coleman January?«

»Ich habe den Namen in den letzten paar Wochen mehrmals aufgeschnappt. Im Endeffekt lief es darauf hinaus, daß, wenn er selbst nicht dieser Bursche ist, er ihn zumindest kennt.«

Eine kleine Staubwolke quoll aus dem Belüftungsgitter in der Mitte des Hinterzimmers. Skater hob seine MP und schoß. Kugeln schlugen Funken, als sie den Plastistahl durchdrangen.

Die Schreie eines Mannes erfüllten den Raum, und einen Augenblick später brach eine Gestalt durch die Deckenplatten und hinterließ ein großes Loch. Eine Lawine uralten Staubs wälzte sich herab und ließ es so aussehen, als sei eine Rauchgranate explodiert.

»Zeit zu verschwinden«, sagte Skater zu Duran, als die Leiche des Mannes auf den Steinboden schlug.

Der Ork nickte kurz und versetzte Vankler einen Schlag auf den Kopf, der ihm das Bewußtsein raubte. Duran öffnete die Finger und ließ Vankler zu Boden gleiten. »Geh. Ich übernehme die Rückendeckung.«

Skater widersprach nicht. Eine Kugelsalve von einem Yabo, der sich noch in den Belüftungsschächten befand, zerfetzte Miniatur-Holzmöbel, Schmuckkästchen und Glasgegenstände. Skater warf sich durch die Tür und eilte die Treppe hinauf. Die Schwärze war undurchdringlich, bis er den Lichtverstärker seines Cyberauges aktivierte, doch selbst der wurde von dem

Staub beeinträchtigt, der von unten rasch in den Tunnel eindrang.

Er versuchte, nicht zu atmen, da er befürchtete, seine Lungen würden sich mit den Staubteilchen in der Luft füllen. Erzengel erwartete ihn mit einem Ausdruck der Besorgnis auf ihrem zierlichen Gesicht am Ende der Treppe.

»Da unten ist der Drek am Dampfen«, sagte Skater, als er durch dem Loch im Boden kletterte. Überall lagen gesprungene Blöcke aus uraltem Beton, Rollen verrosteten Stacheldrahts und Glassplitter herum. Der feuchte Geruch nach Moder stieg ihm in die Nase.

»Da ist eine Tür.« Erzengel zeigte in eine Richtung.

Duran lugte durch das Loch im Boden. Die Geräusche von Verfolgern hallten zu ihnen herauf. »Bewegt euch. Sie werden nicht mehr lange warten, bis sie sich an die Verfolgung machen.«

Skater ließ die MP fallen und zog den Predator, als er Erzengel folgte. Auf der Straße ließ sich die Pistole leichter verbergen. Sie hasteten mit Duran auf den Fersen durch die Tür. Draußen angekommen, holte Skater tief Luft und roch den Salzgeruch der Elliot Bay.

Sie waren in eine Gasse gelangt, deren geborstener Asphalt mit Unkraut und Gras überwachsen war. Zwanzig Meter weiter führte die Gasse in eine kleine Seitenstraße zwischen Reihen von Lagerhäusern. Zehn Meter in die andere Richtung endete die Gasse vor einem durchhängenden Plastidrahtzaun mit klaffenden Löchern darin.

Elvis und Trey hatten bereits zu beiden Seiten der Gasseneinmündung Stellung bezogen.

Gummi kreischte auf der Straße jenseits der Gasse, und Scheinwerferlichter bogen um die Kurve und verjagten die Dunkelheit.

Skater riß automatisch den Predator hoch und schaltete den Lichtverstärker aus. Ein ramponierter Landrover hielt mit quietschenden Reifen. Der Kühler zeigte in die Gasse, und die Scheinwerfer bedurften dringend einer neuen Einstellung. Auf der anderen Seite der mit zerquetschten Insekten übersäten Windschutzscheibe saß Wheeler hinter dem Steuer.

»Auf geht's, Chummers«, rief der Zwerg durch das Seitenfenster. »Die kleine Bar am anderen Ende der Straße vermißt dieses Stück Drek bereits und hat die Karre wahrscheinlich schon als gestohlen gemeldet und eine Belohnung ausgesetzt. Vermutlich ist die Belohnung gering, aber man kann nie wissen.«

Elvis öffnete die Seitentür und stieg ein. Sofort wirkte der Innenraum des Wagens beengt. Erzengel und Trey folgten ihm. Skater stieg hinten ein und schloß die Tür, während Duran sich auf den Beifahrersitz setzte.

Ein Haufen bewaffneter Yabos quoll in die Gasse. Sie eröffneten sofort das Feuer und verfehlten nur knapp die Windschutzscheibe, während die Kugeln Funken am Metall des Wagens schlugen.

Wheeler legte den Rückwärtsgang ein und trat aufs Gas. Seine kurzen Arme kämpften mit dem Steuer und brachten den Landrover in seine Gewalt.

Skater, der neben Trey saß, sah kaum die schimmernden Kraftlinien, welche die Fingerspitzen des Magiers verließen, während er in einer fremden Sprache vor sich hin murmelte. Die schimmernde Kraft verhielt vor den Yabos und explodierte dann zu einem feurigen Wall, der die gesamte Gasse abriegelte und sich drei Meter hoch in die Luft erstreckte.

Sogar im Innern des Landrovers konnte Skater die Hitze spüren. Dann legte Wheeler den ersten Gang ein, trat das Gaspedal bis zum Boden durch und jagte aus der Gefahrenzone.

Skater fand eine halbwegs bequeme Stellung für seinen verletzten Arm und sah zu, wie der Sprawl am Fenster vorbeiflog. Wenn Vankler die Wahrheit gesagt hatte, waren die Einsätze in diesem Spiel höher, als er es sich selbst nach der Konfrontation mit Fuchi vorgestellt hatte. Jetzt war es zu spät, um auszusteigen. Zu viele Leute wußten, wer sie waren.

29

Norris Caber hat definitiv für Fuchi gearbeitet«, sagte Kossuth. Er saß Gunther Octavius an dem mit Einlegearbeiten verzierten Tisch in Luppas' exklusiver Suite gegenüber, deren Fenster einen Ausblick auf den Seattler Sprawl boten, über dem in wenigen Stunden die Sonne am Horizont unterging.

Kylar Luppas erbrach das Siegel der Flasche Cuige Chonnact aus seinen privaten Beständen. Er zog den Korken mit einem lauten, explosiven Knall heraus und goß das Wasser dann über das Eis in seinem Glas. »In welcher Eigenschaft?«

»Unbekannt, Sir«, antwortete Kossuth. Der elegante Frühstückstisch aus Glas und echtem Walnußholz stand in der Mitte des sechseckigen Eßzimmers neben der geräumigen Küche der Wohnung.

Luppas setzte sich an den Tisch, und zwar auf die Seite, die ihm einen Ausblick auf den Sprawl gewährte. Die Suite war teuer, lag aber im Rahmen der Bezüge, die er von Fuchi bekam, und er brauchte nicht einmal die Prämien anzugreifen, die er jedes Jahr zusätzlich erhielt. Sein Geschmack war normalerweise nicht so extravagant, es sei denn, er konnte ihn sich leisten. In den Wüstenkriegen hatte er bescheiden gelebt und die überschüssigen Nuyen gespart, bis er wieder in die Zivilisation zurückgekehrt war.

»Erzählen Sie noch mal, wie Sie es geschafft haben, diesen Burschen aufzuspüren«, sagte Octavius, während er seine beträchtliche Körperfülle einem der Stühle anvertraute, die den Tisch umringten. Er legte einen Untersetzer neben den Stapel mit Ausdrucken, den Kossuth zusammengestellt hatte, und stellte dann ein beschlagenes einheimisches Bier darauf.

»Sicherheitsaufzeichnungen«, sagte Kossuth, wobei er in seinen Papieren herumblätterte. Er breitete ein paar Holobilder aus. »Sehen Sie? Ich habe Videomaterial von Caber, wie er bei Fuchi ein und aus geht.«

Die Videos waren ziemlich körnig, ein Zeichen für die Mühe, der es bedurft hatte, um sie zu rekonstruieren. Kossuth hatte gesagt, sie seien gelöscht worden, während er sie heruntergeladen hatte.

»Ein weiterer interessanter Aspekt meiner Untersuchung der Sicherheitsvideos«, sagte Kossuth, »ist die Tatsache, daß Caber auf keiner der Videoaufzeichnungen der inneren Büros auftaucht.«

Luppas beobachtete, wie Octavius diese Information verarbeitete, und wußte sofort, daß er zu demselben Schluß gelangte, den er daraus gezogen hatte. Gunther Octavius war ein unabhängiger Kopf, was der Grund für seine Stellung in der Hierarchie der Söldner war. Wenn sie sich über etwas einig waren, dann meistens deshalb, weil es die einzig vernünftige Antwort im Rahmen gewisser Umstände war.

»Fuchi läßt seine Angestellten grundsätzlich überwachen«, sagte Octavius. »Wenn nicht in den regulären Videodateien, dann in den privaten. Haben Sie dort nachgesehen?«

»Ja«, sagte Kossuth. »Sie waren so löchrig wie Schweizer Käse. Jemand hat diese Dateien auseinandergenommen. Die Löcher sind so groß, daß keine Chance besteht, sie je wieder zu stopfen.«

Luppas hatte nur ein paar Monate gebraucht, um sich eine Hintertür in Fuchis Systemen einzurichten, nachdem er bei dem Konzern angeheuert hatte. Die Verbindung war durch eine kurze Liaison mit einer Deckerin zustande gekommen, die sich von seinem guten Aussehen und dem Charme, den er für sie an den Tag legte, hatte bezaubern lassen. Sobald er ihre Schwachstelle entdeckte – sie ließ eine Utility laufen, die Konzernwährung über die Gehaltsliste abzweigte, indem die Transportkostenrechnungen frisiert wurden, um die von ihrem kleinen Sohn verursachten Krankenhausrechnungen bezahlen zu können, was Fuchi weitere dreißigtausend Nuyen pro Jahr kostete –, hatte Luppas sie ausgebeutet. Er hatte die Frau erpreßt, obwohl er nicht daran zweifelte, daß die Sicherheitssysteme Fuchis den Betrug bereits entdeckt hatten und man zu dem Schluß gekommen war, daß ihre Talente als Programmiererin die zusätzlichen Kosten wert waren. Ein paar Wochen, nachdem Kossuth eine neue Hintertür in das System eingerichtet hatte, die viel komplexer und wesentlich unauffälliger war als die der Deckerin, war sie bei einem Brand in ihrer Wohnung ums Leben gekommen. Luppas hatte nichts dem Zufall überlassen.

Informationen konnten Leben retten. Im Geschäft regierten sie den Fluß der Nuyen im Sprawl. Und jetzt gaben sie ihm zumindest ein Druckmittel in die Hand und vielleicht sogar die Möglichkeit, in dieses schmutzige Geschäft einzusteigen, das Fuchi zu vertuschen bemüht war, worum es sich dabei auch handeln mochte.

»Sie haben sich eine Meinung gebildet«, sagte Luppas.

Kossuth zögerte, wobei er sich unbewußt mit den Fingerspitzen über die Datenbuchse strich. Er mochte es nicht, Vermutungen über irgend etwas zu äußern. Sein Spiel waren Informationen, und das spielte er mit äußerster Vehemenz. »Ich glaube, die Nakatomi- und Yamana-Infrastrukturen bei Fuchi reagieren auf die Veränderung innerhalb der Villiers-Infrastruktur.«

»Worauf stützen Sie diese Vermutung?«

»Wie Sie wissen, Sir«, sagte der Decker, »beziehen wir unsere Informationen über die Fuchi-Infrastrukturen fast ausschließlich über unsere bestehenden Verbindungen zu Villiers' Systemen.«

Luppas nickte, um den Mann zu ermutigen. Die Infrastrukturen operierten unabhängig voneinander, aber alle hatten Spione im Lager der anderen. Als Konsequenz daraus verfügte jede Partei innerhalb Fuchis über Doppelagenten in den anderen Infrastrukturen.

»Die nachrichtendienstliche Abteilung der Villiers-Infrastruktur hat Einbrüche in die Besitzungen Villiers' gemeldet. Drei Decker sind in den letzten vier Tagen bei dem Versuch umgelegt worden, an Villiers' private Dateien heranzukommen.«

Luppas drehte sein Glas nachdenklich in den Händen und starrte in die tiefstehende Sonne auf der anderen Seite des Fensters. Die Veränderung fand innerhalb von Villiers' Einflußsphäre statt. Und er war nicht der einzige Neugierige.

»In den letzten drei Tagen seit Beginn dieser Veränderung sind fünf Angestellte in aller Stille entlassen oder versetzt worden. Und das sind nur diejenigen, von denen ich weiß.«

Dieser Zeitrahmen entsprach der Dauer von Luppas' bisheriger Beschäftigung mit dem Caber-Fall. »Wer?«

Kossuth legte fünf Digibilder auf den Tisch. Dann nannte er ihre Namen und Positionen im Fuchi-Konzern.

Luppas musterte die Gesichter. Nur zwei davon waren ihm persönlich bekannt und diese auch nur oberflächlich. »Diese beiden« – er zeigte auf zwei Bilder – »sind Miles Lanier unterstellt.«

»Ihr Arbeitsverhältnis wurde aufgelöst«, erwiderte Kossuth. »Bei dieser hier habe ich vor weniger als vierundzwanzig Stunden eine Aktennotiz betreffs ihres sofortigen Rücktritts entdeckt.«

Diese Feststellung weckte sofort Luppas' Interesse. Die Frau bekleidete eine ziemlich hohe Stellung in Villiers' Tokioter Zentrale. Die Paranoia, die er sich im Laufe der Jahre angeeignet hatte, ließ einige Rädchen in seinem Verstand klicken und überwand mühelos die

Hürden des Selbstschutzes. »Haben diese fünf Personen einen gemeinsamen Nenner?«

»Drei von ihnen definitiv«, sagte Kossuth. »Sie haben für IntSec gearbeitet. Genauer gesagt, sie sind von Miles Lanier dort eingesetzt worden. Sie wurden von ihm persönlich eingestellt, ausgebildet und befehligt.«

»Was ist mit der Frau, die zurückgetreten ist?«

»Sie wurde von Lanier eingestellt.«

Octavius beugte sich vor und sah sich die Gesichter genauer an. »Wenn Sie mich fragen, sieht das nach einer verdammten Palastrevolution aus, und Lanier könnte die lenkende Hand im Hintergrund sein. Das würde die Sicherheitsveränderungen erklären.«

30

Gunther Octavius' Stellungnahme hing im Raum.

Luppas wußte, daß dieses Szenario möglich war. Villiers und Lanier arbeiteten zwar seit Jahren zusammen, aber das mußte nicht bedeuten, daß ihr Verhältnis mehr war als für beide lukrativ. Wenn Lanier Gelegenheit bekam, seine Position zu verbessern, würde der Mann genau das tun, daran zweifelte Luppas nicht einen Augenblick.

»Haben Sie eine Verbindung zwischen Caber und Lanier entdeckt?« fragte er.

»Keine eindeutige«, sagte Kossuth. »Aber damit Caber überhaupt von Fuchi angestellt werden konnte ...«

»Muß Lanier seinen Lebenslauf überprüft haben.«

Kossuth nickte.

Luppas sah die beiden anderen Bilder auf dem Tisch an. »Was ist mit diesen beiden? Was verbindet sie mit Lanier?«

»Empfehlungen«, sagte Kossuth.

»Er hat sie also nicht persönlich eingestellt?«

»Nein, Sir. Aber vorausgesetzt, Lanier würde es vorziehen zu verschwinden und hätte die Gelegenheit, ein handverlesenes Team mitzunehmen, dann wären diese beiden mögliche Kandidaten. Sie haben eng mit Lanier zusammengearbeitet.«

Luppas schob die Digibilder der fünf Personen von der Mitte des Tisches an den Rand, da er zu einer Entscheidung gelangt war. »Für den Augenblick werden wir dies als nebensächliche Operation betrachten, als eine, die unabhängig von den Maßnahmen läuft, die wir hinsichtlich Norris Caber unternehmen sollen.«

»Warum?« Octavius hatte im Laufe der Jahre gelernt, den Advocatus diaboli sehr gut zu spielen.

»Ein Teil der physikalischen und magischen Sicherheit oblag zeitweilig von Laniers IntSec-Team ausgebildetem Personal, welches unter eigener Regie ins Geschäft eingestiegen ist.«

»Das ist eine mehr als dünne Verbindung«, widersprach Octavius. »Die Leute, die für IntSec arbeiten, werden verdammt gut bezahlt. Warum sollten sie sich selbständig machen?«

»Leute, die wie wir arbeiten oder wie sie gearbeitet haben«, sagte Luppas, »stimmen nicht immer mit der bürokratischen Sicht der Dinge überein, wie ein Unternehmen ausgeführt werden sollte. Und da Fuchi so ein fetter Brocken in der Konzern-Szene ist und dadurch ein regelmäßiges Ziel für Shadowrunner und andere Konzerne, bestand durchaus die Wahrscheinlichkeit, daß sie irgendwann in eine Situation geraten wären, der sie nicht gewachsen sein würden. Wenn man selbständig operiert, in kleineren Anlagen, springen vielleicht weniger Nuyen dabei heraus, aber man lebt länger, um sie auszugeben.«

»Also setzen sie sich von Fuchi ab«, sagte Octavius. »Warum hätten sie Lanier erzählen sollen, was sie bei Dulce Tech herausgefunden haben?«

Luppas wirbelte die Eiswürfel in seinem Glas herum. »Warum? Lanier konnte ihnen Fuchis Geld besorgen.«

»Okay, angenommen, Lanier wußte von der Software, die Falkenhayne entwickelt hat, warum hat er dann nicht schon früher etwas unternommen?«

»Weil man uns dann angeworben hätte, Lanier zuerst umzulegen. Villiers hätte ihn tot sehen wollen. Wir reden hier von Verrat, *Omae.*«

»Also gut, angenommen, er hat die Information, was glaubst du, wird Lanier als nächstes tun?«

»Vielleicht wartet er einfach ab.«

»Von dieser Annahme würde ich nicht ausgehen«, sagte Octavius.

»Einstweilen werden wir also annehmen, daß Lanier nicht gewillt ist, direkt gegen Villiers vorzugehen«, sagte Luppas, indem er für sich alles in die richtige Perspektive rückte und es vorzog, Octavius' Einwand zu ignorieren. Es war ein häßliches Durcheinander. »Also muß er außerhalb seiner normalen Grenzen operieren.«

»Und eine dritte Partei ins Spiel bringen«, stellte Octavius fest.

Luppas nickte. »Wahrscheinlich das Shadowrunnerteam, das Cabers Leiche gestohlen hat.«

»Du glaubst, Lanier würde ein Team von Shadowrunnern anheuern?« fragte Octavius.

»Ein paar Minuten vor deinem Eintreffen habe ich einen Anruf von Vankler bekommen«, sagte Luppas, indem er sich zu seinem Stellvertreter umdrehte. »Er sagt, ein Team von Shadowrunnern laufe herum und stelle Fragen über mich. Ein Mitglied dieses Teams ist ein Ork namens Quint Duran.«

Octavius nickte zögernd. »Wir kennen einen Burschen namens Duran. Ein harter Brocken.«

»Stimmt. Vankler hat auch gesagt, Duran sei mit zwei Burschen zusammen, auf die die Beschreibung der beiden paßt, die ich im Beerdigungsinstitut gesehen habe.«

»Und sie haben nach dir gefragt?«

»Ich glaube, irgendwas ist mit ihrem Johnson schiefgelaufen«, sagte Luppas. »Sie haben nicht damit gerechnet, in das Feuergefecht verwickelt zu werden, das sie mit uns hatten. Sie versuchen an Informationen heranzukommen, vielleicht nur, um den Preis hochzutreiben. Aber ich wette, sie glauben, daß ihr Leben auf dem Spiel steht.«

»Kann ich ihnen nicht verdenken«, bemerkte Octavius.

»Wenn Lanier der Johnson ist, für den sie arbeiten«, sagte Luppas, »nehme ich an, daß er sie eher geeken wird, als eine Spur zu hinterlassen, die zu ihm zurückverfolgt werden könnte.«

Einen Moment lang sagte niemand etwas. Dann ergriff Kossuth das Wort. »Und wenn wir den Job für Villiers erledigen?«

»Ich glaube, daß er uns anschließend abservieren wird«, sagte Luppas ruhig. Er ließ die Worte einen Augenblick in der Luft hängen. »Villiers hat mir heute die Information über Ripley Falkenhayne gegeben. Vankler hat mir erzählt, daß auf der Straße ein Gerücht über jemanden kursiert, der hochrangige mit Paßcodes gesicherte Konzernexecs extrahieren kann und sie nicht nach Monaten, sondern nach Tagen so weit hat, daß sie für einen anderen Konzern arbeiten können. Wenn das stimmt, reden wir hier über einen Konzern, der in der Lage ist, mit den hochrangigen Execs jedes beliebigen anderen Konzerns Schlitten zu fahren. Diese Vormachtstellung ist es wert, dafür zu töten. Und Richard Villiers gehört ganz eindeutig zu der Sorte, die es auch ohne zu zögern tun würde.«

Niemand widersprach seiner Einschätzung.

»Wie geht es also weiter?« fragte Octavius.

»Es läuft auf die Frage hinaus«, erklärte Luppas, »wer es schafft, sowohl die Frau als auch die Software zu bekommen. Wir oder diese Runner. Derjenige, der sich die Beute schnappt, hat außerdem Gelegenheit, sich ein Stück von dem vielleicht größten Kuchen abzuschneiden, der je die Schatten gesehen hat. Der Verlierer wird sich ziemlich ins Zeug legen müssen, um zu vermeiden, anschließend gegeekt zu werden. Lanier und Villiers können es sich nicht leisten, sich zu sehr zu exponieren. Dunkelzahns Leute sind in diese Geschichte ebenfalls verwickelt, und sie gehen auf der Suche nach den Attentätern ziemlich zur Sache.« Das hatte er Berichten entnommen, die Fishbein an ihn weitergeleitet hatte. Offenbar gab es Leute in der Hierarchie des Großdrachen, die von den Subventionen wußten, die Falkenhayne von dem Wurm bekommen hatte. Doch laut Fishbein hatte bisher keiner von Dunkelzahns Ermittlern Falkenhayne mit den Namen Caber oder January in Verbindung gebracht. »Das letzte, was Villiers und Lanier wollen, ist die Aufmerksamkeit der Leute Dunkelzahns oder der UCAS-Regierung.«

»Wir haben hier nicht besonders viel Bewegungsspielraum«, sagte Octavius.

»Nein«, stimmte Luppas zu. »Es gibt einen schmalen Grat zwischen Leben und Tod, und wir bewegen uns darauf. Genau wie diese Shadowrunner, und du kannst deinen Arsch darauf verwetten, daß sie das im Augenblick auch gerade für sich ausknobeln.«

»Es wäre auch möglich«, sagte Octavius, »daß Lanier gar nichts damit zu tun hat, sondern irgendein Maulwurf bei Fuchi bei diesem Deal seine Finger im Spiel hat.«

Luppas nickte. «Daran habe ich auch schon gedacht.»

»Das dachte ich mir. Ich wollte es nur nicht ungesagt lassen.«

»So, wie sich dieses Unternehmen entwickelt«, sagte Luppas, »besteht durchaus die Wahrscheinlichkeit, daß Fuchi uns in den Rücken fällt.«

Octavius grinste. »Denkst du daran, solo zu arbeiten?«

»Dieser Konzern-Gig verliert ohnehin langsam seinen Reiz«, sagte Luppas mit einem Lächeln. »Und wenn wir uns die Frau und die Software schnappen, können wir den Preis selbst bestimmen. Und diese Aussicht muß ein Chummer einfach lieben.«

31

Er war irgendwann einmal ein Konzern-Exec«, verkündete Erzengel. Sie bediente ein Deck auf dem Küchentisch in ihrem Versteck, um die Diagramme aufzurufen. »Alles in ihm ist erstklassige, paßcode-gesicherte Deltaware.«

Skater sah, wie die Diagramme das helle Blau des Monitors verdrängten. Emma schlief auf seiner Schulter. Sie war sogar im Schlaf unruhig und hatte den Daumen im Mund. Ihr Atem roch nach Babynahrung. Er wußte, er hätte sie eigentlich ins Bett legen sollen. Sein Arm war bereits lahm von ihrem Gewicht. Aber er wollte seine Tochter nicht loslassen, weil sie sich so warm anfühlte. Es war 16:06:06 Uhr. Kaum vierzehn Stunden waren vergangen, seit sie in dem Beerdigungsinstitut beinahe alle gegeekt worden wären. Skater hatte das Gefühl, in weniger als einem Tag ein ganzes Leben gelebt zu haben. Der durch die knappe Flucht vor etwas mehr als einer Stunde hervorgerufene Schauder vibrierte noch in ihm. Emmas Anwesenheit beruhigte ihn ein wenig.

Die anderen Teammitglieder saßen rings um den Monitor und Erzengel, wo sie alles gut verfolgen konnten. Duran und Elvis hatten das Sofa in Beschlag genommen und teilten sich einen Teller frisch aufgewärmter Nachos und ein Grillhähnchen aus einem ein paar Blocks entfernten Stuffer Shack. Wheeler hatte einen Stuhl herumgedreht und sich mit dem Gesicht zur Lehne darauf gesetzt. Er hielt eine offene Dose mit Preßschinken in der Hand, mit dem er Cracker belegte, die er dann in einem einzigen Bissen aufaß. Cullen Trey hockte im Lotussitz auf einem großen Kissen, das er in einem der Schlafzimmer gefunden hatte, und vergrößerte beständig den Haufen Pistazienkernschalen in dem Aschenbecher mit dem Logo des New Century Square Hotel neben sich. Auf einem Teller lagen Weintrauben.

»Das schließt du aus den Deltaware-Cyberverstärkungen in seinem Körper«, sagte Wheeler. »Ein Bursche mit einem heißen Deck, der in den Schatten arbeitet, könnte sich auch ausreichend Nuyen zusammensparen, um sich so ein System leisten zu können.«

»Mit der Zeit vielleicht«, sagte Erzengel. »Aber die Diagnoseprogramme haben mir verraten, daß alle Veränderungen gleichzeitig vorgenommen wurden. Das engt die Möglichkeiten beträchtlich ein. Ein Runner würde sich einzelne Komponenten installieren lassen, sobald er die Nuyen hätte, um sie sich leisten zu können. Bessere Operationssysteme bedeuten normalerweise bessere Chancen.«

Es verstand sich von selbst, daß sich die besseren Chancen für einen Shadowrunner darauf bezogen, auch im nächsten Augenblick noch frei und unbeeinträchtigt atmen zu können.

»Eine vollständige Auswechslung der paßcode-geschützten Deltaware ist teuer«, grollte Elvis. »Das ist der Grund, warum Konzerne es sich zweimal überlegen, einen Exec aus einem anderen Konzern zu extrahieren. Und es dauert ziemlich lange, all die Hardware zu ersetzen, um den Burschen für seinen neuen Konzern in Schuß zu bringen.«

Skater wußte, daß das stimmte. Paßcode-geschützte Deltaware war bewußt so angelegt, daß sie die Loyalität der Execs gewährleistete. Jemand, der wußte, daß ihm eine Reihe schmerzhafter Operationen bevorstand, um all die Cyberware in seinem Körper auszutauschen, würde nicht so schnell von Bord des Konzernschiffs gehen und viel mehr Verständnis für die Richtlinien des Konzerns aufbringen. Sich Cyberware implantieren zu lassen, war ebensowenig eine angenehme Erfahrung wie die Gewöhnung daran. Jedes neue Teil stellte all das, was jemand über seinen Körper wußte, auf den Kopf.

»Trotzdem, wer kann schon mit Gewißheit sagen, daß der Job nicht komponentenweise erledigt worden ist und dieser Bursche sich sein System nach und nach aufgebaut hat, nachdem er sich von seinem Konzern gelöst hat?« fragte Elvis.

»Ich kann das«, sagte Erzengel. »Deine Verstärkungen wurden zum Beispiel nach und nach implantiert. Wenn du so einen Job vornehmen läßt, was ist dann die größte Sorge des Docs, insbesondere bei neuen Systemen und Aktualisierungen?«

»Ob er auch bezahlt wird«, sagte Wheeler.

Dieser Versuch in Humor heiterte den Raum nur für einen Augenblick auf, der rasch vorbeiging. Skater war klar, daß alle sehr angespannt und beunruhigt waren. Fuchis Präsenz in der Angelegenheit bedeutete, daß von ihren nächsten Zügen eine Menge abhing, und sie hatten nicht viel Zeit.

»Die Verbindungen«, sagte Elvis. »Ob ein System mit einem anderen kompatibel ist.«

Erzengel nickte. »Alle Verbindungen Cabers sind vollständig integriert. Es hat keine nachträglichen Korrekturen gegeben, keine Modus-Veränderungen, keine Neukalibrierungen existierender Systeme, um sie an neue Installationen anzupassen.« Sie hob eine Augenbraue. »Weiß jemand, wie oft eine Komplettinstallation außerhalb der Konzerne vorgenommen wird?«

»Nicht sehr oft«, knurrte Wheeler. »Wir reden hier über Meganuyen, *Omae*.«

»Entschuldigt, wenn ich dieser Argumentation nicht folgen kann«, sagte Trey, indem er sich die Hände abwischte und den Aschenbecher mit den Pistazienschalen beiseite schob. »Ich dachte, wir gingen wegen Cabers DocWagon-Vertrag ohnehin davon aus, daß er in die Konzernwelt gehört. Warum ist das so wichtig?«

»Aus folgendem Grund: Wenn er einen hohen Rang in der Konzernhierarchie bekleidet hat und seine Deltaware von Fuchi oder auch einem beliebigen anderen großen Konzern zur Verfügung gestellt wurde, wäre sie wahrscheinlich so verschlüsselt, daß sie nur für die Arbeit innerhalb dieses Konzerns brauchbar ist. Die Diagnose hat jedoch ergeben, daß seine Deltaware keine einzige von den Verschlüsselungen aufweist, die ich erwartet habe.«

Trey breitete die Arme aus. »Ich fürchte, ich kann immer noch nicht ganz folgen.«

»Vereinfacht ausgedrückt«, erklärte Skater, »ist eine Verschlüsselung in der Deltaware eine Art Magschloß. Wenn du den Schlüssel zu diesem Magschloß besitzt, kommst du hinein. Wenn du den Schlüssel zu einem anderen Magschloß hast, dann nicht. Die großen Konzerne – Fuchi, Aztechnology, Saeder-Krupp und so weiter – benutzen archivierte Programmierung in der Deltaware nur auf den obersten Ebenen ihrer Unternehmungen, um den Zugang zu diesen Bereichen auch zwischen verschiedenen Abteilungen einzuschränken. Caber wäre wegen des Spionage-Unternehmens, in das er verwickelt war, ein guter Kandidat dafür gewesen.«

»Über diesen Paßcode-Schutz weiß ich Bescheid«, sagte Trey. »Er ist der Grund dafür, warum manche Extraktionen so teuer geworden sind. Die betreffenden Execs haben jede Menge Überwachungsgeräte in ihren Körper eingebaut.«

»Wenn ein derart codierter Exec extrahiert und von einem anderen Konzern verpflichtet wird, muß sein System praktisch völlig ausgebaut und ein neues installiert werden, bevor er dem Konzern von Nutzen sein kann«, sagte Skater. Das war außerdem einer der Hauptgründe dafür, daß die Schwarzmarktanbieter von Cyberware die Finger von Deltaware ließen und die meisten Schattenkliniken nicht darauf eingerichtet waren, sie einzubauen oder zu reparieren.

»Das dauert Monate«, sagte Elvis, »wenn du es mit Deltaware zu tun hast.«

»Und in der Zwischenzeit«, warf Trey ein, »ist der neu verpflichtete Exec praktisch totes Gewicht?«

»Genau.«

»Kopfjäger«, sagte Duran, der auf den Monitor starrte. »So werden die schwarzen Einsatzteams der Konzerne und die Shadowrunner genannt, die sich auf Exec-Extraktionen spezialisieren. Wenn man berücksichtigt, in welchem Zusammenhang das Wort früher benutzt wurde, hat es einen weiten Weg hinter sich.« Er grinste orkisch, indem er die Eckzähne bleckte. »Ich würde sagen, das alte Sprichwort, je mehr sich die Dinge ändern, desto mehr bleiben sie gleich, trifft zu.«

Trey nickte in Richtung Monitor, der Norris Cabers Diagnose-Ergebnisse zeigte. »Die Anomalie, die du in den Systemen dieses Mannes entdeckt hast, ist also die fehlende Codierung.«

»Ja. Sein System ist eine Tabula rasa. Eine leere Schiefertafel. So etwas habe ich noch nie gesehen.«

»Wir wissen nicht, wie lange Caber bereits untergetaucht war«, sagte Duran. »Vielleicht hat der Konzern, für den er gearbeitet hat – und im Augenblick nehmen wir an, daß es Fuchi war –, die Programmierung selbst gelöscht. Der Bursche hat ganz tief in irgendeiner Geschichte gesteckt. Wer an seinen Fäden gezogen hat, wollte vielleicht nicht, daß etwas zurückbleibt, was ihn mit diesem Konzern in Verbindung bringt.«

»So einfach ist das nicht«, sagte Erzengel. »Sobald die Programmierung steht, wird sie zu einem integralen Bestandteil der Verbindungen. Was dir vorschwebt, ist so etwas wie eine Utility zur Deinstallation.«

»Bist du sicher, daß es so etwas nicht gibt?«

»Ich habe noch nie davon gehört.«

Trey kicherte und sah der Reihe nach die anderen an.

»Vielleicht sollte man die Frage stellen, was diese Utility einem Konzern wert wäre.«

»Genug, um uns bei dem Versuch, sie in die Finger zu bekommen, alle zu geeken«, sagte Wheeler. »Und dann anschließend auf unsere Asche zu pissen, um ganz sicherzugehen, daß wir nie gefunden werden.«

»Das setzt voraus, daß wir geschnappt werden«, sagte Trey. »Was man über unsere gegenwärtige Situation auch sonst noch sagen kann, wir stecken auf jeden Fall mitten drin. Die einzige Alternative dazu, die Sache durchzuziehen, besteht darin, schleunigst zu verschwinden und unterzutauchen.« Um der Wirkung willen legte er eine kurze Pause ein. »Falls das an dieser Stelle überhaupt noch möglich ist.« Er sah Skater an. »Jack?«

Skater nahm Emma herunter in die Arme. Ihr Gewicht erinnerte ihn an alles, was er zu verlieren hatte, ob er den Run durchzog oder abbrach. Wenn er sich mit Emma vor dem Ärger aus dem Staub machte, den Deja ihm bereiten würde, so schnell und so weit weg, wie er konnte, brauchte er die Unabhängigkeit, die einem nur ein Haufen Nuyen geben konnte, um von der Bildfläche zu verschwinden. Nichts anderes von dem, was ihm offenstand, konnte die Nuyen bringen, die er brauchte, und nichts anderes war auch nur annähernd so gefährlich. Eigentlich war Deja die geringste seiner gegenwärtigen Sorgen, aber sie stellte die unmittelbarste Bedrohung für seine Tochter dar. Wenn er aus dem Run ausstieg, würde ihm immer noch das nötige Geld fehlen, um sich mit Emma abzusetzen.

Skater sah die anderen an. »Ich habe das Treffen mit dem Johnson für heute abend vereinbart. Wenn wir mehr Informationen bekommen, können wir unsere Lage besser beurteilen.« Er hielt inne. »Es sei denn, jemand will jetzt gleich aussteigen.«

Alle schwiegen eine Zeitlang. Dann brach Erzengel das Schweigen.

»Was hältst du für das Richtige, Jack?« fragte sie.

Skater wollte ihnen sagen, daß sie den Run durchziehen sollten, aber er wußte, daß er ihnen damit seine eigene Antwort aufgrund seiner persönlichen Nöte aufgedrängt haben würde. Er war nicht objektiv. Er schüttelte den Kopf. »Das liegt nicht an mir zu entscheiden.«

»Falsch, Junge«, knurrte Duran mit leiser Stimme. »Es liegt an dir zu entscheiden. Du bist unser Anführer. Du hast auch schon früher Runs für uns geplant. Wir haben alle eine Stimme, aber du hast immer die erste, wenn es hart auf hart kommt. Was mich betrifft, ich vertraue deinen Instinkten.«

Skater sah den Ork an und grinste. Dünn, kalt, vollkommen freundlos. »Du warst heute mit mir unterwegs. Du weißt, was mir durch den Kopf geht. Ich habe meine eigenen Sorgen und Pläne.«

Duran lächelte fröhlich. »Ich sehe nicht, was an einem vernünftig motivierten Burschen falsch sein soll, Junge. Ein Profi zu sein, ist eine Sache, aber ich arbeite gern mit jemandem zusammen, der einen verdammt guten Grund hat, seinen Hals zu riskieren.«

Trey, Wheeler und Elvis war ihre stumme Zustimmung anzusehen. Nur aus Erzengel wurde er nicht schlau.

Skater sah sie an. »Was ist mit dir?«

Ihr Blick war offen und durchdringend. »Ich will wissen, ob du dich entschieden hast, was du mit Emma tun wirst.«

32

Das Schweigen, das auf Erzengels Frage folgte, vertiefte sich und wurde rasch unbehaglich.

»Erzengel«, sagte Trey ruhig, indem er sein Weinglas abstellte, »ich glaube …«

»Nein«, sagte sie mit Nachdruck, ohne den Blickkontakt zu Skater zu unterbrechen. »Ich habe nicht nach deiner Meinung gefragt, Cullen.« Sie war höflich, aber ihr Tonfall klang entschieden.

»Eigentlich geht dich das nichts an.« Skater war sich der Tatsache bewußt, daß diese Antwort seinem Ärger entsprang und nicht der kühlen Unvoreingenommenheit, die er sich gewünscht hätte. Es gefiel ihm nicht, unprofessionell zu sein, aber andererseits hielt er auch die Frage für unprofessionell. »Sie ist meine Tochter.«

»Vor ein paar Monaten«, sagte Erzengel in gemessenem Tonfall, »hast du uns alle gebeten, unseren Hals zu riskieren, damit du sie bekommst. Das haben wir getan.«

»Vielleicht solltest du Jack hier etwas Spielraum lassen«, sagte Elvis ruhig.

»Geschenkt«, sagte Erzengel ebenso ruhig. »Ich habe ein Recht darauf, es zu wissen. Ihr anderen auch.«

»Warum?« wollte Skater wissen. »Wegen der Sache, die vor ein paar Monaten abgegangen ist? Drek, wie lange bin ich euch dafür noch was schuldig? Sollte das noch länger dauern, laßt uns einen Preis vereinbaren, und ich werde ihn bezahlen. Ich will mit diesem Drek nichts zu tun haben.«

Erzengels Züge wurden weicher, und ihre Augen bekamen einen feuchten Schimmer. »Verdammt noch mal, Jack, es geht nicht darum, was vor ein paar Monaten gelaufen ist. Das hat nichts damit zu tun. Ebensogut könnten wir alle damit anfangen, uns zu überlegen, wer zuletzt wem das Leben gerettet hat. Das ist alles längst vergessen. Worum es mir geht, ist das Hier und Jetzt.«

»Deine Gefühle kann ich nicht ändern«, sagte Skater. »Diese Sache ist mein Problem …«

»Es geht nicht um meine Gefühle«, sagte Erzengel gereizt. »Es geht nicht einmal um Emma. Es geht um deine, und du bist so verdammt vernagelt, daß du das nicht siehst.«

Skater wollte antworten, doch dann wurde ihm klar, daß er nicht wußte, was er sagen sollte.

»Du führst dieses Team an, Jack«, sagte sie. »Und wir folgen dir. Sicher, es müßte nicht so sein, aber wir alle wollen es so, sonst wären wir nicht hier. Als du Emma zu dir genommen hast, wußten wir, daß es Veränderungen geben würde. Und die hat es gegeben. Wir haben uns angepaßt. Wir haben unseren Beitrag geleistet, und wir haben deinen mitgeleistet, als du dir Sorgen um deine Tochter gemacht hast.«

Ihre Worte trafen Skater wie ein Schlag ins Gesicht. Er war jahrelang allein gewesen, niemandem verantwortlich. Er wollte etwas sagen, auch wenn es nur eine Beschimpfung aus der brodelnden Jauchegrube war, in die sich sein Verstand plötzlich verwandelt zu haben schien. Aber er traute seiner Stimme nicht. Er zwang sich, die anderen Mitglieder des Teams anzusehen. Wheeler und Trey sahen weg und wollten seinem Blick nicht begegnen. Elvis zuckte hilflos und in stummer Unterstützung die Achseln. Durans Blick war unnachgiebig.

Nach einer Weile fand Skater seine Stimme wieder. »Vielleicht wäre es besser, wenn ich an dieser Stelle die Führung des Teams niederlege. Ihr könnt eure eigene Entscheidung in bezug auf das Treffen mit dem Johnson fällen und es selbst regeln.«

»Cool bleiben, Junge«, sagte Duran. »Darauf will sie gar nicht hinaus.«

»Halt du dich da raus«, sagte Erzengel zu dem Ork. »Ich weiß selbst am besten, was ich sagen will.«

»Hör mal«, sagte Duran, indem er sich Erzengel zuwandte und den Zeigefinger auf sie richtete. »Du hast da einen Punkt angeschnitten, der es wert ist, diskutiert zu werden, aber deine Reaktion ist ziemlich übertrieben. Du bist bei dieser Geschichte nicht so unvoreingenommen, wie du glaubst.«

Rote Flecke bildeten sich auf Erzengels Wangen. »Meine Reaktion ist nicht übertrieben.«

»Doch«, grunzte Duran, »das ist sie. Du bist emotional beteiligt.«

Erzengel verschränkte die Arme vor der Brust, da ihr vorübergehend die Worte fehlten. »Er will einfach nicht zuhören«, sagte sie zu Duran.

Skater stand da und konnte nicht glauben, was er sah. Die jahrelange Zusammenarbeit hatte eine begrenzte, aber starke Beziehung zwischen ihnen allen geschmiedet. Es war eine gute Sache gewesen, nicht zu viel Persönliches voneinander zu wissen, denn dies war es, was die meisten Teams zerstörte, sogar die guten. Das hatte er schnell gelernt, und er hatte vorbehaltlos daran geglaubt.

»Er versteht nicht, was du sagst«, antwortete Duran. »Er ist noch nicht dazu bereit.«

»Wann dann?« wollte Erzengel wissen. »Wenn er eine Entscheidung getroffen hat und es zu spät ist, sie umzusetzen? Ist er vielleicht dann dazu bereit?«

Skater kam im Bruchteil einer Sekunde zu dem Schluß, daß ihm nicht gefiel, wie die Diskussion geführt wurde – als sei er gar nicht da. Er trat einen Schritt vor.

Duran nagelte ihn an dieser Stelle mit einem düsteren Blick fest. »Die Lady hat recht, Junge. Du mußt es wissen, damit wir es auch wissen. Ich wünschte, der Zeitpunkt wäre etwas glücklicher gewählt.«

Skater war überrascht ob der Verwirrung, die ihn erfüllte, während er zugleich nichts anderes erwartete. »Was müßt ihr wissen?«

»Was du mit Emma tun wirst«, sagte Duran.

»Warum?«

»Weil deine Entscheidung, wie sie auch ausfallen mag, Auswirkungen darauf haben wird, wie du dich verhältst, wie du dich selbst siehst, wie du denkst, wenn du draußen mit uns anderen bis zum Hals im Drek sitzt. Drek, es wäre leichter, die Dinge aufzuzählen, auf die deine Entscheidung keinen Einfluß hat.«

»Falls es überhaupt welche gibt«, sagte Erzengel.

Skater sah sie an, von Elfe zu Ork und wieder zur Elfe.

Elvis stand auf und streckte seine riesigen Arme aus. »Gib mir Emma, ich lege sie ins Bett.«

Skater ließ sich seine Tochter von dem Troll abnehmen. Er fühlte sich, als sei er innerlich taub und stünde gleichzeitig in Flammen.

»Es sind nicht unsere Gefühle, um die ich mir Sorgen mache, Jack«, sagte Erzengel leise. »Du beschäftigst dich so sehr mit allem, was rings um dich vorgeht, daß du deine eigenen Gefühle überhaupt nicht berücksichtigst. Wie heute morgen: Du warst fast bereit zu glauben, daß Emma es bei jemand anderem besser haben würde als bei dir. Du hast nicht einmal in Betracht gezogen, daß sie es bei jemand anderem schlimmer haben könnte, als das bei dir je der Fall sein wird. Du hast davon geredet, daß Emma noch ein Baby sei und ihr der Unterschied gar nicht auffiele, wenn sie von jemand anderem aufgezogen würde. Aber einem würde der Unterschied auffallen. Dir würde er auffallen.«

Skater starrte Erzengel an, da er endlich begriff und ihm dennoch die Worte fehlten. Es war leichter, eine derartige Entscheidung so zu betrachten, als sei sie endgültig.

Sie erwiderte seinen Blick. »Wie wäre dir zumute, wenn du sie aufgeben würdest? Nicht nur zu Anfang, sondern Wochen, Monate und Jahre später?«

Hinter Erzengel verschwand Elvis gerade in einem der Schlafzimmer. Skater spürte die Leere in seinen Armen und wo seine Tochter sich an ihn gelehnt hatte.

»Ich kann es nicht.« Skater sah sich in dem Raum um und fragte sich, wer der erste sein würde, der sein Mißfallen ausdrückte. Alle sahen ihn an, Elvis eingeschlossen, der gerade aus dem Schlafzimmer zurückkam. »Was immer dafür nötig ist, ich werde Emma behalten. Und wenn ihr wollt, daß ich aussteige, steige ich aus. Es gibt keinen Grund, warum das Team darunter leiden sollte.«

In der anschließenden Stille wartete er auf die Einwände gegen seine Entscheidung. Als keine kamen, war er erleichtert und überrascht zugleich.

»Tja«, sagte Duran kurz darauf, »nachdem das geklärt ist, sollten wir uns über das Treffen mit dem Johnson unterhalten. Uns einen Weg zu überlegen, wie wir es heil überstehen, wird viel mehr Spaß machen und viel weniger an unseren Nerven zerren.«

Fast zwei Stunden später steckte Skater einen beglaubigten Kredstab in ein öffentliches Telekom neben dem Stuffer Shack in der Nähe ihrer Bude und gab die Telekomnummer von Kestrels Briefkasten ein. Er hörte der Botschaft des Anrufbeantworters zu, die ihn im wesentlichen davon in Kenntnis setzte, daß Hiroshima Bob zu höheren Aufgaben abberufen worden sei und in Zukunft weder Hiroshima Bob's Domino noch das Arcade Emporium leiten werde.

Er pickte die Schlüsselwörter heraus, wandelte die Buchstaben im Geist in Zahlen um und hatte Sekunden später die zweite Nummer. Dann tippte er eine Zeichenfolge in das Telekom ein, die Kestrel an seinem Ende umwandeln würde, um ihn in zehn Minuten anzurufen, wenn dann beide Orte noch sicher waren.

Er verließ das Telekom und gesellte sich wieder zu Duran in den Schatten neben dem Gebäude. Angesichts der kalten Windböen war er dankbar für die lange Jacke, die er trug.

Sogar jetzt, wo er sich gegen die Mauer gelehnt hatte und so tat, als interessiere ihn lediglich, in den nächsten paar Minuten nicht zu frieren, sah Quint Duran gefährlich aus. Das war jedoch ein Segen, weil die Thriller jetzt in Massen unterwegs waren, Raubtiere, die im Rudel Jagd auf die Schwachen und Zurückgebliebenen machten, welche vom Anbruch des Abends auf der Straße überrascht worden waren.

Einen Moment lang schwiegen sie beide einträchtig

und lauschten dem Lärm des Plex, der gegen die Gebäude ringsumher brandete. Stimmen trugen weit in der kühlen Luft, rauh und heiser, und forderten einander und ihre eigene Sterblichkeit heraus.

»Kannst du mir sagen, was vorhin mit Erzengel los war?« fragte Skater.

»Ich würde sagen, die Braut weiß mehr über Selbstbeherrschung als wir alle zusammen.«

Skater wußte nicht, wie Duran darauf kam, aber er hatte auch keine Ahnung, welche Beziehung zwischen den anderen bestanden hatte, bevor Larisas Tod sie gezwungen hatte, einander besser kennenzulernen. Zu seiner Überraschung stellte er fest, daß ihm der Gedanke Unbehagen bereitete. »Das erklärt nicht, warum sie so auf mich losgegangen ist.«

»Hör mal, Junge, du hast keinen Grund, irgendwelche Verrenkungen aufzuführen«, sagte Duran. »Ich persönlich war der Ansicht, daß du dich ganz gut gehalten hast – trotz dieser Deja und all dem Drek, was du mit Emma anfangen sollst.«

»Warum war Erzengel anderer Meinung?«

»Das müßtest du sie selbst fragen.«

Skater sah den Ork an. »Okay.« Dann wandte er sich ab.

Kaum hatte er das getan, als Duran sich ihm zuwandte, plötzlich nicht mehr die Gelassenheit in Person. »Okay?«

»Okay, ich frage sie.«

»Das würde ich dir nicht unbedingt raten, Chummer.«

»Du hast es gerade getan.«

»Nein.« Durans Antwort war kategorisch und ließ keinen Widerspruch zu. »Was ich sagte, war, falls du wissen wolltest, was in ihrem Kopf vorgeht, *müßtest* du sie fragen. Ich habe nicht mit einem Wort gesagt, daß du das tatsächlich tun *solltest*.«

»Müssen, sollen«, sagte Skater, »ich sehe so oder so das Problem nicht.«

»Das tust du nicht«, sagte der Ork, »und an dieser Stelle solltest du es auch nicht sehen.«

»Du willst damit sagen, daß es einen Unterschied gibt?«

Duran nickte. »Einen großen, Junge. Die Art Unterschied, die du erhältst, wenn du eine Erbsenpistole mit einem Granatwerfer vergleichst.«

»Du machst die Dinge nicht gerade klarer.«

»Ich weiß.«

»Wenn sie glaubt, ich würde damit nicht fertig …«

»Glaub mir, Junge, das steht im Moment überhaupt nicht zur Debatte.«

Skater warf einen Blick auf das Telekom und versuchte es Kraft seiner Gedanken zum Klingeln zu bewegen, so daß er einen Grund haben würde, die Gedanken zu verdrängen, die ihm durch den Kopf schossen. »Wenn du mich fragst«, sagte er, »dann verhält Erzengel sich so, als hätte sie auch ein paar persönliche Probleme.«

Duran zögerte nur einen Augenblick und nickte dann. »Ich würde sagen, das faßt es ganz gut zusammen.«

»Aber sie hat es bisher nicht für nötig befunden, jemandem davon zu erzählen.« Skater hielt inne. »Es sei denn, sie hat mit dir darüber geredet.« Sein Zorn ließ nach, und an seine Stelle traten Neugier und Besorgnis.

»Nicht mit mir.«

»Mit den anderen?«

»Das bezweifle ich.«

Skaters Zorn wurde wieder stärker. »Mit dir zu reden, macht genauso viel Spaß wie eine Wurzelbehandlung beim Zahnarzt.«

Duran wartete einen Augenblick, dann nickte er liebenswürdig, was Skaters Laune nicht im geringsten besserte. »Ich kann verstehen, daß du das so siehst, Junge.«

Ein blau-weißer Americar hielt an der Straßenecke, und eine der grell geschminkten Frauen, die kaum verhüllte Versuchungen feilboten, stieg ein. Bevor die Frau die Tür geschlossen hatte, fuhr der Wagen bereits weiter.

»Wenn sie eigene Probleme hat, sollte man meinen, daß sie mir gegenüber nachsichtiger sein müßte«, sagte Skater.

»Ja«, antwortete Duran. »Es sei denn, sie wartet darauf, daß du deine löst, damit sie sich überlegen kann, was sie mit ihren anfängt.«

»Das ergibt überhaupt keinen Sinn.«

Duran legte Skater eine Hand auf die Schulter. »Wahrscheinlich hast du recht, Junge. Lassen wir es einfach damit bewenden. Dieses Gespräch bereitet mir ziemliche Kopfschmerzen. Konzentrieren wir uns aufs Geschäft. Das ist das Gebiet, auf dem du glänzt.«

Bevor Skater darauf antworten konnte, klingelte das Telekom. Er ging hin und nahm ab.

33

Kestrel schaltete die Videokamera am anderen Ende der Telekomverbindung nicht ein, und Skater erwiderte den Gefallen. Skater begrüßte ihn und machte ein paar Bemerkungen über das Wetter. Die elektronischen Spione am anderen Ende würden sein Stimmenmuster erkennen.

»Hey, Chummer«, sagte Kestrel, »bei dir noch alles im grünen Bereich?«

»Bis jetzt ja«, sagte Skater. »Hast du irgendwas ausgegraben?« Er hatte den Schieber gebeten, den Gerüchten über die Konzern-Extraktionen in Verbindung mit Coleman January nachzugehen.

»Zuerst war es nur ein Flüstern, nicht mal ein Gerücht«, antwortete Kestrel. »Ich dachte schon, du hättest gute Nuyen für *nada* ausgegeben, *Omae*, aber dann bin ich über zwei, drei Fakten gestolpert und konnte mit etwas mehr Arbeit – die im übrigen echt kreativ war – drei Extraktionen bestätigen.«

»Die mit dem Namen Coleman January verbunden sind?«

»Ja. Und es hat sich noch jemand dahintergeklemmt – ein UCAS-Agent namens Quentin Strapp.«

»Er ist hinter den Execs her, die extrahiert wurden?«

»Nur nebenbei. So, wie ich das sehe, ist er nur hinter ihnen her, weil er hofft, daß sie ihn zu Coleman January führen.«

Auch nach gründlicher Überlegung war ihm der Name des Bundesagenten unbekannt. »Von diesem Strapp habe ich noch nie gehört.«

»Das können die meisten von sich behaupten«, sagte Kestrel. »Er arbeitet ziemlich abseits, *Omae*. Ich habe einen Gutteil des Kredstabs, den du mir gegeben hast, damit verpulvert, Informationen über Strapp auszugraben. Ich dachte mir, du würdest über ihn Bescheid wissen wollen. Er hat ziemlich lange für die Regierung in den Schatten gearbeitet und war bereits im Ruhestand. Eindeutig jemand, der das Scheinwerferlicht gemieden hat, aber bei großen Fällen den Ausschlag geben konnte. Normalerweise war die Gegend um Washington DC sein Arbeitsbereich. Nach allem, was ich weiß, hat man ihn aus der Versenkung geholt, um in aller Stille den Anschlag auf Dunkelzahn zu untersuchen.«

Skater fluchte innerlich, da er nicht wußte, wie Coleman January mit dem Mord an dem Großdrachen in Verbindung stehen konnte. Aber in gewisser Weise ergab es einen Sinn. Wenn es Wellen in den Schatten gab, ließ sich nur schwerlich sagen, wer oder was sie schlug. Die Konsequenzen von Dunkelzahns Tod waren nicht einmal ansatzweise abzusehen und würden noch auf Jahre hinaus spürbar sein. »Was will Strapp hier in Seattle?«

»Das weiß ich noch nicht, Chummer«, sagte Kestrel. »Sobald ich etwas höre, bist du der erste, der es erfährt.«

»Hast du eine Akte über Strapp?«

»Leg einen leeren Chip ein, wenn wir unser Gespräch beendet haben, dann lade ich dir alles herunter, was ich über ihn habe.«

»Das reicht. Was ist mit den Extraktionen?«

»Von den dreien, die ich bestätigen konnte, waren zwei von Fuchi. Wer Coleman January auch ist, der Bursche muß einen direkten Draht zu den Konzernen haben. Nach allem, was ich gehört habe, hat er beide Extraktionen in weniger als einem Monat vermittelt. Sie waren im Forschungs- und Entwicklungsbereich tätig. Solche Burschen sind immer ziemlich teuer.«

Skater merkte sich die drei Namen. »Was ist mit Akten von ihnen?«

»Keine Chance«, erwiderte Kestrel. »Wenn du die Akten willst, mußt du dich selbst darum kümmern. Fuchi sucht zwei von ihnen und Aztechnology den dritten. Du kannst darauf wetten, daß beide Konzerne ihre Dateien unter Verschluß und mit dem besten Ice geschützt haben, das man für Geld kaufen kann.«

»Sind die Namen echt?«

»Ich glaube schon, *Omae*, aber das sind Schattengeschäfte. Die Extraktionen haben stattgefunden, aber die Unwahrheiten könnten bereits bei der Frage beginnen, wer diese Leute wirklich waren.«

Skater wußte, daß das stimmte. Die Konzerne waren immer die ersten, die mit der Desinformation begannen, indem sie den Verlust der Execs und ihren tatsächlichen Wert ebenso herunterspielten wie die Projekte, an denen sie gerade gearbeitet hatten. »Wann haben diese Extraktionen stattgefunden?«

Kestrel hielt inne. Im Hintergrund hörte Skater das Klicken von Tasten. »Ich habe keine spezifischen Daten darüber, nur von der zweiten Fuchi-Extraktion, die vor drei Tagen stattgefunden hat. Die anderen beiden sind innerhalb der letzten dreißig Tage über die Bühne gegangen.«

»Wurden die Extraktionen von einem Schattenteam durchgeführt?«

»Nein. Eines Morgens sind die Execs einfach nicht mehr zur Arbeit erschienen.«

»Keine Gewalt?«

»Keine.«

Darüber dachte Skater erst einmal nach. Viele Extraktionen nahmen einen blutigen Verlauf.

»Wer auch dahintersteckt«, sagte Kestrel, »hat ein Geschäft aufgezogen, das allererste Sahne ist. Ich hätte selbst nichts gegen einen Anteil einzuwenden.«

Skater gab ihm im stillen recht. Oberflächlich betrachtet, sah es nach leichtverdientem Profit aus. Solange ein Chummer nichts dagegen hatte, von den meisten Konzernen und allen Einzelkämpfern, die auf der Suche nach dem schnellen Geld waren, gejagt zu werden. »Hast du irgendeine Ahnung, wie groß Coleman Januarys Unternehmen war?«

»Klein«, sagte Kestrel. »Andernfalls hätte ich mehr darüber gehört.«

»Wenn du irgendwas Aufschlußreiches hörst, laß es mich wissen.«

»Exakt. Und du halt nur schön den Kopf unten da draußen.«

Skater bestätigte Kestrels frommen Wunsch und beendete das Gespräch. Er legte einen leeren Chip ein und begann mit dem Herunterladen der auf ihn wartenden Datei. In der Plastistahlzelle des Telekoms surrte die Laufwerkseinheit ein paarmal, dann leuchtete das grüne Licht auf, das besagte, daß die Übertragung beendet war. Er drückte auf den Auswurfknopf und entnahm den Chip.

Emma schlief noch immer, als Skater zwanzig Minuten später ins Versteck zurückkehrte. Glücklicherweise schien Erzengel wieder zu ihrer üblichen kühlen, leidenschaftslosen Art zurückgefunden zu haben.

Sie arbeitete mit sorgfältig abgemessenen Bewegungen an Norris Cabers Leiche. Wheeler stand neben ihr und bot ihr sowohl praktische als auch verbale Hilfe an. Ein Handscheinwerfer hing an der Decke und verbreitete grelles weißes Licht.

Erzengel trug Gummihandschuhe, die ihr bis zu den Ellbogen reichten. Blut befleckte sie fast bis zum Ansatz. Erzengels blutunterlaufene Mandelaugen über dem Mundschutz wanderten kurz zu Skater und Duran, um sich dann wieder ihrer Arbeit zuzuwenden.

Skater war froh, das Schinken-Käse-Sandwich aus dem Kühlschrank aufgegessen zu haben, bevor er den Raum betreten hatte. Dennoch drehte sich ihm fast der Magen um, als der Gestank nach Verwesung in seine Nase drang.

Jemand hatte die Kleiderschranktür ausgehängt und sie zu einem provisorischen Operationstisch auf dem Bett umfunktioniert. Das Ende der Tür ragte fast einen halben Meter über die Bettkante hinaus, so daß Erzengel mühelosen Zugang zum Kopf hatte. Auf einem kleinen Tisch neben ihr lagen eine batteriebetriebene Kreissäge mit Teleskoparm und ein halbes Dutzend Aufsätze. Eine rechteckige Kunststoffschale enthielt mehrere Liter blutigen Wassers und eine Sammlung von Messern und anderen Utensilien aus rostfreiem Plastistahl.

Der Kopf der Leiche war rasiert worden. Ein langer Einschnitt teilte die nackte Kopfhaut und legte eine dünne Schicht grau-weißen Fetts unter der bläulichen Haut frei. Unter dem dünnen Film dunklen Bluts glänzte verchromtes Metall. Eines der Augen des Toten starrte blind an die Decke und bewegte sich leicht, da Erzengel ihre Arbeit fortsetzte.

»Ich bekam keinen Zugang über die Datenbuchse«,

sagte Erzengel in neutralem Tonfall. »Also nehme ich den direkteren Weg.« Sie nahm einen über Zahnräder justierbaren medizinischen Spreizer von Wheeler und wies den Zwerg dann an, das Kinn des Toten festzuhalten. Nachdem der Zwerg den Kopf der Leiche fest im Griff hatte, drehte Erzengel am Zahnrad des Spreizers.

Das Fleisch gab saugende Geräusche von sich, als es sich teilte. Das tote Auge bewegte sich noch lebhafter.

Erzengel griff mit beiden Händen zu, einen batteriebetriebenen Seitenschneider in einer Hand. »Laut Diagnose ist das C^2-Deck intakt und betriebsbereit. Ich komme nur nicht hinein. Wenn ich die Schutzmaßnahmen überwinden und mich in ein direkteres Interface einstöpseln kann, läßt sich vielleicht noch das eine oder andere retten.«

Skater war darauf vorbereitet, einen zornigen Unterton in ihrer Stimme zu hören, als sie mit ihm redete. Statt dessen war es so, als sei zwischen ihnen nie ein böses Wort gefallen. Das empfand er noch bedrückender als den nicht vorhandenen Zorn. Wenn die Frage es nicht wert gewesen war, ausgesprochen zu werden, warum hatte sie sie dann überhaupt angeschnitten?

»Wir haben einen ganz neuen Aspekt«, knurrte Duran. Er nagte mit sichtlichem Appetit das Fleisch von einem Putenflügel, während er Erzengel bei der Arbeit zusah. »Jacks Informationsspezialist hat uns von einem UCAS-Agenten namens Quentin Strapp erzählt, der offenbar im Sprawl ist.«

Erzengel ließ den Spreizer an Ort und Stelle und schob dann ihre Finger in den Schädel des Toten.

Skater versuchte die Sauggeräusche zu ignorieren, die ihre Bemühungen begleiteten. Die Muskeln in ihrem Unterarm spannten sich unter der Anstrengung.

»Strapp sucht angeblich nach Coleman January«, sagte Duran. »Sein Hauptaugenmerk soll darauf gerichtet sein, Dunkelzahns Mörder zu finden.«

»Und Strapp glaubt, die Antwort darauf hier in

Seattle zu finden?« Erzengel unterbrach ihre Arbeit und sah sie ungläubig an.

»Irgend jemand scheint das tatsächlich zu glauben«, sagte Skater, »sonst wäre der Bursche nicht hier.«

Erzengel richtete ihre Aufmerksamkeit wieder auf die Leiche. Ihr Arm spannte sich wieder. Das Sauggeräusch wurde lauter. Einen Augenblick später zuckte ihr Arm krampfhaft, und das C^2-Deck löste sich aus seiner Verankerung.

Wheeler hielt ein Handtuch ausgebreitet und nahm das Deck in Empfang. Irgendwann einmal mochte der Chrom voll in das Fleisch integriert gewesen sein, aber jetzt wies die glatte Oberfläche das Blut ab.

»Das Ziel, das Strapp hier verfolgt, muß nicht Coleman January oder Norris Caber sein«, sagte Erzengel. »Die Caber-Identität könnte zu Fuchi führen. Vielleicht hat er es in Wirklichkeit auf den Konzern abgesehen.«

Daran hatte Skater bereits gedacht. »Vielleicht. Jedenfalls sieht er sich die Extraktionen ganz genau an.« Er warf einen Blick auf seine Netzhaut-Uhr. Es war 19:41:22 Uhr. Ihnen blieb noch etwas mehr als eine Stunde bis zu dem Treffen mit dem Johnson.

Erzengel schob die Ränder der Kopfwunde wieder zusammen und benutzte einen chirurgischen Tacker, um sie zusammenzunähen. Es sah grob aus, schloß aber die klaffende Wunde. »Bleibt es bei dem Treffen mit dem Johnson?«

»Strapp ist eine weitere Unbekannte in der Gleichung«, sagte Skater, »aber ich glaube nicht, daß seine Nachforschungen etwas an unserem Operationsplan ändern. Offensichtlich sind wir näher an der Wahrheit als er.«

»Wenn man überhaupt von Nähe sprechen kann.« Erzengel drehte und wendete das C^2-Deck in ihren behandschuhten Händen, die Augen zu Schlitzen verengt. Die Einheit war von der Oberfläche her größer als ihre Hand, aber kaum dicker als einen Zentimeter. Das Schädeldeck bestand aus einer glänzenden Legierung, die durch das Blut schimmerte, und war wie ein Hufeisen geformt, das über beiden Schläfen lag und den hinteren Teil des Gehirns umgab, nachdem es vorsichtig in den Schädel eingepaßt wurde. Winzige synaptische Relais wuchsen aus der Oberfläche, so daß das Deck wie eine Qualle von unten aussah. Der Boden lief in einem rechteckigen Interface für die Wirbelsäule aus.

»Wir tasten uns heran«, knurrte Duran. »Und wir haben ihm etwas voraus. Wir haben Strapp identifiziert, bevor er uns überraschen konnte.«

»Das gibt uns etwas Spielraum«, sagte Skater. Er warf einen Blick auf den Toten. »Tatsache ist, daß wir immer noch die Beute haben, nach der all die anderen suchen. Wir können jederzeit verhandeln. Durch die Tatsache, daß Strapp und die UCAS darin verwickelt sind, vergrößern sich nur unsere Möglichkeiten in dieser Beziehung.«

»Das ist die UCAS-Regierung, über die wir hier reden«, sagte Wheeler. »Die würden dich ebenso schnell geeken wie alle anderen, falls es darauf ankäme.«

»Dann besteht wohl der Trick darin, es nicht darauf ankommen zu lassen.« Skater war wütend auf Erzengel, und das gefiel ihm nicht. Aber wenn sie es darauf abgesehen hatte, sich mit ihm anzulegen, hätte sie sich noch einen Rest von der Spannung bewahren sollen, anstatt die ganze Angelegenheit einfach abzutun.

Falls die elfische Deckerin etwas von Skaters Wut aus seiner Stimme heraushörte, ließ sie es sich jedenfalls nicht anmerken. Sie drehte das C^2-Deck in den Händen und brachte an drei verschiedenen Stellen Drähte mit Krokodilklemmen an, die zu Erzengels Deck führten.

Sie gab eine Zeichenfolge mit der Tastatur ein und beobachtete die Daten, die über den angeschlossenen Monitor huschten. Nach ein paar Minuten schüttelte sie den Kopf. »Ich kann keine Dateien finden, die noch intakt sind.« Ihre Finger huschten weiter über die Tasten.

»Überhaupt keine. Nicht einmal die Treiberprogramme für die Interface-Module der Subsysteme sind noch in Ordnung. Sein ganzes kybernetisches Nervensystem ist im Eimer.« Sie löste die Verbindung zwischen den beiden Decks, dann zog sie die blutverschmierten Handschuhe aus und warf sie in den Abfalleimer neben dem Bett.

»Bleibt noch der Johnson«, sagte Skater.

Duran zupfte an einem Ohrring. »Dadurch wird der Bursche wichtiger für uns, als mir lieb ist.«

»Vielleicht«, sagte Skater, indem er Anstalten machte, den Raum zu verlassen. »Aber wenn er das, was wir haben, nicht mehr brauchen würde, wäre er nicht bereit, sich mit uns zu treffen. Offensichtlich sind wir auch wichtig für ihn. Das werden wir ihm vor Augen führen und dann sehen, wie die Sache sich entwickelt.«

34

In den Stunden, seit sie die Bilder von Ripley Falkenhayne erhalten hatten, war es den Watchern nicht gelungen, sie aufzuspüren. Das brachte Kylar Luppas zu der Annahme, daß sich die Frau hinter irgendwelchen magischen Abschirmvorrichtungen versteckte. Er war überzeugt, daß es nichts war, was seiner Meisterschaft auf dem Gebiet der Magie widerstehen konnte, aber zuerst mußte er seine Zielperson finden.

Er trieb schwerelos im Astralraum. Sein Körper befand sich in seiner Wohnung. Er setzte den letzten Watcher wieder auf die ihm zugewiesene Aufgabe an und schraubte sich hoch über den Sprawl.

Er liebte es, frei zu sein.

Die gegenwärtige Situation bei Fuchi wurde zunehmend unsicherer, und die Wahrscheinlichkeit, daß er und sein Team geopfert werden mochten, war sehr viel größer geworden. Die vermißte Frau zu finden, mochte seine einzige Möglichkeit sein, so frei zu bleiben, wie er es sein wollte.

In der Zeit seines Aufstiegs in den Reihen der Söldner war er völlig ungebunden gewesen. Als er von seiner Fertigkeit in den magischen Künsten erfuhr, hatte er jeden Nuyen investiert, den er verdienen, stehlen oder erschachern konnte, um die Ausbildung zu bekommen, von der er glaubte, daß sie seine Karriere fördern würde. Das war für ihn der Anfang von etwas Größerem gewesen, aber auch vom Verlust seiner Unabhängigkeit.

Je mehr er über Magie erfahren hatte, desto klarer wurde ihm, wie verwundbar er war. Seine Aura, hatte man ihm versichert, war so stark, daß die meisten Magier ihn als Gefahr betrachten würden. Also hatte er gelernt, seine Aura und seine Fähigkeiten zu maskieren, und er hatte immer weiter gelernt. Alles hatte seinen Preis gehabt.

Die Kampftechniken, die er sich auf der Straße angeeignet hatte, waren ihm in Fleisch und Blut übergegangen. Als er vor einer drohenden Mordanklage aus San Antonio geflohen war, die Anstellung als Söldner für Aztlan in der Tasche, hatte er sich mühelos an das militärische Leben gewöhnt, und die Kampftechniken, die er dort gelernt hatte, waren nur noch Ergänzungen derjenigen gewesen, die er bereits kannte.

Danach hatten die Beförderungen nicht lange auf sich warten lassen. Er war gut, und Verluste gab es immer unter denjenigen, die nicht gut genug waren. Noch vor den Einschränkungen in den Wüstenkriegen hatte er durch seine Erfolge in Aztlan eine Vorliebe für das gute Leben entwickelt. Manchmal hatte er darauf verzichtet und war auch dazu bereit gewesen.

Das war jetzt nicht mehr der Fall. Die letzten paar Jahre bei Fuchi hatten ihn süchtig gemacht. Lernen war eine Sache, Macht eine ganz andere.

Luppas wußte, daß er bereit war, bei dem Versuch, danach zu greifen, lieber zu sterben, als jemandem zu gestatten, ihn auf der Leiter nach unten zu stoßen. Entspannter und konzentrierter als zuvor ließ er sich zu seinem Körper in der Wohnung zurücktreiben.

Luppas öffnete die Augen und verengte sie augenblicklich aufgrund der ungewohnten Helligkeit in dem Raum.

Octavius kam gerade aus der Küche und ging zu einem Schreibtisch im Wohnzimmer, wo Kossuth mit mechanischer Präzision auf ein sauberes Blatt Papier schrieb. Der Stift flog über die Seite und hinterließ Buchstaben und Zahlen.

»Ich glaube, ich habe etwas«, sagte der Decker. »Erinnern Sie sich noch an das Telekom, das wir an der Unfallstelle geborgen haben?«

Octavius öffnete ein frisches Bier. »Sicher. Wir sind den Speicher durchgegangen. Alle Dateien waren verstümmelt. War 'ne verdammte Sackgasse.«

»Genau«, stimmte Kossuth zu. »Aber das Konto war nicht verstümmelt.«

»Sie haben LTG-Nummern?« fragte Luppas, der sich in seinem Sessel aufrichtete und damit die Aufmerksamkeit der beiden anderen Männer auf sich zog.

»Nein«, sagte Kossuth. »Das Ice war zu massiv. Zu gefährlich, dort ohne Führer oder jemand anders einzudringen, der schon mal in dem System war. Aber es ist mir gelungen, eine Aufspür-Utility an jede der LTG-Nummern zu heften, die das von Caber benutzte Mobiltelekom angerufen haben.«

»Sie sind sicher, daß es Cabers Telekom war?« fragte Octavius, als er sich setzte.

Kossuth nickte einmal. »Ja. Es war auf den Namen Coleman January registriert.«

»Für wie lange?«

»Fast zwei Jahre lang. Das besagen jedenfalls die Unterlagen der Telekomgesellschaft, die ich durchgesehen habe.« Der Decker betrachtete das Blatt mit den Buchstaben und Zahlen vor sich.

»Dann hatte das Telekom eine Geschichte«, sagte Luppas. »Eine Reihe von Leuten hatte die LTG.«

»Ich habe siebzehn andere LTGs gefunden«, bestätigte Kossuth. »Wie ich schon sagte, die Suche war sehr zeitaufwendig. Viele der von mir entdeckten LTGs waren für mobile Einheiten. Ich habe die meisten ziemlich leicht zu ihren Besitzern zurückverfolgen können. Bis auf drei.«

»Drei Mobiltelekome«, wiederholte Octavius, indem er eine Augenbraue hochzog. »Nehmen wir an, er arbeitete im Extraktionsgeschäft, wie wir vermuten, vielleicht wollte er dann stets Mobiltelekome parat haben, die er den extrahierten Leuten gab, damit sie in ständigem Kontakt bleiben konnten. Und zwar so, daß man die Verbindung nicht zu ihm zurückverfolgen konnte.«

»Er würde sie unter falschen SINs eingetragen haben«, sagte Luppas. Es klang logisch.

»Genau das hat er getan«, sagte Kossuth. »Und die Namen, die er benutzt hat ...«

»Gehörten zu Ex-Angestellten von Fuchi, die längst von der Bildfläche verschwunden sind«, sagte Luppas.

Kossuth sah nur gelinde enttäuscht aus. »Korrekt.«

»Und das verrät uns, daß wir mit unseren Überlegungen hinsichtlich Caber genau richtig gelegen haben«, stellte Octavius fest. »Er wußte, wer tot und begraben war und keinen Widerspruch mehr einlegen konnte, wenn er ihre SINs benutzte, und außerdem war er in der Lage, in den Fuchi-Mainframes ihre Kenntnisnahme zu sperren. Für Villiers war dieser Bursche immer im toten Winkel, als er ihn gesucht hat.«

Luppas warf einen Blick auf Kossuth. »Wir haben also die Namen toter Personen. Wohin führt uns das?«

Kossuth lächelte. »Nur zwei von diesen anderen Mobiltelekomen lassen sich zu Konzernen zurückverfolgen.

Das dritte taucht nirgendwo auf. Der Bursche, der es benutzt, existiert überhaupt nicht für die Telekomgesellschaften.«

»Wissen Sie, wer die dritte Person ist?«

»Nein«, sagte Kossuth, »aber ich glaube, ich weiß, wo sie sich gerade aufhält. Ich habe eine Aufspür-Utility in die Software der Telekomgesellschaft geschmuggelt, und die hat den Burschen gefunden. Normalerweise ist es praktisch unmöglich, ein Mobiltelekom zu finden. Es geht ohnehin nur während eines Gesprächs, und dann muß man eine Dreieckspeilung vornehmen. Wenn sich die Einheit im Herzen des Sprawl befindet, kann man selbst das vergessen. Aber dieser Knabe hat in den letzten drei Minuten mit jemandem geredet und dabei Dateien über ein öffentliches Telekom durch seine mobile Einheit heruntergeladen.«

»Wo?« Luppas sah auf die Uhr. Es war 20:41:22 Uhr.

»In einer Bar namens *Neon Sunsets*. Nicht weit von der Interstate 5 und der Grenze zwischen Everett und dem Salish-Shidhe Council.«

35

Da wir den Johnson noch nicht von Angesicht zu Angesicht gesehen haben«, sagte Quint Duran, »werden wir da nicht ein Problem haben, ihn in der Menge zu identifizieren?«

»Kein großes«, sagte Skater, der auf dem Beifahrersitz des Landrovers saß, den sie aus der Gegend um den Normandy Park gestohlen hatten, und durch die mit zerquetschten Insekten verschmierte Windschutzscheibe starrte. Die Aktion war nur durch ein kleines Scharmützel mit Sicherheitsleuten von Knight Errant, die das Parkhaus bewachten, beeinträchtigt worden, nachdem die Alarmanlage losgegangen war. Sein Verstand blieb aktiv und spielte die Situation, in die sie sich begeben würden, aus verschiedenen Blickwinkeln durch. Er wog das Für und Wider ab und versuchte nicht an Emma zu denken, die in ihrem Versteck schlief. Elvis hatte einen Troll-Leibwächter für sie besorgt, der in Skaters Abwesenheit über sie wachte. »Er wird uns erkennen.«

»Du gehst damit ein verdammt hohes Risiko ein, Junge«, knurrte der Ork.

»Siehst du eine andere Möglichkeit?«

Widerwillig schüttelte Duran den Kopf.

Weniger als vier Minuten später, um 20:53:12 Uhr laut Skaters Uhr, trafen sie an der Bar ein. Die Räder des Landrover knirschten über das kiesbedeckte Gelände vor der Bar, das sowohl Everett als auch einen Teil des Salish-Lands umspannte.

Das Gebäude selbst war auf Stammesland errichtet worden und fiel somit weder unter die Rechtsprechung noch unter die Steuergesetzgebung der UCAS, lag aber so dicht an der Grenze, daß man den Zoll nicht zu entrichten brauchte, der beim Passieren der offiziellen Kontrollpunkte für das Betreten des Stammeslands erhoben wurde. Es war zwei Stockwerke hoch und wies einen L-förmigen Grundriß auf, was auf eine Bar im Erdgeschoß und Geschäfte sowie ein paar Zimmer im ersten Stock schließen ließ. Das Äußere des Gebäudes bestand aus unlackierter zerkratzter Pinie, die im Lauf der Jahre durch die Einwirkung der Elemente eine graue Farbe angenommen hatte.

Die Fenster waren vergittert. Auf der anderen Seite der Doppelfenster warben Neonröhren für Bier und exotische Tänzerinnen. Holzstufen führten zu einer Doppel-Schwingtür. Die Innenbeleuchtung fiel nach draußen auf die große Veranda, wo ein bewaffneter Troll sich mit einem hageren Elf den Wachdienst teilte. Beide trugen echtes Wildleder und kniehohe Mokassins, eine Montur, die auf die Pionierzeit zurückging, von der so viele Amerindianer behaupteten, sich danach zurückzusehnen. Ihre Waffen waren jedoch moderne Pistolen und Betäubungsschlagstöcke.

Auf dem Parkplatz vor der Bar standen eine Menge Fahrzeuge. Es gab teure Autos von Leuten, die in einer echten Grenzbar den Nervenkitzel eingebildeter Gefahren suchten, ramponierte Pick-ups aus dem Salish-Gebiet und Motorräder, die in einer Traube zusammenstanden, so daß man von der Anwesenheit einer Motorrad-Gang ausgehen konnte.

Duran stellte den Landrover neben einem neuen Americar ab und schaltete das Licht aus. Er ließ den Motor noch eine Weile laufen, den ersten Gang eingelegt, da er auf möglichen Ärger wartete.

»Ich bin in einer Minute zurück, Chummers«, sagte Cullen Trey.

Skater sah sich den Parkplatz an, den Predator in der Tasche seiner langen Militärjacke bereit. Aus dem Augenwinkel sah er Trey auf der Rückbank zusammensinken. Der Magier war jetzt im Astralraum und sah sich die Bar von innen an.

»Da sind Wheeler und Erzengel«, sagte Duran mit einem Kopfnicken nach rechts.

Skater wandte den Kopf und sah Wheeler den frisierten Leyland-Zil Tsarina am anderen Ende des Parkplatzes einparken. Der Tsarina gehörte dem Zwerg und verfügte nicht nur über ein hochinteressantes eingebautes Waffenarsenal, sondern auch über einen Leyland-Motor. Wegen der fleckig grauen Lackierung und der unzähligen Beulen im Blech würde niemand dem Wagen einen zweiten Blick gönnen. Die SIN, auf die der Wagen zugelassen war, würde einer Untersuchung standhalten, bis jemand versuchte, die Person zu finden, zu der sie gehörte.

Den Wagen mit zu dem Treffen zu bringen, war in mancherlei Hinsicht riskant. Nicht zuletzt bestand die Gefahr, ihn zu verlieren und ihn ersetzen zu müssen, aber das lag in der Natur der Sache. Der Verlust von

Hardware gehörte für einen professionellen Shadowrunner zum Alltag. Skater wußte, daß Möchtegerns und Amateur-Runner Hardware-Verluste erleiden konnten, die sie sofort aus dem Geschäft warfen. Sein Team folgte der Regel, alle Verluste zu ersetzen, die sie auf einem Run erlitten, und dann aufzuteilen, was übrig blieb. Für einen Profi war das die einzig mögliche Verfahrensweise.

Wheeler würde mit dem Tsarina eventuelle Verfolger behindern, falls das Unternehmen in die Binsen ging.

Skater aktivierte seinen Commlink IV. »Elvis.«

»Hier, *Omae*«, erwiderte der Troll.

Duran deutete mit dem Zeigefinger nach links.

Skater schaute in die angegebene Richtung und sah den Troll, der gerade aus einem gebrauchten Chrysler-Nissan Jackrabbit stieg, den er an diesem Morgen gekauft hatte. Der gelbe Lack hatte die Farbe alter Knochen und war mit einer dicken Staubschicht bedeckt. Erzengel hatte die SIN und die Identität, auf die er zugelassen worden war, konstruiert, aber die ID war so dünn, daß der Deal bei genauerer Untersuchung ins Wasser gefallen wäre, die jedoch aufgrund der Gier des Autohändlers nicht stattgefunden hatte. Zudem hatten sie den Wagen mit einem beglaubigten Kredstab bezahlt, der auch die wachsamsten Augen im Sprawl erblinden ließ.

»Immer mit der Ruhe, Chummer«, sagte Skater leise. Er schwitzte in dem Landrover wegen des zusätzlichen Gewichts und der Dicke der schweren Kevlar-Panzerung, die in seine Militärjacke eingenäht war. Keiner von ihnen war in dieser Nacht das, was er zu sein schien.

»Ich bin die Ruhe in Person«, sagte Elvis gelassen, während er die kurze Treppe erklomm. Die Sicherheitsleute hielten ihn nur ein paar Sekunden lang auf, in denen sie ihn mit einem Waffendetektor abtasteten.

Trotz der großen Entfernung sah Skater den Detektor mehrfach aufleuchten. Als die Sicherheitsleute fertig waren, ohne sich die Mühe zu machen, ihm auch nur eine der Waffen abzunehmen, schob Elvis einen Kredstab in den dafür vorgesehenen Schlitz und betrat das Gebäude.

»Sind 'n paar harte Yabos hier«, bemerkte Elvis. Trotz der Spezialfilter, die den Commlink abschirmten, wurden auch Geräusche und Gesprächsfetzen aus der Bar übertragen.

Duran ließ beide Hände am Steuer des Landrovers. Seine Aufmerksamkeit war auf die Bar gerichtet, aber er sah entspannt aus. Die Neonröhren an der Fassade des ersten Stocks mit dem Namen der Bar beleuchteten sein hartes Gesicht, und das Licht glänzte feucht auf seinen gebleckten Hauern.

»Die Bar ist so, wie wir sie uns vorgestellt haben«, sagte Elvis. Eine Frauenstimme fragte ihn, ob er einen Drink wolle, und er bestellte ein Bier.

Skater lauschte dem Knarren von Kunstleder und dem schrillen Kreischen eines Barhockers, der über den Boden gezerrt wurde, als der Troll sich setzte. Er warf einen Blick auf die Uhr. Es war 20:57:09 Uhr. Er holte tief Luft, hielt den Atem an und atmete dann aus. Er versuchte sich einzureden, daß ihnen außer von diesem Treffen kaum noch Gefahr drohte, aber er hatte damit keinen Erfolg.

»Der Laden ist in dem H-Muster angelegt, das Erzengel in den Blaupausen vorgefunden hat«, fuhr Elvis fort. »Die Bar ist in der Mitte zwischen den beiden Teilbereichen. Auf der Ostseite spielt eine Band auf der Bühne, auf der Westseite tanzen Stripperinnen. Hier sind 'ne Menge Leute, *Omae*. Wenn Cullen unseren Mann nicht findet, wird's schwierig.«

»Er findet ihn.« Skater wartete ab und konzentrierte sich auf seinen Atem, wobei er genau wußte, daß Duran das nicht entging. Zwei weitere Minuten vergingen. Ein weiteres halbes Dutzend Gäste ging durch die Schwingtüren.

Auf der Rückbank rührte sich Trey und kam wieder zu sich. Dann lächelte er. »Ich habe ihn gefunden.«

»Wo?« fragte Skater.

»Dicht vor der Bühne. Der Bursche sitzt ganz allein auf einem Hocker an der Wand.«

»Elvis«, sagte Skater.

»Verstanden«, erwiderte der Troll. »Bin schon unterwegs.«

»Er ist ein Mensch«, fuhr Trey fort. »Ziemlich groß, vielleicht zwei Meter. Er ist aufgepeppt, wahrscheinlich mit irgendeinem Aufputschmittel, und trägt einen Haufen Cyberware. Bärtig, eine Narbe auf der linken Gesichtshälfte, die von der Nase bis zum Ohrläppchen verläuft. Sie ist so neu, daß sie ihm manchmal noch zu schaffen macht.«

»Ich sehe ihn«, sagte Elvis ein paar Sekunden später.

»Sei vorsichtig, wenn du dich ihm näherst«, warnte Trey. »Er hat mindestens zwei Yabos als Rückendeckung bei sich. Einer davon ist ein Straßenschamane.«

»Die beiden sehe ich auch«, sagte Elvis.

Skater aktivierte seinen Commlink. »Erzengel, Wheeler.«

»Wir sind drinnen«, sagte Erzengel in ihrem kühlen professionellen Tonfall.

»Und er sieht mich«, verkündete Elvis.

»In Ordnung«, sagte Skater zu Duran und Trey. »Es geht los.«

36

In der Bar stank es nach Bier, Schweiß, Zigarettenqualm, einem Dutzend verschiedener Parfüms und stark gewürzten Salsih-Fleischgerichten. Der Holzboden war mit einer dünnen Schicht Sägemehl bedeckt, um vergossene Drinks und vergossenes Blut aufzusaugen. Die Beleuchtung war trübe und konzentrierte sich auf die Billardtische. In der rauchgeschwängerten Luft im rückwärtigen Teil standen Trideospielgeräte, die unmögliche Gestalten mechanischen Wahnsinns und ausgeflippter Natur mit Themen der Mythologie verbanden. Wetten wurden abgeschlossen und rasch eingelöst, und in regelmäßigen Abständen stöhnte die eine oder andere Gruppe auf, wenn die imaginären Streiter mit scharfen Klauen und Zähnen oder Raketen und Maschinengewehren aufeinander losgingen.

Skater bahnte sich einen Weg durch die dicht gedrängte Menge zum Bühnenbereich.

Die Band suchte Zuflucht hinter einer Wand aus Klingeldraht, die geworfene Bierflaschen im Lauf der Jahre an unzähligen Stellen eingebeult hatten. Jetzt hingen Plastiglassplitter in den Drähten, die im Licht funkelten und den gedämpften Neonschein der Reklamen über der Bar in der Mitte des großen Raums widerspiegelten.

Die Band hatte vier Mitglieder, zwei Gitarristen, einen Keyboarder und einen Drummer. Der Leadgitarrist war eine Frau, die auch sang. Ihre kehlige Stimme nutzte die Akustik der Bar aus und schmetterte alte Country-Melodien mit einem scharfen japanischen Unterton. Alle Bandmitglieder trugen schwarz-silberne Acryl-glänzende Oberteile und blaue Jeans.

Elvis saß mit dem bärtigen Mann, den Trey beschrieben hatte, an einem kleinen Tisch.

Als Skater sich näherte, sah er die beiden Yabos, vor denen Trey sie gewarnt hatte und die dem Johnson als Rückendeckung dienten. Ein dritter hielt sich im Schatten auf. Sie alle richteten ihre Aufmerksamkeit auf ihn und Duran. Dem äußeren Schein nach wirkte Cullen Trey nicht gefährlich.

»Mr. Johnson«, sagte Skater höflich.

Der Johnson sah auf und lächelte unbehaglich. »Wollen Sie sich nicht zu uns setzen, Mr. …«

»Snipe«, erwiderte Skater, indem er sich einen Stuhl heranzog und sich an den Tisch setzte. »Snipe-Hunt. Mit einem Bindestrich in der Mitte. Mit dem Namen ist eine Geschichte verbunden, zu der wir später noch kommen.«

Der Johnson bedachte ihn mit einem gequälten Blick. »Hey, ich wasche meine Hände in Unschuld, Kumpel.«

»Nur, wenn wir das zulassen«, sagte Skater. »Sie haben angerufen. Sie haben den Deal abgeschlossen. Sie haben uns nicht alles erzählt.«

»Ich habe Ihnen alles erzählt, was ich wußte.«

Skater sah den Mann an und hatte den Eindruck, daß er die Wahrheit sagte. »Damals. Wie sieht es jetzt aus?«

»Es hat sich nichts geändert.«

Duran setzte sich an einen anderen Tisch, der ihm die Möglichkeit bot, Skater zu decken. Er konzentrierte seine Aufmerksamkeit auf die Yabos.

»Sie haben uns angeworben, um eine Leiche zu bergen«, sagte Skater. »Eine Leiche, die bei Abschluß unseres Deals noch gar keine war.«

»Das wußte ich nicht.« Der Johnson fuhr sich mit einer fleischigen Hand durch sein schütteres Haar und atmete tief aus. »Ich wurde angeworben, um Sie anzuwerben.«

»Von wem?«

Er zuckte die Achseln und griff nach dem Zigarettenpäckchen, das vor ihm neben dem Aschenbecher auf dem Tisch lag. Er schüttelte eine heraus und zündete sie an. Das kalte gelbe Leuchten betonte die harten Kanten seines Gesichts. Er sah aus, als hätte er nicht gut geschlafen. »Keine Ahnung. Sie hat ihren Namen nicht genannt.«

»Sie?«

Er nickte. »Es war eine Frau. Soviel kann ich Ihnen sagen.« Er zog an der Zigarette und blies beim Reden den Rauch durch die Nase aus. »Sie klang gebildet. Vielleicht sogar kultiviert. Aber sie kannte sich in den Schatten aus.«

»Warum wurden Sie ausgewählt?«

»Ich arbeite im Grenzbereich«, sagte der Johnson. »Ich kenne Leute, die auf beiden Seiten der Schatten arbeiten. Sie kannte mich.«

»Wer sind Sie?«

Der Johnson schüttelte den Kopf. »Nein. Das werde ich Ihnen nicht sagen. Ich halte mich so gut wie möglich aus der ganzen Sache heraus.«

»Warum haben Sie den Job von dieser Frau überhaupt angenommen?« fragte Skater.

»Aus demselben Grund, aus dem Sie ihn von mir angenommen haben. Ich habe einen Vorschuß bekommen, und der hat gereicht, um mich vergessen zu lassen, daß ich hätte Angst haben sollen. Sie hätten den Run in dem Augenblick sausen lassen können, als Sie herausfanden, daß DocWagon eine frische Leiche brachte. Aber das haben Sie nicht getan.«

»Ich wollte das Geld nicht zurückgeben«, sagte Skater.

Der Johnson lächelte. In der Geste lag aufrichtige Belustigung trotz seiner Anspannung, die ebenfalls offensichtlich war. »Sie hätten es behalten können.«

»Nein«, sagte Skater. »Das hätte ich nicht gekonnt.«

Der Johnson rollte seine Zigarette auf dem Rand des Aschenbechers herum und formte die Glut.

»Das habe ich die Frau auch gefragt«, sagte der Johnson. »Wie sie Ihnen vertrauen könne. Sie sagte, Sie hätten eine Reputation. Ich habe mich ein wenig umgehört und schließlich einen Burschen aufgetrieben, der einen Schieber namens Kestrel kannte, der ein paarmal mit Ihnen zusammengearbeitet haben soll. Ich habe Kestrel eine Nachricht hinterlassen, bin aber nie von ihm zurückgerufen worden. Statt dessen bekam ich einen Anruf von einer Dame, die jemanden kannte, den ich auch kannte. Wir haben über Sie geredet, und sie hat mir die Nummer Ihres Briefkastens gegeben.«

Skater wußte das meiste davon bereits, weil Kestrel alles so arrangiert hatte, daß die Leute des Johnson nur mit Leuten redeten, die man als zuverlässig betrachten konnte. Die Verbindung zwischen Kestrel und dem Shadowrunnerteam war lose und konnte von beiden Seiten bis zu einem gewissen Grad abgestritten werden. Kestrel arbeitete zudem für mehr als ein Shadowrunnerteam als Vermittler.

»Der einzige andere Bursche, mit dem mein Kontakt gearbeitet hätte, ist ein Knabe namens Argent mit seinem Team«, fuhr der Johnson fort.

Argent war Skater ebenso bekannt wie dessen Team. Sie nannten sich die Wrecking Crew. Ein Name, den sie sich sehr wohl verdient hatten. Argent war eine Legende im Geschäft, ein Bursche, der sich seine Arme hatte abhacken lassen, um sie durch kybernetische Glieder zu ersetzen. Für Skater war diese Handlungsweise völlig unerklärlich, und zwar auch dann, wenn er die Salish-Überzeugungen, die sein Großvater ihm eingeimpft hatte, außer acht ließ.

»Argents Reputation ist besser als meine«, sagte Skater.

»Argent ist zur Zeit nicht im Sprawl«, erwiderte der Johnson.

»Damit blieben also nur wir.«

Der Johnson nickte. »Und wir sitzen jetzt hier zusammen, weil wir hinter dem Rest der Summe her sind, die wir vereinbart haben.«

»Ich bin noch hinter etwas anderem her«, sagte Skater.

»Dann haben Sie meine Zeit verschwendet – weil ich nicht hier bin, um zu verhandeln.« Der Johnson stand auf, drückte seine Zigarette aus und machte Anstalten zu gehen.

»Ich habe die Ware immer noch«, sagte Skater zu ihm. Er wollte nicht, daß der Mann ging, aber er wußte, wenn er irgend etwas Physisches versuchte, würde der Drek sofort zu dampfen anfangen.

Der Johnson richtete seine Aufmerksamkeit wieder auf ihn. »Hier?«

»Nein. Über die Lieferung läßt sich verhandeln.«

Der Johnson zögerte einen Moment. »Diese Geschichte hat viel zu hohe Wellen geschlagen, um irgendwelche verdammten Spielchen abzuziehen.«

»Ich ziehe keine Spielchen ab«, sagte Skater. »Ich bin nur ein Bursche, der versucht, den Fallstricken eines ziemlich häßlichen Geschäfts zu entgehen. Hätte ich von vornherein mehr gewußt, hätte ich die Sache vielleicht anders angefangen und weniger hohe Wellen erzeugt. Vielleicht hätte ich mich auch einfach aus dem Staub gemacht. Ich glaube, die Dame, die Sie angeworben hat, wußte das.«

»Was wissen Sie?« fragte der Johnson.

»An dieser Stelle wahrscheinlich mehr als Sie.« Skater sah den Mann an und begegnete seinem Blick. »Was hat Ihnen Ihr Kontakt über Coleman January gesagt?«

Der Johnson holte tief Luft und sah die drei Yabos an, die ruhig dasaßen und bereit waren, seinen Befehlen zu folgen. Mit einem lauten Fluch setzte er sich wieder an den Tisch und fischte nach seinem Zigarettenpäckchen. »Geld, zum Teufel damit! Ihr Geister, wer das Geld auch erfunden haben mag, ich hasse ihn!« Er steckte sich eine Zigarette zwischen die Lippen und zündete sie an. »Das mieseste am Geld ist, daß man es jemandem schulden kann, wissen Sie? Geld, das Sie noch gar nicht verdient haben!« Er stieß eine Rauchwolke aus. »Ja, ich weiß das eine oder andere über Coleman January.«

»Was wissen Sie?« hakte Skater nach.

»Hören Sie, ich bin nicht hier, um mich von Ihnen aushorchen zu lassen«, warnte ihn der Johnson.

»Es geht um Ihr restliches Geld«, stellte Skater fest. »Ich habe die Ware, und Ihr Kontakt hat Ihnen aufgetragen, mich anzuwerben. Die Frau benutzt Sie im Moment als Mittelsmann. Wenn ich Sie übergehe, kommt sie zu mir, um sich zu holen, was sie haben will. Ich kann meine Position in dem Deal nur verbessern. Sie sind für mich nur so lange wertvoll, wie Sie kooperieren.«

»Sie sind ein harter Brocken«, sagte der Johnson.

Skater schwieg.

Der Johnson bestellte sich ein frisches Bier bei einer Kellnerin. Als sie wieder gegangen war, sagte er: »Meine Kontaktperson und Coleman January waren gemeinsam im Geschäft. Er hat sie abgezogen. Sie wollte ihn dafür ausschalten.«

»Haben Sie den Job übernommen?« fragte Skater.

»Nein, Mann. Ich sagte Ihnen doch, daß ich im Grenzbereich arbeite, und das schließt kein Wetwork ein. Ich vermittle Deals, treibe Schulden für kleine Konzerne und Versicherungen ein, suche Leute, die sich abgesetzt haben, diese Art Drek.«

»Sie haben also nicht geglaubt, daß sie ihn geeken lassen würde?« fragte Skater.

Der Johnson wollte den Kopf schütteln, hielt dann jedoch inne. »Vielleicht. Ich konnte deswegen nichts unternehmen, auch wenn ich es mit Sicherheit gewußt hätte. Ich habe einige Datenbanken, zu denen ich Zugang habe, nach Coleman January abgesucht. Der Bursche war nicht mal echt.«

»Aber Sie haben ein paar Gerüchte über ihn aufgeschnappt, nicht wahr?«

Der Johnson zog wieder an seiner Zigarette, und die Spitze glühte hell auf. »Ja.«

»Und die besagten, daß January mit Konzern-Extraktionen zu tun hatte.«

»Haben Sie das schon vor dem Run gewußt?« fragte der Johnson. »Oder erst hinterher erfahren?«

»Hinterher«, sagte Skater. »Ich versuche immer noch, meinen Informationsrückstand aufzuholen.«

»Sie sind schnell.«

»Es ist ein schnelles Spiel.«

»Jack«, rief Erzengel über Commlink.

»Ja«, antwortete er.

»Ein Hubschrauber nähert sich der Bar.«

Skater wandte den Kopf und sah Cullen Trey an.

Der Magier nickte, dann sank sein Kopf nach vorn auf seine Arme.

»Was ist los?« fragte der Johnson, dem das Zwischenspiel nicht entgangen war.

»Wir bekommen Gesellschaft.« Skater erhob sich von seinem Stuhl.

»Verdammter Hurensohn!« fauchte der Johnson. »Sie haben sie zu uns geführt!« Seine Hand glitt unter seine Jacke und kam mit einem Manhunter wieder zum Vorschein, während ihn seine Cybersysteme übergangslos in Aktion treten ließen. Er schob Skater die Pistole ins Gesicht.

37

Skaters Reflexbooster wurden aktiviert, als das Adrenalin sein System überflutete. Seine linke Hand schoß vor und packte den Johnson am Gelenk der Waffenhand.

Gleichzeitig kam Leben in die Yabos, die ebenfalls Waffen zückten. Die Menge in der Bar drehte augenblicklich durch. Ein paar Leute warfen sich in Deckung, während andere ihrerseits Waffen zogen.

Elvis schnellte wie eine gigantische Sprungfeder vom Tisch neben Skater hoch und warf sich auf die beiden Yabos, die am dichtesten nebeneinander standen. Der eine war ein Mensch, der andere ein Troll.

Duran sprang ebenfalls auf und in eine geduckte Kampfhaltung. Einen Sekundenbruchteil später tauchte seine Pistole in seiner Hand auf und zielte auf den dritten Yabo. Ohne zu zögern, gab er zwei Schüsse ab.

»Keine Toten!« befahl Skater, während er mit dem Johnson rang. »Ich will nicht, daß einer von ihnen gegeekt wird!« Er verlagerte sein Gewicht und riß ein Knie hoch, das den Johnson im Schritt traf.

Elvis brüllte zufrieden, als er gegen die beiden Yabos

prallte, die er aufs Korn genommen hatte. Alle drei gingen zu Boden und zerschmetterten dabei einen Tisch.

Der Johnson stöhnte vor Schmerzen auf und ließ den Manhunter los. Skater entwand ihm die Waffe und stieß ihn dann zu Boden. Ein mit einer Neon-Sunsets-Weste bekleideter Rausschmeißer kam mit einem Betäubungsschlagstock, der in seinen großen knotigen Händen knisterte, auf ihn zugeeilt.

»Verpiß dich, Sparky!« knurrte Skater, indem er den Manhunter auf den Rausschmeißer richtete.

»Cool, Mann, hab schon verstanden!« Der Rausschmeißer blieb wie angewurzelt stehen.

»Jack«, rief Erzengel über Commlink, »der Hubschrauber landet ein Team hinter der Bar. Gunther Octavius ist dabei. Ich habe wenigstens zehn Personen gezählt.«

»Auf den Boden«, befahl Skater dem Rausschmeißer.

Der große Mann ließ sich sofort zu Boden fallen.

»Wo ist der Hubschrauber?« fragte er Erzengel. Skater warf einen Blick auf Duran und sah, daß der Ork zwei weitere Rausschmeißer mit seiner Waffe in Schach hielt und ihnen bedeutete, sich zurückzuziehen. Der Yabo, auf den er geschossen hatte, lag stöhnend auf dem Boden und hielt sich die Knie. Kugeln hatten die Schienbeine des Mannes durchbohrt und ihn damit ungeachtet aller eingebauten Cyberware kampfunfähig gemacht.

»Er fliegt gerade über das Haus, um die Vorderseite abzudecken«, erwiderte Erzengel.

»Waffen?« fragte Skater.

»Schwere Artillerie«, meldete Wheeler. »Wir reden hier über einen Kampfhubschrauber, *Omae*.«

Skater glaubte, das Wummern der Rotoren über dem Getöse in der Bar hinweg hören zu können. Er packte den Johnson am Hals, wobei ihm sehr wohl bewußt war, daß er sehr verwundbar für einen Gegenangriff des Mannes war, sollte dieser sich zu einem entschließen.

Er preßte dem Johnson den Lauf des Manhunter gegen die Wange, so daß die Haut nach oben geschoben und das Auge darüber halb geschlossen wurde.

Links von ihm tauchte Elvis aus dem Wirrwarr um sich schlagender Gliedmaßen auf, den verchromten Menschen in beiden Händen über dem Kopf. Der Yabo spannte Arme und Beine und fuhr Nagelmesser und Sporne an Ellbogen und Fersen aus. Bevor er Gelegenheit hatte, sie in den Leib des Trollsamurai zu bohren, warf Elvis ihn durch den Raum.

Wild um sich schlagend prallte der Yabo in die Sammlung der Trideospiele in der Ecke. Aus den beschädigten Spielgeräten sprühten Funken, dann erloschen die meisten Bildschirme nach einem kurzen Aufflackern regenbogenfarbener Trideofelder.

Dutzende von Leuten hatten genug gesehen und rannten bereits zu den Ausgängen.

Skater wußte, daß die Panik ebenso für sie wie gegen sie arbeiten würde. Luppas' Leute würden ebenfalls von ihnen behindert werden.

Ein Notausgang im rückwärtigen Teil öffnete sich und ließ Licht von draußen ein. Eine Frau lief hinaus, doch ein jäher Feuerstoß aus einer Maschinenpistole schleuderte sie wieder in die Bar. Die Kugeln hatten ihr Gesicht weggefegt, und sie war bereits tot, als sie in die Leute stolperte, die ihr nach draußen hatten folgen wollen.

Heisere Schreie durchliefen die Reihen der Barbesucher, die wieder ins Wogen gerieten, diesmal von den Ausgängen weg. Skater richtete seine Aufmerksamkeit wieder auf den Johnson. »Denken Sie darüber nach«, schrie er den Mann an. »Wenn Fuchis Sturmtruppen uns gefolgt wären, hätten sie uns früher angegriffen! Wir haben, was sie wollen, nicht Sie! Die Angreifer haben uns durch Sie aufgespürt!«

»Die Frau hat uns reingelegt«, sagte der Johnson, dessen Augen sich weiteten, als er plötzlich begriff. »Sie war die einzige, die wußte, daß wir uns hier treffen würden.«

»Sie haben es ihr gesagt?« fragte Skater. Aus dem Augenwinkel beobachtete er den Kampf zwischen Elvis und dem letzten Yabo. Die meisten Bewegungen waren zu schnell, als daß er ihnen mit einem Bruchteil seiner Aufmerksamkeit hätte folgen können.

»Sie wollte Genaueres wissen, bevor sie mit dem Geld rausrückte.«

»Junge«, sagte Duran, »laß uns jetzt verschwinden. Reden können wir später.«

Skater nickte. »Sind wir uns in dieser Sache einig?« fragte er den Johnson.

»Ja.«

»Wenn Sie mich noch einmal bedrohen, sind Sie tot. Keine Fragen mehr und auch keine Schonung.«

»Klar.«

Duran eröffnete das Feuer mit seiner Pistole in dem Augenblick, als Elvis seinen Gegner mit einer abschließenden Rückhand flachlegte, die den Troll-Yabo von den Beinen riß und fünf Meter durch den Raum schleuderte. Die Kugeln des Orks beharkten die schwarz gepanzerten Männer, die durch den Notausgang in die Bar stürmten.

In ihren harten schwarzen Rüstungen ähnelten die Angreifer Insektenkriegern. Die kugelförmigen Gefechtshelme vervollständigten den Eindruck. Maschinenpistolen in ihren Händen spien Flammenzungen, und die Kugeln schlugen wahllos in die Menge der Bargäste.

Skater riß den Manhunter hoch und drückte zweimal ab. Beide Kugeln trafen den Helm des vordersten Angreifers, so daß der Kopf des Mannes nach hinten gerissen wurde und er ins Stolpern geriet. Das schrille Jaulen der Querschläger und der plötzliche Funkenregen belegten, daß die Kugeln den Helm nicht durchschlagen hatten.

Nach wenigen Augenblicken hatte der Angreifer das Gleichgewicht wiedergefunden und richtete seine Maschinenpistole auf Skater.

Durch den massiven Adrenalinausstoß aktiviert, arbeiteten Reflexbooster auf Hochtouren, und Skater wich zur Seite aus. Ein Kugelhagel, der mit flammend violetten Leuchtspurgeschossen durchsetzt war, durchsiebte die Stelle, an der er eben noch gestanden hatte.

Er spurtete in Richtung Bar. Ein menschlicher Barmann und eine orkische Barfrau lugten ängstlich über den Rand. Skater war sich der Anwesenheit des Johnsons bewußt, der sich neben ihm hielt und dessen keuchenden Atem er sogar über den allgemeinen Lärm in der Bar hörte.

Immer noch Meter vom Tresen entfernt, warf Skater sich vorwärts, die Arme weit nach vorn ausgestreckt. Er schlug schwer auf den Tresen auf, rutschte darüber hinweg und fiel auf der anderen Seite zu Boden. Seine Rippen schmerzten, als er sich aufrappelte.

»Verschwindet von hier!« schrie er die beiden Barangestellten an.

Sie setzten sich sofort in Bewegung, schossen jeweils aus einem Ende der Bar hervor. Kugeln zerschmetterten die Bier- und Schnapsflaschen hinter der Bar und zerlegten den großen Spiegel, in den erotische Szenen mit Wassernixen und Seeleuten eingraviert waren, in gefährlich scharfe Scherben, die auf Skater herabregneten.

Er schob dem Johnson den Manhunter zu, dann griff er nach oben und schnappte sich zwei heil gebliebene volle Whiskeyflaschen. In der Deckung der Bar riß er die Siegel ab und entkorkte sie. Auf einem der Regale hinter der Bar fand er ein trockenes Handtuch. Er stellte die Whiskeyflaschen auf den Boden, riß Streifen von dem Handtuch ab und stopfte sie in den Flaschenhals.

Er drehte die Flaschen um und ließ den Whiskey in

die Stoffstreifen laufen, bis sie durchtränkt waren und der Whiskey auf den Boden tropfte, dann zündete er die Streifen an.

Ein rascher Rundumblick zeigte ihm, daß die Angreifer eine neue Phalanx bildeten und sich auf einen Sturmangriff vorbereiteten. Skater sah den leblosen Körper Cullen Treys auf dem Boden liegen. Ein kalter Klumpen bildete sich in seiner Kehle, während er Trey genauer betrachtete. Er konnte keine Wunden entdecken. Er hoffte, die Leblosigkeit des Magiers war lediglich das Ergebnis eines längeren Aufenthalts im Astralraum.

Er holte aus und richtete sich auf. Der führende Angreifer sah ihn und riß seine Maschinenpistole herum. Skater warf den Molotow-Cocktail so fest er konnte auf den zwanzig Meter entfernten Mann.

Die Flasche zersplitterte auf der Brust des Mannes. Blaue und gelbe Alkohol-Flammen hüllten die schwarze Gestalt ein. Der Mann schrie vor Angst und Schmerzen auf und versuchte das Feuer mit den Armen auszuschlagen.

»Duran«, rief Skater über Commlink. »Ich muß Cullen holen.« Er zog den Predator. Er hatte Mühe zu atmen, da die ohnehin verräucherte Luft durch den Molotow-Cocktail noch schlechter geworden war.

»Dann los, Junge. Elvis und ich halten dir den Rücken frei. Sag Bescheid, wann es losgehen soll.«

Der Troll war mit einer Ares Ultra Power, einer schweren Pistole, bewaffnet, deren Laserzielpunkt rubinrot auf den gepanzerten Eindringlingen tanzte. Er griff nach einem Tisch in der Nähe und hob ihn mit einer massigen Pranke auf.

Skater kam wieder hoch und warf den zweiten Molotow-Cocktail auf den nächsten Angreifer. Der Mann wich aus und riß die Waffe hoch, während die Flasche der Stelle entgegenflog, wo der Mann soeben noch gestanden hatte.

Duran gab ein paar Schüsse ab. Zuerst glaubte Skater,

der Ork schieße auf den gepanzerten Angreifer. Dann explodierte die Whiskeyflasche mitten im Flug. Die Flüssigkeit verwandelte sich in ein fliegendes Spinnennetz aus Flammen, das den Angreifer umfing und in feurige Stränge hüllte.

»Jetzt!« rief Skater.

Elvis trat hinter der Ecke hervor, die er als Deckung benutzte, und warf den Tisch, den er aufgehoben hatte. Er flog zehn Meter durch die Luft, prallte dann gegen einen der Angreifer und riß den Mann von den Beinen.

»Kommen Sie!« sagte Skater zu dem Johnson. Kaum hatte er den Schutz der Bar verlassen, wurde er von einer Kugel getroffen, die ihn schwanken ließ. Die Kugel durchdrang die in seine Jacke eingenähte Kevlar-Panzerung nicht, verursachte aber einen Bluterguß, den er noch tagelang spüren würde. Skater wäre beinahe gestürzt, da ihm der Atem stockte, aber er hielt sich auf den Beinen und lief weiter zu Trey.

38

Skater packte Treys Kevlar-Umhang und wickelte ihn dem Magier um den Kopf. Bei einem Treffer drohte dem Magier immer noch mindestens eine Gehirnerschütterung.

Einer der Angreifer konzentrierte sich auf Skater. Der rote Ziellaser zuckte über Skaters Augen, als der Schütze ihn ins Visier nahm. Skater schwankte unter Treys Gewicht, dann spürte er, wie der Magier sich aus eigener Kraft bewegte und in Sing-Sang-Tonfall etwas rief.

Bevor der Angreifer abdrücken konnte, wurde er von einem magischen Sturmwind zurückgeschleudert, der aus dem Nichts kam. Tische und Stühle prallten gegen andere Angreifer.

»Kann nicht bleiben, Chummer«, sagte Trey mit erschöpft klingender Stimme, als Skater Elvis erreichte. »Luppas ist im Astralraum aktiv.« Dann sank Trey gegen Skaters Schulter.

Skater übernahm die Führung, als sie zum Vordereingang eilten. Draußen in der frischen Luft konnte er den Gestank riechen, der aus der Bar drang.

Drei Lieferwagen fuhren über den kiesbedeckten Parkplatz und hielten dann mit knirschenden Reifen so zueinander, daß sich ihre Schußfelder überlappten und der Zugang zur Straße blockiert war. Weitere Männer in schwarzen Körperpanzern sprangen aus den Wagen und gingen in Stellung.

»Rattendrek!« sagte Duran. »Vom Regen in die Traufe, Junge!«

Über ihnen schwebte der Hubschrauber heran, und grelle Scheinwerfer an der Unterseite beleuchteten den Parkplatz. Zwei Ziellaser huschten über die Vorderseite der Bar.

»Schießt die Scheinwerfer aus«, befahl Skater. Er hob den Predator und gab ein paar Schüsse auf den Hubschrauber ab. Er brauchte vier Kugeln, bis einer der sechs Scheinwerfer am Bauch der Maschine erlosch.

Der Pilot versuchte seine Maschine hochzuziehen, um seine Minikanone ins Spiel zu bringen. Elvis, Duran und der Johnson erwischten die restlichen Scheinwerfer, bevor der Hubschrauber zu weit entfernt war.

Skater verlagerte das Gewicht des schlaffen Trey auf seinen Schultern. Auf dem Parkplatz sorgte der Ansturm der fliehenden Bargäste für ausreichend Verwirrung, so daß sie zu ihrem gestohlenen Landrover eilen konnten. Von früheren Erkundungen wußte er, daß das Gebiet hinter der Bar vollständig mit Wald bewachsen war, der ins Salish-Gebiet führte.

Er ignorierte die kurzen Feuerstöße, die auf ihn abgegeben wurden. Die Fernbedienung, die Wheeler anstelle der ursprünglichen elektronischen Schlösser in den

Wagen eingebaut hatte, öffnete die Seitentür des Landrovers und ließ sie eine Sekunde, bevor er sie erreichte, zur Seite gleiten.

Skater schob Trey hinein. Das Licht eines tragbaren Scheinwerfers eines der Angreifer huschte über ihn hinweg. In dem Augenblick der Helligkeit sah Skater, daß Treys Augen halb geöffnet und stark blutunterlaufen waren. Außerdem war er sehr blaß, und die Blutfäden, die ihm übers Gesicht liefen, sahen schwarz aus.

Skater faßte zwischen die Vordersitze, fand sein Monoschwert samt Scheide und schwang es sich über den Rücken. Er aktivierte den Commlink. »Erzengel, was machen die hiesigen Polizeieinheiten?«

»Die Grenzpatrouille ist unterwegs«, antwortete sie kühl aus Wheelers Tsarina. »Außerdem hat Lone Star Everett ein taktisches Einsatzteam zusammengestellt. Es wird in wenigen Minuten hier eintreffen.«

Der Johnson machte Anstalten, in den Landrover zu klettern.

Duran hielt den Mann am Ellbogen fest. »Was, zum Teufel, glauben Sie, wohin Sie gehen?«

Das bärtige Gesicht des Mannes nahm einen Ausdruck der Verwirrung an. »Mit Ihnen.«

»Laß ihn rein«, sagte Skater.

»Zusätzliches Gepäck«, stellte Duran fest. »Und nicht unser Problem. Wir haben alles, was er weiß.«

Skater beobachtete die gepanzerten Truppen, die über den Parkplatz ausschwärmten und sich Schußwechsel mit den fliehenden Bargästen lieferten. Sie hatten das Team noch nicht entdeckt, aber es würde nicht mehr lange dauern.

»Sie wissen nicht alles«, sagte der Johnson mit zusammengebissenen Zähnen. »Ich habe eine LTG-Nummer für einen Briefkasten, den ich benutzen soll, wenn ich mit der Frau in Verbindung trete. Und ich habe das Paßwort, das mich durch die Hintertür läßt.«

»Es gefällt mir trotzdem nicht«, sagte Duran. »Dieser

Bursche ist schuld daran, daß Luppas' Leute uns gefunden haben.«

»Er ist außerdem die einzige Spur, die uns jetzt noch bleibt, um uns Luppas und Fuchi vom Hals zu schaffen«, sagte Skater.

»Jack hat recht«, sagte Elvis. Er ließ seine Unterarmklingen vorschnappen. »Wir werden uns die Finger schmutzig machen müssen, um hier rauszukommen. Da wäre es ganz gut, wenn dabei was rumkäme.«

Skater warf noch einen letzten Blick auf Cullen Treys reglosen Körper im Landrover, dann schloß er die Tür, nachdem der Johnson eingestiegen war. »Duran, du übernimmst das Steuer. Elvis und ich versuchen den Kopter loszuwerden. Du fährst los, wenn du siehst, daß wir dir genug Raum verschafft haben – oder wenn klar wird, daß wir dazu nicht mehr in der Lage sind.«

»Versuchen wir die Straße zu erreichen?« fragte Duran, indem er sich auf den Fahrersitz hinter das Steuer klemmte.

»Es geht ins Gelände«, sagte Skater, wobei er sein Monoschwert aus der Rückenscheide zog. »Fahr einen Kilometer nach Osten und bieg dann nach Süden ab. Nach drei oder vier Kilometern sollten wir wieder Everett erreicht haben.«

Duran nickte und legte seine Schrotflinte in den Schoß, dann stieß er den Kompaß an, den sie am Armaturenbrett angebracht hatten. »Was ist mit dir?«

»Ich werde rechtzeitig da sein.« Skater schlug mit der geschlossenen Faust auf die des Orks. Er hoffte, daß er recht behielt. Aber er sah keine andere Möglichkeit. Seine eigenen Bedürfnisse hatten das Team in Gefahr gebracht. Hätte er sich nicht fast ausschließlich von dem Wunsch leiten lassen, Emma nicht zu verlieren, hätte er den Run bei Schastakowitsch mit Sicherheit sausen lassen. Er bezweifelte nicht, daß die anderen seinem Beispiel gefolgt wären, sogar Trey, der sonst nie eine Gelegenheit ausließ, an einem Run zu verdienen. Keiner von ihnen wäre heute abend in der Bar gewesen. Er schuldete ihnen die Chance, sich abzusetzen.

»Jack.«

Skater drehte sich um, da er Erzengels Stimme erkannte und wußte, daß sie nicht über Commlink sprach.

Sie kam mit ihrer Ares Light Fire 70 in der Hand zum Landrover geeilt. »Ich bin hier, um zu helfen. Ich konnte nicht einfach rumsitzen und nichts tun. Wheeler hat sich bereits in den Tsarina eingestöpselt und ist nicht mehr ansprechbar. Er wird mit dem Wagen allein fertig. Ich wäre ihm nur im Weg. Hier kann ich uns mehr nützen.«

Skater nickte einmal kurz und sah zu, wie Erzengel auf den Fahrersitz sprang, den Duran für sie geräumt hatte. »Ich melde mich, wenn es soweit ist«, sagte er ihr über Commlink.

»Ich warte.« Ihre Worte klangen deutlich und neutral, aber in ihren Augen funkelte nackter Aufruhr, etwas, das Skater noch nie zuvor bei ihr gesehen hatte. Sie ließ den Motor des Wagens an, der mühelos zum Leben erwachte.

»Elvis«, sagte Skater.

»Fertig, *Omae*.«

Skater packte das Schwert mit beiden Händen und zwang es, mit seinem Körper zu einer Einheit zu verschmelzen, während er spürte, wie die Reflexbooster sich ebenfalls darauf einstellten. »Wir schlagen uns zu den Motorrädern durch und schalten dabei so viele von Luppas' Leuten aus, wie wir können«, sagte Skater. »Dann schließen wir zwei Motorräder kurz, so daß wir den Rückzug des Landrovers in den Wald decken können.«

Der Trollsamurai nickte, während er sich eine Panther-Sturmkanone über die Schulter warf.

Skater huschte in die Schatten.

39

Auf der Astralebene raste Kylar Luppas auf der Suche nach seiner Beute durch die *Neon-Sunsets-Bar*. Seine Watcher huschten durch die Reihen der Gäste, die in panischer Angst schrien, und musterten die Gesichtszüge jeder Person auf der Suche nach denjenigen, die zu finden Luppas ihnen aufgetragen hatte. Er hatte die Shadowrunner kurz gesehen, nur ein paar Augenblicke, bevor die Truppen aus dem Hubschrauber durch den Notausgang in die Bar gestürmt waren.

»Meister«, pfiff eine dünne Stimme.

Luppas, der mitten über dem Gemetzel in der Bar schwebte, drehte sich zu dem Watcher um, der auf ihn zu flog.

»Wir haben die Menschen gefunden«, rief der Watcher enthusiastisch. »Sie sind draußen. Sie ...«

Plötzlich fiel der gasförmige Körper des Watchers in sich zusammen wie eine dahinwelkende Blume und war Nanosekunden später verschwunden.

»Absurde kleine Wesen, nicht wahr?« ertönte eine spöttische Stimme.

Luppas fuhr herum.

Der andere Magier stand vor ihm, die Füße auf einer astralen Terra firma fast einen Meter über dem Boden. Ein zynisches Lächeln umspielte seine dünnen Lippen. Er sah nicht anders aus als in der physikalischen Welt, vielleicht ein wenig größer. Offensichtlich basierte sein Bild im Astralraum nicht auf seinem Ego.

»Dennoch haben sie ihren Nutzen«, sagte der andere Magier.

»Bevor ich Sie töte«, sagte Luppas, »werde ich Ihren Namen erfahren.«

»Weil Namen Macht sind?« spottete der Magier. »Das ist Aberglaube. Oder hat Ihnen das noch niemand gesagt?«

Luppas konzentrierte sich und schoß einen Manapfeil

aus seiner linken Hand ab. Der Zauber nahm das Aussehen eines Miniatur-Augentöters an, nicht größer als eine Männerhand. In seiner Wahrnehmung nahmen alle Zauber im Astralraum die Gestalt von Tieren an. Andere Magier nahmen sie anders wahr. Er hatte sich nie über die Unterschiede Gedanken gemacht, weil Magie mehr durch den Glauben als durch das Wissen gestärkt wurde.

Das Astralwesen schoß auf den anderen Magier zu.

Der Magier reagierte sofort, indem er einen Schritt zurückwich und den Gehstock hob, den er bei sich trug. Er legte die andere Hand darauf und zog. Sofort wurde der Gehstock länger und dicker und nahm die Gestalt eines zwei Meter langen Kampfstabs an, der im schlichten Gelb der Aura des anderen Magiers leuchtete.

Der Manapfeil in der Gestalt des Miniatur-Augentöters schoß auf den Kopf des Magiers zu. Bevor er ihn erreichte, wurde er von dem Stab getroffen und verpuffte in einer pyrotechnischen Wolke, die weder Asche noch Rauch hinterließ.

Der Magier wirbelte den Stab in einer verschnörkelten Bewegung herum und hielt ihn dann abrupt in der Senkrechten an. Mit der freien Hand nahm er das Ende seines Umhangs und verbeugte sich, wobei er Luppas nicht für einen Sekundenbruchteil aus den Augen ließ. »Der Name, Neugieriger, lautet Cullen Trey.«

Luppas kannte den Namen von seinen Ausflügen in den Seattler Sprawl. »Sie haben einen beachtlichen Ruf.«

»Und ein noch größeres Herz«, versicherte Trey ihm. »Was der Grund dafür ist, warum ich Ihnen anbiete, Sie zu verschonen, wenn Sie meine Freunde gehen lassen.«

Unter Benutzung seiner Fokusse tastete Luppas sich in die physikalische Welt zurück und aktivierte den Waffenfokus an seinem fleischlichen Körper. Der Raum vor ihm schimmerte, dann wurde ein Katana in seinen Händen stofflich.

»Ah«, spottete Trey, den die Waffe nicht zu beeindrucken schien. »Aus dem Hause Ginsu.«

»Wir werden ein kleines Spiel spielen, Sie und ich«, verkündete Luppas. Er ging auf den Magier zu.

»Das Sushi-Spiel, richtig?« Trey wich nicht vom Fleck und machte auch keine Anstalten, sich zu verteidigen. *»Sushi liebt mich, Sushi liebt mich nicht?«*

Luppas war jetzt nahe genug und vollführte eine Finte. Als Trey nach dem Köder schnappte und den Hieb parieren wollte, ließ er das Katana auf die Verbindung zwischen Hals und Körper niedersausen in der Absicht, den Kampf rasch zu beenden.

Statt dessen riß Trey den Stab hoch und parierte das Katana so heftig, daß eine schmerzhafte Erschütterung durch Luppas' Arme zuckte. Bunte Funken sprühten, als die beiden Waffen aufeinandertrafen.

Luppas wich zurück, als ihm klar wurde, daß der Stab weder eine gewöhnliche Manifestation astraler Energie noch die astrale Entsprechung eines Waffenfokus war. Er war uralt und mächtig, ein Gegenstand, den er zur Förderung seiner eigenen Fähigkeiten gern eingehend untersucht hätte.

Trey ließ den Kampf damit jedoch nicht enden. Er trat vor und übernahm die Initiative, indem er wiederholt zuschlug und Luppas vor sich her trieb.

Luppas stieß sich ab und schoß durch das Dach der Bar in den Nachthimmel, um kaum ein Dutzend Meter vom Hubschrauber entfernt innezuhalten. Als er nach unten schaute, sah er den Landrover durch die Reihen der geparkten Wagen in Richtung Wald fahren. Das war die einzige Richtung, die er nicht hatte absperren können. Andererseits hatte sein Plan gar nicht vorgesehen, daß die Shadowrunner aus der Bar entkamen, bevor er sie gefangennahm, wenn sie nicht bereits tot waren.

Aber er war darauf vorbereitet. Das war er immer. Er streckte eine Hand aus, sprach die Worte des Bindens und reichte durch den Astralraum an den Ort, wohin er den Erdelementar in seiner Wohnung beordert hatte. »Gilyaremo, Erschütterer der Erde, ich befehle dir zu kommen.«

Im nächsten Augenblick nahm die Wesenheit vor ihm Gestalt an. Der Geist sah wegen seines Körperumfangs und der Hörner auf dem Kopf auf den ersten Blick vage wie ein Troll aus. Doch es waren drei Hörner, die sich aus den Schläfen und der Stirn schraubten und deren Farbe in subtilen Schattierungen von Pechschwarz zu Blutrot wechselte. Das Gesicht war dreieckig und erinnerte an das eines Rinds. Am Ende der kurzen gebeugten Beine saßen Pferdehufen. Der Rumpf bestand aus hartem weißen Marmor, der von dunkelvioletten Adern durchzogen war.

»Ich erwarte Euren Befehl, Meister Luppas«, sagte der Elementar mit einem haßerfüllten Unterton. Die Bindung des Elementars war kein reines Vergnügen gewesen, aber Luppas hatte ihm keine Chance gelassen.

Er zeigte auf den Landrover, der bereits von dem Hubschrauber verfolgt wurde. »Halte dieses Fahrzeug auf.«

»Ja, Meister.« Der Elementar fuhr herum und raste hinter dem Landrover her.

»Luppas!« rief Trey herausfordernd, als er durch das Dach der Bar stieg und von unten heraufschoß. Ein Manapfeil verließ seine Hand und nahm die Gestalt eines leuchtenden Obsidian-Hais an, der Luppas entgegenraste.

Als er sich auf die Abwehr des Hais vorbereitete, sah Luppas eine Gefahr für den Hubschrauber, die der Pilot nicht erkennen konnte. Er verließ die Astralebene und kehrte in der Hoffnung in seinen Körper zurück, daß es noch nicht zu spät war. Die erste Explosion fegte durch den Hubschrauber, kaum daß er die Augen in der physikalischen Welt geöffnet hatte.

40

Drei bewaffnete Soldaten, die aus der Bar gelaufen kamen, entdeckten Skater und Elvis sofort.

»Elvis«, sagte Skater, indem er sich hinter das massive Fahrgestell einer Harley-Davidson Scorpion duckte. Kugeln schlugen gegen das aufgemotzte Motorrad, und Funken sprühten. Wenigstens ein Geschoß durchbohrte den Kunstledersitz und ließ Fetzen der Polsterung durch die Luft wirbeln.

»Bleib unten, *Omae.*« Elvis saß auf einem Thundercloud Pinto Geländetrike, das schon bessere Tage gesehen hatte. Dennoch klang der bullige Motor kehlig und stark. Der Samurai hob die Panther-Sturmkanone mit einer Hand.

Skater spürte die Hitze des Geschosses, als es an ihm vorbeiraste. Er verfolgte instinktiv seine Flugbahn und drehte gerade noch rechtzeitig den Kopf, um zu sehen, wie der Sprengkopf die Brust des führenden Soldaten aus Luppas' Vier-Mann-Team traf.

Der Sprengkopf verwandelte den Mann in Fetzen aus Panzerung und blutigem Fleisch. Die Explosion holte die drei Männer hinter ihm von den Beinen.

Elvis lud nach und schaltete mit seinem nächsten Schuß noch einen der Angreifer aus, bevor sich die beiden anderen zurückzogen. »Ballistische Panzerung«, schnaubte der Troll. »Nicht im geringsten explosionsbeständig. Sie müßten schon Panzer sein, um diesem Baby hier zu widerstehen.«

Skater pflichtete ihm insgeheim bei, rannte aber gleichzeitig zu der Hyundai Offroader, die er sich aus der Sammlung der Motorräder ausgesucht hatte. Die meisten von ihnen waren Straßenmaschinen und würden nicht mit dem unwegsamen Gelände zurechtkommen, mit dem sie es bei ihrer Flucht zu tun bekommen würden. Er steckte das Monoschwert in die Scheide auf seinem Rücken und fing das Messer, das Elvis ihm zuwarf. Augenblicke später hatte er die Zündung kurzgeschlossen. Die Offroader sprang blubbernd an.

Skater schwang sich auf das Motorrad, drehte am Gas und legte den ersten Gang ein. Er aktivierte den Commlink. »Okay, Erzengel, nichts wie weg von hier!« Der Hinterreifen drehte kurz durch, dann schoß das Motorrad vorwärts. Er war sich der Anwesenheit des Hubschraubers am Himmel über ihnen grimmig bewußt.

Ein Schwall schwarz gepanzerter Soldaten folgte dem Landrover, als Erzengel ihn in Bewegung setzte und über den Parkplatz fuhr. Offenbar war es Luppas' Leuten gelungen, ihn mit magischen Mitteln auszumachen.

Elvis feuerte ein Geschoß aus seiner Sturmkanone auf sie ab und traf einen Mann, der gegen die beiden Soldaten hinter ihm geschleudert wurde; ein ganzes Knäuel von Leibern prallte gegen einen parkenden Lastwagen.

»Gib ihnen Deckung«, sagte Skater zu Elvis. »Ich stoße zu euch, sobald ich kann.«

Der Troll nickte und ließ den Munitionsgurt für die Panther ein wenig herab, so daß er in bequemer Reichweite auf Höhe seiner Hüfte hing. Er beschleunigte und schoß davon, so daß die beiden hinteren Antriebsräder den Kies meterhoch schleuderten.

Skater pflanzte einen Fuß auf den Boden und drehte das Motorrad. Kugeln trafen die Maschinen ringsumher und verwandelten einige davon in Schrotthaufen. Irgendwo hinter ihm schlug ein Funke Feuer, und die Motorräder explodierten, als er sich erst ein paar Meter von ihnen entfernt hatte. Der Schwall heißer Luft senkte sich wie eine Decke über ihn und brachte ein trügerisches Gefühl der Geborgenheit mit sich, das ebenso rasch wieder verflog, wie es gekommen war.

Der Hubschrauber folgte dem Landrover und verlor dabei an Höhe, während er die Minikanonen an Bord ausrichtete. Rubinrote Ziellaser huschten über das Heck des Landrover, während dieser der Baumlinie am Ende des Parkplatzes entgegenjagte.

Skater aktivierte den Commlink, während er im Zickzack durch die unregelmäßigen Wagenreihen fuhr und eine Flügelposition auf der rechten Seite des Landrover bezog. Elvis deckte bereits die linke Seite ab. »Wheeler.«

»Ja«, antwortete der Rigger mit rauher Stimme. Er saß immer noch ganz ruhig in dem Tsarina und wartete auf den richtigen Augenblick, ins Spiel gebracht zu werden.

»Nimm dir den Hubschrauber vor.« Skater musterte den Rand des Parkplatzes, der vielleicht noch sechzig Meter entfernt war. Das Land war für den Parkplatz größtenteils plattgewalzt worden, aber das Gelände dahinter war hügelig und stark bewaldet. Wenn sie es dorthin schafften, war er sicher, daß sie entkommen konnten.

Skater beobachtete die Leuchtspurgeschosse aus dem schweren Vanquisher-MG, das Wheeler in einer Heckhalterung verborgen hatte, wie sie sich ihrem Ziel entgegen in den Himmel schraubten. Die Kugeln trafen fast augenblicklich den Heckrotor des Hubschraubers.

Das Heck des Hubschraubers ging in Flammen auf und löste sich dann unter dem massiven Beschuß förmlich auf. Der Pilot verlor die Kontrolle und der Hubschrauber stürzte in die Bäume vor dem Landrover. Als die wirbelnden Rotoren auf die Äste trafen, zersprangen sie und verwandelten sich in einen Hagel tödlicher Trümmerstücke. Nur noch ein Klumpen Metall, stürzte das Wrack des Hubschraubers wie ein Stein in den Wald und verwandelte sich in einen riesigen Feuerball, noch bevor er auf den Boden aufschlug.

Zuerst glaubte Skater, das Kreischen von Metall stamme von dem Hubschrauber, aber dann wurde ihm klar, daß es von links kam. Er wandte den Kopf und bremste scharf, um einem Americar auszuweichen, der vor ihm aus einer Parklücke schoß. Er umfuhr den Americar und richtete seine Aufmerksamkeit wieder auf den

Landrover. Trotz Lichtverstärker konnte er das Gebilde kaum erkennen, das sich plötzlich auf dem Parkplatz erhob und den Landrover anhielt.

Das Wesen war fast fünf Meter groß und mehr als halb so breit. Es war vage humanoid und bestand aus der Erde und dem Kies des Parkplatzes. Es hatte keinen Hals, aber ein Aufsatz auf dem Rumpf erweckte den Eindruck eines Kopfes. Zwei gewaltige Arme, so dick wie der Oberkörper eines normalen Menschen, drückten gegen den Kühler des Landrover und bremsten ihn, so daß sich die Räder des Wagens auf der Stelle drehten. Die Beine sahen wie Brückenpfeiler aus und waren gespreizt, um der Masse und Antriebskraft des Landrover widerstehen zu können.

»Ein verdammter Erdelementar«, knurrte Duran. »Luppas muß ihn geschickt haben. Hat irgend jemand den Wichser gesehen? Wenn es mir gelingt, ihm eine doppelte Schrotladung zu verpassen, müssen wir uns nicht mit dieser wandelnden Kiesgrube rumschlagen.« Er öffnete die Tür und stieg aus, um dem Ungeheuer mit seiner Schrotflinte gegenüberzutreten. Er gab zwei Schüsse ab.

Das Wesen öffnete seinen Mundspalt und brüllte als Reaktion darauf. Die Schrotkugeln zeigten überhaupt keine Wirkung.

Skater brachte die Offroader zum Stehen. Auf der anderen Seite des Landrover folgte Elvis mit dem Pinto seinem Beispiel. Der Scheinwerfer des Trikes beleuchtete den riesigen Elementar.

»Zurück«, befahl Skater. »Versucht euch von ihm zu lösen und ihn zu umfahren.«

Erzengel legte den Rückwärtsgang ein und trat aufs Gas. Alle vier Reifen des Landrover wühlten sich in den Boden, aber das Fahrzeug rührte sich nicht von der Stelle. Jeder aufgewirbelte Erdbrocken und jedes Körnchen Kies, die gegen den Elementar prallten, erhöhten seine Körpermasse. Mit jeder verstreichenden Sekunde sah der Elementar menschenähnlicher aus, da er sich immer vollständiger auf der physikalischen Ebene manifestierte.

»Ich kann nicht«, sagte Erzengel. Bevor sie noch ein weiteres Wort sagen konnte, schien sich der Boden unter dem Landrover plötzlich zu verflüssigen, da der Landrover zentimeterweise tiefer einsank. Der Elementar schob den Wagen langsam, aber sicher in das sich öffnende Grab.

41

Als Kylar Luppas die Augen aufschlug, spürte er die erste Erschütterung der Explosion, die den Hubschrauber durchlief. Eine Nanosekunde später stürzte der Lärm auf ihn ein. Fleisch und Blut reagierten trotz des Adrenalinausstoßes nur langsam, weil er seinen Körper zuvor sehr lange verlassen hatte. Der Kampf gegen Cullen Trey auf der Astralebene hatte seine Reserven angegriffen, und die Anstrengung, seine anderen Zauber aufrechtzuerhalten, trug zusätzlich zum Kräfteverschleiß bei.

Die Explosion schleuderte Luppas gegen das Bullauge neben der verbogenen Luke. Der Barrierenzauber, in den er sich gehüllt hatte, bewahrte ihn vor größerem Schaden, störte jedoch seine Konzentration. Die Barriere schützte ihn vor körperlichem Schaden, bot jedoch nicht den geringsten Schutz vor Treys beständigen Angriffen aus dem Astralraum, wenn sie auf einer anderen Grundlage als der physikalischen beruhten. Einen Augenblick später hatte er seinem Abwehrzauber jedoch eine Manabarriere hinzugefügt und für beide Zauberspeicher aktiviert.

Ein Blick zur Luke hinaus zeigte ihm, wie der Boden in einem steilen Winkel rasch näher kam, da sich der Hubschrauber ein wenig auf die Seite gelegt hatte. Die

Zweige und Äste der Bäume griffen nach der Maschine, als sie in ihre tödliche Umarmung geriet.

In dem Wissen, daß es schon fast zu spät war, hechtete Luppas durch die Ladeluke und rollte sich zu einem Ball zusammen, um der taumelnden Metallmasse auszuweichen, deren Sturzbahn längst nicht mehr kontrollierbar war. Sobald er das Wrack hinter sich gelassen hatte, levitierte er sich, verlangsamte seinen Fall und gewann die Kontrolle über seine Flugrichtung.

Im nächsten Augenblick prallte der Hubschrauber gegen die Baumlinie und zerplatzte in tausend Stücke. Splitter trafen Luppas, durchdrangen jedoch nicht die unsichtbare Barriere, mit der er sich umgeben hatte. Regenbogenfarbene Flammen, die nur Luppas oder jemand sehen konnte, der Zugang zum Astralraum hatte, explodierten förmlich von der Aufschlagstelle.

Luppas hielt sich zwanzig Meter über dem Boden und schlug die Richtung zur Bar ein. Er begutachtete das Schlachtfeld mit geübtem Auge. Die Shadowrunner waren einem Durchbruch näher gewesen, als er es je für möglich gehalten hätte. Der Erdelementar stand vor ihrem Fluchtwagen und schob ihn in die Erde, da er seine Kraft des Verschlingens einsetzte.

Am anderen Ende des Parkplatzes setzte Octavius die drei Sperrfahrzeuge in Marsch. Die Gäste aus der Bar, die zu ihren Fahrzeugen geflohen waren, hatten diese auf der Flucht vor den Waffen in den Fahrzeugen der Söldner wieder verlassen. Trotzdem war noch genug Platz, um die abgestellten Wagen zu umfahren.

Wo die Wagen zu dicht standen, pflügten sie einfach durch die Fahrzeuge der Gäste, wobei sie aufgrund ihrer massiven Panzerung kaum Schaden erlitten, welche sie fast so robust wie die leichten Panzer machte, die Luppas in den Wüstenkriegen befehligt hatte. Ein hinkender weiblicher Troll geriet unter die Stoßstange eines der Wagen, und das Fahrzeug fuhr weiter. Die Trollfrau blieb als Zerrbild ihrer selbst hinter dem Wagen zurück.

Luppas sammelte seine letzten Kräfte zu einem weiteren magischen Angriff. Er erforschte den Landrover und entdeckte den Mann darin. Er schwebte näher und verließ sich dabei ganz auf die Kraft seiner Barrierenzauber, um sich vor allen Angriffen zu schützen. Durch die Heckscheibe des Landrover sah er den Mann, der mit Skater geredet hatte. Unter Einsatz aller magischen Künste, die er beherrschte, las Luppas mittels einer Gedankensonde in den Gedanken des Mannes. Bei Treys fünf Freunden war leicht zu erkennen, was sie waren. Die Tatsache, daß der siebente Mann nicht zu ihnen gehörte, war ihm sofort klar. Außerdem hatte er gesehen, daß ihre Unterhaltung mit dem Mann nicht in freundschaftlichen Bahnen verlaufen war.

Luppas blieb keine Zeit, um ausgiebige Informationen zu sammeln, aber im Zeitraum einer Sekunde hatte er, was er seiner Ansicht nach brauchte. Die Frau, die den Mann angeworben hatte, hatte ihm eine LTG-Nummer und eine Uhrzeit genannt, zu der er sich mit ihr in Verbindung setzen sollte.

Luppas formte den Manapfeil in seinen Gedanken, bereitete ihn vor und vergewisserte sich, daß er seinen Zweck erfüllen würde. In diesem Augenblick erkannte er Quint Duran, als der große Ork neben dem versinkenden Landrover Deckung suchte. Duran feuerte beständig und brachte trotz aller Bemühungen von Octavius Unordnung in die Reihen der sich nähernden Bodentruppen.

In dem Versuch, dem Grab zu entkommen, das sich um ihn öffnete, machte der Landrover plötzlich einen Satz nach vorn. Der Erdelementar brüllte vor Wut, dann hob er einen seiner massigen Arme, der in einem Felsblock in Gestalt einer Faust auslief. Mit einem Aufschrei grimmiger Häme ließ er die Faust auf die Motorhaube des Landrover krachen und riß sie dann in Stücke.

Luppas wirkte den Manapfeil, während er zusah, wie der schwerttragende Motorradfahrer auf den Erdelementar zu raste und Cullen Trey aus dem Landrover stieg, wobei der Magier immerhin stark genug schwankte, um Luppas zu verraten, daß ihr Kampf auf der Astralebene Trey ebenfalls erschöpft hatte.

42

Skater stand hoch aufgerichtet auf den Fußrasten der Offroader, die Faust krampfhaft um das Gas geschlossen, und raste dem Erdelementar entgegen. In den letzten Sekunden hatte er so viel Kies und Erdreich absorbiert, daß er weitere eineinhalb Meter gewachsen war.

Bei einer Größe von nunmehr fast sieben Metern und einer Breite von gut der Hälfte schien es unmöglich zu sein, den Erdelementar von seiner Beute abzulenken. Grobe Gesichtszüge, so rudimentär wie die, welche ein Kind geformt hätte, verzogen sich zu einem Ausdruck manischer Freude.

Skater wußte, daß er den Landrover freibekommen mußte. Er hielt sein Schwert in der linken Hand und verließ sich auf sein Geschick und seine Reflexbooster, als er sich dem Wesen näherte. Der Motor des Landrover brüllte auf und übertönte alle anderen Geräusche. Sogar die Verständigung über Commlink war schwierig.

»Du bist verrückt, Junge«, sagte Duran. »Kehr um. Wir verschwinden zu Fuß.«

»Jack«, sagte Erzengel. »Tu's nicht.«

Sie brauchten nur den Hauch einer Chance. Skater wußte, daß ihm die Aufmerksamkeit des Elementars gehörte, als der kegelförmige Kopf auf dem felsverkrusteten Stumpf von einem Hals herumfuhr. Er nahm die Faust von der Haube des Landrover, wobei es ihm mit seinem letzten Ruck fast gelungen wäre, die Windschutzscheibe zu zerschmettern, und riß eine klobige

Schulter herum. Die Faust, die wie ein gigantischer, aus einem Steinbruch herausgehauener Hammer aussah, kam hoch.

Skater drehte am Gas, und die Offroader reagierte sofort. Als er in Reichweite des Elementars kam, hieb er mit dem Schwert nach dem Knie der Kreatur, das wegen ihrer Größe für ihn fast auf Hüfthöhe war.

Wenngleich im Wesen nicht magisch, wußte Skater, daß sein Angriff eine Wirkung auf die Kreatur haben würde. Wenn sich Elementare auf der physikalischen Ebene manifestierten, wurden sie anfällig für physikalische Angriffe. Kugeln und Schußwaffen konnten ihnen nichts anhaben, hatte Trey ihnen vor noch gar nicht allzu langer Zeit erklärt, und auch nichts, was ohne den persönlichen Einsatz eines Angreifers aktiviert wurde. Schwerter und Messer waren eine Möglichkeit, aber im allgemeinen konnten Elementare die Wirkung dieser Waffen einfach abschütteln. Dasselbe galt für Wurfäxte und Pfeile, die von einem Bogen und nicht von einer Armbrust verschossen wurden. Eine Armbrust war in der Regel zu unabhängig vom Willen eines Schützen, während für die Handhabung eines Bogens echtes Geschick erforderlich war. Und Mut, um sich so einem Feind zu stellen.

Die Monoklinge schlug Funken, als sie den Stein traf. Doch die Schneide fraß sich in das Bein, obwohl der Aufprall Skater das Gefühl vermittelte, seine Schulter sei aus dem Gelenk gerissen worden. Der Versuch, das Schwert aus dem Gestein des Elementars zu lösen, hätte ihn fast vom Sitz der Offroader gerissen.

Der Elementar heulte vor Schmerz und Wut auf, während Skater darum kämpfte, sich auf dem Motorrad zu halten. Er schaltete herunter, schob das Schwert in seine Rückenscheide und wendete die Offroader nicht weit von Elvis in einem engen Bogen, wobei Kies in alle Richtungen spritzte.

Der Trollsamurai hielt die Panther-Sturmkanone an

seine Schulter und zielte auf eine Gruppe von Söldnern, die von rechts durch eine Gruppe verlassener Fahrzeuge heraneilten. Ein heißer Flammenstrahl schoß aus dem Heck des Sprengkopfes, als sich der Flüssigtreibstoff entzündete. Weniger als einen Augenblick später prallte er gegen die Fahrzeuggruppe. Die Explosion schüttelte die Wagen durch und schleuderte gepanzerte Leiber zu Boden.

Skater wandte sich wieder dem Erdelementar zu und sah, wie das Wesen auf seinem verwundeten Bein schwankte und in den Nachthimmel brüllte, als es sich wieder dem Landrover widmete. »Hurensohn«, murmelte Skater, der nicht glaubte, was er sah. Er aktivierte den Commlink. »Starte den Motor, Erzengel!«

Der Landrover sprang wieder an. Alle vier Räder wühlten Erde auf, und der Wagen versank noch tiefer in den Boden, indem er half, sein eigenes Grab zu schaufeln. Der Wagen war jetzt bis zur Mitte der Türen eingesunken.

Dann glaubte Skater einen Augenblick lang, die Schramme im Bein des Elementars reiche bereits aus. Der Elementar zitterte von der Anstrengung, den Landrover aufzuhalten, und seine Füße rutschten zentimeterweise zurück.

Plötzlich rückte er das Bein wieder in Stellung, als der Schnitt fast augenblicklich verheilte. Dann rammte die Kreatur mit neuerlicher Kraft beide Hände gegen den Kühler des Landrover. Sein wütender Schrei ließ Skater das Blut in den Adern gefrieren und klang wie das unendlich verstärkte Geräusch einer Spitzhacke, die tief in eine Felswand getrieben wird.

»Verdammt noch mal«, sagte Skater. »Raus aus dem Landrover, Erzengel. Versuch zu Wheeler zu kommen.« Der Zwergenrigger war mehrere Wagenlängen hinter dem Landrover und konnte seine Waffen nicht auf den Elementar ausrichten. Aber selbst wenn ihm das gelungen wäre, hätte das MG-Feuer der Kreatur nichts anhaben können. Skater schaltete zurück und brachte die Offroader wieder auf Drehzahl. »Duran, ist Trey …«

»Ich bin hier, Chummer«, erwiderte der Magier.

Skater konzentrierte sich auf die schwankende Gestalt an der Seite des Landrover.

»Elvis«, sagte Trey. »Hast du noch eine Rakete übrig, mein Freund?«

»Mehr als eine«, sagte Elvis.

»Ich brauche eine.« Die Hände in Schulterhöhe ausgebreitet, die Handflächen nach außen gedreht, ging Trey auf den Erdelementar zu.

Die Kreatur bemerkte den Magier sofort. Ihr ungeschlachter Kopf zuckte zurück und ließ ein kantiges Profil im Mondlicht erkennen. Der Elementar verhielt sich, als nehme er Witterung auf.

»Schieß damit auf den Elementar«, sagte Trey. Er blieb fünf Meter vor der Kreatur stehen.

»Kann ich nicht«, sagte Elvis. »Du bist zu nah. Drek, der Landrover ist zu nah.«

Skater betrachtete die Reihe der Söldner kaum vierzig Meter entfernt. Er wußte, daß sie jeden Augenblick ihre Deckung verlassen würden, um sie zu überrennen.

»Vertrau mir, *Omae*«, sagte Trey.

»Gemacht.« Elvis hob die Sturmkanone und richtete sie auf den Elementar. »Achtung.« Er drückte ab, und die Rakete zischte aus dem Lauf.

Als die Rakete den Erdelementar traf, explodierte der Sprengkopf auf eine weit farbenprächtigere Weise als sonst. Skater wußte, daß die Anstrengung für Cullen Trey bei diesem Zauber beträchtlich gewesen sein mußte. Er hatte noch niemals einen derartigen Zauber gesehen, ja nicht einmal von einem gehört. Eine Fontäne aus grünem Feuer sprudelte aus der Seite der Kreatur. Trotz all der vom Sprengstoff entfesselten Gewalten blieb der Elementar völlig unbeeinträchtigt.

Doch das stimmte nur zu Anfang.

Skater erwartete, die Front des Landrovers in Fetzen

zu sehen. Statt dessen wies sie lediglich ein paar neue Kratzer auf. Der Großteil der Explosionswucht war in der schimmernden Wolke gefangen, die Trey geschaffen hatte. Die Wolke schwoll an und hüllte den Erdelementar ein.

Die Winde in dieser Wolke erreichten binnen Sekunden Orkanstärke. Das klagende Heulen der in der Enge der Wolke tosenden Winde hallte über den Parkplatz und übertönte alles bis auf das durchdringende Sirenengeheul der sich nähernden Grenzpatrouille.

Der Sturm pflückte den Erdelementar förmlich auseinander. Zuerst wurde die verbindende Erde weggerissen, dann die Steinbrocken und der Kies, mit denen sich der Elementar auf der physikalischen Ebene manifestiert hatte. Lange bevor die Kreatur den Gewalten des Sturms nachgab und von ihm von den Beinen gerissen wurde, verlor sie die Gewalt über den Landrover.

Erzengel steuerte das große Gefährt durch den Sturm. Vom Landrover geteilt, trug der Wind den Elementar über das Dach des Wagens hinweg. Das schmerzerfüllte Heulen der Kreatur bekam plötzlich einen echoartigen Nachhall, und ihre körperliche Manifestation zerbröselte völlig innerhalb des Orkans.

»Gib ihnen Deckung!« rief Skater Elvis zu.

Der Trollsamurai nickte einmal, dann lud er die Panther nach und schoß eine weitere Rakete ab.

Erzengel hielt den Landrover gerade so lange an, daß Duran Trey hineinschieben und sich selbst auf den Beifahrersitz schwingen konnte. Die vorderste Linie der Söldner löste sich aus ihrer Deckung und stürmte ihnen entgegen, als Elvis noch einmal mit der Panther schoß.

Skater sah die Grenzpatrouille eintreffen, während er seine Pistole nachlud. Die amerindianische Schutztruppe war ein überzeugter Vertreter der Schießt-zuerst-und-fragt-später-Schule. Wenn sie zu Hilfe gerufen wurde, war die Lage normalerweise kritisch, und eine Menge stand auf dem Spiel.

Skater legte den ersten Gang ein, ließ die Kupplung der Offroader kommen und folgte dem Landrover und dem Tsarina. Beide Fahrzeuge hatten den Parkplatz bereits hinter sich gelassen und verschwanden gerade im dichten Wald.

Skater wußte, daß man sie eine Zeitlang verfolgen würde, aber von Luppas' Fahrzeugen war keines in Stellung gewesen, um ihnen den Weg abzuschneiden. Er konnte nur hoffen, daß die Grenzpatrouille ihre Fahrzeuge nicht identifiziert und zur Verfolgung ausersehen hatte.

43

Luppas und seine Leute sind entkommen«, sagte Wheeler über Commlink.

Skater, der hinter dem Steuer eines Americar saß, den sie vor weniger als zehn Minuten gestohlen hatten, war nicht überrascht. Luppas' Gefangennahme wäre eine große Überraschung gewesen, und sein Unvermögen, sich dem Griff der Grenzpatrouille zu entwinden, wenn er denn gefaßt worden wäre, eine noch größere. Der elfische Söldner blieb weiterhin eine Gefahr, und Skater konnte den Atem des Mannes trotz der Entfernung, die sie bereits zurückgelegt hatten, fast in seinem Nacken spüren.

Skater und Elvis waren mit ihren Motorrädern fast zwei Kilometer den Highway entlang nach Osten zu einer weiteren Bar gefahren, die sie auf dem Stadtplan gefunden hatten, den Erzengel ihnen mit Hilfe ihres Decks zugänglich gemacht hatte. Der *Cocked Hat Saloon* war ebenfalls eine Grenzbar, befand sich aber in Everett und nicht auf Stammesgebiet. Der Saloon hatte sich auf Cyber-Amüsements wie die süchtigmachenden BTL-Chips und illegale Pharmazeutika spezialisiert, die für die Amerindianer auf Stammesland nicht ohne weiteres zugänglich waren, und das Geschäft lief wie geschmiert. Dort hatten sie auch den Wagen gestohlen, in dem sie jetzt über den Highway rollten.

Ein Stück weiter die Böschung herunter, die zum Highway führte, saß Wheeler im Tsarina, ein dunkler Schatten unter vielen zwischen den Bäumen. Er gab der Gruppe Rückendeckung, während Skater und Elvis den Landrover suchten.

Die Flucht von der *Neon-Sunsets-Bar* lag fast eine halbe Stunde zurück. Daß das Team auf möglicherweise feindlichem Gebiet so lange auf einem Fleck hockte, war nicht ratsam, aber der Landrover wäre selbst dann, wenn er kein ins Auge fallender Schrotthaufen gewesen wäre, zu auffällig gewesen, um sie zurück in ihr Versteck zu bringen, wo sie abtauchen konnten. Skater beobachtete den Waldrand auf der anderen Seite des Highways und sah den schmalen gelblich weißen Lichtstrahl von Durans Taschenlampe, der ihm Zeichen gab.

»Hast du ihn?« fragte Elvis auf dem Beifahrersitz. Der Trollsamurai hatte eine Hand über das Ohr gelegt und lauschte angestrengt, während seine Augen die dunkle Landschaft überflogen. Er hörte den Funkverkehr Lone Stars auf einer Frequenz ab, die Erzengel auf ihr Commlink geschaltet hatte, wie sie auch Wheeler mit den Paßcodes für die Frequenzen der Grenzpatrouille versorgt hatte.

»Ich habe ihn.« Skater fuhr den Americar an den Rand des Highways und weiter ins Gebüsch. Seine Kleidung war schweißfeucht, und die Angst versorgte seinen Körper immer noch mit Adrenalin, was ihn mittlerweile so erschöpft hatte, daß seine Hände zitterten. Er wurde mit den Folgen von gewalttätigen Auseinandersetzungen immer besser fertig, wenn er allein war, aber dafür hatten sie jetzt keine Zeit.

Er lenkte den Americar über das unebene Gelände und hielt neben dem Wrack des Landrover. Das Fahrzeug hatte schließlich doch noch den Geist aufgegeben und war ihnen am Straßenrand verreckt, nachdem der lecke Kühler ausgelaufen war und sich der Motor überhitzt hatte.

Skater öffnete die Tür des Americar, stieg aus und ging zum Landrover. Erzengel und Duran standen draußen neben der geöffneten Seitentür und lugten hinein.

Durans Gesichtszüge sahen im Scheinwerferlicht des Americar fahl und grimmig aus. »Ich weiß nicht, ob es so eine gute Idee war, den Johnson mitzunehmen, Junge. Wenn jemand eine Gewebeprobe von ihm hat, besteht die Möglichkeit, daß sie uns aufspüren. Du weißt, daß Luppas ihn schon einmal aufgespürt hat, sonst hätten sie uns nie gefunden.«

Skater ließ sich Durans Worte durch den Kopf gehen, während er über Erzengels Schulter sah. Der Johnson lag hinten im Landrover. Grauer, mit Blut vermischter Schaum warf vor seinem Mund Blasen, und seine offenen Augen bewegten sich unabhängig voneinander. Er hatte jegliche Farbe verloren, und seine Haut sah wie altes Pergament aus.

»Drek«, fluchte Skater, »was ist mit ihm?«

»Trey sagte, es sei ein Manapfeil gewesen«, erklärte Erzengel.

Der Johnson atmete rasselnd und unregelmäßig, und die Schaumblasen vor seinem Mund tropften ihm aufs Kinn.

Skater dachte an die LTG-Nummer, die der Johnson angeblich hatte. Er warf einen Blick auf Cullen Trey, der zusammengesunken auf dem Mittelsitz saß. »Schafft Trey in den Wagen.« Skater stieg neben dem Johnson ein und spürte, wie sich der Landrover bewegte, als Duran den Magier sanft aus dem Wagen zog.

Eine dicke violette Zunge quoll aus dem Mund des Johnson und leckte schwach über den Schaum auf seinen Lippen. »Der … der Wichser … hat mich übel erwischt … nicht?«

»Ja«, antwortete Skater in dem Wunsch, dem Mann

vormachen zu können, daß alles wieder in Ordnung kommen würde. Aber ein Blick reichte, um zu erkennen, daß das nicht der Fall war. Skater fühlte sich schuldig, weil er nicht den Erste-Hilfe-Kasten von vorn holte und dem Mann ein Beruhigungspflaster verpaßte.

Der Johnson schob zitternd eine Hand vor. »Halten Sie meine … Hand … bitte … mehr Angst als … als ich dachte …« Er versuchte zu lachen, aber es kam als ersticktes Gurgeln heraus.

Skater nahm die Hand des Mannes. Die Angst in ihm schlug immer höhere Wellen. Der Gedanke, daß Emma vielleicht für ihn verloren war, ließ ihn beinahe durchdrehen. Nur die Erkenntnis, daß er für sie sorgen mußte, hielt ihn bei der Stange. Er spürte, wie die Kräfte des Johnsons schwanden, die schwielige Hand in seiner schwach wurde.

»Die Frau … Frau … mit der ich geredet habe«, sagte der Johnson, »sie klang hart … aber … aber auch verängstigt … sie braucht … jemand … sagte, sie wäre … wäre ganz allein … bei dieser Sache.«

Der Landrover schaukelte, als Duran einstieg. »Junge, wir müssen verschwinden.«

Skater nickte. »Gleich.« Er sah dem Johnson in die Augen. »Sie sagten, Sie hätten eine LTG-Nummer von der Frau.«

»Sie müssen … zuerst versprechen … diesen … diesen Hurensohn … umzulegen.«

»Wenn ich kann«, sagte Skater. »Mehr kann ich nicht versprechen.«

Mit äußerster Mühe richtete der Johnson noch einmal einen Blick auf Skaters Gesicht. »Die Frau … sagte, man könne … Ihnen trauen … vielleicht … nur vielleicht … traue ich Ihnen auch.« Er holte tief und rasselnd Luft. »LTG-Nummer ist … 9206 … 75 … 9991.« Er holte noch einmal Luft, noch mühsamer als zuvor, und es klang, als atmete er durch Wasser. »Soll zwischen … zweiundzwanzig-zehn … und zweiundzwanzig-fünfzehn … anrufen ... sie sagte ... bis dahin ... hätte sie den ... den Rest des Geldes ... Paßwort ist Freiheit ... kenne nicht mal ... ihren Namen.«

Skater wiederholte die Information in Gedanken und sah zu, wie der Johnson seinen letzten, rasselnden Atemzug tat und seine mit Flüssigkeit gefüllten Lungen keinen Sauerstoff mehr aufnehmen konnten. Die Augen stellten ihre endlosen Kreisbewegungen ein und kamen in verschiedenen Blickwinkeln zur Ruhe. Skater stellte fest, daß er selbst den Atem angehalten hatte. Vielleicht hatte er im Angesicht des Todes nicht atmen wollen, und vielleicht hatte er es auch einfach nur vergessen. Er wußte es nicht.

Skater streckte die Hand aus und schloß dem Toten sanft die Augen. »Schlafen Sie gut, Mr. Johnson.« Dann wandte er sich ab und folgte Duran aus dem Landrover.

44

Draußen war die Luft frisch, kühler und vom Duft der Pinien des Waldes erfüllt. Skater atmete sie tief ein und zwang sich nachzudenken. Das war seine Gabe, die Fähigkeit zu planen, sich anzupassen und Dinge zu sehen, die den meisten Leuten entgehen würden. Als Kind war er mit seiner Phantasie allein gelassen worden, da er von einem Großteil des alltäglichen Lebens des Stammes seiner Mutter ausgeschlossen gewesen war. Er hatte nur seinen Großvater gehabt, und den hatte er mit dessen anderer Nachkommenschaft und seinen Stammespflichten teilen müssen. Sein Verstand war messerscharf geworden, eine Waffe, die es zu benutzen galt. Aber er war auch etwas geworden, das ihn verschlingen konnte, wenn er es zuließ.

Er warf noch einen letzten Blick auf den Landrover. Es gab nichts, was den Wagen mit ihnen in Verbindung bringen konnte. Sie waren alle sehr vorsichtig gewesen.

Er atmete noch ein letztesmal tief durch und glitt auf den Beifahrersitz des Americar. Erzengel und Trey saßen bereits auf der Rückbank. Elvis kam die Böschung herunter und gesellte sich zu Wheeler im Tsarina. Der Zwergenrigger öffnete die verschlossenen Türen des Wagens und ließ den Troll einsteigen.

»Laßt uns fahren«, sagte Skater über Commlink. Sie konnten nirgendwohin, außer in ihr Versteck. Dort waren sie wenigstens in Sicherheit und konnten in Ruhe ihre Möglichkeiten analysieren. Zudem gingen sie alle auf dem Zahnfleisch, das war Skater klar. Er blendete die Uhrzeit auf seiner Netzhaut ein: 22:06:18 Uhr. Seit dem Treffen mit dem Johnson war kaum mehr als eine Stunde vergangen.

Duran klemmte sich hinter das Steuer des Americar und gab Gas. Die Reifen drehten einen Moment lang auf der lockeren Erde der Böschung durch, dann schoß der Wagen auf die Fahrbahn.

Ein Blick in den Außenspiegel zeigte Skater, daß der Tsarina ihnen wie ein Schatten folgte. Er drehte sich um und warf einen Blick auf Trey. »Wie geht es ihm?« fragte er Erzengel.

Sie nickte, sah ihn jedoch nicht an. Ihre Aufmerksamkeit war ganz auf Trey gerichtet, und sie wischte ihm mit feuchten Papierhandtüchern über das Gesicht. »Er wird es überstehen.«

»Ich kenne eine Rattenschamanin in der Seattler Innenstadt, die Heilmagie beherrscht. Außerdem kann sie den Mund halten. Sie ist teuer, aber sie ist es wert«, sagte Skater.

Erzengel drehte sich zu ihm um, und Feuer blitzte in den goldenen Sprenkeln in ihren Augen. »Ich meine, wir sollten sie aufsuchen.«

»Ich glaube, er wird es verstehen.«

»Du glaubst, er wird es verstehen«, wiederholte Erzengel. Sie starrte ihn noch für einen Moment an, dann wandte sie den Blick ab und warf die benutzten Papierhandtücher in einen Plastikbehälter, den sie als Abfalleimer benutzte. »Jack, wie, zum Teufel, kommt es, daß du plötzlich so viel darüber weißt, was andere Leute empfinden? Woher weißt du, was am besten für alle ist, wenn du heute morgen nicht einmal wußtest, was du mit deiner Tochter tun solltest? Mir kommt der Gedanke, daß du dir nur dann sicher bist, wenn es dir in den Kram paßt.«

Skater gelang es, die wütende Antwort herunterzuschlucken, bevor die Worte über seine Lippen kamen. Es half, daß er es nicht gewöhnt war, derart starke Gefühlsäußerungen von Erzengel zu erleben. »Was ist los mit dir?«

»Nichts ist los mit mir«, schnauzte sie. »Es geht darum, was mit dir los ist, Jack.«

Skater lugte durch die staubbedeckte Windschutzscheibe, zwang sich, ruhig zu atmen, und unterdrückte seinen Ärger. Sie liefen um ihr Leben, flohen vor einem Gegner, der sie im Handumdrehen geeken konnte, wenn er sie einholte, beauftragt von einem Konzern, der in der Lage war, jeden Schlupfwinkel zu erreichen, in dem sie sich verkriechen konnten. Unruhe in den eigenen Reihen war in dieser Situation nicht angebracht.

»Eigentlich«, sagte Cullen Trey mit schwacher Stimme, »hört sich ein Besuch bei dieser Rattenschamanin gar nicht so schlecht an, Chummers. Selbst wenn dabei nicht mehr herauskommt als eine Linderung dieser gräßlichen Kopfschmerzen. Ich habe ein Gefühl, als hätte ich den schlimmsten Kater der Geschichte.«

»Was ist mit jemandem, den du kennst?« fragte Erzengel. »Würdest du nicht lieber dorthin gehen?«

Skater wußte, daß dieser Vorschlag eine auf ihn gemünzte Stichelei war.

»Werte Dame«, sagte Trey. »Luppas kennt mich. Es könnte sein, daß er alle kennt, die ich kenne. Oder zumindest von ihnen weiß. Wir sind wahrscheinlich gut beraten, wenn wir uns von den Kreisen fernhalten, die er und ich regelmäßig besuchen.« Trey richtete seine blutunterlaufenen und ein wenig verschwommen blickenden Augen auf Skater. »Jack, ich gebe mich ganz in deine Hände.« Ohne ein weiteres Wort sank Treys Kopf zur Seite.

Skater machte Anstalten, über den Sitz zu springen, wobei er sich daran zu erinnern versuchte, wie man jemanden wiederbelebte, und sich fragte, ob ein Traumapflaster im Erste-Hilfe-Koffer war.

»Nein«, sagte Erzengel. »Es geht ihm gut. Er schläft nur.«

Skater beruhigte sich ein wenig, als er feststellte, daß der Atem des Magiers tatsächlich regelmäßiger klang.

Erzengel zog ihren langen Mantel aus und deckte Trey damit zu. »Ich glaube, du hast recht, was die Rattenschamanin betrifft, Jack.«

Skater schaute sie an und versuchte zu ergründen, was zwischen ihnen vorging. Sie hatten sich noch nie zuvor richtig gestritten. Tatsächlich war Erzengel von ihnen allen immer am professionellsten gewesen, was den Umgang mit persönlichen Beziehungen innerhalb des Teams betraf, und zwar auch und gerade unter chaotischem Streß. Er wußte nicht, was sich verändert hatte. »Vor einer Minute warst du dir dessen noch nicht so sicher.«

Die bunten Lichter der Innenstadt von Everett erhellten den Wagen. Der Neonglanz ließ verzerrte Reklamebilder über die Fenster ringsumher huschen und warf seltsam verlängerte Schatten.

»Das war vor einer Minute.« Erzengel schlang die Arme um ihren Oberkörper. Ihr Blick war distanziert und trotzig.

Skater war für einen Augenblick sprachlos. Ihm fiel wieder ein, wie nervtötend Larisa hatte sein können, wenn sie launisch wurde, und daß er nie verstanden hatte, wie es ihr möglich gewesen war, im Zeitraum weniger Sekunden von einer Stimmung zur anderen zu springen. Frauen waren wankelmütig, das kannte er, aber von Erzengel war er das nicht gewöhnt. Er wollte etwas sagen, obwohl er wußte, daß er nicht die richtigen Worte finden würde, aber er war auch wütend genug, um die Sache nicht einfach auf sich beruhen zu lassen.

Statt dessen ergriff Duran das Wort. »Hast du dir schon Gedanken darüber gemacht, wie wir jetzt weiter mit Luppas verfahren?«

»Wir gehen ihm aus dem Weg«, sagte Skater. »Angesichts der Hinweise, die Lone Star und die Medien von uns bekommen haben, müßten Luppas und Fuchi bald unter öffentlichen Druck geraten. Das reicht hoffentlich aus, Fuchi zu veranlassen, Luppas etwas zu zügeln, was uns mehr Spielraum gäbe. In der Zwischenzeit versuchen wir herauszufinden, wer diese Frau ist.«

»Der gesunde Menschenverstand sagt, daß sie irgendeine unabhängige Programmiererin ist«, bemerkte Erzengel.

Skater klappte die Sonnenblende herunter, so daß er dem Blick der Deckerin im Schminkspiegel begegnen konnte. »Warum?«

»Wenn sie für Fuchi gearbeitet hätte, hätte Fuchi längst Zugriff auf alle von ihr entwickelte Software. Vielleicht nicht auf das fertige Produkt, aber zumindest auf Prototypen. Und sie hätten ihre Zeit damit verbracht, an ihren üblichen Aufenthaltsorten nach ihr zu suchen, und nicht damit, uns zu jagen.«

»Dasselbe gilt für jeden anderen Konzern«, gab Duran zu bedenken.

»Ja. Aber es ist Fuchi.«

»Was bedeutet, daß Fuchi wahrscheinlich die einzige interessierte Partei ist, die bisher über die Software gestolpert ist«, sagte der Ork.

Skater griff die Überlegungen auf, spielte sie durch, betrachtete sie aus verschiedenen Blickwinkeln und jonglierte mit ihnen, bis er zu einem einigermaßen plausiblen Schluß kam. »Caber wußte davon.«

»Er hat für Fuchi gearbeitet«, stellte Erzengel fest. Sie hatte die Hände bequem in den Schoß gelegt. Ihr Gesicht war ausdruckslos, die Augen waren eine Maske. »Offenbar glaubte Caber, er könne ein besseres Geschäft machen, wenn er Fuchi nicht alles sagte. Oder der Frau.«

Einige der Mosaiksteine fielen in Skaters Kopf an die richtigen Stellen. Er spürte, wie er ihnen neue Bedeutung zumaß, so daß sie mit anderen Fakten übereinstimmten, die er kannte oder sich zusammenreimen konnte. Er war sich kaum der Straße bewußt, die unter den Reifen dahinsummte. »Was hatte Caber der Frau anzubieten, das sie dazu veranlaßt haben könnte, mit ihm zusammenzuarbeiten?«

Duran wechselte im Rückspiegel einen Blick mit Erzengel. »Wenn du irgendwas hast, Junge, dann spuck's aus, damit wir auch einen Blick darauf werfen können. Die verdammte Uhr tickt schneller, als eine sterbende Schlange zuckt.«

Skater spürte, wie ihn die Erregung übermannte, als er das Puzzle für sich zusammensetzte. »Caber ist im Zug seiner Arbeit für Fuchi irgendwie über die Frau gestolpert. Darüber sind wir uns alle einig. Aber werfen wir mal einen Blick auf Cabers normales Beschäftigungsfeld.«

»Die Megakonzerne«, sagte Erzengel.

»Genau. Auf die eine oder andere Weise, sei es durch Erpressung oder Unterwanderung, hat Caber sich im Lauf der Jahre in andere Konzerne eingeschlichen und Geheimnisse gestohlen. Geheimnisse, die sich in massive Profite für Fuchi ummünzen ließen. Diese Information haben wir aus verschiedenen Quellen, die in diesem Punkt alle übereinstimmen. Wenn die Frau von einem anderen Megakonzern käme, wäre eines ganz klar.«

»Fuchi wäre nicht der einzige Konzern auf dem Spielfeld«, knurrte Duran. »Der ursprüngliche Konzern würde sich ebenfalls ins Zeug legen, sich die verlorene Tech zurückzuholen.«

Skater nickte. Viele seiner Ideen schienen in keinem Zusammenhang zu stehen, als er sie vor sich ausbreitete. Trotz der Erschöpfung, die aus den Aktivitäten der Nacht zuvor und den Unternehmungen und Kämpfen des heutigen Tages resultierte, war sein Verstand in jenen Dämmerzustand der Hellsichtigkeit geglitten, der unabhängig von der körperlichen Verfassung war. »Jemand anders – Renraku, Yamatetsu, Mitsuhama – *irgend* jemand wäre über dieses Geschäft mit Fuchi gestolpert.«

»Vergiß Quentin Strapp nicht«, sagte Erzengel. »Er vertritt die Interessen der UCAS in dieser Angelegenheit.«

»Welche Interessen sie auch haben mögen«, sagte Duran.

»Die Frau«, stellte Skater mit Gewißheit fest.

»Warum?« fragte Erzengel.

»Fuchi war hier in Seattle. Caber war die ganze Zeit in seiner Stellung.« Skater starrte durch die Windschutzscheibe vor sich, ohne sie wirklich zu sehen. »Das einzige, was sich verändert hat, ist die Frau.«

»Inwiefern?«

Skater schüttelte den Kopf. »Das weiß ich nicht. Aber es war ihre Initiative, die den Gang der Ereignisse ausgelöst hat.«

»Das ist ein ziemlicher Schuß ins Blaue, Junge.« Duran sah Skater fragend an.

»Dann überlegt euch mal Folgendes«, sagte Skater, der das Gefühl hatte, auf dem richtigen Weg zu sein, aber nicht wußte, wohin er ihn führen würde. »Wir haben erfahren, daß Caber monatelang undercover war. Wahrscheinlich hat er versucht, einen Fuß in die Tür dieser Software-Entwicklung zu bekommen. Mal angenommen, diese Frau hat diese Software seit einiger Zeit entwickelt und steht jetzt kurz vor der Vollendung. Wenn sie mit einem der Großkonzerne zusammengearbeitet hätte, wäre sie von einem ganzen Stab umgeben gewesen, der gewußt hätte, woran sie arbeitet.«

»Caber hätte sich jedes beliebige Mitglied des Stabs schnappen können«, sagte Duran. »Sie umgehen und vielleicht sogar geeken und die Sache damit erledigen können.«

»Ja. Warum ist er also zu der Frau gegangen?« fragte Skater.

»Weil sie die einzige war, die Zugang zu der Software hatte«, erwiderte Erzengel. »Also hat sie nicht für einen Großkonzern gearbeitet.«

»Nein. Wahrscheinlich war sie für eine unabhängige Forschungseinrichtung tätig.« Das Team hatte selbst schon Runs gegen derartige kleine Agenturen unternommen. Das Problem bei einer Denkfabrik bestand darin, daß ein Runner nie wußte, ob es dort irgend etwas gab, das sich zu stehlen lohnte, und mit welcher Art von Sicherheit man es zu tun bekam. Mehrere Entwickler, die Arbeitsraum in einer Denkfabrik leasten, brachten zusätzlich zu allem, was ohnehin schon an Ort und Stelle war, noch ihre eigene Sicherheit mit.

»Okay, Junge, die Kontrolle, die die Frau über die Software zu haben scheint, spricht dafür, daß sie nicht für einen Megakonzern arbeitet, aber was bringt dich zu der Annahme, daß sie irgendeinen Entwicklungsvertrag mit einer unabhängigen Forschungsanlage abgeschlossen hat?« fragte Duran.

»Sie muß Zugang zu verschiedenen codierten Deltaware-Entwürfen benötigt haben«, sagte Erzengel, die Skaters Gedankengang offenbar gefolgt war.

Skater bedachte sie mit einem beifälligen Blick. Das war Erzengel, wie er sie kannte und mit der er sich wohl fühlte.

»Wenn sie ein Programm entwickelt hätte, das nur im Rahmen eines ganz bestimmten Szenarios die schützenden Codes löscht, hätte sie nicht viel in der Hand gehabt.«

»Du glaubst, das hat die Frau entwickelt?« fragte Duran.

»Ich weiß es nicht. Wir müßten mit ihr reden, um das zu erfahren.« Skater hielt inne und ordnete seine Gedanken. »Sie hat diese Software entwickelt, und sie mußte in Erfahrung bringen, welche Anwendungsmöglichkeiten es dafür gibt. Die Konzerne schützen nur hochrangige Execs mit codierter Deltaware. Vielleicht hat sie noch nicht einmal alle Anwendungsmöglichkeiten erkannt.«

»Das bezweifle ich«, sagte Erzengel. »Vielleicht wollte sie zu Anfang etwas ganz anderes entwickeln, aber hinterher muß sie es gewußt haben.«

»Was uns wieder zu Caber und der Rolle bringt, die er für sie gespielt hat«, sagte Skater. »Er kannte sich bei den Megakonzernen aus, wußte, wo er kaufen konnte und wo die schmutzige Wäsche verborgen war, so daß er sich Paßcodes und Informationen erpressen konnte. Das bedeutet, daß Caber auch viele andere Dinge erfahren hat.«

Auf Durans Gesicht breitete sich langsam ein Grinsen aus. Er kratzte sich die Bartstoppeln auf seinem Kinn. »Wer bereit war, welchen Megakonzern zu verlassen, und welcher Konzern bereit war, sie zu übernehmen.«

»Erraten«, sagte Skater.

»Vankler sagte, Caber hätte in den letzten Wochen Execs vermittelt«, bemerkte Duran. »Ein Bursche wie Caber hätte nicht herumgestanden und abgewartet, wer Jagd auf ihn macht.«

»Das glaube ich auch nicht«, sagte Skater. »Er hätte die Software an den ersten Konzern verscherbelt, der seinen Preis bezahlt hätte, und sich dann aus Seattle und vielleicht sogar den UCAS abgesetzt.«

»Warum hat er es dann nicht getan?« fragte Erzengel.

»Die Frau«, erwiderte Skater in dem sicheren Gefühl, daß er recht hatte. »Sie weiß nicht, wie Geschäfte abgewickelt werden. Sie hat Caber so lange benutzt, wie sie konnte, um die Treffen mit den Execs zu arrangieren, die den Konzern wechseln wollten und auch die nötigen Kredstäbe dafür hatten.«

»Sie ist hinter dem Geld her«, vermutete Duran. Er nahm die Abfahrt vom Highway und nahm die Auffahrt zur Schnellstraße, die einen Bogen um die Innenstadt von Everett machte.

»Es geht nicht nur ums Geld«, sagte Erzengel. »Wenn sie nur das wollte, hätte sie die Software verkaufen können. Sie will auch die Kontrolle haben. Sie sitzt auf einem gewaltigen Profitpotential, hat aber keine Möglichkeit, es zu realisieren, ohne alles zu verlieren.«

Und das, glaubte Skater, brachte die Situation auf den Punkt, in der die Frau steckte.

»Wie paßt dieser Strapp in die Geschichte hinein?« fragte Duran.

»Keine Ahnung«, erwiderte Skater aufrichtig. »Wir müssen mehr über ihn ausgraben. Alle Informationen, die ich von meinem Schieber erhalten habe, weisen darauf hin, daß er genau das ist, was man uns gesagt hat – ein Bundesermittler, der Dunkelzahns Mörder sucht.«

»Wenn Strapp so zielstrebig und ehrlich ist, wie man uns berichtet hat«, sagte Erzengel, »dann muß etwas an der Frau oder ihrer Arbeit mit Dunkelzahn zu tun haben.«

»Es sei denn, Strapp benutzt Caber und die Frau, um etwas gegen Fuchi in die Hand zu bekommen«, entgegnete Skater. »Niemand weiß, wer den Drachen gegeekt hat und warum. Mit Ausnahme der Täter.«

»Wenn du es so ausdrückst«, sagte Duran mit ernster Stimme, »wird alles nur noch komplizierter. Ist Fuchi darauf aus, sich eine erstklassige Tech zu krallen, oder wollen sie nur Spuren verwischen?«

»Ich weiß es nicht«, bekannte Skater. »Ich weiß nur, daß diese Frau Zugang zu einer Tech hat, die potentiell Millionen Nuyen wert ist, und daß sie so gut wie tot ist, wenn Luppas sie vor uns findet.«

45

Was dagegen, wenn ich dir Gesellschaft leiste?«

Skater, der auf einer kalten Stufe auf der Feuertreppe saß, schaute auf und sah Erzengel in der Tür zu ihrem Versteck in Auburn stehen, in dem sie vorerst blieben, weil das sicherer war, als die Leiche herumzuschleppen. Es war jetzt 02:13:49 Uhr. Sie waren jetzt vor fast drei Stunden aus Everett zurückgekehrt. Unten auf der Straße herrschte immer noch Verkehr, hauptsächlich Bummler, die nach der Spätschicht nach Hause fuhren oder ihrer Lieblingskneipe noch einen Besuch abstatteten.

Erzengel hatte die Kleidung gewechselt und trug eine Jeans und einen handgewebten Pueblo-Pullover in den Farben und Mustern des Südwestens über einem pechschwarzen Rollkragenpullover. Sie hatte einen dampfenden Teller in der einen und ein Glas in der anderen Hand. Ein Stück Weißbrot klemmte unter ihrem Arm. Ihre Miene war abwehrend, aber hoffnungsvoll.

Die Frage überrumpelte Skater; er saß einen Moment lang da und überlegte, was das zu bedeuten hatte.

»Vielleicht schon«, sagte Erzengel, die seine Miene offenbar falsch interpretierte. Sie blähte die Nasenflügel, und auf ihrer Nasenspitze bildete sich ein weißer Fleck. Sie wandte sich mit steifen Schultern ab.

»Erzengel«, rief Skater, wobei er sich im stillen für sein Zögern verfluchte, »warte.«

Überraschenderweise tat sie das auch.

»Es tut mir leid«, sagte er. »Ich habe mir gerade noch

mal die letzten vierundzwanzig Stunden vor Augen gehalten. Ich weiß, ich habe dich angesehen, aber ich habe dich nicht mal wahrgenommen.«

Ohne sich umzudrehen, sagte sie: »Mir ist aufgefallen, daß du kein Brot zu deinem Eintopf gegessen hast. Ich dachte, du magst vielleicht jetzt welches.«

»Gern.«

Sie drehte sich um und stellte den Teller und das Glas auf die oberste Treppenstufe. Ihre geschickten Finger rissen ein paar kleine Stücke von dem Weißbrot ab.

Skater nahm die Stücke und spürte für einen Augenblick ihre Finger auf seinen. Die Kühle der Nacht rief in ihm ein Gefühl hervor, als liege Elektrizität in der Berührung. Dann zog sie die Hand zurück.

»Ich muß nicht bleiben«, sagte sie.

»Deine Gesellschaft wäre mir recht«, sagte Skater höflich, obwohl er nicht sicher war, ob das stimmte. Er balancierte das Brot auf dem Tellerrand und wartete. Plötzlich hatte er das Gefühl, als setze er sich wieder zu einem der angespannten Familienessen im Stammesland hin. Aus der Familie seiner Mutter hatte ihn niemand gemocht, weil er halb weiß und der Sohn eines unbekannten Vaters war. Bei den Familienessen hatte er immer mit trockenem Mund dagesessen, obwohl ihm der Magen geknurrt hatte.

Als fühle sie sich selbst unbehaglich, setzte Erzengel sich auf den Treppenabsatz oberhalb von Skater. Sie stocherte eine Weile in dem Eintopf auf ihrem Teller herum, ohne einen Bissen zu nehmen. »Trey schläft jetzt viel ruhiger.«

Skater nickte. »Das ist gut.« Der Ausflug zu der Rattenschamanin hatte über eine Stunde gedauert. Trey war kurz zu sich gekommen und hatte sich dabei kräftiger als zuvor angehört. Wieder in ihrem Versteck angelangt, hatte der Magier ein wenig gegessen und sich dann ins Bett zurückgezogen.

Wheeler und Elvis waren zum Stuffer Shack gefahren und hatten Eintopf in Dosen geholt. Es gab nicht viel, was sie bis zum nächsten Tag tun konnten, wenn sie die LTG anrufen wollten, die der Johnson ihnen genannt hatte. Duran tat, was er konnte, um sich über Luppas' Verbleib zu orientieren. Der elfische Söldner war sowohl der Grenzpatrouille als auch Lone Star entwischt.

Skater riß eines der kleinen Brotstückchen auseinander und tunkte es in die Reste seines Eintopfs. Als es durchgeweicht war, aß er es und genoß den Rest Wärme und den salzigen Geschmack.

Als habe sie nur auf ein Zeichen gewartet, fing Erzengel an zu essen. Sie hob den Löffel mechanisch zum Mund, als sei es eine Last.

Skater tat nichts, um das Schweigen zwischen ihnen zu durchbrechen, da er das Gefühl hatte, daß es das einzig Unverfängliche war, was er tun konnte. Trotz des Straßenlärms und der Gesprächsfetzen, die aus anderen Wohnungen und von unten zu ihnen trieben, war die Stille das Bemerkenswerteste zwischen ihnen.

Sie aßen ihre Teller leer und wischten sie mit dem Brot sauber, dann spülten sie den Nachgeschmack mit den Überresten ihres Biers hinunter. Als sie fertig waren, blieb Skater einfach auf der kalten Treppenstufe sitzen.

»Es ist schwer für mich«, sagte Erzengel, ohne ihn anzusehen.

Skater hatte keine Ahnung, wovon sie redete. Er nickte nur verständnisvoll, aber nicht allzu liebenswürdig.

»... Mich zu entschuldigen«, sagte sie.

»Es gibt keinen Grund ...«

»Halt die Klappe, Jack«, sagte sie unwirsch. »Entschuldigungen drehen sich nicht darum, ob eine Person das Gefühl hat, ihr stünde eine zu. Sie werden ausgesprochen, weil eine Person zu dem Schluß kommt, sie jemandem schuldig zu sein. Wenn ich der Meinung wäre, es gäbe keinen Grund, säße ich jetzt nicht hier.«

»Schön«, sagte Skater verärgert. »Entschuldigung angenommen.«

Skater wünschte, er hätte etwas mit seinen Händen anfangen können, während er dort saß und wartete.

»Ich entschuldige mich für den Mangel an Professionalität, den ich bei diesem Run an den Tag gelegt habe«, sagte sie. »Ich schulde auch den anderen eine Entschuldigung, aber ich wollte bei dir anfangen.«

Skater schwieg auch weiterhin.

Sie sah ihn an und hob eine Augenbraue. »Das ist eigentlich die Stelle, an der du sagen müßtest: ›Entschuldigung angenommen‹.«

»Sie ist angenommen«, sagte Skater. »Obwohl ich das Gefühl habe, ich schulde …«

»Nein«, fiel sie ihm ins Wort. »Jack, du hattest eine Menge um die Ohren. Ich hätte dir mehr Spielraum lassen müssen. Emma ist eine große Verantwortung, aber was mich wirklich genervt hat, war die Art, wie du das schlecht gemacht hast, was du ihr gibst.«

»Das Problem ist, daß ich nicht so genau weiß, was ich ihr geben soll«, sagte er. »Ich hatte nie vor, hier zu sein, und ich hatte ganz sicher nicht vor, mir auf diese Art meinen Lebensunterhalt zu verdienen, während ich ein Kind großziehe.«

»Ich weiß. Und ich wußte es schon, als ich nichts Besseres zu tun hatte, als dich deswegen anzumachen.«

»Der Run war ziemlich …«

»Das hat nichts mit dem Run zu tun.« Erzengel holte tief Luft. »Für mich wäre es eine billige Ausflucht, mein Verhalten auf den Run zu schieben. Was mich stört, ist etwas, womit *ich* mich auseinandersetzen muß. Noch dazu etwas, womit ich mich niemals auseinandersetzen wollte.« Sie lachte wieder, und diesmal klang es bitterer, aber nach innen gerichtet.

»Vielleicht kann ich helfen«, sagte Skater mit einem unbehaglichen Gefühl.

Sie sah ihn an und nagelte ihn mit ihrem direkten

Blick fest. »Jack, dein Angebot verrät mir, daß du die letzte Person bist, von der ich Hilfe brauche.«

Skater hatte das Gefühl, geschlagen worden zu sein. Er wollte etws sagen – er wußte nicht, was, nur, daß es etwas Hitziges sein würde –, aber sie schnitt ihm das Wort ab.

»Das war nicht böse gemeint«, sagte sie, »also versteh mich bitte nicht falsch. Das ist nur etwas, mit dem ich selbst zurechtkommen muß.« Sie stand auf und hob Glas, Teller und die Reste des Weißbrots auf. »Nimm meine Entschuldigung an. Ich werde diesen Run bis zum Ende durchziehen, und du kannst dich darauf verlassen, daß ich mich genauso professionell verhalten werde wie immer. Ich war nur der Meinung, du hättest es verdient, das zu wissen.«

Bevor Skater sich entscheiden konnte, wütend oder verständnisvoll zu sein oder sich einfach nur zu bedanken, ließ sie ihn dort auf der dunklen Treppe sitzen. Als sich die Wohnungstür hinter ihr schloß, waren die Kopfschmerzen, die er zuvor einigermaßen erfolgreich mit Schmerzmitteln bekämpft hatte, in voller Stärke zurückgekehrt.

46

Kylar Luppas saß auf dem Rücksitz des Toyota Elite seinem Stellvertreter gegenüber. Er starrte durch das getönte Fenster auf das öffentliche Telekom auf der anderen Straßenseite neben dem Stuffer Shack. Sie waren Kossuths Anweisungen bis zu diesem Punkt gefolgt, da der Decker die LTG-Nummer, die Luppas sich von dem Johnson in dem Landrover geholt hatte, durch die Matrix verfolgte. Luppas hoffte, mehr zu finden als ein öffentliches Telekom. Wenn er es für lohnend hielt, würde er ein Sicherheitsteam in der Gegend verteilen.

Das Telekom war das dritte in einer Reihe von sechsen. Eine Frau in bezeichnender Kleidung, die keinen Zweifel darüber aufkommen ließ, was sie dort zu dieser frühen Morgenstunde tat, sprach angeregt in das fünfte Telekom in der Reihe.

»An dem Telekom muß eine Weiche angebracht sein«, sagte Luppas, indem er sich schwer in den gepolsterten Sitz der Limousine zurücksinken ließ. Der Elite stammte aus einer von Fuchis Garagen, aber er hatte Deeda, eine der Riggerinnen der Einheit, sämtliche Überwachungsgeräte ausbauen lassen, mit denen der Konzern den Wagen bestückt hatte. Für den Augenblick waren sie von Fuchis Überwachungsschirmen verschwunden und zehrten von geborgter Zeit.

»Kossuth sucht gerade danach«, sagte Octavius. Der Decker befand sich im Greenwoods Inn, einem Hotel, das Luppas für die Nacht ausgewählt hatte, und stöberte in der Matrix und insbesondere in den Dateien des LTG-Gitters herum.

Direkt im Anschluß an die Flucht aus der Bar hatte Luppas, noch während die Grenzpatrouille und Lone Star Everett ihre Netze nach ihm auswarfen, eine Freundin angerufen, mit der er manchmal das Bett teilte, und sie dafür bezahlt, wenigstens einen Teil des Schadens zu beseitigen, den er aufgrund des übermäßigen Einsatzes seiner magischen Fähigkeiten erlitten hatte. Als Magierin war sie sehr teuer und sehr gut in dem, was sie tat.

»Die Frau, nach der wir suchen, ist eine Software-Entwicklerin«, sagte Luppas. »Die Utilities, die sie benutzt, um den Kontakt herzustellen, werden sehr anspruchsvoll sein. Sag Mr. Kossuth, daß er nach dem Raffinierten und nicht nach dem Offensichtlichen suchen soll.«

Octavius nickte und leitete die Botschaft per Tacticom weiter.

Luppas beobachtete die Straßenecke. Dieser Ort in Bellevue garantierte allein durch seine Nähe zu den

Konzernen Sicherheit. Sogar der Stuffer Shack hatte erstklassige Überwachungs- und Alarmanlagen, wenn man wußte, wo man zu suchen hatte, und Luppas wußte es.

»Glaubst du, sie ist hier in Bellevue?« fragte Octavius.

Luppas schüttelte den Kopf. »Ich weiß es nicht. Es wäre möglich, daß sie sich hier versteckt. Sie hat zweifellos etwas Geld von den Extraktionen auf die Seite gelegt, die sie und Caber durchgezogen haben. Und es gibt keine bessere Gegend in Seattle, um sich mit Sicherheitseinrichtungen zu schützen. Wenn sie sich Sicherheit kaufte und versuchte, woanders zu wohnen, würde sie einfach durch die Tatsache Aufmerksamkeit erregen, daß sie sie besitzt.«

Octavius änderte seine Sitzposition. »Ich überlege mir gerade, daß Bellevue an den Lake Washington und den Lake Sammamish grenzt, so daß praktisch nur die Brücken der Intercity Fünfundzwanzig und Intercity Neunzig in Frage kommen, wenn man den Bezirk schnell verlassen will. Wenn es eng wird, könnte Lone Star diese beiden Brücken binnen weniger Minuten sperren und uns damit den Fluchtweg abschneiden.«

Luppas nickte.

»Und wenn wir es mit Luftunterstützung versuchen«, fuhr Octavius fort, »laufen wir Gefahr, zu sehr aufzufallen. Wenn die Cops uns nicht finden, dann wird Fuchi es tun.«

»Ich würde sagen, damit bleibt der Wasserweg, findest du nicht auch?«

»Es ist 02:57:38 Uhr«, sagte Octavius. »Damit bleiben uns noch gut neunzehn Stunden, diese Sache aufzuziehen, bevor die Frau diesem Johnson in der Bar zufolge einen Anruf erwartet.«

»Wenn die Frau uns nicht zuvor bemerkt oder einfach kalte Füße bekommt«, sagte Luppas. Beides war möglich. In der Zwischenzeit konnte alles, was sie taten, von Fuchi entdeckt werden. Fishbein hörte alle Kanäle in dem Versuch ab, ihre Frequenz zu finden. Kossuth hatte dafür gesorgt, daß sie sich nach einem chaotischen Plan ständig änderte. Fishbein hatte versucht, ihnen den Zugang zum Satellitennetz zu sperren, das Fuchi für sie finanziert hatte, doch Kossuth hatte den Zugang offengehalten.

»Was ich als einen Gewinn erachte, ist die Tatsache, daß die Runner keine Rolle mehr spielen«, bemerkte Octavius.

»Wahrscheinlich«, sagte Luppas. »Aber sie müssen hier nicht auftauchen, um zu wissen, daß die LTG-Nummer zu einem öffentlichen Telekom gehört.« Kossuth war in das Telekommunikations-Nervenzentrum gedeckt und hatte sie über diese Tatsache unterrichtet, bevor sie hierher gefahren waren.

»Das würde voraussetzen, daß der Mann noch lange genug gelebt hat, um ihnen die Nummer zu geben.«

»Im Augenblick«, sagte Luppas, »gehe ich lieber davon aus, daß er es getan hat. Diese Leute haben schon für zu viele unangenehme Überraschungen gesorgt.« Er nahm das Telekom, das mit der Satellitenverbindung des Wagens gekoppelt war. »Es wird Zeit, Fishbein etwas aufzuscheuchen.« Er gab die private LTG-Nummer der Operationsleiterin von Fuchi ein. »Bevor sie das Glück hat, uns aufzuspüren.«

Beim zweiten Klingeln öffnete Fishbein die Leitung. »Was ist?«

»Ich bin's«, sagte Luppas. »Ich finde, es ist an der Zeit, daß wir uns unterhalten.«

»Wo, zum Teufel, sind Sie?« wollte Fishbein wissen. »Ich versuche seit Stunden, Sie zu erreichen.«

»Dessen bin ich mir bewußt. Ich wollte nicht erreicht werden.«

»Ich verlange, daß Sie umgehend Bericht erstatten.«

Luppas lachte. »Sie sind kaum in der Position, etwas zu verlangen, Ramona.«

Sie schaltete die Videokamera an ihrem Ende zu

und ließ ihn ihr Gesicht sehen. Sie sah eisenhart und gnadenlos aus. »Sie vergessen, für wen ich arbeite. Sie sind …«

Luppas fiel ihr einfach ins Wort. »Nein. Ich rufe Sie überhaupt nur wegen Ihres Arbeitgebers an.«

»Ich brauche nur ein Wort zu sagen, dann sind Sie tot«, sagte Fishbein.

»Sagt das auch Villiers?«

»Er überläßt die Entscheidung mir.«

»Irgendwie fällt es mir schwer, das zu glauben.«

»Sie sollten es besser glauben.«

»Und selbst wenn es stimmt, es wäre die falsche Entscheidung.«

»Nicht von meinem Standpunkt aus.«

»Ich meine, Sie sollten noch einmal mit Villiers reden.«

»Ich meine, Sie sollten sich selbst ficken, bis Sie an beiden Enden wund sind«, sagte Fishbein. »Und dann, meine ich, sollten Sie Salz in die Wunden streuen, bis …«

»Sehr anschaulich«, unterbrach Luppas.

»Ich habe kaum angefangen«, sagte Fishbein.

»Nein«, erwiderte Luppas. »Sie sind fertig. Und ich will Ihnen auch sagen, warum.«

»Sie unterzeichnen Ihr eigenes Todesurteil, Luppas. Dieser Konzern duldet keinen Verrat.«

»Das ist kein Verrat«, sagte Luppas. »Ich verhandle lediglich meinen Anteil vom Kuchen neu. Aus einer viel sichereren Position, möchte ich hinzufügen. Als Geschäfts-Exec müßten Sie das verstehen.«

»Sie überschätzen Ihren Wert«, antwortete Fishbein.

»Ich weiß von Ripley Falkenhayne, und ich weiß von den Extraktionen, die sie und Caber vor Fuchis Nase durchgezogen haben. Ich weiß, daß Falkenhaynes Programm dem Konzern, der es besitzt, ermöglichen wird, anderen Konzernen ungestraft die Execs auszuspannen, und zwar mit einem viel schnelleren Einsatz der Execs, als dies bisher möglich war.«

»Halbwissen kann gefährlich sein«, sagte Fishbein. »Insbesondere für eine Person, die es hat, aber nicht haben sollte. Ich meine Sie, Luppas. Sie haben sich und ihr ganzes Team gegeekt, weil Sie sich für groß genug hielten, diese Geschichte zu regeln, aber das sind Sie nicht.«

»Falsch«, erwiderte Luppas. »Wenn Sie etwas gegen uns unternehmen, Ramona, werden zuallererst alle anderen Megakonzerne Kopien der Dateien über Falkenhayne, ihr Programm und Fuchis Beteiligung daran erhalten. Wenn Sie nicht garantieren können, daß Sie uns geeken *und* Falkenhayne in Gewahrsam nehmen können, schlage ich vor, daß Sie sich zurückhalten.«

Fishbeins Miene verhärtete sich. Sie schwieg für einen Augenblick. »Sie sind ein widerlicher Wichser.«

»Reden Sie mit Villiers und erzählen Sie ihm, was ich gerade gesagt habe. Er wird diese Sache nicht persönlich nehmen, wie Sie es getan haben. Ich wette, er wird die Angelegenheit als Geschäft betrachten, bei dem sich der Saldo geändert hat, aber ein anständiger Profit keineswegs ausgeschlossen ist. Er wird sehen, daß er immer noch reichlich Geld damit verdienen kann. Ich rufe Sie wieder an.« Er unterbrach die Verbindung. Eine Konfrontation mit einem Megakonzern wie Fuchi war riskant, aber Luppas glaubte, daß das – unter Berücksichtigung aller Aspekte – immer noch besser war, als einem Megakonzern zu vertrauen.

Und hoffentlich auch viel profitabler.

47

Jack, im Trideo läuft gleich eine Sendung, die du dir ansehen solltest«, sagte Wheeler.

Skater wand sich unter Emma hervor, ohne sie zu wecken, wickelte sich in das Laken, mit dem er sie beide zugedeckt hatte, während sie auf dem durchhängenden Sofa in ihrem Versteck schliefen, und sah auf die Uhr. Es war 06:26:14 Uhr. Er hatte wenig mehr als zwei Stunden geschlafen.

»Was ist los?« fragte er Wheeler, wobei er es seiner Tochter auf dem Sofa bequem machte. Für einen Moment glaubte er, Emma würde aufwachen. Behutsam schob er ihr einen ihrer Daumen in den Mund. Sie saugte ein paarmal daran und versank wieder in tiefen Schlaf. Ein Knopf in der Form eines Teddybärkopfes lag neben ihr, der offenbar irgendwann in der Nacht von ihrem Schlafanzug abgerissen war. Er nahm ihn und steckte ihn ein, damit sie ihn nicht aufheben und in den Mund nehmen konnte. Mittlerweile gab er ganz automatisch auf solche Dinge acht.

»Du weißt doch, wer Nadja Daviar ist?« Wheeler ging in die Küche voran.

Skater zermarterte sich das Hirn in dem Versuch, all die flüchtigen Gedanken festzuhalten, die ihm durch den Kopf gingen. »Sie gehörte zu Dunkelzahns Beratern.« Diese einsame Tatsache wußte er aus einer Trideoshow, die er kurz nach dem Attentat gesehen hatte.

»Und sie ist nicht zuletzt als Vizepräsidentin der UCAS nominiert.«

Elvis, Erzengel und Duran saßen um den kleinen Küchentisch über dampfende Tassen mit Soykaf gebeugt. Im Trid waren Bilder zu sehen, die in der Lobby eines imposanten Gebäudes aufgenommen waren. Die Einblendung am unteren Rand des Bildschirms besagte: WATERGATE HOTEL, 09:29 Eastern Standard Time. In der oberen linken Ecke blinkte regelmäßig LIVE-ÜBERTRAGUNG auf.

»... schalten wir in Kürze zu Ms. Daviar«, verkündete ein Reporter mit flüsternder Stimme, die Skaters Ansicht nach eher zu einem Golf-Reporter gepaßt hätte. Im Hintergrund war das unterdrückte Gemurmel anderer Reporter zu hören.

Die Kamera wanderte über den Prunk der Hotelhalle, während sich ein kleines Fenster auf dem Schirm öffnete, in dem Aufnahmen von Dunkelzahns Amtseinführung vor sechs Tagen zu sehen waren. Der kleine Bildausschnitt wurde dem Großdrachen nicht gerecht und ließ ihn vor dem Hintergrund der Hotelhalle klein erscheinen.

Duran schob Skater eine heiße Tasse mit Soykaf zu. »Du siehst aus, als könntest du das brauchen, Junge.«

»Danke«, sagte Skater, der die Tasse in beide Hände nahm, so daß sie ihn wärmte. Er nippte an dem Kaf und betrachtete die Mitglieder seines Teams. Cullen Trey war nicht anwesend, und nur Duran sah so aus, als sei er bereit, sich dem Tag zu stellen.

»Bleiben Sie dran«, sagte der Reporter. »Wir schalten jetzt live um zu Ms. Daviar ins Watergate Hotel.«

Das Fenster verschwand, als die umwerfende Frau vor die Kameras trat, die sich jetzt ganz auf sie konzentrierten. Skater erinnerte sich aus früheren Berichterstattungen an ihre Züge.

»Ich, Dunkelzahn, bei bester körperlicher und geistiger Gesundheit, erkläre dies zu meinem letzten Willen und Testament«, las Daviar vor.

Skater hatte plötzlich einen Kloß im Hals, als die Frau sprach, da er wußte, daß die ganze Welt von ihren Worten betroffen sein würde, daß sogar die Megakonzerne nicht sicher vor den Folgen von Dunkelzahns Tod waren. Es war ein Augenblick, an den sich jeder erinnern würde, dessen war er sich sicher. Dunkelzahns Schätze – und die Geheimnisse des Drachen, zumindest einige davon – wurden der Welt zugänglich gemacht.

»Das Mediengewitter, mit dem du Fuchi zu treffen hofftest, indem du Informationen an Lone Star und die Trideoschnüffler weitergegeben hast«, knurrte Duran, »ist soeben vom nächsten Programm abgelöst worden.«

Skater wußte, daß Duran recht hatte. Das Scheinwerferlicht, das er auf Fuchi und Luppas zu richten gehofft hatte, würde von dem wahnsinnigen Wettlauf in den Schatten gestellt werden, die Geschichten zu entdecken, die hinter den Vermächtnissen des Großdrachen steckten. Fuchi und Luppas würden in der nächsten Zeit die geringste Sorge der Medien sein, so daß sie praktisch tun und lassen konnten, was sie wollten.

»Hallo zusammen«, begrüßte sie Cullen Trey mit schläfriger Stimme. »Wie es scheint, war es voreilig von mir, jetzt schon zu kommen, den langen Gesichtern nach zu urteilen.«

Skater drehte sich zu ihm um.

»Wenigstens bist du von den Toten auferstanden«, sagte Elvis. »Und, Drek, Chummer, ich habe dich noch nie so schnarchen hören.«

Trey strich sich verlegen mit der Hand durch das zerzauste Haar. »Ich versichere dir, du irrst dich, was den Urheber dieser Geräusche betrifft.«

»Glaube ich nicht«, erwiderte Wheeler.

Skater nahm den anderen ihr unbeschwertes Geplänkel nicht übel, fühlte sich jedoch nicht versucht, sich daran zu beteiligen. Er schaute über Treys Schulter zu Emma, die auf dem Sofa schlief. Ein fast körperlicher Schmerz zuckte durch seine Brust. Er wollte sie nur in ein Haus bringen, wo sie anständig wohnen und sich den Platz nicht mit einer Leiche teilen mußten. Ihr Geister, das war nicht zuviel verlangt.

Trey zog es vor, die Bemerkungen zu ignorieren. Er hatte tiefe Ringe unter den Augen. »Ich nehme an, wir wollen immer noch versuchen, mit der Frau Kontakt aufzunehmen, die den verstorbenen Mr. Johnson angeworben hat.«

»Ja«, bestätigte Skater. »Wir sitzen zu tief im Drek, um uns einfach zu verabschieden.« Keiner von ihnen konnte auf das Geld verzichten, und sie waren alle davon überzeugt, daß sie monatelang untertauchen mußten.

»Ich nehme an, daß wir der Antwort auf die Frage,

wer diese Frau sein könnte, bisher noch keinen Schritt näher gekommen sind«, sagte Trey.

»Nein«, antwortete Skater. Im Hintergrund las Daviars kräftige Stimme das Testament vor und verteilte Zeile um Zeile Geschenke und Reichtümer.

»Ich habe den Verdacht, daß wir die einzige Person haben, die wir über ihre Identität befragen könnten«, sagte Trey. »Die zumindest in unserer bescheidenen Reichweite liegt.«

»Der Mann ist tot«, knurrte Duran.

»Das stimmt.« Trey goß sich mit zitternden Händen eine Tasse Soykaf ein. »Ich schlage eine mögliche Antwort vor, die an die Grenzen eures Verstandes und vielleicht sogar an die des Arkanen gehen wird.« Er blies auf den Soykaf und lugte über den Rand der Tasse hinweg. »Natürlich nur, wenn ich darf.«

»Ich sehe nicht«, erwiderte Skater, »daß wir eine andere Wahl haben.«

Kylar Luppas lag in einer der Exec-Suiten des Greenwoods Inn auf der 116. Avenue Nordost in Bellevue im Bett. Das Zimmer war letzte Nacht unter einer der falschen SINs gemietet worden, die Kossuth erstellt hatte, seit die Einheit nach Seattle gekommen war. In einem halben Dutzend anderer Räume waren die übrigen Mitglieder der Einheit untergebracht, so daß sie die gesamte achte Etage des Hotels unter Kontrolle hatten.

Gunther Octavius stand nur mit einer Hose bekleidet in der offenen Verbindungstür zum angrenzenden Zimmer. Seine Aufmerksamkeit war wie die von Luppas auf das Trideo gerichtet, das in einem anscheinend handgearbeiteten Regal stand, welches zur Opulenz der Suite beitrug. Alles in den angrenzenden Räumen spiegelte einen starken viktorianischen Einfluß wider, von dem Luppas fand, daß er zu seiner gegenwärtigen Stimmung paßte. Mit der Erklärung, die er Fishbein gegeben hatte, war er entschieden in Königsterritorium vorgedrungen.

Nadja Daviars Stimme ertönte klar und deutlich aus den im Zimmer verborgenen Surround-Boxen. »*… Matthew Taylor, ich hinterlasse Ihnen mein Thunderbird Turbo Coupé Jahrgang 2017. Möge es Sie amüsieren …*«

»Wie lange geht das schon so?« fragte Luppas.

»Ein paar Minuten«, erwiderte Octavius. »Kossuth zeichnet es auf.«

»… hinterlasse ich den Malteser Falken aus Dankbarkeit dafür, daß er mir den Film gleichen Namens gezeigt hat. Ich hinterlasse außerdem dreißigtausend Nuyen …«

»Ist diese Falkenhayne schon erwähnt worden?« fragte Luppas. »Oder Dulce Tech?«

»Nein«, erwiderte sein Stellvertreter. »Aber ich dachte mir, du würdest dir das selbst gern ansehen wollen, da der Drache etwas mit unserem gegenwärtigen Geschäft zu tun hat.«

»Du hast natürlich recht.« Die Kopfschmerzen hatten nachgelassen, während Luppas geschlafen hatte. Nur die dumpfen Nachwirkungen hielten sich noch in seinem Schädel. Er schwang die Beine aus dem Bett, und seine Haut kribbelte als Reaktion auf die Kühle im Zimmer. Er goß sich ein Glas Mineralwasser aus der Karaffe auf dem Nachttisch ein und trank. Sein Blick wich nicht einen Sekundenbruchteil vom Bildschirm.

»Miles Lanier, dem Leiter von Fuchi Internal Security, hinterlasse ich vier Millionen Aktien der Renraku Corporation«, las Daviar vor, *»sowie den Sitz im Aufsichtsrat, der ihm aufgrund besagter Aktien zusteht.«*

»Und das«, sagte Luppas in dem Gefühl, daß ein Teil von Fuchis allgegenwärtigem Druck von seinen Schultern wich, »löst das Geheimnis, warum Villiers die Veränderungen in Fuchis Sicherheitssystem vorgenommen hat. Villiers hat offenbar früh Wind von dem Vermächtnis bekommen.«

»Es bedeutet außerdem, daß Lanier an dieser Aktion nicht beteiligt ist«, sagte Octavius. »Es wird interessant sein zu erfahren, was Renraku zu dem neuen Aufsichtsratsmitglied zu sagen hat und wie Villiers mit Laniers unverhofftem Reichtum fertig wird.«

»Wahrscheinlich eine Konstellation, aus der sich eine Menge Kapital schlagen läßt«, sagte Luppas. »Für jemand anders. Mir reicht das Wissen, daß unser gegenwärtiges Betätigungsfeld jetzt offen ist. Von allen personellen Ressourcen, die Villiers aufbieten kann, habe ich Lanier am meisten gefürchtet.«

Octavius nickte in stummer Zustimmung.

Luppas sah mit steigender Verblüffung zu, wie die Liste beständig wuchs. Angesichts des Chaos, das dieses Testament verursachen konnte, hatte er sich einen sehr guten Zeitpunkt ausgesucht, um den Sprawl zu verlassen. Der Pöbel, die Reichen und Vermögenden eingeschlossen, würde sich um das Recht schlagen, die Knochen des Drachen abzunagen.

»Er heißt Papa DeBit«, sagte Cullen Trey, als er aus dem alten Ford Tieflader stieg, den das Team für dieses Unternehmen gestohlen hatte. Wheeler und Elvis hatten eine Plane über die Ladefläche gespannt, die den größten Teil abdeckte.

»DeBit?« fragte Skater, der sich aus einem der Rücksitze im Führerhaus des Tiefladers schälte. Die zweite Sitzreihe war nur Zentimeter hinter der ersten, und im Laufe der unbequemen Fahrt waren ihm die Beine eingeschlafen. Er streckte sie, als er auf den rissigen Gehsteig neben dem Tieflader sprang. Schmerzen schossen durch seine Knie, als der Blutkreislauf wieder in Gang gesetzt wurde. »Ist das ein Witz?«

Trey lächelte. »Vielleicht, aber die Leute hier nehmen den Namen sehr ernst.« Rein äußerlich war er schon wieder fast ganz der alte, der witzige, unbekümmerte Cullen Trey in seinem Kevlar-Umhang. Außerdem wirkte er hier in diesem heruntergekommenen Teil Puyallups fehl am Platz. Als südlichste Region der Gegend um Seattle und ohne Zugang zum Hafen hatte der

Vorort ernste ökonomische Probleme, ohne daß eine Lösung in Sicht gewesen wäre.

Der Loveland District gehörte zu den Puyallup Barrens und war eine Ansammlung von Gebäuderuinen. Sogar unbewohnt aussehende Häuser beherbergten oft ganze Familien, die von allem – oder jedem – lebten, was sich im nahe gelegenen Fort Lewis finden ließ. Skater wußte, daß die Bevölkerung in erster Linie aus Chip-Dealern, Dieben, Pennern und Prostituierten bestand, die alle vom militärischen Personal des Forts und den unterstützenden Einheiten lebten. Es war kein Ort, den man aufsuchte, um schattige oder auch sonstige Geschäfte zu erledigen. Um 8:46 Uhr sah die Gegend verlassen aus. Die Leute, die wach waren und so etwas wie ein geregeltes Leben führten, hatten Angst, herauszukommen und möglicherweise als Opfer für andere zu dienen, die stärker oder verzweifelter als sie waren.

Elvis und Wheeler blieben beim Tieflader. Norris Cabers Leiche lag in einer zerkratzten Kunststoffkiste, die mit Eisbeuteln und Behältern voller chemischer Kühlflüssigkeit bedeckt und unter der Plane verborgen war.

Trey ging eine wacklige Außentreppe aus Plastik hinauf, die unter den Füßen vibrierte. Als er die Baufälligkeit der Stufen unter sich spürte, sank Skaters Zutrauen in den Plan.

»Bist du sicher, daß DeBit da ist?« fragte er Trey.

»Papa DeBit verläßt niemals seine Bude«, sagte Trey. »Er ist nicht übermäßig gut bestückt, was Freunde anbelangt.«

»Umwerfend«, erwiderte Skater. »Was meinst du, wie die Chancen stehen, daß wir hier von jemandem gegeekt werden, der darauf aus ist, DeBit umzulegen?«

»Ach, sei nicht so zynisch, Jack. Das paßt nicht zu dir.«

»Ich glaube nicht, daß wir gegenwärtig Grund zu Optimismus haben«, entgegnete Skater.

Trey erreichte den Treppenabsatz im zweiten Stock. »Wo ist dein Sinn für Abenteuer geblieben?«

»Ich habe ihn im Beerdigungsinstitut abgegeben, als wir uns entschlossen haben, weiterzumachen und uns die Leiche zu schnappen«, sagte Skater, »und bis jetzt habe ich mir noch nicht die Mühe gemacht, dorthin zurückzukehren und ihn mir wiederzuholen.« Er betrachtete die Tür vor ihnen, und das Gefühl des Unbehagens verstärkte sich angesichts der chaotischen Szene. Das Flachrelief auf der Kunststofftür war amateurhaft, vielleicht sogar mit Absicht, aber die dargestellten Bilder waren dennoch leicht zu erkennen. Schlangen wanden sich um Schädel und manchmal auch durch sie auf Stränden vor dunklem Wasser. Der Künstler hatte die dunklere Farbe des Wassers erzielt, indem der betreffende Bereich mit der Flamme eines Brenners bestrichen worden war. Handgearbeitete Trommeln und große Alligatoren waren in der höllischen Mischung ebenfalls vertreten. Männer und Frauen mit verängstigten Gesichtern verbeugten sich vor unmöglich geformten riesigen Wesen, die keine Spur von Erbarmen und kaum irgendwie geartete Menschlichkeit erkennen ließen.

»Was, zum Teufel, ist das?« fragte Skater, und er ärgerte sich über sich selbst, daß er es für nötig erachtete zu flüstern. Aber es gab einen primitiven Teil in ihm, der nicht wollte, daß irgend etwas von ihm, nicht einmal seine Stimme, auf die andere Seite dieser Tür gelangte.

»Hast du je von Voodoo gehört, Jack?« fragte Trey.

Skater nickte. »Sicher. Eine besondere Art der Magie aus der Gegend um New Orleans.« Er erinnerte sich an einige Geschichten, die ausreichten, um ihm eine Gänsehaut zu verursachen.

Trey nickte. »In etwa. Voodoo ist in der Karibik entstanden und hat dabei Einflüsse des Christentums und afrikanischer Stammesreligionen verarbeitet, bis eine ganz eigene Mischung daraus entstand.«

»Und Papa DeBit?« fragte Skater.

»Er ist ein Houngan«, erklärte Trey. »Ein Magier der Voodoo-Religion, der bei den Loa wandelt und von seinen Leuten allgemein als spiritueller Führer betrachtet wird.«

»Warum ist er hier und nicht in New Orleans?«

»Das weiß niemand.« Trey zuckte die Achseln. »Ich habe gerüchteweise von einer Fehde in New Orleans zwischen Papa DeBit und einem Bocor aus Haiti gehört. Allerdings sind mir verschiedene Berichte darüber, wer gewonnen hat, zu Ohren gekommen.«

»Was ist ein Bocor?« Skater bemühte sich, alle Informationen aufzunehmen, die Trey ihm gab.

»Ein Houngan, der im wesentlichen seinen Willkommensbonus bei den Loa verbraucht hat.«

Skater hob eine Augenbraue. Diesen Ausdruck benutzte Trey jetzt zum zweitenmal.

»Loa sind die Geister des Voodoo«, erklärte Trey, »und manche halten sie für Götter. Ich weiß nicht, was sie sind. Sie repräsentieren Gottheiten und die Personifikationen von Überzeugungen.«

»Muß ich sonst noch irgend etwas wissen?«

»Geh ihnen nicht auf die Nerven«, sagte Trey. Das Glitzern in seinen Augen legte nahe, daß er nur halb im Scherz sprach. »Sie sind sehr nachtragend, wenn sie sauer sind.« Er hob die Hand und klopfte an die Tür.

48

Eine schwache Staubwolke wallte aus dem Flachrelief auf der Tür des Voodoo-Mannes und hüllte Trey ein. Skater glaubte nicht, daß der Houngan viel Gesellschaft hatte.

»Herein«, befahl eine Stimme. Das Wort klang alt und unbenutzt und hatte das heisere Kreischen eines ungeölten Schlosses an sich.

Trey drehte den Türknopf und ging hinein.

Die Hand nur Zentimeter vom Kolben seines Predator entfernt, der im Hosenbund unter seiner Jacke steckte, trat Skater ebenfalls ein. Er rümpfte die Nase über den Geruch nach Räucherwerk, der dick in der staubigen Luft hing. Das Sonnenlicht, das durch die offene Tür hinter ihm fiel, durchdrang die Düsternis in der Bude nur ungefähr einen Meter weit.

Skater atmete flach, da er sich sicher war, daß ihn die kopflastige Duftmischung überwältigen würde, wenn er nicht aufpaßte. Er aktivierte den Lichtverstärker-Schaltkreis in seinem Cyberauge und verjagte die Dunkelheit. Dennoch war sein Sehvermögen aus irgendeinem Grund nicht so klar und eindeutig wie sonst. Er machte seine Erschöpfung dafür verantwortlich, die Stunden Schlaf, die ihm fehlten, aber der primitive Teil von ihm, der an der Tür Anstoß genommen hatte, flüsterte ihm zu, daß das nicht der alleinige Grund war.

»Willkommen in meinem Heim, Mann der Magie«, sagte die Stimme.

»Sie kennen mich?« fragte Trey.

»Ich weiß, was Sie sind.«

Skater lugte angestrengt in die Düsternis und verfolgte die Stimme schließlich bis zu einem Kadaver von einem Mann, der auf einem Haufen von Kissen mitten auf dem Boden saß.

Die Haut des Mannes war so schwarz, daß sie blaue Untertöne enthielt, das wahrhaftige Schwarz eines Elkhorns, das über einem Feuer zum tiefsten Ebenholz gebrannt worden war. Er sah aus, als bestehe er aus Stöcken, die nach dem Vorbild eines mageren alten Mannes zusammengesetzt worden waren. Der Kopf war viel zu groß für den Rumpf. Grellblaue Tätowierungen glänzten auf dem anthrazitfarbenen Pergament der Haut, die sich über die dünnen Knochen spannte, welche aussahen, als seien sie so spröde, daß sie bei einer zu plötzlichen Bewegung brechen würden. Er trug lediglich ein fleckiges weißes Lendentuch.

»Sie sind Papa DeBit?« fragte Trey.

»Sie konnten hier niemand anderen suchen«, sagte der kleine Mann, »denn dies ist mein Zuhause und für andere eindeutig gekennzeichnet, damit sie wissen, daß sie ihr Leben aufs Spiel setzen, sollten sie mich aus den falschen Gründen aufsuchen.«

Eine Kette aus Fingerknochen hing um den mageren Hals des alten Mannes. Skater hoffte, daß sie in Wirklichkeit zu einem Truthahn oder einem kleinen Säugetier gehörten, dessen Platz in einem Bräter war. Er ließ den Blick über den Raum wandern und betrachtete die Talismane und Fetische an den Wänden. Überall standen Regale – an den Wänden, vor den Bänken der geschlossenen Fenster und in den Ecken. In allen standen teilweise heruntergebrannte Kerzen. Auch die einfachen Möbelstücke und kleinen Tische waren mit Kerzen übersät. Sogar auf dem Teppich standen Teller mit Kerzen.

Nur ein paar davon brannten, deren Flammen jedoch nicht in der Brise flackerten, die durch die offene Tür hinter Skater hereinwehte.

Trotz der frischen Luft wollte der erdige Geruch in dem Raum nicht nachlassen. Wäre die Tür nicht gewesen, die sich auf die Straße hinter ihnen öffnete und das graue Licht des bewölkten Morgens einließ, hätte Skater geschworen, daß er und Trey soeben in ein offenes Grab gestiegen waren.

»Wir kommen aus Gründen, die nur uns etwas angehen«, sagte Trey. Er hielt die Hände von seinem Körper entfernt und die Handflächen geöffnet.

Die magere Gestalt auf den Kissen schien sich nicht für verwundbar zu halten. »Dann setzen Sie sich, Mann der Magie, und erzählen Sie diesen Ohren, was Sie von mir wollen.«

Trey setzte sich mit untergeschlagenen Beinen und zog den Umhang fester um sich.

Skater konnte nicht glauben, daß der alte Mann die Situation so zu beherrschen schien.

»Und ich, junger Krieger«, sagte der alte Mann, indem er den Kopf hob und Skater direkt ansah, »kann nicht glauben, daß Sie so unbekümmert in mein Heim marschieren, ohne die angemessene Furcht, die Sie vor mir haben sollten.«

Skater sah dem Mann in die Augen und erkannte plötzlich, daß eines der Augen des Houngan überhaupt kein Auge, sondern ein roter, schädelgesichtiger Würfel in einem schwarzen Gummiball war. Mit dem Spitznamen ›junger Krieger‹ hatte ihn in seinem ganzen Leben nur sein Großvater angeredet.

Papa DeBit lächelte und zeigte dabei vom Alter geschwärzte Zähne und Stumpen, wo die Zähne abgenutzt waren. Die Speichelfäden in seinen Mundwinkeln glitzerten silbrig. »Ich kann viel über Sie erfahren, junger Krieger, sollte ich das wünschen.«

Skater, der dem Mann glaubte, ließ seine Stimme hart und unnachgiebig klingen. »Wir sind nicht wegen mir hergekommen, und ich habe kein Interesse, mir die Zukunft vorhersagen zu lassen.«

Papa DeBit griff in einen kleinen Beutel unter der Knochenkette. Die abgenutzten Verschlußbänder öffneten sich mühelos. Er nahm eine Prise von irgend etwas zwischen Daumen und Zeigefinger. Während er leise vor sich hin murmelte, warf der Houngan den Staub in Skaters Richtung. Weniger als einen Meter von seinen Fingerspitzen entfernt flammten die Staubpartikel grün auf, erloschen rasch und ließen nur winzige graue Rauchwolken zurück.

»Ein Jammer«, sagte der alte Mann. »Es wäre eine echte Herausforderung für mich, alle Vorzeichen zu lesen, die ich bei Ihnen sehe, und es wäre gewiß eine interessante Geschichte. Sowohl das, was Ihnen bereits widerfahren ist, als auch das, was noch kommen wird.«

Eine unerklärliche Kälte durchfuhr Skater bei den Worten des alten Mannes.

»Und Sie, Mann der Magie?« sagte Papa DeBit. »Ich sehe, daß Sie bereits einiges von dem wissen, was noch kommen wird, und wie Ihr Schicksal mit demjenigen dieses jungen Kriegers verknüpft ist.«

»Sie sprechen in Rätseln«, sagte Trey, aber er bestritt die Behauptung nicht.

»Ich spreche die Wahrheit«, erwiderte der alte Mann, »und das wissen Sie.«

»Wir sind in einer anderen Angelegenheit hier«, sagte Trey.

Papa DeBit griff nach hinten und holte eine Kerze unter dem geflickten karierten Sofa in seinem Rücken hervor. Er stellte die Kerze vorsichtig in einen abgenagten Plastikfutternapf für Katzen zwischen sich und Trey. In dem Napf lagen bereits die Knochen eines kleinen Nagetiers. An den Rippen und Hinterbeinen klebten noch ledrige Fleischfetzen.

»Sie sind wegen des Toten hier«, sagte Papa DeBit, »dessen Leichnam Sie in Ihren Besitz genommen haben.«

Trey nickte.

Skater beobachtete sie in dem Wissen, daß Trey dem Houngan nichts von Caber erzählt hatte. Sie waren ohne Voranmeldung gekommen.

»Was wissen Sie?« fragte Trey.

»Nur daß Sie eine Antwort von diesem Toten brauchen«, sagte der Houngan. Er vergewisserte sich, daß die Kerze gerade in dem Futternapf stand, und ordnete dann die Knochen des Nagetiers sorgfältiger an. Die Kerze war gerade wie ein Dolch und so mattschwarz wie jahrzehntealte Dachpappe. Eine gewundene Strähne von einem grauen Docht sah wie eine Sehne aus, die man aus einer verwesten Leiche gerissen hatte.

»Einen Namen«, sagte Trey. »Nur einen Namen.«

»Sie lassen es wie eine Kleinigkeit klingen, Mann der Magie.«

»Nicht wirklich«, erwiderte Trey. »Das ist alles, worum wir zu bitten wagen.«

»War dieser Name dem Toten bekannt?« fragte Papa DeBit.

»Wir glauben es.«

»Dann bringen Sie ihn herein, auf daß wir es herausfinden.«

»Der Preis«, sagte Trey.

Skater wollte sich schütteln. Er war so in das Gespräch zwischen den beiden vertieft, daß er überhaupt nicht auf seine Umgebung achtete. Eigentlich sollte er Trey den Rücken freihalten, und statt dessen gaffte er wie ein Anfänger.

»Dafür, einen Mann von den Toten zurückzuholen?« Papa DeBit lächelte breit, einen silbrigen Speichelfilm auf den Zähnen. »Und was, glauben Sie, wird das kosten, Mann der Magie?«

»Deshalb frage ich.«

»Und wenn ich einen zu hohen Preis fordere?«

»Können wir nicht bezahlen.«

Die Blicke des Houngans schossen zwischen Skater und Trey hin und her. »Oder Sie wollen nicht.« Er gackerte leise und belustigt. Dann richtete er seine Aufmerksamkeit wieder auf Trey. »Wie Sie zweifellos wissen, hat Geld für mich nicht mehr die Bedeutung, die es früher einmal hatte. Ich weiß, daß man das von mir auf den Straßen in diesem Sprawl sagt. Zusammen mit anderen Dingen, von denen manche wahr sind und andere weniger wahr.«

Trey sagte nichts.

Skater spürte das Gewicht der Sekunden, die unwiderruflich verstrichen. Er wollte den Handel abschließen und endlich zur Sache kommen.

»Es gibt jedoch etwas, das ich schon seit langer Zeit suche.« Papa DeBit rutschte auf seinen Kissen herum.

»Bis jetzt habe ich es noch nicht gefunden, aber ich suche weiter. Sollte ich es finden, Mann der Magie, will ich Ihr Versprechen – und das des jungen Kriegers –, daß Sie alles in Ihrer Macht Stehende tun werden, um es mir zu beschaffen.«

»Ein Run?« fragte Skater. »Ist es das, was Sie wollen?«

Der Houngan richtete den Blick auf ihn. »Eine Erlösung. Machen Sie keinen Fehler und stellen es sich so trivial vor. Es ist schmerzhaft, sich verlorene Seelen vorzustellen.«

»Mit wem würden wir es zu tun bekommen?« Skater hatte nur gefragt, um Zeit zu gewinnen, und er hatte das Gefühl, der alte Mann wußte das. In Anbetracht ihrer augenblicklichen Situation hatten sie keinen echten Verhandlungsspielraum.

»Ich weiß es nicht mit Sicherheit. Mir ist nur ein Teil klar.«

»Das reicht nicht.«

Papa DeBit gestikulierte mit leerer Hand. »Was Sie selbst suchen, läßt sich nicht so leicht bewerkstelligen. Es ist, wie man sagt, der einzige Handel auf dem Tisch.« Die unangezündete Kerze im Zentrum des Gesprächs schien zusätzlich Licht aus dem Raum abzuziehen und ihn noch dunkler zu machen.

Trey sah Skater an. »Es ist deine Entscheidung.«

»Ich kann nicht für uns beide sprechen«, erwiderte Skater.

»Also gut.« Trey wandte sich wieder an den Houngan. »Sie haben mein Wort.«

Der alte Mann nickte, betrachtete jedoch immer noch Skater. »Und Sie, junger Krieger? Der Handel kann nicht ohne Ihre Einwilligung abgeschlossen werden.«

»Ich bin einverstanden«, sagte Skater widerwillig. Einen Run anzunehmen, bevor er wenigstens in Ansätzen wußte, worum es ging, was auf dem Spiel stand und wohin er sie führen würde, verstieß gegen alle Regeln, die er für sich aufgestellt hatte.

»Dann bringen Sie mir Ihren Toten«, sagte Papa DeBit, »und lassen Sie mich ihn bitten, Ihre Frage zu beantworten.«

Skater verließ den Raum und ging die Treppe herunter, während Trey bei dem Houngan blieb. Er spürte neugierige Blicke aus anderen Wohnungen auf sich ruhen, aber ihre Bedeutung war wesentlich leichter zu ertragen als die Atmosphäre in der Bude des alten Mannes, obwohl Trey zufolge Papa DeBit zu den Guten unter den Voodoo-Priestern gehörte.

Er ließ Wheeler unten am Tieflader, während Elvis und er die Kiste die Treppe hinaufschleppten. In der Wohnung stellten sie die Kiste vor Papa DeBit ab.

»Nehmen Sie den Deckel ab«, befahl der Houngan. Er beugte sich vor und holte eine kleine Flasche mit einer aschgrauen Flüssigkeit zwischen den Kissen hervor.

Skater und Elvis stemmten die Kiste mit ihren Messern auf. Als der Deckel sich gelöst hatte, nahmen sie ihn ab und legten ihn beiseite.

Norris Cabers Leiche war fischbauchweiß vom Tod und sah von den Gasen, die sich in seinem Magen und seinen Blutgefäßen gebildet hatten, unglaublich angeschwollen aus. Vierundzwanzig Stunden taten einer nicht konservierten Leiche häßliche Dinge an.

Papa DeBit stimmte einen Singsang in einer Sprache an, die Skater noch nie gehört hatte, und goß etwas von der aschfarbenen Flüssigkeit auf seine Handfläche. Skater wurde das Gefühl nicht los, daß er die Worte irgendwie kannte. Mit raschen Strichen zeichnete Papa DeBit einen Schädel auf sein Gesicht.

»Öffnen Sie sich den Loa, junger Krieger«, flehte ihn der Houngan an. »Sonst kommen sie womöglich nicht. Die Loa sind zunächst einmal sehr launisch, und jede negative Energie, die sie in diesem Raum wahrnehmen, ist eine Beleidigung für sie.« Er hob die Arme hoch über den Kopf, die Handflächen zur Decke gerichtet. »Der Loa, den wir suchen, ist ein ganz besonderer.«

Skater warf einen Blick auf Elvis. Der große Troll sah aus, als fühle er sich nicht sonderlich wohl. Er ballte seine riesigen Fäuste, nur Millimeter davon entfernt, die Unterarm-Schnappklingen vorspringen zu lassen.

Skater holte tief Luft und zwang sich dazu, den Lotussitz einzunehmen. Er bedeutete Elvis, es ihm gleichzutun. Ein blumiger Geruch mit einer strengen Unterströmung stieg ihm in die Nase. Er nahm an, daß er von der Flüssigkeit herrührte.

»Gut, gut, junger Krieger«, sagte Papa DeBit. Sein von der aschgrauen Flüssigkeit entstelltes Gesicht war der Decke zugewandt. Seine Augen waren geschlossen. »Manchmal muß man sich beugen, wenn man lernen will, stark zu sein.« Er schnippte wieder mit Daumen und Zeigefinger. Diesmal sprangen die feurigen Funken zu der schwarzen Kerze.

Der Docht entzündete sich und erzeugte eine unglaublich große Rauchwolke, die über den vier Männern und der Leiche schwebte.

Skater starrte in den Rauch und glaubte beinahe, sich windende Gestalten in der wallenden grauen Wolke zu sehen. Die Gestalten waren lebhaft, lebendig und so primitiv und wild wie die Gestalten in dem Flachrelief auf der Wohnungstür.

»Komm zu uns, Damballah«, sagte Papa DeBit. »Komm zu uns, o mächtige Schlange, auf daß wir deinen Hunger lindern und dich um einen Gefallen bitten können.« Er senkte die Stimme, als er nach den Bongotrommeln griff, die von der von Kissen übersäten Couch fast verborgen wurden. »Damballah ist mein *mait tete* Loa, mein Patron. Wir kennen einander schon seit vielen Jahren.« Er schlug mit den Handflächen auf die echten Lederfelle der Trommeln. Der Rhythmus war frenetisch, wild.

Skaters Augen weiteten sich, als er beobachtete, wie der Rauch aus der Kerze über ihnen an der Decke eine Wolke schuf. Mißgestaltete Dinge kämpften und rangen in dem Rauch, lebten vielleicht sogar und starben. Er wußte es nicht, aber das Bild war kraß und eindringlich.

Papa DeBit setzte seinen Singsang fort. Nach einer Weile hielt er inne und stellte die Trommeln beiseite. »Damballah ist hier«, sagte er in einem gespannten Flüsterton. Er starrte auf die Rauchwolke an der Decke und lächelte.

Skater beobachtete die Wolke ebenfalls und sah zu, wie die Bilder wogten und zerliefen. Nach wenigen Sekunden hingen nur noch die Umrisse einer riesigen zusammengerollten Schlange in der Luft.

»Schnell«, sagte Papa DeBit. »Wir müssen ein Angebot machen, um Damballahs Hunger zu stillen und ihn für unsere Sache zu gewinnen.« Er holte eine Schachtel Zigaretten hinter den Kissen hervor und entnahm ihr zwei. »Gebt mir alle etwas von euch, das euch lieb und teuer ist.« Er legte die beiden Zigaretten in den Futternapf neben die Kerze. Als er die Hand zurückzog, entzündeten sich beide ohne sichtbaren Grund, und ihr Rauch stieg auf und wurde von den aufgeblähten Nüstern der Riesenschlange eingeatmet.

Trey griff in eine seiner Taschen und holte einen Fetisch heraus. »Eines meiner Lieblingsstücke«, erklärte er. Es war ein Ring aus Speckstein, der aus drei einander verfolgenden Fischen geformt war, die sich kaum überlappten. »Den habe ich vor langer Zeit selbst hergestellt.« Er legte ihn in den Napf.

Heißes Wachs tropfte von der schwarzen Kerze und lief über den Speckstein. Der Ring löste sich auf.

Elvis fügte ein Stilett aus seinem Stiefel hinzu, in dessen Griff eine Perle eingearbeitet war. »Den trage ich schon sehr lange mit mir herum.« Einmal in dem Napf, schwärzte sich die Perle und zerbrach, und die Klinge schien in Sekunden zu verrosten.

»Und Sie, junger Krieger?« fragte Papa DeBit, indem er sein eines Auge und den schädelgesichtigen Würfel auf Skater richtete.

»Nichts«, erwiderte Skater. »Ich habe Nuyen.« Er zeigte eine Rolle Banknoten, die er bei sich hatte. »Ich sammle keine Andenken.«

»Leeren Sie Ihre Taschen aus«, befahl der Houngan.

Skater tat es und legte alles ohne viel Aufhebens vor sich auf den Teppich.

Papa DeBit verstreute die Münzen und Geldscheine über den Teppich, wobei sein eines Auge vor Erregung funkelte. »Wir müssen uns beeilen. Sie müssen doch etwas von Wert haben.« Er hielt inne, als er den Teddybärknopf sah, den Skater am Morgen auf dem Sofa gefunden hatte. Er klaubte ihn aus den Münzen. »Das.«

Skater hätte sich beinahe geweigert. Der Knopf stammte von der Wäsche, die Larisa noch für Emma gekauft hatte. Die Kleidung hatte sich in Larisas Wohnung befunden, in der sie getötet worden war. Ein paar Tage nach dem ReGEN-Run, nachdem sich die Dinge etwas beruhigt hatten, hatte Skater über Kestrel jemanden angeheuert, der die Trümmer durchsucht hatte. Was Larisas persönlichen Besitz betraf, war fast nichts übrig geblieben.

Skater schwieg und sah zu, wie Papa DeBit den Knopf in den Napf legte. Alle warteten darauf, daß er verzehrt würde.

Nichts geschah.

Nach einem Augenblick holte der Houngan den Knopf wieder aus dem Napf heraus. »Der nicht«, sagte der alte Mann. »Damballah hat das Gefühl, daß Sie zu großzügig sind, junger Krieger.«

Skater nahm den Knopf dankbar zurück und schloß fest die Faust darum. Er hing nicht an materiellen Dingen, aber der Knopf bedeutete ihm etwas. Und eigentlich stand es eher Emma als ihm zu, ihn wegzugeben.

»Jetzt«, sagte Papa DeBit, »wird Damballah Ihren Toten besteigen.«

Die Wolke geriet plötzlich in Bewegung und strömte

in die Kiste mit dem Toten. Dünne Rauchfäden drangen durch Nase, Ohren und Mund in die Leiche ein.

»Besteigen«, sagte Trey mit leiser Stimme, »ist eine Form der Besitzergreifung, welche die Loa benutzen. Normalerweise besteigen sie die Houngan oder ihre Diener – die normalsterblichen Anhänger der Voodoo-Priester – und manifestieren sich auf der physikalischen Ebene.«

Treys Worte erinnerten Skater daran, daß der Magier auch den Astralraum sehen konnte. Wenn er selbst eine Riesenschlange in dem Rauch sah, mußte er sich fragen, was Trey im Astralen sehen konnte. Es war keine Zeit, ihn danach zu fragen, und er vergaß es prompt, als Norris Cabers Leiche sich in der Kiste plötzlich ruckartig bewegte.

So aufgebläht der Tote auch war, bewegte er sich dennoch mit geschmeidiger Eleganz. Cabers Hände umschlossen die Seiten der Kiste und zogen den Körper hoch.

Zuerst glaubte Skater, die Leiche habe wegen ihres aufgeblähten Zustands Schwierigkeiten, sich zu bewegen, weil sie unsicher auf Beinen hin und her schwankte, die jeden Augenblick zusammenzubrechen drohten. Dann fiel ihm auf, daß die Leiche sich mit äußerster Eleganz bewegte, da sie sich wie eine Schlange wand, während sie sich zu voller Größe aufrichtete.

Norris Caber schwankte zu einem inneren Rhythmus, der demjenigen der Trommeln entsprach, die Papa DeBit gespielt hatte. Die Leiche stand ruhelos in ihrem improvisierten Sarg, nur von den Kerzen beleuchtet, und Schweißperlen liefen über ihr Gesicht wie heiße Wachstropfen.

Skater spürte plötzlich eine Kälte durch die Wohnung rauschen, die ihm das Mark in den Knochen einzufrieren schien.

Der tote Mann öffnete den Mund und sprach. »Ripley Falkenhayne.«

Skater war so sprachlos vor Verblüffung, daß er den Namen beinahe wieder vergessen hätte.

Im nächsten Augenblick explodierte der Rauch förmlich aus dem Toten, und die Leiche fiel wie ein nasser Sack in die Kiste zurück.

49

Skater steckte seinen Kredstab in das öffentliche Telekom des Twilight Cubed Hotel an der Ecke 11. Straße Süd und Pacific Street. Es war 09:38:16 Uhr. Fast vierzig Minuten waren vergangen, seit sie die Bude des Houngan verlassen hatten. Skater und Duran hatten ein Taxi zum Hotel genommen, während Elvis und Trey die Leiche wieder in ihren Unterschlupf in Auburn brachten. Das Twilight Cubed war eine Absteige, das die billigen Arbeitskräfte mit Wohnraum versorgte, die das Herzblut der Docks waren. Für ein paar Nuyen die Nacht bekam ein Chummer ein ungefähr zwei mal einen Meter großes Bett oben, unten oder irgendwo in der Mitte eines Vier-Mann-Stapels, bis am frühen Morgen der Wecker klingelte. Laut Reklame beinhalteten die Extras auch XXX-SimSinn.

Skater lehnte sich gegen die graue Plastiziegelmauer des Hotels und starrte über den City Waterway auf Tacomas wachsenden Dock-Bereich. Dreizehn und eine halbe Stunde blieben noch, bevor sie den Auftraggeber des Johnsons anrufen konnten. Viel Zeit, um den Spielraum zwischen Leben und Tod klein werden zu lassen.

Das Telekom am anderen Ende nahm den Anruf entgegen. »Sie haben die LTG-Nummer fünf-zwo-null-sechs, null-sieben-drei-sechs-null-fünf gewählt. Wenn das die Nummer ist, die Sie erreichen wollten, hinterlassen Sie bitte eine Nachricht.« Die Stimme war digitalisiert und konnte bei jedem Softwarehändler gekauft oder über die Matrix herabgeladen werden.

Die Aufnahme war Erzengels Idee gewesen, und zwar im Hinblick auf die Tatsache, daß sie länger als erwartet in ihrem Unterschlupf blieben. Shadowrunner wußten, daß es ein paar Tele-Marketing-Dienste im Sprawl gab, die anriefen, ein kurzes Gespräch führten und dann mit den aufgezeichneten Stimmenmustern ein Lone-Star-Programm fütterten, das in der Datenbank vermißter Personen, die in andere Untersuchungen verwickelt waren, nach Übereinstimmungen suchte. Schon ein einfaches Begrüßungswort konnte einen Chummer ganz tief hineinreiten, wenn es die richtigen digitalen Ohren erreichte und der Star nach ihm suchte.

Die LTG-Nummer war echt, führte aber eigentlich zu Killer Katie, Kween of Knocturne, einem kleinen Geschäft im Bezirk Menlo Park, das sich darauf spezialisiert hatte, Leute einzukleiden, die es vorzogen, wie Vampire zu leben. Sie waren keine echten Vampire, aber sie kokettierten gern mit der Vorstellung und gaben sich alle Mühe, den entsprechenden Lebensstil zu kopieren.

Killer Katie befriedigte einen besonderen Bedarf, und infolgedessen hatte das Geschäft nur von Sonnenuntergang bis Sonnenaufgang geöffnet. Die LTG-Nummer tagsüber zu benutzen, war mit Hilfe einer Utility, die Erzengel geschrieben hatte, überhaupt kein Problem. Killer Katie's eigener Anrufbeantworter war darauf programmiert, sich tagsüber nicht einzuschalten. Kein Kunde, der etwas auf sich hielt, würde in dieser Zeit anrufen.

»Ich bin's«, sagte Skater.

Der Anrufbeantworter summte einmal und schaltete sich dann aus. »Jack«, sagte Erzengel.

»Wir haben einen Namen«, sagte Skater, während er die Kräne im Hafen beobachtete, die schwere Lasten zwischen den großen Schiffen transportierten. »Ripley Falkenhayne.«

»Kannst du das buchstabieren?«

»Nein. Wird das ein Problem?«

»Ich glaube, der Name ist selten genug, und Ms. Falkenhayne selbst muß unter den Programmiererinnen, bei denen wir suchen werden, ebenfalls einzigartig dastehen. Ich nehme mir sofort die Datenbanken vor.«

»Gut.« Skater unterbrach die Verbindung. Er legte den beglaubigten Kredstab ein und wählte die nicht für Notfälle reservierte Nummer Lone Stars. Als die Vermittlung sich meldete, bat Skater, mit der Kriminalabteilung verbunden zu werden, und fragte schließlich nach Nina Barrett.

»Barrett.« Der Bildschirm hellte sich auf und zeigte das Gesicht der Troll-Detektivin. Sie wirkte abgespannt.

Skater schaltete die Kamera an seinem Ende zu, so daß sie ihn ebenfalls sehen konnte.

»Wissen Sie«, sagte Barrett, »nach diesem Gerangel letzte Nacht in Everett, an dem auch jemand beteiligt war, auf den Ihre Beschreibung paßt, und noch dazu ein Haufen Wichser, die wir zu Fuchi Industrial Electronics zurückverfolgt haben, überrascht es mich nicht, von Ihnen zu hören.«

Das ließ Skater wissen, daß sie seit seinem Anruf am Tag zuvor nicht untätig gewesen war. »Sie haben sie tatsächlich mit Fuchi in Verbindung gebracht?«

»Ja. Die schlechte Nachricht ist, wir können die Verbindung nicht beweisen.« Sie rückte ein wenig von der Videokamera ab. »Die gute Nachricht ist jedoch, daß ich wahrscheinlich in der Lage bin, einen Fahndungsbefehl für Ihren Chummer Kylar Luppas herauszugeben.«

»Er wird wissen, daß das auf ihn zu kommt.« Skater wußte aber auch, daß ein Fahndungsbefehl den Elf einengen würde.

»Ich weiß. Aber in der Zwischenzeit haben Paulson und ich eine handverlesene Truppe für eine Rasterfahndung nach Luppas im gesamten Seattler Sprawl zusammengestellt. Wenn wir ihn finden, können wir ihn mitnehmen und wegen der Schießerei in der *Neon-Sunsets-Bar* verhören. Vielleicht reicht es sogar für eine Anklage. Für die eine verschwundene Leiche bei Schastakowitsch, von der Sie vor zwei Tagen erzählt haben, ist mittlerweile reichlich Ersatz aufgetaucht.«

Skater ließ den Ball bei diesem verbalen Tennis einfach durch. Er wußte, daß Barrett vorhatte, ihn zum Reden zu veranlassen, ihm vielleicht Informationen zu entlocken, bevor er überhaupt wußte, daß er sie preisgab.

Barrett sah ihn erwartungsvoll an. »Ich wußte, daß dies kein Freundschaftsanruf ist. Was wollen Sie?«

»Mit Quentin Strapp reden.«

»Was wissen Sie über ihn?«

»Er ist ein Bundesagent«, erwiderte Skater. »Mit den Ermittlungen hinsichtlich des Attentats auf Dunkelzahn betraut.«

»Was mich alles nur noch neugieriger macht.«

»Nach allem, was ich weiß«, sagte Skater, »arbeiten die Bundesagenten normalerweise mit den lokalen Polizeidienststellen zusammen, wenn sie in einem Bezirk ermitteln. Selbst wenn Strapp diese Regel beruflichen Anstands nicht eingehalten hat, nehme ich an, daß Sie wissen, wo er ist – oder es herausfinden können.«

»Und wenn ich ihm keine Nachricht übermittle?«

»Finde ich einen anderen Weg.« Skater zeigte ihr ein Lächeln, da er die Kontrolle über diese Situation genoß, nachdem alles andere in den letzten zwei Tagen so vollkommen schiefgelaufen war. »Wenn ich es auf andere Weise tun muß, würde ich für Sie in Zukunft vielleicht nicht mehr so freundschaftliche Gefühle hegen.«

»Das«, sagte Barrett, »wäre praktisch gleichbedeutend damit, chronische Kopfschmerzen zu verlieren.«

»Wenn hingegen Sie den Kontakt für mich knüpfen«, stellte Skater fest, »halte ich Sie auch dann auf dem laufenden, wenn Strapp versuchen sollte, Sie auszuschließen. Mehr kann ich an dieser Stelle nicht versprechen.«

Trotz des ungerührten Blicks, mit dem die Detektivin Skater bedachte, wußte er, daß sie sein Angebot ernsthaft in Betracht zog. »Woher weiß ich, daß ich Ihnen trauen kann?« fragte sie schließlich.

»Vertrauen ist eine komische Sache«, antwortete Skater. »Mein Großvater pflegte immer zu sagen, daß man es sich verdienen muß, die andere Person es einem aber trotzdem noch entgegenbringen muß.«

»Was glauben Sie, womit Sie es sich verdient haben?«

»Ich habe Sie angerufen«, sagte Skater. »Ich hätte schon längst den Kredstab ins Spiel bringen, ein paar Rädchen schmieren und einen anderen Weg finden können, mit dem Bundesagenten Kontakt aufzunehmen. So, wie ich das sehe, vertraue ich Ihnen genauso wie Sie mir. Wenn Sie zu Ihrem Captain gehen und ihm von mir erzählen, kommt er vielleicht zu dem Schluß, daß ich ein Gewinn für seine Untersuchung sein würde, Strapp hin oder her.«

»Sie kommen auf ziemlich abwegige Gedanken, Jack. Es ist ein Wunder, daß Sie Ihrem Schatten so weit trauen, daß er sie begleiten darf.«

»Glauben Sie nicht, ich würde ihn nicht hin und wieder überprüfen. Können Sie ein Treffen arrangieren?« Die Zeitanzeige auf seiner Netzhaut verriet Skater, daß seine sichere Gesprächszeit so gut wie abgelaufen war.

»Ich rufe Strapp an, und kläre die Sache.«

»Wann soll ich Sie wieder anrufen?« fragte Skater.

»Geben Sie mir eine halbe Stunde.«

»Abgemacht.« Skater unterbrach die Verbindung und ging dann zu Duran zurück.

»Du hast nichts von Strapp erwähnt«, sagte der Ork, als sie zur Bushaltestelle zwei Blocks weiter gingen. Der Bus stand bereits da, und die Passagiere mit Taschen, Paketen und kleinen Kindern stiegen gerade ein.

»Ich wußte nicht, ob ich es hinkriege. Strapp kann immer noch ablehnen.«

»Und wenn er das tut?«

»Dann suchen wir weiter.«

»Was suchen wir weiter?«

»Jemanden, dem wir Falkenhayne übergeben können«, sagte Skater.

»Und du hast vor, sie Strapp zu übergeben?«

»Falkenhayne muß verhandeln, Quint.« Skater sah dem Ork offen in die Augen. »Sie hat keine Wahl mehr. Und wir auch nicht, wenn wir unter der Last dieses Runs nicht zusammenbrechen wollen. Fuchi wird die Sache nicht auf sich beruhen lassen. Laß uns den Bus nehmen, dann erkläre ich es dir.«

Kylar Luppas starrte vom verglasten Balkon seines Hotelzimmers auf den Stadtteil Bellevue. Der Sprawl war im Lauf des Vormittags zum Leben erwacht, und jetzt, zur Mittagszeit, waren die Straßen überfüllt. Im Westen konnte er die funkelnden Wellen des Lake Washington jenseits der Interstate 405 sehen.

Als die Türglocke das erstemal läutete, war es der Zimmerservice. Er ließ die Frau ein, nachdem er sich im Astralraum davon überzeugt hatte, daß sie nicht maskiert und eindeutig das war, was sie zu sein schien. Nachdem sie wieder gegangen war, setzte er sich an den Buffettisch, den sie aufgebaut hatte, und fing an zu essen.

Als die Türglocke wiederum läutete, war es Gunther Octavius. Dem Grinsen auf seinem Gesicht nach zu urteilen, hatte er seinen Auftrag erfolgreich erledigt. Luppas deutete auf einen Stuhl.

Octavius setzte sich und beäugte das Buffet. »Konntest du dich heute morgen nicht entscheiden?«

»Ich war ausgehungert«, sagte Luppas. »Greif zu.«

Octavius schob mit einer Gabel ein halbes Dutzend Baguettescheiben auf einen Teller und ließ ihnen Schinken und Würstchen folgen. Er betrachtete zweifelnd das dampfende Silberkännchen auf dem Tisch. »Soykaf?«

»Nein. Das ist ein ziemlich guter Frühstückswein aus

Tir Tairngire. Ich war sehr überrascht, ihn auf der Speisekarte zu finden. Er wird vom Nilestian abgefüllt.« Das Restaurant gehörte zu Luppas' bevorzugten, wenn er in Tir war. »Sehr leicht, sehr würzig. Obwohl dort praktisch alles sehr würzig ist.«

»Du feierst sehr früh«, meinte Octavius.

»Wir haben gewonnen«, stellte Luppas schlicht fest. »Wenn wir heute abend diesen Telekomanruf tätigen, gehört die Frau samt ihrer Tech uns.«

»Diese frühe Siegesgewißheit sieht dir gar nicht ähnlich.«

Luppas streute gehackte Mandeln über sein Himbeer-Crêpe. »Warum sollte ich nicht siegesgewiß sein? Ich habe Fuchi und diese verdammte Fishbein im Sack. Und wenn Falkenhayne fliehen könnte, hätte sie es bereits getan. Sie hat sich auf Caber verlassen. Fuchi hat sich auf Caber verlassen. Er hat sie beide betrogen. Nein, du und ich, wir haben mit dieser Geschichte das große Los gezogen. Wir brauchen sie uns nur noch zu holen.«

»Skater ist vielleicht noch nicht aus dem Spiel«, gab Octavius zu bedenken.

»Skater?«

Octavius nickte. »Der Anführer der Shadowrunner, die sich die Leiche geholt haben. Vor fünf Minuten habe ich die Info über ihn bekommen. Ein paar Leute, die wir darauf angesetzt haben, den Pöbel über die Schießerei in der Bar letzte Nacht auszuhorchen, sind über Skaters Namen gestolpert. Angeblich gehören Quint Duran und ein Gefechtsmagier namens Cullen Trey zu seinem Team, außerdem ein Straßensamurai namens Elvis. Noch zwei oder drei andere Leute, aber über die war nicht viel zu erfahren. Ich mußte vier Schieber bezahlen, bevor ich die Informationen, die ich hatte, so weit bestätigt hatte, daß ich sie für bare Münze nehmen konnte. Skater ist ein As. Ein aktiver Shadowrunner, der als Profi auf Vertragsbasis arbeitet. Das Team verfügt über eine Deckerin und einen Rigger und vielleicht auch noch einen weiblichen Samurai. Sie arbeiten zusammen und lassen keine Außenseiter ins Team. Geschlossene Gesellschaft. Kein Wunder, daß wir so viele Probleme mit ihnen hatten.«

»Seit letzter Nacht sind sie Geschichte.« Luppas weigerte sich, sich von irgend etwas seine gute Laune verderben zu lassen. »Sie haben nicht mit dem Mann geredet, den sie dort treffen wollten. Ich habe dafür gesorgt, daß er tot war, bevor sie die Möglichkeit dazu hatten.«

»Man sollte meinen, daß sie Geschichte sind«, stimmte Octavius zu. »Aber auf dem Weg hierher habe ich Kossuth getroffen. Er sagte, daß sich jemand Zugang zu den Falkenhayne-Dateien verschafft hat. Sie war nicht SINlos, und es gibt eine Menge Daten über sie. Eigentum, Vermögensverhältnisse, eine Scheidung und ein Ex-Mann. Kossuth sagte, er hätte die weißen ICs auf den Dateien mit einem passiven Alarm verbunden, der ihn benachrichtigt, sobald sich jemand Zugang zu den Dateien verschafft. Und wer auch immer dies getan hat, hat auch diejenigen bekommen, die Dulce Tech über ihre Anwesenheit dort führt.«

»Wann hat dieser Zugriff stattgefunden?«

»Heute morgen«, erwiderte Octavius. »Skater und sein Team haben sich irgendwo verkrochen, aber sie sind immer noch aktiv.«

Luppas spürte, wie ihm der Appetit verging und legte seine Gabel auf den Teller. »Hast du irgendwas in Erfahrung gebracht, das wir gegen Skater benutzen können?«

»Ich habe herausgefunden, daß noch jemand nach ihm sucht. Wie sich herausgestellt hat, könnte Skater der Vater des Kindes einer Frau namens Larisa Hartsinger sein, die jetzt tot ist, weil Skater vor ein paar Monaten einen Deal falsch angefaßt hat. Ein paar Tänzerinnen aus dem CyberSpace in Seattle haben Gerüchte darüber weitergegeben.«

»Was für ein Deal?«

»Keine Ahnung. Aber es hört sich nach einem ziemlichen Hammer an – sowohl die Mafia als auch die Yakuza waren beteiligt. Skater soll angeblich einen hiesigen Mafia-Don namens Conrad McKenzie gegeekt haben, bevor sich der Staub gelegt hatte. Der Bursche ist in der Innenstadt von der Monobahn gefallen. Skater hat die Sache offenbar mehr oder weniger unbeschadet überstanden.«

»Irgendeine Ahnung, worum es bei der Sache ging?«

Octavius schüttelte den Kopf.

»Okay, du hast also Hintergrundmaterial über Skater. Ich habe aber nichts von einem Druckmittel gehört.«

Octavius lächelte. »Die Person, die Skater sucht, ist Larisa Hartsingers Stiefschwester, Deja Chilson. Sie hat bis vor ungefähr vier Wochen für Renraku gearbeitet. Sie haben sie gefeuert.«

»Was hat sie dort gemacht?«

»Sie war Datensklavin. Ganz unten auf der Konzernleiter.«

Luppas teilte ein weiteres Stück Crêpe mit der Gabel ab und kaute nachdenklich. »Irgendeine Idee, warum sie mit Skater reden will?«

»Wir müßten sie fragen.«

»Weißt du, wo sie ist?«

»Ja. Sie hat eine SIN und ist vollauf damit beschäftigt, Leute abzuwehren, die sie gut kannte, als die Dinge bei Renraku noch ganz gut liefen, und die jetzt ihre Schulden eintreiben wollen. Anscheinend ist ihr nie der Gedanke gekommen, daß auch mal magere Zeiten anbrechen könnten. Jedenfalls sehen ihre Finanzen so aus. Sie ist bis über beide Ohren verschuldet und hat vielleicht noch einen Monat in der Bude, die sie gemietet hat, bevor sie auf die Straße fliegt.« Octavius hielt inne. »Da Deja Chilson die Stiefschwester von Skaters toter Freundin und die Tante seiner Tochter ist, kann ich mir denken, daß er ein Interesse daran hat, dafür zu sorgen, daß sie weiterlebt. Ich denke, es ist einen Versuch wert, falls wir ein Druckmittel brauchen. Falls nicht, können sich ihre Gläubiger an ihre Lebensversicherung halten, wenn ihre Leiche gefunden wird.«

Luppas nickte. »Schaff sie her.« Er nahm einen weiteren Bissen und konzentrierte sich wieder auf seinen Appetit. »Skater mag irgendwo dort draußen sein, aber er ist nicht groß genug, um mehr als ein Stolperstein zu sein. Wir werden dafür sorgen, daß alles so läuft, wie wir uns das vorstellen.«

50

Skater betrachtete die Trideoschirme durch das kristallklare Plastiglasfenster des DocDrama-Trideogeschäfts. Alle dreißig oder mehr Schirme, die er sehen konnte, sendeten ein anderes Programm, aber alle brachten Geschichten, die im Zusammenhang mit Dunkelzahns Testament standen. Er konnte über die Köpfe der Menge in der Tacoma Mall hinweg, die von der Magie des unglaublichen Reichtums angezogen wurde, der von Nadja Daviar verteilt worden war, nur hin und wieder ein paar vereinzelte Bilder sehen.

Als er bei einer neuerlichen Einblendung der Uhrzeit auf seiner Netzhaut feststellte, daß es 14:22:57 Uhr war, ging Skater zu den öffentlichen Telekoms in einem kurzen Flur neben The Naughty Nineties, einem Antiquitätenladen, der sich auf Kuriositäten aus der Zeit vor dem Erwachen spezialisiert hatte. Dem Reklamespruchband über der Tür zufolge war das Sonderangebot des heutigen Tages ein altmodisches Telefon zirka 1996, erhältlich in einer Vielzahl von Farben, für nur fünfzig Nuyen.

Skater schob seinen Kredstab in den Schlitz, gab die Nummer von Lone Star ein und wurde durchgestellt. Nina Barrett öffnete die Leitung am anderen Ende.

»Jack?« sagte sie.

Skater schaltete die Kamera an seinem Ende ebenfalls

ein. Als er die Troll-Detektivin heute morgen um kurz nach zehn Uhr zurückgerufen hatte, ließ sie ihn wissen, daß Strapp zwar bereit sei, sich mit ihm zu unterhalten, es aber nicht vor zwei Uhr schaffen würde, sich bei Lone Star einzufinden.

»Okay, Schwester«, sagte eine rauhe Männerstimme. »Jetzt komme ich auch alleine klar.«

Nina schoß einen mißbilligenden Seitenblick ab und stand auf. »Ich wollte nur sagen, daß ihr Burschen ein tolles Paar abgebt«, sagte sie sarkastisch. »Testosteron so dick, daß man es mit dem Messer schneiden könnte.«

»Ja, ja, ja. Jetzt verziehen Sie sich endlich. Mein Gott, wer bezahlt Sie dafür, ein Nagel im Arsch zu sein? Ich nicht, das kann ich Ihnen sagen.«

Skater erlebte ein vorübergehendes Schwindelgefühl, als die Kamera des Telekoms gedreht und die Linse von einer breiten Hand verdeckt wurde. Dann richtete sich die Kamera auf Quentin Strapp. Skater erkannte den Mann von den Bildern aus der Datei, die Kestrel ihm übermittelt hatte.

Strapp hatte Hängebacken, die seinen Kopf so aussehen ließen, als sei er aus einem Holzklotz geschnitzt worden, an dem das Kantige bewahrt worden war. Tiefe Falten in seiner Haut vermischten sich mit den wenigen Narben, die nicht von der Schönheitsoperation beseitigt worden waren, welche seine Wangenknochen geglättet hatte. Unter der Haut und in den braunen Augen, die nichtssagend in die Kamera starrten, waren dennoch die geplatzten Äderchen zu sehen, die auf starkes Trinken hinwiesen. Sein blondes Haar war im Alter grau geworden, und er trug es glatt zurückgekämmt. Er trug einen verblichenen olivfarbenen Trenchcoat über einem dunklen Anzug und einer rotsilbern gestreiften Krawatte.

»Sie wollten mit mir reden«, sagte Strapp. »Detective Barrett hielt es für eine gute Idee.« Die Stummelfinger seiner Hände zeigten auf sich. »Was mich betrifft, ich bin immer auf der Suche nach ein paar guten Ideen, aber ich brauche sie schnell.«

»Ich habe ein Problem.«

Strapp unterbrach Skater, wobei er einen Zeigefinger in den Hemdkragen schob, um seine Krawatte zu lockern. »Wir haben alle Probleme, Jack. Aber ich habe keine Zeit, mir jedes einzelne anzuhören, verstehen Sie?«

»Ich spreche hier nicht für mich«, sagte Skater, der langsam den Verdacht bekam, daß der Bundesagent sich als ganz harter Brocken erweisen würde.

»Tja, nun, das ist sehr menschenfreundlich, Jack.« Strapp hielt inne. »Besonders für einen Burschen ohne SIN, der sich weigert, mit einem Namen rüberzukommen. Aber ich bin irgendwie in der Stimmung für nette Kerle. Vorausgesetzt, sie sind nicht langweilig.« Er wandte den Blick von der Kamera ab und machte eine Show daraus, Papiere auf Ninas Schreibtisch umzuordnen und mit den Fingern über die Tastatur seines Palmtops zu huschen. »Ich bin ein vielbeschäftigter Mann.«

»Ich kann Sie zu Ripley Falkenhayne führen. Haben Sie sonst noch jemand an der Hand, der das kann?«

»Was bringt Sie zu der Annahme, ich sei an jemandem dieses Namens interessiert?«

»Wenn jemand durch die Schatten spaziert«, sagte Skater, »hinterläßt er Spuren. Besonders, wenn er von außerhalb ist. Es spielt keine Rolle, ob er ein Runner oder ein Cop ist. Wenn Sie anfangen, mir Fragen über Dinge zu stellen, die ich weiß, oder wissen wollen, woher ich sie weiß, kann ich Ihnen jetzt schon sagen, daß ich einen verdammt langweiligen Gesprächspartner abgeben werde. Ersparen wir uns gegenseitig Kummer. Wenn Sie nicht interessiert sind, lassen Sie uns das Gespräch jetzt beenden.«

Strapp spreizte die Finger und betrachtete sie. »Alles oder nichts, wie?«

»Sie sind nicht der einzige, dem die Zeit davonläuft«, sagte Skater.

Strapp nickte einmal kurz. »Okay. Ich bin ganz Ohr.«

»Falkenhayne ist auf der Flucht vor Fuchi«, begann Skater. »In erster Linie vor einem Burschen namens Kylar Luppas. Klingelt da etwas bei Ihnen?«

Strapp hob seinen Palmtop auf und drückte auf eine Taste. Von vorn und im Profil aufgenommene Bilder von Luppas erschienen auf dem winzigen Bildschirm. Der Bundesagent grinste humorlos. »Ein ganzes Glockenspiel.«

»Man sagte mir, Sie wären hier auf der Suche nach einem Burschen namens Coleman January.«

Strapp puhlte mit dem kleinen Finger in seinem Ohr herum und tat zerstreut. »Was haben Sie am Laufen, Jack, daß Sie den ganzen Tag herumsitzen und sich Gefasel anhören können? Da frage ich mich doch, worauf ich mich da einlasse.«

»Coleman January hatte noch eine ziemlich schattige Nebenbeschäftigung. Er hat Extraktionen aus verschiedenen Konzernen in Seattle arrangiert.«

»In Seattle?« Strapp räusperte sich. Er wirbelte den Palmtop um den Finger und wischte dann über seine Krawatte. »Sie sind so weit weg vom Eingemachten, daß ich mich frage, ob Sie überhaupt irgend etwas haben, das mich interessiert.«

»Sind Sie immer so schroff?«

Strapp grinste. »Jack, Leute, die ich kenne und die mich lieben, sagen mir, ich bin so schroff wie eine zuckerkranke Troll-Schwiegermutter, die die letzten beiden Hormonspritzen ihrer Klimakteriumsbehandlung verpaßt hat, gerade erfahren hat, daß ihr Schwiegersohn die Brunftinstinkte einer läufigen Hündin hat, und die ihre Sorgen im nächsten Süßwarenladen herunterschluckt. Glauben Sie mir, Sie haben noch keine Ahnung, was schroff ist.«

»Schön«, erwiderte Skater, der mühsam seine Beherrschung wahrte. »Sagen Sie mir, wenn Sie etwas nicht verstehen.« Angesichts des rasenden Tempos, mit dem er Fortschritte machte, schien sich die Zeit, die Skater für dieses Gespräch als sicher betrachtete, mit jeder verstreichenden Sekunde schneller in Luft aufzulösen.

»Mache ich. Und da wir gerade dabei sind, Jack, lassen Sie mich gleich damit anfangen. Wenn Sie noch andere Möglichkeiten außer mir hätten, den Kopf aus der Schlinge zu ziehen, würden Sie sie wahrnehmen.«

»In diesem Punkt sind Sie im Irrtum«, sagte Skater. »Ich kann jederzeit aussteigen.« Er sah zu Duran, der ihn beobachtete und ihm den Rücken freihielt.

»Dann sagen Sie mir, warum Sie sich an mich wenden, und schenken Sie sich den Schwachsinn«, erwiderte Strapp.

»Sie haben einen gewissen Ruf. Die Leute sagen, wenn Sie Ihr Wort geben, halten Sie es auch. Und nicht ich bin es, der mit dem Rücken zur Wand steht, sondern Falkenhayne.«

»Und das wissen Sie definitiv?«

»Wäre es anders, hätte sie sich längst abgesetzt.«

»Wo ist sie?«

»In der Gegend«, sagte Skater. »So wie ich. Ich könnte in fünfzehn Minuten bei Ihnen sein.«

Strapp rieb sich das Kinn. »Nach allem, was ich höre, könnte Falkenhayne ein Programm entwickelt haben, das codierte Deltaware säubert. Das spart Zeit, Geld und Mühe nach einer Extraktion. Warum hat sie keinen Handel mit einem der Megakonzerne hier in Seattle abgeschlossen?«

»Fragen Sie sie.« Skater konnte es sich denken, wollte es aber nicht in Gegenwart des Cops tun. Strapp wirkte schlau genug, um sich auch so seinen Reim darauf zu machen.

»Das tue ich auch, sollte ich Gelegenheit dazu bekommen. Aber verraten Sie mir doch etwas anderes, Jack. Warum ...«

»Warum verkaufe ich Falkenhayne nicht an Fuchi oder sonst jemanden?« fragte Skater.

»Wir kommen langsam zum Kern der Sache, ja, das wüßte ich gern. Sie sind ein Shadowrunner. Das läuft irgendwie allem zuwider, was ich über euch Burschen weiß.«

»Aus zwei Gründen«, antwortete Skater. »Letzten Endes war sie für den Johnson verantwortlich, dessen Run ich akzeptiert habe. Also stammen die Nuyen, die man mir bezahlt hat ...«

»Aus Falkenhaynes Tasche. Ja, ja. Ein paar Leute, mit denen ich gesprochen habe, sagten, Sie stünden in dem Ruf, zu Ihrem Wort zu stehen. Und der zweite Grund?«

»Fuchi und die anderen Megakonzerne würden ihr keine Überlebenschance geben«, erklärte Skater. »Sie würden sie benutzen und anschließend wegwerfen.«

»Vermutlich. Aber das ist nicht Ihr Problem.«

»Ich mache es aber zu meinem.«

»Ein weiches Herz, Jack?« Strapp grinste, anscheinend ehrlich belustigt. »So etwas kann einen Shadowrunner in Windeseile geeken.«

Skater wußte, daß das stimmte. Aber er war überzeugt, daß Falkenhayne die Sache längst über den Kopf gewachsen war. Sie war ein ganz normale Frau, eine Programmiererin, die sich irgendwie im Netz der Täuschungen, Lügen und Intrigen verfangen hatte, das zwischen den Megakonzernen und ihrer Jagd nach Profiten gespannt war. Sie kam einem Unschuldigen in der Welt der Schatten so nah, wie das nur möglich war. Und die Wahrheit war außerdem, daß er zu seinem Wort stand, wenn er einen Run annahm. Dieser Umstand sorgte dafür, daß er trotz all der Lügen, mit denen er täglich zu tun hatte, blieb, wer er war. »Seit zwei Tagen spüre ich Kylar Luppas' Atem im Nacken. Ich bin immer noch da.«

»Warum wenden Sie sich an mich?« fragte Strapp. »Abgesehen von der Tatsache, daß Sie sich in den Kopf gesetzt haben, daß ich vertrauenswürdig bin.«

»Weil Sie sie von hier weg in die UCAS bringen können. Ich wette, die UCAS sind scharf darauf, Software in die Finger zu bekommen, mit der sie die Kopfjäger der Megakonzerne schlagen können, die immer auf der Jagd nach Exec-Talenten sind. Die Gelegenheit, die Megakonzerne auszuspionieren, wäre den Preis, sie am Leben zu lassen, mehr als wert, falls jemand eine Möglichkeit findet, ihr Programm zu schlagen. Drek, allein die Abteilungen, die sich mit organisiertem Verbrechen befassen, würden wahrscheinlich ihre eigenen Mütter für die Chance geeken, einen Mann bei Aztechnology oder einem der anderen einschleusen zu können und genau zu wissen, daß sie den Mann jederzeit wieder herausholen können, ohne sich Gedanken um Schädelbomben oder ähnlich häßliche Dinge zu machen, die den verdeckten Ermittler geeken, wenn sie ihn gerade heimgeholt haben.«

»Sie machen sich über vieles Gedanken, wenn Sie einmal in Fahrt kommen, nicht wahr, Jack?«

»Das ist der einzige Weg, das Spiel zu spielen«, erwiderte Skater. »Und ich mache mir nur über das Gedanken, was da ist. Ich erfinde nichts.«

Strapp nickte. »Wo ist Coleman January?«

»Tot. Ich habe seine Leiche.«

Strapps Augen verengten sich. »Haben Sie ihn umgelegt? Menschenfreundlich oder nicht, damit hätte ich ein Problem.«

»Nein«, sagte Skater. »January starb bei einem Unfall mit Fahrerflucht auf der Interstate 5, und zwar in der vorletzten Nacht gegen zwei Uhr. Wie sich herausgestellt hat, hieß er in Wirklichkeit Norris Caber und hat für Fuchi gearbeitet.«

»Sie sind sich dessen sicher?«

Skater nahm die Chips, die Erzengel aus Kestrels und

denjenigen Dateien zusammengestellt hatte, welche sie selbst herabgeladen hatte. »Bevor ich das Gespräch beende, werde ich Ihnen alles heraufladen, was ich habe. Sehen Sie selbst.«

»Warum, zum Teufel, habe ich dann nichts davon gewußt?«

»Reden Sie mit DocWagon. Jemand bei Fuchi hat die Meldung über den Einsatz verschwinden lassen, den ein Rettungswagen in der Nacht gefahren ist. Die Leiche wurde in Schastakowitschs Beerdigungsinstitut abgeliefert. Alles, was sich dort abgespielt hat, ließ sich nicht so leicht vertuschen, aber ich weiß nicht, ob sie zu der Zeit überhaupt wußten, wer der Tote war.«

»Ich werde Nachforschungen anstellen«, sagte Strapp.

»Jetzt will ich etwas von Ihnen wissen«, sagte Skater zu dem Bundesagent.

»Sie können fragen.«

»Welches Interesse haben Sie an Coleman January? Nach allem, was ich gehört habe, stellen Sie Nachforschungen hinsichtlich der Ermordung des Präsidenten an. Wo ist die Verbindung?«

»Was wissen Sie über die Firma, für die Falkenhayne gearbeitet hat?«

»Dulce Tech«, erwiderte Skater, der sich nach dem Vortrag, den Erzengel ihm vor weniger als einer Stunde gehalten hatte, noch vage an den Namen erinnern konnte. Sie holte immer noch Informationen ein. »Eine Forschungs- und Entwicklungsanlage.«

Strapp nickte. »Was für Sie vielleicht auf den ersten Blick nicht offensichtlich sein mag, ist die Tatsache, daß Dunkelzahn über mehrere Holding-Gesellschaften massiv in Dulce Tech investiert hat. In den nächsten paar Tagen wird das alles an die Öffentlichkeit gelangen, wenn die Trideoschnüffler sein Testament durchackern, aber bis jetzt war das nicht allgemein bekannt.«

»Das ist keine große Überraschung«, bemerkte Skater. »Nach allem, was ich heute im Trideo gesehen habe, hatte Dunkelzahn Aktien von allem und jedem. Vielleicht hat er von seiner Beteiligung an Dulce Tech nicht einmal gewußt.«

Strapp lächelte. »Nein, Jack, er hat es gewußt. Tatsächlich hat er die Investition sogar mit einem speziellen Vermerk versehen, und zwar insbesondere die Entwicklungsarbeit von Ripley Falkenhayne. Seine Akten sind mir zugänglich gemacht worden, daher weiß ich das. Ich glaube, der Drache hatte einen Informanten in Falkenhaynes Nähe, der ihn auf dem laufenden gehalten hat. Können Sie sich vorstellen, was Dunkelzahn mit dem Programm gemacht hätte, das die Frau entwickelt hat?«

Skater konnte es. Ihm kam unwillkürlich der Gedanke, daß es vielleicht gar nicht so schlecht war, daß jemand den Drachen ausgelöscht hatte. Denn wenn Dunkelzahn als Kopfjäger in der Konzernszene tätig geworden wäre, hätte das unter Umständen einen Konzernkrieg ausgelöst, wie ihn weder die Erwachte Welt noch irgendeine andere zuvor je gesehen hatte.

Strapp fuhr fort. »Ich wurde über Dunkelzahns Anteile und das Interesse informiert, das Fuchi an Dulce Tech an den Tag legte. Kylar Luppas' Name tauchte plötzlich auf, als ich herausfand, daß die Frau vermißt wurde. Luppas steht in dem Ruf, in der Lage zu sein, Wetwork zu liefern. Und wie sich herausstellte, ist Miles Lanier in Dunkelzahns Testament großzügig bedacht worden. Ich brauchte nicht lange, um herauszufinden, daß Luppas für Fuchi und dort wahrscheinlich für Lanier arbeitet.« Der Agent zuckte die Achseln. »Als ich die Gerüchte über das Programm aufschnappte, das alle Codierungen aus einer Deltaware löschen kann, war das nur das Tüpfelchen auf dem i. Drek, an dieser Stelle ist mir nicht mal die Theorie zu weit hergeholt, daß Villiers persönlich angeordnet hat, Dunkelzahn zu geeken, um an das Programm zu gelangen. Also bin ich hergekommen, um der Sache nachzugehen.«

Skater ließ sich das erst einmal durch den Kopf gehen. Das Szenario entsprach dem, was er sich mehr oder weniger selbst zusammengereimt hatte. Er ließ sich die Zeit einblenden, und ihm wurde klar, daß er die sichere Gesprächsdauer bereits um fast eine ganze Minute überschritten hatte. Ein Chummer konnte in kürzerer Zeit sterben. »Lassen Sie uns zur Sache kommen.«

»Sagen Sie mir, was Sie brauchen«, sagte Strapp.

»So leicht?«

Strapp grinste, aber es war nur Galgenhumor. »Jack, machen wir uns nichts vor. Sie benutzen mich, ich benutze Sie. Was mich betrifft, habe ich keine Probleme damit. Aus meiner Sicht sind Sie Seattles Problem. Das Problem des Star. Vielleicht auch Fuchis Problem. Aber nicht meines. Ich suche die Leute, die den Präsidenten der UCAS ermordet haben. Leichen, die aus Beerdigungsinstituten gestohlen werden, interessieren mich einen Drek, besonders dann, wenn der Star zusammen mit Knight Errant dabei geholfen hat, die ganze Geschichte unter Verschluß zu halten und Fuchi eine weiße Weste zu bewahren. Sie benutzen mich, um Falkenhayne aus dem Drek zu ziehen, und ich benutze Sie als Köder, um an Luppas, Lanier und Fuchi heranzukommen. Ich habe Fragen, und es wäre besser für sie, wenn sie ein paar Antworten hätten.«

»Nachdem wir Ihnen Falkenhayne übergeben haben«, sagte Skater, »will ich, daß mein Team und ich nicht behelligt werden.«

»Selbst wenn Sie Erfolg haben, glauben Sie, Fuchi läßt die Angelegenheit auf sich beruhen? Sie enthalten ihnen vor, was man dort vielleicht als Eigentum betrachtet.«

»Rache bringt einem Megakonzern keinen Profit«, stellte Skater fest. »Villiers ist vor allem anderen ein Geschäftsmann. Wenn nicht, bin ich nicht besser oder schlechter dran als jetzt.«

»Schön. Sagen Sie mir wo und wann.«

»Deswegen melde ich mich noch bei Ihnen«, sagte Skater.

Strapps Miene verhärtete sich. »Haben Sie mir etwa nur auf den Zahn fühlen wollen, Jack?«

»Nein«, entgegnete Skater. »Die Abmachung gefällt mir. Aber zuerst muß ich sie Falkenhayne verkaufen, und ich habe das Gefühl, daß sie schwerer zu überzeugen sein wird als Sie. Ich melde mich wieder. Hinterlassen Sie eine Nummer bei Nina.« Er unterbrach die Verbindung und lud die Dateien herauf, während sich sein Verstand klärte und er sich auf seine Möglichkeiten besann. Er vertraute dem UCAS-Mann nicht völlig, aber von allen verfügbaren Optionen war Quentin Strapp das kleinste Übel.

Jetzt mußte er nur noch Ripley Falkenhayne dazu bringen, es auch zu glauben.

51

Wieder in ihrem Unterschlupf, beschrieb Skater dem Team die Situation und legte ihre Möglichkeiten dar. Sie hatten sich in der Küche versammelt und saßen um den Tisch. Emma war bei einigen von Elvis' Chummers und daher vor allen Widrigkeiten geschützt, die das Team selbst hier in ihrem Unterschlupf einholen mochten. Alle waren äußerst angespannt, da die Uhr weiterhin die Minuten heruntertickte.

»Es hat den Anschein, als säßen wir in einer ziemlichen Zwickmühle«, bemerkte Cullen Trey, als Skater geendet hatte. »Es sei denn, wir machen einfach Platz und überlassen Falkenhayne Fuchi.«

»Damit hätte ich meine Probleme«, sagte Skater. »Falkenhayne gehen die Optionen aus. Wenn wir sie nicht aus dem Sprawl schaffen, wird Luppas sie sich schnappen. Und wenn es jemanden gäbe, zu dem sie gehen könnte, hätte sie es längst getan.«

»Wir schulden ihr nichts«, sagte Erzengel kategorisch.

»Das ist wahr.« Skater wandte sich an sie. »Aber fühlst du dich wohl bei dem Gedanken, sie einfach sich selbst zu überlassen, obwohl du weißt, daß wir eine Chance haben, diese Sache durchzuziehen?« Er wußte nicht, wie ihre Antwort ausfallen würde. Er war der Überzeugung, daß Erzengel ihm bewußt aus dem Weg ging, seit er wieder im Unterschlupf war. Er war außerdem sicher, daß Duran ihr Verhalten ebenfalls aufgefallen war.

Erzengel erwiderte seinen Blick gelassen. »Nein.«

Skater ließ den Blick über den Rest des Teams wandern. »Ripley Falkenhayne hat sich nicht willentlich in diese Situation gebracht.«

Und das war die reine Wahrheit. Erzengels Nachforschungen in den Datenbanken hatten ein interessantes Szenario zutage gefördert. Vor weniger als drei Jahren hatte Falkenhayne sich mit der Bitte um eine Subvention für Software-Entwicklung an eine von Dunkelzahns Holding-Gesellschaften gewandt. Das Geld würde sie aus den Früchten ihrer Arbeit zurückzahlen, über die sie die Kontrolle behalten sollte, nachdem sie sie auf dem freien Markt publiziert haben würde. Der Handel war ein Beispiel für Dunkelzahns Politik gewesen, in kleine Gesellschaften und Konzerne zu investieren und dann seinen Reibach zu machen, wenn diese Leute einen Profit erwirtschafteten.

Kontrolle war für den Drachen nie ein Thema gewesen, jedenfalls soweit Skater wußte. Dunkelzahn hatte sich damit zufriedengegeben, Menschen und Metas in die Lage zu versetzen, sich ihre eigenen Nischen in der Erwachten Welt zu schaffen. Das war sogar mehr oder weniger eines seiner Wahlversprechen gewesen.

Falkenhaynes Forschung beinhaltete Kommunikationsprogramme, die darauf abzielten, Satelliten im

Orbit mit überholten Daten neu zu konfigurieren, ohne sich der Mühe unterziehen zu müssen, jeden einzelnen mit einem Space Shuttle anzufliegen und ihn entweder mit neuer Hardware auszurüsten oder zu ersetzen. Beide Lösungen waren extrem teuer und zeitaufwendig. Im Falle des Erfolgs wäre ihr Programm Milliarden Nuyen wert gewesen.

Falkenhayne hatte die Erwartungen noch übertroffen. Skater hatte sich gefragt, ob der Drache von ihren Fortschritten gewußt hatte, bevor er in die Luft gesprengt worden war. Die Geldsummen, um die es ging, reichten jedenfalls aus, um Strapps Verdacht zu stützen, daß Fuchi in den Mord an Dunkelzahn verwickelt sein könnte. Erzengels Nachforschungen hatten außerdem ergeben, daß eine Handvoll von Dunkelzahns kleineren Konzernen überholte Satelliten von anderen Konzernen gekauft hatte, die von ihnen aus dem Netz genommen, aber im Orbit belassen worden waren, darunter auch RTG-/LTG-Relaisstationen. Den Verträgen zufolge beabsichtigten diese kleineren Konzerne, die Satelliten auszuschlachten.

Doch jeder, der einen Blick auf die seinerzeit zur Verfügung stehende Technologie geworfen hatte, war zu dem Schluß gekommen, daß »ausschlachten« bedeutete, Komponenten aus den Satelliten auszubauen und sie an Elektronikgesellschaften zu verkaufen, die sich darauf spezialisiert hatten, von Spatzenhirnen gelenkte Baugeräte in Länder der dritten Welt zu exportieren.

Falkenhaynes Programm zielte darauf ab, die alte Maschinensprache, die von den Erbauern der Satelliten benutzt worden war, aufzuschlüsseln und in Daten zu verwandeln, die von Dunkelzahns Programmen überschrieben werden konnten, darunter auch ein verbessertes Speicherverwaltungssystem. Oder auch von den Programmen jedes anderen Konzerns.

Ein Teil von Dunkelzahns Investitionsrückzahlung hatte die Ausschlachtung jener Satelliten umfassen sollen, bevor jemand anderer wußte, daß sie mit minimalem Kostenaufwand auf den neuesten Stand gebracht werden konnten. Angesichts der Zahlen, die Erzengel berechnet hatte, würden die zusätzlichen Satelliten das Vermögen des Drachen um zwanzig Prozent erhöht haben. Fuchi, das seine eigene Satellitenflotte im Orbit hatte, mochte sich dadurch so sehr bedroht gefühlt haben, daß man einen Präventivschlag gegen Dunkelzahn geführt hatte.

Vor drei Jahren hatte noch niemand gewußt, daß die Konzern-Deltaware codiert würde, um Extraktionen zu erschweren, die im wesentlichen nichts anderes waren als Überfälle von Konzernen auf andere Konzerne.

Wäre Dunkelzahn nicht getötet worden und hätte Norris Caber Falkenhayne nicht Tage zuvor durch seine Spionagetätigkeit gefunden, hätte Falkenhayne den Zahlen zufolge, die Erzengel zusammengestellt hatte, einen ansehnlichen Gewinn mit ihrer Arbeit gemacht, wahrscheinlich sogar genug, um sich zur Ruhe zu setzen und für den Rest ihrer Tage gut leben zu können. Doch der Drache war ermordet worden, und damit hatte Falkenhayne ihre einzige Rückzugslinie verloren. Nur Cabers offensichtliche Gier hatte Falkenhayne dem Zugriff Fuchis entzogen.

»Hier steht nicht nur Falkenhaynes Leben auf dem Spiel«, sagte Elvis. »Wenn wir einen Rückzieher machen und Fuchi sie und die Leiche« – er deutete mit dem Daumen auf das rückwärtige Schlafzimmer – »frei Haus liefern, wissen wir immer noch, was sie entwickelt hat. Villiers würde sich denken, daß dieses Wissen einiges wert ist, und es würde auf jeden Fall Fuchis Möglichkeiten einschränken, von anderen Konzernen Fachleute zu rekrutieren, wenn diese etwas gegen diese Art Kopfjagd unternähmen. Villiers könnte uns als Teil der Schadensbegrenzung bei diesem Unternehmen trotz alledem tot sehen wollen.«

»Quentin Strapp weiß über Falkenhaynes Programm Bescheid«, sagte Wheeler. »Das hat er Jack erzählt.«

»Strapp sagte, er hätte davon gehört«, korrigierte Skater. »Er hat nicht gesagt, er wisse es definitiv.«

»Würde nicht lange dauern, bis er es definitiv wüßte«, sagte Wheeler. »Besonders dann, wenn die Anzahl der Extraktionen plötzlich in den Himmel schösse und alle extrahierten Execs zu Fuchi abwanderten.«

»Bis dahin könnte es für uns zu spät sein«, meldete Duran sich zu Wort. »Zugegeben, sich die Frau zu holen, mutet gegenwärtig verdammt riskant an und noch dazu ziemlich idiotisch, wo kein müder Nuyen für unsere Mühe in Sicht ist. Aber wenn Strapp sie für die UCAS bekommt, wird Villiers zweifelsfrei wissen, daß ihre Software für ihn verloren ist. Uns an dieser Stelle noch umzulegen, wäre völlig sinnlos.«

Und das, wußte Skater, war das beste Argument, daß er für den Run vorbringen konnte. Ihm gefiel die Vorstellung trotzdem nicht, Falkenhayne einfach im Regen stehenzulassen.

»Wie wäre es damit, die LTG und das Paßwort Strapp zu geben und es den UCAS zu überlassen, sie in Sicherheit zu bringen?« fragte Cullen Trey. »Sobald sie Falkenhayne haben, gibt es für Fuchi keinen Grund mehr, uns zu verfolgen.«

»Ein Rettungsunternehmen der UCAS?« Erzengel schüttelte den Kopf. »Wie schnell könnten die so etwas organisieren?« Sie wartete nicht darauf, daß jemand antwortete. »Und das setzt voraus, daß Strapp oder die UCAS eine entsprechende Aktion autorisieren und bewerkstelligen können, ohne daß die Geschichte vorher in den Medien breitgetreten wird.« Sie schüttelte den Kopf. »Dazu sind sie nicht fähig.«

»Und damit«, sagte Skater, »bleibt es uns selbst überlassen, unsere Haut zu retten.« Er hielt inne und sah die anderen der Reihe nach an. »Ich bin bereit, es zu versuchen.«

»Ich bin dabei«, sagte Elvis lächelnd. »Ich kann dich die Sache nicht allein angehen lassen, Jack.«

»Ich bin auch dabei«, sagte Wheeler, »aber nur, weil das der sicherste Weg zu sein scheint, Fuchi abzuhängen.« Skater wußte jedoch, daß sich hinter dem schroffen Äußeren Mitgefühl für die Schwierigkeiten von jemandem wie Falkenhayne verbarg, der allein gegen einen Megakonzern stand. Sie waren alle professionelle Shadowrunner, aber keiner von ihnen hatte auf dem Weg dorthin seine Menschlichkeit eingebüßt.

»Eine hübsche Jungfrau in Nöten«, sagte Cullen Trey, »der Gnade eines ungehobelten Schurken ausgeliefert. Tatsächlich sogar einer ganzen Horde von ihnen. Wie kurios. Doch ich werde unwiderstehlich von derartigen Wagnissen angezogen, die an die Ritterlichkeit appellieren.«

Erzengel nickte. »Außerdem steht unser Ruf als Shadowrunner auf dem Spiel. In diesem Geschäft ist man nur so gut wie sein letzter Erfolg. Es gibt Leute, die wissen, daß wir in die Sache verwickelt sind. Vankler. Luppas. Villiers. Und Leute, die über diesen Run reden werden, wenn sich der Rauch verzogen hat. Wenn wir den Schwanz einziehen, was glaubt ihr, wie lange es dauern wird, bis wir den nächsten Anruf von einem Johnson bekommen?«

»Verdammt lange«, erwiderte Duran. »Letzten Endes läuft es auf Folgendes hinaus, Chummers: Wir verdienen unser Geld mit Shadowruns. Sind wir zu dämlich, werden wir umgelegt. Sind wir zu vorsichtig, verhungern wir. Und ein erfolgreicher Run gegen Fuchi, den wir überleben, ist besser als ein Paket Vorzugsaktien. Ich bin dabei.«

Skater spürte das Adrenalin durch seinen Körper jagen. Der Run war beschlossen, und es gab kein vergleichbares Gefühl. Und diesmal würden sie alles auf eine, und zwar die letzte Karte setzen.

52

Die Utility, welche die LTG des Unterschlupfs zu Killer Katie's umleitete, war in Betrieb, als Skater die LTG anrief, die der Johnson ihm genannt hatte. Laut Einblendung auf seiner Netzhaut war es 22:10:16 Uhr. Die anderen saßen schweigend da und tranken Soykaf, den jemand aufgesetzt hatte. Erzengel war in ihr Deck eingestöpselt und saß zusammengesunken auf einem Sessel. Wenn die Verbindung zustande kam, würde sie ihr durch die Matrix nachgehen, falls Falkenhayne nicht empfänglich für das Angebot war, das Skater ihr unterbreiten würde.

Das Telekom wurde am anderen Ende mitten im ersten Klingeln abgehoben. »Ja«, sagte eine Frauenstimme.

»Freiheit«, sagte Skater und spürte, wie sich seine Eingeweide zusammenkrampften. Er war nicht der Johnson. Das würde sie sofort wissen. Er konnte nur hoffen, daß ihm das Paßwort ein paar Sekunden erkaufte. Wenn nicht, waren sie am Ende.

»Es tut mir leid«, sagte sie. »Ich fürchte, Sie haben sich verwählt.«

Skater schaltete die Videokamera an seinem Ende ein, so daß sie ihn sehen konnte. »Ich bin Jack Skater. Sie haben mich auf Umwegen angeworben, um bei Schastakowitsch ein Paket für Sie abzuholen.«

Sie zögerte.

Skater konnte ihr rasches Atmen vom anderen Ende der Verbindung hören. Erzengel war in ihr Deck eingestöpselt und versuchte den Anruf zurückzuverfolgen. Wheeler schaute über ihre Schulter auf den kleinen Zusatzmonitor, der Erzengels Fortschritte in der Matrix zeigte und ihr gestattete, Textbotschaften einzublenden.

»Ripley«, sagte Skater. »ich weiß, daß Sie in Schwierigkeiten sind. Ich will Ihnen helfen.« Er sagte nicht mehr. Das waren die Worte, über die sie nachdenken und auf deren Grundlage sie eine Entscheidung fällen mußte.

»Ich kenne Sie nicht«, erwiderte Falkenhayne. »Ich habe keinen Grund, Ihnen zu vertrauen.«

»Ich habe immer noch das Paket, das ich für Sie abholen sollte«, sagte Skater. »Ich hätte es vor zwei Tagen Fuchi überlassen können, dann hätte ich mit diesem ganzen verdammten Schlamassel nie etwas zu tun bekommen.«

»Nach allem, was ich weiß, könnten Sie auch für Fuchi arbeiten.«

»Ich versichere Ihnen, daß ich das nicht tue, aber es bleibt Ihnen überlassen, ob Sie mir glauben.« Skater warf einen raschen Blick auf den Zusatzmonitor und las die Textzeilen am unteren Rand.

>>>Das Signal kommt aus Bellevue. Sie benutzt ein öffentliches Telekom als Relais. Ich versuche daran vorbeizukommen, aber es ist eine erstklassige Arbeit. Das Relais flirtet wahrscheinlich mit einem halben Dutzend anderer LTG-Nummern, bevor das Signal zu seinem Ursprung geleitet wird.<<<

Das Bild auf dem Zusatzmonitor war gestochen scharf und mit leuchtenden Farben durchsetzt. Der Blickwinkel war Erzengels, und zwar von ihrem Persona-Icon in der Matrix. Sie stand in einem sechseckigen Raum, hellgrüne Begrenzungslinien vor einem schillernden Hintergrund. An einer Wand war eine computerisierte Nachbildung eines Telekoms angebracht. Hände kamen ins Blickfeld und rissen die Telekomnachbildung in Stücke, so daß ein Kasten aus Silber und Onyx darunter sichtbar wurde. Skater wußte, daß die Hände dem Persona-Icon gehörten, das Erzengel in der Matrix benutzte.

Plötzlich kamen grellrote und blaue Laserstrahlen in Sicht, die die Wand entlangschossen und dann in weiter Ferne verschwanden.

>>>Sorg dafür, daß sie weiterredet.<<<

»Ripley?« sagte Skater.

»Was ist mit dem Mann, dem ich diese LTG-Nummer gegeben habe?« fragte sie.

»Er ist tot.«

Skater hörte sie am anderen Ende scharf einatmen. »O Gott.«

»Ein Mann namens Kylar Luppas hat ihn getötet«, erläuterte Skater. »Aber bevor er starb, hat er mir von Ihnen erzählt und gesagt, daß Sie Hilfe brauchen.«

Auf dem Zusatzmonitor öffnete Erzengel den Kasten aus Silber und Onyx, um darin einen identischen Kasten zu finden, der nur etwas kleiner war. Sie griff hinein und nahm den kleineren Kasten heraus. Als sie ihn in den Händen hielt, erloschen die meisten roten und blauen Laserstrahlen, die von ihm ausgingen.

>>>*Sie arbeitet mit einer selbstlöschenden Utility. Wenn sie die Verbindung unterbricht, zerstört sie sich, und dann haben wir sie verloren.*<<<

»Ripley«, sagte Skater, »bleiben Sie hier bei mir. Ich glaube, ich kann Sie aus dieser Sache rausholen.«

»Das soll ich Ihnen glauben?«

»Ja.«

Sie lachte, und der angestrengt wirkende Laut klang so, als sei sie einer Hysterie nahe. »Wie?«

»Können wir reden?« fragte Skater. »Irgendwo anders?«

»Näher werden Sie nicht an mich herankommen.«

»Okay«, sagte Skater. Auf dem Zusatzmonitor hatte Erzengel den zweiten Kasten geöffnet, in dem ein weiterer zum Vorschein kam. Die Anzahl der roten und blauen Strahlen nahm weiter ab und betrug jetzt nur noch ein oder zwei Dutzend. Skater spürte, wie der Druck zunahm. Er wollte den Handel abschließen.

>>>*Fast. Nur noch ein paar Sekunden.*<<< Erzengels Hände machten sich bereits an dem dritten Kasten zu schaffen.

Skater riß den Blick von dem Monitor los in dem Wissen, daß Erzengel die Schutzmaßnahmen, die Falkenhayne in der Matrix zwischen den LTG-Nummern ergriffen hatte, Schicht für Schicht abtrug. »Sie müssen irgend jemandem vertrauen, Ripley. Sie sitzen ganz tief im Drek. Würde Dunkelzahn noch leben, hätten Sie eine Chance, es allein durchzuziehen.«

Eine lange Pause trat ein. Einen Moment lang befürchtete Skater, er hätte sie verloren. Dann fing sie wieder an zu reden. »Ich kann nicht glauben, daß sie ihn getötet haben.«

Skater glaubte, daß sie von Fuchi redete, war sich aber nicht sicher. Die Frau hörte sich an, als sei sie emotional vollkommen daneben, weil sie schon zu lange auf dem Sprung lebte. Sie hatte sein Mitgefühl, als er daran dachte, daß ihr gegenwärtiger Zustand demjenigen sehr ähnlich sein mußte, in dem sich Larisa Hartsinger vor ein paar Monaten befunden hatte, bevor sie von McKenzies Leuten getötet worden war. Seine Kehle war plötzlich wie zugeschnürt, und er mußte sich zusammenreißen, um seine eigenen Gefühle nicht in seine Stimme einfließen zu lassen.

Den Mienen seiner Teammitglieder ringsumher nach zu urteilen, berührte sie die Notlage der Frau ebenfalls.

»Es gibt einen Ausweg für Sie«, sagte Skater.

Auf dem Zusatzmonitor hatte Erzengel mittlerweile den dritten Kasten geöffnet. In ihm befand sich ein weiterer, ebenfalls aus Silber und Onyx, der so klein war, daß Erzengel die Hand darum schließen konnte. Nur drei der Laserstrahlen waren noch übrig, zwei blaue und ein roter.

»Welchen?« fragte Falkenhayne. »Schon vor Dunkelzahns Tod hat Fuchi versucht, die Denkfabrik aufzukaufen, in der ich gearbeitet habe. Sie hatten einen Mann geschickt, der Fragen über mich gestellt hat. Ich habe von ihm über die Gerüchteküche der Denkfabrik erfahren und ihn nie zu Gesicht bekommen, aber ich erfuhr seinen Namen.«

»Norris Caber«, sagte Skater. »Ich weiß von ihm.

Was Sie nicht wissen, ist, daß er auch Coleman January war.«

Plötzlich erwachte der kleine Monitor des Telekoms zum Leben. Ripley Falkenhaynes Kopf und Schultern wurden sichtbar. Ihr Gesicht wirkte angespannt und verhärmt, ein Eindruck, der etwas von den Schatten gemildert wurde, in denen sie saß. Skater sah, daß sie sich in einem Zimmer aufhielt, konnte jedoch nichts weiter darüber sagen. Ihre platinblonden Haare waren zerzaust und zu lang für den Kurzhaarschnitt, den sie sich offenbar vor längerer Zeit hatte machen lassen. Auf ihrem Gesicht funkelte es metallisch, was auf die Datenbuchse in ihrer Schläfe und ihre gepiercten Ohren, Augenbrauen und Nasenflügel zurückzuführen war.

»Caber war Coleman?« fragte sie. »Sind Sie sicher?«

»Ja«, erwiderte Skater. »Als er bei dem Unfall mit Fahrerflucht auf der Interstate 5 getötet wurde, trug er ein DocWagon-Armband, das ihn als Caber identifizierte.«

»Ich kannte ihn nur als Coleman«, sagte sie. »Ich bin zu einer Schieberin gegangen – eine Freundin von einer Freundin hatte uns bekannt gemacht –, und die hat mich mit Coleman zusammengebracht.«

»Um das Programm zu verkaufen, das die Codierung der Konzern-Deltaware von Execs löscht, die die Pferde wechseln wollen.«

Sie nickte. »Ich habe Coleman selbstlöschende Kopien gegeben, die nur einmal benutzt werden konnten und mit massiven Wirbel-ICs gesichert waren, die das Programm zerstört haben würden, falls jemand versucht hätte, die Dateien zu lesen oder zu analysieren. Das Programm ließ sich nicht einmal kopieren, nur ausführen. Coleman hat alles andere arrangiert, die Käufer, den Zeitpunkt ... Ich bekam einen Anteil. Wenn ich genügend Nuyen zusammengespart haben würde, wollte ich untertauchen und alles noch einmal neu überdenken. Nach Dunkelzahns Tod war der Druck viel zu hoch, zumal Fuchi schon an die Tür der Denkfabrik klopfte.«

»Aber Coleman January hat Sie betrogen«, sagte Skater, der die Mosaiksteinchen zusammensetzte, die er bereits kannte. Das Bild fügte sich langsam zusammen. »Und deshalb ließen Sie ihn umlegen.«

Falkenhayne zuckte bei dieser erdrückenden Feststellung zusammen. »Er hat mich betrogen«, wiederholte sie abwehrend. »Er ist in meine persönlichen Dateien bei Dulce Tech eingebrochen. Ich wußte, daß er nach dem Programm gesucht hatte, und seither wußte ich auch, daß ich ihm nicht trauen konnte. Er nahm sich, was er für das Master-Programm hielt, und floh. Über die Schieberin, durch die ich Coleman kennengelernt hatte, heuerte ich einen Wetworker an und bezahlte ihn dafür, Coleman durch einen Unfall zu geeken – von dem Geld, das wir zusammen verdient hatten.« Sie hielt inne und lachte verlegen. »Wissen Sie, es ist komisch, daß Coleman mir dabei geholfen hat, das Geld zu verdienen, das ich brauchte, um ihn zu töten.«

»Ist schon okay«, sagte Skater in der Hoffnung, daß die Frau noch lange genug die Fassung bewahren würde, um ihn anzuhören.

»Trotz allem, was ich über Coleman wußte, brauchte der Wetworker noch siebenundzwanzig Stunden, um ihn zu finden und den Job zu erledigen. Ich befürchtete die ganze Zeit, Coleman würde herausfinden, daß er nicht das gestohlen hatte, was er suchte, und sich an mich halten.«

»Aber der Hit war arrangiert«, sagte Skater.

Sie nickte, leckte sich die Lippen. »Man sagte mir, Coleman würde zu einem Treffen mit einem Käufer fahren. Der Wetworker verfolgte ihn von seinem Haus und geekte ihn dann auf der Interstate 5.«

»Sie hätten ihn in seinem Haus geeken lassen können.«

»Nein. Ich wußte nicht, wem Coleman von dem Programm erzählt hatte. Wenn er in der Öffentlichkeit gegeekt wurde und es genug Verwirrung gab, würden seine Partner hoffentlich denken, daß ihm das Programm gestohlen worden sei und mich eine Zeitlang in Ruhe lassen. Ich hatte mich bereits versteckt.«

»Sie haben die Motorradgang angeworben«, sagte Skater, als ihm plötzlich klar wurde, was sie mit *Verwirrung* am Unfallort gemeint hatte. Drek, abgesehen davon, daß sie eine Begabung für das Programmieren hatte, schien die Frau noch ein natürliches Talent für Täuschungsmanöver zu haben.

Plötzlich brach sie in Tränen aus, wischte sich mit dem Arm über das Gesicht und schniefte. »Es war nicht leicht, verdammt noch mal! Aber ich dachte, wenn es so aussähe, als raubten die Trolle Colemans Wagen aus, würden diejenigen, die hinter mir her waren, zunächst sie jagen! Ich konnte ja nicht wissen, daß diese Wichser dabei so viele Unschuldige verletzen würden!« Ihre Stimme brach. »Ich schwöre Ihnen, ich habe es nicht gewußt! Ich habe nur versucht, mich zu retten!«

»Ist schon okay«, sagte Skater. »Atmen Sie einfach tief durch. Ich bin nicht hier, um sie zu verurteilen. Ich will Ihnen wirklich helfen.«

Ihre Schultern zitterten von der Anstrengung, sich zusammenzureißen; endlich beruhigte sie sich.

»Sie haben Vorsorge getroffen, uns anzuwerben, um die Leiche zu bergen.«

»Ja. Man sagte mir, Sie seien gut. Da Sie nun mit mir reden, sind Sie es offensichtlich auch. Woher wußten Sie, daß Coleman Norris Caber war?«

»Die Coleman-January-Identität hat Fuchi für ihn aufgebaut. Wahrscheinlich war es nicht die einzige.«

»Das wußte ich nicht.« Ihre braunen Augen sahen in dem trüben Licht flüssig aus, geweitet und ungläubig. »Nach Dunkelzahns Tod konnte ich seine Leute nicht erreichen, um sie wissen zu lassen, daß ich Hilfe brauchte. Sie waren zu sehr mit dem Mord beschäftigt. Er hatte mich von sich ferngehalten, weil seine Unternehmungen ständig ausspioniert wurden, hatte er mir gesagt.«

»Wußte er, daß die Software, die Sie entwickelten, die Deltaware-Codierungen löschen konnte?«

»Nein.« Sie schüttelte den Kopf, so daß ihre zerzausten Locken wackelten. »Ich habe es schon zwei Monate vor seinem Tod gewußt, aber die Konsequenzen dessen, was das Programm leisten konnte, haben mich ziemlich beunruhigt. Ich wußte nicht einmal, ob ich Dunkelzahn das Programm zur Verfügung stellen sollte. Ursprünglich sollte es nur eine Utility zur Satellitenumrüstung sein. Software, die eine beträchtliche Summe wert war, aber nicht das, als was sie sich schließlich herausstellte.«

Auf dem Zusatzmonitor leuchtete plötzlich ein Funkenschauer auf und tauchte Wheelers Gesicht in ein grelles Giftgrün. Erzengel ließ beinahe den letzten Kasten fallen, an dem sie arbeitete. Sie nahm eine Hand von dem Kasten und schloß sie zur Faust, um sie einen Moment später wieder zu öffnen und einen blau-weißen Diamanten von der Größe eines Fingerglieds zu enthüllen. Sie warf ihn in eine Ecke des schwarzgrünen Raums. Die giftgrünen Funken stürzten sich sofort darauf, so daß sie weiter an dem Kasten arbeiten konnte.

>>>Wirbel-IC. Aber die Täuschungs-Utility, mit der ich sie gefüttert habe, wird sie beschäftigen.<<<

»Wissen Sie, was ein Konzern mit meinem Programm anstellen könnte?« fragte Falkenhayne. »Sie wissen, daß ohnehin routinemäßig Extraktionen stattfinden. Dieses Programm ist wie ein Masterschlüssel für alle Codierungen, mit denen ein Konzern seine Deltaware schützt, um die Loyalität seiner hochrangigen Execs zu gewährleisten. Falls das Programm einem Konzern in die Hände fällt und dieser Konzern es ausgiebig einsetzt, haben wir es mit einem Wirtschaftskrieg zu tun, der seinen Weg von den Orbitalstationen in die Straßen jedes Sprawls der Erwachten Welt finden wird.«

»Ich weiß«, pflichtete Skater ihr bei.

»Drek, ich weiß nicht, ob ich Dunkelzahn bereitwillig so viel Macht gegeben hätte«, sagte sie. »Und ich mochte ihn und habe ihm vertraut. Es ist einfach zuviel. Zu viele Leute würden sterben! Und nur wegen mir!«

»Werte Dame«, sagte Cullen Trey, indem er neben Skater trat, »Sie können das Programm, das Sie geschrieben haben, nicht einfach ungeschrieben machen.« Seine Stimme war sanft und mitfühlend.

»Wer ist das?« wollte Falkenhayne wissen. Tränen liefen über ihr Gesicht.

»Ein Freund«, sagte Skater, während er den Aufnahmewinkel der Kamera vergrößerte, so daß Trey ebenfalls im Bild war. »Er heißt Cullen. Er gehört zu dem Team, das Sie angeworben haben.«

Trey neigte den Kopf zur Bekräftigung der Vorstellung. »Mit deiner Erlaubnis«, sagte er zu Skater.

Skater nickte und trat einen Schritt zurück, und Falkenhaynes Blick richtete sich auf den Magier. Mit ruhiger Leidenschaft skizzierte Trey Skaters Handel mit den UCAS. Er kannte sich mit Worten aus und brachte es fertig, den Handel im bestmöglichen Licht erscheinen zu lassen. Skater fand, daß Trey, wenn die Magie ihn nicht in ihr Netz gelockt hätte, eine steile Karriere als Gebrauchtwagenhändler gemacht haben würde.

Falkenhayne war nicht sehr glücklich. »Sie reden im Prinzip von einem Gefängnisaufenthalt unter Aufsicht der UCAS«, sagte sie. »Das ist nicht fair.«

Skater pflichtete insgeheim ihrer Einschätzung der Situation bei.

»Wenigstens«, erwiderte Trey beherrscht, »werden Sie auf diese Weise überleben.«

»Ich möchte noch auf eine andere Sache hinweisen«, sagte Skater. »Sie glauben, daß Ihr Programm das, was es jetzt leistet, nämlich die Codierung der Deltaware zu löschen, immer leisten wird. Aber sobald die Megakonzerne herausfinden, daß es dieses Programm gibt, werden sie ihre besten Programmierer darauf ansetzen, neue Paßcodes zu entwickeln, die Ihr Programm nicht knacken kann. Wenn das geschieht, ist das von Ihnen erfundene Programm wertlos. Es könnte Wochen oder Monate dauern, Ripley, aber es wird geschehen, und dann sind Sie frei.«

»Wer kann behaupten, daß die UCAS nicht dasselbe tun werden?« stellte Falkenhayne fest.

»Sie sind nicht so im Geschäft wie die Konzerne«, sagte Skater. Er hielt kurz inne. »Angesichts der gegenwärtigen Situation ist das aus meiner Sicht das Beste, was passieren kann.« Er warf einen raschen Blick auf den Zusatzmonitor und sah, daß Erzengel den letzten Kasten geöffnet hatte. Nur ein Strahl aus leuchtend rotem Licht war noch mit der Telekomnachbildung verbunden.

Der Blickwinkel auf dem Zusatzmonitor veränderte sich plötzlich, und alle Bilder verschwommen zu langgezogenen Farbstreifen. Skater wußte, daß Erzengel sich an das Signal gehängt hatte und ihm durch das LTG in der Matrix folgte.

>>>Ich habe ihren Standort.<<<

Das Bild auf dem Monitor zeigte eine hohe rechteckige Gestalt, die Skater für ein Gebäude hielt. Der Blickwinkel änderte sich von Seite zu Seite, während Adressen durch die obere linke Ecke huschten.

Plötzlich wurde der Bildschirm schwarz. Erzengel griff sich an die Schläfe und stöpselte sich aus. »Und ich habe die Adresse«, flüsterte sie, so daß das Mikrofon des Telekoms ihre Worte nicht aufschnappte. »Aber da war noch jemand. Die Gegenseite ist vielleicht auch durchgekommen.«

Bei ihren Worten krampfte sich Skaters Magen zusammen. »Wie entscheiden Sie sich, Ripley?« fragte er. »Jede Sekunde, die wir warten, bringt Fuchi einen Schritt näher.«

Ohne Vorwarnung brach die Frau zusammen, und ihre Worte kamen zwischen tiefen Schluchzern heraus.

»Ich bin so müde. Ich will mich nur wieder sicher fühlen. Es ist so lange her, ich glaube, ich habe ganz vergessen, was für ein Gefühl das ist.« Sie holte tief Luft. »Kommen Sie und holen Sie mich, und zur Hölle mit Ihnen, wenn Sie mich belogen haben.« Sie nannte ihre Adresse und Wohnungsnummer und unterbrach dann das Gespräch, so daß der Bildschirm schwarz wurde.

Skater sah Erzengel an.

»Das ist die Adresse«, sagte sie. »Aber wie ich schon sagte, jemand anders hat dort ebenfalls herumgeschnüffelt. Ich bin nicht lange genug geblieben, um herauszufinden, wer es war und was sie dort suchten.«

»Okay«, sagte Skater, wobei er die anderen ansah, »laßt uns Gas geben und hoffen, daß wir genug Vorsprung haben, um sie zu holen und wieder zu verschwinden, bevor die andere Seite eintrifft.« Er ging zur Tür und schnappte sich auf dem Weg dorthin seine Ausrüstung.

53

Skater und Duran übernahmen die Führung bei dem Unternehmen Ripley Falkenhayne. Um 22:31:18 Uhr stellten sie den Ford Americar XE im unterirdischen Parkhaus unter dem Kerriger-Wohnturm ab, in dem Falkenhayne unter falschem Namen und falscher SIN wohnte, die sie irgendwo gekauft hatte. Erzengel hatte sich in ein öffentliches Telekom eingestöpselt und nach kurzer Recherche in der Matrix herausgefunden, daß die SIN dünn und die Nuyen nicht wert war, die sie dafür bezahlt hatte. Doch Falkenhayne war noch nicht lange genug in den Schatten, um das zu wissen.

Der sechs Jahre alte Americar XE, aus dem Skater und Duran stiegen, war Fords Sportpaket mit frisiertem Motor und Zahnstangengetriebe. Er war kein Eurocar Westwind 2000, aber der Rigger, von dem Wheeler den

Wagen an diesem Nachmittag auf Skaters Anweisung hin gekauft hatte, garantierte Leistung und einwandfreien Zustand. Die Zulassung des Wagens würde einer oberflächlichen Prüfung standhalten. Er hatte nicht die Absicht, ihn so lange zu behalten, daß er zu einem Familienerbstück würde.

Im Fahrstuhl drückte Skater auf den Knopf für die siebente Etage. Die Türen schlossen sich. Er aktivierte den Commlink. »Erzengel.«

»Hier.« Ihre Stimme klang weit entfernt, aber wenigstens funktionierte die Funkverbindung auch innerhalb des Gebäudes. Sie hatten sich deswegen einige Sorgen gemacht, weil Generatoren zur Erzeugung von weißem Rauschen, die Lauschern und Privatdetektiven das Handwerk legen sollten, die Sendungen stören konnten und eine Reihe von Mietern in Bellevue paranoid und reich genug war, sie so beiläufig einbauen zu lassen wie ein Trideo.

»Wie gut komme ich bei dir an?« Skater warf einen Blick auf Duran. Wie er selbst trug der Ork einen dunkelblauen Overall mit einem Emblem der BugSlammers-Ungeziefervertilgung auf dem Rücken. Der Overall saß so locker, daß er Körperpanzer und Waffen, die sie darunter trugen, mühelos verbarg. Das auffallende Emblem gewährleistete Distanz zu den Hausbewohnern. In Bellevue wollte wegen der möglichen gesellschaftlichen Auswirkungen niemand dabei gesehen werden, wie er mit einem Kammerjäger sprach. Sie trugen beide silberne Kanister, die so präpariert waren, daß sie schädliche Dämpfe versprühten anstatt Pestizide. All das gehörte zu einer Ausrüstung, die sie bei einem früheren Run mit Erfolg eingesetzt hatten.

»Schwach, aber ich verstehe dich immer noch deutlich.«

Wheeler war bei Erzengel, und zwar draußen auf dem Overlake Drive West ein paar Blocks östlich der Einundachtzigsten Avenue Nordost, wo sich der Kerriger-

Wohnturm befand. Der Rigger war in den Tsarina eingestöpselt, der ihre schwere Kavallerie war, falls sie welche brauchen sollten.

»Elvis«, rief Skater den Troll, als die Digitalanzeige beim vierten Stock angelangt war.

»Hier, *Omae*. Trey ist im Astralraum und hält euch dort den Rücken frei.«

Elvis und Cullen Trey waren in einem anderen Fahrzeug ebenfalls auf dem Overlake Drive West, und zwar dort, wo die Straße im Fünfundvierzig-Grad-Winkel nach Süden abknickte und parallel zum Lake Washington verlief, bis sie Groat Point und den kleinen Jachthafen erreichte. Das war der Weg, auf dem Skater Falkenhayne aus Bellevue heraus und zu Strapp bringen wollte.

Die Anzeige vermeldete die siebente Etage, und eine leise Glocke ertönte, um den Halt anzukündigen.

Skater holte tief Luft, um seine Lungen mit Sauerstoff vollzupumpen und die Reflexbooster zu aktivieren. Er griff durch den Schlitz in der Tasche seines weiten Overalls und umklammerte den Kolben des Predators im Halfter an seiner Hüfte. Mit dem Zeigefinger legte er die Sicherung um.

Duran glitt lautlos hinter ihm in Stellung.

Der Korridor war schnurgerade und lang, und nur ein paar Bilder an den aquamarinblauen Wänden lockerten die Einförmigkeit auf. Alle Bilder schienen amerindianisch beeinflußt zu sein und elfische Obertöne zu haben, wahrscheinlich eine Referenz an die Abgesandten des Salish-Shidhe Council, die gelegentlich Abstecher von der Botschaft auf Council Island im Lake Washington südlich von Bellevue unternahmen und sich unter das Volk mischten. Eine der regulären Fähren zur Insel verkehrte zwischen Groat Point in Bellevue und Calkins Point auf der Insel.

Der kurzflorige weiße Teppich unter ihren Füßen sah aus wie Sand und fühlte sich auch so an, da er jegliches

Geräusch dämpfte. Weiter den Flur entlang ertönte der Gong eines Fahrstuhls und brachte Skaters Nerven in Aufruhr. Er mußte sich zwingen weiterzugehen, als sich die Türen des Fahrstuhls vor ihm öffneten.

Ein junges Ork-Paar in Abendgarderobe betrat den Flur. Sie lachten und unterhielten sich und bedachten Skater und Duran nur mit einem flüchtigen Blick, um sich zu vergewissern, daß die Männer von BugSlammers nicht ihre Wohnung ansteuerten.

Vor 716 blieb Skater stehen. Er stellte seinen Kanister ab und klopfte an die Tür. Das gehörte zu seiner Tarnung. Ihm war aufgefallen, daß die meisten Leute, die von Tür zu Tür gingen, kein Vertrauen in Klingeln hatten. Er hielt den Predator weiterhin fest umklammert.

Ein Dutzend Sekunden lang hielt er den Atem an, wartete und dachte an die Präsenz, die Erzengel in der Matrix gespürt hatte, jemand, den sie nicht hatte identifizieren können. Er fragte sich, ob sie bereits zu spät kamen, und fühlte sich schuldig, weil er sich fast wünschte, daß es so war.

Wenn Kylar Luppas und sein Team vor ihnen angekommen waren und die Frau mitgenommen hatten, blieb dem Team keine andere Wahl mehr, als aufzugeben. Ripley Falkenhayne würde tot sein, bevor irgend jemand anderer sie wiedersah.

Er wollte noch einmal klopfen, um ganz sicherzugehen. Wenn alles andere scheiterte, konnten sie immer noch das Magschloß knacken. Duran hatte alles Werkzeug, das sie brauchten.

Dann öffnete sich die Tür nach innen. Ripley Falkenhayne war salopp gekleidet und trug eine Vashon-Island-Jacke und Slacks unter einem Duster, der so glatt und schwer herunterhing, daß Skater sofort wußte, daß er gepanzert war. Sie unternahm den Versuch, ihr Gesicht zu straffen, aber sie sah dennoch erschöpft und zerzaust aus.

Mit zitternder Unterlippe sah sie Skater über den kurzen Lauf eines Fichetti Tiffani Needler hinweg an. Sie umklammerte den Kolben der Waffe mit beiden Händen.

»Ripley«, sagte Skater ruhig, während er das Zittern ihrer Hände registrierte, »alles wird gut. Haben Sie mich verstanden?« Er bewegte sich langsam auf sie zu, wobei er die Hände weit vom Körper abspreizte.

»Ich habe ... Sie verstanden«, stammelte sie. Doch den Nadler senkte sie nicht.

»Ich bin hier, um Ihnen zu helfen«, redete Skater ihr weiterhin gut zu. »Sie sollten die Waffe herunternehmen.« Er gestikulierte langsam mit der Hand. »Bevor jemand verletzt wird.«

»Helfen Sie mir«, sagte sie mit erstickter Stimme.

»Sie ist erstarrt, Junge«, sagte Duran leise über Commlink. »Du wirst ihr die verdammte Kanone abnehmen müssen.«

Falkenhaynes Knöchel waren weiß, und ihre Hände zitterten. Der Nadler blieb mehr oder weniger auf Skaters Brust gerichtet.

Trotz der kugelsicheren Panzerung unter seinem Overall wußte Skater, daß die Fichetti tödlich war, obwohl sie nur ein halbes Kilo Durchschlagskraft besaß.

»Ripley«, sagte er noch ruhiger.

»Ja.«

»Ich gehe jetzt auf Sie zu, okay? Nur, um Ihnen die Waffe aus den Händen zu nehmen, so daß wir von hier verschwinden können.« Skater schob sich behutsam vorwärts, innerlich so angespannt wie eine Feder. Er wollte ihren Verstand beschäftigen, so daß nicht die primitiven Instinkte angesprochen werden konnten, die sie dazu bringen würden, mit dem Nadler zu schießen. »Sie haben keine Tasche und auch keinen Koffer. Brauchen Sie noch etwas, wenn wir gehen?«

»Nein. Nichts. Ich habe keine ...«

Skater legte seine Hände über ihre und schob den Daumen hinter ihrem Zeigefinger in den Abzugsbügel, so daß sie nicht abdrücken konnte. Er mußte sehr viel Kraft aufwenden, um ihr die Pistole zu entwinden. Er stieß einen Seufzer der Erleichterung aus, als er die Waffe sicherte und in eine Tasche seines Overalls steckte.

Er sah sich die Wohnung genauer an. Das Licht war aus. Abfälle von Stuffer Shacks lagen auf dem Boden und auf dem Kaffeetisch in der Mitte des Wohnzimmers. Es sah nicht so aus, als habe die Frau die Wohnung in den letzten Tagen verlassen.

»Sie haben nichts mitzunehmen?« fragte Skater.

»Nein.« Sie schüttelte den Kopf, und ihre Arme schlossen sich automatisch um ihren Oberkörper, um sich zu stützen.

»Ihre Dateien?«

»Die habe ich in einer Datenbank versteckt, so stark verschlüsselt und so tief vergraben, daß niemand sie je finden könnte.«

»Ihr Deck?«

»Das habe ich nach unserem Telekomgespräch zerstört.«

»Dann sind Sie bereit.« Skater bedachte sie mit einem Lächeln, das er sich abringen mußte, er wußte aber, daß es ein Trost für sie sein würde.

Sie fuhr sich mit der Hand durch die blonden Haare. »Drek, ja, ich bin bereit.«

»Dann lassen Sie uns gehen.« Skater nahm ihren Arm und führte sie zur Tür. Vielleicht würden sie es doch noch schaffen.

»Warten Sie«, sagte sie. »Ich habe noch etwas vergessen.« Sie entwand sich seinem Griff und ging in das Wohnzimmer zurück.

»Ich habe einen Fahrstuhl, Junge«, meldete sich Duran über Commlink.

Ein Blick über die Schulter zeigte Skater, daß der Ork zwischen den Fahrstuhltüren stand und verhinderte, daß sie sich schlossen.

»Ripley«, sagte Skater, »wir müssen jetzt los.« Er ging ihr einen Schritt entgegen, dann lief sie auf ihn zu, das Gesicht vor Angst angespannt.

»Die hätte ich fast vergessen«, sagte sie, indem sie ihm drei Chips zeigte. »Das sind ein paar von den selbstzerstörenden Kopien meines Programms. Da ich Ihrem Team nicht zahlen kann, was ihm zusteht, dachte ich, daß diese Chips meine Schulden begleichen würden.« Sie zögerte und zwinkerte ein paar Tränen zurück. »Es tut mir leid, aber mehr habe ich nicht. Bitte lassen Sie mich nicht hier zurück.«

Skater nahm ihre Hand in seine und drückte sie beruhigend. »Ist schon okay. Ich bin nicht wegen des Geldes hergekommen. Ich bin Ihretwegen hier.«

»Trotzdem.« Falkenhayne hielt ihm die Chips hin.

Skater nahm sie und verstaute sie in einer Tasche der Panzerung, die er unter dem Overall trug. »Vielen Dank.« Mit drei Extraktionen, die wenig Risiko beinhalteten, konnte tatsächlich noch ein kleiner Gewinn für das Team herausspringen, der sie bis zum nächsten Run über Wasser halten würde. Sogar für Cullen Treys Maßstäbe.

Er nahm wieder ihren Oberarm und ging mit ihr auf den Flur hinaus. Plötzlich meldete Trey sich über Commlink.

»Paßt auf, Jack, Duran.« Trey klang aufgeregt. »Ich habe gerade Luppas ganz in der Nähe auf der Astralebene entdeckt. Er hat mich abgelenkt. Es ist bereits ein Team im Haus, das jederzeit bei euch eintreffen kann.«

Bevor Skater durch den Flur zu Duran gehen konnte, platzte ein halbes Dutzend bewaffneter Männer aus dem Treppenhaus am anderen Ende des Flurs. Er zog Falkenhayne hinter sich und schob sie wieder zurück in die Wohnung, die sie soeben verlassen hatten. Er spürte, wie sie sich gegen ihn lehnte, und dann hallten ihre Schreie in seinen Ohren.

»Verdammter Drek«, knurrte Duran. Gegen die Seite

des Fahrstuhls gepreßt, hatte er teilweise Deckung vor den Kugeln, die plötzlich neben ihm in die Wand schlugen. Er riß den Overall mit beiden Händen auf, so daß die schwarze, mit Kunstleder verkleidete Panzerung zum Vorschein kam. Mit einem Ruck zog er die Franchi SPAS-22 aus der Halterung an seinem rechten Bein und gab vier Schüsse so schnell ab, wie er abdrücken konnte.

Mit ihren schweren ballistischen Panzerungen hatten Luppas' Sturmtruppen nicht damit gerechnet, viel Schaden zu erleiden. Die beiden führenden Männer waren überrascht – wahrscheinlich nur für einen kurzen Augenblick –, daß Duran Explosivgeschosse benutzte.

Die vier Geschosse trafen sie hoch in der Brust, durchschlugen die Panzerung und explodierten dann. Die Leichen wurden zurückgeschleudert und hielten den Vormarsch der anderen auf.

Als Luppas' Söldner sich von ihrer Überraschung erholt hatten, hatte Skater Falkenhayne bereits wieder in die vorübergehende Sicherheit ihrer Wohnung geschoben. Er riß den Predator hoch, während Adrenalin durch seine Adern pulsierte und die Reflexbooster aktivierte. Gegen Luppas konnte es keine Zurückhaltung geben, keinen Pardon. Der Mann war zu gefährlich, zu professionell, und er selbst wurde im Augenblick ebenfalls gejagt.

Wie Skater hatte Luppas sich in eine Alles-oder-nichts-Situation begeben. Der Shadowrunner verstand das. Eine Niederlage war keine Alternative.

Im Flur versuchte ein Söldner die Leichen zu umgehen und eine bessere Position zu finden. Skater jagte zwei Kugeln durch das Plastiglas-Visier seines Helms. Innerhalb des kugelsicheren Helms explodierte der Kopf des Söldners. Leblos sank der Söldner auf die Knie und präsentierte dabei automatisch sein Sturmgewehr.

Im Fahrstuhl lud Duran seine Franchi SPAS-22 mit neuen Explosivgeschossen.

»Trey«, rief Skater über Commlink. Er griff nach dem

Kanister, den er als Teil seiner Kammerjäger-Tarnung bei sich trug.

»Hier, Chummer.«

»Ich muß wissen, womit wir es zu tun haben.« Skater drückte den Drei-Sekunden-Zeitzünder im Handgriff des Kanisters ein. Er warf einen Blick auf Duran.

»Mach schon«, rief der Ork.

Bevor Skater den Zeitzünder loslassen und damit aktivieren konnte, schlug ein Explosivgeschoß aus einem tragbaren Raketenwerfer direkt vor den Fahrstuhltüren auf dem Boden auf.

Duran wurde zurückgeschleudert. Einen Augenblick später schlossen sich die Türen, und der Fahrstuhl setzte sich nach unten in Bewegung.

Skater konnte nichts anderes tun, als ihn seine Fahrt fortsetzen zu lassen und Falkenhayne zuzuhören, die hinter ihm laut betete.

54

Kylar Luppas' astrales Selbst schwebte über dem Overlake Drive West, die Aufmerksamkeit ganz auf den Wohnturm gerichtet. Trey war vom astralen Schlachtfeld geflohen, nicht ohne zuvor noch eine raffinierte Offensive zu starten. Luppas war nicht so dumm zu glauben, er hätte den anderen Magier besiegt, noch war er so verrückt, ihm im Astralraum unbekümmert nachzujagen.

Er sah sich die Straßen an, da er wußte, daß Treys Körper sich irgendwo nicht weit entfernt in einem Wagen befinden mußte. Die Shadowrunner würden den bewußtlosen Mann nicht mit sich herumschleppen, und wenn Trey sowohl auf der physikalischen als auch auf der astralen Ebene aktiv sein wollte, mußte er auf jeden Fall mobil sein.

Luppas beorderte drei Watcher zu sich, verankerte Treys Gesichtszüge in ihrem schlichten Verstand und schickte sie los. Sie sollten mit ihrer Suche am Wohnturm beginnen und sie von dort aus immer weiter ausdehnen. Das unterirdische Parkhaus war eine naheliegende Wahl.

Zufrieden spähte er den Overlake Drive West entlang und sah den Ares Master mit seinem Körper nur ein paar Blocks entfernt eintreffen und am Evergreen Point abbiegen. Er sah sich noch einmal nach Trey um. Er wußte, daß er den Magier im Zug ihres kurzen astralen Gefechts, bei dem beide alles gegeben hatten, nicht vom Feld geschlagen hatte.

Trey hatte sich gut auf diesen Kampf vorbereitet. Luppas hatte zahlreiche Fetische und zwei sehr starke Fokusse an ihm gespürt. Jeder dieser beiden hätte Luppas direkt zu Trey geführt, wenn ihm etwas daran gelegen hätte, der Kraft zu folgen, die sie ausstrahlten.

Das war nicht seine Absicht, denn dadurch hätte er sich exponiert. Das einzige, was wirklich zählte, war die Frau.

Er flog zu dem Wohntum und stellte fest, daß er durch die mit FB-1 behandelten Wände der einzelnen Wohnungen nicht eindringen konnte. Derartige Vorsichtsmaßnahmen waren in Bellevue nicht unüblich. Die Sicherheit hier wurde von Lone Star als erstklassig eingestuft. Er fand ein Fenster in der vierten Etage, das nicht mit FB-1 geschützt war, und flog hindurch.

Drinnen fand er sich in einem Flur wieder. Immerhin hatte die Möglichkeit bestanden, daß er in eine mit FB-1 behandelte Wohnung eingedrungen war, die er nicht durch die Wohnungstür hätte verlassen können. Vorausgesetzt, daß er keinen astralen Entdeckungszauber aktivierte, der mit diesem Bereich verankert war und ihm die magische Sicherheit auf den Hals hetzte, konnte er jederzeit verschwinden. In den besseren

Gegenden des Sprawl war die Chance für die Anwesenheit magisch aktiver Sicherheitsleute wesentlich größer als üblich.

Die Wohnungen hatten in jeder Etage denselben Grundriß, was für ihn von Vorteil war. Er schoß durch Decken und Böden und stellte fest, daß alle nicht mit FB-1 behandelt waren, was auch vernünftig war, weil die Sicherheitsmagier Bewegungsfreiheit innerhalb des Gebäudes brauchten.

Er erreichte die siebente Etage hinter seinem Söldnerteam, das die Shadowrunner bereits gestellt hatte. Er identifizierte Falkenhayne in Skaters Nähe sofort und sah zu, wie der Shadowrunner die Frau in ihre Wohnung zurück schob.

Luppas stand neben den beiden vorrückenden Männern und dachte daran, in seinen Körper zurückzukehren und seine Befehle dahingehend abzuändern, die Frau auf jeden Fall lebendig zu schnappen. Einer seiner Männer durchschritt seine Astralform, als Quint Duran sich aus der Deckung der Fahrstuhlkabine beugte und die Franchi in seinen Händen auf Luppas' Männer richtete.

»Runter, ihr Schwachköpfe!« fauchte Luppas. Doch die Männer konnten ihn aus dem Astralraum natürlich nicht hören.

Vier Schüsse trafen die beiden Söldner und schleuderten sie nach rückwärts.

Eiskaltes Feuer berührte Luppas im Kern seines Wesens. Ungläubig starrte er auf seine Brust und fragte sich, ob die Geschosse irgendwie seine Astralgestalt getroffen haben konnten.

Statt dessen sah er eine regenbogenfarbene Harpyie an seiner Brust nagen. Die Fledermausflügel flatterten heftig, während sich die schwarzen Füße in seine Brust krallten.

Das eiskalte Feuer in Luppas' Brust breitete sich aus, während er anfing, sich unglaublich schläfrig zu fühlen.

Er taumelte zurück, wäre fast in die Knie gegangen. Der Angriff war kraftvoll und kam völlig unerwartet.

»Nochmals Hallo.«

Luppas sah auf und konzentrierte sich darauf, die Wirkung des Schlafzaubers zu durchbrechen. Cullen Trey stand am anderen Ende des Flurs. Grelle kristalline Farben sammelten sich in der rechten Hand des Magiers, als er sie zum Wurf hob.

»Zum Teufel mit Ihnen, Trey«, rief Luppas, »wenn Sie glauben, Sie könnten mich mit einem Schlafzauber erledigen.« Er schloß die Hand um die Miniatur-Harpyie, deren Gestalt der Zauber angenommen hatte. Er spürte ihre Knochen in seinem Griff brechen. Als er die Hand öffnete, fielen nur Asche und verbrannte Knochensplitter heraus und verschwanden, bevor sie den blutverschmierten weißen Teppich im Flur erreichten.

Trey wirkte einen weiteren Zauber. Die kristallinen Farbkleckse verhärteten sich und entwickelten scharfe Kanten.

Trotz ihrer Schärfe verrieten Luppas seine Spürsinne lediglich, daß der Zauber irgendein Manapfeil in Gestalt einer Draco-Form war.

Luppas zapfte die Kraft seiner Fokusse an und streckte die Hand aus. Das Schwert-Icon nahm in seiner Faust Gestalt an. Alle seine Reflexe arbeiteten wieder auf Hochtouren, als der Heilzauber, den er für sich selbst wirkte, einen Teil des Schadens reparierte, den er bei Treys Angriff zuvor erlitten hatte. Er schwang das Schwert gegen die Draco-Form, die ihm entgegenflog. Als es zum Kontakt kam, spürte er ihn so solide wie bei jedem physikalischen Gegenstand, den er je berührt hatte, dann segelte die in zwei Hälften geteilte Draco-Form wieder zurück.

Wo ein Lebewesen gestorben wäre, wirbelte der Zauber nur um seine zwei Hälften und fügte sich unter Treys Anweisung wieder zusammen. Der Magier schwebte am Ende des Flurs, ein spöttisches Lächeln auf den Lippen. Er beschrieb eine Geste, und die Draco-Form schoß erneut auf Luppas zu.

Der Elf wich seitlich aus und wirkte einen Manaball, der dem Shadowrunner entgegenflog. Treys Stab tauchte in seiner Hand auf, aber er benutzte seinen langen Umhang zur Abwehr.

Als die Draco-Form neuerlich angriff, begegnete Luppas ihr mit der Breitseite seiner Klinge. Die erforderliche Anstrengung rief in ihm das Gefühl wach, seine Nacken- und Schultermuskeln seien zerrissen. Doch im Augenblick des Kontakts war der Zauber neutralisiert und löste sich wieder in eine Masse kristalliner Splitter auf, die ebenso schnell verschwanden wie Schneeflocken in der Sommerhitze.

Am anderen Ende des Flurs wurde Trey von dem Manaball zurückgeworfen, da er die Kraft nicht ganz neutralisieren konnte, die Luppas in den Zauber gelegt hatte.

Luppas glaubte nicht, daß er seinen Gegner gegeekt hatte, aber er wußte, daß Trey ernsthaft beeinträchtigt war. Er wollte angreifen, um seinen Vorteil auszunutzen, doch dann sah er aus dem Augenwinkel, wie sich einer seiner Leute einen Raketenwerfer auf die Schulter legte.

»Nein!« rief Luppas hilflos. Er kannte den Namen des Mannes nicht – er war einer der neuen Söldner, die Gunther Octavius für dieses Unternehmen verpflichtet hatte –, aber der hätte ihm im Astralraum auch nichts genützt. Luppas konnte ihn von seinem Standpunkt aus auch nicht außer Gefecht setzen.

Die Rakete verließ den Werfer und raste auf die Wand neben dem Ork zu. Luppas blieb lange genug, um sich zu vergewissern, daß weder Skater noch Falkenhayne bei der Explosion etwas abbekommen hatten.

Er verließ das Gebäude und jagte zu seinem Körper zurück. In dem Ares Master öffnete er die Augen, erhob sich aus seinem Sitz und gab sofort Befehle aus. »Angriffsteam Alpha, Sie lösen sich sofort vom Gegner!«

Das dumpfe Dröhnen der Explosion hallte immer noch über das Tacticom, durchsetzt vom Knattern automatischer Waffen.

»Sir«, erwiderte eine Männerstimme. »Ein Rückzug zu diesem Zeitpunkt ...«

»Wird augenblicklich unternommen, sonst schnappe ich mir Ihren Kopf als Briefbeschwerer«, rief Luppas. »Ihre Leute sollten den Gegner aufspüren und ihm mögliche Rückzugswege in dem Gebäude versperren. Sie sollten sich kein Feuergefecht mit ihm liefern.«

»Sir, wir sind überrascht worden. Sie wußten, daß wir ...«

»Ende«, befahl Luppas. Er ging durch den Ares Master und gab den beiden Männern ein Zeichen, die Deja Chilson festhielten.

Die beiden Söldner erhoben sich augenblicklich und zerrten die Orkfrau mit sich. Sie hatten sie in ihrer Bude angetroffen, aber sie hatte sich heftig gewehrt. Ihre Kleidung war in Unordnung und zerrissen, und ein Auge war halb geschlossen, wo sie ein Gewehrkolben ruhiggestellt hatte.

»Speedball Zwo, hier ist Eins.« Luppas sprang in dem Wissen durch die Tür des Wagens auf den Asphalt, daß die Anwohner in der näheren Umgebung wahrscheinlich gerade dabei waren, Lone Star zu alarmieren.

»Ich höre, Eins«, erwiderte Octavius.

»Bringen Sie Ihr Team in das unterirdische Parkhaus, Zwo, wir schalten sie dort aus.«

»Bestätigt.« Octavius schaltete ab.

Mit einem Sturmgewehr bewaffnet, lief Luppas über den Overlake Drive West zu dem Parkhaus. Darin war ein Spatzenhirn für die Kontrolle der Überwachungsbildschirme verantwortlich. Als Luppas sich umdrehte, sah er den Sprengstoffexperten in seiner Gruppe und winkte den Mann nach vorn.

Luppas stand hinter dem Mann, als dieser kleine Plastiksprengstoffladungen an den Türen des Parkhauses anbrachte. »Speedball Drei, hier ist Eins. Aktivieren Sie das Virus-Programm.«

»Jawohl, Sir«, erwiderte Kossuth.

Luppas hatte gewußt, daß die Chancen minimal waren, Skater und sein Team in aller Stille auszuschalten. Aber er hatte auch nicht mit einem regelrechten Scharmützel gerechnet. Doch an Lone Star gerichtete Notrufe waren berücksichtigt worden. Das Virus-Programm, das Kossuth jetzt durch das LTG in das PANICBUTTON-System einschleuste, würde in mehreren Bezirken Bellevues gleichzeitig Alarm auslösen. Anstatt auf einen Notruf reagieren zu können, würde Lone Star sich mit einem Dutzend auseinanderzusetzen haben. Das konnte nicht verhindern, daß weitere Notrufe durchkamen, aber das Programm würde dafür sorgen, daß Lone Star nicht allen nachgehen konnte.

»Sir«, sagte der Sprengstoffexperte, »ich bin hier fertig.«

Luppas versetzte dem Mann einen Klaps auf den Helm, um ihm das Okay zu geben.

Der Sprengstoffexperte schrie: »Achtung, Sprengung!«, und einen Herzschlag später riß eine Explosion die Türen aus ihren Halterungen und wirbelte sie in das Parkhaus.

Luppas ließ den Führungsmann zuerst hindurchgehen, gab ihm drei Schritte Vorsprung und folgte dann mit dem Rest des Teams. Wie alle anderen trug Luppas eine schwere schwarze Rüstung und sah in der Düsternis insektoid aus. Er klappte das Visier seines Helms herunter und aktivierte Lichtverstärker- und Infrarot-Schaltkreise.

Sirenen jaulten in dem Parkhaus, dessen Betonmauern das Geheul zurückwarfen und verstärkten. Überall an den Wänden erwachte die Notbeleuchtung zum Leben und schuf Inseln aus hellem Licht, die Löcher in die allgemeine Düsternis rissen.

Drei Fahrstühle führten in das Parkhaus hinunter. In

Sekunden hatte sich das Team aufgeteilt, die geschlossenen Fahrstuhltüren umstellt und Deckung bezogen, sofern das möglich war. Die Leute richteten ihre Waffen auf die Fahrstuhltüren.

»Speedball Drei, haben Sie sich Zugang zum Überwachungssystem des Gebäudes verschafft?« Luppas stand neben einem Chrysler-Nissan Jackrabbit nur ein paar Meter von einem der Hauptstützpfeiler entfernt. Die Männer, die Deja Chilson festhielten, standen hinter ihm.

Die Orkfrau wehrte sich heftig gegen ihre Häscher.

»Wenn sie sich nicht beruhigt«, sagte Luppas kalt, »schießt ihr einen ihrer Finger ab.«

Deja Chilson hörte auf, sich zu wehren, verdrehte die Augen und blähte die Nasenflügel. Blut lief ihr über eine Wange. »Ich habe Ihnen nichts getan«, sagte sie. »Ich kenne Sie nicht einmal und habe keine Ahnung, worum es überhaupt geht.«

»Halten Sie das Maul«, knurrte Luppas, »oder ich lasse Ihnen die Zunge herausreißen.« Er beobachtete aufmerksam die Türen.

»Speedball Eins, hier ist Drei. Ich bin jetzt in den Überwachungssystemen. Ich kann auf sie zugreifen, aber ich habe keinen Einfluß darauf, was sie tun.«

»Verstanden, Drei. Haben Sie die Zielpersonen auf dem Schirm?«

»Positiv.«

»Wo sind sie?«

»In der siebenten Etage.«

»Wie viele sind noch einsatzbereit?«

Ein kurzes Zögern. »Das läßt sich angesichts des Rauchs nur schwer feststellen, Sir. Zudem scheint es irgendwelche Interferenzen zu geben, die das Infrarot-System stören.«

»Halten Sie mich auf dem laufenden«, sagte Luppas, der weiterhin auf die Fahrstühle starrte. »Sie haben keinerlei Fluchtmöglichkeit.«

Skater glaubte, ein Schimmern im leeren Flur zu sehen, das ihn an die Effekte erinnerte, die beim Wirken von Zaubersprüchen auftraten. Dabei ließen sich normalerweise dieselben optischen Phänomene beobachten.

»Trey«, rief er über Commlink.

»Er ist irgendwo dort bei dir, *Omae,*« ertönte Elvis' Stimme. »Hier ist er jedenfalls nicht.« Elvis klang angespannt. Er war es nicht gewöhnt, untätig herumzuhocken.

Skater benutzte die Wohnungstür als Deckung, hob den Predator und jagte drei Kugeln in einen der Söldner, die den Mann sofort fällten.

Anstatt ihre Überzahl auszunutzen, zogen sich die anderen Söldner zurück.

Sie hatten auch keinen Grund zu einem Sturmangriff auf ihn, erkannte Skater plötzlich, während sein Herz bleiern in seiner Brust pochte. Er saß ohnehin in der Falle. Seine linke Hand schmerzte, da er den Griff des Kanisters immer noch nicht losgelassen hatte. Er mußte daran denken, daß er sich nicht von Emma verabschiedet hatte, und dann fiel ihm ein, daß er sich auch nicht im guten von Larisa getrennt hatte und auch nicht dabeigewesen war, als sein Großvater starb. So viele verpaßte Gelegenheiten. Jetzt mußte er sich fragen, wie viele Mitglieder seines Teams er wie Shiva in den Tod führen würde.

Die Leute, die draußen waren, konnten vermutlich entkommen. Das einzige Problem war Cullen Trey, der offenbar darauf bestand, Kylar Luppas auch weiterhin auf der Astralebene anzugreifen. Trey hatte ihnen erklärt, daß er angesichts Luppas' zahlreicher Fokusse und Fetische vielleicht in der Lage war, ihn auch dann über einen aktiven Zauberspeicher oder Fokus aus der Astralebene anzugreifen, wenn der Elf sich in der physikalischen Ebene aufhielt. Die Chance sei nicht sehr groß, aber das Risiko wert, hatte Trey kurz und bündig verkündet.

Aber Duran …

Skater betrachtete den Rauch, der aus dem Loch wallte, das neben den geschlossenen Fahrstuhltüren in die Wand gesprengt worden war. Verdammter Drek, er hatte sie beide getötet, sie zum Teil aufgrund seines Schuldgefühls wegen Larisas Tod hergebracht und alles auf die geringe Chance gesetzt, daß sie die Schlacht schon irgendwie lebend überstehen würden.

Er drehte sich um und sah Falkenhayne an, wobei er sich fragte, ob es irgend etwas gab, das er sagen konnte. Zumindest sie war nicht schlimmer dran als zuvor. Es war ein schwacher Trost.

»Junge.« Die Stimme klang schwach und zittrig über Commlink.

»Duran?« Skaters Kopf ruckte zum Fahrstuhl herum, da er seinen Ohren nicht traute.

»Hast du vor, da drinnen Wurzeln zu schlagen, oder machen wir, daß wir wegkommen?«

Ein Schimmer blitzenden Metalls erschien zwischen den zwei verbogenen Fahrstuhltüren. Einen Augenblick später folgte Durans behandschuhte Hand der Messerklinge und schob die Türen auseinander.

»Beweg dich!« knurrte der Ork.

Die Fahrstuhlkabine steckte halb über dem Boden auf dem Weg zur nächsttieferen Etage fest, so daß der leere Schacht und die dicken Plastistahlkabel zu sehen waren. Der Ork, der blutüberströmt war und schwankte, als er sich erhob, rammte die Messerklinge unter eine der Türen, so daß sie sich nicht schließen konnten.

Skater spürte, wie sich einige seiner Zweifel legten. Zwar fehlte noch einiges zu neuerlicher Hoffnung, aber in ihm war eine Sturheit, die sich weigerte, sich einfach hinzulegen und zu sterben. Er beugte sich vor und warf den Kanister in Richtung der Söldner, die sich am Ende des Flurs versammelt hatten.

Der Kanister verursachte beim Aufprall auf den Teppich kaum ein Geräusch, dann wallten plötzlich dichte

Rauchwolken auf. Der Rauch war mit glühendheißen Funken durchsetzt, die in der Luft hingen und Infrarot-Systeme lahmlegten. Sogar Metas mit ihren natürlichen Fähigkeiten hatten infolge der Funken nach wenigen Augenblicken nur noch rote Punkte vor Augen.

Zwei Söldner traten vor und deckten den Flur mit einem Kugelhagel ein.

Duran erwischte einen von ihnen mit einem Feuerstoß, und Skater traf den anderen in die Schulter. Als die beiden Söldner zu Boden gingen, lagen sie den anderen Männern hinter ihnen im Weg, und dann verlor Skater sie alle aus den Augen, da der wallende Rauch den gesamten Flur einnebelte.

»Laufen Sie!« sagte er zu Falkenhayne, während er sie am Handgelenk packte. Sie zögerte nur einen Augenblick, dann lief sie mit ihm hinaus auf den Flur.

Eine Hand um das Handgelenk der Frau, die andere um den Kolben des Predator, führte Skater sie zum kaum noch sichtbaren Fahrstuhl, wobei er darauf achtete, sie mit seinem Körper vor den Söldnern abzudecken. Eine großkalibrige Kugel traf ihn in der Seite. Sie durchschlug zwar nicht die Panzerung unter dem Overall, raubte ihm jedoch den Atem und ließ ihn stolpern.

Er stieß gegen Falkenhayne, und beide gingen zu Boden und rollten über den Teppich, um kaum einen Meter vom Fahrstuhl entfernt liegenzubleiben.

Duran streckte den Arm aus und erwischte eine Handvoll von dem Duster der Frau. Mit einem Ruck riß er sie in die Fahrstuhlkabine.

Skater rappelte sich auf und tauchte durch den Spalt zwischen dem Flurboden und dem Dach der Kabine. Er fiel zu Boden und erhob sich mühsam. »Danke, Quint.«

»Schon gut, Junge. Du hättest für mich dasselbe getan.«

Skater zog das Messer unter der Fahrstuhltür hervor, und die Türen schlossen sich. Kugeln durchschlugen das billige Plastiholz und den Kunststoffkern der Türen. Das Licht im Fahrstuhl funktionierte nicht mehr, und als sich die Türen geschlossen hatten, wurde es dunkel in der Kabine.

Duran schaltete eine bleistiftdünne Taschenlampe ein und ließ den Strahl über die Kontrolltafel wandern. Die Innenwände der Kabine waren zerkratzt und verbeult. Der Ork drückte wieder auf den Nothaltknopf, und der Fahrstuhl setzte sich ruckend in Bewegung.

Skater aktivierte den Commlink. »Wheeler.«

»Hier, Chummer. Luppas und seine Leute haben das Parkhaus abgeriegelt. Du müßtest die Explosion gespürt haben.«

Skater hatte nicht. Er sah Duran an.

Der Ork nickte und drückte auf den Knopf für das Erdgeschoß. »Wir wußten, daß sie hier sein würden.«

»Wir wußten, daß sie *vielleicht* hier sein würden«, sagte Skater.

»Es war klar, daß sie sich das Parkhaus zuerst vornehmen«, sagte Duran. »Wenn wir für diese Aktion verantwortlich wären, hätten wir das auch getan.«

»Nur, wenn wir es auf die harte Tour tun müßten«, sagte Skater. Er zog Raffinesse vor. Angespannt beobachtete er, wie die Stockwerke auf der Digitalanzeige heruntergezählt wurden, während ihm heiß und zugleich kalt war. Wegen der Schmerzen in seiner Seite atmete er flacher und hatte trotzdem das Gefühl, seine Lungen bei jedem Atemzug bis zum Platzen zu füllen.

55

Die Fahrstuhltüren öffneten sich im Erdgeschoß des Wohnturms. Skater lugte vorsichtig um den Türrahmen.

Zwischen einer Batterie von Plastikpflanzen stand ein

halbes Dutzend verängstigter Leute im Foyer, von denen zwei die Uniform Knight Errants trugen. Ein Wandgemälde zur Rechten zeigte eine bewaldete Bergschlucht, wo ein einsamer elfischer Amerindianer mit untergeschlagenen Beinen auf einer felsigen Kuppe saß und auf einen idyllischen See schaute. Die Wolken am Himmel hatten die Form eines grau-blauen Bären, der den Amerindianer wissend betrachtete.

Als sich die verbogenen Fahrstuhltüren quietschend und kreischend öffneten, fuhren alle sechs Köpfe zu ihnen herum. Die beiden Wachmänner rissen ihre Waffen hoch. Bevor einer von ihnen einen Schuß abgeben konnte, schoß Duran ihnen DMSO-Geschosse aus einer Squirt ins Gesicht, die er in einem Brusthalfter trug.

»Treten Sie zurück«, sagte Skater zu den vier Personen, die zu Salzsäulen erstarrt waren. »Niemand muß verletzt werden.«

Die vier Personen befolgten Skaters Befehl, und kurz darauf war das Foyer leer und der Weg zum Haupteingang des Wohnturms frei. Duran halfterte die Squirt, zog die Franchi und trug sie so, daß jeder, der hinschaute, sie sehen konnte.

»Ein Schritt hinter mir«, knurrte der Ork Falkenhayne zu. »Bleiben Sie dort, dann kann ich Sie hier in einem Stück rausschaffen. Begriffen?«

»Ja.« Die Frau versuchte sich hinter Duran so klein wie möglich zu machen.

Skater eilte im Laufschritt zum Eingang. Er wollte Falkenhayne nicht zurücklassen, aber er mußte seine Stellung beziehen. Er aktivierte den Commlink. »Elvis.«

»Hier.«

»Fahr mit dem Lieferwagen vor, wenn ich es dir sage.«

»Ich werde da sein, *Omae*.«

In die Schattenlandschaft neben dem Eingang kam Bewegung. Skaters Kampfreflexe erwachten augenblicklich, und er riß den Predator hoch.

»Duran!« rief er, während er sich hinter einen großen Plastibetontopf mit einer künstlichen Ulme warf, die doppelt so groß war wie er. »Runter!«

Der Ork legte einen Arm um Falkenhaynes Schultern und warf sich mit ihr hinter eines der Polstersofas in einem kleinen Sitzbereich.

Ein schwarz gekleideter Söldner tauchte im Eingang auf. Die Maschinenpistole in seinen Händen spie den Tod.

Skater, der zum Teil hinter dem großen Plastibetontopf verborgen war, stützte sich auf einen Arm und hob den Predator. Er gab sieben Schüsse ab, von denen wegen des schlechten Schußwinkels und der Hast, mit der die Schüsse abgegeben wurden, vielleicht drei trafen.

Der Söldner wurde zurückgeschleudert, brach durch das Gitterwerk kleiner bunter Fenster und fiel auf die kurze Treppe, die in das Haus führte.

Skater lud seine Waffe nach und fragte sich, wo, zum Teufel, Lone Star blieb. Der Star würde hinter ihnen ebenso her sein wie hinter Luppas und dessen Gruppe, aber der Star würde sie zumindest lebendig fassen wollen. Mit einem raschen Blick auf Duran und Falkenhayne vergewisserte er sich, daß der Ork die Frau in Sicherheit gebracht hatte.

»Elvis, bring den verdammten Lieferwagen her!«

»Bin schon unterwegs.«

»Jack«, rief Wheeler über Commlink, »in die Söldner hier draußen kommt Bewegung. Sie haben Elvis entdeckt.«

»Läßt sich nicht ändern. Skater warf einen Blick auf die Fahrstühle und sah, daß die anderen beiden Kabinen unterwegs zur Lobby waren. Der beschädigte Aufzug, mit dem sie gekommen waren, hatte sich nicht von der Stelle gerührt, da Duran wieder den Nothalteknopf gedrückt hatte. Die anderen Aufzüge würden in wenigen Sekunden eintreffen, und ganz gleich, ob sie mit beunruhigten Hausbewohnern oder Söldnern gefüllt waren, keines von beiden würde sehr hilfreich sein.

Der Commlink summte in Skaters Kopf. Er wechselte die Frequenzen und öffnete den Kanal, den er für Quentin Strapp reserviert hatte.

»Was geht da bei Ihnen vor, Jack?« wollte der Bundesagent mit rauher Stimme wissen.

»Wir sind entdeckt worden«, erwiderte Skater.

»Brauchen Sie Hilfe?«

»Nein.« Skater ging zum blutbespritzten Eingang und spähte hinaus. Elvis ließ die Scheinwerfer des Lieferwagens ausgeschaltet, als er den Wagen zum Wohnturm fuhr. Die DocWagon-Markierungen auf den Seiten erklärten seine Anwesenheit zumindest teilweise oder würden Luppas' Söldner hoffentlich wenigstens davon abhalten, ihn sofort unter Beschuß zu nehmen. Die Markierungen waren mit Magnethaftungen versehen und im höchsten Maße illegal, aber sie hatten sie schon früher benutzt und in einem ihrer Ausrüstungsdepots aufbewahrt. »Können Sie Lone Star etwas bremsen?«

»Der Star wird kein Problem sein, Jack«, erwiderte der Bundesagent. »Jemand hat allem Anschein nach ein Virus in ihr System geschleust und alle PANICBUTTONS in der ganzen Gegend ausgelöst. Die Teams, die auf all die Alarme reagieren, sind ziemlich genervt, weil sie erst dann wissen, ob sie es mit einem echten oder einem falschen Alarm zu tun haben, wenn sie sich dort umgesehen haben. Wenn ich nicht so eine vertrauensvolle Seele wäre, würde ich mich fragen, ob Sie wohl etwas damit zu tun haben könnten.«

»Wenn das der Fall wäre«, sagte Skater, »hätte ich Ihnen diese Frequenz nicht zugänglich gemacht.«

»Natürlich denke ich auch nicht im Traum daran, daß Sie vielleicht Satelliten-Ping-Pong mit dem Signal spielen und mir nichts davon sagen könnten«, fügte Strapp hinzu.

Skater stieg über den toten Söldner hinweg, während

Elvis den Lieferwagen mit quietschenden Reifen vor dem Eingang zum Stehen brachte. »Vertrauen Sie mir«, sagte er.

»Das tue ich. Es gefällt mir nur nicht.«

Duran war unterwegs zum Lieferwagen, als ein Kampfhubschrauber über ihnen Gestalt annahm. Der Rotorenlärm war über dem Stakkato-Knattern des schweren Maschinengewehrs kaum zu hören, das die Straße mit Leuchtspurgeschossen eindeckte.

Der Lieferwagen war nicht kugelsicher. Sie hatten ihn von einer Wäscherei gestohlen, die keine Probleme mit Diebstählen und bewaffneten Überfällen hatte.

»Weg hier!« Skater bedeutete Elvis zu verschwinden, während Duran Falkenhayne wieder zurück in die relative Sicherheit des Wohnturmeingangs führte.

Die großkalibrigen Kugeln fegten über die Straße, durchlöcherten den Lieferwagen und rissen Löcher in die Fassade des Wohnturms.

»Cheshire!« rief Strapp.

»Schalten Sie ab«, erwiderte Skater. Er richtete den Predator auf die Plastiglasnase des Hubschraubers und drückte mehrmals schnell hintereinander ab. Die Kugeln konnten das dicke Glas nicht durchschlagen, riefen beim Aufprall aber winzige Explosionen hervor, die Brandflecke hinterließen. »Ich muß diesen Kanal schließen. Ich rufe Sie zurück.«

»Ich kann ein Team ...«

»Halten Sie sich zurück«, befahl Skater. »Wenn Sie sich rühren, bevor ich es Ihnen sage, werden Sie diese Sache gründlich versauen. Vergessen Sie das nicht, Strapp.«

Der Hubschrauberpilot riß die Maschine zur Seite, und die Rotoren verfehlten das Gebäude auf der anderen Seite des Overlake Drive West um weniger als fünf Meter. Es gelang ihm jedoch, den Hubschrauber wieder abzufangen und auszurichten.

Elvis hatte den Lieferwagen wieder in Gang gesetzt und raste in östlicher Richtung davon.

Der Hubschrauber drehte in der Luft und nahm den Lieferwagen aufs Korn.

Skater schaltete die ursprüngliche Commlink-Frequenz ein. »Wheeler, kannst du den Hubschrauber erledigen?«

»Augenblick.« Die Stimme des Riggers klang ruhig und beherrscht.

Ein Blick die Straße entlang zeigte Skater, daß Wheeler den Tsarina in Stellung brachte. Skater konnte die Minikanone nicht sehen, die aus ihren verborgenen Tiefen ausgefahren wurde, aber er wußte, daß es geschah. Er hoffte es wenigstens.

Aus der anderen Richtung trafen weitere Söldner in zwei weiteren Fahrzeugen ein. Luppas war offenbar nicht knauserig gewesen, was die Verpflichtung zusätzlicher Hilfe anbelangte.

»Unsere Zeit läuft ab, Wheeler«, sagte Skater.

Elvis benutzte beide Straßenseiten und fuhr in einer Zickzack-Linie, um dem Hubschrauber das Zielen zu erschweren. Das Maschinengewehr unter der Nase des Hubschraubers schwenkte hin und her wie ein Insektenfühler, wobei die Bewegungen immer kleiner wurden, da es sich auf den flüchtenden Lieferwagen ausrichtete.

Dann raste ein Strahl flüssigen Feuers vom Boden auf den Hubschrauber zu. Als er ihn erreichte, verwandelte sich der Hubschrauber in eine wirbelnde Masse orangefarbener und schwarzer Flammen, die darauf aus zu sein schienen, sich selbst zu verschlingen. Trümmer regneten auf die Straße und prallten gegen die umliegenden Häuser. Die Explosion war ohrenbetäubend.

Die Hitze wirbelte Skater entgegen, so daß er die Augen zu schmalen Schlitzen verengte. Er warf einen Blick auf Duran. Der Ork sah ziemlich mitgenommen aus, und sein Gesicht war blutverschmiert. »Kannst du es schaffen?« fragte Skater.

Elvis hatte den Lieferwagen etwa hundert Meter entfernt angehalten, aber die brennenden Trümmer auf der

Straße ließen es nicht ratsam erscheinen, das Fahrzeug zurückzusetzen.

»Ich schaffe es, Junge«, entgegnete Duran. »Bis jetzt habe ich es immer geschafft.«

Falkenhayne stand im Schatten des Orks. Ihr Gesicht war totenbleich, und sie blutete aus einer Stirnwunde.

»Bring sie zu Elvis«, sagte Skater. »Ich sorge dafür, daß ihr beide einen anständigen Vorsprung bekommt.«

Duran sah aus, als wolle er widersprechen.

»Ein paar Schritte, Quint«, sagte Skater, »mehr nicht. Wenn jemand durch diese Türen kommt« – er nickte in Richtung der Fahrstühle – »und uns in den Rücken fällt, sind wir geliefert.«

Duran nickte und gab Skater seine Franchi. »Du wirst mehr als deine kleine Erbsenpistole brauchen.« Er nahm den Munitionsgurt ab und reichte ihn Skater ebenfalls. »Wir sehen uns auf der anderen Seite.«

»Ich werde da sein«, versprach Skater.

Der Ork legte Falkenhayne schützend einen Arm um die Schultern und schlug mit ihr den Weg zum Lieferwagen ein.

»Warte auf sie, Elvis«, sagte Skater über Commlink. »Sie sind unterwegs.«

»Verstanden, *Omae*.«

»Wheeler«, sagte Skater mit einem Blick auf die Reihe der Söldner auf der Straße und die beiden soeben eingetroffenen Fahrzeuge, die sich jetzt wieder in Bewegung setzten, »kannst du die Jagdhunde erledigen?«

»Ich versuch's, Chummer.«

Einen Herzschlag später wurde der führende Wagen von einer weiteren Salve des Tsarina getroffen. Der Wagen geriet ins Schleudern, überschlug sich und prallte gegen den nachfolgenden Wagen. Der Fahrer des hinteren Wagens verlor die Kontrolle und raste gegen die nächste Hausmauer.

Skater legte die Franchi an die Schulter und schoß auf die Söldner in der Nähe des Eingangs zum unterirdischen Parkhaus, der etwa sechzig Meter entfernt war. Sie wurden von den brennenden Trümmern des Hubschraubers und der Wracks der beiden Fahrzeuge beleuchtet.

Er warf einen Blick über die Schulter und sah, daß Duran und Falkenhayne fast ein Drittel des Weges zu Elvis und dem Lieferwagen zurückgelegt hatten. Dann schrillte eine elektronische Stimme in seinem Ohr.

»Skater!«

Er sah auf und riß automatisch die Franchi herum. In der oberen Ecke des Hauseingangs starrte ein Überwachungsmonitor auf ihn herab, dessen Bildschirm infolge des Schußwechsels einen Sprung aufwies.

Kylar Luppas sah ihn aus dem Monitor an. Darunter befand sich ein Kameragehäuse. Skater nahm an, daß der Elf die Sicherheitssysteme des Wohnturms manipuliert hatte.

»Was wollen Sie?« fragte Skater. »Ich war gerade auf dem Sprung nach draußen.«

»Ich glaube, das sollten Sie sich noch mal überlegen.« Die Brennweite der Kamera vergrößerte sich plötzlich und erfaßte die weibliche Gestalt neben ihm.

Es dauerte ein paar Augenblicke, bis Skater Deja Chilson erkannte: Larisa Hartsingers Stiefschwester und Emmas Tante. Das Blut gefror ihm in den Adern, als er den Söldner hinter ihr sah, der die Hand in ihr Haar verkrallt hatte und ihr ein Messer unter das Kinn hielt.

»Ein Wort von mir«, versprach Luppas, »und das Blut dieser Frau klebt an Ihren Händen.«

Skater zwang sich, Luppas anzusehen. »Was wollen Sie?«

»Die Frau natürlich. Und das Programm.«

»Nicht, Jack«, rief Erzengel über Commlink. Skater hatte bei dem Unternehmen im Wohnturm ein Mikro eingeschaltet. Auf diese Weise erfuhren die Teams draußen alles, was geschah, ohne daß Cullen Trey ihnen Informationen übermitteln mußte. »Luppas lügt. Er wird euch beide umlegen.«

»Ich kann nicht zulassen, daß er sie tötet«, erwiderte Skater über sein Kehlkopfmikrofon.

»Sei kein Idiot«, sagte Erzengel. »Du schuldest ihr nichts.«

»Sie gehört zu Emmas Familie.«

»Sie hat Emma gegen dich benutzt.« Erzengel hielt inne. »Jack, bitte ...«

»Ich kann nicht«, sagte er leise. »Sie gehört zu Emmas Familie.« Er starrte auf den Monitor in dem Wissen, daß die Kamera ihn erfaßte. »Okay, Luppas, Sie haben gewonnen.« Er griff in seine Tasche und holte die Computerchips heraus, die Falkenhayne ihm gegeben hatte. »Das Programm habe ich bei mir. Wollen Sie raufkommen, oder soll ich runterkommen?«

»Kommen Sie runter, Skater«, sagte Luppas. »Sie haben da oben zu viele Freunde, die sich einbilden könnten, mehr Glück zu haben, als das tatsächlich der Fall ist. Und bringen Sie die Frau mit.«

»Das kann ich nicht«, erwiderte Skater. »Sie ist längst weg.«

»Dann haben Sie gerade das Todesurteil dieser Frau unterschrieben.« Luppas hob eine Hand.

Skaters Magen krampfte sich zusammen. Er schloß die Faust um die Chips. »Und Sie verlieren das Programm.«

Der Söldner, der hinter Deja Chilson stand, riß ihren Kopf weiter in den Nacken, so daß ihre Kehle entblößt wurde. Die Frau schrie vor Angst auf, schloß die Augen und stammelte schließlich völlig außer Atem ein Gebet.

»Jack«, sagte Trey über Commlink, »Luppas unterhält einen aktiven Zauberspeicher, durch den ich ihn erreichen kann. Wenn ich an den Schutzmechanismen des Zauberspeichers vorbeikomme, kann ich ihn aus dem Astralraum angreifen und dir vielleicht etwas Zeit verschaffen.«

»Okay, Chummer«, erwiderte Skater über Kehlkopfmikro.

»Sag mir nur Bescheid, wann.«

»Ich komme, Luppas«, sagte Skater so laut, daß Luppas ihn hören konnte. Er verließ den Eingang und ging zu den Fahrstühlen.

»Jack ...«, sagte Erzengel.

»Du weißt, was zu tun ist«, flüsterte Skater über Commlink, als er den Fahrstuhl betrat. »Erledige das. Es ist unsere letzte Chance.«

56

Erzengel flog durch die Matrix. Im Cyberspace war der Sprawl von Bellevue in schwarzen und grünen Farben gehalten und bestand aus präzisen, scharfkantigen Linien. Sie strebte dem leuchtend blauen Icon der Fuchi-Forschungsabteilung entgegen, die sich an der Ecke Sechste Straße Südost und 112. Avenue Südost in Bellevue befand, und breitete die gefiederten Schwingen ihres Icons aus.

Als sie vor dem hohen Gebäude angekommen war, hielt sie inne. Für ihre Augen sah die Fuchi-Forschungsabteilung wie ein in den Boden gestoßenes Schwert aus, dessen Klinge in einem scharfkantigen Achteck auslief.

Als Eintrittspunkt wählte sie einen der PR-Kanäle, den der Konzern für potentielle neue Angestellte, Börsenmakler und Regierungsvertreter offenhielt. Der Kanal bot keinen Zugang zu wichtigen Daten, sondern nur zu Reklame-Downloads. Sie flog durch den gewundenen Korridor, der von einem weichen rosa Neon-Leuchten erhellt wurde, und landete perfekt vor dem Datensklaven am Empfangspult.

Der Datensklave sah wie ein griechischer Gott hinter einem Obsidian-Schreibtisch aus: hochgewachsen, bronzefarben, dichte dunkle Locken. Hinter dem Datensklaven prangte das Fuchi-Logo auf einer blauweißen Marmorwand.

»Kann ich Ihnen helfen?« fragte der Datensklave.

»Ich will mit Ramona Fishbein reden«, erklärte Erzengel. Innerlich zitterte sie vor Wut auf Skater. Sie verstand die Gründe, aus denen er in die Falle lief, die Kylar Luppas ihm gestellt hatte, wahrscheinlich viel besser als er selbst, aber sie war trotzdem nicht erbaut über seine Entscheidung. Es war das Dümmste, was er unter den gegebenen Umständen tun konnte. Schon bei dem Unternehmen, Falkenhayne zu retten, war der gesunde Menschenverstand auf der Strecke geblieben, aber sie hatten alle mitgemacht, um die Situation vollständig zu bereinigen. Die Verzweiflung hatte sie dazu getrieben, aber Jack ließ sich jetzt von seinen Schuldgefühlen leiten. Und das war, wie sie wußte, das Schlimmste, was einem passieren konnte. Sie *wußte* es.

Aber zuallererst war sie wütend auf sich selbst. Wütend über ihre Gefühle für Jack. Wütend auf Jack, weil er offensichtlich nicht ebenso empfand, und wütend auf die ganze Situation, die ihre Beziehung verändert hatte, obwohl sie keine Veränderung gewollt hatte. Die einzige Person, auf die sie nicht wütend war, war Emma, auch wenn Skaters kleine Tochter der Katalysator gewesen war, der alles verändert hatte.

»Wen darf ich melden?« fragte der Datensklave salbungsvoll.

»Ripley Falkenhayne.«

»Einen Augenblick«, sagte der Datensklave. »Ich werde nachsehen, ob Ms. Fishbein abkömmlich ist.«

Seinem Tonfall konnte Erzengel entnehmen, daß der Datensklave sie hinhielt und einer Routine folgte, die beeindrucken, aber nicht zufriedenstellen würde. Er wußte nicht, wofür der Name Falkenhayne stand. Sie aktivierte die Utilities, die zu ihrer Verfügung standen.

Die Angriffsutility, die sie gegen den Datensklaven einsetzte, beförderte ihn aus der Matrixdarstellung des Konzerns. Irgendwo erwachte jetzt gerade der Datensklave mit gewaltigen Kopfschmerzen vom Auswurfschock in seinem Körper. Sein Verlust der Kontrolle über seinen Matrixbereich aktivierte automatisch Barrieren-ICs, die sie von anderen Teilen des Konzerns abschotteten.

Das war Erzengel egal. Das, was sie hier zu tun hatte, erforderte keine Raffinesse. An dieser Stelle brauchte sie sich nur noch auszustöpseln und zu verschwinden.

Sie öffnete ein kleines Fenster und sah nach, wie lange sie schon in der Matrix war – und wie viele Tode Jack bereits gestorben sein konnte. Sie fluchte und wurde dann wütend auf sich, weil sie wütend war. Selbstbeherrschung war immer der Mittelpunkt ihres Lebens gewesen.

Eine Welle elektronischer Datenstatik schimmerte vor ihr in der Luft. Fuchi konnte in einem öffentlichen Forum der Matrix nicht so einfach schwarzes Ice einsetzen, auch dann nicht, wenn Fuchi dieses Forum höchstpersönlich geschaffen hatte. Und bevor ihr etwas wirklich Schlimmes zustoßen konnte, würde sie sich mit Sicherheit ausstöpseln können.

Der elektronische Datenstrom vor ihr stabilisierte sich und wurde zu einer Frau.

Erzengel kannte die Frau nicht.

»Ich bin Ramona Fishbein«, sagte die Frau.

Erzengels feinfühlige kybernetische Sinne und ihre angeborene Intuition warnten sie, daß die Fuchi-Deckerin in diesem Augenblick, während sie sich mit ihr in Verbindung setzte, häßliche Überraschungen in Gestalt von Kampfutilities für sie vorbereitete. »Sie suchen eine Frau namens Ripley Falkenhayne und einen Mann namens Kylar Luppas.«

Das Porzellangesicht zuckte nicht einmal.

Erzengel spürte, daß sie einen direkten Treffer erzielt

hatte. »Wenn Sie die beiden haben wollen«, sagte sie, »dann kommen Sie zum Kerriger-Wohnturm auf dem Overlake Drive. Ich hoffe, Sie finden sie, bevor Luppas mit Falkenhayne entkommt.« Dann öffnete sie ihre Fluchtroute aus der Matrix, und ein roter Knopf erschien mitten in der Luft. Sie drückte den Knopf und verschwand aus der Matrix, kurz bevor sie die ersten Angriffsutilities von Fishbein erreichten.

Erzengel kam schlagartig in der physikalischen Welt zu sich. Ihr Atem ging schwer, und das Herz hämmerte gegen ihre Rippen, als sie auf die brennenden Trümmer starrte, die über die Straße verstreut waren.

»Bist du okay?« Wheelers Stimme kam über Commlink.

Der Zwergenrigger saß auf dem Sitz hinter ihr, vollkommen eins mit dem Tsarina, und holte sich sein Feedback aus der physikalischen Welt über Metall und Schaltkreise anstatt durch Fleisch und Blut.

»Ja«, erwiderte sie, während sie ihren Sicherheitsgurt löste.

»Was machst du da?«

»Ich werde Jack helfen«, sagte Erzengel.

»Bleib im Wagen.«

Erzengel wollte die Tür öffnen, aber sie war verriegelt. Als sie die Verriegelung öffnen wollte, widersetzte sie sich ihr.

»Jack würde das nicht wollen.«

»Jack will für diese Frau sterben«, sagte Erzengel, »weil sie vielleicht wegen ihres Blutes oder ihrer Vergangenheit oder was auch immer Jack glaubt mit Emma verwandt ist. Sie hat versucht, ihn zu benutzen, und hätte es auch getan, wenn sie Gelegenheit dazu gehabt hätte.« Sie zog einen Dolch aus ihrem Stiefel. »Das werde ich nicht zulassen.«

»Er hat uns gesagt, was wir zu tun haben. Hast du Fuchi verständigt?«

»Ja.« Erzengel drehte sich auf dem Sitz, wobei sie die Klinge vor sich hielt. Sie wußte, daß Wheelers interne Kameras ihm Bilder von ihr übermittelten. Das Messer glitzerte in ihrer Hand. »Fuchi wird in wenigen Minuten über diese Gegend herfallen. Wheeler, ich weiß, du bist dir der Tatsache bewußt, daß ich dich als Freund schätze, aber ich schwöre bei allem, was mir heilig ist, wenn du die Tür nicht aufmachst und mich rausläßt, werde ich dich kastrieren, während du da in deinem Kokon liegst. Dann kannst du dir Gedanken machen, woher du irgendwann in Zukunft ein Transplantat oder einen Bottichjob bekommst.«

Wheeler antwortete nicht.

»Ohne Scherz.« Erzengel versuchte nicht darüber nachzudenken, wie lange Skater jetzt schon bei Luppas in dem Parkhaus war. »Ich werde ihn nicht allein gegen diesen Schlächter antreten lassen. Elvis muß den Lieferwagen fahren. Duran ist verwundet. Du mußt den Fluchtweg freihalten. Cullen ist ...« Sie neigte den Kopf und aktivierte den Commlink. »Cullen.«

»Hat sich abgemeldet«, erwiderte Elvis mit leiser Stimme, die ihr verriet, daß er auch nicht allzu glücklich über Skaters Entscheidung war, sich dem Elf auszuliefern.

»Cullen ist bereits dort«, setzte Erzengel ihren begonnenen Satz fort. »Und jetzt mach die verdammte Tür auf!«

Die Verriegelung öffnete sich.

Erzengel öffnete die Tür und stieg auf der dem Gebäude nähergelegenen Seite aus dem Tsarina. Zwei Fahrzeuge mit Luppas' Söldnern rasten vorbei und gaben eine Maschinengewehrsalve auf den Tsarina ab, aber die Kugeln prallten von der Panzerung ab.

Ein Blick die Straße entlang verriet ihr, daß Elvis bereits unterwegs war. Der Lieferwagen folgte dem Overlake Drive West und umfuhr den Verkehr, der sich an der Stelle staute, wo die brennenden Trümmer des Hubschraubers und die Wracks der beiden Wagen die Straße blockierten. Groat Point und damit hoffentlich die Sicherheit waren für Elvis, Duran, Trey und Falkenhayne nur noch Minuten entfernt.

Wenn Luppas Trey nicht dessen astrales Fell über die Ohren zog.

Erzengel drehte sich um und holte ihr Sturmgewehr aus dem Tsarina, das Duran ihr gegeben hatte. »Paß auf sie auf, Wheeler«, sagte sie in dem Wissen, daß die Audio-Rezeptoren des Wagens ihre Stimme registrierten, obwohl sie nicht den Commlink benutzte.

»Viel Glück«, sagte Wheeler. Erzengel wandte sich vom Tsarina ab und lief zum Wohnturm. Es waren so viele Leute auf der Straße und hinter Fenstern und Türen, daß sie das Gebäude unbemerkt von Luppas' Leuten erreichte. Außerdem waren die Söldner damit beschäftigt, ihre demolierten Transportmittel zu ersetzen und Wagen aufzubrechen, die am Straßenrand parkten.

Den Blaupausen des Gebäudes zufolge, die sie sich angesehen hatte, gab es außer den öffentlichen Aufzügen und Treppenhäusern, die in das unterirdische Parkhaus führten, auch noch eines, das ausschließlich vom Wartungspersonal benutzt wurde. Sie rannte durch den Eingang des Wohnhauses, schloß das Visier ihres Helms und schaltete die Lichtverstärker-Funktion ein. Dann schlug sie den Weg zum Wartungsbereich ein, während die Sekunden in ihrem Kopf schmerzhaft heruntertickten.

Das Wissen, daß Trey bei ihm war, tat gut, obwohl Skater nicht mit ihm reden konnte. Er hielt die linke Hand fest geschlossen hinter dem Rücken.

Er nahm den Fahrstuhl in das Parkhaus und hörte zu, wie Elvis ihm meldete, daß er mit Falkenhayne und Duran unterwegs sei, und wie Wheeler ihm sagte, daß er dem Lieferwagen folge, um Luppas' Söldner auszuschalten, die sich ihnen anschließen würden. Skater hatte es immer gewußt – daß einmal ein Run kommen würde, den er nicht beenden konnte, wenn er nicht aus dem Geschäft ausstieg, ein Run, bei dem er einen Schritt zu spät dran war, wenn die letzten entscheidenden Karten auf den Tisch gelegt wurden.

Skater machte sich nicht vor, Deja Chilson retten zu können. Sie waren beide tot, wenn Luppas es so wollte. Er hatte nur deshalb nicht einfach gehen und sie sterben lassen können, weil sie sich an der Peripherie seines Lebens befand. Wegen Emma, wegen jener Verbindung zu Larisa, die er für sich immer noch nicht gelöst hatte, und wegen eines gewissen Gefühls, verantwortlich zu sein. Nach all diesen Monaten wußte er immer noch nicht, wo seine Verantwortung für Larisas Tod begann oder auch endete.

Der Fahrstuhl hielt mit einem Ruck an. Die Türen öffneten sich. Er wünschte, er hätte die linke Hand entspannen können. Er bekam schon einen Krampf darin.

Kylar Luppas stand vor ihm, ein spöttisches Lächeln auf seinem Elfengesicht. »Das Programm, Dreksack.«

Deja Chilson stand in der Nähe vor einem Söldner, der ihr immer noch das Messer an die Kehle hielt.

»Lassen Sie zuerst die Frau gehen«, sagte Skater.

Luppas verzog das Gesicht. »Ich kann Sie erschießen lassen und mir dann das Programm von Ihrer Leiche holen.«

»Es wäre interessant zu sehen, ob einer Ihrer Männer die Chips wieder zusammensetzen könnte«, sagte Skater. »Lassen Sie sie gehen und geben Sie mir ein Zeichen des Vertrauens. Als Profi weiß ich, daß Sie mich nicht töten müssen, um zu bekommen, was Sie wollen. Sie brauchen mich nur in eine Lage zu bringen, in der ich keine Wahl mehr habe.« Er sah sich betont langsam in dem Parkhaus um. »Meiner professionellen Ansicht nach bin ich jetzt in dieser Lage.«

»Vielleicht ist es für mich mittlerweile auch etwas Persönliches geworden«, sagte Luppas.

Skater bedachte den Mann mit einem dünnen Lächeln, dann hob er die Hand, die er die ganze Zeit hinter seinem Rücken gehalten hatte, und zeigte Luppas die Granate in seiner Faust. »Ihre Entscheidung, Luppas, aber zu meinen Bedingungen.«

Luppas begegnete seinem Blick vollkommen ausdruckslos. »Wollen Sie mir wirklich einreden, Sie wären so tapfer, sich auf diese Art zu opfern?«

Skater schüttelte den Kopf. »Nicht so tapfer. So verzweifelt. Sie haben es so eingerichtet, daß wir beide keine Wahl mehr haben.« Er hielt inne. »Wenn Sie die Frau freilassen, lasse ich einen Ihrer Männer so nahe an mich heran, daß er mir die Chips aus der Tasche nehmen kann. Andernfalls können Sie sie erschießen, und dann öffne ich einfach meine Faust. Wenn Sie sie freilassen wollen, ist jetzt der richtige Zeitpunkt dafür.«

Luppas ließ sich mit seiner Entscheidung Zeit, dann gab er dem Mann mit dem Messer an ihrer Kehle ein Zeichen.

Der Söldner ließ die Klinge sinken und stieß Deja Chilson dann grob vorwärts.

Die Frau stolperte und hielt sich den Bauch in dem Bemühen, sich von ihrer Übelkeit nicht überwältigen zu lassen.

»Gehen Sie zum Fahrstuhl«, sagte Skater. »Suchen Sie jemanden, bei dem Sie bleiben können, bis Lone Star eintrifft.«

»Jack, ich …«

»Gehen Sie!« Skater ließ Luppas nicht für einen Sekundenbruchteil aus den Augen. Deja Chilson tat es nicht leid, und sie wollte sich auch nicht entschuldigen. Sie war nur verletzt und verängstigt.

Die Orkfrau rauschte an ihm vorbei.

Selbst in diesem Augenblick schloß Skater nicht ganz aus, daß sie vielleicht irgendwie mit Luppas zusammenarbeitete. Er beobachtete sie aus dem Augenwinkel, bis sich die Türen hinter ihr geschlossen hatten und die Digitalanzeige erkennen ließ, daß der Fahrstuhl unterwegs war.

»Und jetzt das Programm«, sagte Luppas.

Der Wartungstunnel war schmal, aber sauber. Dafür war die Dunkelheit so undurchdringlich, daß sogar der Lichtverstärker in ihrem Helmvisier überfordert war.

Sie ging den Verlauf des Schachts noch einmal im Kopf durch, während sie sich mit einer Hand an der Tunnelwand vorwärts tastete. Das war nötig, um sich zu orientieren, weil sie selbst mit Hilfe des Lichtverstärkers kaum etwas sah.

Sechs weitere Schritte, dann sieben, acht, neun, bis sie sich verzählte, weil sie an Jack und daran dachte, wo er wohl sein mochte. Sie beruhigte sich wieder, war jedoch wütend auf sich, daß nur noch so wenig von ihrer Selbstbeherrschung übrig war. Sie mußte verrückt sein zu glauben, sie könne einfach dort auftauchen und ihn retten wie irgendein Held aus dem Trid.

Aber so war es gar nicht gewesen, wurde ihr plötzlich bewußt. Sie hatte einfach nur den Gedanken nicht ertragen können, ihn dort seinem Schicksal zu überlassen. Die Tür tauchte hinter der nächsten Rechtskurve auf, wo sie den Blaupausen zufolge auch zu sein hatte.

Erzengel umklammerte den Kolben ihres Sturmgewehrs noch fester und drehte versuchsweise am Türknopf. Die Tür war unverschlossen. Vorsichtig öffnete sie die Tür einen Spalt und spähte hinaus.

Nur ein paar Meter entfernt standen Luppas und seine Söldner Jack gegenüber. Die Düsternis in dem Parkhaus tauchte alles in trübe Schatten, so daß sie zunächst Mühe hatte, etwas zu erkennen. Sie zählte ungefähr zwanzig Männer, sicher nicht mehr als dreißig, die ihre Waffen gezogen hatten und Jack in einem Halbkreis umringten.

Sie legte das Sturmgewehr an und zielte auf Luppas. Von allen Söldnern war Luppas der gefährlichste.

»Erzengel«, rief Cullen über Commlink, »noch etwas Geduld. Laß uns alles aus unseren Möglichkeiten herausholen. Fuchis Sicherheitsteams sind bereits unterwegs. Sie waren die ganze Zeit in Bereitschaft.«

Die nächste Stimme, die sie hörte, ebenfalls über Commlink, gehörte Skater. »Was, zum Teufel, machst du hier, Erzengel? Du solltest längst in Sicherheit sein.«

»Es hat eine kleine Veränderung in unserem Plan gegeben, Jack.«

»Nein«, sagte Skater.

»Ruhig, Jack«, sagte Erzengel leise. »Verdirb diese Chance nicht. Du bist in die Höhle des Löwen marschiert, mal sehen, ob wir dich wieder rausholen können, Chummer. Ich bin ganz nah bei dir.«

Erzengel rief Trey, aber offenbar war der Magier nur so lange in seinen Körper zurückgekehrt wie nötig, um kurz mit ihr zu reden. Sie wartete und spürte, wie sie immer angespannter und unruhiger wurde, so wie schon seit Jahren nicht mehr. Beherrschung war alles, und sie stand kurz davor, sie zu verlieren. Gefühle waren Drek. Sie konnte sie nicht haben und zugleich sie selbst sein, die Person, auf die andere sich verlassen konnten. Sie wußte das, verdammt, sie wußte das.

Sie zwang sich zu warten.

Skater blieb ruhig, als einer von Luppas' Männern vortrat.

»Warten Sie«, befahl Luppas dem Mann.

Der Söldner erstarrte weniger als zwei Meter von Skater entfernt. Er wirkte äußerst angespannt.

»Geben Sie Ihre Waffen ab, bevor Sie sich ihm nähern«, befahl Luppas.

Der Söldner nahm sein Gewehr und seine Pistole und warf die Waffen einem der Männer hinter sich zu.

Skaters Magen verkrampfte sich vor Furcht, und er

konnte seine aufgepeppten Reflexe kaum noch beherrschen. Die Hand, welche die Granate hielt, zitterte von der Anstrengung, sie weiterhin geschlossen zu halten. Er ließ Luppas nicht aus den Augen, mußte jedoch daran denken, daß Erzengel irgendwo dort draußen in dem Parkhaus lauerte.

Gerade als der Mann vor Skater trat, kam ein Trupp Söldner von der Straße in das Parkhaus gerannt und bezog Stellung. Der jäh einsetzende Rotorenlärm übertönte ihre Worte, so daß Skater nicht alles verstehen konnte, was sie sagten, aber er hörte, wie mehrfach der Name Fuchi gerufen wurde. Offenbar hatte der Megakonzern zugeschlagen, ohne auch nur einen Augenblick zu zögern.

Von der Straße waren jetzt Schüsse zu hören, die zusammen mit den Hubschrauberrotoren einen Höllenlärm im Parkhaus entfachten.

»Jetzt, Trey!« sagte Skater in dem Wissen, daß der Magier ihn über Commlink nicht hören konnte, weil er sich nicht in seinem Körper befand. Aber er verließ sich darauf, daß Trey in der Lage war, im Astralraum seine Absicht zu erkennen.

Ein Schimmern nahm Gestalt um Luppas an und breitete sich von dem Elfen-Söldner in konzentrischen Kreisen aus, die seine Männer von den Beinen fegten. Luppas taumelte zurück und schien von dem Zauber benommen zu sein, den Trey gewirkt hatte.

Skater wurde schlagartig aktiv und warf die Granate in Richtung der Söldner. Luppas sah ihn und wich zurück, während sich ein neues Schimmern um ihn bildete, das mit dem von Trey gewirkten zusammenprallte. Einer der Söldner versuchte die Granate zu fangen.

Skater konzentrierte sich auf den Mann, der vor ihm stand, und sprang zur Seite. Er spürte, wie die Finger des Mannes sich in seinen Overall krallten. Der Stoff zerriß, und Skater entglitt dem Söldner.

Skater wirbelte herum und landete einen Sprungtritt

am Kopf des Söldners. Schmerzen schossen durch Skaters Bein, aber er zwang sich, ihn zu ignorieren, und konnte das Gleichgewicht halten.

Das unterirdische Parkhaus hatte sich in ein Chaos verwandelt. Über die Hälfte von Luppas' Männern waren infolge des Zaubers zu Boden gegangen, den Trey gewirkt hatte.

»Jack!« rief Erzengel über Commlink. »Ich bin in zehn Uhr von deiner Position am anderen Ende des Parkhauses!«

Skater wich einem weiteren Söldner aus und rannte los, während er sie aus der Tür mit der Aufschrift WARTUNG im hinteren Teil des Parkhauses laufen sah. Dann explodierte die Granate, und die Druckwelle schleuderte ihn zu Boden.

57

Jack!«

Skater blutete aus zahlreichen Schnittwunden und fühlte sich so schwach wie eine neugeborene Katze. Er hielt es für ein Wunder, daß er immer noch atmete. Er rappelte sich auf und zwang sich irgendwie zu einem schwankenden Laufschritt.

Ein Blick auf die Reihen der Söldner verriet ihm, daß sie durch die Granate stark dezimiert worden waren. Dann lief ihm Blut in sein Cyberauge und beeinträchtigte sein Sehvermögen. Er umklammerte den Predator fester und benutzte die Wagen und Stützpfeiler als Deckung, während Luppas hinter ihm Befehle brüllte. Er schoß auf alles in seiner Nähe, was feindselig aussah. Skater entdeckte den Americar, den er und Duran hier abgestellt hatten. »Der Wagen«, rief er Erzengel über Commlink zu.

»Ich sehe ihn.«

»Lauf hin.«

Als er einen weiteren Schuß aus dem Predator abgeben wollte, stellte Skater fest, daß das Magazin leer war. Er blieb hinter einem Stützpfeiler stehen, wechselte das Magazin aus und lud durch.

Erzengel gab Schuß um Schuß auf Luppas und die Gruppe der Söldner ab. Die Kugeln konnten die magische Barriere nicht durchdringen, die der Elf um sich errichtet hatte, aber unter seinen Leuten richteten sie ein Blutbad an.

Skater stieß sich von dem Stützpfeiler ab und lief zu dem Americar XE. Er war sich vage der Tatsache bewußt, daß der Fuchi-Hubschrauber vor dem Wohnturm auf dem Overlake Drive West landete.

Erzengel erreichte den Wagen vor ihm und benutzte ihn als Deckung, während sie ein neues Magazin in das Sturmgewehr einlegte. Sobald sie damit fertig war, schoß sie wieder und holte einen Söldner von den Beinen.

»Steig ein«, sagte Skater, als er die Fahrertür aufriß und sich auf den Fahrersitz fallen ließ. Erzengel folgte ihm hinein, nachdem sie einen letzten Feuerstoß auf einen Söldner abgab, der weniger als zwanzig Meter entfernt war und sich ihnen im Schutz einer Reihe geparkter Wagen genähert hatte. Die Kugeln trafen sowohl Fahrzeuge als auch den Söldner, ließen Glas Splittern, durchlöcherten Karosserien und schleuderten den Mann über einen schnittigen Runabout.

Skater griff unter den Sitz und fand den Schlüssel, wo Duran und er ihn gelassen hatten. Als er ihn im Zündschloß drehte, stieß er einen kurzen Seufzer der Erleichterung aus, als der Motor mit einem kehligen Röhren ansprang. Er legte den ersten Gang ein und ließ die Kupplung kommen.

Das Sport-Paket des XE beinhaltete einen altmodischen Hinterradantrieb. Skaters Reflexe mißdeuteten einen Moment lang die Fahreigenschaften des Wagens und hätten sie beinahe einen riesigen Landrover rammen lassen, bevor er entsprechend korrigierte. Er ging vom Gas, riß das Steuer herum und brachte den Wagen mit Glück und Geschick auf die Spur zurück, die ins Freie führte.

Die Ausfahrt zum Overlake Drive war von den Sicherheitsleuten Fuchis und ihrem Hubschrauber verstopft. Weder die Männer noch der Hubschrauber trugen irgendwelche Kennzeichen. Für Skater waren sie alle gefährlich.

Fuchi gegen Luppas einzusetzen, war die größte Unbekannte des Plans gewesen, den er für den heutigen Run entwickelt hatte. Und jetzt sah es so aus, als sollte es der wirkungsvollste Schachzug überhaupt werden – wenn er sie nicht zuvor tötete.

»Bleib unten«, sagte er zu Erzengel.

»Für Warnungen ist es etwas zu spät«, sagte sie mit einem Seitenblick auf ihn. »Und auch für Risiken, findest du nicht?«

Skater antwortete nicht, sondern konzentrierte sich ganz auf das Fahren. Der XE jagte die Auffahrt hinauf, und die Fuchi-Leute sprangen in alle Richtungen, um den XE dann sofort unter Beschuß zu nehmen. Zwei Männer sprangen nicht schnell genug zur Seite, und der Americar fuhr sie über den Haufen. Einer der beiden geriet unter die Räder, der andere wurde hochgeschleudert und landete kurz auf der Motorhaube, bevor er aus Skaters Blickfeld verschwand.

Skater riß das Steuer herum und wich knapp der Wespenform des Kampfhubschraubers auf der Straße aus, um dann nach Osten abzubiegen. Er tippte kurz auf die Bremse, als er vor sich auf dem Gehsteig Fußgänger sah, dann drückte er auf die Hupe. Das schrille Blöken und die Funken der Kugeln, die von dem Wagen abprallten, ließen die Fußgänger in alle Richtungen davonspritzen. Er behielt mit Mühe die Fahrtrichtung bei.

Einen Augenblick später trat er das Gaspedal durch.

Der Hochleistungsmotor reagierte wie ein Vollblüter und schoß die Straße entlang.

»Was, zum Teufel, wolltest du hier?« fragte er sie.

»Verhindern, daß du getötet wirst.« Sie sah ihn nicht an, und ihr wunderschönes Gesicht war eine Maske der Härte und Anspannung. Sie schaute sich um und betrachtete forschend die Straße hinter ihnen. »Wir werden verfolgt. In dem Parkhaus habe ich Luppas in das *Ding* da einsteigen sehen!« Sie zeigte nach hinten.

Skater schaute in den Rückspiegel und sah den sepiafarbenen australischen Brumby hinter ihnen. »Ich hätte es gut allein schaffen können.«

»Verdammt noch mal«, sagte Erzengel, »das hast du doch auch, du dämlicher Idiot.«

»Du hättest nicht zurückkommen brauchen.«

»Du hättest auch nicht in das Parkhaus stiefeln müssen, nur weil Luppas Deja Chilson hatte. Aber du hast es trotzdem getan.«

»Du solltest dich absetzen«, sagte Skater. »Du solltest nicht einmal in die Nähe des Parkhauses kommen.« Er legte sich mit quietschenden Reifen in die nächste Kurve und folgte dem Overlake Drive West nach Süden in Richtung Groat Point.

»Wir haben uns jetzt abgesetzt.«

Darauf wußte Skater keine Antwort, aber die Verärgerung in Erzengels Stimme überraschte ihn. Angst oder Besorgnis hätte er verstanden. Diese Dinge waren ganz natürlich. Aber die Verärgerung war völlig fehl am Platz und konnte nicht ihrer gegenwärtigen Situation entspringen. Er verdrängte den Gedanken. Es gab zu viele andere Variablen, die er nicht aus den Augen verlieren durfte. Er aktivierte den Commlink. »Okay, Chummers, jetzt wird es ernst. Wechselt auf die Beta-Frequenz.« Er schaltete selbst um. »Cheshire Zwo, hörst du mich?«

»Cheshire Zwo hört«, meldete sich Duran.

»Wo bist du?« Skater drückte wieder auf die Hupe und schoß bei Rot über die Kreuzung an der 48. Avenue.

Auf beiden Seiten quietschten Reifen, da die Wagen scharf abbremsten. Ein Kleinlaster rutschte so weit auf die Kreuzung, daß er leicht die Fahrerseite des XE touchierte.

Skater kämpfte mit dem Steuer, da der Wagen ins Schlingern geriet und Funken sprühten, als Metall über Metall kratzte. Dann hatte er wieder die Kontrolle über den Wagen, und die Kreuzung lag hinter ihm.

»Wir nähern uns der Kreuzung, wo der Overlake Drive West in den Overlake Drive Ost übergeht«, erwiderte Duran. »Wir sind fast da, Junge.«

»Cheshire Fünf«, rief Skater nach einem Blick in den Rückspiegel, »bist du bereit?«

Der Brumby war besser für Verfolgungsjagden durch Straßenschluchten geeignet und schloß langsam zu ihrem XE auf.

»Ja.« Cullen Trey klang völlig erschöpft. »Keine Sorge, Chummer, für den Rest der Nacht habe ich Hilfe.«

Trey hatte ihnen von dem Wasserelementar erzählt, den er beschworen hatte. Die Kreatur befand sich seit über einem Jahr in den Diensten des Magiers und hatte immer noch eine Schuld zu begleichen, obwohl der Magier nie sagen wollte, was dies für eine Schuld war. Aber schließlich hatten alle Teammitglieder ihre Geheimnisse.

»Cheshire Sechs«, rief Skater, da er glaubte, den Tsarina vor sich zu erkennen.

»Ich bin hier, Chummer«, erwiderte Wheeler, »und kümmere mich ums Geschäft. Sie haben zwei Verfolger.«

Skater, der jetzt näher kam, sah die Feuerstöße, die auf den Tsarina abgegeben wurden. Ein paar trafen den Wagen und verursachten Kometenschweife, die sofort vom Fahrtwind verlöschten. Die Minikanone an Wheelers Wagen spuckte Feuer.

Die Rakete traf das Heck des Wagens, der weniger als vierzig Meter vor Wheeler fuhr, und explodierte. Durch die Sprengwirkung überschlug sich der Wagen und prallte gegen einen flachen Bau, der Boote vermietete und reparierte. Flammenzungen leckten an dem Wrack und hüllten es nach wenigen Augenblicken vollständig ein.

Plötzlich stieß der Brumby gegen das Heck des XE.

»Drek«, fluchte Skater leise, da er Mühe hatte, die Kontrolle über den Wagen zu behalten. Er sah die nächste Kreuzung kommen, eine Gabelung, die zur Zweiten Straße Nordost führte. Sie waren jetzt kurz vor Groat Point und näherten sich ihrem Ziel schneller, als ihm lieb war.

Der Brumby schoß erneut vor, und Kugeln aus einem Sturmgewehr hämmerten in das Heck des XE. Die Heckscheibe zersprang und die Lehnen der Vordersitze spien Plastischaumstoff, als die Kugeln die Bezüge durchschlugen.

Erzengel stieß einen Schmerzensschrei aus.

Skater sah zu ihr herüber. »Erzengel ...?«

»Es ist nichts«, sagte sie. »Die Panzerung hat eine Kugel aufgehalten, aber das ändert nichts daran, daß die Stelle höllisch schmerzt.«

»Cheshire!« rief Quentin Strapp über Commlink.

»Hier«, sagte Skater.

»Es gibt noch mehr unidentifizierte Flugmaschinen auf Ihrer Route«, sagte der Bundesagent. »Erklären Sie mir die Lage.«

»Die gehören zu Fuchi«, sagte Skater, wobei er in den Rückspiegel sah und sich kleiner machte, um den Himmel beobachten zu können. Er machte zwei Hubschrauber aus, die rasch aufschlossen und dabei ganz dicht über die Dächer der umliegenden Gebäude hinwegflogen. »Die bekommen Sie in Geschenkpapier eingewickelt als kostenlose Zugabe.«

»Wir kommen jetzt«, sagte Strapp. »Ich warte nicht länger.«

»Ich wollte Ihnen gerade das Signal geben«, sagte Skater, indem er den XE zur Seite riß, als der Brumby ihn erneut zu rammen versuchte. »Jetzt ist genau der richtige Zeitpunkt.«

Der Brumby touchierte die Stoßstange des XE, und wieder verlor Skater beinahe die Kontrolle über den Wagen.

Vor ihnen, nicht mehr als sechzig Meter entfernt, schoß Wheeler auf den letzten Wagen, der Elvis' Lieferwagen verfolgte. Die Rakete traf den Verfolger, schleuderte ihn von der Straße und verwandelte ihn in eine rollende Masse aus Feuer und Schrott.

»Da.« Erzengel zeigte nach vorn.

In der letzten Kurve des Overlake Drive Ost zu den Jachthäfen, Lagerhäusern und Docks von Groat Point konnte Skater die schwarze Masse des Lake Washington vor sich sehen. Auf der anderen Seite des Sees erhob sich etwas in die Luft, das wie ein Gespinst aus Licht aussah.

Skater wußte, daß die Lichter von den Hubschraubern stammten, die Quentin Strapp dort in Bereitschaft gehalten hatte. Alle Piloten und Agenten an Bord hatten erst in den letzten Minuten ihr Einsatzziel erfahren.

»Wir sind da, *Omae*«, meldete Elvis sich über Commlink. Der Lieferwagen verließ den Overlake Drive und bog in eine der vielen kleinen Seitenstraßen ein, die zu den Docks und Kais führten. Er hielt erst an, als er eine Lastbarke erreicht hatte, die an einem Verladedock festgemacht war. Die Barke erbebte unter dem Gewicht des Lieferwagens, da dieser nur ein paar Meter von ihrem Heck entfernt mit quietschenden Reifen zum Stehen kam.

Elvis und Duran sprangen aus dem Wagen und machten sich daran, die Haltetaue zu lösen. Der Mann, den sie dafür angeworben hatten, die Maschine laufen zu lassen, floh beim Anblick des immer noch auf den XE schießenden Brumby von der Barke.

Die Lichter, die über den Lake Washington rasten, waren jetzt deutlicher zu erkennen und zeichneten sich als Teil einer Phalanx von Kampfhubschraubern mit Kennzeichen der UCAS-Regierung ab.

Wheelers Tsarina raste die Rampe hinauf und bremste ebenfalls auf der Barke, wobei er eine Hundertachtzig-Grad-Kehre vollzog, um den Verfolgern mit der Minikanone begegnen zu können, und dabei auf einer Seite nur Millimeter zum Wasser fehlten, so daß der Tsarina beinahe über Bord geschleudert wäre.

Skater rang mit dem Steuer, als der Brumby ihn erneut rammte. »Strapp, jetzt ist es Ihre Show.« Ein Blick in den Rückspiegel zeigte ihm, daß der Brumby nicht allein gekommen war. Skater wußte nicht, ob in den anderen Wagen Luppas' Söldner oder Fuchis Sicherheitsleute saßen, aber das spielte auch keine Rolle, da für ihn beide Ärger bedeuteten. »Cheshire Zwo, ablegen.«

»Ihr seid noch nicht da, Junge.«

»Verdammt noch mal, wenn ihr wartet, bis wir da sind, fallen alle anderen über euch her.«

»Junge ...«

»Tu es«, befahl Skater, »und zwar sofort!«

Auf dem See fiel ein Teil der Verladerampe ins Wasser, als die Barke ablegte.

Der Brumby beschleunigte wieder.

Diesmal versuchte Skater nicht auszuweichen, sondern trat auf die Bremse. Der Zusammenstoß mit seinem überwältigenden Chaos aus Licht, Kraft und Lärm hätte ihm beinahe die Sinne geraubt. Einen Moment lang glaubte er, der Kopf sei ihm von den Schultern gerissen worden.

»Schnall dich an«, krächzte er.

Die Hinterräder drehten einen Moment lang durch in dem Bemühen, sich von dem Brumby loszureißen. Durch den Zusammenstoß hatten sich die beiden Fahrzeuge vorübergehend ineinander verkeilt, jedoch nicht an Geschwindigkeit verloren.

Die größere Masse und die Antriebsräder des Brumby sorgten dafür, daß ihre Fahrt kaum gebremst wurde.

Der wie eine Klette an ihm hängende XE blockierte jedoch die Lenkung, und das schwere Fahrzeug brach nach rechts aus und trieb beide Wagen einem Stapel Mietkanus entgegen.

Skater ließ die Kupplung wieder kommen, so daß der XE vorwärts drängte, bis er sich von dem Brumby löste, dann lenkte er den Wagen wieder zurück auf die Straße und raste weiterhin auf das Verladedock zu. Der Brumby prallte gegen die Kanus, die zersplitterten, und versprengte ein paar Strandbummler, die schon bei Elvis' und Wheelers Ankunft in Deckung gegangen waren.

Obwohl er darauf vorbereitet war, hätte er fast geglaubt, was ihm seine Augen zeigten, als er sah, daß die Barke immer noch am Ende des Verladedocks wartete.

»Cheshire Fünf«, rief er über Commlink.

»Glaub nicht, was du siehst, Chummer«, sagte Trey mit müder Stimme. »Dank der Hilfe meines *Freundes* haben du und die anderen kaum eine andere Wahl, als das zu sehen, was ich sie sehen lassen will.« Wie Trey erklärt hatte, waren Wasserelementare unerreicht, was das Wirken und Aufrechterhalten von Illusionen betraf. Das nasse Element begünstigte die Beugung des Lichts und falsche optische Wahrnehmung.

Skaters Magen krampfte sich zusammen, als er über die Rampe raste. Er trat das Gaspedal bis zum Boden durch, obwohl die Barke immer näher kam. Er wollte schreien, wagte es jedoch nicht, weil er Angst hatte, sich so zu erschrecken, daß er den Fuß vom Gas nehmen würde.

Die Barke war nicht da, sagte er sich. In Wirklichkeit hatte sie sich längst vom Ufer entfernt. Er sah lediglich die Illusion, die Trey mit Hilfe des Wasserelementars aufrechterhielt. Dann fiel ihm das Fehlen der Lichter der UCAS-Hubschrauber am Himmel über ihnen auf. Sie hatten nicht daran gedacht, sie in die Illusion einzubauen. Schon die winzigsten Details, die bei der Planung übersehen wurden, konnten bei der Ausführung eines Runs gewaltige Auswirkungen haben.

Seine Angst, daß er in die Barke und die darauf abgestellten Wagen rasen würde, ließ nach und wich augenblicklich derjenigen, daß Luppas die Illusion irgendwie durchschauen würde. Sie hatten sich darauf verlassen, daß der Mann sie verfolgen und nicht auf sie schießen würde, wenn sie sich scheinbar auf der langsam ablegenden Barke befanden.

Dann war ihre Zeit abgelaufen. Der XE erreichte das Ende der Rampe und schoß hinaus auf den See. Skater entnahm das der Tatsache, daß der Kontakt mit dem Boden plötzlich verschwand und der Motor aufheulte. Mit der Geschwindigkeit seiner aufgepeppten Reflexe schaltete er den Motor aus, um die Gefahr einer Explosion beim Aufprall zu verringern.

Bevor er damit fertig war, erlosch die Illusion ringsumher in einem flackernden Schimmer, da die Magie, die sie zusammenhielt, neutralisiert worden war, weil er die Illusion durchbrochen hatte. Sie waren nur noch von schwarzem Wasser umgeben. Am Himmel brannten die Suchscheinwerfer der UCAS-Hubschrauber Löcher in die Dunkelheit.

Die Flugbahn des Wagens neigte sich jetzt abwärts. Er war nicht für das Fliegen gebaut, und der Wind und die fehlende Bodenhafung bewirkten, daß seine Nase sich senkte.

Skater drückte auf den Knopf, der das Aufblasen der Airbags bewirkte, wobei er sich wünschte, Erzengel wäre nicht bei ihm. Die Airbags füllten sich augenblicklich mit Gas und versperrten die Sicht auf das Wasser, das jenseits der Windschutzscheibe nur darauf wartete, sie zu verschlingen. Die Airbags waren von dem Rigger eingebaut worden, dem sie den Wagen abgekauft hatten. Riesige Kissen, die sie sogar in ihre Sitze preßten. Dennoch hätte Skater beim Aufprall auf die Wasseroberfläche fast das Bewußtsein verloren.

Benommen spürte er kaum, wie das kalte Wasser durch die zersplitterten Fenster strömte und der Wagen sank. Er riß sich zusammen und kämpfte gegen die Lethargie an, da er befürchtete, mit dem Wagen unterzugehen, wenn er sich nicht beeilte. Jede Sekunde, die er länger in dem XE blieb, zog ihn tiefer in die Schwärze des Sees hinab.

Er konzentrierte sich auf Emma und darauf, sie wieder zu halten, einfach an einem Tag mit ihr zusammenzusein, an dem keine unmittelbare Todesgefahr bestand. Einen Moment lang glaubte er, der Airbag würde ihn festklemmen, dann griff er nach unten und zog seinen Dolch aus der Stiefelscheide.

Er schnitt ein großes Loch in die Seite des Airbags. Das Gas gurgelte in einer großen Blase hinaus, die sich auf dem Weg nach oben teilte und es irgendwie schaffte, trotz der Dunkelheit einen silbrigen Glanz an den Rändern anzunehmen. Der Zug des Wassers ließ nach, aber er spürte, wie der Wagen immer tiefer versank.

Als er sah, daß Erzengel immer noch hinter ihrem Airbag steckte, schnitt er ihn ebenfalls auf und packte sie dann am Handgelenk, weil sie bewußtlos war. Er brauchte zwei Versuche, um die gesprungene Windschutzscheibe aus dem Weg zu drücken. Er schob sich durch die Öffnung und nahm Erzengel mit, dann strebte er der Oberfläche entgegen, wobei er Erzengel mitzog.

Einen Moment lang war er orientierungslos und wußte plötzlich nicht, ob er genügend Luft in den Lungen hatte, um es bis nach oben zu schaffen. Dann durchbrach seine Hand die Wasseroberfläche. Eine Sekunde später zog er Erzengel ebenfalls an die Luft und hielt sie fest. Er betrachtete ihr Gesicht und suchte nach Verletzungen, die bedrohlich sein mochten.

Ohne Vorwarnung öffnete sie die Augen und sah ihn an. Sie wurde steif in seinen Armen und stieß ihn weg.

Skater ließ sie los und paddelte nur so stark, wie es

nötig war, um sich über Wasser zu halten. »Alles in Ordnung?« fragte er.

»Ja, alles bestens«, erwiderte sie.

Skater drehte sich im Wasser und schaute zurück auf die Stelle, wo sich die Illusion befunden hatte. Nur der Brumby und der erste Wagen hinter ihm waren in den See gefahren. Der Brumby trieb noch auf dem Wasser, aber er wurde langsam in die Tiefe gezogen.

Einen Augenblick später bildete sich eine gewaltige Wassersäule auf der Wasseroberfläche, die plötzlich über den beiden Fahrzeugen zusammenschlug, die sofort untergingen und völlig verschwanden. Skater wußte, daß dies das Werk des Wasserelementars in Cullen Treys Diensten war. Trotzdem lief es ihm kalt über den Rücken, als ihn die Ausläufer der Wellen erreichten. Es war nicht gut, über den Tod nachzudenken, nachdem man ihm soeben denkbar knapp entronnen war.

Söldner am Seeufer schossen ins Wasser und auf die Barke, die fast achtzig Meter entfernt war. Nur ein paar Kugeln kamen in die Nähe von Skater und Erzengel. Aber es reichte, um Skater wissen zu lassen, daß Luppas ebenfalls eine Flucht über das Wasser geplant hatte. Aus diesem Grund hatte der Elf sie auch so bereitwillig zum See verfolgt, da er die ganze Zeit geglaubt hatte, die Shadowrunner würden in die Falle gehen, die er aufgestellt hatte.

»Cheshire«, rief Quentin Strapp über Commlink. Obwohl das Geräusch in Skaters Kopf entstand, wurde es fast vom Dröhnen der Hubschrauber übertönt.

»Hier«, meldete sich Skater. Er schaute auf und beobachtete die Flut der UCAS-Hubschrauber, die auf das Ufer zuhielten. Die Kugeln der unter dem Bauch der Maschinen angebrachten schweren MGs mähten die Söldner nieder. Die Söldneroffensive hielt sich so lange, wie es dauerte, einmal Luft zu holen, dann kam sie ins Stocken und brach zusammen.

Die Fuchi-Hubschrauber brachen die Verfolgung sofort ab. CityMasters von Lone Star rollten heran und sicherten das Ufer, während das Licht ihrer Scheinwerfer die Straßen und Lagerhäuser in Helligkeit tauchte.

»Ich dachte schon, wir hätten Sie verloren«, sagte Strapp. »Was ist mit der Frau?«

Skater warf einen Blick auf die Barke und sah sein Team hinter einer Deckung stehen. »Sie ist in Sicherheit. Was ist mit Ihnen, Strapp? Stimmt es, was man über Sie sagt? Halten Sie sich an Abmachungen?«

»Solange dieses alte Herz schlägt, Jack«, sagte Strapp, »werde ich der verläßlichste Bursche sein, dem Sie in Ihrem ganzen Leben je begegnen werden.« In seiner Stimme lag ein Lächeln. »Was spielt es auch für eine Rolle, daß ich eine Handvoll untalentierte Shadowrunner entkommen lasse, wenn ich mit der Frau ankomme, die den UCAS die Fähigkeit geben kann, ein Blick auf das Treiben der Megakonzerne zu werfen, wie vorübergehend sie auch sein mag? Drek, diese Feder an meinem Hut könnte sogar einige *meiner* Sünden der Vergangenheit auslöschen.«

Und trotz der Anspannung des Augenblicks mußte Jack Skater lächeln.

Epilog

Zwei Tage später saß Skater auf der Feuertreppe ihres Unterschlupfs, als Duran ihn fand. Emma war auf Skaters Schoß und schlief in der spätnachmittäglichen Brise, die langsam etwas kühl wurde, da sie sich endlich den Bauch gefüllt hatte. Er hatte sie in eine dünne Decke gewickelt und hielt sie vorsichtig.

Erzengels handschriftliche Notiz lag zwischen seinen Füßen auf dem Umschlag, auf dem nur sein Name stand, und flatterte gelegentlich, wenn der Wind sie erfaßte.

»Wie geht's, Junge?« fragte Duran. Der Ork sah aus, als fühle er sich unbehaglich.

Skater nahm an, daß Duran sich tatsächlich so fühlte. »Ganz gut. Wie lange weißt du es schon?«

Duran zuckte die Achseln und sah auf den Sprawl. Auf der Straße toste der Nachmittagsverkehr. »Eine Weile.«

»Hat sie es dir gesagt?«

Duran schüttelte den Kopf. »Sie hat es mir nicht mal am Ende gesagt.«

»Aber du wußtest es?«

»Ein Blinder hätte es gewußt, Junge.«

»Ich nicht.«

Duran nickte. »Du bist der einzige, der es übersehen konnte. Du hattest eine Menge um die Ohren.« Er sah Emma an. »Schon seit einer ganzen Weile, würde ich sagen.«

Skater schaute seiner Tochter ins Gesicht. Die Schmerzen von den Schrammen und Prellungen, die er sich im Zuge des Kampfs am Ende des Runs zugezogen hatten, ließen jetzt nach achtundvierzig Stunden langsam nach. Quentin Strapp hatte in jener Nacht Wort gehalten und sie alle ziehen lassen. Ripley Falkenhayne war in aller

Stille mit dem Bundesagenten verschwunden. Strapp folgte Nina Barret zufolge immer noch Hinweisen in Verbindung mit dem Mord an Dunkelzahn. Die Lone-Star-Detektivin war ziemlich angefressen gewesen, weil sie bei der abschließenden Aktion übergangen worden war.

Fuchi verhielt sich ruhig, und offenbar wollten die UCAS nicht, daß der Megakonzern die Nachricht verbreitete, was Falkenhaynes Programm mit codierter Deltaware anstellen konnte, weil sie ihren Vorteil nicht ausnutzten. Offensichtlich würde Fuchi alle verfügbaren Mittel mobilisieren, um die Chancen von Extraktionen ihrer wichtigsten Exec seitens der UCAS so gering wie möglich zu halten.

Kylar Luppas' Leiche war nicht gefunden worden, aber es war möglich, daß der See sich die Leiche geholt hatte und das Geheimnis ihres Verschwindens noch Jahre oder Jahrzehnte für sich behalten würde. Und es bestand die Möglichkeit, daß der elfische Söldner sogar den Angriff des Wasserelementars überlebt hatte und durch die Maschen des Netzes der Truppen der UCAS und Lone Stars geschlüpft war. Keine dieser beiden Parteien hatte jedoch ein allzu großes Interesse daran entwickelt, Luppas' Leiche zu finden. Schließlich waren Falkenhayne und ihr Programm das wesentliche.

Strapp hatte sogar Norris Cabers Leiche abholen und in aller Stille verschwinden lassen.

Die drei selbstzerstörenden Chips würden dem Team in den nächsten Monaten ein solides Einkommen durch Extraktionen sichern. Das Gerücht über Coleman Januarys magisches Paßcode-Programm machte immer noch die Runde. Es hatte bereits einen Namen auf der Straße: Erlösung. Jeder, der über eine Utility verfügte, welche die Codierung der Deltaware löschte, ohne daß ein Ersetzen der Cyberware erforderlich war, konnte immer noch einen hohen Preis verlangen und auch bekommen.

Skater starrte auf die zusammengefaltete Notiz zwischen seinen Füßen. Obwohl sie geschlossen war, sah er ihre elegante Handschrift vor Augen und konnte lesen, was darin stand.

Jack ...

Nicht Du warst es, sondern ich. Dinge haben sich verändert, meine Gefühle Dir gegenüber haben sich verändert. Ich wußte nicht, wie ich es Dir sagen sollte. Ich konnte *es Dir nicht sagen.*

Die Wahrheit ist, ich glaube nicht, daß ich auch nur für etwas annähernd so Gewichtiges wie eine Beziehung bereit bin. Ob mit Dir oder mit jemand anderem. Und ich glaube, Du bist es auch nicht. Eines Tages wirst Du es vielleicht sein. Wenn Du es zuläßt, kannst Du die Leute in ihrem Innersten berühren. Und das solltest Du. Du bist nicht so abgestumpft, wie Du glaubst, nicht so abgestumpft, wie es so viele Runner im Geschäft sind.

Du bist ein guter Mensch, Jack, und wie Du Dich auch selbst sehen magst, Du wirst Emma ein guter Vater sein. Achte auf sie, weil sie dafür sorgt, daß Du auf Dich selbst achtest. Du bist mit einer wunderbaren Gabe bedacht worden, Jack, und mit der Zeit wirst Du das auch so sehen.

Erzengel

Skater sah Duran an. »Du kanntest sie vor mir.«

Duran nickte. »Ich kannte sie vor den meisten.«

»Hat sie dir irgendeine Nachricht hinterlassen?«

»Nein. Sie wußte, daß ich es wußte, wir haben nur nicht darüber geredet.«

Skater starrte auf den Sprawl. »Ich bin echt verwirrt, Quint. Ich habe nichts getan oder gesagt, um sie irgendwie zu ermutigen ...«

»Ich weiß.« Der Ork zupfte an einer Bandage, mit der eine der schweren Rißwunden verbunden war, die er sich bei der Explosion der Rakete beim Fahrstuhl zugezogen hatte. »Kann ich dich etwas fragen?«

Skater lächelte schief. »Das sieht dir gar nicht ähnlich, um Erlaubnis zu fragen.«

»Nein, aber diese Sache geht mich eigentlich nichts an, Junge. Wenn ich dich und Erzengel nicht mögen würde, zöge ich es nicht mal in Erwägung zu fragen. Ganz zu schweigen davon, es in Worte zu fassen.«

»Sicher.«

»Weißt du, was du für sie empfindest?« Duran beeilte sich fortzufahren, bevor Skater antworten konnte. »Nein, warte, Junge. Beachte bitte, daß ich dich nicht gefragt habe, *was* du für sie empfindest. Ich fragte dich, ob du es *weißt*.«

Skater schüttelte den Kopf. »Ehrlich, ich weiß es nicht. Ich bin aufgeschmissen, wenn es um Beziehungen geht, Quint. Ich scheine immer das Falsche zu tun.«

Duran deutete auf Emma. »Kommt mir so vor, als wäre das im Moment anders.«

»Es ist eine große Verantwortung.« Skater drückte Emma ein wenig enger an sich. »Ich weiß nicht, ob ich es mir freiwillig ausgesucht hätte.«

»Weil du sie nicht wolltest, Jack?« fragte Quint leise. »Oder weil du kein Vertrauen in dich hattest?«

Skaters Kehle schnürte sich zusammen, als er über Durans Frage nachdachte. »Es hat niemals einen Augenblick gegeben«, sagte er, »seit ich sie zum erstenmal gesehen habe, seit ich Larisa in ihr sah, in dem ich sie nicht gewollt hätte. Nicht, wo es eine Rolle spielt.«

»Dann solltest du es vielleicht mal aus dieser Perspektive betrachten.«

Schweigen breitete sich zwischen den beiden aus und hielt eine Weile an. Skater wußte, daß sie beide keine Eile hatten, es zu brechen. Schließlich sagte er: »Erzengel hätte nicht zu gehen brauchen.«

»Sie hat sich verloren, Jack«, sagte Duran. »Und das eine, was ich ganz sicher über Erzengel weiß, ist, daß sie sich selbst haben muß.«

»Weißt du, wohin sie gegangen ist?«

»Nein. Ich kenne einen Briefkasten, über den ich ihr Nachrichten hinterlassen kann, aber sie beantwortet sie nur, wenn sie will.«

Skater dachte darüber nach und spürte die Leere in sich, die dort war, seitdem er den Brief der Deckerin gelesen hatte. Drei Jahre lang war das Team alles gewesen, was er gehabt hatte. Eine Zeitlang hatte es auch Larisa gegeben, aber das Team hatte im Zentrum von allem gestanden – auch wen er es sich nicht hatte eingestehen wollen. Jetzt war Erzengel verschwunden, und vielleicht würden die Dinge nie wieder so werden, wie sie einmal waren. »Vielleicht, wenn ich ihr eine Nachricht hinterlasse …«

»Ich kann dir den Briefkasten nicht verraten, Junge. Das gehört mit zu der Abmachung, die ich schon vor langer Zeit mit Erzengel getroffen habe. Aber ich kann ihr selbst eine Nachricht hinterlassen.« Duran sah ihn an, und sein Blick wurde weicher. »Wenn du ihr irgend etwas mitteilen willst, laß es mich wissen.«

»Ich weiß das zu schätzen.« Skater rutschte ein wenig herum, da ihm im Wind langsam kalt wurde, obwohl er Emmas Wärme spürte. Er konnte nicht mehr lange draußen bleiben. Die Dunkelheit breitete sich langsam im Sprawl aus und würde alles mit in das Niemandsland nehmen, das bis zum Morgengrauen existierte.

»Ich weiß, das ist jetzt kein guter Zeitpunkt, Junge«, sagte Duran, »aber den wird es ohnehin nicht geben. Wir müssen einen Ersatz für Erzengel suchen. Ohne einen Decker wären wir ständig im Blindflug, und ich will auch nicht einfach irgendwen nehmen.«

»Gib mir ein oder zwei Wochen«, sagte Skater, »dann sehen wir uns mal um.«

»Kein Problem.« Duran erhob sich und wandte sich ab.

Skater versuchte die Frage für sich zu behalten, aber sie war zu bedeutend, und er wußte, sie würde ihm nicht aus dem Kopf gehen, wenn er sie nicht stellte. »Glaubst du, wir werden sie wiedersehen?«

Duran zögerte so lange, daß Skater nicht sicher war, ob der Ork es vorzog zu lügen oder einfach nicht die ganze Wahrheit sagen wollte. »Wir sind Shadowrunner, Junge, und in den Schatten kann alles passieren. Drek, normalerweise passiert es, wenn man es am wenigsten erwartet.«

Und Skater wußte, daß er keine andere Antwort bekommen würde.

Glossar

Arcologie – Abkürzung für ›**Arc**hitectural Ec**ology**‹. In Seattle ist sie der Turm des Renraku-Konzerns, ein Bauwerk von gigantischen Ausmaßen. Mit ihren Privatwohnungen, Geschäften, Büros, Parks, Promenaden und einem eigenen Vergnügungsviertel gleicht sie im Prinzip einer selbständigen, kompletten Stadt.

Aztechnology-Pyramide – Niederlassung des multinationalen Konzerns Aztechnology, die den Pyramiden der Azteken des alten Mexiko nachempfunden ist. Obwohl sie sich in ihren Ausmaßen nicht mit der Renraku-Arcologie messen kann, bietet die Pyramide mit ihrer grellen Neonbeleuchtung einen atemberaubenden Anblick.

BTL-Chips – Abkürzung für ›**B**etter **T**han **L**ife‹ – besser als die Wirklichkeit. Spezielle Form der SimSinn-Chips, die dem User (Benutzer) einen extrem hohen Grad an Erlebnisdichte und Realität direkt ins Gehirn vermitteln. BTL-Chips sind hochgradig suchterzeugend und haben chemische Drogen weitgehend verdrängt.

Chiphead, Chippie, Chipper – Umgangssprachliche Bezeichnung für einen BTL-Chip-Süchtigen.

chippen – umgangssprachlich für: einen (BTL-)Chip reinschieben, auf BTL-Trip sein usw.

Chummer – Umgangssprachlich für Kumpel, Partner, Alter usw.

Cyberdeck – Tragbares Computerterminal, das wenig größer ist als eine Tastatur, aber in Rechengeschwindigkeit und Datenverarbeitung jeder Ansammlung von Großrechnern des 20. Jahrhunderts überlegen ist. Ein Cyberdeck hat darüber hinaus ein SimSinn-Interface, das dem User das Erlebnis der Matrix in voller sinnlicher Pracht ermöglicht. Das derzeitige Spitzenmodell, das *Fairlight Excalibur*, kostet 990 000 Nuyen, während das Billigmodell *Radio Shack PCD-100* schon für 6200 Nuyen zu haben ist. Die Leistungsunterschiede entsprechen durchaus dem Preisunterschied.

Cyberware – Im Jahr 2050 kann man einen Menschen im Prinzip komplett neu bauen, und da die cybernetischen Ersatzteile die ›Leistung‹ eines Menschen zum Teil beträchtlich erhöhen, machen sehr viele Menschen, insbesondere die Straßensamurai, Gebrauch davon. Andererseits hat die Cyberware ihren Preis, und das nicht nur in Nuyen: Der künstliche Bio-Ersatz zehrt an der Essenz des Menschlichen. Zuviel Cyberware kann zu Verzweiflung, Melancholie, Depression und Tod führen.

Grundsätzlich gibt es zwei verschiedene Arten von Cyberware, die **Headware** und die **Bodyware.**

Beispiele für Headware sind **Chipbuchsen,** die eine unerläßliche Voraussetzung für die Nutzung von **Talentsofts** (und auch BTL-Chips) sind. **Talentsofts** sind Chips, die dem User die Nutzung der auf den Chips enthaltenen Programme ermöglicht, als wären die Fähigkeiten seine eigenen. Ein Beispiel für ein gebräuchliches Talentsoft ist ein Sprachchip, der dem User die Fähigkeit verleiht, eine Fremdsprache so zu benutzen, als sei sie seine Muttersprache.

Eine **Datenbuchse** ist eine universellere Form der Chipbuchse und ermöglicht nicht nur Input, sondern auch Output. Ohne implantierte Datenbuchse ist der Zugang zur Matrix unmöglich.

Zur gebräuchlichsten Headware zählen die **Cyberaugen.** Die äußere Erscheinung der Implantate kann so ausgelegt werden, daß sie rein optisch nicht von biologischen Augen zu unterscheiden sind. Möglich sind aber auch absonderliche Effekte durch Gold- oder Neon-Iris. Cyberaugen können mit allen möglichen Extras wie Kamera, Lichtverstärker und Infrarotsicht ausgestattet werden.

Bodyware ist der Sammelbegriff für alle körperlichen Verbesserungen. Ein Beispiel für Bodyware ist die **Dermalpanzerung,** Panzerplatten aus Hartplastik und Metallfasern, die chemisch mit der Haut verbunden werden. Die **Smartgunverbindung** ist eine Feedback-Schaltschleife, die nötig ist, um vollen Nutzen aus einer Smartgun zu ziehen. Die zur Zielerfassung gehörenden Informationen werden auf die Netzhaut des Trägers oder in ein Cyberauge eingeblendet.

Im Blickfeldzentrum erscheint ein blitzendes Fadenkreuz, das stabil wird, sobald das System die Hand des Trägers so ausgerichtet hat, daß die Waffe auf diesen Punkt zielt. Ein typisches System dieser Art verwendet ein subdermales **Induktionspolster** in der Handfläche des Trägers, um die Verbindung mit der Smartgun herzustellen.

Jeder Straßensamurai, der etwas auf sich hält, ist mit **Nagelmessern** und/oder **Spornen** ausgerüstet, Klingen, die im Hand- oder Fingerknochen verankert werden und in der Regel einziehbar sind.

Die sogenannten Reflexbooster sind Nervenverstärker und Adrenalin-Stimulatoren, die die Reaktion ihres Trägers beträchtlich beschleunigen.

decken – Das Eindringen in die Matrix vermittels eines Cyberdecks.

Decker – Im Grunde jeder User eines Cyberdecks.

DocWagon – Das DocWagon-Unternehmen ist eine private Lebensrettungsgesellschaft, eine Art Kombination von Krankenversicherung und ärztlichem Notfalldienst, die nach Anruf in kürzester Zeit ein Rettungsteam am Tat- oder Unfallort hat und den Anrufer behandelt. Will man die Dienste des Unternehmens in Anspruch nehmen, benötigt man eine Mitgliedskarte, die es in drei Ausführungen gibt: Normal, Gold und Platin. Je besser die Karte, desto umfangreicher die Leistungen (von ärztlicher Notversorgung bis zu vollständigem Organersatz). Das DocWagon-Unternehmen hat sich den Slogan eines im 20. Jahrhundert relativ bekannten Kreditkartenunternehmens zu eigen gemacht, an dem, wie jeder Shadowrunner weiß, tatsächlich etwas dran ist: Never leave home without it.

Drek, Drekhead – Gebräuchlicher Fluch; abfällige Bezeichnung, jemand der nur Dreck im Kopf hat.

ECM – Abkürzung für ›**E**lectronic **C**ounter**m**easures‹; elektronische Abwehrsysteme in Flugzeugen, Panzern usw.

einstöpseln – Bezeichnet ähnlich wie **einklinken** den Vorgang, wenn über Datenbuchse ein Interface hergestellt wird, eine direkte Verbindung zwischen menschlichem Gehirn und elektronischem System. Das Einstöpseln ist die notwendige Voraussetzung für das Decken.

Exec – Hochrangiger Konzernmanager mit weitreichenden Kompetenzen.

Fee – Abwertende, beleidigende Bezeichnung für einen Elf (die Beleidigung besteht darin, daß amer. mit ›Fee‹ auch Homosexuelle, insbesondere Transvestiten bezeichnet werden).

geeken – Umgangssprachlich für ›töten‹, ›umbringen‹.

Goblinisierung – Gebräuchlicher Ausdruck für die sogenannte Ungeklärte Genetische Expression (UGE). UGE ist eine Bezeichnung für das zu Beginn des 21. Jahrhunderts erstmals aufgetretene Phänomen der Verwandlung ›normaler‹ Menschen in **Metamenschen.**

Hauer – Abwertende Bezeichnung für Trolle und Orks, die auf ihre vergrößerten Eckzähne anspielt.

ICE – Abkürzung für ›**I**ntrusion **C**ountermeasure **E**quipment‹, im Deckerslang auch Ice (Eis) genannt. Grundsätzlich sind ICE Schutzmaßnahmen gegen unbefugtes Decken. Man unterscheidet drei Klassen von Eis: **Weißes Eis** leistet lediglich passiven Widerstand mit dem Ziel, einem Decker das Eindringen so schwer wie möglich zu machen. **Graues Eis** greift Eindringlinge aktiv an oder spürt ihren Eintrittspunkt in die Matrix auf. **Schwarzes Eis** (auch Killer-Eis genannt) versucht, den eingedrungenen Decker zu töten, indem es ihm das Gehirn ausbrennt.

Jackhead – Umgangssprachliche Bezeichnung für alle Personen mit Buchsenimplantaten. Darunter fallen zum Beispiel Decker und Rigger.

Knoten – Konstruktionselemente der Matrix, die aus Milliarden von Knoten besteht, die untereinander durch Datenleitungen verbunden sind. Sämtliche Vorgänge in der Matrix finden in den Knoten statt. Knoten sind zum Beispiel: I/O-Ports, Datenspeicher, Subprozessoren und **Sklavenknoten,** die irgendeinen physikalischen Vorgang oder ein entsprechendes Gerät kontrollieren.

Lone Star Security Services – Die Polizeieinheit Seattles. Im Jahre 2050 sind sämtliche Datenleistungsunternehmen, auch die sogenannten ›öffentlichen‹, privatisiert. Die Stadt schließt Verträge mit unabhängigen Gesellschaften, die dann die wesentlichen öffentlichen Aufgaben wahrnehmen. Renraku

Computer Systems ist zum Beispiel für die öffentliche Datenbank zuständig.

Matrix – Die Matrix – auch Gitter genannt – ist ein Netz aus Computersystemen, die durch das globale Telekommunikationsnetz miteinander verbunden sind. Sobald ein Computer mit irgendeinem Teil des Gitters verbunden ist, kann man von jedem anderen Teil des Gitters aus dorthin gelangen.

In der Welt des Jahres 2050 ist der direkte physische Zugang zur Matrix möglich, und zwar vermittels eines ›Matrix-Metaphorischen Cybernetischen Interface‹, kurz Cyberdeck genannt. Die sogenannte **Matrix-Metaphorik** ist das optische Erscheinungsbild der Matrix, wie sie sich dem Betrachter (User) von innen darbietet. Diese Matrix-Metaphorik ist erstaunlicherweise für alle Matrixbesucher gleich, ein Phänomen, das mit dem Begriff **Konsensuelle Halluzination** bezeichnet wird.

Die Matrix ist, kurz gesagt, eine informations-elektronische Analogwelt.

Messerklaue – Umgangssprachliche Bezeichnung für einen Straßensamurai.

Metamenschen – Sammelbezeichnung für alle ›Opfer‹ der UGE. Die Gruppe der Metamenschen zerfällt in vier Untergruppen:

a) **Elfen:** Bei einer Durchschnittsgröße von 190 cm und einem durchschnittlichen Gewicht von 68 kg wirken Elfen extrem schlank. Die Hautfarbe ist blaßrosa bis weiß oder ebenholzfarben. Die Augen sind mandelförmig, und die Ohren enden in einer deutlichen Spitze. Elfen sind Nachtwesen, die nicht nur im Dunkeln wesentlich besser sehen können als normale Menschen. Ihre Lebenserwartung ist unbekannt.

b) **Orks:** Orks sind im Mittel 190 cm groß, 73 kg schwer und äußerst robust gebaut. Die Hautfarbe variiert zwischen rosa und schwarz. Die Körperbehaarung ist in der Regel stark entwickelt. Die Ohren weisen deutliche Spitzen auf, die unteren Eckzähne sind stark vergrößert. Das Sehvermögen der Orks ist auch bei schwachem Licht sehr gut. Die durchschnittliche Lebenserwartung liegt zwischen 35 und 40 Jahren.

c) **Trolle:** Typische Trolle sind 280 cm groß und wiegen 120 kg. Die Hautfarbe variiert zwischen rötlichweiß und mahagonibraun. Die Arme sind proportional länger als beim normalen Menschen. Trolle haben einen massigen Körperbau und zeigen gelegentlich eine dermale Knochenbildung, die sich in Stacheln und rauher Oberflächenbeschaffenheit äußert. Die Ohren weisen deutliche Spitzen auf. Der schräg gebaute Schädel hat 34 Zähne mit vergrößerten unteren Eckzähnen. Trollaugen sind für den Infrarotbereich empfindlich und können daher nachts unbeschränkt aktiv sein. Ihre durchschnittliche Lebenserwartung beträgt etwa 50 Jahre.

d) **Zwerge:** Der durchschnittliche Zwerg ist 120 cm groß und wiegt 72 kg. Seine Hautfarbe ist normalerweise rötlich weiß oder hellbraun, seltener dunkelbraun. Zwerge haben unproportional kurze Beine. Der Rumpf ist gedrungen und breitschultrig. Die Behaarung ist ausgeprägt, bei männlichen Zwergen ist auch die Gesichtsbehaarung üppig. Die Augen sind für infrarotes Licht empfindlich. Zwerge zeigen eine erhöhte Resistenz gegenüber Krankheitserregern. Ihre Lebensspanne ist nicht bekannt, aber Vorhersagen belaufen sich auf über 100 Jahre.

Darüber hinaus sind auch Verwandlungen von Menschen oder Metamenschen in Paraspezies wie **Sasquatchs** bekannt.

Metroplex – Ein Großstadtkomplex.

Mr. Johnson – Die übliche Bezeichnung für einen beliebigen anonymen Auftraggeber oder Konzernagenten.

Norm – Umgangssprachliche, insbesondere bei Metamenschen gebräuchliche Bezeichnung für ›normale‹ Menschen.

Nuyen – Weltstandardwährung (New Yen, Neue Yen).

Paraspezies – Paraspezies sind ›erwachte‹ Wesen mit angeborenen magischen Fähigkeiten, und es gibt eine Vielzahl verschiedener Varianten, darunter auch folgende:

a) **Barghest:** Die hundeähnliche Kreatur hat eine Schulterhöhe von knapp einem Meter bei einem Gewicht von etwa 80 kg. Ihr Heulen ruft beim Menschen und bei vielen anderen Tieren eine Angstreaktion hervor, die das Opfer lähmt.

b) **Sasquatch:** Der Sasquatch erreicht eine Größe von knapp drei Metern und wiegt etwa 110 kg. Er geht aufrecht und kann praktisch alle Laute imitieren. Man vermutet, daß Sasquatche aktive Magier sind. Der Sasquatch wurde 2041 trotz des Fehlens einer materiellen Kultur und der Unfähigkeit der Wissenschaftler, seine Sprache zu entschlüsseln, von den Vereinten Nationen als intelligentes Lebewesen anerkannt.

c) **Schreckhahn:** Er ist eine vogelähnliche Kreatur von vorwiegend gelber Farbe. Kopf und Rumpf des Schreckhahns messen zusammen 2 Meter. Der Schwanz ist 120 cm lang. Der Kopf hat einen hellroten Kamm und einen scharfen Schnabel. Der ausgewachsene Schreckhahn verfügt über die Fähigkeit, Opfer mit einer Schwanzberührung zu lähmen.

d) **Dracoformen:** Im wesentlichen wird zwischen drei Spezies unterschieden, die alle magisch aktiv sind: Gefiederte Schlange, Östlicher Drache und Westlicher Drache. Zusätzlich gibt es noch die Großen Drachen, die einfach extrem große Vertreter ihres Typs (oft bis zu 50 % größer) sind.

Die Gefiederten Schlangen sind von Kopf bis Schwanz in der Regel 20 m lang, haben eine Flügelspannweite von 15 m und wiegen etwa 6 Tonnen. Das Gebiß weist 60 Zähne auf.

Kopf und Rumpf des Östlichen Drachen messen 15 m, wozu weitere 15 m Schwanz kommen. Die Schulterhöhe beträgt 2 m, das Gewicht 7,5 Tonnen. Der Östliche Drache hat keine Flügel. Sein Gebiß weist 40 Zähne auf.

Kopf und Rumpf des Westlichen Drachen sind 20 m lang, wozu 17 m Schwanz kommen. Die Schulterhöhe beträgt 3 m, die Flügelspannweite 30 m und das Gewicht etwa 20 Tonnen. Sein Gebiß weist 40 Zähne auf.

Zu den bekannten Großen Drachen zählt auch der Westliche Drache *Lofwyr,* der mit Gold aus seinem Hort einen maßgeblichen Anteil an Saeder-Krupp Heavy Industries erwarb. Das war aber nur der Auftakt einer ganzen Reihe von Anteilskäufen, so daß seine diversen Aktienpakete inzwischen eine beträchtliche Wirtschaftsmacht verkörpern. Der volle Umfang seines Finanzimperiums ist jedoch unbekannt!

Persona-Icon – Das Persona-Icon ist die Matrix-Metaphorik für das Persona-Programm, ohne das der Zugang zur Matrix nicht möglich ist.

Pinkel – Umgangssprachliche Bezeichnung für einen Normalbürger.

Rigger – Person, die Riggerkontrollen bedienen kann. Riggerkontrollen ermöglichen ein Interface von Mensch und Maschine, wobei es sich bei den Maschinen um Fahr- oder Flugzeuge handelt. Der Rigger steuert das Gefährt nicht mehr manuell, sondern gedanklich durch eine direkte Verbindung seines Gehirns mit dem Bordcomputer.

Sararimann – Japanische Verballhornung des englischen ›Salaryman‹ (Lohnsklave). Ein Konzernangestellter.

SimSinn – Abkürzung für **Sim**ulierte **Sinn**esempfindungen, d. h. über Chipbuchsen direkt ins Gehirn gespielte Sendungen. Elektronische Halluzinogene. Eine Sonderform des SimSinns sind die BTL-Chips.

SIN – Abkürzung für **S**ystem**i**dentifikations**n**ummer, die jedem Angehörigen der Gesellschaft zugewiesen wird.

So ka – Japanisch für: Ich verstehe, aha, interessant, alles klar.

Soykaf – Kaffeesurrogat aus Sojabohnen.

STOL – Senkrecht startendes und landendes Flugzeug.

Straßensamurai – So bezeichnen sich die Muskelhelden der Straßen selbst gerne.

Trid(eo) – Dreidimensionaler Video-Nachfolger.

Trog, Troggy – Beleidigende Bezeichnung für einen Ork oder Troll.

Verchippt, verdrahtet – Mit Cyberware ausgestattet, durch Cyberware verstärkt, hochgerüstet.

UCAS – Abkürzung für ›**U**nited **C**anadian & **A**merican **S**tates‹; die Reste der ehemaligen USA und Kanada.

Wetwork – Mord auf Bestellung.

Yakuza – Japanische Mafia.